Pasa la noche conmigo

Biblioteca Megan Maxwell

Biografía

Megan Maxwell es una reconocida y prolífica escritora del género romántico que vive en un precioso pueblecito de Madrid. De madre española y padre americano, ha publicado más de treinta novelas, además de cuentos y relatos en antologías colectivas. En 2010 fue ganadora del Premio Internacional Seseña de Novela Romántica, en 2010, 2011, 2012 y 2013 recibió el Premio Dama de Clubromantica.com. En 2013 recibió también el AURA, galardón que otorga el Encuentro Yo Leo RA (Romántica Adulta), y en 2017 resultó ganadora del Premio Letras del Mediterráneo en el apartado de novela romántica. *Pídeme lo que quieras*, su debut en el género erótico, fue premiada con las Tres Plumas a la mejor novela erótica que otorga el Premio Pasión por la novela romántica.

Encontrarás más información sobre la autora y su obra en:

www.megan-maxwell.com

@MeganMaxwellOficial

@megan__maxwell

@MeganMaxwell

Megan Maxwell

Pasa la noche conmigo

Esencia/Planeta

Obra editada en colaboración con Editorial Planeta – España

Bajo el sello editorial BOOKET M.R.
Avenida Presidente Masarik núm. 111,
Piso 2, Polanco V Sección, Miguel Hidalgo
C.P. 11560, Ciudad de México
www.planetadelibros.com.mx

Diseño de portada: Booket / Área Editorial Grupo Planeta
Imagen de portada: Shutterstock

Primera edición impresa en España en Booket: noviembre de 2021
ISBN: 978-84-08-24952-8

Primera edición impresa en México en Booket: julio de 2023
ISBN: 978-607-39-0191-8

Impreso en los talleres de Impresora Tauro, S.A. de C.V.
Av. Año de Juárez 343, Col. Granjas San Antonio,
Iztapalapa, C.P. 09070, Ciudad de México
Impreso y hecho en México / *Printed in Mexico*

Guerreras y guerreros:
Como dice el increíble novelista Paulo Coelho,
lo difícil atrae, lo imposible seduce
y lo extremadamente complicado enamora.
Mil besos,

Megan

Capítulo 1

Como siempre, el bullicio en el aeropuerto Galeão de Río de Janeiro era frenético.

Tras bajarse del taxi que lo había llevado hasta la terminal, Dennis, un alto y atractivo brasileño, se despidió del taxista con amabilidad y se dirigió a hacer el *check-in* de su maleta.

Buscó entre los mostradores de Iberia a Tainara, la amiga de su hermana Wenda, y cuando ésta lo vio le hizo una señal para que se pusiera en su cola. Ella podía facilitarle mucho los trámites del viaje.

Mientras esperaba pacientemente en la fila masticando su chicle de cereza y escuchando música a través de los auriculares de su iPhone, Dennis pensó en su familia y sonrió. Haber pasado aquellos días con ellos antes de incorporarse a su nuevo trabajo en Londres había sido maravilloso.

Miró a su alrededor. Todos se veían felices. Viajar, por norma, alegraba a la gente. Hasta que sus ojos repararon en dos mujeres con unas llamativas pelucas de color rosa y verde que esperaban su turno en la misma fila que él, y sus movimientos llamaron su atención.

No daban la impresión de estar muy felices. Parecían discutir; mientras la del pelo rosa intentaba salirse de la fila para regresar junto a un hombre moreno que las observaba, la de la peluca verde la sujetaba del brazo y gruñía en inglés:

—Priscilla, haz el favor de ser juiciosa, que te recuerdo que la juiciosa siempre has sido tú.

—Pero, Lola...

—Nuestras vacaciones acababan hoy y tenemos que coger el avión. Fin del capítulo.

La de la peluca rosa suspiró y, señalando al morenazo que las observaba a pocos metros de ellas, respondió:

—Lola, míralo... ¡Es tan mono! Pero si hasta puedo rallar queso en sus abdominales.

—Sí, tienes razón —se mofó la otra.

—Por Dios, Lola, ¡me lo merezco tras lo que me hizo Conrad!

A Lola le dolió oír el nombre de su excuñado.

—¡Conrad!... —repitió Priscilla molesta—. No sé por qué lo menciono.

Con pena, Lola miró a su hermana. Pobrecita, lo estaba pasando fatal. Pero entonces ésta insistió:

—Voy a continuar un día más con mis vacaciones de pendón y la peluca rosa, te pongas como te pongas.

Lola observó a João, el brasileño que su hermana había conocido en su breve estancia allí, y entonces la oyó suplicar:

—Sólo un día más.

—No.

—Lolaaaaaaaaaaaaaa...

—Priscilla Simmons..., ¡no!

—Lola Simmons..., ¡por favor!

—Priscilla..., te vas a quitar la peluca y vamos a coger ese maldito avión. Luego acomodaremos nuestros lindos traseros en los mullidos sillones de *business*, donde dormiremos y veremos películas y, cuando lleguemos a Múnich, aterrizaremos para después despegar con destino a Londres, y no se hable más —gruñó la del pelo verde sin percatarse de que Dennis las observaba.

Al oír que su hermana rechinaba los dientes, Priscilla sonrió y, sin importarle el tono amenazante de aquélla, respondió:

—Ódiame, rechina los dientes, pero no pienso subir mi trasero al avión. Voy a cambiar otra vez el billete.

Lola abrió la boca y, mirándola, protestó:

—¿Otra vez? ¡¿Te has vuelto loca?!

—Quizá sí, pero...

Molesta, la del pelo verde se acercó a ella.

—Pero nada..., vas a coger el avión conmigo sí o sí. Le vas a decir adiós a ese brasileño mono y resultón que te ha dado samba al cuerpo y vamos a regresar a casa.

—No puedo..., mi cuerpo pide... ¡samba caliente!

Sin poder evitarlo, Lola sonrió.

—Priscilla..., piensa en mamá...

—No metas a mamá en esto, ¡tramposa!

—¡Priscilla!

—Lola..., Lola..., Lola...

—Ay, Dios..., ¡me vas a gastar el nombre! —se quejó ella.

—Por favor, no me hagas esto —la cortó su hermana—. El próximo avión a Londres sale dentro de diez horas. ¿Qué son diez horas si mi cuerpo se va pletórico?

—Priscilla, hemos retrasado la vuelta ya dos veces, y sabes que he de regresar porque tengo infinidad de cosas que organizar antes de comenzar a trabajar y no puedo aplazarlo ni un día más.

—Lo sé..., lo sé.

—¿Entonces...?

—Tú vete, ¡que yo lo entiendo! —La del pelo rosa sonrió—. Pero no te enfades conmigo por mi impulsividad en lo referente a João. Al fin y al cabo, no me espera nadie en casa.

Sin poder creerse la cabezonería de su hermana, Lola se tapó la cara con las manos mientras soltaba un gracioso chillidito de frustración.

—Bueno..., tampoco es para tanto —se quejó Priscilla.

—Mamá se va a disgustar.

—Lola..., ojalá mamá se enterara y se disgustara, pero no es así. Por tanto, no me vengas con ésas.

A cada segundo más desconcertada, la aludida preguntó mirándola:

—Pero ¿cómo voy a regresar sin ti a casa?

—Si te pregunta papá, dile que me puse cabezota. O dile simplemente que me compré una peluca rosa, me volví loca y me empeñé en acostarme con un brasileño que había conocido unas cuantas veces más antes de regresar a mi fría y aburrida vida en Londres.

—Priscilla...

—Por favor..., por favor... —insistió aquélla.

Ver la cara de su hermana haciéndole ojitos al final hizo sonreír a Lola y, resignada, la joven se encogió de hombros y murmuró abstraída en sus pensamientos:

—De acuerdo. Tú sabrás lo que haces.

Aquél era su viaje. El viaje de hermanas que hacían todos los años y al que siempre las había acompañado su hermano Daryl, hasta que éste comenzó a trabajar de piloto en una compañía aérea y sus obligaciones se lo impidieron.

Priscilla, Daryl y Lola eran hermanos de padre. De un padre difícil de tratar llamado Colin Gabriel Simmons, que, tras conocer a Elora Seford, una historiadora que impartía clases en el colegio del padre de Colin, se casó con ella obligado por su progenitor. Un año después, del fruto de esa unión nació Priscilla, una preciosa niña rubia como la madre.

Pero a Elora le encantaba su trabajo. Era una excelente y aclamada historiadora londinense, y para el padre de Colin, historiador también, ella se convirtió en su ojito derecho, una complicidad que su hijo no soportaba. No sólo había tenido que casarse con la mujer que su padre le había impuesto, sino que además ahora debía aguantar que aquél estuviera más orgulloso de ella que de él, y eso hizo que el matrimonio se distanciara. Colin volvió a su vida de mujeriego y, junto a sus amigos, disfrutaba de la noche con discreción.

Elora y él vivían en la misma casa, pero no compartían habitación. Era la manera que Colin tenía de castigar a su mujer por tener mejor relación con su padre que él. Elora trató de hablar con él, intentó hacerle ver que el hijo era el heredero de aquella institución, y no ella, pero le fue imposible. Colin estaba resentido con su progenitor y con el mundo entero en general, y Elora decidió asumirlo y callar por amor.

Así estuvieron nueve años. Nueve años en los que nadie sospechó la verdadera vida que aquéllos llevaban tras las puertas de su hogar.

Durante ese largo tiempo de distanciamiento, una noche en la que Colin salió de cena con sus amigos, conoció a María, una chica hippy de madre española y padre irlandés que lo sacaba de sus casillas, pero de la que se enamoró perdidamente en apenas quince días por su locura y su impulsividad.

De esta relación clandestina nació Lola, una preciosa niña pelirroja de ojos verdes como los de su padre, que, al igual que su hija Priscilla, que ya tenía nueve años, le robó el corazón.

Pero María era un espíritu libre y, cuando decidió marcharse con Lola, Colin no pudo hacer nada, pues no quería que la gente supiera de su infidelidad. En el mundo elitista en el que se movía no habría estado bien visto que hubiera tenido una hija fuera del matrimonio y, desesperado, las dejó marchar.

Elora, que lo observaba en silencio, se compadeció de él al ver su dolor y, a pesar de que tenía conocimiento de la existencia de aquella niña y del amor que Colin le profesaba a aquella mujer, lo aceptó en su cama y lo consoló.

Nueve meses más tarde, Elora dio a luz a un niño al que le pusieron de nombre Daryl Michael Simmons, y que se convirtió rápidamente en el orgullo de su padre.

Cuatro años después, una tarde, una pintoresca mujer llamada Diana llamó a la puerta de los Simmons en Wimbledon Park y, cuando Colin vio a aquella niña pelirroja de ojos verdes que se escondía detrás de ella, supo de inmediato que se trataba de Lola.

Elora, que valía más por lo que callaba que por lo que decía, se compadeció de la pequeña. ¿Por qué los errores de los padres siempre tenían que pagarlos los hijos? Y, una vez más, olvidándose de sí misma, permitió que aquella mujer y la chiquilla entraran en su casa en busca de ayuda.

Ese día, Colin se enteró con amargura de que María vivía en una comuna en las Bahamas y que, deseosa de quitarse a la niña de encima, había llamado a su madre, que residía en Londres, y le había ofrecido a la chiquilla a cambio de una sustanciosa cantidad de dinero. Si ella no la quería, ya encontraría a quién dársela.

Eso escandalizó a Elora y a Colin. ¿Cómo podía una madre hacer eso?

Diana, la madre de María, había ido a por su nieta enseguida. Pero el viaje y el dinero que le había entregado a su hija a cambio de la pequeña consumieron sus escasos recursos económicos y, cuando su hija le confesó quién era el padre, la mujer no lo dudó y acudió a su casa en busca de ayuda. Le gustara o no al señor

Simmons, aquélla era su hija y, como tal, tenía que hacer algo para sacarla adelante.

Colin la escuchó atónito mientras observaba cómo Elora sonreía a la pequeña y ésta, feliz, le respondía. Entonces, deseoso de ayudar a la chiquilla, llegó a un acuerdo con Diana: la niña viviría en casa de su abuela y Colin cada mes se encargaría de su manutención y del pago de un buen colegio. A Lola no le faltaría de nada.

Durante cuatro meses, Elora visitó casi a diario a Lola. La cría era un encanto, y la mujer se encariñó con ella. Incluso las tardes o las noches en que Diana trabajaba, Elora se ocupaba de ella. Aquella niña buscaba cariño continuamente en sus brazos y, sin dudarlo, Elora se lo dio.

Cinco meses después de que Lola apareciese en sus vidas, el padre de Colin murió y él heredó el colegio en su totalidad. Pero el día en que fue nombrado director, una llamada desde un hospital les aguó la fiesta, al enterarse de que Diana, la abuela de Lola, había sido atropellada por un vehículo.

Elora y Colin fueron al hospital y, tras comprobar que la mujer estaba bien, ésta les pidió que la ayudaran con Lola. En la salita colindante había una trabajadora social con la niña. El hospital la había llamado y pretendía llevarse a la pequeña a una casa de acogida mientras ella se recuperaba.

Al oír eso, Elora tomó una decisión que contó con la aceptación de Diana: Colin tenía que reconocer a Lola para que la niña pudiera vivir con ellos y en paz.

En un principio, él se agobió. Cuando la gente se enterase de aquel desliz, su estatus se vería afectado. Pero Elora se plantó, sacó el carácter que nunca había sacado para defender a la chiquilla y lo amenazó diciendo que, si Lola no vivía bajo el mismo techo que sus hermanos, el escándalo lo montaría ella. Diana la secundó.

Viendo que el escándalo sería peor si lo organizaban ellas, Colin aceptó y, aunque al conocerse la existencia de la niña se armó un gran revuelo en Londres, al final, como suele pasar con estas cosas, todo volvió a la normalidad.

Lola fue criada como una hija más por Elora y por Colin. Y Daryl y Priscilla ganaron una hermana y una abuela con Diana. La abuela sacaba de sus casillas a Colin porque se dedicaba a leer la bola de cristal, las manos y el tarot, pero, junto a Elora, formaban una familia feliz.

Sin embargo, por desgracia, María, la hija de Diana, acudía cada cierto tiempo en busca de dinero, que siempre conseguía. Cuando no era Colin, era su madre, pero María en todo momento se salía con la suya.

Cada vez que ella aparecía, Elora se desmoronaba. No por su pequeña, sino por su marido. Colin bebía los vientos por María; aquella mujer lo manejaba, lo atontaba, hacía con él todo lo que quería. Sin duda el amor que Colin sentía por ella aún estaba latente, y eso a Elora le fue rompiendo el corazón.

Los años pasaron, y Lola era consciente del sufrimiento de Elora por culpa de aquella mujer. María, su madre biológica, sólo llevaba desgracias a su vida cuando aparecía, pues ni su abuela ni su padre eran capaces de decir que no a sus caprichos.

Así pues, Lola tomó una decisión drástica en lo referente a su madre biológica. Todo lo que hiciera daño a Elora o a su familia lo quería lejos de su vida, y María era una de esas cosas.

Diana intentaba ser el nexo de unión entre Lola y María, pero cada día le resultaba más difícil; la pasividad de su hija no ayudaba, y el comportamiento de Lola tampoco. Aun así, no desistió. Ellas eran su familia.

Con los años, la salud de Elora empeoró. De pronto, la gran profesora de historia que dejaba a todos con la boca abierta comenzó a comportarse de un modo raro, y eso empezó a preocupar a su familia: olvidaba cosas, su estado de ánimo cambiaba constantemente, se desorientaba... Al final, sus hijos, preocupados por su extraño comportamiento, la llevaron al mejor médico de Londres y, tras varias pruebas, le diagnosticaron Alzheimer.

Saber de su enfermedad fue un gran palo para Elora. ¿Cómo le podía estar pasando aquello?

Sus hijos, asustados, buscaron ayuda con rapidez, pues todo lo que pudieran hacer por su madre era poco. Mientras tanto, el frío

Colin permanecía impasible: ya estaban sus hijos y el dinero para cuidar de Elora.

Y así fue durante mucho tiempo, hasta que cinco años antes Elora había perdido totalmente la memoria y la consciencia y, con todo el dolor del mundo, tuvieron que ingresarla en una residencia ante la imposibilidad de tenerla en casa. Ese día, Colin, el duro Colin, se derrumbó. Sus hijos deseaban lo mejor para ella, y él no se lo negó. Elora lo merecía.

Ese mismo año, en la cena de Navidad, Colin les presentó a sus hijos a Rose, una mujer algo más joven que Elora que llevaba un tiempo formando parte de su vida. En un principio, Rose no fue bien acogida en la casa. En las fiestas, en los cumpleaños, en los comienzos o finales de curso, Rose adoptaba el papel de su madre, y eso no les gustaba nada, pero al final supo ganárselos a todos. Era inevitable no quererla.

—Lola..., Lola... —la llamó Priscilla.

La joven miró a su hermana y ésta preguntó sonriendo:

—¿Ya estabas en Lolamundo?

Ella sonrió también. Siempre que se quedaba pensando en algo, sus hermanos se mofaban diciéndole que estaba en un lugar llamado *Lolamundo*.

—Mira, no alarguemos más esto. Me voy —declaró presurosa Priscilla—. Nos vemos dentro de un par de días en Londres.

Dicho esto, abrazó a su hermana, la besó y se alejó. Al pasar junto a Dennis, ambos se sonrieron y, después, Priscilla corrió hacia João, que la abrazó. Tras besarse, se cogieron de la mano y se encaminaron hacia el exterior del aeropuerto mientras Lola los observaba.

Diez minutos después, Lola facturó su maleta en el mostrador de la compañía para la que trabajaba su hermano. Una vez que su equipaje se hubo alejado en la cinta transportadora, echó a andar, sola y con las manos metidas en los bolsillos de su falda, sin ser consciente de que un par de ojos oscuros, vivos y curiosos no habían parado de observarla.

Cuando Dennis llegó al mostrador, saludó a una joven con una de sus insinuantes miradas.

—Hola, Tainara.

Sonrojada, la muchacha asintió. Aquél era el hermano de su mejor amiga, y la pieza de caza por la que muchas se habían vuelto locas durante los días que había estado en Brasil.

—Hola, Dennis —respondió alterada.

Durante un rato hablaron de cosas triviales. Si algo sabía hacer muy bien Dennis era conseguir que las mujeres se rindieran a sus encantos y, cuando la tuvo donde él quería, preguntó:

—¿Podrías hacerme un favor, Tainara?

Ella asintió encantada. Nada la complacería más que hacer lo que él deseara.

—Claro..., será un placer.

Satisfecho al ver cómo ella lo miraba, Dennis murmuró con su melosona sonrisa:

—Sé que en mi vuelo va una amiga mía. Se llama Lola Simmons y viaja, como yo, en *business*. ¿Podrías acomodarme junto a ella?

Rápidamente, Tainara consultó la lista de pasajeros y, al cabo, afirmó sonriendo:

—Solucionado. Ya te he puesto a su lado.

Dennis clavó sus oscuros ojos en los de ella y, sonriendo de nuevo, cuchicheó:

—Gracias. ¡Te debo una copa!

A Tainara se le desbocó el corazón. Tomarse una copa con él sería algo increíble, y ya estaba deseando contárselo a sus amigas.

Después de colocar su maleta en la cinta transportadora, Dennis cogió el billete que le entregaba la chica y, tras guiñarle un ojo con complicidad, se encaminó hacia el control de seguridad para ir al área de embarque.

Esperó su turno para pasar por el arco. Dejó su mochila de cuero negra y su móvil en una bandeja blanca y el iPad en otra y, tras sonreírle a la agente de policía, ésta le hizo un ademán con la cabeza y Dennis pasó. Luego recogió sus cosas y caminó durante un rato por las tiendas del aeropuerto, observando con curiosidad ciertos productos. Cuando vio el perfume que él solía usar, lo cogió y se echó un poco; le agradaba mucho su olor.

Tras su paseo por las tiendas, se dirigió hacia uno de los paneles informativos que había distribuidos por la terminal y, cuando localizó su vuelo, vio la puerta de embarque que le correspondía y se dirigió hacia un Starbucks que había frente a ella.

Pidió un *caffè latte* y se sentó a una de las mesas. Echó un vistazo a su alrededor en busca de la chica del pelo verde, pero, al no verla, abrió su mochila, sacó su iPad, miró en su lista de música y, tras acceder a una carpeta, comenzó a sonar la canción *Por qué llorar*,[1] interpretada por Pastora Soler. Mientras Dennis la tarareaba, comprobó su correo y, después, buscó la prensa digital. Tenía rato para leerla.

Estaba leyendo ensimismado cuando sonó su teléfono móvil. Sonrió al ver el nombre que indicaba la pantalla y murmuró en portugués:

—*Oi, mamãe.*

Mientras hablaba con su madre, Dennis vio a la mujer que había estado buscando, pero en vez de llevar la peluca verde, esta vez lucía un precioso pelo rojo. ¡Era pelirroja! La observó acercarse a las sillas que había junto a la puerta de embarque y tomar asiento. Con curiosidad, miró cómo ella se recogía su bonito pelo en una coleta alta, y se quedó atontado contemplando su esbelto y tentador cuello. ¡Era muy sexi!

Ella terminó de hacerse la coleta, cogió su móvil del bolsillo de la falda larga que llevaba y consultó algo en él que la hizo sonreír. Luego lo guardó, abrió un enorme bolso, sacó un libro y se puso a leer.

Minutos después, cuando Dennis se despidió de su madre, no se movió del sitio. Continuó sentado en la silla del Starbucks, mientras observaba con disimulo a la mujer que estaría sentada a su lado las próximas trece horas mientras en su iPad sonaba *Insensatez*,[2] cantada por Mónica Naranjo.

Aquel pelo rojo recogido con descuido la hacía fresca y espe-

1. *Por qué llorar (Para que chorar)*, WM Spain, interpretada por Pastora Soler. *(N. de la E.)*

2. *Insensatez*, WM Spain, interpretada por Mónica Naranjo. *(N. de la E.)*

cial. La joven se quitó entonces una chaqueta que llevaba y Dennis pudo distinguir un poco más su figura, en especial sus pechos. Unos pechos ni grandes ni pequeños pero tentadores. La boca se le secó. Imaginar a aquella mujer desnuda sobre sus piernas lo excitó y, sonriendo, decidió pensar en otra cosa. No era momento de andar excitado.

Así pasó más de una hora y, cuando la azafata anunció el embarque del vuelo, Dennis guardó su iPad en la mochila, se levantó de su silla y se puso justo detrás de la pelirroja, que seguía sin percatarse del marcaje que aquél llevaba haciéndole desde hacía un buen rato.

El perfume que desprendía era agradable, realmente olía muy bien, pero a Dennis le gustó más aún cómo movía el cuello y se lo rascaba despacio. Por encima de su hombro leyó el título del libro de tapas negras y sonrió. Lo había leído meses antes, recomendado por su amiga Judith.

Una vez que la pelirroja le entregó su billete a una mujer de la compañía aérea que los recogía en la sala de embarque, Dennis la observó caminar. Andaba con confianza, erotismo y certeza. Tras dar su billete a la joven del mostrador, que le sonrió, el brasileño continuó caminando detrás de aquélla. Eso sí, ralentizó su paso, para que, cuando se acercara a su sitio, ella ya estuviera acomodada y lo mirara al llegar.

Algo acongojada por dejar a su hermana Priscilla allí, Lola caminaba hacia el avión. Tras saludar con un movimiento de la cabeza a la azafata de la entrada, se dirigió a su asiento, situado en la fila central, en clase *business*. De algo servía tener un hermano piloto.

Mientras se acomodaba y oía por los altavoces del avión la suave canción *La chica de Ipanema*,[3] interpretada por João Gilberto, se percató de que alguien se paraba al otro lado del ancho pasillo. Al mirar se encontró con un hombre alto, moreno y terriblemente atractivo que le sonrió y la saludó en inglés.

—Hola.

3. *Garota de Ipanema*, Doxy Records, interpretada por João Gilberto. *(N. de la E.)*

Lola clavó los ojos en él y lo observó unos segundos. Aquel hombre tenía una turbadora y hechizante mirada; sin embargo volvió en sí, se colocó un mechón rojo tras la oreja y le devolvió el saludo de forma escueta:

—Hola.

Durante unos segundos ambos estuvieron a lo suyo, hasta que Dennis vio que ella se sentaba y, mirándola al ver que tarareaba la canción, indicó:

—Preciosa canción, la *Garota de Ipanema*.[4]

Al oírlo, Lola asintió.

—Sí. Muy bonita.

Sin darse por vencido, el guapo brasileño sonrió e insistió:

—Parece que viajaremos juntos.

—Eso parece —se limitó a responder ella mientras abría su libro.

Sin decir más, él dejó su mochila junto al asiento de la mujer y, rápidamente, una de las azafatas acudió en su ayuda. Dennis fue encantador con ella, que le sonreía ensimismada, mientras observaba con el rabillo del ojo cómo la joven pelirroja volvía a sumergirse en el libro.

Una vez que la azafata se marchó de su lado, él abrió su mochila negra, sacó su iPad y lo dejó sobre el asiento. Después colocó la mochila junto a su cazadora y, tras sentarse, observó a su compañera de viaje y preguntó:

—¿Quieres un chicle?

Ella lo miró y, al ver que era de cereza, repuso sonriendo:

—No, gracias.

Dennis se guardó el paquete de chicles y, en vista de que aquélla no parecía con ganas de hablar, comenzó a trastear con la pantalla de televisión que tenía ante él para ver las películas que había disponibles.

Con disimulo, Lola miraba cómo él manejaba con gran habilidad el mando a distancia de la televisión, que estaba acoplado al brazo del asiento. Sin duda, no era la primera ni la segunda vez

4. Véase la nota 3. *(N. de la E.)*

que lo utilizaba y, olvidándose de su libro, observó las películas que aparecían en la pantalla. Había al menos tres de ellas que no había visto, y sin duda las vería.

En ese instante se oyó por los altavoces:

—Buenas tardes, señores pasajeros. El comandante y la tripulación les damos la bienvenida y las gracias por elegir el vuelo de la compañía Iberia con destino a Londres, que hace escala en Múnich...

Mientras la azafata continuaba hablando a través de los altavoces, sus compañeras pasaron para preguntarles con amabilidad si deseaban algo de beber. Tanto Lola como Dennis pidieron una copa de vino blanco, lo que hizo que ambos se miraran y sonrieran. Entonces, aprovechando la situación, él murmuró:

—No es el mejor vino del mundo, pero no está mal.

Lola asintió, y él prosiguió:

—Odio volar, pero tras las vacaciones en mi tierra he de regresar a Múnich, y un vino nunca viene mal para templar los nervios.

La joven sonrió y, bajando el libro, comentó:

—Pues, para no gustarte los aviones, tienes un vuelo de más de trece horas por delante.

Dennis asintió y, sonriendo como sólo él sabía, afirmó:

—Ha merecido la pena sólo por haber visto a mi familia.

La joven sonrió de nuevo al oír eso, y entonces él le tendió la mano y se presentó:

—Mi nombre es Dennis. Dennis Alves.

Lola sonrió. Sin duda le esperaba un buen viaje por delante con aquella compañía; le cogió la mano y soltó, mientras se la estrechaba:

—Keira. Keira McCarty.

—¿Irlandesa?

Ella asintió. Le gustaba utilizar el nombre y el apellido de su bisabuela materna y, tocándose el cabello rojo, se mofó:

—Mi pelo lo grita a los cuatro vientos.

Dennis se sorprendió al oír el nombre con el que ella se había presentado, pues sabía muy bien que se llamaba Lola, concretamente, Lola Simmons. No obstante, como no quería revelar lo que sabía, sin soltar su mano, se la llevó a los labios, le besó los nudillos y murmuró:

—Encantado de conocerte, Keira.

La joven asintió. Sin duda, aquel hombre era un depredador sexual como lo era ella con quien se le antojaba y, dispuesta a no dejarse amedrentar ni por él ni por nadie, sonrió y, cogiendo de nuevo su libro, prosiguió su lectura. Quedaba mucho viaje.

Quince minutos después, el avión empezó a moverse, y de nuevo se oyó por los altavoces:

—Señores pasajeros, siguiendo las normas internacionales de la aviación civil, vamos a efectuar una demostración sobre el uso del cinturón de seguridad, el chaleco salvavidas, la localización de las salidas de emergencia y las máscaras de oxígeno. Por favor, es muy importante que presten atención. El cinturón de seguridad debe...

Dennis se fijó en la azafata que, en el pasillo, realizaba movimientos con un cinturón de seguridad en la mano, y se alegró al ver que ésta lo miraba con una sonrisita. Estuvo atento a todo lo que ella hacía y, en cuanto acabó, supo que el avión despegaría al cabo de breves segundos.

Cuando, poco después, el aparato enfiló la pista de despegue y los motores sonaban a tope, Lola observó con disimulo cómo el brasileño se agarraba con fuerza al asiento. Ver aquello le hizo gracia.

¿Cómo un tío tan grandullón y que parecía tan seguro de todo podía tener miedo a volar?

El avión comenzó a acelerar, a acelerar y a acelerar, y Dennis cerró los ojos.

—Tranquilo..., no pasa nada —oyó de pronto—. Todo va bien.

Al oír la voz de la joven, él abrió los ojos y, mirándola totalmente agarrotado, replicó:

—Lo paso fatal cuando despego o aterrizo porque sé que es el momento más peligroso.

—¡Pero si es lo más divertido! —se mofó ella.

—Lo siento, pero no puedo ni sonreír —susurró él, a quien los nudillos se le pusieron blancos cuando el avión inició su ascenso.

Sin pensarlo, Lola entrelazó sus dedos con los de él y, mirándolo, empezó a hablarle para distraerlo. Cuando terminó el despegue y el avión se estabilizó, le soltó la mano y afirmó con positividad:

—Ya está. ¡Se acabó la subida! Ahora tendremos un estupendo vuelo hasta Múnich.

Encantado, el brasileño se relajó. Se sentía ridículo, pero le regaló una fantástica sonrisa para agradecérselo y dijo:

—Muchas gracias por tu ayuda.

—Tranquilo. Para eso están los compañeros de viaje.

A él le encantó la sonrisa de aquella muchacha, justo en el momento en que ella cogía de nuevo su libro y volvía a ensimismarse en la lectura.

Una hora después, la azafata les dejó unas bebidas, unos cacahuetes y unas aceitunas de las que dieron cuenta en silencio, cada uno sumergido en sus cosas. Pero cuando llegó la hora de la comida, mientras ambos degustaban lo que las azafatas habían puesto ante ellos, Dennis miró a Lola y le preguntó:

—Keira, ¿has estado en Brasil por trabajo o por placer?

Una vez que hubo tragado el trozo de pollo que tenía en la boca, ella contestó:

—Placer. He estado de vacaciones con mi hermana.

Él asintió y preguntó a continuación haciéndose el tonto:

—¿Tu hermana vive en Río y fuiste a verla?

—No. —Lola sonrió—. Ella no es de Río, pero digamos que conoció a alguien allí y ha preferido apurar su viaje un día más.

—Woooo..., eso suena muy bien. —Dennis también sonrió.

—Sí —respondió ella riendo—. Sin duda para ella suena bien, pero para mí será otra cosa cuando mi padre vea que regreso sola.

—Pero no es culpa tuya. Como tú dices, tu hermana ha decidido retrasar su viaje.

Lola asintió. Era consciente de que él llevaba razón.

—Lo sé —respondió, e intentando cambiar de tema, añadió—: Intuyo que tú también estabas en Brasil por placer.

—Aprovechando las vacaciones en Múnich, vine a visitar a mi familia —dijo Dennis.

—Pero ¿qué hace un brasileño viviendo en Múnich?

—Trabajar —respondió él sonriendo encantado.

Continuaron comiendo en silencio, hasta que Dennis indicó:

—El libro erótico que estás leyendo lo leí hace tiempo.

Lola miró el libro que tenía en el lateral y oyó que él añadía:

—Es interesante.

Ella asintió. Era un libro con un alto contenido de erotismo y fantasía, y afirmó bajando la voz:

—Y muy morboso.

A continuación, ambos rieron; como siempre, el sexo ocasionaba risas. Entonces, el brasileño preguntó sin cortarse una pizca:

—Y ¿qué piensas con respecto a lo que lees?

—¿A qué te refieres?

Sabedor de la atracción que ejercía entre las mujeres, Dennis se acercó un poco más a ella y murmuró:

—Me refiero a si lo ves factible o eres de las que se asustan ante estos temas.

Durante varios segundos, ambos se miraron. Sin duda, estaba claro lo que pensaban en relación a lo que ponía en aquel libro, así que, dejándose llevar por el momento, y consciente de que con seguridad no volvería a ver a aquel guapo moreno en su vida, Lola acercó la cabeza a la de él, y a tan sólo un par de centímetros de su boca respondió mirándolo a los ojos:

—Me gusta lo que leo. Creo que todos tenemos fantasías y no me asusta el sexo.

Sin apartarse de ella, sabiendo que la tenía donde quería, el brasileño sonrió y oyó que ella añadía:

—Y, aunque pienses que has conseguido lo que buscabas de mí, he de ser sincera y decirte que he sido yo quien lo ha conseguido. —Dennis, que no entendía nada, frunció el ceño, y ella prosiguió—: Te vi en la sala de embarque y rápidamente sentí que me observabas. Estabas sentado en el Starbucks, tomándote algo y jugueteando con tu iPad, aunque mirarme te entretenía mucho más. Después, durante el embarque, mientras hacíamos cola, te sentí detrás de mí y eso me agradó. Es más, me encantó tu perfume. ¿Cuál llevas?

—Loewe 7.

Lola asintió al tiempo que en su interior sonreía al ver al brasileño tan descolocado.

Le encantaba desarmar a los hombres, y cuanto más creídos y seguros de sí mismos eran, más disfrutaba. Así pues, continuó:

—Aunque no lo creas, proseguí con mi juego y me excitó saber que me mirabas mientras caminaba delante de ti. Aunque no veía tu cara, sabía que observabas el movimiento de mis caderas al andar, y yo lo acentué dispuesta a hacerte ver lo segura que me siento como mujer. Y ya ni te cuento cuánto me sorprendí al descubrir que eras mi compañero de viaje. Por tanto, no creas que yo he sucumbido a tus encantos; digamos más bien que tú sucumbiste a los míos desde el momento en que yo me lo propuse.

Sorprendido, estupefacto y pasmado, Dennis parpadeó cuando aquélla, sin un ápice de vergüenza, posó los labios sobre los suyos y, rozándoselos, murmuró:

—Eres sexi, tentador, y algo me dice que muy apasionado en la cama, pero estoy cansada y quiero llegar a mi casa.

Boquiabierto, Dennis no se movió.

En cuanto al sexo se refería, el depredador siempre había sido él, pero sin duda aquella pelirroja de ojos verdes y descarados no se quedaba atrás.

Cuando abrió la boca dispuesto a aceptar la sugerente lengua de ella, Lola sonrió y, tras darle un leve piquito en la punta de la nariz, musitó regresando a su butaca:

—Y, ahora que ya hemos puesto las cartas sobre la mesa, ¿qué te parece si cada uno ve una película y enfriamos el momento?

Dennis asintió.

En la vida había conocido distintos tipos de mujeres: divertidas, alocadas, tímidas, sonrientes, miedosas, entregadas... Pero aquella clase de mujer, tan clara, tan concisa, tan segura de sí misma, era algo nuevo para él.

—Veamos una película —murmuró finalmente—. Será lo mejor.

Lola sonrió y se arrellanó en su asiento. Si algo había aprendido desde pequeña, era a ir un paso por delante, y con aquél había sido así.

Capítulo 2

Con el asiento reclinado en el avión, Dennis intentaba dormir mientras todo a su alrededor estaba oscuro.

Llevaban en el aire unas diez horas, y varias en las que no había vuelto a cruzar palabra con la vecina de butaca, quien, tras ver una película, había reclinado su asiento hasta convertirlo casi en una cama y se había dormido.

Estaba mirando al techo del avión cuando vio pasar a las azafatas con gestos serios hacia la cabina del piloto. Aquello llamó su atención y, tocando los botones de su butaca cama, levantó el respaldo y, al ver que la azafata lo miraba, Dennis se levantó y preguntó:

—¿Ocurre algo?

La chica sonrió y negó con la cabeza.

—Regrese a su asiento, por favor, y abróchese el cinturón.

Dennis no se movió e insistió:

—Pero ¿ocurre algo?

En ese instante, el avión dio una especie de salto que despertó a todos los que estaban dormidos. Mirando a la azafata, el brasileño iba a repetir su pregunta cuando ésta, con gesto sonriente pero pálida como la cera, al ver aparecer a sus compañeras, volvió a insistir:

—Por favor, señor, regrese a su asiento y abróchese el cinturón.

Dennis entendió de pronto que tenían problemas. Al volver a su sitio, Lola, que se había despertado como el resto de los pasajeros, lo miró y, mientras colocaba su asiento en posición vertical, preguntó:

—¿Qué pasa?

Dennis se abrochó presuroso el cinturón de seguridad, la miró y dijo:

—No lo sé, pero sin duda algo no va bien.

A Lola se le aceleró el corazón al oír eso, y más cuando el avión volvió a sacudirse y comenzaron a sonar gritos de los pasajeros y por megafonía se oyó:

—Señores pasajeros, si hay a bordo del avión algún médico, bombero o personal de cualquier otra compañía aérea, por favor, identifíquense. Gracias.

El corazón de Lola volvió a acelerarse. Si por megafonía decían eso, ¡algo iba mal!

En ese momento una azafata llegó hasta Dennis y, tocándolo en el hombro, pidió:

—Por favor, caballero, ¿me podría acompañar?

Sorprendido, él se levantó, pero entonces sintió que la joven de al lado lo cogía de la mano con brusquedad y con ojos asustados murmuraba:

—No te vayas.

—Tengo que...

—No se te ocurra dejarme aquí sola.

La intensidad de su mirada y el miedo que percibió en su voz hicieron que Dennis se olvidara de sus propios nervios y, dirigiéndose a ella, repuso:

—Te prometo que regresaré dentro de dos segundos. Tranquila.

Una vez que se marchó, el avión volvió a dar otra sacudida, y Lola, sola en aquel enorme asiento de *business*, se agarró a él mientras murmuraba:

—No..., no..., esto no puede estar pasando.

Tras reunir a un grupo de personas, las azafatas les explicaron que tenían un problema con el motor derecho del avión, pero que todo saldría bien. Después les pidieron colaboración para proceder a la evacuación del aparato en cuanto tomaran tierra.

Dicho esto, todos regresaron a sus asientos. Cuando Dennis llegó junto a Lola, se sentó a su lado, se abrochó el cinturón de seguridad y, cogiéndole la mano sin preguntar, declaró:

—Tranquila. Está todo controlado.

—No te creo, pero eso que dices parece muy bonito. ¿Qué ocurre?

Tan angustiado como ella, aunque no lo pareciera, Dennis murmuró:

—Hay un problema en el motor derecho y vamos a hacer un aterrizaje de emergencia...

—Ay, Dios mío... ¡Nos vamos a...!

Lola no pudo terminar la frase, porque el brasileño, al darse cuenta de lo que aquélla iba a chillar, la acercó hacia él y la besó. Fue un beso corto pero sensual, y cuando la separó de él murmuró mirándola a los ojos:

—Como tú me dijiste cuando despegamos, ¡todo va a salir bien!

—Pero...

—Todo va a salir bien. Podrás llegar a tu casa y descansar.

Lola no contestó. No podía. No estaba ella para jueguecitos tontos. Estaba aterrorizada y además oía a unas señoras gritar asustadas.

—Keira, ¡mírame! —insistió Dennis. Como pudo, ella lo miró y él indicó—: No va a pasar nada. Confía en mí.

Lola, que apretaba la mano de él hasta cortar la circulación de ambos, asintió y, a pesar del miedo que tenía, consiguió decir:

—De acuerdo. Confío en ti.

Dennis sonrió, justo en el momento en que el avión volvía a sacudirse y las mascarillas caían sobre ellos.

¡La cosa se ponía cada segundo más fea!

La tripulación calmaba al pasaje como podía, y por megafonía les explicaban que, por un problema en uno de los motores, tenían que hacer un aterrizaje de emergencia en España. Concretamente, en el aeropuerto Adolfo Suárez de Madrid.

Todos se miraron asustados.

Oír algo así en pleno vuelo era como poco aterrador, pero la tripulación los tranquilizó con profesionalidad y les explicó cómo colocarse al aterrizar y cómo proceder en cuanto se diera la señal de evacuación.

Lola, igual que el resto de los pasajeros, estaba atacada. Podía ver el miedo en los ojos de todo el mundo, pero intentando no perder la cordura, miró a Dennis justo en el momento en que el capitán dijo algo por megafonía y la tripulación comenzó a gritar en varios idiomas:

—¡Protección! ¡Cabezas agachadas!

Agarrada a Dennis e inclinada hacia delante como él, Lola notó cómo el avión se movía de una manera rara y, tras tocar el suelo, avanzaba sin parar, mientras móviles, gafas y un montón de objetos volaban por los aires y un terrible olor a quemado les inundaba las fosas nasales.

Oír a la gente chillar, el tremendo ruido del avión, el olor a quemado y el miedo que tenía en el cuerpo apenas si la dejaban respirar, hasta que finalmente el aparato se detuvo y oyó gritar a las azafatas:

—¡Evacuación!

Dennis le soltó entonces la mano, se desabrochó el cinturón y, tirando de ella, agarró su bolso, que había caído sobre sus piernas, y dijo:

—Vamos, quítate el cinturón. Hay que salir de aquí.

A partir de ese instante, todo ocurrió con rapidez.

La tripulación abrió la puerta en modo armado, se desplegó una rampa y Dennis y otras personas ayudaron a evacuar lo más rápidamente posible a los pasajeros. Cuando Lola tocó con los pies el suelo de la pista del aeropuerto de Madrid, las piernas le fallaron, y si no llega a ser porque un bombero la sujetó, se habría pegado un buen leñazo.

Atontolinada por lo ocurrido, miró hacia atrás en busca del brasileño, pero no lo vio. Intentó regresar al avión a por él, sin embargo no la dejaron. La gente lloraba asustada y corría, y al final, junto a otros pasajeros, la metieron en un minibús y se los llevaron a todos de allí.

Era de noche, y cuando Lola entró en la enorme terminal T4, donde no había nadie, observó uno de los relojes informativos y vio que eran las dos y cinco de la madrugada.

Los pasajeros no habían sufrido ningún daño, pero allí había médicos preocupándose por su estado. No había ocurrido nada que no se pudiera remediar.

Aún asustada, Lola miró a su alrededor agarrada a su bolso. Necesitaba localizar a Dennis, pero no lo encontraba. Lo último que supo de él había sido que la había puesto sobre la rampa y la había empujado para que bajara. Después la había cogido el bombero y ahora estaba allí.

Llegaron un par de minibuses más con otros pasajeros asustados. Unos reían, otros lloraban, otros aún estaban en estado de *shock*, y, a cada segundo que pasaba, Lola era consciente de lo ocurrido, de que no había sucedido nada y de que allí estaba, vivita y coleando.

Angustiada, observaba a la gente que continuamente entraba en aquella zona, hasta que por fin lo vio. Allí estaba el morenazo que buscaba, y sintió un gran alivio. Sin quitarle los ojos de encima, vio que él se detenía, miraba a su alrededor y, cuando la vio, sonrió.

Sin moverse, se miraron durante unos segundos, hasta que los dos, como atraídos por un imán, comenzaron a andar en la dirección del otro.

—¿Lo ves? —dijo él cuando estuvieron frente a frente—. Todo ha salido bien.

Lola sonrió. Supuestamente era a él a quien le daba miedo volar; entonces se tiró a su cuello, se le abrazó y murmuró mientras cerraba los ojos:

—Gracias... Gracias por haber estado a mi lado.

Encantado, Dennis la estrechó entre sus brazos. Hundió la nariz en el cuello de ella y respondió aliviado por haber sido capaz de contener sus miedos y no quedarse bloqueado:

—Lo mismo digo.

Así estuvieron unos minutos, hasta que un señor de barba blanca se presentó ante todos como el responsable de la compañía aérea y los informó de lo ocurrido y de las medidas que podían tomar mientras les entregaba unos papeles.

Veinte minutos después, aquel mismo hombre, tras aclarar todo lo que se le había preguntado, les dio tres opciones: la primera, llevarlos a un hotel para que pasaran la noche y coger un vuelo al día siguiente hasta Múnich o Londres; la segunda, coger esa misma madrugada vuelos directos a Múnich o a Londres, y la tercera, si alguien que fuera a Múnich no quería volar, la compañía estaba dispuesta a pagarle un billete de tren o autobús hasta su destino.

—Uf..., aún tengo el susto en el cuerpo —murmuró Lola.

Dennis la entendió. A él le pasaba lo mismo, pero con positividad dijo:

—Tranquila. Llegaremos bien hasta nuestras casas y sin problema.

—Eso espero.

Él sonrió y, deseoso de saber más de ella, preguntó:

—¿Irá a buscarte alguien especial al aeropuerto?

Lola lo pensó y finalmente respondió:

—Si especial es el taxi que cogeré para ir a mi casa, entonces sí.

Dennis asintió. Le agradaba saber aquello.

Minutos después, Lola optó por elegir la segunda opción. Su vuelo saldría dentro de cinco horas y no tendría que hacer escala en Múnich.

Dennis optó por un vuelo directo a Múnich que salía una hora más tarde que el de Lola.

Se sentaron en la solitaria terminal a esperar y, pasada una hora, unos operarios llegaron hasta la sala con varios carros llenos hasta arriba de bolsas, maletas pequeñas, chaquetas y móviles y les indicaron a los pasajeros que allí estaba todo lo que había en cabina y que lo recogieran en orden.

Todos se agolparon en busca de sus cosas, y Dennis, encantado, cogió su mochila de cuero negro y su cazadora. Lola recuperó su chaqueta y, por suerte, localizaron también sus teléfonos móviles. Reencontrarse con sus posesiones era maravilloso.

Durante ese tiempo, Lola y Dennis no se separaron ni un segundo. Se necesitaban. Sentían que el otro era su punto de apoyo, pero también notaron que entre ellos surgía una poderosa atracción que aumentaba segundo a segundo aunque intentaban frenarla.

No era el momento, ni el lugar.

Un par de horas después, los pasaron a otra sala de embarque,

que estaba tan solitaria como la primera. Lola miró el reloj de la pared y vio que eran las cuatro y doce de la madrugada. Todavía quedaban casi tres horas para que saliera su vuelo, por lo que ella y Dennis decidieron acercarse a uno de los locales abiertos y tomarse un café. Su charla continuó. Ninguno ahondó en su vida. Sólo hablaban de cosas banales, como viajes. De pronto, él se levantó y dijo:

—Voy al baño, Keira. Regreso enseguida.

Lola sonrió. Se sentía culpable de haberle mentido acerca de su nombre, pero decidió no aclarar el error. ¿Para qué?

Mientras él caminaba alejándose, lo observó. Además de ser un tipo tremendamente atractivo, era también encantador. Pensó en su mirada, en aquella mirada que la había tranquilizado en un momento de máximo estrés, y sonrió al recordar cómo temblaba él cuando el avión había despegado en Río de Janeiro.

Le resultaba imposible no pensar en él y, dejándose llevar por lo que le apetecía en ese instante, Lola se levantó y, sin dudarlo, puso rumbo a los aseos dispuesta a hacer una locura. Su locura.

Por el camino, observó con disimulo que nadie la miraba. Cuando abrió la puerta del solitario baño de hombres y se encontró con Dennis, que salía en ese momento, no lo dudó y, acercándose a él, lo empujó, lo hizo entrar de nuevo y murmuró:

—Me deseas. Esto es parte de nuestras fantasías y no me vas a decir que no.

El brasileño, sorprendido, sonrió y la besó. Aquella mujer pelirroja era dulce y sensual y, dispuesto a disfrutar de lo que ella le ofrecía, y más tras saber que nadie especial iría a esperarla al aeropuerto, paseó con lujuria los labios por su cuello y susurró:

—Ni te imaginas cuánto deseaba hacerlo.

Contenta al ver que la aceptaba, Lola volvió a besarlo. Le gustó notar su sedosa lengua jugando con la de ella dentro de su boca, y su sabor, unido a su devoción, la enloqueció. Dennis no sólo la besaba; con la boca le estaba haciendo saber lo mucho que la deseaba y lo bien que lo iban a pasar juntos.

Encantada, y sin pensar que podrían pillarlos haciendo algo inusual en los aseos del aeropuerto, Lola llevó con urgencia los dedos hasta el cinturón y la cremallera del pantalón de él y comenzó a desabrocharlo. Tras hacerlo, introdujo las manos en el interior del calzoncillo oscuro y, cuando oyó el gruñido de satisfacción de aquél, murmuró repitiendo sus mismas palabras:

—Ni te imaginas cuánto deseaba hacerlo.

Dennis sonrió. Lo volvía loco aquel descaro en una mujer, y más en aquella pelirroja de ojos verdes que lo miraba con deseo. Posó una de sus grandes manos sobre los pechos de ella y se los tocó con posesión.

Sin embargo, estaban en un sitio público y no podían eternizarse. Debían ser rápidos en satisfacer su deseo. Alguien podía entrar en el baño y pillarlos, y por nada del mundo querían dejar aquello que habían comenzado a medias. Así pues, Dennis se sacó rápidamente de la cartera un preservativo, se lo puso con maestría mientras besaba a aquella tentadora mujer y, una vez terminó, le dio la vuelta, le subió la falda larga que llevaba y, tirando de sus bragas hacia abajo, le preguntó al oído en un tono lleno de sensualidad:

—¿Estás segura..., Keira?

Con la adrenalina a tope por lo que estaba sucediendo, Lola asintió, y Dennis, encantado con aquello y separándole las piernas, murmuró mientras le introducía el duro y caliente miembro en su húmedo sexo:

—Hacerlo en un baño público es peligroso y excitante.

Lola jadeó al sentir su enorme y terso pene dentro de ella, y él, dándole un pequeño azote posesivo, comenzó a entrar y a salir de su interior con ferocidad al tiempo que susurraba en su oído:

—*Você é linda.*

A Lola le encantó oírlo hablar en portugués. Disfrutaba de aquello más de lo que en un principio podría haber imaginado, y Dennis prosiguió mientras su cuerpo temblaba de goce:

—Tenemos que ser rápidos, pelirroja, aunque me encantaría...

No pudo finalizar la frase. El placer era intenso, muy intenso, y Lola susurró abriéndose dichosa para él:

—Lo sé... Lo sé...

Como había imaginado, el brasileño estaba muy bien dotado

y, sobre todo, sabía moverse en un momento así. Su movimiento de caderas al penetrarla era maravilloso y Lola estaba dispuesta a disfrutar de todo aquello sin importarle las consecuencias, así que suplicó posando una de sus manos en las piernas de él:

—No pares y dámelo todo.

Excitado por cómo ella había ido en su busca y por estar haciéndolo en un sitio inadecuado, Dennis se lo dio todo entrando y saliendo rítmicamente de ella sin descanso. Tras un grito ahogado de sumo placer por parte de los dos que les hizo saber que el clímax había llegado, aquello acabó antes de lo que habrían deseado.

—*Delícia...* —musitó Dennis besándola en el cuello.

Aquella simple palabra, dicha de la forma en que la había dicho, excitó a Lola. Lo ocurrido había sido una locura, pero le encantaba haber disfrutado de ella.

Una vez que él se retiró de su interior y se dirigió a un cubículo para quitarse el preservativo y limpiarse con papel higiénico, ella salió del baño y se metió en el de mujeres. Allí, se miró al espejo, y al ver su cara roja y congestionada por lo ocurrido, murmuró cerrando los ojos:

—Joderrrrr. —Segundos después, los abrió y, mirándose de nuevo en el espejo, añadió con cierta indiferencia—: Pero ha estado fenomenal.

Dicho esto, sonrió, abrió el grifo y se echó agua en la cara y en el cuello. Se soltó la melena y se la volvió a recoger. Sus pelos de loca la delataban.

Después entró en un cubículo y, sacando unas toallitas húmedas de su bolso, se aseó un poco la zona íntima. Cuando terminó, fue a mirarse de nuevo al espejo y, al salir del baño, se encontró con Dennis, que la esperaba con la peluca verde en la mano.

—Creo que se te ha caído del bolso.

Ella sonrió y, cogiéndola, la guardó y afirmó:

—Me encanta el color verde.

Él no dijo nada. Deseaba preguntarle por qué llevaba aquella absurda peluca, pero calló. Finalmente, ella lo miró a los ojos y dijo:

—Siento haberte abordado así, pero...

No pudo decir más, Dennis la besó. Introdujo la lengua en aquella boca tentadora y, cuando acabó, declaró:

—Hazlo siempre que quieras.

Lola sonrió, y él, cogiéndola con fuerza de la mano, dijo mientras comenzaba a caminar:

—Vayamos a beber algo, estamos sedientos.

A partir de ese instante, su relación cambió. Ahora actuaban como una pareja, con intimidad, prodigándose cientos de carantoñas y besitos. Estaba claro que ambos querían disfrutar de las horas que les quedaban juntos. Lo ocurrido en aquel avión les había hecho darse cuenta de que la vida se componía de momentos y, sin duda, aquél era el suyo.

El aeropuerto puso a su disposición un servicio de catering, pues deseaban tener a todo el mundo contento. Mirando los productos que allí se exponían, mientras Dennis cogía un sándwich, Lola escogió tan sólo un yogur, y murmuró con una pícara sonrisa:

—No me entra nada, pero soy incapaz de resistirme a un yogur de vainilla.

Él sonrió y, tras coger otro del mismo sabor, afirmó:

—Espero que te comas los dos.

En cuanto terminaron de comer, se levantaron y se alejaron un poco del resto de la gente, momento en el que Dennis sacó su iPad de su mochila negra, lo encendió, buscó el archivo que llevaba por nombre «Mi música» y, tras acceder a una de las carpetas, una relajante melodía comenzó a sonar.

—Michael Bublé... ¡Me encanta!

—Me relaja —indicó Dennis.

—Es buenísimo —afirmó Lola—. Tengo todos sus CD, y las veces que ha actuado en Londres he ido a verlo. Su música es para mí pura sensualidad.

—¡Lo has definido perfectamente!

Ambos reían por aquello, cuando Lola comentó que sabía leer las líneas de la mano.

—¿Eres una bruja irlandesa?

Ella, divertida, le dio un puñetazo en el brazo y gruñó riéndose de nuevo:

—No, ¡claro que no soy una bruja! Es sólo algo que viene de familia. —Y, clavando la mirada en la de él, murmuró—: Tienes unos ojos hechizantes y misteriosos. Si mi abuela te conociera, sin duda te diría algo de ellos.

Divertido, Dennis preguntó:

—¿Algo como qué?

Incapaz de dejar de mirarlo, ella añadió:

—Creo que diría que eres un buen deportista, que guardas algún oscuro secreto y que podrías ser un buen líder.

Dennis sonrió: le encantaba hacer deporte. Luego, sin apartar la vista de la de ella, preguntó:

—Y a ti, con esos ojazos verdes, ¿qué suele decirte?

Al oírlo, Lola sonrió.

—Dice que soy impredecible, retadora y cabezota.

—¡¿Cabezota?!

Divertida por su gracioso gesto, la joven afirmó tocándose el cabello rojo:

—Soy el vivo retrato de mi bisabuela materna. Una cabezota irlandesa.

Ambos rieron, luego Dennis se metió uno de sus chicles en la boca y Lola prosiguió:

—Mi abuela es vidente, lee la mano, la bola de cristal y echa las cartas del tarot, entre otras cosas. Ella me enseñó algo sobre el arte de la quiromancia. —Al ver la cara de guasa del brasileño, explicó—: La quiromancia es un procedimiento adivinatorio que se lleva a cabo mediante la interpretación de las rayas de las manos. —Y, cogiéndoselas, indicó—: Lo creas o no, tus manos están llenas de información. La izquierda nos da información del pasado y la derecha del futuro.

Dennis la miró escéptico, y ella, observando la palma de su mano mientras se la tocaba con delicadeza, continuó:

—Esta línea es la de la vida. Esta otra, la de la cabeza. Aquí está la del corazón. Esto —dijo paseando su dedo con mimo— es el anillo de Venus. Aquí está la línea del Sol. Aquí, la línea de Mercurio y, por último, pero no menos importante, la línea de la suerte.

Divertido, él soltó una carcajada, y a continuación Lola preguntó:

—Te gusta bailar, ¿verdad?

Sorprendido por su pregunta, él asintió y ella cuchicheó:

—Me lo ha dicho tu mano.

Al ver la picardía en aquellos ojos verdes, Dennis soltó una carcajada.

—Soy profesor de lambada, *capoeira* y *forró*. ¿Sabes lo que es?

Ahora, la que abrió la boca sin dar crédito fue ella. En los días que había estado de vacaciones con su hermana habían conocido aquellos sensuales bailes.

—Cuando quieras, clases gratis e ilimitadas, sólo para ti —añadió él.

Lola asintió divertida y cuchicheó:

—¿Y si te digo que soy profesora de ballet clásico y que un par de días a la semana soy profesora de zumba y de salsa en una academia en Londres?

—Pero ¿qué me estás contando? —exclamó asombrado Dennis.

Ella asintió. El baile era su vida. Y, sonriendo, afirmó:

—No me lo puedo creer. Los dos somos profesores de baile.

Admirado y maravillado por lo que estaba descubriendo de ella, Dennis la besó. Aquella muchacha podría ser algo más que un polvo en un aeropuerto.

Encantados, durante un rato conversaron sobre música, que a ambos los apasionaba, a pesar de sus diferencias, hasta que el tema derivó de nuevo en el sexo. Sin pelos en la lengua, hablaron de aquello y sonrieron al ver que a los dos los atraía el sexo atrevido y sin barreras.

—En Múnich hay varios locales *swinger*, pero yo frecuento uno llamado Sensations —afirmó él—. Allí, casi todos nos conocemos y sabemos muy bien lo que queremos y a lo que vamos.

—En Londres también los hay.

—Y ¿acudes sola o acompañada?

Al oír aquella pregunta con trampa, Lola sonrió.

—Depende del día —contestó.

Su enigmática respuesta hizo sonreír también a Dennis, que, mirándola con deseo, murmuró:

—He estado en Londres y he conocido varios de esos establecimientos, pero, dime, tú que eres de allí, ¿qué local *swinger* me recomendarías?

Encantada con la mirada que él le dedicaba, Lola respondió:

—Uno llamado Delirium.

El brasileño asintió. Le gustaba saber que a ella, como a él, le agradaba disfrutar del sexo sin tabúes. Las mujeres mojigatas y asustadizas en lo que al sexo se refería lo aburrían, y aunque había conocido a algunas que, como a aquélla, les apasionaba el sexo, la pelirroja que leía la mano y era profesora de ballet sin lugar a dudas había llamado por completo su atención.

—¿Cumples en él tus fantasías? —preguntó.

Lola suspiró. Más que cumplir sus fantasías en aquel local, cumplía sus desahogos.

—Creo que sí —dijo.

—¿Crees?

—Sí. Y este tema se acabó.

Dennis sonrió y lo dejó pasar. Ella tenía razón.

Durante el tiempo que estuvieron hablando, escucharon la voz de Michael Bublé, que salía del iPad del brasileño.

—Me encanta esta canción —comentó Lola.

—*You Don't Know Me.*[5] Sí, es buenísima.

Durante unos segundos, ambos escucharon la canción, hasta que Lola susurró cerrando los ojos:

—Es tan romántica...

Él asintió. Sin duda tenía razón.

—¿Eres romántica? —le preguntó entonces.

Ella lo miró. En su adolescencia lo había sido, pero su día a día le había hecho ver que el romanticismo estaba sobrevalorado, por lo que respondió, encogiéndose de hombros:

5. *You Don't Know Me*, 143/Reprise, interpretada por Michael Bublé. *(N. de la E.)*

—No. ¿Y tú?

Dennis sonrió y, seguro de lo que decía, indicó:

—Yo soy más bien práctico.

—Haces bien —repuso Lola.

Hablaron y hablaron y hablaron, y Dennis la provocó con la esperanza de que ella diera el primer paso y le pidiera el teléfono, pero eso no ocurrió, lo cual avivó su interés por ella.

Las mujeres que conocía no tardaban en pedir o dar su teléfono, pero aquélla no. Sin duda jugaban en la misma liga. Cuando anunciaron por los altavoces el embarque del vuelo de Lola, ambos se tensaron. Su momento había acabado y debían separarse.

—Uf..., estoy nerviosa por meterme de nuevo en un avión.

Consciente de cómo se sentía tras lo ocurrido, Dennis la miró y, cogiéndole la cara entre las manos, dijo mientras clavaba sus oscuros ojos en los de ella:

—Tranquila. Todo va a ir bien.

Lola asintió, se puso en pie y recogió su bolso. Dennis se levantó con ella para acompañarla hasta la puerta de embarque y la agarró de la mano.

—¿Qué te parece si nos volvemos a ver y...? —empezó a decir.

Sin embargo, Lola le puso un dedo en los labios para que callara. No era buena idea lo que le proponía. Lo ocurrido había sido mágico, pero lo miró y murmuró:

—Ha sido intenso y bonito. Dejémoslo ahí.

Sin embargo Dennis no quería. Deseaba volver a verla, e insistió:

—Keira, escucha...

—Vivimos demasiado lejos, y no creo en las relaciones a distancia.

—Repitámoslo —propuso él sin dejar de mirarla a los ojos.

Cautivada por su sensualidad, ella al final claudicó y, tan deseosa como él, dijo:

—Dame tu teléfono. Intentaré viajar a Múnich y te llamaré.

El brasileño sonrió y, abrazándola para acercarla a su cuerpo, indicó:

—Para mi suerte y la tuya, dentro de unos días me traslado a Londres por cuestiones laborales.

—¿En serio?
—Totalmente en serio —afirmó él.
Aquello cambiaba las cosas de forma radical.
—Entonces creo que lo mejor es que yo te dé mi teléfono —repuso Lola con una sonrisa.
Encantado, el brasileño se apresuró a asentir.
Lola sacó entonces de su bolso una agenda y un bolígrafo. Apuntó algo deprisa y, tras arrancar la hoja, la dobló, se puso de puntillas, le dio un beso en los labios a aquel morenazo que le supo a puro sexo y, metiéndole el papel en el bolsillo de la camisa que llevaba, susurró:
—Ha sido un placer conocerte y, recuerda..., cuando tu avión despegue o tome tierra, no te pongas nervioso. Todo va a ir bien.
Dennis sonrió y, sin moverse de su sitio, observó cómo aquella pelirroja se alejaba y embarcaba. Tan pronto como ella se volvió para decirle adiós con la mano, él gritó:
—¡Te llamaré!
Ella asintió con una preciosa sonrisa y, después de mirarlo durante unos segundos y lanzarle un beso con la mano, desapareció tras una puerta.
Una vez que Dennis se quedó solo, no se movió hasta que se cerró la puerta de embarque. Luego, echándose su mochila de cuero negro a la espalda, caminó hacia las cristaleras. Estaba amaneciendo, el cielo se veía anaranjado, y el brasileño observó cómo el avión donde iba Lola daba marcha atrás y se dirigía hacia una de las pistas.
Sin quitarle la vista de encima, vio cómo aquel pájaro de acero despegaba y se perdía en el anaranjado cielo.
Solo, y sintiéndose como si le hubieran arrebatado algo muy suyo, Dennis anduvo por la terminal hasta unas butacas y se sentó. En breve debería embarcar rumbo a Múnich.
Lo ocurrido en las últimas horas había sido, como poco, alucinante. Consciente de su buena suerte no sólo por salir ileso del accidente, el brasileño sonrió. Recordar a aquella mujer lo hacía sonreír como un tonto. Rápidamente cogió su móvil del vaquero. Debía guardar su teléfono. Se sacó la nota del

bolsillo de la camisa y, al abrirla, el corazón se le paró cuando leyó:

Como te he dicho, ha sido intenso y bonito. Cuando escuche You Don't Know Me,[6] *de Michael Bublé, me acordaré de ti. Adiós, Brasil.*

KEIRA

Dennis maldijo estupefacto. ¿Desde cuándo una mujer lo engañaba?

Y, guardándose enfurecido de nuevo el papel en el bolsillo, se levantó, regresó a las cristaleras y miró el cielo anaranjado en el que ella se había perdido en el interior de un avión.

6. Véase la nota 5. *(N. de la E.)*

Capítulo 3

Varios días después, en Múnich, Dennis guardaba sus pertenencias en cajas antes de comer.

Viajar por el mundo era algo que lo apasionaba. Cada dos o tres años cambiaba de país, y en ese momento le apetecía. Siempre había ansiado vivir en Londres, una ciudad a la que había ido varias veces de visita y en cada ocasión lo había enamorado.

Dio un trago a su cerveza. Cuando se disponía a cerrar una caja, el timbre de la casa sonó.

Miró el reloj: eran las doce y veinte del mediodía.

¿Quién podría ser?

A las cuatro y media había quedado con unos amigos para despedirse y, después, a las siete, con otros para cenar e ir luego al Sensations.

Ataviado con un vaquero de cintura baja y una camiseta roja, se encaminó hacia la puerta y, al abrir, se encontró con Corinna, que, con una botella de champán y dos copas en las manos, preguntó:

—¿Cómo está el brasileño más sexi de Alemania?

Dennis se echó a un lado y ella entró en la casa.

Corinna y él lo pasaban muy bien siempre que se veían, con o sin el marido de ella. A ambos les gustaba el sexo. Un sexo caliente y algo rudo que los dejaba extenuados cada vez que coincidían.

Cuando aquélla entró, Dennis cerró la puerta y se apoyó en ella para mirarla.

—¿A qué se debe esta increíble visita? —preguntó.

Corinna dejó la botella y las copas sobre la mesa, junto a su bolso, y, tras mirar las cajas que había a su alrededor, respondió:

—No quería que te fueras sin despedirme de ti.

Dennis asintió y, al ver cómo ella comenzaba a desabotonarse la blusa que llevaba, replicó:

—¿No vais esta noche al Sensations?

La blusa de ella cayó al suelo y, desabrochándose la falda, que pronto cayó también, Corinna contestó gustosa de enseñarle su insinuante conjunto de ropa interior:

—Mi suegra llega en poco más de cuatro horas a casa y nos será imposible escaparnos esta noche, cielo, por lo que Folker me ha llamado y me ha dicho que tengo dos horas para despedirme de ti de parte de los dos.

Tras decir eso, Corinna le enseñó una pequeña bolsa azul que sacó de su bolso. Sabedor de lo que había en su interior, Dennis sonrió y, quitándose la camiseta roja que llevaba por la cabeza, la arrojó sobre una de las cajas y, acercándose a la mujer, la agarró de la cintura y murmuró con sensualidad:

—Será un placer despedirme de los dos. —Y, con picardía, añadió—: ¿Quieres que llame a Helmut?

Corinna sonrió a su vez. Helmut era un vecino jubilado de Dennis que curiosamente había jugado en otras ocasiones con ella y su marido. El hombre tenía una particularidad, y era que a él sólo le gustaba tocar, manosear y mirar, nada más. Eso era lo que lo excitaba.

—Sería genial —respondió ella.

Encantado con la idea, Dennis cogió su móvil, envió un mensaje y, quince segundos después, sonó el timbre de la casa del brasileño. Éste abrió, y Helmut, un hombre viudo de unos sesenta años, al entrar y ver a Corinna en ropa interior, declaró:

—Maravillosa, como siempre.

Dennis sonrió, y Corinna afirmó encantada:

—Será divertido.

Dicho esto, la rubia se restregó contra el brasileño. Dennis era caliente, vivo, fogoso y apasionado. Practicar sexo con él era una de las cosas que más le gustaban, y lo iba a echar mucho... mucho de menos cuando se marchara, por lo que, dispuesta a no perder un segundo más, sugirió mientras ponía una alarma en el móvil para que la avisara:

—¿Qué tal si vamos a la cama?

Dennis y Helmut se miraron, y este último, cogiendo la botella y las copas, murmuró:

—Champán por la mañana, ¡cogeré una copa más!

Al entrar en la habitación, Corinna dejó su móvil sobre la mesilla y se sentó en el borde de la cama, junto a la bolsa azul. Instantes después, Helmut entró también con las tres copas y la botella.

—Pondré música —dijo Dennis.

La mujer rápidamente abrió la bolsa y sacó de ella varios juguetitos de distintos colores que desperdigó sobre la cama. Helmut abrió la botella de champán mientras Dennis cerraba las cortinas para que los vecinos de enfrente no los vieran y después ponía música.

De inmediato comenzó a sonar la canción cañera llamada *Thunderstruck*,[7] del grupo AC/DC.

El sexo con Corinna nunca era romántico. Con ella, el sexo era exaltado, abrasador y brutal.

Mirándola, Dennis sonrió mientras ella, en el centro de la cama, ya se había quitado las bragas y, abierta de piernas, preguntaba contemplando a Helmut:

—¿Cuál prefieres?

El hombre, que tenía una copa de champán en la mano, dio un trago y después se acercó a ella. Acarició aquellas bonitas piernas y, cuando sintió que ella se estremecía, miró un consolador de cabezal doble en color azul y murmuró:

—Éste...

Al ver lo que él señalaba, Corinna sonrió.

Instantes después, Helmut abrió un bote de lubricante y, con osadía, una vez que el gel cayó en sus dedos, comenzó a untárselo a ella por la vagina y el ano mientras murmuraba:

—Eso es, preciosa..., quietecita, que yo te preparo.

Excitada, Corinna cerró los ojos dispuesta a disfrutar. Le encantaba que la tocaran de aquella manera tan posesiva, mientras Dennis se quitaba los pantalones y los calzoncillos.

Varios minutos después, cuando Helmut lo creyó oportuno, le entregó el consolador azul de doble cabeza a la mujer y, mirándola, pidió:

7. *Thunderstruck*, Epic, interpretada por AC/DC. *(N. de la E.)*

—Ahora, preciosa..., introdúcetelo para nosotros.

A cada instante más excitada al sentirse el centro de las miradas de los dos hombres, ella asió lo que aquél le entregaba y, poco a poco y con facilidad, introdujo una de las cabezas por su ano y después la otra por la vagina, quedando doblemente penetrada por el gran consolador flexible.

—Qué precioso paisaje —murmuró Helmut, agarrándolo para introducírselo un poco más mientras ella jadeaba inmóvil sobre la cama.

En cuanto estuvo empalada por el juguetito azulado, Dennis la tocó como antes lo había hecho Helmut, movió el consolador y Corinna volvió a jadear.

—¿Te gusta?

La rubia asintió encantada, y Dennis volvió a moverlo con más resolución cuando Helmut cogió su móvil y, posicionándose frente a ella, dijo:

—Le enviaremos una foto a Folker. Seguro que le gustará ver cómo te tenemos entre Dennis y yo.

Encantada, ella permitió que el hombre le hiciera varias fotografías para su marido. Sin duda, a Folker lo enloquecería verlas. En cuanto las envió, Dennis se subió a la cama y murmuró:

—Abre la boca.

Corinna, extasiada, miraba el duro miembro viril de aquél y la boca se le hacía agua. Deseaba chuparlo, lamerlo, mamarlo y, cuando Dennis lo introdujo entre sus labios, ella tembló ardorosa.

Helmut, que los observaba, cogió entonces otro de los juguetitos. Éste tenía movimiento; le abrió la vagina con los dedos, le buscó el clítoris y, una vez que encontró aquel botoncito femenino que tanto placer ocasionaba, apoyó el juguete encima.

Instantes después, el runrún del vibrador comenzó a sonar, y Corinna se sacudió como electrizada.

—Quietecita..., no te muevas —exigió Helmut sujetándola.

Enloquecida por sentirse totalmente dominada por dos hombres, la rubia se dejó llevar, mientras Dennis movía las caderas sobre su boca y ella, frenética, lo agarraba del trasero para que se introdujera más y más en ella.

Así estuvieron un buen rato, disfrutando cada uno a su manera. Si algo estaba claro allí era lo que a cada uno le gustaba y, sin duda, lo hicieron sin tabúes, hasta que Dennis se corrió sobre la boca de Corinna y ésta se relamió. Aquello era lo que buscaba.

En cuanto acabó, el brasileño bajó de la cama dispuesto a beber un poco de champán. Estaba sediento. Luego se acercó de nuevo a ella, que seguía tumbada sobre la cama abierta de piernas y, tendiéndole una copa, dijo:

—Bebe un poco.

Ella bebió con avidez hasta que el champán se le desbordó por los labios al sentir un placer intenso debido a lo que Helmut continuaba haciendo en su clítoris.

Durante unos minutos, Dennis los observó. Corinna deseaba aquello, y Helmut, al que le encantaba proporcionar placer, no paró de dárselo. Doblemente penetrada por el consolador y con el vibrador en el clítoris, la rubia jadeaba y se arqueaba enloquecida una y otra vez, mientras que el jubilado le hablaba y le decía palabras calientes que excitaban a los tres.

Cuando el miembro viril de Dennis volvió a estar duro y preparado para entrar en el juego, Corinna pidió:

—Lo quiero..., lo quiero todo para mí.

Dennis sonrió al oírla. Miró a su compañero de fechorías y entre los dos colocaron a la mujer de lado en la cama. A continuación, Helmut liberó su vagina, y Dennis, poniéndose un preservativo, se situó detrás de ella y le murmuró al oído:

—Te vamos a follar como te gusta, preciosa.

Tras decir eso, le introdujo el pene hasta el fondo y la rubia gritó de placer.

Una y otra vez, Dennis entraba y salía con fiereza de su interior mientras ella jadeaba enloquecida y le pedía más, le exigía más, y el brasileño se lo daba. Así estuvieron varios minutos, hasta que Helmut, cogiendo el cabezal que había sacado de la vagina, lo introdujo de nuevo junto al pene de Dennis. Corinna volvió a gritar. Le encantó sentirse totalmente llena.

El placer se volvió extremo para todos. Dennis estaba dentro de ella, y en su pene sentía cómo Helmut movía el consolador, que se rozaba con él, al tiempo que en el ano seguía introducido el otro cabezal, lo que hacía el conducto más estrecho.

Los tres jadeaban mientras el placer que sentían aumentaba más y más. Durante cerca de dos horas disfrutaron del sexo de mil maneras, hasta que sonó la alarma que Corinna había puesto en el móvil y todos supieron que el juego debía acabarse.

Veinte minutos después, una vez que Dennis se despidió de la rubia, a la que se le escaparon un par de lagrimillas, tanto ella como el vecino se marcharon. Luego, el brasileño, tras meterse un chicle de cereza en la boca, se duchó con una amplia sonrisa al pensar que aún le quedaba una gran fiesta esa noche en el Sensations.

Capítulo 4

A las cuatro y media, Dennis llegó a una bonita cafetería.

Allí, entre risas, se despidió de los amigos y los colegas con los que había compartido cines, bailes y risas. Despedirse de ellos siempre costaba, pero, si algo había aprendido con los años, era que ni la distancia más grande rompía una buena amistad.

Tras pasar un par de horas con ellos, a las seis y media se encaminó hacia un restaurante donde había quedado con los que, además de cines, bailes y risas, compartía sexo.

Al entrar en el local del padre de uno de ellos, Klaus, el dueño, lo saludó. Muchas eran las veces que Dennis acudía allí junto a su hijo Björn o su nuera Mel. Al verlo, Klaus dijo encantado:

—Ay, muchacho, me apena que te marches de Múnich, pero me alegra saber que lo haces porque quieres, no por obligación. Sólo espero que alguna vez te acuerdes de nosotros y vengas a visitarnos.

Dennis sonrió. Klaus era un hombre excelente; lo abrazó con afabilidad y murmuró:

—Eso no lo dudes. Vendré siempre que pueda porque, además de que os voy a echar a todos de menos, creo que nadie cocina mejor que tú.

Klaus, que rápidamente se emocionaba, se apresuró a decir:

—Anda, pasa al salón del fondo. Te están esperando Björn, Eric y todos los demás.

Encantado, Dennis se dirigió hacia allí y, al abrir la puerta del salón, sonrió cuando todos los presentes aplaudieron al verlo entrar. Allí estaban las personas que le habían abierto por completo las puertas de sus vidas: Judith, Eric, Björn, Mel, Olaf, Stella, Damaris, Frank y Stefan. La gran mayoría de los ellos habían entrado en su vida por sexo, pero a día de hoy todos y cada uno de ellos estaban en su corazón.

Dennis era un hombre cariñoso y afectuoso, pero sabía diferenciar muy bien entre el cariño de unos amigos y el que en ocasiones le exigían algunas mujeres. Desde hacía más de dos años no salía con nadie. La última mujer con la que había tenido una relación, que sólo duró seis meses, lo agobió de tal manera que se prometió a sí mismo que no volvería a comprometerse con nadie.

Por ello, disfrutaba de las mujeres que conocía en el Sensations. Todas ellas sabían a qué acudía Dennis allí, por lo que no esperaban romanticismo, cenas posteriores con velitas ni paseos románticos a la luz de la luna.

Si algo tenía claro el brasileño era que su vida era perfecta. Viajaba, disfrutaba de lo que quería y nunca debía darle explicaciones a nadie. No sabía cuánto tiempo estaría así, pero en algunas ocasiones, cuando veía la conexión entre Eric y Jud, o entre Björn y Mel, pensaba en si eso alguna vez le ocurriría a él. ¿Sería capaz de encontrar a su pareja perfecta?

En cuanto tomó asiento, Dennis les contó a sus amigos lo ocurrido días antes en el avión en el que viajaba de Brasil a Múnich, y todos se echaron las manos a la cabeza. Sin duda podría haber sido una tragedia.

—La destreza del piloto os salvó la vida —comentó Mel.

—¡Ya te digo! —afirmó Olaf impresionado.

Dennis siguió contándoles paso a paso cómo había ocurrido todo, evitando mencionar a la joven pelirroja que había conocido. En varias ocasiones se había encontrado mirando la nota que ella le había dejado en lugar de su teléfono, pero prefería no pensar en ella. ¿Para qué?

Mientras brindaba con sus amigos porque aquello había tenido un final feliz, la pelirroja ocupó de nuevo su mente. Le habría encantado volver a verla, pero, tras el desplante que le había dado, ni loco la buscaría aunque viviera en Londres. Tema zanjado.

Sentado al lado de Björn, un buen amigo y abogado, Dennis reía mientras el otro decía:

—Recuerda: música. Eso les gusta, y si te digo esto es porque las inglesas son complicadillas. ¿Conoces a Marvin Gaye?

Dennis asintió divertido:

—*Let's Get It On*...,[8] ¡adoro esa canción!

—Ohhhh, amigo, ¡excelente canción! Ésa las volverá locas. —Björn chocó con complicidad la mano al oírlo.

Eric, que estaba a su lado escuchándolos divertido, señaló:

—Te voy a dar un consejo: la música que de verdad te gusta déjala únicamente para disfrutarla a solas o con alguien especial.

—Buen consejo, colega —dijo Björn, chocando esta vez la mano con su mejor amigo mientras Dennis los miraba y sonreía. Cuánto los echaría de menos.

Como siempre, el resto de la cena fue divertida y, cuando acabaron, decidieron ir al Sensations como tenían planeado.

En la puerta del restaurante, Dennis se despedía de Klaus, el padre de Björn, mientras éste y Mel, junto al resto de los amigos, excepto Eric y Jud, se dirigían hacia los coches. Se verían en el local.

En cuanto el brasileño terminó de hablar con Klaus, Eric, Judith y él fueron a por sus motos. Estaban caminando cuando Eric, divertido, cogió a Jud en brazos y se la echó al hombro. Los tres rieron pero ella, al ver a Dennis algo más cabizbajo que otras veces, preguntó:

—¿Qué te ocurre? No me digas que nada puesto que esta noche te he notado más callado que de costumbre. Y no..., no es porque te mudes. Así que no me sueltes eso, no te voy a creer. No me cuentes eso porque ese gesto tuyo no me ha gustado.

Tras bajar a su mujer al suelo y abrir el baúl de su BMW para sacar los cascos, Eric miró al joven que estaba frente a ella y le advirtió con una sonrisa:

—Amigo, es mejor que se lo digas, porque, si no, esta noche ni tú ni yo la vamos a disfrutar.

Divertido al oírlo, Dennis sonrió. De entre todos los amigos

8. *Let's Get It On*, Horizon Records, interpretada por Marvin Gaye. *(N. de la E.)*

con los que había cenado, con aquel matrimonio era con quienes tenía una conexión más especial. Numerosas veces se habían contado infinidad de cosas, por lo que, tras suspirar, finalmente confesó:

—Conocí a una irlandesa hace unos días.

Judith, al oír eso, miró a su marido. Luego sonrió e insistió:

—Pero ¿qué me estás contando? Vamos..., desembucha ahora mismo.

Eric intercambió una mirada con aquel moreno al que tenía tanto aprecio y, apoyándose en la moto, murmuró:

—Ahora no te pares. Sigue o de aquí no la movemos.

Jud sonrió de nuevo y, después de que éste le diera un azote cariñoso en el trasero, miró al brasileño y repitió:

—Vamos, cuenta..., cuenta.

—No hay nada que contar, de verdad, Judith.

—Hombre..., de eso nada —se mofó ella—. Si piensas en esa mujer es porque tiene algo especial, ¿no crees?

Dennis sonrió, y Judith insistió:

—Vamos. Cuéntanoslo.

El brasileño miró entonces a Eric y, al ver que éste se encogía de hombros, les explicó lo poco o lo mucho que sabía de la pelirroja, incluyendo la locura que hicieron en los aseos del aeropuerto y cómo ella lo dejó plantado haciéndole creer que le había dado su teléfono.

—Lo que a ti te joroba es que te dejara tirado y no cayera rendida a tus pies —se mofó Judith, que estaba acostumbrada a que las mamás del colegio donde Dennis trabajaba como profesor y ella llevaba a sus hijos se volvieran locas por él.

—No..., no es eso. Es sólo que...

—¡Y una chorra! —lo cortó Jud con su particular desparpajo, haciendo reír a su marido—. Tanto Eric como tú sois hombres que, por vuestra carita bonita, vuestro cuerpazo de machotes o vuestra enigmática miradita lo tenéis todo. Estáis acostumbrados a que las mujeres babeen a vuestro paso y...

—Cariño —se mofó Eric—. Eso, en mi caso, es pasado. Ahora sólo tengo ojos para ti.

—Lo sé, Iceman..., lo sé, y por la cuenta que te trae, más vale que sea así —afirmó ella mirándolo con cariño—. Pero a lo que me refiero es que a Dennis le ha pasado lo que a la gran mayoría de los guaperas. De pronto, una mujer le hace ver que no es especial y su parte de hombretón se siente dolida, ¿verdad?

Dennis y Eric se miraron. Ambos entendían perfectamente lo que ella decía y, sin ganas de llevarle la contraria, el brasileño respondió:

—Vale, lo asumo. Tienes razón. Ninguna mujer ha hecho lo que ésta y...

—Y por eso, amigo mío, ¡sigues pensando en ella! —Judith rio. Luego miró a su guapo marido, que estaba junto a ella, y añadió—: Cuando yo conocí al guaperas que tengo a mi lado, te aseguro que nada era como es ahora. Él se creía el rey del mundo y yo tuve que bajarlo del pedestal donde estaba subidito.

Eric sonrió al recordarlo.

—Bueno, pequeña..., yo...

—Eric —lo cortó ella con un gesto divertido que lo hizo reír de nuevo—. ¿Acaso me vas a decir que cuando nos conocimos no te creías el todopoderoso señor de todo y en ese todo me incluías a mí?

Él asintió divertido.

—Aunque me jorobe, tiene razón en lo que dice —reconoció dirigiéndose a Dennis—. Y, ¿sabes?, lo que más me llamó la atención de Judith fue su manera de manejarse ante mí. Me descuadraba totalmente: si yo decía «blanco», ella decía «negro»; me sacaba de quicio por su manera continua de llevarme la contraria. Pero sin duda eso fue lo que me enamoró, me volví loco por ella y ya no pude parar hasta tenerla a mi lado sólo para mí.

Encantada, Judith se abrazó al hombre que adoraba y, mirándolo, cuchicheó:

—Ay, señor Zimmerman, qué tonta me pongo cuando hablas así.

Eric la besó y, cuando sus labios se separaron, Judith miró a Dennis, que los observaba con gesto divertido, e indicó:

—Si esa chica te ha descolocado, ¡debes buscarla!

—¡Ni loco! Esa pelirroja sería una gran fuente de problemas.

Eric soltó una carcajada, y Judith, dándole un manotazo cariñoso a su marido, insistió:

—Hazlo. Encuéntrala.

—¡Ni que fuera fácil!

—Por el amor de Dios, Dennis —gruñó ella—. Sabes su nombre, su apellido. Sabes que es profesora de ballet y que en ocasiones va a un club *swinger* llamado Delirium. Joder, hijo mío, tienes información. ¡Úsala!

Dennis meneó la cabeza. Lo cierto era que no pensaba hacerlo, pero, tras mirar a Eric y éste entender lo que pensaba, dijo para que Judith se callara:

—Vale. Lo pensaré.

—¡Bien! —aplaudió ella y, tras quitarle a su marido el casco de las manos, añadió—: Ahora vayamos a pasarlo bien. Cariño, dame las llaves de la moto, que te llevo yo.

Eric negó con la cabeza y, sonriendo, besó a su mujer e indicó:

—Ni lo sueñes, pequeña. Ahora yo te llevo, que dentro de una hora me llevarás tú a mí.

Y, sin más, el matrimonio montó en su BMW 1200 RT y Dennis en su Suzuki M 1800 R negra y se dirigieron todos al Sensations a pasarlo bien.

Capítulo 5

Entrar en el Sensations era siempre sinónimo de diversión.

Encantado, Dennis saludó a varios conocidos, mientras Eric y Jud se dirigían hacia sus otros amigos.

Por el camino, el brasileño saludó a varias mujeres. En el tiempo que llevaba allí, eran muchas las que se volvían locas por estar con él en un cuarto oscuro, sobre una cama o en cualquier estancia del local. Dennis era un hombre codiciado y muy requerido para formar un trío y, cuando estaba hablando con dos de aquéllas, Judith se acercó a él y le dijo al oído mientras sonaba de fondo la voz de Beyoncé cantando *Love on Top*:[9]

—¿Lo ves?... Se mueren por estar contigo, ¡guapito!

Dennis sonrió y, mirando a su amiga, que salía junto al resto del grupo de la sala central para ir a un reservado, pensó en lo que le había dicho. Sin duda cualquiera de aquellas dos mujeres que tenía ante él estaba deseando que la desnudara y la hiciera jadear.

Diez minutos después, se dirigió a la barra, donde pidió algo de beber; entonces oyó a su lado:

—Hola.

Al mirar, se encontró con una pareja a la que ya conocía: eran Ava y Blaz. Ella, un mujerón rubio de metro ochenta con unos increíbles pezones rosados y unas interminables piernas, sin darle tiempo a responder, le soltó:

—¿Te apetezco?

Dennis la observó. Ava era tentadora, sumamente caliente y entregada en la cama y, tras entender que el juego que le ofrecían sería divertido, asintió y, mirando al marido, preguntó:

9. *Love on Top*, Parkwood Entertainment/Columbia, interpretada por Beyoncé. *(N. de la E.)*

—¿Cuántos?

—De entrada, tú y yo, y después... —Blaz no terminó la frase. No hacía falta.

El brasileño volvió a examinar a la mujer. El minivestido de látex rojo que llevaba le quedaba muy bien; sabía que durante el juego a ella la excitaba que le hablara en portugués, que le dijera palabras que en su vida normal nunca le diría a una mujer por respeto y, tras recorrerle el cuerpo con mirada lasciva, respondió:

—Será un placer.

Sin decir nada más, cogió su bebida y los tres se dirigieron hacia el pasillo del fondo. Una vez que traspasaron la puerta, comenzaron a oírse los jadeos y los gritos de placer de otras personas.

Por el camino, al pasar frente a una estancia que tenía las puertas abiertas, Dennis sonrió al ver allí a sus amigos Eric, Jud, Björn y Mel, disfrutando junto a otros de un caliente momento de pasión; pero no se paró y continuó hasta donde aquellos dos lo llevaban.

Entraron en una habitación azul oscura con tan sólo una cama de sábanas rojas. Blaz, el marido, cerró la puerta mientras la mujer se quitaba el vestido de látex y éste caía al suelo haciendo que quedara totalmente desnuda ante ellos.

Dennis no se movió. Aquellos dos, como eran pareja, debían comenzar el juego, pero sonrió cuando ella, caliente y exquisita, se sentó en la cama, se abrió de piernas con descaro para mostrarles su intimidad y exigió:

—Blaz, a mis pechos, y tú, a mi sexo.

El brasileño asintió; sin duda, ella marcaba el juego. Cuando vio que el marido se sentaba en la cama y dirigía la boca hacia el pecho de ella, no lo dudó. Cogió una botella de agua y un paño limpio y, tras lavarla, se arrodilló entre sus piernas, le abrió los muslos y chupó aquel manjar que la mujer le ofrecía entregada por completo.

Jadeos..., placer..., lujuria... y morbo. Mucho morbo.

Dennis la lamió y con su poderosa lengua le succionó el clítoris con deleite para después introducirla en su húmeda vagina y sentir cómo Ava se agitaba entre convulsiones.

Pero ella quería más. Deseaba que la boca sinuosa y caliente de Dennis estuviera sobre la suya. Se lo pidió, y él, gustoso de tomar la iniciativa del juego, accedió. Enloquecida, le comió la boca, los labios y lo saboreó bajo la atenta mirada de su marido, que disfrutaba con lo que veía.

Contemplar a su mujer en aquella tesitura tan salvajemente morbosa siempre le había gustado, y decidió levantarse de la cama para observarlos desde otra posición. Entusiasmado, contempló cómo Dennis le pellizcaba los tersos y sonrosados pezones mientras, entre beso y beso, se murmuraban cosas calientes y subidas de tono que los provocaba más y más.

Avivado por la fogosidad de su mujer, Blaz le cogió entonces un pie, puso la nariz bajo los dedos de ella y aspiró extasiado. Adoraba los pies y el olor de su amada.

Con la vista puesta en lo que Dennis y Ava hacían, y agitado por las obscenidades que se decían, Blaz comenzó a lamer despacio la planta del pie de su mujer. Era suave, flexible y maravillosa. Rápidamente, su sabor salado lo volvió loco y, sin desnudarse, tan sólo sacándose su erección del pantalón, empezó a masturbarse mientras se introducía el dedo gordo del pie de ella en la boca y chupaba con desesperación.

Al ver lo que aquél hacía, Dennis sonrió: Blaz era un fetichista de los pies. Entonces miró a una caliente y entregada Ava, y murmuró a escasos metros de su boca, introduciendo uno de los dedos en su sexo:

—*Putinha.*

Ella tembló. Adoraba que la llamara así en esos instantes. A Ava le encantaba oír palabras ordinarias como *putinha* —que, dichas en otro momento, eran insultos— mientras practicaban sexo lujurioso y salvaje, y a menudo las exigía. Quería ser la putita de su marido, y en ese momento también de Dennis. Quería disfrutar de sus fantasías, así que abrió los muslos con descaro y susurró, mientras su cuerpo temblaba enloquecido:

—Adoro ser tu putita; ¡utilízame!

Encendido por la lujuria del momento, Dennis asintió, pues nada le apetecía más. Levantándose de la cama, se desnudó con movimientos rápidos, al tiempo que Blaz se masturbaba con los ojos cerrados y gesto de puro deleite.

Una vez desnudo, el brasileño abrió un preservativo, y Ava se lo quitó de las manos y murmuró extasiada antes de llevárselo a la boca:

—Yo te lo pondré.

Dennis asintió:

—*Sim, aproveite, goze...*

Sabía que Ava era capaz de eso y mucho más y, cuando la mujer comenzó a colocarle el preservativo con la boca mientras lo agarraba de las nalgas, Dennis jadeó, la agarró del pelo y tiró de él. Enloquecida y entregada, ella observaba la dura verga de cabeza roja y caliente que se erguía ante ella. Deseaba locamente tenerla dentro. Deseaba que la partiera en dos. Deseaba al caliente brasileño y, una vez que hubo colocado el preservativo, separó los muslos y se abandonó a sus más oscuros deseos en compañía de aquel macho moreno.

Consciente de lo que hacía, y sin molestar a Blaz, que continuaba con su propio juego, Dennis se subió a la cama, se situó sobre Ava y, poniéndose una de las piernas de ésta sobre su hombro, le tocó la empapada vagina y, abriéndosela con los dedos, murmuró mientras le restregaba su duro pene sobre el clítoris:

—Dime cuánto me deseas.

Agitada, y azorada, la alemana se movió y jadeó temblando:

—Mucho..., mucho...

Y, antes de que pudiera decir nada más, con un movimiento rápido, Dennis la penetró de una estocada seca y contundente.

Ava volvió a jadear. Gritó. Y, cuando abrió los ojos para mirarlo, Dennis susurró:

—*Eu quero te comer toda, mia putinha.*

La alemana tembló. El idioma de Dennis, las duras embestidas, su voz profunda cargada de sensualidad y que la llamara *putinha* en ese momento eran puro gozo y complacencia.

Estocada a estocada, los placenteros gritos de Ava se acrecentaron. El brasileño era una máquina de dar puro y duro placer, y eso lo sabían todas las que habían pasado por sus manos. No sólo era un buen amante, educado y cortés, sino que además era un hombre que no pensaba únicamente en disfrutar él mismo, y eso para una mujer era de agradecer.

Blaz los observaba desde su posición, y al final llegó a su propio clímax. En cuanto acabó, sin dudarlo, subió la otra pierna de su mujer al hombro de Dennis y, mirándolo, susurró:

—Fuerte e intenso..., sabes que así le gusta.

Si algo le complacía a Dennis era llevar la voz cantante en lo que a sexo se refería. Odiaba que decidieran por él. Y, aunque en ciertos momentos lo permitía, casi siempre se salía con la suya y conseguía dominar él la situación.

Agarrado con fuerza a la cintura de Ava, Dennis se dejó llevar, mientras el maravilloso cuerpo de aquélla lo hacía disfrutar sin reservas.

—¡Bésame! —pidió en ese instante Blaz, acercándose a su mujer.

Ava lo hizo. Lo besó.

El brasileño los miró. Un beso era algo erótico, estimulante, y aunque los disfrutaba cuando practicaba sexo, consideraba que eran privados. Si algo le había llamado la atención de sus amigos Eric y Judith cuando los conoció fue que reservaban sus besos sólo y exclusivamente para ellos, cosa que en cierto modo Dennis alabó desde el primer momento y entendió a la perfección.

Agitado por los gritos ardientes de Ava y por cómo su propio cuerpo temblaba de excitación, cerró los ojos, echó la cabeza hacia atrás y, de manera inconsciente, la imagen de la mujer que había conocido días antes en aquel avión inundó su mente. Recordar el miedo en sus ojos o su posterior sonrisa lo excitó sobremanera. Y, cuando imaginó que la mujer que tenía entre sus manos era aquélla, su cuerpo se reactivó y, como un loco, la hizo suya, entrando y saliendo de ella de tal forma que Ava se agarró a la cama enloquecida de placer, hasta que por último ambos alcanzaron el clímax.

Cuando el brasileño abrió los ojos, agotado y sudoroso, se encontró con la cara húmeda de ella, que, sonriendo, murmuró:

—Dios, Dennis, cómo te vamos a echar de menos.

Eso los hizo sonreír a todos; entonces Blaz, que había sido testigo de aquel polvazo, musitó besando a su mujer:

—¿Sigues deseando más placer?

Ella asintió encantada:

—Contigo, siempre.

Dennis salió del cuerpo de ella y bajó de la cama. Lo primero que hizo fue lavar a Ava. Sin duda, el juego continuaba; segundos después, cuando él también se lavaba, Blaz, que se dirigía a la puerta, la entreabrió y murmuró:

—Serás para la primera persona que entre.

No pasaron ni tres segundos cuando la puerta se abrió del todo. Un hombre con barriguita, ya maduro, entró desnudo, y Blaz, que volvía a tomar las riendas del asunto, le pidió con una sonrisa:

—Fóllate a mi mujer.

El recién llegado, encantado de entrar en el juego, se subió a la cama y, separando los muslos de aquélla, que seguía desnuda, sonrió. Sin dudarlo, introdujo un par de dedos en la húmeda vagina y, al notarla tan empapada, dijo:

—Date la vuelta y ponte a cuatro patas para mí.

Sin dudarlo, Ava obedeció ante la mirada de Dennis.

Una vez que ella estuvo como el hombre deseaba, el brasileño se subió también a la cama y, poniéndose delante de ella, murmuró:

—Abre la boca.

Ava la abrió e, instantes después, disfrutaba de nuevo de la dura verga del brasileño, mientras su marido miraba. El desconocido, al que no había visto en su vida, tras colocarse un preservativo, le abrió los pliegues de su sexo con la mano y la folló.

A las cuatro de la madrugada, agotado tras una noche de sexo intenso y salvaje con Ava, su marido y todos los que quisieron entrar en aquella habitación, Dennis estaba en la barra tomándose algo cuando sus amigos Eric y Jud se acercaron a él.

Como Dennis conocía sus gustos, les pidió unas copas y, cuando se las tomaban, él miró a su alrededor y murmuró:

—Voy a echar de menos este lugar.

Agarrado a su mujer, Eric sonrió y, posando una mano en el hombro de su amigo, indicó:

—Recuerda que siempre serás bien recibido aquí, y nunca olvides que, en Múnich, nuestra casa es tu casa, y esperamos que vengas a visitarnos.

—¡Por supuesto! —afirmó Judith—. Nuestros hijos te adoran, y sabes que Flyn te tiene mucho cariño.

Dennis sonrió. El año anterior había sido el tutor de Flyn en el colegio y, aunque al principio el chaval había dado muchos problemas, el cambio para bien que había hecho era notable. Levantó su copa y aseguró:

—Conoceros es lo mejor que me llevo de Alemania. Vosotros, junto a Mel, Björn y vuestros hijos, habéis sido mi familia aquí, y espero que, a pesar de la distancia, lo sigáis siendo.

Emocionada, Judith asintió. En el tiempo que llevaba en Alemania, no era la primera vez que tenía que decir adiós a algún amigo y, abrazándolo, afirmó:

—Eso nunca lo dudes. Siempre estaremos aquí.

Eric y Dennis se miraron.

Su amistad había comenzado en aquel local *swinger*, un día durante un juego caliente, pero había traspasado las puertas del local.

—Espero recibir vuestra visita en Londres —indicó el brasileño.

Eric asintió y, una vez que su adorada mujer regresó a sus brazos, afirmó:

—Te lo prometo, amigo. Sin duda volveremos a vernos.

Aquella noche, cuando Dennis regresó al que había sido su hogar los últimos años, miró a su alrededor y suspiró al ver las cajas que al día siguiente recogería un camión de mudanza para llevar a su nueva casa, y sin querer pensar en nada más, se acostó. Al día siguiente se trasladaba definitivamente a Londres, donde comenzaría una nueva vida.

Capítulo 6

Los primeros días en una nueva ciudad siempre eran interesantes.

Dennis, que se había trasladado gustoso a distintos países por motivos laborales, disfrutaba descubriendo lugares nuevos, nuevas comidas, nuevas personas.

Como había podido comprobar las veces que lo había visitado, Londres era una capital seductora y lo estaba disfrutando a tope. Y más por las noches, cuando acudía a un local exclusivo llamado Essence, donde, gracias a sus amigos Eric y Björn, tenía la entrada libre.

Una de las tardes, mientras ordenaba su apartamento, situado en el barrio de Covent Garden, llamaron a la puerta. Dennis abrió y sonrió. Allí estaba su amigo José, quien, separando los brazos, dijo con su particular acento brasileño:

—*Bem-vindo a Londres!*

Encantados, ambos se abrazaron. José y él se habían conocido en la universidad, en Brasil. Mientras Dennis estudiaba Magisterio, José había optado por Periodismo y, una vez que acabó la carrera, José se marchó de Río de Janeiro para trabajar fuera del país, concretamente a Londres.

Dennis, feliz, invitó a su amigo a entrar en el apartamento y, en cuanto cerró la puerta, José dijo:

—Siento no haber venido antes, pero estaba en Bruselas cubriendo una noticia.

—Tranquilo. Lo sé.

—¿Qué te parece el sitio que te ha encontrado Rosanna, mi mujer?

Dennis asintió. El apartamento, con dos habitaciones y dos baños, cocina americana y salón, estaba bien. Especialmente porque estaba reformado, tenía una preciosa cama de madera oscura con dosel en la habitación principal y todo se veía nuevo y actual.

—Es estupendo, aunque la moqueta del suelo no es lo que más me gusta.

José sonrió. En la mayoría de las casas inglesas tenían moqueta.

—Amigo... —cuchicheó—, hay ciertas cosas en las que te entiendo, pero has de aprender a vivir con ellas, como, por ejemplo, ¡la moqueta! A los ingleses les encanta. Para mí no es práctica, pero... —Ambos rieron, y entonces José señaló unos interruptores que había en la cocina e indicó—: Aquí todo lo que pueda enchufarse lleva la opción de apagarlo. Si te digo esto es porque no serías el primero que enchufa la maquinilla de afeitar eléctrica y piensa que está rota. Y no, amigo, no..., es sólo que has de encender el enchufe para que funcione.

Dennis soltó una carcajada y José prosiguió:

—Otra cosa es que en la mayoría de las casas ¡no hay persianas!

Dennis miró hacia la ventana y José continuó:

—Sí, amigo, sí. En Londres lloverá mucho, aunque a las cinco de la mañana la luz es cegadora, pero los dueños de este piso, que, por cierto, son amigos míos, lo han entendido y han puesto esas cortinas que pueden correrse y hacen la misma función que una persiana, así que podrás dormir.

—¡Estupendo! —Dennis rio, sacándose del bolsillo un paquete de chicles de cereza.

—En cuanto a besar a la gente o tocarse como estamos acostumbrados nosotros, ¡olvídalo! Los ingleses no suelen besarse, ni tocarse cuando son presentados; por tanto, si puedes evitarlo, ¡evítalo! Porque muchos se sienten azorados. Otra cosa: siempre hemos oído que los ingleses son correctos y educados, y te aseguro que la respuesta es «sí», pero un sí ¡bien grande! Que luego se desmadran cuando están de vacaciones, ¡por supuesto!, pero en el día a día y en sus trabajos son increíbles.

Dennis abrió el frigorífico, donde al llegar se había encontrado varias cervezas, y José cogió una y afirmó divertido:

—No es una Brahma, ni una Itaipava de nuestra tierra, pero te aseguro que la cerveza Foster's está muy buena.

Dennis se apresuró a abrir una botella y, tras dar un trago que le supo a gloria, declaró:

—Sin duda, ¡buena es!

Entre risas y confidencias, pasaron la mañana abriendo cajas, hasta que el periodista comentó:

—Iba a llevarte a comer al restaurante de Rosanna, pero hoy lo tiene todo a tope con un grupo de turistas. ¿Te apetece que vayamos a otro lado a comer?

Dennis asintió y, olvidándose de las cajas que estaban por el medio del apartamento, dijo:

—Vamos. Me muero de hambre.

Una vez que salieron del apartamento, José le comentó que mucha gente llamaba a aquella zona el *barrio de la alegría* por la vida que había allí. Le explicó que, en los años setenta, Covent Garden era un lugar de venta al por mayor de verdura y fruta, pero que en la actualidad se había convertido en uno de los barrios más activos de Londres con su Apple Market, lleno de puestos de artesanía, y sus impresionantes espectáculos callejeros.

Encantado, Dennis miró a su alrededor. Aquél era un buen barrio para vivir. ¡Le gustaba!

—Ven —José señaló un restaurante—, comeremos aquí.

Al entrar, Dennis se encontró con un local no muy grande, y de inmediato entendió que los propietarios eran amigos de José y los dueños del piso que él había alquilado. Estaban todos charlando cuando llegó Bibi, la hija de los dueños, una rubia no muy alta pero con un bonito cuerpo que rápidamente se sentó a comer con él y con José. Por los altavoces del restaurante sonaba la voz de Adele, cantando *Someone Like You.*[10]

Entre risas, Dennis probó el *sunday roast*, un guiso con arroz, verdura y pollo, entre otras cosas, con una salsita marrón que le daba un gusto muy especial.

10. *Someone Like You*, XL Recordings Ltd., interpretada por Adele. *(N. de la E.)*

—Está muy bueno —afirmó hambriento.

Bibi, cautivada por el rostro tan sensual de aquel brasileño, respondió:

—Mi madre es una excelente cocinera.

José, que se había percatado de cómo su amigo, sin proponérselo, ya había hecho caer en sus redes a aquélla, intercambió una mirada con él y dijo levantándose:

—Disculpadme. Voy un momento al baño.

Cuando Dennis y Bibi se quedaron solos, la joven le preguntó sonriendo:

—¿Qué te ha parecido el apartamento?

—Estupendo..., es justo lo que necesito.

Ella asintió. Sabía que era un buen lugar y, clavando la mirada en él, indicó:

—Antes el apartamento era un desastre. Fue una herencia de mi madre y durante años estuvo cerrado, hasta que yo me mudé a vivir allí e hice reformas.

—Y ¿por qué no vives allí?

Encantada de ver cómo él la miraba, Bibi bajó la voz y murmuró:

—Estaba demasiado cerca de mis padres, y mi madre aparecía en la casa cada dos por tres, por lo que decidí alejarme de ellos para salvaguardar mi intimidad. —Y, con una mueca, añadió—: Aunque reconozco que mi chica y yo añoramos la enorme cama con dosel que dejé allí. Era fantástica para ciertos momentos.

Al oír eso, Dennis sonrió. Aquella mujer hablaba su mismo lenguaje; la miró y respondió bajando la voz:

—Seréis gratamente recibidas en ella las dos.

Dicho esto, no volvieron a hablar del tema. José regresó a la mesa y, en cuanto terminaron de comer, decidieron irse. Antes de salir por la puerta, Dennis contempló de nuevo a Bibi. Sobraban las palabras.

Durante un buen rato, los dos amigos brasileños caminaron por las calles de Londres, hasta llegar ante un local llamado A Loucura.

—«¿La Locura?» —Dennis rio mirando a su amigo.

José asintió y, abriendo la vieja puerta del establecimiento, indicó:

—Esta academia de baile la montaron unos amigos de São Paulo, Irasema y su marido. Pero al poco tiempo de estar aquí el marido murió, e Irasema la sacó adelante con su hijo Maycon. Aunque no me lo pediste, les hable de ti, y estarían encantados de que dieras clases de *forró* y lambada.

Dennis se paró en seco. Le encantaba bailar, especialmente *forró*, y mirando a su amigo, dijo:

—José, no sé si voy a disponer de mucho tiempo cuando...

—Lo tendrás —lo cortó aquél—. Las clases en el colegio terminan pronto, y sólo serán un par de días a la semana. Vamos, di que sí. No conozco a nadie tan bueno como tú, y aquí están deseosos de aprender. Además, te aseguro que más de una se volverá loca con tu movimiento sensual de caderas.

Sonriendo, Dennis le dio un empujón a su amigo y entraron en el local, donde, instantes después, una mujer alta, morena y de rasgos perfilados los saludó. Era Irasema, la amiga de José, que, al saber de quién se trataba, señaló:

—Vayamos al despacho. Allí podremos charlar con tranquilidad.

Estuvieron hablando durante más de media hora, pero Dennis era reticente a aceptar, y quedaron en que lo pensaría.

Cuando salieron del despacho, éste preguntó dónde estaba el baño y, una vez que se lo indicaron, se encaminó hacia allí. Al pasar por una de las salas escasamente iluminadas, vio a una joven de pelo castaño bailando sola en una clase mientras por los altavoces sonaba *Magalenha*,[11] cantada por Sérgio Mendes.

Divertido y contento por oír música de su tierra, Dennis se paró a observarla. Aquella muchacha bailaba samba muy bien y, cuando ella lo vio a través del espejo, se paró en seco. Quitó la música y dijo:

—Estoy preparando mi clase, ¿querías algo?

11. *Magalenha*, Universal Music Spain, interpretada por Sérgio Mendes. *(N. de la E.)*

Sonriendo, Dennis se acercó a ella.

—Lo haces muy bien.

La joven asintió.

—Gracias. Soy profesora de samba.

—¿Eres brasileña?

Al oírlo, ella sonrió y respondió negando con la cabeza:

—No. Soy inglesa. Pero mi abuela era de Bahía y me enseñó a bailar la samba.

—Ya decía yo —afirmó Dennis divertido.

Ambos rieron y luego él se acercó al equipo de música. Echó un vistazo a los CD, cogió uno y preguntó:

—¿Puedo?

La chica asintió mientras comenzaban a sonar los primeros acordes de la canción *Dançando lambada*,[12] de Kaoma. Luego Dennis extendió las manos hacia ella y le pidió:

—Vamos, baila conmigo.

Sin dudarlo, ella se agarró a él y, cuando empezaron a moverse, él afirmó:

—La lambada es un baile muy sensual.

—Lo sé.

—Soy Dennis, ¿y tú?

—Georgina.

No necesitaban hablar, pues ambos sabían cómo moverse. Balanceaban las caderas al compás de la música mientras reían y se compenetraban maravillosamente bien.

—Ohhhh..., pero qué bien lo haces —comentó ella.

Dennis replicó divertido:

—Lo sé. Soy brasileño, profesor de lambada y *forró*.

Georgina lo siguió encantada. Sin duda era un experto bailarín.

Una vez que la canción acabó, se soltaron y, cuando Dennis iba a decir algo, unos aplausos los hicieron mirar atrás y vieron a Maycon, a José y a Irasema.

Georgina y Dennis agradecieron los aplausos sonriendo, y en-

12. *Dançando lambada*, CBS, interpretada por Kaoma. *(N. de la E.)*

tonces este último, mirando a la joven, que se daba aire con la mano, declaró:

—Acepto dar las clases, siempre y cuando Georgina quiera dar las clases de lambada conmigo.

Al oírlo, la joven lo miró sorprendida.

—Lo mío es la samba, Dennis —respondió.

—Pero bailas lambada muy bien, y puedes ser de gran ayuda.

Georgina miró entonces al resto y pidió:

—¿Nos dais un minuto?

Todos asintieron. La chica cogió a Dennis de la mano, lo alejó unos pasos del grupo y dijo:

—Si haces esto para acostarte conmigo, la respuesta es no. A mí me gustan las mujeres.

—Anda —se mofó él—, ¡como a mí!

Ambos rieron por su ocurrencia, y Georgina, tras haber dejado claro el tema, se volvió hacia Irasema y afirmó:

—De acuerdo. Daré las clases con Dennis.

Todos aplaudieron, y él la cogió de la cintura y murmuró:

—Será un placer compartir clase contigo.

Capítulo 7

El lunes, tras un fin de semana la mar de animado, Dennis cogió el casco de su moto y se dirigió hacia el colegio donde iba a dar clases.

En cuanto llegó a la dirección en Wembley, aparcó su moto y, quitándose el casco, miró el edificio de piedra grisácea. Aquello le gustó. No tenía nada que ver con el moderno colegio en el que había estado en Alemania. Sin duda aquel lugar tenía historia.

Tras dejar la moto bien aparcada, con el casco bajo el brazo, subió la escalera del emblemático edificio. Una vez que hubo abierto el gran portón, se encontró con un amplio pasillo vacío y, siguiendo los carteles en los que se leía RECEPCIÓN, llegó a un sitio donde dos mujeres de mediana edad parecían discutir.

—No..., no..., no..., el director no quiere que nadie tenga llave de su despacho excepto él. Lo ha dejado muy claro.

—Guarda una y no se lo digas —gruñó la del pelo más oscuro—. El día que pierda las suyas y nosotras tengamos ésa, ¡nos lo agradecerá!

—No, Marian. No seas cabezota. Hagamos bien las cosas desde el principio y...

—No seas cabezota tú, Cornelia —protestó la otra y, al ver que había alguien parado en la puerta, gruñó—: El colegio está cerrado. ¿Acaso no lo ha visto?

Al notar cómo lo miraban, Dennis se apresuró a aclarar:

—Buenos días, señoras. Tengo una cita con el director Simmons. Mi nombre es Dennis Alves, y...

—¿El profesor de matemáticas? —preguntaron las dos al unísono.

—Sí. El mismo.

Las dos mujeres se miraron sorprendidas. Aquel hombre, tan

alto, tan guapo y con aquellos impresionantes ojazos, iba a ser la revolución del rectorado.

—Bienvenido, profesor Alves —respondió la del pelo más claro.

—Un placer, profesor. Ella es Cornelia y yo soy Marian. Cualquier cosa que necesite...

—No dude en pedírnosla —finalizó su compañera tocándose el cabello.

Dennis sonrió. Sabía muy bien manejar a aquella clase de mujeres y, acercándose a ellas con caballerosidad, les cogió las manos, se las besó y dijo:

—El placer es mío. ¿Señoras o señoritas?

Ambas sonrieron con coquetería y, tras mirarse de nuevo, respondieron:

—Señoras.

En ese instante se abrió una portezuela marrón al fondo del despacho y un hombre trajeado, de pelo canoso y gesto serio, dijo:

—Marian, necesito que archives los expedientes de los alumnos de secundaria...

—Director Simmons —lo cortó la mujer para llamar su atención. Entonces el hombre las miró, y ella añadió—: El profesor Alves tenía una cita con usted.

El hombre trajeado, que no era muy alto, lo miró de arriba abajo y, dejando unos expedientes sobre el mostrador, se acercó a él y le tendió la mano con gesto serio.

—Profesor Alves. Tengo muy buenas referencias de usted.

Dennis le estrechó la mano y, apretándosela con seguridad, afirmó:

—Es un placer conocerlo, agradezco sus palabras.

En cuanto se soltaron las manos, el hombre canoso asintió con la cabeza e indicó:

—He de decirle que me gustan los hombres que miran a los ojos al saludar y aprietan la mano. Me transmiten seguridad.

Ambos sonrieron y el director añadió:

—Entremos en mi despacho para hablar.

Cuando desaparecieron de su vista, las mujeres se miraron y Marian comentó:

—Qué hombre más atractivo.

—Y qué trasero tiene —cuchicheó Cornelia.

Y, sin poder remediarlo, comenzaron a reír. Con la presencia de aquel nuevo y atractivo profesor, el curso se presentaba interesante.

Esa mañana, durante más de una hora, Dennis mantuvo una agradable charla con el que iba a ser su jefe. Con diligencia y profesionalidad, el director Simmons lo puso al día de las normas del colegio Saint Thomas y, cuando la reunión acabó, dijo:

—Todos los años organizo una cena en el hotel The Goring, situado en el 15 de Beeston Place, al comenzar y finalizar el curso; lo he convertido en una tradición. La cena es esta noche, y sería un placer poder contar con su presencia y presentarle al resto de los docentes y los trabajadores de la escuela.

—Será un placer asistir.

Encantado tras la reunión con Dennis, el director Simmons apuntó la dirección que había mencionado en un papel y, entregándoselo, señaló tras mirar los vaqueros que llevaba:

—Hay que asistir con traje, ¿algún problema?

Dennis cogió el papel y afirmó sonriendo:

—Ninguno, director.

Tras salir del despacho, Cornelia y Marian lo miraron, y él, guiñándoles un ojo, dijo antes de desaparecer de su vista:

—Hasta esta noche, señoras. ¡Pónganse más guapas si es posible!

Las mujeres lo miraron y, sonriendo, afirmaron:

—Sin duda será un curso interesante.

Capítulo 8

Ataviado con traje negro, camisa blanca y corbata negra, Dennis llegó al hotel en su moto.

Una vez que hubo aparcado y se hubo quitado el casco, mientras se abrochaba el botón de la chaqueta, vio cómo otras personas vestidas con elegancia acudían al bonito y majestuoso establecimiento, e imaginó que debían de ser empleados del Saint Thomas como él.

Instantes después, entró en el hotel con paso seguro, y Cornelia, al verlo, rápidamente fue a su encuentro.

—Profesor Alves, por aquí.

Dennis sonrió y, con galantería, replicó:

—Cornelia, me agradaría mucho que me llamaras por mi nombre: Dennis.

La mujer se sonrojó y, encantada de que se hubiera acordado de su nombre, afirmó:

—De acuerdo, Dennis, será un placer.

Estaban riendo cuando Marian llegó hasta ellos y Dennis las miró y declaró:

—Están preciosas, señoras. Si yo fuera su marido, estaría muy preocupado.

—Oh, qué galante —comentó Marian.

—Ay, Dennis, no digas eso.

Al oír a su amiga, Marian iba a decir algo cuando el aludido señaló:

—Marian, te pido lo mismo que a Cornelia: por favor, tutéame.

La mujer asintió encantada y, mirando a Cornelia, dijo:

—Será un placer, Dennis.

Del brazo de aquellas dos, el brasileño entró en un enorme

salón. Enseguida divisó al director, vestido de forma impecable con un traje oscuro, el cual hablaba con unos hombres.

En ese momento Dennis sintió que lo observaban, pero no le importó. Ya se había acostumbrado a ser el nuevo cada pocos años en los centros.

El director Simmons, al verlo parado allí con sus dos secretarias, se disculpó con los hombres con los que hablaba y se encaminó hacia ellos. Las dos mujeres, al verlo, rápidamente soltaron del brazo al brasileño y se marcharon.

—Bienvenido, profesor Alves —lo saludó el hombre canoso tendiéndole la mano.

—Es un placer estar aquí, director Simmons.

Un camarero pasó por su lado con una bandeja llena de copas y el director cogió una para el recién llegado y se la entregó.

Durante unos segundos hablaron de aquel bonito hotel, hasta que llegó junto a ellos una mujer no muy alta, de pelo rubio y ojos azules como el mar, y dijo con una bonita sonrisa:

—Colin, tesoro, dentro de quince minutos entramos a cenar.

—Perfecto, querida —contestó él, y, mirando al hombre que estaba a su lado, añadió—: Le presento a Rose, mi pareja. Rose, él es el nuevo profesor de matemáticas, el señor Alves.

La mujer volvió a sonreír.

—Un placer conocerlo, profesor Alves.

Él le cogió la mano, se la besó con gusto y respondió:

—Rose, sería un placer que pudieras llamarme por mi nombre.

Tras mirar al hombre que la presentaba como su pareja, ella afirmó:

—Si a Colin le parece bien, estaré encantada de que nos tuteemos.

Luego continuaron con la charla. Rose era adorable. Sabía que Dennis provenía de un colegio de Múnich y, con curiosidad, le preguntó cosas a las que él respondió complacido. Así estuvieron un rato hasta que ella, advertida por un camarero, se marchó. En ese momento se acercó hasta ellos un hombre canoso de unos cincuenta años y el director dijo:

—Profesor Alves, le presento al profesor Justin Robinson.

—¿El nuevo profesor de matemáticas? —preguntó sorprendido el recién llegado.

—El mismo —afirmó Dennis sonriendo.

—Bienvenido —lo saludó aquél encantado—. Es un placer tenerte aquí.

A Dennis le gustó el recibimiento que le dedicó. Ver su sonrisa sincera y la vivacidad de su mirada le hizo gracia. Entonces, un camarero le dijo algo al director, y el recién llegado se acercó al brasileño y cuchicheó:

—Los formulismos no son lo mío. Llámame Justin cuando y donde quieras.

—Dennis.

Justin sonrió, justo en el momento en que el director los miraba otra vez e indicaba:

—El profesor Robinson, además de mi yerno, es un prestigioso profesor de física y química con el que seguro que hará buenas migas.

El aludido sonrió y afirmó encantado:

—No lo dudo.

Cuando Rose volvió a acercarse a Colin para consultarle algo, Justin, que se había percatado de cómo los miraban las mujeres, susurró:

—Tu presencia las ha perturbado, y déjame decirte que por aquí, bajo ese aspecto de decencia, hay mucha loba suelta.

Dennis sonrió por su comentario y, acercándose a él, afirmó:

—Estoy seguro de que sabrás alertarme.

—*Oh, yeah!* —se mofó Justin, consiguiendo que los dos soltaran una carcajada.

El brasileño y él se miraron con complicidad, y ambos supieron que iban a llevarse bien. Muy bien.

—Justin —comentó entonces el director—, tengo que solucionar una cosa con Rose. Por favor, hijo, haz de anfitrión y presenta al profesor Alves al resto de los invitados.

Una vez que Simmons se marchó acompañado de su mujer, Justin, que era tan alto como el brasileño, lo observó con gesto divertido y preguntó:

—¿Preparado?

—Preparado —afirmó Dennis.

—Prometo alertarte.

—¡Te lo agradeceré! —exclamó el otro riendo.

Como buen anfitrión, Justin le fue presentando a todas y a todos los que se ponían en su camino. Los hombres le daban la mano encantados al recién llegado, mientras las mujeres se sonrojaban ante su presencia pero lo miraban con curiosidad. En cuanto acabaron las presentaciones, cuando se alejaron de todos los grupos, Justin cogió una copa.

—Ojo con Bruna Belman y Shonda Rides —advirtió señalando a dos mujeres que los observaban desde el fondo—. Me consta por otros profesores que no son mujeres que se andan con rodeos, y son muy directas.

—Es bueno saberlo —se mofó Dennis.

Justin, al que la sonrisa no se le borraba de la cara, afirmó con complicidad:

—Advertido quedas del tema y, recuerda, mi suegro no tolera ese tipo de relaciones entre sus trabajadores; por tanto, ¡discreción! La institución Saint Thomas es lo primero.

Dennis sonrió y, cuando iba a responder, de pronto una joven se acercó hasta su compañero y comentó:

—No te vas a creer lo que ha pasado.

Al oír su voz, Dennis se volvió hacia ella y se quedó sin palabras cuando se encontró con la mujer que no había esperado volver a ver en la vida. La pelirroja irlandesa, a la que había conocido en un aeropuerto y después en un avión, iba ataviada con un elegante vestido de color verde y llevaba el pelo recogido en un moño alto. Pero ¿qué estaba haciendo ella allí?

Sin percatarse de la presencia del brasileño, que la miraba sin dar crédito, ella prosiguió a media voz:

—Justin, ni te imaginas la que se ha liado en las cocinas con Priscilla. Al parecer, la chef que está preparando la cena es la mujer con la que Conrad tiene un lío y, al verla, mi hermana, ni corta, ni perezosa, le ha tirado todo lo que ha encontrado a su paso. ¡Hola, Shonda! —saludó entonces a una mujer que pasaba por su lado.

Justin sonrió y, cogiendo a la joven por la cintura, dijo:

—Lola, te presento al nuevo profesor de matemáticas. Él es el profesor Alves, pero puedes llamarlo simplemente Dennis.

Sonriendo todavía, Lola miró al hombre que en ese instante se colocaba a su lado, y la risa se le borró de golpe al reconocerlo. Pero ¿qué estaba haciendo él allí?

Como pudo, disimuló y, forzando una sonrisa, le tendió la mano.

—Encantada, señor Alves.

—Lo mismo digo —respondió Dennis sorprendido.

Justin, que no se había percatado de nada, murmuró mirando a su mujer:

—Peque, tutéalo. Dennis es de tu edad, seguro que te lo agradece.

El brasileño, que se había quedado petrificado al encontrarse con aquélla allí, iba a decir algo cuando el director llegó hasta ellos acompañado de su mujer y de su hija Priscilla y, disimulando el estropicio que acababan de solucionar en las cocinas, comentó:

—Ah..., ya veo que Justin le ha presentado a su mujer. Es mi hija Lola.

Boquiabierto y desconcertado, Dennis la miró. No sólo la encontraba allí, sino que además era la hija del director del colegio, y encima estaba casada con aquel hombre. Intentaba que el desconcierto no se le notara, cuando Justin afirmó:

—Creo que has hecho un buen fichaje, suegro.

A Lola el salón comenzó a darle vueltas mientras pensaba eso de «¡Tierra, trágame!».

—Priscilla, querida —dijo Rose con un gesto más serio que el que tenía minutos antes—. Quiero presentarte al nuevo profesor de matemáticas, el profesor Alves.

Priscilla, que hasta el momento había permanecido enfurruñada, al ver a aquel hombre joven —y no un viejorro como los que su padre solía contratar—, sonrió y dijo tendiéndole la mano:

—Un placer conocerlo, profesor.

—Lo mismo digo —consiguió articular él al ver que aquélla era la de la peluca rosa que había visto aquel día en el aeropuerto.

—Profesor Alves —añadió el director Simmons—, mi hija Priscilla es historiadora. Por suerte para todos y para mi orgullo, siguió los pasos de su madre y de mi padre, y actualmente tengo el honor de tenerla dando clases de historia en el colegio.

—¡Qué interesante! —afirmó él alucinado y, mirando a Rose, preguntó—: ¿Es usted historiadora?

La aludida parpadeó y, antes de que pudiera responder, Priscilla aclaró:

—Rose no es mi madre.

Aquel comentario hizo que todos se quedaran callados, hasta que Rose puntualizó sin perder la sonrisa:

—Soy la pareja de Colin, no la madre de sus maravillosos hijos.

Dennis asintió. De pronto, Lola, que había permanecido callada, al ver cómo su padre miraba a su hermana, señaló:

—Priscilla es el orgullo de mi padre y, aunque él no lo mencione, le diré, profesor Alves, que también existimos mi hermano Daryl, que es un increíble piloto de aviación, y yo, que doy clases de ballet.

Al ver el mal rollito que allí se cocía, Dennis simplemente asintió. Entonces, el padre de la muchacha farfulló:

—Por el amor de Dios, Lola, me vas a comparar pilotar aviones o danzar de puntillas con ser historiadora...

—¡Colin! —protestó Rose al oírlo.

En ocasiones, la sacaba de sus casillas. El hombre tenía tres maravillosos hijos que se desvivían por su madre y lo querían, incluso a ella la querían, y Colin no paraba de hacerles feos.

—Papá, no empecemos —murmuró Priscilla conteniendo la risa por lo que había dicho su hermana.

—Danzar de puntillas no es fácil —se mofó Lola mirando a su padre.

—¡Lola! —le recriminó su marido.

Colin gruñó:

—Tu hermana es la única que ha seguido la tradición de la familia y...

—Tengo sed y paso de seguir discutiendo por el mismo rollo

de siempre —lo cortó ella, tras lo cual desapareció de escena mientras Priscilla miraba hacia otro lado y sonreía.

Al ver alejarse a su mujer, Justin fue tras ella y murmuró:

—¿Qué haces?

Lola suspiró.

—Recordarle a mi padre que Daryl y yo existimos.

Él sonrió. Le encantaba la impetuosidad de su esposa y, acercando la boca al oído de ella, preguntó:

—¿Recuerdas con quién tengo una cita esta noche en mi cama?

Lola sonrió y replicó:

—Cómo olvidarlo.

Dicho esto, bajo la atenta mirada de Dennis, Justin le dio un beso en el cuello a su mujer y se alejó de ella. Sin duda los esperaba una excelente noche.

Con una sonrisa en los labios, Justin se acercó de nuevo hasta el brasileño y comentó de buen humor:

—Disculpa a mi mujer. Es demasiado impetuosa en ocasiones, y eso a su padre no le gusta mucho.

Dennis meneó la cabeza pero no dijo nada. Era lo mejor.

Mientras tanto, Lola se alejaba del grupo sin querer pensar en el brasileño mientras maldecía a su padre. «¡Siempre igual!»

Nunca le perdonaría ni a ella ni a su hermano Daryl que no hubieran seguido la carrera que él había elegido para ellos. Priscilla había estudiado historia porque le encantaba, ¡le apasionaba! Pero ni a Daryl le gustaba la economía ni a Lola la filosofía, y el día que decidieron enfrentarse a su padre y hacer lo que querían, ocurrió algo entre ellos y él se quebró.

Justin se alejó charlando con su suegro justo en el momento en que Rose, con cara de circunstancias por lo ocurrido, pero intentando poner la mejor de sus sonrisas, dijo al tiempo que levantaba la voz:

—Vayamos a cenar. Venga, ¡todos al salón!

Al oírla, los presentes echaron a andar. Dennis intentó localizar con la mirada a Lola, pero ésta había desaparecido. Entonces, Rose lo cogió del brazo y dijo:

—Dennis, sería un placer que te sentaras a mi lado.

—El placer será mío, Rose —respondió él con galantería mientras caminaba guiado por ella.

Agobiada, y no sólo por el desplante de su padre, Lola llegó hasta un salón colindante en el que había una gran ventana y, sin pensarlo, la abrió. Necesitaba aire.

Asombrada y paralizada, pensó en Dennis. Pero ¿qué estaba haciendo él allí?

Recordó que le había dicho que era profesor de *forró* y lambada; ¿cómo podía ser que fuera profesor de matemáticas?

En ese momento le vibró el bolso y, al sacar el móvil de él, sonrió al ver un mensaje de su hermano Daryl:

Ni caso al Pitufo Gruñón. Te quiero. Besos desde Tokio.

Al leer aquello, Lola pensó que Priscilla ya se había chivado.

Estaba sonriendo por ello cuando oyó a su lado:

—Eres mi heroína.

Al mirar a su hermana, Lola sonrió, y ésta prosiguió:

—Ni caso. Ya sabes que papá es...

—Un Pitufo Gruñón.

Ambas sonrieron. Se adoraban e, intentando cambiar de tema, Priscilla siseó:

—Cuando he visto a esa lagarta asquerosa salir de la cocina, te juro, Lola, que he tenido que contenerme porque, si por mí hubiera sido, habría cogido y... y...

—Tranquila..., te entiendo.

—Papá me ha montado un pollo en la cocina que ni te cuento, sin pararse a pensar en mis sentimientos. Por el amor de Dios, Lola, que la mujer que está ahí dentro es la que tenía o tiene una relación con Conrad.

—Papá, en su línea —murmuró Lola.

Todavía recordaba cómo su hermana lloraba ante su padre al contarle lo ocurrido, y cómo de lo único que se preocupó aquél fue de que no se separase de su marido para evitar un escándalo que pudiera afectar al Saint Thomas.

Priscilla, que no convivía con Conrad desde hacía unos seis

meses, miró a su hermana con los ojos repletos de lágrimas y murmuró:

—Tengo los papeles del divorcio en casa, pero no puedo...

Lola le cogió las manos.

—Por tu propio bien, debes terminar con esta ridícula situación ya, cariño —le dijo.

Priscilla se revolvió. Estaba ofuscada y la miró, al tiempo que cuchicheaba:

—El último día que hablé con Conrad me reprochó cosas absurdas, como que me gustase la comida china o que quisiera ver la película *Orgullo + Prejuicio + Zombis*. Según él, es una aberración para Jane Austen... ¿Tú crees que es una aberración?

Lola suspiró. Su cuñado era un idiota; observó a su pobre hermana y respondió:

—Lo que es una aberración es que no firmes los jodidos papeles.

Priscilla suspiró y, al ver que nadie podía oírlas, murmuró:

—Necesito que Conrad piense en mí, que desee besarme, y quiero ser la única que exista para él.

Lola suspiró de nuevo. Lo que su hermana quería era lo ideal, lo que la gran mayoría de las personas aspiraban a tener. Aun así, susurró:

—Priscilla, ¡basta! No es momento de hablar de eso.

El silencio las sumergió a las dos en sus propios pensamientos durante unos segundos, hasta que Priscilla dijo:

—Hay un refrán que dice que quien lo hace una primera vez lo hace una segunda, una tercera...

—También hay otro que dice «¡Una y no más, santo Tomás!».

Ambas sonrieron, y Lola añadió:

—Pobre Rose. No sé cómo soporta a papá.

—Porque lo quiere —afirmó Priscilla.

Su hermana asintió y, bajando la voz, susurró:

—En ocasiones, querer no debería bastar. —Y, cambiando de tema, indicó—: Hoy he llamado a la residencia y me han dicho que mamá ha pasado un buen día.

Ambas sonrieron. Adoraban a Elora, y se preocupaban por ella y por su bienestar.

—Anteayer estuve viéndola y estaba agitada —señaló Priscilla—. Ya sabes cómo se pone cuando está en plan superprofesora. Tenía a las de la residencia ¡agobiadas! Pero, bueno, con la ayuda del auxiliar ese tan mono que mamá adora conseguimos calmarla.

De nuevo sonrieron con tristeza y Priscilla, omitiendo seguir hablando del tema, preguntó:

—¿Qué te ha parecido el profesor nuevo?

—Bien.

—Huele fenomenal.

—Usa Loewe 7.

—Y ¿tú cómo lo sabes? —inquirió Priscilla al oír la respuesta de su hermana.

Al ser consciente de su metedura de pata, Lola rápidamente contestó:

—A Justin le encanta esa colonia. Y la identifico muy bien.

Priscilla asintió y, olvidándose de ello, afirmó:

—El profe está cañón.

—Y se puede rallar queso en sus abdominales —se mofó Lola.

—¡Exacto! —Su hermana rio.

Lola asintió. Debería comentarle que aquél era el tipo del que le había hablado tras el viaje a Brasil. El tipo con el que había cometido la locura en los aseos del aeropuerto de Madrid, el mismo que le quitaba el sueño últimamente, pero calló. Si se lo contaba, Priscilla se pondría muy pesadita, y ya tenía bastante.

—No está mal —se limitó a responder—. Estoy convencida de que Bruna y Shonda ya se lo están rifando.

—¡¿Que no está mal?! ¡Que no está mal! Por el amor de Dios, Lola, ese tipo es un pastelito increíblemente atractivo. Vale, ya sé que tu marido está muy bien para su edad, ¡aunque para lo que te vale...!

—Priscilla... —protestó ella.

—Pero, por Diosssssssssss..., ¿has visto qué cuerpo, qué pelazo, qué ojos y... y... qué todo tiene ese buenorro brasileño? —Lola sonrió, y su hermana prosiguió—: ¡Lo acepto! Brasil me dejó tan buen sabor de boca que creo que voy a tener que competir con Shonda y con Bruna.

A Lola no le gustó oír eso. La miró con el ceño fruncido, y Priscilla, al ver su gesto, añadió:

—No me digas que tú también quieres tu parte de pastel...

—¡Ni hablar! No quiero líos.

En ese instante, las tripas de Priscilla rugieron y, cogiendo a su hermana del brazo, dijo:

—Vamos a cenar, que la bestia se está despertando, aunque sabiendo quién es la chef, no sé si lo voy a vomitar.

Con una sonrisa, ambas se dirigieron hacia el salón. Pero Lola se quedó sin palabras al ver que Dennis, el profesor nuevo, estaba sentado a la mesa donde ella iba a cenar. Priscilla sonrió al darse cuenta y cuchicheó:

—De momento, el pastelito está en nuestra mesa, ¡qué maravilla!

—¡Genial! —murmuró Lola con disimulo.

Durante el tiempo que duró la cena, intentó evitar a Dennis. Mirarlo la turbaba porque, cada vez que sus ojos se encontraban o se fijaba en sus dulces labios, algo en ella se erizaba.

Cuando acabaron de comer, todos los invitados pasaron a un salón, donde el director dio una pequeña charla, hablando del nuevo curso y de lo mucho que se esperaba de los allí presentes.

Apoyada junto a una ventana junto a Priscilla, Lola escuchaba a su padre, y oyó a su hermana decir:

—Dennis, ¿qué te parece de momento lo que has visto?

Entonces Lola vio cómo se acercaba a ellas y, con una sonrisa, respondía:

—De momento me parece estupendo lo que he visto, y la gente, encantadora. Ahora sólo falta esperar que los alumnos que me toquen no me hagan cambiar de opinión.

Los tres sonrieron, y él añadió:

—Una vez conocí a una irlandesa loca a la que le encantaba ponerse una peluca verde, que se parecía mucho a ti.

Con gesto guasón, Lola lo miró y preguntó:

—¿En serio?

Dennis asintió e, ignorando a Priscilla, afirmó:

—Sí. Es increíble lo que pueden parecerse unas personas a otras. Si no supiera que te llamas Lola, pensaría que eres Keira.

Ella se puso de inmediato en alerta al oír eso. Sin duda, el brasileño quería buscarle las cosquillas, pero lo peor fue sentir la mirada de su hermana.

Priscilla, conocedora de ciertas intimidades de su hermana, entre ellas, la peluca verde y que utilizaba el nombre de Keira para sus escarceos sexuales, como de tonta no tenía un pelo, se excusó antes de alejarse de su lado:

—Voy a por algo de beber.

Cuando Priscilla se marchó, dejando a aquellos dos a solas, la mirada de Dennis se endureció.

—¡¿Lola?! —inquirió.

—Sí.

—¡¿Casada?!

—Sí —respondió ella escuetamente.

Dennis miró entonces a Justin, que hablaba con otras parejas, y siseó con disimulo:

—Juegas sucio. Muy sucio.

—No.

Molesto por lo que había descubierto y por la desfachatez de aquélla, el brasileño se volvió y preguntó con discreción:

—¿Por qué no me dijiste que tenías marido?

Incómoda con la conversación, ella lo miró.

—Porque no te importaba. Lo que ocurrió tan sólo ocurrió y...

No pudo terminar.

Molesto por la poca vergüenza de ella, Dennis giró sobre sus talones y se alejó. En ese mismo momento, Priscilla regresaba con una copa y, mirando a su hermana, murmuró:

—Sé que la descendiente de bruja eres tú por tus antepasados, pero he atado cabos y creo que Loewe 7 es...

—Ni se te ocurra mencionarlo.

—Lola..., Lola... —se mofó aquélla—. ¿Es quien creo que es?

Incómoda, la joven suspiró.

—Sí, lo es. Y ahora, cállate.

Sin poder evitarlo, Priscilla paseó los ojos por el cuerpo de aquel hombre, que ahora sonreía a otros docentes mientras hablaba con ellos, y musitó:

—Madre mía..., madre mía... No me extraña que perdieras los papeles y la peluca en los baños de la terminal de Madrid, querida Keira.

Lola resopló. La presencia de Dennis allí podría complicar las cosas.

Capítulo 9

Después de la fiesta, Lola y Justin regresaban a su bonita residencia en el biplaza rojo de él.

Estaba nervioso. Su mujer se lo notaba al hablar por lo acelerado que estaba, mientras ella misma intentaba no pensar en el profesor Alves y en lo que podía ocasionar su presencia en el colegio y en su día a día.

El móvil de Justin sonó. Había recibido un mensaje, y Lola, tras leerlo, dijo:

—Aris ya está esperando en la puerta de casa.

A Justin le gustó oír eso, y sonrió.

Diez minutos después, tras aparcar el vehículo, caminaron cogidos de la mano hasta su residencia y, al llegar, vieron a un hombre rubio de la edad de Lola.

Los tres se saludaron con amabilidad y, una vez que entraron en la casa y cerraron las puertas, Justin agarró al joven olvidándose de la cordialidad, lo arrimó contra la pared y, antes de meterle la lengua en la boca, susurró:

—Llevo horas excitado pensando en ti.

Para Lola, aquello era su pan de cada día; caminó hacia la cocina y dijo:

—Chicos, os dejo. Que paséis una buena noche.

Y, sin mirar atrás, desapareció. Entró en la cocina, abrió la nevera y se sirvió un vaso de leche, mientras su mente recreaba una y otra vez la mirada del profesor Alves, aún estupefacta por aquel sorprendente encuentro. Estaba pensando en ello cuando la puerta de la cocina se abrió y aparecieron Aris y Justin. Lola los miró.

—¿Qué ocurre?

Con una sonrisa divertida, su marido se acercó a ella y, sentándose a su lado, cuchicheó:

—Aris propone un trío contigo. ¿Qué te parece?

Lola lo contempló. Aquello era nuevo. Nunca había hecho un trío, ni había compartido cama con su marido, excepto si uno de los dos estaba enfermo.

—¡¿Tú, él y yo?! —preguntó mirándolo.

—Sí —afirmó Aris—. Puede ser divertido.

Lola observó a su marido asombrada. En los doce años que llevaba casada con él, nunca le había propuesto algo así, y éste, al entenderla, se apresuró a aclarar:

—Peque, Aris te dará placer mientras yo se lo doy a él. ¿Qué te parece?

Lola lo pensó. Nunca había visto a su marido en acción con otros hombres, por lo que negó con la cabeza y respondió:

—No..., no creo que sea buena idea.

Aris torció el gesto, y Justin, deseoso de sexo, insistió:

—Lola, él, tú y yo. Morbo en estado puro.

—Vamos, Lola. El sexo te gusta —dijo Aris mientras la besaba en el cuello—. Será vuestro regalo de despedida antes de que regrese a Canadá.

Al sentir aquellos besos, Lola lo pensó mejor. Las opciones eran sexo o leer sola en la cama, así que se dejó llevar por el momento y asintió:

—De acuerdo.

Al llegar a la habitación de Justin, mientras él ponía música, Aris se acercó a Lola y murmuró:

—Déjame quitarte el vestido.

Desde su posición, Justin los observaba al tiempo que comenzaba a sonar la voz de Mónica Naranjo cantando *Europa*.[13]

El vestido cayó a sus pies y, al verla sólo vestida con un tanga y un sujetador negro, Aris comentó:

—¡Qué sexi!

Deseoso de ser él el centro de atención del joven, Justin caminó hasta ellos, acercó su boca a la de él y lo besó reclamándolo para él. Aris, encantado, pasó las manos por su cintura y lo acercó

13. *Europa*, Ariola, interpretada por Mónica Naranjo. *(N. de la E.)*

a su cuerpo, mientras Lola, al ver aquello, daba un paso atrás y se sentaba en el butacón.

Con cierto pudor, Lola observó cómo aquellos dos se besaban, se tocaban, se restregaban.

Sin apartar los ojos, vio cómo Justin sentaba a Aris en la cama y, tras despojarlo de su camisa gris perla, lo empujó hacia atrás con mimo para que se tumbara. Sin rechistar, el joven obedeció, y Justin empezó a pasar gustoso su húmeda y caliente lengua por el duro abdomen del otro mientras le pellizcaba los pezones.

Acalorada, Lola observó cómo la mano de Justin bajaba por la cintura de Aris hasta llegar a la cremallera del pantalón, la desabrochaba y, una vez que estuvo dentro tocando a su gusto aquella dura erección, lo oyó decir sin un ápice de vergüenza:

—La quiero toda entera para mí.

El joven sonrió y, levantándose de la cama, lo besó. Sin delicadeza, le desabrochó el cinturón del pantalón, después el botón, la cremallera, y cuando los pantalones de Justin se escurrieron por sus piernas, Aris dijo:

—Date la vuelta.

Con la respiración acelerada, Justin obedeció mientras Lola los contemplaba. Aris se puso entonces un preservativo y a continuación posó la mano en el cuello de Justin y la bajó lentamente por la espalda de éste hasta llegar a su calzoncillo. El hombre jadeó, y Aris lo agarró y se lo bajó hasta los tobillos para después meter la mano entre los muslos de aquél.

—Agáchate —exigió con rudeza.

La respiración de Justin era siseante y entrecortada mientras se agachaba para él. Deseaba lo que Aris estaba a punto de hacer, lo deseaba mucho, y al sentir su duro pene en la entrada de su ano, murmuró tembloroso:

—Dámela toda.

Sin dudarlo, Aris se la dio.

Introdujo su miembro por el ano de Justin de una certera estocada y éste gritó de placer y le exigió que profundizara más. Durante unos segundos, ambos disfrutaron de aquello sin apenas moverse, hasta que el joven comenzó a bombear en el ano del otro con toscos movimientos y pequeños azotes que Justin agradeció.

Sin parpadear apenas, Lola observaba lo que aquéllos hacían. Una cosa era imaginarlo y otra verlo; acalorada, se humedeció los labios sin saber realmente qué pensar.

Justin temblaba de placer. En un momento dado miró a Lola, y ésta, al ver sus ojos cargados de gozo y de lujuria, le sonrió. La sexualidad de su marido era algo que ella nunca se había cuestionado, como él nunca había cuestionado la suya. Era su intimidad y, como tal, la respetaban.

El coito duró varios minutos, hasta que los dos hombres, con broncos jadeos, le hicieron saber que habían llegado al clímax.

Tras ese primer asalto, ambos se dirigieron al baño que había en la habitación sudorosos y sonrientes. Cuando Justin salió, se acercó a su mujer y murmuró:

—Me ha excitado verte mirar.

Lola sonrió.

Segundos después, Aris salió también del baño y, olvidándose de su mujer, Justin se agachó junto a la cama. Al intuir lo que le pedía, el joven preguntó:

—¿Qué quieres, viciosillo?

Justin no contestó: su mirada lo decía todo.

Se limitó a abrir la boca, y Aris, acercándose a él, le metió su flácido pene en ella.

Con un gesto de vicio que Lola nunca le había visto, su marido chupaba, lamía, succionaba, mientras Aris enredaba los dedos en su pelo y lo animaba a continuar. Y Justin continuó. Chupar aquello, que era para él el caramelo más delicioso del mundo, lo volvió loco y no paró.

El placer hizo temblar a Aris y, tras ver a Lola, que los observaba, la invitó con la mirada a degustar también el caramelo. Sin embargo, ella no se movió. No quería participar.

Aun así, no podía apartar los ojos de ellos. Aquel hombre que succionaba enloquecido, ávido de sexo, era su marido. Aquel hombre que ante todo el mundo rebosaba masculinidad, estaba allí ahora, disfrutando como un loco del placer que otro hombre tenía entre las piernas.

Justin lo lamió entero preso del delirio hasta llegar a los testículos, y Aris murmuró:

—Sí..., cómetela entera.

Oír aquello y ver lo que hacían puso a cien a Lola; posó la mano entre sus piernas, la llevó hasta su sexo y, tras retirar la tela de su tanga hacia la derecha, se introdujo un dedo y se masturbó. Apoyó la cabeza en el respaldo del butacón y, al cerrar los ojos, la mirada del profesor Alves la poseyó.

No sabía cuánto tiempo había pasado cuando abrió los ojos y oyó que Justin le pedía a Aris:

—Túmbate en la cama y ponte de lado.

El joven lo obedeció y, al entender la finalidad de aquello, dijo:

—Dame un preservativo.

Justin, que se estaba colocando uno, le entregó otro a él y, en cuanto se lo hubo puesto, Aris miró a la mujer que se masturbaba en el butacón y la llamó:

—Lola, ven.

Seducida por el momento, ella se levantó, fue hasta la cama y, tras mirar a su marido, que le sonrió pero no la tocó, Aris la cogió de la mano y la tumbó de cara a él.

Cuando los tres yacían en la cama, Justin, que no había apartado las manos del joven, comenzó a mordisquearle y a besarle el trasero, mientras Aris pellizcaba los pechos de Lola para después darle la vuelta y pegar su espalda contra su cuerpo.

Goce..., deleite..., complacencia... Lola lo disfrutaba con los ojos cerrados, hasta que Aris, sin quitarle el tanga, le tocó la húmeda vagina y susurró:

—Levanta la pierna.

Lola obedeció, y él, asombrado al ver cómo la movía, murmuró:

—Es increíble la flexibilidad que tienes.

Al oírlo, Lola sonrió y, al sentir cómo él introducía su duro pene en su empapado sexo, respondió con un hilo de voz:

—Es lo que pasa cuando una es profesora de ballet.

Los movimientos de Aris se acrecentaron en su interior al tiempo que Justin jugueteaba con el ano de aquél, hasta que lo oyeron decir con la voz cargada de tensión:

—No os mováis.

Aris se paró mientras Lola jadeaba. Luego, Justin colocó la punta de su pene sobre el tembloroso ano del joven y, sin esfuerzo pero con placer, lo penetró.

Justin empujaba dentro de Aris..., mientras Aris se movía dentro de Lola...

El placer estaba garantizado y sus cuerpos temblorosos se revolvían sobre la cama.

El momento era caliente...

El momento era delirante...

Lola oía los resuellos de las voces de los dos hombres tras ella. Jadeaban, gemían, se decían cosas brutales, pero ella prefería obviarlos. Decidió tirar de la fantasía, mirar al frente y pensar que su marido no estaba allí, penetrando al hombre que, con los bombeos de su pene en el interior de ella, la hacía jadear.

Cuando, tras un último empellón, Aris le hizo saber a Lola que había llegado al clímax, ella se corrió temblorosa, mientras Justin continuaba sudoroso hundiéndose en el trasero del joven. Luego, de pronto, se paró, miró a su mujer y le pidió:

—Peque, levántate de la cama.

Aún jadeante, Lola se incorporó. Entonces Justin, todavía dentro de Aris, lo movió con habilidad, deseo y posesión hasta ponerlo a cuatro patas y, agarrándolo de las caderas, le dio un azote que resonó en la habitación y comenzó a bombear con fuerza en el interior de su ano.

Lola observaba la rudeza del acto, que a ellos parecía gustarles. Aris chillaba de placer, se revolvía en la cama de Justin, agarrando las sábanas, mientras éste, sudoroso y con la mirada perdida, se introducía en él con golpes secos hasta que inevitablemente alcanzó el clímax.

Cinco minutos después, Lola salió de la habitación. Lo ocurrido había sido morboso, pero dudaba que lo volviera a repetir, y menos con Justin.

Capítulo 10

El curso escolar comenzó, y aunque los primeros días fueron caóticos, al cuarto todo funcionaba ya con cierta normalidad. La clase que le había tocado a Dennis, como siempre, estaba llena de adolescentes de unos catorce años repletos de hormonas revolucionadas y, rápidamente, las miraditas de las muchachas le demostraron lo que se imaginaba.

En esos días, siempre que podía, Justin iba en busca del brasileño, y enseguida surgió muy buen rollo entre ellos, a pesar de que aquél era el marido de Lola.

Cuando Dennis se juntaba con ella y con Justin en la sala de profesores, disimulaba. Intentaba no mirarla en exceso, aunque, en ocasiones, y sin él darse cuenta, se encontraba observándola.

Pero ¿qué le ocurría?

¿Por qué reaccionaba así?

Las mujeres casadas siempre habían sido algo prohibido para él. ¿Por qué a ella no podía ignorarla?

Si se encontraban en el comedor, Dennis nunca se sentaba cerca de ella. Cosa que a Lola empezó a inquietarla, y más al ver cómo el resto de las mujeres se rifaban sentarse junto al guapo y nuevo profesor.

Uno de aquellos días, Lola esperaba en la cola del comedor mientras, con disimulo, observaba a Dennis y a las mujeres que lo rodeaban. Todas estaban rendidas a él, y en cierto modo las entendía. Ella también había caído en su influjo.

Apartando la vista, buscó con la mirada el mostrador donde estaban los postres y vio que sólo quedaba un yogur de vainilla.

Una vez que el cocinero le sirvió la comida en su bandeja, Lola se dirigió hacia el mostrador de los postres, pero entonces alguien la adelantó. Era Dennis, quien, abriendo la nevera donde estaban los lácteos, cogió el único yogur de vainilla que había y, mirándola, dijo:

—No es el sabor que más me gusta, pero mejor esto que nada.

Lola quiso estamparle la bandeja en la cabeza. Aquello lo había hecho para molestar, pues sabía que a ella le gustaba aquel sabor. No obstante, sin querer demostrarle lo mucho que le fastidiaba, replicó:

—Que te aproveche.

Dennis sonrió y regresó a la mesa de los profesores, donde, segundos después, Lola se sentó alejada de él y pudo ver cómo éste animaba a Shonda a que se comiera el maldito yogur.

Sin decir nada, Lola acabó su comida, se levantó y se marchó. Era lo mejor que podía hacer.

Al día siguiente, al entrar en el colegio, iba leyendo uno de sus libros cuando se dio de bruces con Dennis. Parecía como si un imán los atrajera. Éste murmuró mirándola en tono de guasa:

—Más que una fantasía, eres una pesadilla, y esta vez sí te voy a decir que no.

Oír eso la molestó. Ella le había dicho esa misma frase, pero en sentido contrario, el día que se lanzó en los aseos del aeropuerto de Madrid. Lo miró furiosa y, sin responder, cerró su libro, dio media vuelta y continuó su camino.

Esa mañana, a la hora del recreo, cuando Dennis se dirigía hacia la sala de profesores, vio a Lola parada ante una máquina de refrescos. Abstraída, bailaba moviendo las caderas con los ojos cerrados, y el brasileño sonrió.

Sin que ella se diera cuenta, mientras bailaba ante la máquina y parecía pasarlo bien, él llegó a su lado y vio que los auriculares que llevaba estaban enchufados al móvil, que sobresalía del bolsillo trasero de su vaquero. Entonces, deseoso de saber qué música la hacía bailar con aquella sensualidad, tiró del cable y, al oír a Shakira y a Carlos Vives cantando *La bicicleta*,[14] afirmó:

14. *La bicicleta*, Sony Music Latin, interpretada por Carlos Vives y Shakira. *(N. de la E.)*

—Muy buena canción, pero te vas a quedar sorda.

Al sentir que la música se cortaba y sonaba fuera de sus cascos a todo volumen, Lola rápidamente enchufó los cables de nuevo y, cuando la música cesó, le soltó:

—¿Qué tal si controlas tus pezuñitas y no tocas lo ajeno?

Dennis sonrió y, sin responder, prosiguió su camino hasta la sala de profesores, donde, nada más entrar, oyó que el profesor Emerson gruñía:

—Esto no se puede consentir. El año pasado ya ocurrió; ¿este año tenemos que continuar igual?

Varios de los presentes asintieron, y Dennis preguntó:

—¿Qué sucede?

Al verlo, Bruna sonrió y le explicó:

—Hay alguien que entra en esta sala y se lleva lo que no es suyo. Ya ocurrió el año pasado, y éste también está comenzando a pasar.

—Se han llevado mi neceser con mi maquillaje —se quejó Shonda.

—Creí que a esta sala sólo teníamos acceso los profesores —indicó Dennis sirviéndose un café.

—Supuestamente, sí —afirmó el profesor Emerson.

En ese instante, la puerta de la estancia se abrió de nuevo. Lola pensaba cantarle las cuarenta a Dennis por lo que había hecho, pero Shonda la miró y protestó:

—Ha vuelto a ocurrir. La rata que nos roba ha vuelto a actuar.

Lola suspiró. Aquello representaba un gran problema. Cuando iba a decir algo, Bruna se acercó a ella y preguntó:

—El año pasado tu padre no quiso contratar vigilancia; ¿crees que seguirá pensando igual?

Lola se encogió de hombros y respondió sintiendo sobre ella la mirada de Dennis:

—No lo sé. Eso se lo tendréis que preguntar a él.

Los profesores siguieron protestando durante un rato, hasta que uno a uno fueron desapareciendo y sólo quedaron Lola, que leía un libro, y Bruna, que miraba al brasileño. Hasta que esta última dijo:

—Dennis, por favor, siéntate conmigo y charlemos.

Al oír eso, Lola no se movió, sino que continuó leyendo su libro: debía disimular. Por no hacerle un feo a aquella mujer, Dennis cogió su taza de café y se sentó con ella.

Durante un rato hablaron del tiempo, de Alemania, de su anterior colegio, hasta que Bruna, cambiando el tono de voz, comenzó a indagar cosas más personales de él, mientras Lola escuchaba con disimulo.

—Y en Múnich, ¿dejaste a alguien especial? —preguntó Bruna.

Dennis sonrió y, guiñándole el ojo con picardía, respondió:

—No seas tan curiosa.

Su escueta respuesta hizo que Bruna se animara, e insistió:

—Vamos..., cuéntamelo.

Él dio un trago a su café e, ignorando a Lola, que leía, indicó mientras clavaba su inquietante mirada en Bruna:

—Nunca me han faltado amigas con las que pasarlo bien.

A buen entendedor, las palabras sobraban y, divertido por cómo Lola disimulaba, el brasileño agregó:

—Soy práctico, Bruna, no quiero líos que me compliquen la vida.

A cada segundo más animada por la conversación, ésta se tocó el pelo.

—Conozco un restaurante increíble, por si algún día te apetece que cenemos juntos.

Al oír eso, Lola la miró. Pero ¿cómo podía ser tan descarada?

Sin embargo, más alucinada se quedó cuando aquélla añadió:

—Soy como tú, Dennis: práctica. ¿Por qué estar tan sólo con una persona cuando se pueden tener varias con las que disfrutar del sexo?

Aquello hizo reír al brasileño. Estaba más que claro lo que aquella mujer quería y, apoyando los codos en la mesa, se acercó más a ella y, obviando a Lola, respondió:

—Creo que tú y yo nos vamos a entender muy bien.

Incómoda por su comentario, Lola dejó de leer, los miró y señaló:

—No seré yo quien diga nada, pero a mi padre no le gusta que haya líos entre sus profesores.

Dennis sonrió y murmuró:

—Tranquila, Lola; como ha dicho Bruna, ambos somos prácticos. —E, ignorando su gesto malhumorado, puso ante Bruna su teléfono móvil e indicó—: Grábame tú número y te llamaré.

Sin dudarlo, Bruna comenzó a teclear en el iPhone de Dennis mientras los ojos de Lola lo taladraban. Él, divertido al ver su cara de desconcierto, declaró:

—A ti no te lo pido. Respeto a las mujeres casadas.

Lola se calló lo que le habría gustado decir y, sonriendo ante la mirada de Bruna, señaló:

—Haces bien.

El brasileño asintió y, sonriendo con malicia, añadió:

—El matrimonio significa fidelidad. Nunca entenderé a las personas que son infieles y continúan casadas. ¿Tú las entiendes?

Aquello hizo que Lola maldijera para sus adentros y, con cierta acritud, replicó:

—Me reservo la opinión.

Durante unos instantes en los que Bruna seguía enfrascada con el teléfono móvil de Dennis, Lola y él se miraron y, cuando el brasileño lo creyó oportuno, dijo:

—Si os apetece algún día a ti y a tu marido, podemos quedar los cuatro. Bruna, tú, Justin y yo.

Bruna, emocionada, levantó la vista del teclado y apremió:

—¿Podríamos quedar el sábado para cenar?

—No creo —siseó Lola con ganas de estrangular a Dennis por las pullitas que le estaba lanzando.

Ni loca pensaba hacerlo.

Entonces, la puerta se abrió y apareció el aludido, quien los miró y preguntó:

—¿Es cierto que han vuelto a robar?

Bruna se apresuró a asentir.

—Sí. Se han llevado el neceser de maquillaje de Shonda.

Justin maldijo. Aquel problema los llevaba de cabeza, y su suegro se negaba a solucionarlo. Estaba pensando en ello cuando Dennis preguntó:

—Justin, ¿os apetecería a ti y a Lola cenar con Bruna y conmigo el sábado por la noche?

El recién llegado miró a su mujer con una sonrisa y, olvidándose del problema, respondió:

—¡Sería estupendo! ¿Qué te parece, Peque?

Bruna, pletórica por la cita que había conseguido, agarró a Lola del brazo y, animándola, insistió:

—Di que sí. Será divertido.

Lola, a quien parecía habérsele comido la lengua el gato, intentó sonreír y, al ver el gesto entusiasmado de su marido, contestó:

—De acuerdo.

Justin aplaudió mientras se dirigía hacia la cafetera, y Bruna, levantándose, comenzó a explicarle dónde estaba el restaurante.

Incapaz de permanecer un segundo más sentada al lado de Dennis, Lola se levantó, se dirigió a la ventana, la abrió y se apoyó en ella. Él, deseoso de seguir comprometiéndola, fue tras ella y, apoyándose también en la ventana, preguntó:

—¿Es interesante el libro que lees?

—Mejor que escuchar gilipolleces, desde luego que sí.

Dennis sonrió al oírla y cuchicheó:

—Keira..., cambia esa actitud o...

Lola miró hacia donde estaban su marido y Bruna y, entre dientes, respondió:

—Sabes muy bien que soy Lola..., no Keira.

—¿En serio? —se mofó él—. Me muero por saber qué hacíais tu hermana y tú con aquellas pelucas de colores en Brasil. ¿Turismo sexual? ¿Tu padre conoce esa vida loca vuestra?

Terriblemente incómoda por la sonrisita de él, susurró:

—Si se te ocurre comentarlo, te juro que lo vas a lamentar.

Dennis siguió sonriendo, y Lola, a cada instante más enfadada, preguntó:

—¿Qué narices estás haciendo?

El brasileño, que disimulaba su irritación, contestó:

—Estoy quedando para cenar con unos compañeros de trabajo y con una mujer que simplemente está deseosa de terminar desnuda en mi cama. —Y, al ver su cara, aclaró con cierta mala baba—: Ni que decir tiene que esa mujer es Bruna y no tú.

—Idiota —murmuró ella sin apenas mover los labios.

—Infiel.

Al oír eso, Lola se revolvió. Odiaba que la hubiera catalogado de forma equivocada pero, justo cuando iba a responder, Justin y Bruna se dirigieron también hacia la ventana.

—Tema solucionado —anunció ella—. ¡Cenamos el sábado!

Justin cogió entonces a su mujer de la cintura y, dándole un cariñoso beso en el cuello, indicó:

—Iremos a cenar a donde dice Bruna y después tomaremos una copa; ¡será divertido!

—¡Divertidísimo! —afirmó Lola, haciendo sonreír a Dennis mientras éste se metía uno de sus chicles en la boca.

Capítulo 11

El sábado por la tarde, ante el espejo de su habitación, Lola no podía dejar de pensar en Dennis y en el tsunami de emociones que su presencia le provocaba mientras escuchaba a Michael Bublé cantando *Everything*.[15]

Pero ¿cómo podía haber llegado a esa situación?

Y, sobre todo, ¿por qué no le había contado a Justin lo ocurrido con el brasileño?

Estaba angustiada por la cena cuando su marido entró en la habitación y dijo mirándola:

—Nada. Tu padre sigue igual de cabezón que el curso pasado. He hablado con él acerca de poner vigilancia en el colegio y se niega. ¡Por Dios! En ocasiones no lo entiendo.

Lola asintió.

—Ya te lo he dicho antes de que fueras a su casa. Te he advertido que se iba a negar.

Luego, sentándose frente a ella, él comentó:

—Esta mañana he hablado por teléfono con Henry.

Al oír ese nombre, Lola lo miró y sonrió. Henry era un antiguo compañero de la escuela de danza que había logrado un puesto en una prestigiosa compañía de ballet de Nueva York. Además, era alguien especial para Justin, por mucho que él se empeñara en negarlo.

—¿Qué tal le va por Nueva York? —preguntó.

Él sonrió y, tocándose la punta de los dedos, respondió:

—Bien. Sigue muy liado con su trabajo, pero le va bien. Me ha dado recuerdos para ti.

Lola sonrió encantada.

15. *Everything*, WEA, interpretada por Michael Bublé. *(N. de la E.)*

—¿Cuándo vas a ir a verlo? —dijo.

—No lo sé. Yo ando muy liado también.

Ambos asintieron, y Justin, deseoso de cambiar de tema, pues le dolía pensar en Henry, miró los pantalones negros y la blusa de seda blanca que su esposa llevaba y comentó:

—Estás guapísima, Peque, pero pensé que ibas a vestirte de un modo más sexi.

—¿Voy mal? —preguntó ella mirándose al espejo.

Él sonrió y murmuró con cariño:

—Vas preciosa, pero, conociendo a Bruna, seguro que irá vestida como una auténtica bomba sexual.

La joven rio. Ambos conocían muy bien a Bruna.

—No pretendo competir con nadie —repuso.

Justin se le acercó y, besándola en el cuello, mientras ella se sujetaba su precioso pelo rojo en un moño, afirmó:

—A mí me encantas.

Lola volvió a sonreír.

—No hemos hablado de lo ocurrido con Aris —dijo él entonces.

—Y ¿de qué quieres hablar? —replicó Lola.

—¿Qué te pareció? —murmuró Justin con gesto cómplice.

Lola, que no había pensado mucho en aquello, respondió:

—Bien. Una experiencia nueva.

—Y ¿te gustó? —insistió él.

Al ver su gesto, ella sonrió.

—Si te soy sincera, me pareció morboso, pero no es algo que me muera por repetir. Prefiero lo que yo hago a lo que hicimos los tres.

Justin asintió y, mirándola a los ojos, dijo:

—¿Puedo preguntarte algo?

—¿Cuándo no has podido preguntarme lo que quieras?

Ella tenía razón, por lo que le soltó de sopetón:

—¿Te atrae el profesor Alves?

—¡No!

—Uf..., qué «no» más rotundo —se mofó él.

Molesta por el gesto guasón de su marido, Lola apagó la música en el instante en que la voz de Michael comenzaba a interpretar *You Don't Know Me.*[16]

—¿Por qué me preguntas eso?

Justin sonrió e, invitándola a sentarse junto a él en la cama, explicó:

—Lo pregunto porque a mí ese hombre ¡me hipnotiza! Desprende sensualidad y morbo por todos los poros de su piel, y me encantaría tenerlo en mi cama, desnudo, como a Aris.

Aquello era lo último que Lola deseaba oír. Y, al ver cómo él sonreía, murmuró:

—No digas tonterías.

Justin suspiró. Pensó en el brasileño e insistió:

—Tienes que reconocer que es difícil no fijarse en él.

Lola se inquietó. Conocía a su marido y sus gustos.

—Justin, no líes las cosas —le recomendó.

—Lo sé, cariño, lo sé. Pero esa mirada inquietante que tiene el brasileño me excita, y mucho. Cada vez que me cruzo con él deseo rozarlo, besarlo, meterme dentro de sus pantalones.

Lola resopló y, cogiéndolo de las muñecas, indicó:

—Las manos quietas. No conocemos a Dennis, pero algo me dice que no le van los hombres.

Él sonrió.

—Puede que tengas razón. Pero, ¿sabes?, creo que tú le vas. Lo he pillado mirándote cuando cree que nadie lo observa. Y te mira muy... muy interesado.

Descubrir aquello a Lola le despertó sentimientos encontrados. Por un lado, le horripilaba la idea, pero, por otro, le encantaba y la excitaba saber que él la observaba. Aun así, replicó para disimular:

—¡No digas tonterías!

—Peque, tengo ojos en la cara.

Mientras ella se rascaba el cuello con delicadeza, Justin añadió:

—Y ¿sabes lo más alucinante?

—¿Qué?

—Que creo que él también te va a ti.

16. Véase la nota 5. *(N. de la E.)*

—Nooooooooooo...

Justin sonrió y, bajando la voz, cuchicheó mientras se retiraba el pelo de la cara:

—Sólo hay que ver cómo huyes cuando lo ves cerca, y eso, Peque, ¡me pone!

Lola maldijo y, antes de que aquél soltara lo que ella estaba leyendo en su mirada, replicó:

—No.

—Me lo debes.

—He dicho que no.

Justin, cogiéndole las manos, insistió:

—Cuando quisiste tener algo con Kenan, ¿quién fue el que te allanó el camino?

—Justin..., no me vengas ahora con ésas.

—Vamos..., responde.

—¡Tramposo!

—Lo siento, cariño —se mofó él—. Pero te recuerdo que tras aquella excelente noche de sexo me dijiste alto y claro que...

—No.

—¡Pero lo dijiste!

—Justin, olvídate de Dennis.

—¿Por qué?

—Porque sí.

—Imposible. Me gusta..., me gusta tanto como sus chicles de cereza.

Levantándose de la cama, Lola miró a su marido y, dispuesta a ser sincera como siempre lo había sido, declaró:

—Tuve algo con él.

Boquiabierto, él se levantó también y preguntó:

—¿Cuándo, dónde..., y por qué no me lo habías contado?

Lola se retiró un pelo del rostro y, mirándolo, explicó:

—Lo conocí en el vuelo de vuelta de Brasil y...

—¿Te lo tiraste en el avión?

Ella sonrió. Cualquiera que los oyera hablando así pensaría que habían perdido el norte. Y, negando con la cabeza, le contó lo ocurrido paso a paso. Cuando acabó, añadió:

—Y cuando lo vi en la cena del colegio me quedé tan bloqueada que no supe ni qué decir.

—Y ¿él qué te dijo?

Sin querer ser sincera del todo, Lola respondió:

—Como es lógico estaba tan sorprendido como yo, pero tras cruzar cuatro palabras, ha quedado más que claro que lo que pasó no volverá a suceder.

Justin asintió. Le había sorprendido enterarse de aquello, y ahora comprendía la manera de comportarse últimamente de su mujer. No obstante, no le importaba lo ocurrido entre ellos, así que insistió:

—Sabes que no soy celoso.

Molesta porque siguiera con el tema, Lola levantó las manos al techo.

—Justin, por el amor de Dios... Dennis es profesor en el colegio, y lo último que quiero es que alguien que trabaja para mi padre sepa que...

—Te gusta.

Al oír eso, Lola se quedó paralizada. Y, sin querer admitir lo que su marido acababa de decir, protestó:

—Pero ¿qué dices?...

—Peque, te conozco —insistió Justin poniéndose a su lado—. Soy tu marido, y ese profesor te gusta tanto como a mí.

Negar lo evidente y, menos con él, habría sido un error, por lo que Lola declaró:

—Mira, cielo, reconozco que Dennis es un hombre atractivo, pero...

—Lola..., tú y yo nunca nos mentimos.

Ella resopló. Era cierto. Su relación matrimonial era diferente de la del resto del mundo porque para ella él era su amigo, no su marido. Así pues, dándose por vencida, afirmó:

—De acuerdo. Me gusta. Ese hombre me atrae mucho. Nunca pensé que volvería a verlo, pero ahora lo veo y... y me provoca un sinfín de emociones que...

—Piénsalo, Peque —la cortó Justin poniéndole un dedo en la boca—. Él. Tú. Y yo.

—Noooo...

Sin darse por vencido, él insistió:

—Me acabas de contar que él también visitaba en Alemania locales *swinger*. ¿Quién te dice que no ha tenido alguna relación con algún hombre?

Lola negó con la cabeza. Un extraño sentimiento de propiedad le embargó el corazón, y respondió:

—No sé..., yo...

—Piénsalo.

—Ni hablar, Justin. Me niego a pensarlo.

—Él disfrutará de ti, y tú y yo, de él.

A Lola la inquietó ver su sonrisa guasona y, deseando dar el tema por zanjado de momento, replicó:

—¡Cállate ya, pesado!

—Vale. Soy un pesado. Me olvidaré del tema, pero sólo a cambio de algo.

—¿A cambio de qué?

Justin sonrió y, guiñándole el ojo a aquella a la que tanto quería, cuchicheó:

—Olvídate de él. No pienses en él. No quiero que nada desbarate nuestra cómoda vida.

—¡¿Qué?!

—Lo que oyes.

—Pero, Justin...

—No hay peros —se mofó él—. Y, antes de que continúes, recuerda lo que he hecho yo con Henry.

Lola lo miró.

—Justin, yo nunca te dije que dejaras de ver a Henry. Es más, te animé a que te fueras a Nueva York con él y...

—Peque, me costó un mundo no irme con él, pero si no lo hice fue por nosotros.

—De eso, nada. Si no lo hiciste fue por ti. Porque no quieres que nadie se entere de que eres homosexual... Pero ¿qué me estás contando?

Su marido cabeceó. En cierto modo, ella tenía razón. Si alguien de su alrededor se enteraba de que era homosexual, su perfecto mundo como profesor en el colegio Saint Thomas se desmoronaría. A continuación, abrazó a Lola y afirmó:

—Contigo estoy bien, y estar contigo es lo correcto.

—Pero, Justin...

Para acallarla, le dio un cariñoso mordisco en el cuello que la hizo sonreír y, tras soltarla, se miró el reloj y dijo:

—Tenemos que irnos, preciosa. Hemos quedado con Dennis y Bruna a las siete y media en Chorses.

Capítulo 12

Una hora más tarde, cuando llegaron a Chorses, a Lola le latía el corazón con fuerza. No era fácil saber que iba a pasar la velada con el hombre que a Bruna le encantaba y que a su marido lo hipnotizaba, pero cogió aire y entró en el local e intentó sonreír al verlos en la barra.

Vestido con un vaquero oscuro y una camisa verde caqui, Dennis estaba imponente.

Desde su adolescencia sabía de su porte y conocía muy bien el lenguaje corporal de las mujeres. Bruna y su manera de mirarlo y de sonreír le indicaban que estaba deseosa de acabar en su cama y, con seguridad, él le iba a dar ese placer.

Cuando Justin y Lola llegaron, ambos los saludaron encantados, y esta última pudo sentir cómo Dennis se despreocupaba por completo de ella para centrarse única y exclusivamente en Bruna, quien, emocionada por sus atenciones, se sentía la reina de Saba.

Durante la cena, Lola habló lo justo. No estaba cómoda, y su malestar aumentaba segundo a segundo mientras veía cómo la intimidad entre Bruna y Dennis se acrecentaba y cómo su marido la observaba.

Como siempre, Justin fue atento con su mujer. Para él no había mujer mejor que Lola, y Dennis pudo comprobar su relación perfecta. Algo que, sin saber por qué, lo incomodó.

Pero ¿qué le ocurría?

Lo que él no sabía era la verdad de aquella relación tan especial.

Justin y Lola se habían conocido a través de sus padres, a quienes los unía una amistad. Su afecto se acrecentó cuando Justin comenzó a dar clases en el Saint Thomas.

A los dieciocho años, Lola dejó claro que su intención era continuar con sus clases de ballet clásico y que no quería estudiar la carrera que su padre le imponía, lo que supuso un gran disgusto para él. Colin Simmons, director del Saint Thomas, había planeado para ella un futuro diferente y, aunque las discusiones se sucedían día sí, día también, la chica, que tenía tanto carácter como él, se salió con la suya y prosiguió estudiando lo que le gustaba. Su meta era presentarse al cabo de unos años a las pruebas en el Royal Ballet de Londres, ser una primera bailarina y viajar por el mundo.

Justin era profesor en el Saint Thomas. Pero, tras una noche loca, su padre, un reputado catedrático de lengua, lo pilló en la cama con uno de sus amigos y, horrorizado por tener un hijo homosexual, lo amenazó con hablarle de su sexualidad a Colin Simmons, el director del colegio, si no encontraba una mujer y se casaba antes de seis meses.

Justin se angustió por ello. Su padre no sólo se avergonzaba de él, sino que además, como castigo, quería hundirle la vida. En la sociedad en la que vivía, ser homosexual no estaba bien visto.

Para él y para Lola las cosas eran complicadas en lo que a sus padres se refería, y una noche, tras encontrarse en un local y pasarse horas hablando ante una botella de tequila, decidieron aunar fuerzas para conseguir cada uno sus propósitos. ¡Se casarían!

Consciente de que aquélla era la mejor opción para ambos, Lola y Justin hablaron con el padre de él y éste aceptó el enlace con una condición: nunca se separarían, y la vergüenza de su hijo quedaría oculta tras ese matrimonio. Y, para asegurarse de ello, escribió una carta donde hablaba de su homosexualidad que entregó a un abogado, para que, en el caso de que él ya no estuviera y ellos se separaran, fuera entregada al director del Saint Thomas y Justin fuera expulsado de la institución.

Su repentino enlace extrañó a todo el mundo excepto al padre de Justin. Y a Colin le gustó. Al menos así su irreverente hija sería la nuera de un catedrático de lengua y la mujer de un reputado profesor.

Elora, por su parte, habló con Lola.

¿Qué hacía casándose con un hombre como Justin?

Ella tenía veinte años, era joven, activa, le encantaba viajar, bailar, divertirse. Mientras que Justin tenía treinta y cinco y, por lo que sabía de él, poco tenía que ver con su hija. Intentó hacerle ver que era muy joven, demasiado para iniciar una vida en común con aquel hombre, pero todo fue inútil. Lola se empeñó y no se pudo hacer nada al respecto.

Una vez casados, la chica ya no tuvo que dar más explicaciones a su amargado padre. Pero cuando Justin aceptó sin consultarlo con ella que ambos se mudasen a Japón, al principio Lola no lo entendió. ¡Aquello no entraba en el trato!

Al final, tras mucho hablar, Lola vio el lado positivo del asunto y aceptó la propuesta. Estaría bien alejarse de Londres y proseguir con sus clases de ballet en otro lugar, incluso tratar de aprender otro idioma, como acabó haciendo.

Durante años demostraron ante todo el mundo lo enamorados que estaban, aunque Elora nunca se lo tragó. Conocía a Lola. Conocía sus gestos y nunca vio amor en ellos, pero, al entender que su hija había tomado su decisión, se limitó a respetarlo.

Únicamente sabían la verdad de su relación tres personas: Priscilla, Carol, una amiga de Lola, y Akihiko, un hombre al que conocieron durante el tiempo que estuvieron viviendo en Japón.

En el caso de Carol y Akihiko, fue Lola quien se lo contó.

Con respecto a Priscilla, ésta vio una noche a su hermana y a su cuñado después de que hubieron regresado de Japón. Iban acompañados por un tercer hombre en un coche, y la joven se quedó sin palabras al presenciar cómo el desconocido y Justin se besaban, mientras Lola permanecía impasible.

Durante días, Priscilla no supo qué hacer. Estaba desconcertada, pero al final fue en busca de su hermana y, tras acorralarla, ésta se sinceró, haciéndole prometer que el secreto de su extraña relación quedaría guardado también por ella.

Justin y Lola compartían casa, vacaciones, eventos familiares y laborales. Se besaban castamente en público, conocían a la perfección sus gustos, pero en privado y a solas se trataban como dos buenos amigos. Cada uno tenía su propio cuarto, aunque, a ojos de todo el mundo, el dormitorio conyugal era el que ocupaba Justin, que era más opulento. A Lola le valía con el que tenía.

Llegó el día en que Lola se presentó a las pruebas en el Royal Ballet y, aunque pasó el primer examen y el segundo, al tercero la rechazaron. Su nivel era bueno, pero el de otras era mejor. Eso supuso un palo para ella, y Elora, al ver la tristeza en sus ojos, le propuso comenzar a dar clases de ballet en el Saint Thomas.

En un principio, la proposición horrorizó a su padre. ¿Ballet en su colegio?

Las discusiones se iniciaron de nuevo en la casa familiar, hasta que un día Lola vio cómo Colin aceptaba sin rechistar la propuesta de su madre y no se volvió a hablar más del tema. Lola le preguntó entonces a Elora cómo lo había convencido, y ésta, sonriendo, sólo le murmuró: «Armas de mujer». Unas armas que Lola añoraba cada día desde que su madre se había perdido por el camino y cuando iba a verla no la reconocía.

—Peque —la llamó Justin—. ¿Ya estabas en Lolamundo?

Al oír eso y ver cómo todos la miraban, ella sonrió y no contestó.

Tras la cena, Justin propuso seguir la noche yendo a un bar de copas llamado Severite. No estaba dispuesto a que Dennis, aquel moreno brasileño que lo hacía sonreír como un tonto, se marchara a donde sabían que iba a terminar: en la cama de Bruna.

En el Severite, Bruna causó sensación, algo que Justin sabía que ocurriría, y por eso había propuesto ir allí. Bruna era una mujer alta, de curvas perfectas, y con el vestido negro que llevaba, que se ajustaba a su sugerente cuerpo como un guante, estaba impresionante. Allí, los hombres se lo hacían saber con sus calientes miradas, cosa que a ella le agradaba, y más siendo consciente de cómo la observaba Dennis.

Por su parte, tras varias copas, Lola consiguió superar su incomodidad y su sonrisa apareció al tiempo que bailoteaba al compás de Taylor Swift, que cantaba *Shake It Off*.[17] Como siempre, la

17. *Shake It Off*, (C) 2014 Big Machine Records, LLC, interpretada por Taylor Swift. *(N. de la E.)*

música la ayudaba a desinhibirse, mientras su marido bailaba con ella.

Animado y atraído por el brasileño, tras pagar una nueva ronda de cubatas, Justin lo miró y dijo:

—¿En serio eres profesor de lambada?

Dennis soltó una carcajada y afirmó:

—Y de *forró*.

Sorprendida por lo que el profesor de matemáticas acababa de soltar, Bruna iba a hablar cuando Justin añadió:

—¿Sabías que mi mujer da clases de salsa fuera del colegio?

Lola lo miró. Claro que lo sabía, ella misma se lo había contado aquel fatídico día. Dennis la contempló interesado, y entonces preguntó:

—¿Dónde das clases?

Sin querer ser una borde, Lola apoyó los codos en la barra del bar y respondió escuetamente:

—En una academia. Nada importante.

Pero Dennis, deseoso de saber más sobre ella, iba a preguntar de nuevo cuando Justin afirmó:

—Da clases en una estupenda academia llamada Enjoy Dancing, en la calle Waterloo.

Lola miró a su marido. ¿Por qué le daba aquella información? Y Bruna, que estaba más que animada, al oír eso exclamó:

—Pero bueno, ¡tenemos aquí a dos expertos bailarines! Justin, pidamos que pongan salsa para que bailen.

—¡No! —protestó Lola.

—¿Por qué? —preguntó Bruna encantada.

Intentando buscar qué decir, Lola miró a la mujer, que no se desenganchaba del brazo del brasileño, y dijo:

—Dennis no baila salsa.

El aludido soltó una carcajada y, soltándose de Bruna, afirmó:

—Salsa, lambada..., ¡me atrevo con todo!

Justin miró entonces a Bruna y ambos, divertidos, se dirigieron hacia el encargado de poner la música.

Al ver la cara de Lola, Dennis suspiró y comentó, consciente de que mentía:

—Tengo tan pocas ganas de bailar contigo como tú conmigo.

Ella lo miró, pero de pronto comenzó a sonar la canción *Valió la pena*[18] en la versión salsa de Marc Anthony. Al oírla, el brasileño exclamó sonriendo:

—Woooo... ¡Nos han puesto al maestro!

Justin se acercó de nuevo sonriente a su mujer, la agarró por la cintura y, tras darle un rápido beso en el cuello, señaló:

—Peque, ¡nunca dices que no a Marc Anthony!

Lola asintió. Adoraba a aquel cantante y, cuando Dennis la agarró de la mano, se dejó llevar hasta una pequeña pista donde no había nadie bailando. Una vez allí, el brasileño la soltó, la miró con gesto guasón y preguntó:

—¡¿Peque?!

—Vete al infierno —masculló ella con disimulo.

Dennis sonrió y, sin darle tregua, murmuró:

—Veamos lo que sabes hacer.

Al oír eso, Lola sonrió con malicia. Sabía de su gran potencial bailando salsa y, acercándose a él, se soltó el moño que llevaba, dejando que su pelo rojo se desparramara sobre sus hombros, y lo retó diciendo:

—Sígueme si puedes.

Azuzado, Dennis le cogió una mano y comenzó a moverse dispuesto a demostrarle el excelente bailarín que era.

Poco a poco, la música aceleró el ritmo y la gente que había a su alrededor comenzó a jalearlos. Eso los animó.

Dennis gozaba con lo que ocurría, mientras ella reía y disfrutaba y saboreaba lo que hacía. Al verla bailar, sonreír y girar entre sus manos, el brasileño enloqueció sin poder evitarlo, y Lola, sabedora de su magnetismo en la pista, lo observó y, en una de sus vueltas, murmuró en el momento en que se miraron a los ojos:

—Lo haces muy bien.

Él sonrió y, cuando ella dio dos pasos atrás y se tocó el pelo con sensualidad, para bajar luego las manos acariciándose el cuerpo mientras movía las caderas con erotismo, él se sintió morir.

18. *Valió la pena*, Sony Music, interpretada por Marc Anthony. *(N. de la E.)*

Encantada por lo bien que la seguía Dennis, Lola se atrevió a hacer ciertos movimientos que sólo utilizaba con sus alumnos más aventajados, y cuando ella sonrió por primera vez con aquella dulzura que poco tiempo atrás lo había dejado K.O., él murmuró sujetándola:

—Eres increíble.

Lola no contestó. No podía. Entretanto, Dennis disfrutaba de su mirada, aquella mirada salvaje, retadora y tentadora que lo enloquecía mientras bailaban. La sensualidad que desprendía aquella mujer con cada movimiento le estaba haciendo perder la razón. Besarla delante de todos era imposible. Habría sido una locura. Su marido se encontraba allí y, por el bien de todos, Dennis se contuvo, consciente de que debía parar aquello y olvidarse de ella. Lola estaba casada y él nunca interfería en las parejas.

Desde su posición, Justin los observaba con curiosidad. Ahora conocía lo que había habido entre ellos, y se dio cuenta de que se deseaban. Sus miradas, sus movimientos y sus roces lo gritaban a los cuatro vientos, aunque ellos intentaran disimularlo.

Siempre le había gustado ver bailar a su mujer, Lola era increíble. Pero ver moverse a Dennis y sentir la excitación que ella le proporcionaba hizo que se reforzase su deseo. Sí o sí, quería al brasileño en su cama.

Cuando la canción acabó, Lola y Dennis estaban agotados y, mientras todos a su alrededor aplaudían y los jaleaban, ellos sonrieron. Habían disfrutado con lo que habían hecho. Entonces Lola, olvidándose de la rivalidad que había entre ambos, murmuró en el instante que Dennis le cogía la mano, se la llevaba a los labios y le besaba los nudillos:

—Bailas muy bien.

Él asintió y, soltándole la mano, la asió de la cintura y comenzó a caminar hacia donde estaban Justin y Bruna, que aplaudían.

—Tú sí que bailas bien —afirmó.

Al llegar junto a los que los esperaban, éstos los recibieron con una increíble sonrisa y, mientras Bruna se lanzaba a los brazos de Dennis, Justin agarró a su mujer de la mano y, abrazándola, la besó en los labios ante la mirada disimulada del brasileño.

—Mi diva de la salsa —murmuró—. Me vuelves loco.

Lola sonrió.

Esa madrugada, cuando Justin y ella regresaron a su casa, traspasaron el umbral de la puerta, subieron la escalera cogidos de la mano hasta llegar frente a sus respectivas habitaciones y, cuando Lola iba a soltarse, su marido tiró de ella y murmuró:

—Piénsalo. Él te desea a ti, y tú y yo lo deseamos a él. Por favor, dame el gusto aunque sea sólo una vez.

Y, sin más, le dio un beso en la mejilla y luego desapareció, dejando a Lola sola en el rellano, confundida y sin saber qué hacer.

Capítulo 13

En octubre era el setenta y nueve cumpleaños de Diana, la abuela de Lola, y ésta y su hermana Priscilla decidieron ir a su casa para felicitarla.

La relación de Lola con su abuela era magnífica. Incluso sus hermanos, Priscilla y Daryl, la adoraban, a pesar de que a Colin le horrorizaba que aquella mujer se dedicara a echar las cartas y a adivinar el futuro.

Cuando Lola aparcó su vehículo en la zona de Camberwell, Priscilla, que iba en el asiento del pasajero, dijo:

—Lo veo, y aunque lo odio no me puedo resistir, y anoche acabé otra vez en su cama.

Lola sonrió. El caso de su hermana y su exmarido era un auténtico expediente X.

—Ya lo estoy asumiendo. Volverás con él.

—No sé —cuchicheó aquélla—. Al final terminamos discutiendo como siempre.

Lola suspiró y, mirando a Priscilla, protestó:

—¿Y a qué esperas para firmar los malditos papeles del divorcio?

Priscilla se desesperó. Necesitaba tiempo y, sin saber por qué, respondió:

—Papá no quiere que me divorcie.

—¡A papá, que le den!

—¡Lola!

La aludida la miró con gesto reprobatorio y, cuando iba a decir algo, Priscilla añadió:

—Vale, lo reconozco: soy una idiota. Mi exmarido me puso los cuernos con otra, papá quiere que lo perdone y yo me lo estoy planteando. ¿Cómo puedo ser tan tonta?

—Porque lo eres, y punto. No tienes remedio.

—Lola...

Mientras salían del vehículo y Lola apretaba el botón del mando para cerrar las puertas, añadió:

—Lo pillaste con otra. Tenía una relación desde hace tiempo con ella. ¿Cómo lo puedes perdonar?

Luego miró a Priscilla, que no respondía, la agarró del brazo y, acercándose a ella, cuchicheó:

—Eres mi hermana y te quiero. Si mamá pudiera aconsejarte, tras lo vivido, te diría que le dieras una patada en el trasero a ese idiota porque tú vales mucho, Priscilla. Vales más de lo que tú misma crees. —Ella seguía sin decir nada, y Lola prosiguió—: Debes pensar en ti y continuar adelante. ¿O acaso quieres ser una infeliz como lo fue mamá por seguir con papá?

Tocar aquel tema siempre les hacía daño, por lo que Priscilla exclamó:

—¡Cállate! ¡Calla!

—De eso nada, guapita —protestó Lola—. Soy tu hermana y...

—Estoy desfasada..., soy aburrida... Soy una aburrida profesora de historia que ha aburrido a su marido y por eso él se ha buscado a otra.

—Pero ¿qué dices?

—La verdad. La cruda verdad. Pero si ni siquiera me depilo el potorro.

—¡Priscilla! —Su hermana rio al oírla.

La aludida asintió y, mirándola, aclaró:

—Hoy en día las mujeres se hacen depilaciones brasileñas, francesas... Pero yo soy clásica, muy clásica, y estoy convencida de que eso ha sido lo que ha desenamorado a Conrad. Lo clásica que soy.

Lola, al mirar a su hermana y ver la tristeza en sus ojos, musitó:

—De eso, nada. Eres una mujer joven. Estás en la flor de la vida, y si el imbécil de Conrad no ha sabido ver en ti lo divertida, ingeniosa y maravillosa que eres es porque no te merece. Y en cuanto a lo de depilarte...

—Odio pensar en la depilación francesa, americana o brasileña.

—Pues deberías planteártela..., ¡renovarse o morir!

—Por otro lado, me da una pereza horrorosa separarme, tener que conocer a otro hombre y todo lo que eso conlleva.

—¡Anda ya! Con lo romántica que eres tú, lo disfrutarías.

Priscilla suspiró. El cortejo que había tenido con Conrad había sido precioso.

—Papá sigue adorando a Conrad —murmuró—. Es tan abogado, tan de buena familia, que...

—Mira, ¡a papá, que le den morcillas!

—Lola, no digas eso.

Priscilla sonrió. Su padre siempre había sido un gran clasista. Luego su hermana bajó la voz y cuchicheó mientras caminaban:

—Piensa en lo que tú quieres y no en lo que quiere papá. Te aseguro que tu decisión es lo único que te hará feliz, porque papá vive su vida y tú has de vivir la tuya.

No era la primera vez que mantenían esa conversación, y estaban seguras de que tampoco sería la última, por lo que continuaron caminando hacia la casa de Diana sin más. Entonces, Priscilla preguntó:

—Y ¿tú qué? ¿Piensas seguir huyendo del profesor de matemáticas durante todo el curso? Porque, escúchame lo que te digo, hasta el momento nadie se ha dado cuenta, pero yo soy tu hermana y te conozco y, al final, comenzarán los chismorreos y papá...

—Repito: a papá, que le den morcillas.

Priscilla sonrió y, agarrando a su hermana del brazo, continuó:

—Sabes que quiero a Justin. Es un tipo fantástico, y no hace falta que te repita que vuestro secreto está a salvo conmigo, pero...

—No hay peros, Priscilla...

—Sí los hay, Lola. Y los hay porque tú no eres feliz.

—Pero ¿de qué hablas?

—Hablo de que Justin no te da lo que necesitas. Hablo de que, en nuestros viajes, te desfogas utilizando el nombre de Keira y poniéndote la peluca verde para conocer a tipos con el único objetivo de acostarte con ellos.

—Eh..., que me hiciste comprarte una peluca rosa a ti.

Al recordarlo, Priscilla sonrió, pero insistió:

—Sólo te acuestas con ellos por el sexo y...

—Es que no busco otra cosa —se mofó Lola.

—Hablo —continuó Priscilla— de que necesitas conocer el amor y encontrar a esa persona especial que haga que el corazón se te paralice cuando lo veas aparecer, y hablo de que quiero que seas feliz y no una fría mujer que sólo se acuesta con un hombre por sexo. —Ella no contestó: sabía que su hermana tenía razón. Priscilla prosiguió—: Vamos a ver, Lola. Lleváis doce años casados. Tienes treinta y dos años y Justin cuarenta y siete, y creo que ambos deberíais rehacer vuestras vidas. ¿Por qué seguir con el mismo juego?

Lola no contestó. Muchas eran las veces que ella misma se lo preguntaba.

—Nos va bien así —dijo al fin.

—¿Que os va bien? Pero, por Dios, pero si Justin y tú no...

Lola se volvió hacia su hermana, le puso un dedo en la boca y, acallándola, siseó:

—Justin y yo somos felices viviendo como vivimos. ¿Qué parte no entiendes?

Priscilla le mordió el dedo y, cuando ella fue a quejarse, indicó:

—No digas tonterías, porque a mí no me la das. ¿De verdad pretendéis seguir sumergidos toda la vida en vuestra mentira?

Conmovida por la realidad que su hermana le mostraba, Lola cuchicheó:

—Priscilla, si papá llega a leer la carta que el maldito padre de Justin escribió, lo echará de la escuela, y ya sabes que impartir clases en el Saint Thomas lo es todo para él. Adora cada pared, venera cada clase, idolatra cada peldaño. No puedo dejarlo. Si lo nuestro se acaba, su castillo de naipes se caerá y...

—Pero ¿tú no quieres ser feliz nunca?

Lola no contestó, y su hermana insistió:

—Mira, te conozco tan bien como tú me conoces a mí, y aún recuerdo tu sonrisa y tu mirada cuando llegué de Brasil y me contaste lo ocurrido en el aeropuerto con ese desconocido. Por Dios, Lola, pero si me lo contaste mil veces y hablabas de él como nunca me has hablado de nadie. Y mira por dónde, que ese desconocido resulta que es el profesor Alves y que ha aparecido de nuevo en tu vida sin esperarlo... Eso, como diría la Abu, ¡es por algo! Y, te guste o no, veo cómo él te mira y cómo lo miras tú, aunque os evitéis, y eso es algo que tarde o temprano explotará, y explotará porque tu marido no llena una parte muy importante de tu vida que debería llenar, a pesar de esas licencias sexuales que ambos os concedéis.

Lola suspiró. Si su hermana supiera que Justin quería que ella lo ayudara a meterlo en su cama, la mataría. Y, de nuevo, la oyó decir:

—Vale. A Justin le gustan los hombres, eso lo tenemos más que asumido y lo respetamos, pero, Lola, por Dios, que eres una mujer joven y estás echando tu vida a perder con él. Tú necesitas que alguien te abrace por las noches, que te mime, que te enseñe lo que es el romanticismo, que...

—Justin lo hace.

—Lola, no me jorobes, que dormís en habitaciones separadas y no te ha tocado el culo en su puñetera vida. ¿Qué tiene eso de romántico?

Ella asintió: Priscilla sabía demasiado.

—Me vale... —respondió finalmente—, con eso me vale.

—Lola...

—Vamos a ver, Priscilla. Estoy bien, hago lo que quiero, y ya sabes que los días 15 y 30 de cada mes me veo con Beckett y...

—Lalalalala..., lalalala... —canturreó su hermana—. No quiero escucharte.

Lola sonrió, y Priscilla se desesperó. Hablar con ella de su extraña relación con su marido siempre la desesperaba, por lo que prosiguió:

—Tener toda la cama para ti en ocasiones es un placer, pero, Lola, aunque a veces las cosas que me cuentas me escandalizan, tengo que decirte que...

—A Justin le atrae Dennis.

—¡¿Qué?!

Lola maldijo. Pero ¿por qué se lo había contado? Y, mirando a la cara a su hermana, murmuró:

—Ay, Priscilla, no sé por qué te lo he contado.

Ella se paró en seco. En ocasiones, oír las cosas que su hermana le contaba la dejaban sin habla. Pero Lola necesitaba hablar, y continuó:

—Sé que te escandalizo. Lo sé. Pero necesito hablar de esto con alguien, y ese alguien eres tú. Justin no para de hablar de Dennis y me está volviendo loca.

—Lola..., pero ¿qué estás diciendo?

Horrorizada por lo que había soltado, la joven se retiró su flequillo pelirrojo de la cara y cuchicheó:

—Ya te conté que Justin me ayudó a conocer a Kenan, ¿verdad?

—Sí. Aunque desearía no saberlo.

—Y también te conté que...

—Lo que pasa es que tu marido es un cerdo —se quejó aquélla.

Desesperada, Lola meneó la cabeza.

—A veces, te juro que pienso que mi vida es una mierda. Una gran mierda.

Con los ojos abiertos como platos, Priscilla balbuceó:

—Lola...

—¡¿Qué?!

—No estarás valorando eso de ellos dos y tú, ¿verdad?

Lola suspiró y, dándose aire con la mano, respondió:

—Lo sé..., lo sé..., es una locura. Pero Dennis me contó aquel día en el aeropuerto que él solía visitar en Alemania ciertos bares de intercambio de parejas, y quizá la idea no sea tan descabellada...

—¡Te has vuelto loca!

El gesto de Lola lo decía todo, y finalmente se paró ante un portal y afirmó:

—Creo que sí.

—Pero si me dijiste que no te gusta ir a esos bares... ¿O sí te gusta?

Acalorada por el jardín en el que se estaba metiendo, Lola respondió:

—Voy a ellos en busca de sexo, nada más. Allí es fácil encontrar el desahogo que busco. Y en cuanto a Dennis, siento como si un poderoso imán me llevara a él, y tengo miedo de...

—Lola..., piensa bien lo que vas a hacer. Este jueguecito podría...

—¿Jueguecito? ¿Qué jueguecito?

Al oír aquella voz, las dos se callaron, miraron hacia atrás y se encontraron con Diana, la abuela, que, observándolas con sus ojos de gata de color amatista y su pañuelo verde con moneditas plateadas alrededor de su cabeza, preguntó:

—¿De qué hablan mi inglesa y mi irlandesa?

Lola y Priscilla se miraron y sonrieron. La abuela siempre las había llamado así. Mientras Lola se quedaba callada, Priscilla exclamó gesticulando:

—¡Feliz cumpleaños, Abu!

—¡Feliz cumpleaños, Abu! —repitió su hermana.

La Abu clavó sus impactantes ojos en ellas y, sonriendo, murmuró:

—Gracias, mis amores. —Y, curiosa por el gesto de su nieta Lola, preguntó—: ¿De qué jueguecito hablabais?

Al oírla, ésta rápidamente se agachó para estar a su altura y murmuró:

—No seas cotilla, Abu. Era una conversación entre Priscilla y yo.

La mujer asintió, observó a las jóvenes y, tras ver que no iban a soltar prenda, cuchicheó mirando a Lola:

—Ay, irlandesa, tú y tus secretitos.

Entre risas, ella le quitó la bolsa de fruta que llevaba en las manos, mientras Diana decía:

—Vamos..., vamos..., entremos en casa. Tengo una cita dentro de diez minutos con una señora que viene a que le lea la bola y he de tenerlo todo preparado.

Las dos hermanas sonrieron y la siguieron.

El portal olía a especias y, al entrar en la casa, la abuela preguntó:

—¿Cómo está mi maravillosa Elora?

A las chicas les gustaba que se preocupara por ella. Diana y Elora se habían querido mucho, a pesar de lo difícil que se lo había puesto el padre de ellas.

—Está bien, Abu —respondió Priscilla.

La anciana asintió. Iba un par de veces a la semana a la residencia; entonces afirmó:

—La semana pasada, cuando fui a verla, la encontré muy delgada.

Lola sonrió y, dándole un beso a la mujer, le aseguró:

—Abu, tranquila. Ella está bien.

Diana suspiró. Nunca entendería los reveses que daba la maldita vida a las buenas personas y, sin querer hablar más del tema, indicó:

—Id al salón. Voy a retocarme el maquillaje. Ahora mismo regreso.

Las hermanas obedecieron y, al entrar, Priscilla cuchicheó:

—Al menos esta vez ha omitido decir eso de «¿Cómo está la sonriente novia de vuestro padre?».

—Te he oído, inglesa —dijo entonces Diana—. Y no pregunto porque imagino que seguirá igual de sonriente que siempre.

Las dos hermanas rieron. A continuación, Priscilla señaló hacia el fondo, donde Diana tenía la bola de cristal tapada con terciopelo negro sobre una mesita.

—Mira que he venido veces aquí y lo que llama mi atención esa puñetera bolita... —murmuró.

Lola sonrió. A ella le encantaba todo aquello. Al ver que su hermana se acercaba a la mesa donde estaba la bola, le advirtió:

—No se te ocurra tocarla. Sólo la puede tocar la Abu o perderá sus propiedades.

En ese instante sonó el timbre de la casa y Diana apareció colocándose un pañuelo rojo con moneditas doradas alrededor de la cabeza. Las miró y dijo:

—Ahora, calladitas.

Instantes después, abrió la puerta de la calle y entró una mujer alta, que, por su forma de vestir, parecía adinerada. Se dirigió a Diana y dijo:

—Vales tu peso en oro. Varias de las cosas que me pronosticaste ¡se cumplieron!

—Es que soy muy buena —afirmó Diana con seguridad.

Las dos jóvenes asintieron ante lo que su abuela había dicho, y entonces ésta indicó, señalándolas:

—Mis nietas.

La mujer las saludó. Sabía quiénes eran. Y, mirando a Lola, cuchicheó:

—Ya me ha dicho tu abuela que tú también posees ciertos poderes.

Ella sonrió. Poderes..., poderes..., no tenía.

—Sangre española, inglesa e irlandesa —declaró Diana—. Mi niña no puede huir de su don.

Lola se encogió de hombros. Su abuela siempre estaba con lo mismo.

—Si ella lo dice... —replicó.

La mujer sonrió encantada, y sabiendo dónde tenía que sentarse, se acomodó en una silla que había frente a la mesita. Lola y Priscilla caminaron hacia el pasillo. Debían desaparecer de la sala durante la sesión para no interrumpir.

Sin mirarlas, Diana cerró las cortinas de la ventana y el salón dejó de estar bañado por la luz del sol para quedar iluminado por una vela que encendió. Después desenchufó el teléfono y, por último, cortó la electricidad para que nada interfiriera entre ella y su bola de cristal.

—La parafernalia lo hace todo —murmuró Priscilla.

—Shhh..., cállate —susurró Lola.

Como siempre que leía la bola, Diana hacía antes ciertos rituales; cogió incienso y dijo, mirando a la mujer que la observaba expectante:

—El incienso purifica la estancia antes de comenzar.

A continuación, la abuela retiró el terciopelo negro que cubría la bola y, tocándola, le preguntó a la mujer:

—Dime, Kathleen. ¿Qué quieres saber?

Nada más oír eso, Lola agarró del brazo a su hermana y, juntas, entraron en la cocina. Esperarían allí hasta que la abuela terminara.

Cuarenta minutos después, las jóvenes oyeron cerrarse la puerta de entrada. Al salir de la cocina, se encontraron con Diana sentada todavía a oscuras, pero con la bola de cristal de nuevo tapada.

Se acercaron hasta ella y la abuela, señalando una baraja extendida que tenía sobre la mesa, dijo mirando a Priscilla:

—Elige tres cartas y entrégamelas.

Priscilla sonrió e hizo lo que le pedía. Diana, tras cogerlas, dio la vuelta a dos y luego señaló colocándolas sobre la mesa:

—Estás confundida y no ves más allá de tus pestañas. —Y, girando una última carta, añadió—: Pero el día que des el primer pasito, todo va a ir rodado, porque tú solita querrás vivir y disfrutar junto al hombre que va a aparecer en tu vida.

Priscilla se encogió de hombros. Tras darle un culetazo divertida, Lola oyó a su abuela decir:

—Irlandesa, ahora coge tú tres cartas y entrégamelas.

Igual que segundos antes había hecho su hermana, ella cogió las cartas y, tras darles la vuelta a dos de ellas, Diana las dispuso sobre la mesa e indicó:

—Problemas.

Lola sonrió y, cambiando el peso de pie, murmuró:

—Vaya por Dios, abuela. Y ¿sabes si esos problemas serán personales o laborales?

Diana miró a su nieta y, levantando la tercera carta, afirmó:

—El hechizo de un hombre te va a cambiar la vida. Y me sabe mal decirlo, cariño, pero ese hombre romántico no es Justin. ¡Despierta!

Lola torció el gesto. Si su abuela lo calificaba de «romántico», tampoco era quien ella imaginaba. Así que protestó antes de que comenzara a lanzarle sus pullitas:

—Abu..., ¡no empecemos!

Levantándose, Diana abrió entonces las cortinas para que el sol entrara por la ventana y replicó en un tono más jovial:

—Yo no empiezo, cariño. Lo han dicho las cartas.

Priscilla, que había permanecido callada a su lado, cuchicheó cuando la abuela se dirigió al cuadro eléctrico para dar de nuevo la luz:

—Bueno..., bueno... La Abu tira a matar.

—¡Cierra el pico!

—¿Crees que debo decidirme por la depilación... *brasileña*?

Lola miró a su hermana y susurró:

—Cierra la boquita, inglesa, que sólo falta que la Abu te oiga. Y, sí, deberías hacerte la depilación brasileña, pero en la lengua.

Priscilla soltó una carcajada.

Media hora después, las tres merendaban las ricas delicias que Diana había preparado cuando sonó el teléfono móvil de la abuela. Ella lo cogió y, tras escuchar, exclamó:

—Oh, mi guapo *highlander*, ¡muchas gracias!

Al oírla, Lola y Priscilla se apresuraron a preguntar:

—¿Es Daryl?

La mujer asintió y, al ver las intenciones de aquellas dos, replicó:

—Chicas, luego os pasaré con vuestro hermano, pero de momento ha llamado para felicitarme a mí. Esperad vuestro turno.

Lola sonrió, su abuela continuó hablando con aquél y Priscilla, poniéndose a su lado, murmuró:

—Creo que Diana sabe más de lo que dice en lo referente a tu relación con Justin.

—¡No digas tonterías! —susurró Lola mirándola.

Sin embargo, ella también lo sospechaba. A pesar de que se llevaba bien con Justin, su abuela siempre soltaba pildoritas que la hacían dudar.

—¿Crees que el hombre romántico puede ser Dennis? —insistió Priscilla.

Lola negó con la cabeza y, recordando algo que él le había dicho, afirmó:

—Él no es romántico.

—Y ¿cómo lo sabes con tanta seguridad?

Ella sonrió y, cuchicheando, indicó:

—Porque él siempre dice que es práctico, no romántico.

Un rato después, cuando la abuela y Priscilla hubieron hablado con Daryl, le tocó el turno a Lola, que lo saludó encantada:

—Hola, piloto.

Él sonrió. Adoraba a sus hermanas, a las dos.

—Comandante —respondió—. Soy comandante, irlandesa.

A continuación, Daryl le preguntó cómo estaba Priscilla tras lo ocurrido con su marido. Lola le contestó con disimulo, pues no quería que su hermana notara que estaban hablando de ella. Cuando Daryl comenzó a despotricar contra Conrad, susurró:

—Basta ya.

Él asintió. Priscilla siempre se había dejado manejar por su padre.

—Sólo espero que esta vez piense en ella y mande al idiota de Conrad a freír espárragos —siseó.

—¿Dónde estás, que se oye tanto jaleo?

Daryl miró a su alrededor y, al ver a sus amigos, que se bañaban en la piscina, respondió:

—Pues estoy en casa de Dylan Ferrasa. Hoy es el cumpleaños de su mujer y lo está celebrando con amigos y familia.

Sabedora de quiénes eran y de dónde estaba su hermano, Lola sonrió y preguntó sorprendida:

—¿Estás en casa de Yanira, la cantante?

Daryl asintió y, mientras le guiñaba el ojo a la preciosa morena con la que había pasado la noche, afirmó:

—Sí, hermanita, sí...

—Dios..., me la tienes que presentar. Me encanta su música.

—Te aseguro que ella y su marido también quieren conocerte a ti —afirmó él—. Desde que les dije que tengo una hermana que es profesora de salsa, ¡ni te imaginas las ganas que tienen!

Ambos rieron y, a continuación, él preguntó:

—¿Cómo está mamá? Y no me digas «Bien», como Priscilla. Dime la verdad.

Lola suspiró. Hablar de su madre siempre era complicado.

—Está delicada, Daryl. Pero come bien y ya no se enfada cuando la hacen salir al patio para que le dé un poco el aire. De verdad, créeme. Está bien, delgadita pero bien, y aunque no nos reconoce, ya sabes que los médicos nos dijeron que nuestras visitas eran beneficiosas para ella.

Él asintió. Sentía en el alma la enfermedad de su madre, y Lola, que era consciente de ello, preguntó cambiando de tema:

—¿Fuiste a Los Ángeles al sitio que te dije de las hamburguesas?

Daryl sonrió.

—Sí. Y puedo decirte que no sólo me comí una excelente hamburguesa...

Lola soltó una carcajada, y su hermano, mirando a la morena que caminaba delante de él exhibiéndose con un increíble triquini amarillo, murmuró:

—Te voy a dejar, hermanita. Hay una preciosidad que me mira con ganas de que me bañe con ella en la piscina y le preste atención.

Lola sonrió. Su hermano era un rompecorazones; bajando la voz, cuchicheó:

—Daryl, ya casi tienes treinta y dos años. ¿Cuándo vas a sentar la cabeza?

Divertido, él le guiñó el ojo a la morena y respondió:

—Quizá algún día, hermanita...

—Lo dudo. Con lo tiquismiquis que eres para las mujeres, difícil lo veo.

—Tampoco pido tanto —se mofó él.

Ahora la que soltó una carcajada fue Lola, que, moviendo la cabeza, afirmó:

—Nooooo, qué vaaaaa...

Diez minutos después, tras haber hablado con su hermano por teléfono, mientras su hermana y su abuela estaban charlando, Lola miró las cartas que Diana había dejado sobre la mesa y, sin saber por qué, pensó en el hombre de los ojos hechizantes y sonrió. Luego miró las bolsas con los regalos que habían llevado para la cumpleañera y, olvidándose de todo, exclamó:

—Abu, ¡ahora toca abrir tus regalos!

Capítulo 14

Llegó noviembre y, a pesar de la atracción que sentían el uno por el otro, Dennis y Lola evitaban mirarse para así proseguir con sus vidas, aunque, en ocasiones, la amabilidad de Justin hacia aquél lo hacía difícil.

En esos días, Lola era testigo de cómo su marido afianzaba su amistad con el brasileño. Una amistad que con seguridad Dennis no la estaba tomando de la misma manera, y eso la inquietó.

¿Qué ocurriría si Justin se equivocaba y daba un paso en falso?

Por su parte, Dennis, tras la noche que había salido con Lola y con su marido y había acabado en la cama de Bruna, decidió cambiar de actitud hacia Lola. Ahora la veía por el colegio y no la provocaba. Resolvió mantener las distancias, a pesar de que todos los días a la hora de comer Justin se sentaba con él a la mesa y después llegaba su mujer.

Justin parecía un buen tipo y, dispuesto a no hacer a otro lo que a él no le gustaría que le hicieran, Dennis suprimió por completo las miraditas con aquélla, aunque lo cierto era que le costaba horrores.

Después de la noche que había pasado con Dennis, Bruna se relajó y dejó en paz al brasileño, algo que éste le agradeció. Sin embargo, sabedora de lo que había ocurrido entre ellos, Shonda ansiaba también su parte del pastel. Pero Dennis sonreía y lo dejaba pasar. Su trabajo era importante, y no quería líos.

Una tarde, tras terminar de impartir clases a sus alumnos, Dennis se quedó en el aula corrigiendo unos ejercicios. Por norma, solía marcharse del colegio al mismo tiempo que los chicos, pero esa tarde deseaba acabar su trabajo para irse a casa, darse un baño y relajarse.

Durante una hora se afanó en hacerlo todo y, cuando terminó, sonrió y guardó los ejercicios en el cajón de su mesa.

Recogió sus pertenencias y, al salir de la clase, se encontró con el director. Aceleró el paso y lo llamó:

—Director Simmons, ¿tiene un segundo?

Él asintió y, juntos, fueron hasta su despacho. Una vez allí, se sentaron y éste preguntó:

—¿Qué ocurre?

Dejando sobre la mesa la carpeta que llevaba en las manos, Dennis dijo:

—Quiero pedirle permiso para hacer unas variaciones en mis clases de matemáticas.

—¿Variaciones? ¿A qué se refiere, profesor Alves?

—Hace años me di cuenta de que, si el alumno encuentra un nexo de unión con el profesor y deja de verlo como el torturador que le manda deberes y sólo habla de números y fórmulas, todo funciona mejor. —Colin parpadeó, y él continuó—: Los dos últimos años que estuve en el colegio de Múnich, una vez a la semana cambiaba mi clase de matemáticas por una actividad.

—¿Una actividad?

—Sí —asintió Dennis—. Quizá lo que le propongo pueda parecerle una locura, pues usted intenta que el colegio siga rigiéndose por unas estrictas normas, pero le aseguro que funciona. Sólo se trata de cambiar una clase a la semana de mi asignatura por una charla con los alumnos, ver una película juntos en el aula o...

—¡Ni hablar! —protestó Colin—. Eso ya se hace durante las actividades extraescolares.

—Disculpe, pero está muy equivocado —lo corrigió Dennis—. Que el alumno pueda relajarse a nuestro lado hace que su nivel de confianza sea mayor y, entonces, durante las clases, si hay algo que no entiende, es capaz de preguntar. Piénselo, director, es...

—No —repitió Colin levantando la voz.

Pero Dennis, al que no le valía un no porque sí, insistió levantando la voz como él:

—Déjeme demostrárselo el siguiente trimestre y, si ve que los resultados no son buenos, si mis alumnos suspenden más que aprueban, ¡écheme! Pero permítame probarle que hay otras formas de llegar a los chicos y conseguir buenos resultados.

Colin lo observó con gesto serio. Ninguno de sus profesores se había atrevido nunca a levantarle la voz como lo había hecho aquél y, tras carraspear, apoyó las manos en la mesa y dijo:

—De acuerdo. Pruebe este trimestre. Si algún profesor pregunta, les diremos que es un nuevo proyecto, aunque si veo que no funciona, no lo echaré, pero se acabará el experimento, ¿entendido?

Dennis asintió y, sonriendo, afirmó mientras se levantaba de la silla:

—No se arrepentirá. ¡Ya lo verá!

Cuando el brasileño salió de la habitación, inexplicablemente, Colin sonrió. Le gustaba Dennis y la pasión que le ponía a su trabajo.

Contento, Dennis caminaba hacia la salida del centro cuando el sonido de una dulce música, procedente del piso de abajo, llamó su atención. Con decisión, siguió el sonido y, en cuanto llegó ante una puerta entreabierta, el corazón se le desbocó.

Allí estaba Lola, vestida con un maillot negro en una sala rodeada de espejos, sonriendo a unas niñas pequeñas. Semiescondido, observó como aquélla despedía a las niñas con una bonita sonrisa y decía:

—Amélie..., recuerda que el brazo en la segunda posición ha de ir curvado delante de ti, ligeramente adelantado a tu cabeza.

—¿Así, profe?

Sonriendo, Lola miró a la pequeña, que hizo un gracioso movimiento. Luego murmuró mientras tocaba con cariño a la niña en la mejilla:

—¡Muy bien! Eso ha estado muy... muy bien. Hasta mañana, Amélie.

Una vez que la chiquilla se hubo marchado con el resto de sus compañeras por la otra puerta, Lola se dio la vuelta, se miró al espejo y se retocó el pelo con rapidez. A Dennis le gustó verla en ese instante íntimo y, sonriendo, observó cómo ella se sujetaba con horquillas su preciosa cabellera mientras indicaba:

—Vamos..., vamos, chicas. No perdamos tiempo.

De inmediato, el aula se llenó de muchachitas. Desde su posición, Dennis pudo comprobar que había un par de jóvenes de su clase; entonces una de aquéllas dijo:

—Profesora, ¿podemos hacer el baile que hicimos el último día de curso para ver si nos acordamos?

Lola sonrió. Le encantaba recordar aquellas cosas con sus alumnas. Así pues, caminó hacia un equipo de música, buscó entre los CD y, cuando encontró el que quería, anunció:

—Muy bien, señoritas. A sus posiciones.

En cuanto las muchachas estuvieron colocadas, comenzó a sonar la *Danza húngara n.º 5*,[19] de Brahms, y las chicas empezaron a bailar junto a su profesora.

Desde donde estaba, Dennis observaba boquiabierto cómo Lola danzaba entre aquellas jovencitas con una gracilidad que le puso el vello de punta. Bailara lo que bailase, aquella mujer era pura sensualidad. Su rostro, sus manos, su mirada..., todo era perfecto y, tanto si le gustaba reconocerlo como si no, Lola lo excitaba. Le encantaba. Lo atraía demasiado y deseaba ser parte de sus fantasías sexuales.

Sin moverse de su sitio, Dennis siguió contemplándola y, cuando la música terminó y todas prorrumpieron en aplausos, Lola sonrió y, mirando a las jovencitas, dijo:

—Ha estado genial, pero ahora comencemos la clase.

Con la boca seca, al sentirse un intruso mirando a través de la rendija de la puerta, el brasileño decidió irse. Si lo veían allí cotilleando podrían pensar algo que no era y, sin mirar atrás, se marchó.

19. *Danza húngara n.º 5*, Digital Natives, interpretada por The Royal Classical Orchestra. *(N. de la E.)*

Capítulo 15

Cuando Dennis habló con sus alumnos y les propuso que durante el trimestre siguiente cambiarían una clase de matemáticas una vez a la semana por ver una película o mantener una charla, todos aplaudieron.

Lo que les proponía el profesor era genial y, mientras los chicos hablaban encantados sobre el tema, las chicas suspiraban mirando a su guapo profesor.

Los días pasaron, y Lola y Dennis seguían tratando de no acercarse el uno al otro. Sin embargo, cuanto más lo intentaban, más se encontraban casualmente, aunque los dos huían de inmediato, pues no querían problemas.

Una tarde, cuando él salía del centro, oyó que alguien lo llamaba. Al volverse se encontró con Justin, que, acercándosele, preguntó:

—¿Qué tal el día?

—Bien. —Dennis sonrió—. He hecho un control por sorpresa a los alumnos y creo que los he pillado sin estudiar.

Ambos rieron y, a continuación, Justin indicó:

—Ya me comentó Colin lo que le has propuesto hacer en tu clase.

Dennis asintió.

—¿A ti también te parece una locura?

Justin cabeceó.

—Si te soy sincero, sí. No sé qué puede cambiar entre el alumno y tú por ver una película juntos y comentarla.

Él meneó la cabeza divertido y afirmó:

—Te sorprenderías de los buenos resultados que da.

—Bueno..., tú eres el conejillo de Indias. Si a ti te funciona, quizá nos atrevamos el año que viene el resto de los profesores.

Ambos rieron y, luego, Justin preguntó:

—¿Tienes prisa?

—No. Hoy no tengo clase.

—Vamos. Te invito a tomar una cerveza.

Echaron a andar y, de pronto, Dennis soltó:

—¿Y tu mujer?

—Hoy tiene clase en la academia de salsa. —Y, recordando algo más, Justin sonrió y afirmó—: Y cuando termine me consta que tiene que ir a otro lugar.

En el bar pidieron una ronda de cervezas y, en cuanto se la acabaron, una segunda. De repente, Justin miró a Dennis a los ojos y dijo:

—Sé que es una indiscreción lo que voy a preguntarte, pero ¿sales con tus amigos por Londres y te diviertes?

Entendiendo lo que quería decirle, Dennis simplemente afirmó:

—Por supuesto que sí. Tengo unos excelentes amigos con los que salir.

—Y ¿adónde vais?

El brasileño dio un trago a su bebida y respondió sin dar más información de la que quería:

—No sabría decirte. Son ellos los que conocen la ciudad y los que me llevan a buenos restaurantes y a sitios de copas.

Justin asintió y, posando la mano en el muslo del brasileño, declaró:

—Si algún día quieres pasarlo bien, pero muy muy bien..., no dudes en decírmelo. Sé adónde tengo que llevarte para que tu noche sea placentera y única.

Dennis supo de inmediato de qué le estaba hablando, pero miró la mano del otro en su muslo y lo interrogó:

—Cuando hablas de placentera..., ¿a qué te refieres?

Justin sonrió. Sabía que aquello atraería su atención, y respondió bajando la voz:

—Sexo caliente y morboso.

El brasileño asintió y, al ver que la mano de aquél continuaba en su pierna, aclaró:

—Me gusta el sexo, pero sólo con mujeres. —Justin retiró la mano rápidamente y Dennis finalizó—: Aun así, gracias por la invitación.

El otro maldijo en silencio. Estaba más que claro que conseguir al brasileño era complicado pero, sin querer tirar la toalla, sonrió y prosiguió hablando de Londres y de sus pintorescos lugares.

Aquella tarde, cuando Lola acabó su clase de salsa, se dio una ducha rápida en la academia y se vistió, pero no se puso ropa interior. A donde iba ahora, cuanta menos ropa llevase, mejor. Antes de salir, miró el mensaje de su móvil:

Keira, hotel Tugal, a las siete. Habitación 523.

Lola respondió un escueto:

Sí.

Mientras se iba de la academia, se despidió de sus alumnos y, tras montarse en un taxi, le dio la dirección al conductor. Sabía perfectamente dónde estaba el hotel Tugal.

Cuando el taxi paró veinte minutos después, tras pagar y bajarse de él, Lola se dirigió hacia un pequeño hotel. Allí, el recepcionista la miró, y ella, sin hablar, fue directa al ascensor. Pulsó con seguridad el botón de la quinta planta y, una vez arriba, caminó hasta la habitación 523. Como siempre, Beckett había dejado la puerta entreabierta. Sin dudar, Lola entró en la estancia, donde enseguida vio a un hombre de mediana edad que estaba sentado tomando un whisky.

—Hola, Beckett.

—Hola, Keira —la saludó él.

Lola dejó el bolso. Sobre la cama había una peluca verde, parecida a la suya, y un minúsculo tanga plateado.

Sin hablar, y ante la mirada de aquél, ella se desnudó y se puso el tanga y la peluca. Luego buscó música en su móvil y, cuando comenzó a sonar *Animals*,[20] de Maroon 5, anunció:

—Beckett, hoy jugaré yo contigo.

Él sonrió. Se levantó, se quitó los pantalones y los calzoncillos y, tras colocarse un preservativo en su más que dura erección, esperó.

Sin hablar, Lola lo sentó en una silla y montó a horcajadas sobre él. Luego agarró su duro pene, que colocó en la entrada de su húmeda vagina, apartó hacia un lado el tanga y, lentamente, se dejó caer sobre él, proporcionándoles a ambos un gran placer.

Un jadeo salió de su boca, mientras, agarrada al cuello de aquél, comenzaba a ondular sus caderas y el hombre le chupaba los pezones y la sujetaba de la cintura para ayudarla en sus movimientos.

Placer frío...

Placer vulgar...

Placer impersonal...

Con los ojos cerrados, Lola se permitió pensar en Dennis, imaginar que era él quien la clavaba sobre su cuerpo, y no el hombre que en realidad tenía frente a sí. Utilizar la fantasía la excitó y, en busca nada más que de su propio disfrute, aceleró sus movimientos, volviendo loco al tipo que jadeaba debajo de ella mientras decía:

—Así..., muévete así, Keira..., así.

Temblorosa por lo que su imaginación estaba consiguiendo, ella aceleró sus movimientos, mientras Beckett, animado, se introducía una y otra vez, partiéndola en dos y haciéndola disfrutar.

Durante aproximadamente dos horas, Lola gozó de sexo, primero sobre la silla, luego en la cama y, una última vez, de espaldas en el sofá.

En sus encuentros en hoteles los días 15 y 30 de cada mes desde hacía más de seis años, nunca había habido besos sensuales, nunca había habido dulces caricias ni mimos. Ambos buscaban sexo. Sólo sexo, sin preguntas ni compromisos.

20. *Animals*, Universal Music Spain, interpretada por Maroon 5. *(N. de la E.)*

A las diez de la noche, cuando Lola se montó en un taxi, se dejó caer contra el reposacabezas. Estaba agotada. El sexo había sido bueno. Al llegar a su casa, vio que Justin hablaba por teléfono y, por su tono, supo que era con Henry.

Cansada, se sentó a su lado y, acurrucándose contra él, escuchó cómo hablaba mientras reía y disfrutaba de la conversación. Pasados diez minutos, en un tono íntimo de voz, Justin se despidió de su amigo y, cuando colgó, dijo:

—Besos de Henry.

Lola sonrió, y él, guiñándole el ojo, preguntó:

—¿Cómo ha ido todo con Beckett?

—Bien —contestó ella—. No ha estado mal.

Divertido, Justin asintió y, tras darle un beso en la mejilla, indicó mientras se levantaba:

—Tienes preparado un sándwich de pavo con huevo y lechuga en la nevera. Me voy a la cama. Como has oído, he quedado con Henry para practicar sexo vía Skype. Hasta mañana, Peque.

—Hasta mañana.

Una vez a solas, Lola caminó hacia la cocina y, tras sacar el sándwich que su marido había preparado para ella, suspiró y, dándole un mordisco, se negó a pensar en nada más.

Capítulo 16

La residencia donde estaba internada Elora era un lugar agradable.

Llegado el momento, Lola, Daryl y Priscilla habían buscado sin descanso un sitio que no pareciera para nada un hospital. Querían lo mejor para su madre y, cuando dieron con la residencia Robinson, tan llena de luz y de alegría, no lo pensaron más y la ingresaron allí.

Visitarla representaba siempre un choque de emociones.

Daryl iba a verla cuando regresaba de sus viajes, aunque el corazón se le partía al comprobar el estado en el que se encontraba su madre, y más de una vez había salido de allí con lágrimas en los ojos por la desesperación de que no lo hubiera reconocido.

Diana, la abuela de Lola, acudía también a visitarla un par de veces a la semana. Elora y ella habían formado un buen equipo para que Lola se sintiera una niña querida por todos, y eso Diana no lo había olvidado. Así pues, iba a la residencia y se sentaba al lado de aquella mujer que tanto amor le había dado a su nieta y le hacía compañía.

Una de las tardes, cuando Lola y Priscilla llegaron para ver a su madre, la encontraron charlando con uno de los auxiliares mientras comía unas galletas. A Elora le encantaban las galletas de naranja.

Al verlas, el auxiliar se levantó y las saludó con una sonrisa:

—Buenas tardes.

Priscilla besó a su madre, y Lola, mirando al joven que estaba ante ellas, le devolvió el saludo:

—Hola, Aidan. ¿Cómo está hoy mamá?

Él, un joven de pelo castaño y una bonita sonrisa, observó a Priscilla, que abrazaba a su madre, y respondió:

—Contenta y habladora.

Priscilla sonrió al oírlo y, mirando a la mujer que comía galletas, comentó:

—Vaya, mamá..., hoy estás feliz.

La mujer dejó entonces de comer, miró a su hija y, levantando las manos hasta el pelo de ésta, le quitó el pasador que llevaba. Cuando el cabello rubio de Priscilla cayó sobre sus hombros, se lo tocó e indicó:

—Estás mucho más guapa así.

Lola sonrió, y Aidan, que las observaba, afirmó:

—Tienes razón, Elora. Está mucho más guapa así.

Priscilla, sonriendo, no se recogió el pelo, sino que dejó que su madre se lo tocara y disfrutó de aquel momento de contacto con ella.

Durante un rato, ella, Lola y Aidan hablaron sobre el estado de salud de Elora, mientras ésta volvía a comer galletas de naranja y miraba a su alrededor.

—Pero, si come bien, ¿por qué pierde peso? —quiso saber Priscilla.

Aidan, que entendía la pregunta, y deseoso de estar junto a aquella inalcanzable mujer que lo tenía atontado, respondió:

—Según los estudios médicos, la pérdida de peso podría tener relación con que el lóbulo temporal del cerebro se atrofia, y eso le genera un estrés que la hace adelgazar.

Lola suspiró y, al ver la pena de su hermana, iba a decir algo cuando Elora se le adelantó:

—Lola...

Al oír su nombre, ésta miró a su madre y, sintiendo como si el corazón se le fuera a salir del pecho, se levantó de la silla, se arrodilló ante ella y murmuró:

—Mamá... Hola, mamá...

Priscilla rápidamente se colocó junto a su hermana y susurró:

—Hola, mamá.

—Priscilla... —murmuró la mujer.

Durante unos segundos, Elora las miró como si las reconociera, mientras ellas, emocionadas, sonreían cogiéndola de las manos. Ninguna dijo nada. Ninguna quería romper aquel mágico momento que se había repetido en otras ocasiones pero que igual que llegaba desaparecía. Entonces, Lola comenzó a entonar una canción que a su madre siempre le había gustado mucho. La cantaban Marvin Gaye y Tammi Terrell, se titulaba *Ain't No Mountain High Enough*,[21] y rápidamente Priscilla la siguió.

Con una tierna mirada, Elora observó a sus hijas mientras ellas cantaban la canción, hasta que su gesto cambió y, mirando al frente, preguntó:

—¿Dónde está mi hermano Jesse? Si mamá se entera de que se ha vuelto a escapar, lo castigará.

Con tristeza, las chicas dejaron de cantar y se levantaron del suelo. Cuando se sentaron en sus sillas, Aidan las miró y, comprendiendo su frustración, no habló, sino que se limitó a darles tiempo.

Aquellos momentos eran especiales para los familiares, pero también dolorosos. Tener ante ellos a las personas que querían, que amaban y, que por culpa de aquella maldita enfermedad, éstas dejaran de reconocerlos no debía de ser fácil. Así pues, caminó hasta una mesa donde había limonada y, tras servir un par de vasos, se acercó hasta ellas y, tendiéndoselos, dijo:

—Bebed. Seguro que os viene bien.

Ambas cogieron los vasos, y Lola, obviando al muchacho, miró a su hermana y preguntó:

—¿Estás bien?

Priscilla asintió e, intentando sonreír, murmuró:

—Como nos dijeron los médicos, hemos de alegrarnos porque esos instantes son un regalo para nosotras.

Tragándose el nudo de emociones que sentía tras lo ocurrido, Lola abrazó entonces a su hermana y, mientras miraba a su madre, que proseguía comiendo galletas de naranja, afirmó:

—Exacto. Es un bonito regalo de mamá.

Dos horas después, cuando Lola y Priscilla salían de la residencia cogidas de la mano, Aidan las observaba desde una ventana. Su día se alegraba cada vez que Priscilla iba a ver a su madre y se volvía oscuro cuando ella se marchaba. Después de eso, él sólo pensaba en la siguiente vez que regresaría por allí.

21. *Ain't No Mountain High Enough*, Motown Records, interpretada por Marvin Gaye y Tammi Terrell. *(N. de la E.)*

Capítulo 17

Lola y Dennis seguían evitando mirarse cuando se cruzaban por el colegio. Hasta que una tarde, nada más salir los alumnos del brasileño por la puerta, éste recogió sus cosas y, atraído como un imán por la mujer del pelo rojo, fue derecho hacia el lugar donde sabía que ella posiblemente estaría.

En la planta inferior todo estaba muy tranquilo. Pero, según se acercaba al aula donde ella impartía clases, Dennis comenzó a oír la canción de Ed Sheeran *Thinking Out Loud*,[22] y, cuando se asomó, vio a Lola bailando sola ante los espejos de la sala.

Lola saltaba, bailaba, rodaba por el suelo y volvía a levantarse con una soltura y una delicadeza que de nuevo Dennis se excitó. Sentirla unida en cuerpo y alma a la canción hizo que viera su fragilidad y su delicadeza. Incapaz de quitarle los ojos de encima, la siguió en todos sus movimientos, hasta que de pronto ella, en uno de sus giros, se paró y, mirándolo, dijo:

—¿Qué haces aquí?

Antes de que él pudiera responder, Lola ya había ido hasta el equipo de música, había apagado la preciosa canción y, caminando hacia él, protestaba:

—He hecho una pregunta: ¿qué haces aquí?

Al ver su irritación, Dennis levantó los brazos.

—Sólo estaba mirando cómo bailabas. ¿Por qué te pones así?

Lola cerró los ojos. Sus días no estaban siendo nada fáciles, teniendo al brasileño tan cerca y oyendo a su marido hablar todo el rato de él. Pero, cuando iba a decir algo, él la interrumpió:

—Creo que debemos hablar..., Keira.

22. *Thinking Out Loud*, Atlantic Records UK, interpretada por Ed Sheeran. *(N. de la E.)*

Al oír ese nombre, ella maldijo:

—Joder con Keira...

Dennis tenía ganas de sonreír, pero sin mover un músculo masculló:

—Odio que me mientan. No soporto que engañen a otros, y aborrezco que...

No pudo decir más. Lola lo cogió de la mano, lo hizo entrar en la clase y, tras cerrar la puerta, murmuró:

—Vale..., te mentí diciéndote que me llamaba Keira, pero ¿qué querías?

—¿Cómo que qué quería? ¿Acaso yo te mentí en lo referente a mi nombre?

Lola lo pensó.

—No. Tú no lo hiciste.

Se miraron en silencio, mientras sus respiraciones se aceleraban inexplicablemente.

Aunque no se movían, se tocaban, o se rozaban, la tensión que existía entre ellos se hizo patente y, cuando Lola se rindió y se acercó más a él, éste dio un paso atrás.

—No —dijo—. Estás casada.

—¡¿Qué?!

Meneando la cabeza, Dennis aclaró:

—Tu marido es un buen tipo. Es la persona que más me está ayudando a que me integre en este colegio y, lo siento, pero yo no juego sucio con los matrimonios.

Lola asintió. Entendía a la perfección lo que le decía. Así pues, dando un paso atrás, afirmó con seguridad:

—Tienes razón. Justin es un buen tipo.

—¿Puedo ser sincero contigo con respecto a un tema bastante indiscreto?

Sin entender a qué venía aquello, Lola asintió, y Dennis bajó la voz y dijo:

—Justin me cae muy bien. Creo que es un tipo excelente y, por supuesto, mi trato con él no va a cambiar. Espero que esta conversación quede entre nosotros, pero el otro día hizo algo que me dio que pensar...

—¿Qué hizo? —preguntó Lola con un hilo de voz.

Acercándose más a ella, el brasileño prosiguió:

—Me dijo que, cuando quisiera pasarlo bien, él conocía sitios especiales para tener buen sexo, y vi en su mirada y en cómo posó la mano en mi pierna algo que no había visto hasta el momento.

—¿Qué quieres decir con eso? —interrogó Lola agitada.

—Sabes muy bien lo que quiero decir —declaró él sin levantar la voz.

Acalorada y apabullada, ella no supo qué responder, y él le preguntó:

—¿A tu marido le gustan los hombres?

Lola lo miró entonces boquiabierta y, negando con la cabeza, gruñó:

—Pero ¿qué tontería estás diciendo? —Y, revolviéndose, agregó—: No sé qué haría el tonto de mi marido el otro día, pero te equivocas. —Luego, intentando desviar el tema, señaló—: No me gusta que juegues sucio.

Como no quería meter más el dedo en la llaga, Dennis simplemente replicó:

—¡Yo no juego sucio! ¿Tu marido sabe lo que ocurrió entre nosotros?

Sin ganas de sincerarse con él, Lola respondió:

—No.

—Y ¿eso no es jugar sucio? —protestó él frunciendo el ceño.

Lola lo miró. Le habría encantado decirle la verdad en lo referente a su matrimonio, pero no podía. No debía. Justin no se lo merecía, por lo que, al final, encogiéndose de hombros, contestó:

—Tienes razón. Es jugar sucio. —Y, dándose la vuelta, murmuró—: Y ahora, por favor, sal de mi clase.

Dennis la observó sorprendido. Había algo en su mirada que lo desconcertaba, por lo que caminó hacia ella, la agarró de la mano y, cuando ella se volvió, le preguntó:

—¿Qué ocurre, Lola?... ¿O prefieres que te llame Keira?

Ella sonrió con tristeza y, conteniendo las ganas que tenía de besar aquellos labios tentadores, replicó con frialdad:

—Llámame Lola. Keira sólo lo utilizo cuando soy infiel.

Dennis sintió un latigazo en el corazón ante su descarada sinceridad y, sin decir más, la soltó, dio media vuelta y se marchó dejando a Lola descolocada mirando hacia la puerta.

El brasileño se alejó de allí con premura. Le había dolido oírla decir aquello. E, inexplicablemente, el dolor le había alcanzado el corazón.

Una vez a solas en el aula, Lola caminó hacia la barra y se miró en el espejo. Los ojos se le encharcaron enseguida, pero respiró hondo y al conseguir que las lágrimas desaparecieran, suspiró.

Una vez que vio que volvía a tomar el control de su cuerpo, se agachó, justo en el momento en que la puerta de la clase se abría de nuevo para cerrarse de inmediato de un portazo. Con gesto serio, sin decir nada, Dennis dejó los libros que llevaba sobre una mesa, caminó hasta ella y, levantándola del suelo, la besó.

La sentó sobre la barra de madera y, sin darle tiempo a respirar, metió la lengua en su boca y la besó como llevaba semanas imaginando, anhelando.

El beso fue aumentando de intensidad segundo a segundo, mientras su lengua ahondaba en Lola con tal posesión que la volvió loca.

Conscientes de que necesitaban respirar, rompían una y otra vez sus besos, pues sabían que ése no era el mejor lugar para aquello. Cualquiera podría abrir la puerta y verlos. Sin embargo, eso parecía no importarles mucho, hasta que la risotada de una niña los devolvió a la realidad.

Con cuidado, Dennis dejó entonces a Lola en el suelo. Sin tacones, sólo con las zapatillas planas de ballet, se la veía pequeña, indefensa. Sin entender qué le ocurría con tan sólo mirarla, murmuró:

—Odio lo que estoy haciendo, pero te deseo y no me vale sólo con verte cuando me cruzo contigo por el colegio, porque me estoy volviendo loco.

Lola no se movió. No podía. Aún le quemaban los labios por los ardorosos besos recibidos.

—No sé si estoy más enfadado contigo por saber que estás casada o por cómo desapareciste de mi vida —prosiguió él—, pero lo que sí sé es que necesito hablar contigo fuera de las paredes de este colegio.

—Lo siento. Yo...

—No —la cortó él pasando un dedo con dulzura por su boca—. Aquí no.

Se separó de ella, caminó hacia la mesa donde había dejado sus libros y, sacándose un bolígrafo del bolsillo de su camisa, apuntó algo en un papel. Luego, tras meterlo en el libro que Lola solía llevar en la mano, dijo mientras la miraba:

—Mi teléfono y la dirección de mi casa. Estaré allí si quieres que hablemos.

Dicho esto, dio media vuelta y se marchó dejándola sola en la sala y observando la puerta con gesto desolado.

Cuando Lola pudo moverse, caminó hacia donde estaba su libro. Lo abrió y, cogiendo el papel que Dennis le había dejado, leyó la dirección y dudó: «¿Debería ir o no?».

Capítulo 18

Cuando Lola terminó sus clases de ballet en el colegio, miró inquieta su reloj.

Sabía que Justin no estaba en casa. Había quedado con su padre y dos profesores más para cenar como solían hacer una vez a la semana.

Después de cambiarse de ropa y ponerse unos vaqueros y una camiseta, salió del colegio y dudó sobre lo que debía hacer.

Una parte de su cuerpo le gritaba que fuera a la dirección que Dennis le había dejado, pero otra le pedía serenidad y cabeza.

Titubeó mientras caminaba hacia la parada del autobús recogiéndose su pelirrojo cabello en una coleta alta y, cuando el bus llegó, lo dejó pasar. No podía moverse, por lo que, levantando una mano, paró un taxi que pasaba por allí y, tras darle la dirección que ponía en el papel al conductor, grabó el teléfono de Dennis en su móvil y suspiró.

Una vez que el taxi la dejó en su destino, Lola vaciló. Sabía que entrar en aquel portal podía liarlo todo, pero, sin querer pensar más, entró y subió los escalones hasta llegar ante la puerta.

El sonido de la música de Stevie Wonder llenó sus oídos y, como una autómata, posó el dedo en el timbre y llamó. Dos segundos después, Dennis abría la puerta vestido con una camisa blanca abierta y un pantalón negro. La miró con una agradable sonrisa y declaró:

—No pensaba que vinieras.

Sin decir nada, Lola entró en el apartamento y oyó cómo él cerraba la puerta tras ella. No se movió. Esperó que Dennis la abrazara, que hiciera algo, pero pasados unos segundos, al no sentir sus manos alrededor de su cuerpo, se volvió para mirarlo y dijo:

—No quiero hablar de Justin.

—Yo tampoco, pero es inevitable.

La tensión se palpaba en el ambiente. Entonces comenzaron a sonar los acordes de un tema de Stevie Wonder que a Lola le encantaba. Era *Ribbon in the Sky*.[23]

—Bonita canción —murmuró.

Dennis asintió y, tras sacarse el chicle que tenía en la boca, lo tiró en un cenicero y paró la música. Lola preguntó sorprendida:

—¿Por qué quitas la música?

El brasileño titubeó y, al recordar el consejo que Eric le había dado, respondió:

—Porque la música que me gusta me la reservo para escucharla con alguien especial.

Eso hizo sonreír a Lola, que, mirándolo con chulería, insistió:

—Yo soy especial.

Dennis sonrió a su vez.

Se derretía ante la sonrisa de aquella mujer. Volvió a encender el equipo de música y la canción comenzó a sonar de nuevo. Durante unos segundos ambos se miraron con intensidad, hasta que él no pudo más y, jugándosela, murmuró:

—Desnúdate.

Su voz...

Su mirada...

La canción...

Todo ello, unido al deseo que Lola sentía por aquel hombre, no le permitió dudar.

Soltó en el suelo el gran bolso que llevaba al hombro y, sin apartar la mirada de él, primero se quitó el abrigo, después se desprendió de la sudadera roja y, tras dejar el teléfono móvil sobre la mesita que había frente al sofá, se quitó también las botas y el pantalón. A continuación, en ropa interior, y mientras notaba la boca seca, pidió:

—Ahora tú. Desnúdate.

23. *Ribbon in the Sky*, Tamla-Motown, interpretada por Stevie Wonder. *(N. de la E.)*

Dennis sonrió. Aquello iba a ser una lucha de titanes.

Pero hechizado por ella...

Por la música...

Por el momento...

Dennis se quitó la camisa, que cayó al suelo, y, tras desabrochar el cordón que sujetaba en su cintura el pantalón negro, éste también cayó al suelo y él quedó tan sólo vestido con un bóxer azul.

—Quiero que sepas que... —empezó a murmurar.

Lola se acercó entonces a él, le puso una mano en la boca para que callara y susurró deseosa de mimos:

—Ahora sólo baila conmigo.

Y, sin más, Dennis la abrazó. La acercó a él y aspiró el aroma de su pelo, de su piel. Sin apenas moverse del sitio, bailaron juntos aquella increíble, lenta y sensual canción, mientras sus cuerpos, anhelando la cercanía del otro, se acoplaban y ambos eran conscientes de que aquella intimidad lo complicaría todo aún más.

Así estuvieron los minutos que duró la apasionada canción. Cuando acabó, Dennis cogió a Lola en sus brazos y, cuando ella rodeó su cintura con las piernas, él le hundió los dedos en el pelo, le soltó la coleta que llevaba ella y dijo:

—Te voy a llevar a mi habitación.

Con las piernas de ella alrededor de él, Dennis caminó hacia la estancia. Al llegar, cuando Lola vio la preciosa y romántica cama con dosel, afirmó sonriendo:

—Nunca te imaginé durmiendo en una cama así.

Dennis no respondió. No podía. Aquella mujer lo tenía totalmente cautivado. Sin duda, si ella le hubiera pedido en ese instante que se tirase por la ventana, ¡se habría tirado! ¿Qué le pasaba?

Intentando manejar la situación como siempre hacía cuando estaba con mujeres, le desabrochó el sujetador con maestría y, una vez que éste cayó al suelo, la tumbó en la cama y pidió con voz ronca:

—Háblame de tus fantasías.

Lola sonrió.

—¿Qué quieres saber?

Hechizado por el maravilloso olor que ella desprendía, el brasileño paseó la boca por su cuello y murmuró:

—Todo..., quiero saberlo todo. Vamos, háblame de tus fantasías.

Tan excitada como él, Lola comenzó a contarle sus fantasías sexuales, cuando éste, interrumpiéndola, la miró y preguntó:

—¿Con varios hombres?

—Sí.

Sin entender nada, Dennis volvió a preguntar:

—Y tu marido, sabiéndolo, ¿por qué no la ha cumplido contigo?

Al oír mencionar a Justin, a Lola se le cortó el rollo. Consciente de ello, él continuó besándola.

—De acuerdo..., de acuerdo... —murmuró—. Lo siento. Discúlpame.

Enardecida por el deseo, ella lo besó. Lo devoró, lo volvió loco con sus caricias y, cuando Dennis notó que iba a llegar al clímax sin haber comenzado siquiera, paró para relajarse y sugirió:

—¿Quieres que ponga música?

—Sí.

Tratando de reordenar sus ideas, el brasileño se levantó de la cama y caminó hacia el equipo. Nervioso como un crío, miró varios de aquellos CD, pero no lograba decidirse. Estaba confuso, hasta que Lola, desde la cama, sin saber lo que pensaba, pidió:

—Que sea algo especial.

Dennis sonrió y, sin querer demostrar la atracción que sentía por ella, se mofó:

—Y decías que no eras romántica...

Lola sonrió a su vez, pero no dijo nada. ¿Para qué?

En su casa no tenía sexo con Justin y, cuando lo tenía con los tipos que conocía, de lo que menos se preocupaba era de poner música especial. Así pues, sin querer llevarle la contraria, afirmó:

—Soy práctica, y la música, sea para el momento que sea, siempre es una buena compañera.

De pronto, unos primeros acordes comenzaron a sonar y Lola, al reconocer la canción, preguntó:

—¿Por qué ésta?

Dennis caminó hacia ella consciente de su atractivo sexual en ese instante y, agachándose para quedar sobre su boca, murmuró:

—Porque es especial.

Lola saboreó aquellos tentadores labios y sonrió mientras escuchaba la voz de Michael Bublé entonando *You Don't Know Me*.[24] Sin duda, aquella canción era especial para ambos.

Al ver su gesto, Dennis sonrió también y, convencido de lo que decía, susurró:

—Recuerda. La música es sólo música y, como acabas de decir, es una estupenda compañera para cualquier momento.

Ella asintió. Estiró el cuello para besarlo y tomar las riendas como el día que lo asaltó en los aseos del aeropuerto, pero él no la dejó. Le agarró las manos y susurró:

—Déjame hacer.

Acostumbrada a llevar casi siempre ella la batuta en busca de su propia satisfacción personal, Lola lo miró a los ojos y murmuró con sensualidad:

—De acuerdo.

Dennis bajó entonces la boca hasta su cuello y comenzó a besárselo, y Lola se abandonó a él.

Aquellos besos ardientes, aquellas caricias, aquel momento sin prisas la volvieron loca.

El brasileño fue descendiendo lentamente con sus besos hasta llegar a sus pechos, donde, sin prisa, disfrutó metiéndose los duros pezones en su cálida boca para chuparlos y succionarlos hasta arrancarle un gemido de placer.

Con los ojos cerrados, Lola enloquecía por momentos mientras disfrutaba de la combinación de música, sexo y Dennis, y era consciente de lo penosa y desastrosa que era su vida sexual. En ella nunca había caricias, no había mimos, no había cariños ni pausas para mirarse a los ojos como hacía con él. En su vida sexual sólo había polvos rápidos e impersonales para desahogarse, nada que ver con lo que Dennis estaba haciendo ni con lo que le hacía sentir.

24. Véase la nota 5. *(N. de la E.)*

Sin hablar..., y mientras los besos de él continuaban bajando por su cuerpo, Lola jadeó.

Aquello era delicioso...

Aquello era espectacular...

Con mimo, lentitud y complacencia, el brasileño le besó la cara interna de los muslos hasta que le quitó las bragas sin que ella se diera cuenta. Cuando él se incorporó para sacarse el bóxer, Lola se apoyó acalorada en los codos para contemplarlo y, al clavar la mirada en la dura erección que se erguía poderosa ante ella, Dennis, arrobado por mil sentimientos desconocidos para él, le asió la mano, la posó sobre su dura firmeza y murmuró:

—Mira cómo me tienes.

Con tranquilidad, calma y sosiego, Lola lo tocó. Acarició su potente y apetitosa erección con gusto, mientras sentía cómo la sedosa piel le ponía todo el vello del cuerpo de punta. Cuando sintió que el corazón se le iba a salir del pecho, susurró:

—Ni te imaginas cómo me tienes tú a mí.

Dennis sonrió. Le gustaba aquel descaro y, mirándola, pidió:

—Túmbate y abre las piernas para mí.

«Su voz..., oh, Dios, su voz...»

Lola hizo lo que le pedía mientras sentía cómo las piernas le temblaban al exponerse de aquella forma ante él.

Una cosa era lo ocurrido aquel día en el aeropuerto de Madrid, que fue algo rápido y conciso, y otra lo que estaba sucediendo en ese instante allí.

Disfrutando del momento y del temblor de excitación de ella, Dennis se acomodó en la cama, volvió a besarle la cara interna de los muslos y, al ver cómo ella se abría para él, levantó la mirada y murmuró:

—Tienes una flexibilidad increíble.

Lola sonrió y jadeó mimosa:

—Soy profesora de ballet, ¿qué esperabas?

Encantado por cómo podía manejar sus piernas, el brasileño siguió disfrutando durante un buen rato, hasta que preguntó:

—¿Dijiste que ibas a clubes de intercambio de parejas?

—Sí.

Dennis sintió entonces una punzada desconocida para él en el pecho y, clavando los ojos en ella, la interrogó mientras reptaba por su cuerpo:

—¿Crees que tu marido querría que él, tú y yo jugáramos con...?

Al oír eso, Lola no lo dejó terminar y, mirándolo, zanjó:

—No. Ahora sólo estamos tú y yo, y no quiero que hablemos de él.

El brasileño cada vez entendía menos. Si Lola y su marido eran una pareja liberal, una pareja que disfrutaba en los locales *swinger*, ¿por qué no podía mencionar el tema? Pero, dispuesto a gozar de su momento con ella, decidió hacerle caso y susurró con mimo:

—Me encantaría ver cómo otro hombre te ofrece a mí para luego yo ofrecerte a él. ¿Qué te parece eso?

—Excitante —gimió Lola.

Encantado por ver el efecto que sus palabras provocaban en ella, Dennis prosiguió cuando Michael comenzaba a cantar *Dream a Little Dream of Me*:[25]

—Desnuda en mis brazos, separaría tus delicados muslos para él, y, en cuanto te mostrara y tú te humedecieras de deseo por cómo él te miraba, te abriría y lo invitaría a entrar en ti, mientras yo...

Al oír eso, Lola soltó un descontrolado gemido de placer.

Aquello que le proponía era caliente, excitante, interesante y alocado. Lo que ella hacía cuando buscaba sexo no pasaba de elegir a un tío, meterse en un reservado con él y jugar a su propio juego. Nunca había hecho sexo en grupo. Nunca se había atrevido. Lo máximo que hacía era ir a esos bares, disfrutar con un hombre y luego regresar a casa y dejar volar la mente pensando en lo que había visto y en lo que imaginaba en los libros eróticos que leía.

Pensar en Dennis y otro hombre que no fuera Justin la excitó, y él, sin figurarse lo que pasaba por su cabeza, sonrió al ver su

25. *Dream a Little Dream of Me*, 2010 WEA International Inc., interpretada por Michael Bublé. *(N. de la E.)*

reacción. Volvió a bajar reptando por su cuerpo hasta llegar a su húmedo sexo y, tras besarle el monte de Venus con mimo, pasó sus brazos alrededor de sus muslos para abrirla a su antojo y murmuró tomando de nuevo las riendas:

—Así..., así abriría tus muslos para el otro hombre.

Oír lo que él decía y sentir cómo el aire que salía de su boca chocaba contra su húmedo deseo hizo vibrar a Lola y, cuando Dennis siguió haciéndole propuestas mientras le besaba los labios de su sexo, cerró los ojos y disfrutó.

Abierta de piernas para él, se dejó llevar mientras él hablaba de cosas tremendamente morbosas, para después besarla, chuparla y mordisquearla.

Abandonada al placer, cuando el moreno le abrió los labios vaginales con delicadeza para llegar hasta su clítoris y succionarlo, Lola se agarró a las sábanas y se arqueó.

Enloquecido por su reacción, Dennis continuó. Chupaba, succionaba, lamía..., mientras sus manos le abrían los muslos a aquella mujer que lo volvía loco y ella se entregaba a él poseída por el deseo, el morbo y el momento.

Lola estaba húmeda, excitada.

Enloquecida, gemía, suspiraba, jadeaba, se retorcía en la cama sabedora de cómo los oscuros ojos de aquél lo veían todo, y ella murmuraba mientras escuchaba la voz de Michael Bublé cantando *The Way You Look Tonight*:[26]

—No pares... Oh, Dios..., no pares.

Gustoso, Dennis no paró. Al revés, aceleró sus movimientos alrededor del clítoris, momento en el que Lola le agarró con las manos la cabeza, hundió los dedos en el pelo negro de él y, presionando para que no parara, pidió excitada a punto del orgasmo:

—Ahí... Dios, sí...

El olor a sexo de Lola...

Su entrega total...

Y su voz...

26. *The Way You Look Tonight*, Magic Gold Records, interpretada por Michael Bublé. *(N. de la E.)*

Consiguieron que Dennis enloqueciera tanto o más que ella y, cuando el orgasmo la hizo gritar y retorcerse en la cama, él se enderezó y, poniéndose un preservativo con una sonrisa de satisfacción por haberle provocado aquel momento de placer, guio su duro pene hasta la humedad de ella y, tras rozarla con él, preguntó:

—Aquí..., ¿la quieres aquí?

Lola asintió ansiosa, deseosa y sedienta de sexo y, posando las manos en el duro trasero de él, le dio un azote. Enloquecido por su respuesta, el brasileño se hundió completamente en ella, al tiempo que los dos temblaban y gritaban de placer.

Entrar en su cuerpo una y otra vez era placentero, goloso y pasional, pero Dennis se detuvo, la cogió entre sus brazos, la levantó de la cama y, llevándola hasta un mueble que había frente a la cama, la sentó sobre él, la miró y murmuró mientras se hundía en ella sin parar:

—Quiero ver tu bonito rostro mientras te hago mía.

Lola estaba a punto de explotar a causa del calor. Aquélla era la experiencia más increíble que había tenido en su vida, nada que ver con el sexo que solía practicar. Entonces él, sin descanso, volvió a penetrarla y, cuando ella jadeó en busca de aire, lo oyó murmurar:

—Dime que te gusta así..., dímelo.

Lola asintió. Ver su cara de placer mientras se clavaba en su interior y le pedía aquello le hizo saber lo hambriento de ella que estaba, por lo que murmuró, dispuesta a decirle lo que él quisiera:

—Me gusta..., me gusta mucho.

El sudor corría por sus cuerpos, pero eso no les importaba. Disfrutando como nunca, Dennis se dejó llevar. Su parte salvaje y animal afloró como pocas veces en su vida y, mientras se hundía en ella una y otra vez, sintió placer..., delicia..., gozo...

Lola era exquisita, caliente, interesante, apasionada, intrigante.

Sus bocas se encontraban continuamente mientras sentían sus lenguas juguetonas en cada nueva embestida certera y poderosa de él. Disfrutaban con satisfacción..., deseo..., embeleso.

Dennis le susurraba de vez en cuando palabras en portugués que Lola no entendía, pero por cómo la miraba cuando las pronunciaba, imaginaba su significado, y eso la calentó..., la avivó..., la incitó...

Así estuvieron varios minutos, sumergidos en una burbuja de placer donde no existía nadie que no fueran ellos dos, hasta que un increíble orgasmo le sobrevino a Lola.

Al sentir cómo su húmeda vagina se contraía succionándolo, Dennis jadeó exaltado mientras ella se retorcía entre sus brazos invadida por convulsiones de placer. Contemplar su rostro y notar su aliento al gemir se le antojó lo más erótico y sensual que había visto nunca, por lo que, hundiéndose en ella con fuerza y voluptuosidad, sintió que llegaba al clímax y, sin aguantar un segundo más, se dejó ir al tiempo que su respiración fatigosa, unida a los gritos placenteros de ella, llenaban por completo la habitación.

Pasados unos segundos, ambos se quedaron quietos mientras respiraban con dificultad apoyados sobre el mueble. Dennis posó la frente sobre la de Lola y, sin salir de su interior, murmuró de forma lenta y pausada:

—*Delícia. Adoro sentir seu cheiro, sua boca, seu corpo... Você é uma delícia.*

Lola sonrió al oírlo y el vello se le puso de punta. Recordaba aquello de la otra vez que habían estado juntos y, sin separarse de él, murmuró:

—Repite lo que has dicho.

Dennis la miró a los ojos y repitió:

— *Delícia. Adoro sentir seu cheiro, sua boca, seu corpo... Você é uma delícia.*

Atontada por lo que le hacía sentir aquella frase pronunciada de aquella manera tan sensual, Lola preguntó:

—¿Qué has dicho?

Riendo, Dennis la acercó más a su cuerpo y murmuró:

—Delicia. Adoro sentir tu aroma, tu boca, tu cuerpo... Eres una delicia.

—Uauuuu..., me encanta —suspiró ella con un hilo de voz.

Pero entonces se dio cuenta de que su vena romántica estaba a punto de explotar, así que cambió de registro y musitó—: Es muy excitante oírte hablar en portugués.

Divertido por aquello, él la dejó en el suelo justo en el momento en que el equipo de música cambiaba de CD y Robbie Williams empezaba a cantar *Lola*.[27]

—Vaya... —se mofó—, tienes una canción...

Ella sonrió y, tarareándola frente a él, afirmó mientras bailaba:

—Robbie hizo esta versión de los Kinks para mí.

Ambos rieron, y entonces el brasileño preguntó, encantado de verla bailar:

—¿Cuántos años tienes?

—Treinta y dos, pero he de decirte que no es caballeroso preguntarle la edad a una mujer.

Dennis volvió a sonreír y, antes de que ella le preguntara, anunció:

—Treinta y cinco.

Y, sin más, se la echó a la espalda y, cuando ella gritó divertida, él dijo mientras caminaban hacia el baño:

—Lolololola..., nos merecemos una ducha.

Pero la ducha se eternizó. Eran inagotables, y el hambre que sentían el uno por el otro los hacía olvidarse del mundo en general.

Una hora después, cuando sus cuerpos se saciaron momentáneamente, Lola salió de la habitación vestida tan sólo con la camisa blanca de él. Lo ocurrido había sido increíble, ¡mágico!

Llegó al comedor, y de pronto oyó un ruido que llamó su atención: era una voz en el contestador que decía:

—Hola, guaperas, soy Jud. Me dijo Eric que hablaste con él hace unos días y que todo va bien. ¡Me alegro mucho! Por cierto, tienes que venir en Navidades a Múnich. Ni se te ocurra quedarte solo teniéndonos a nosotros aquí. ¿Te has enterado? Ni que decir tiene que estás invitado a casa. ¿Vale? Un besote y, lo dicho, llámame y dime qué piensas hacer. Besitos de Eric, míos y de los niños.

27. *Lola*, Virgin Records, interpretada por Robbie Williams. *(N. de la E.)*

Cuando la voz de la mujer dejó de hablar, Lola miró a Dennis, y éste aclaró:

—Una buena amiga de Múnich que se preocupa porque no pase las Navidades solo.

Ella asintió. De hecho, parecía simpática, pero no pensaba preguntar más. Así pues, se dirigió con una sonrisa hacia el lugar en el que tenía el equipo de música para ojear los CD.

—Pon lo que quieras —dijo Dennis.

Eso ánimo a Lola y, sacando uno que conocía, seleccionó la pista que quería y, tras darle al *play*, comenzó a sonar *Ain't No Mountain High Enough.*[28] De inmediato, ella comenzó a cantar y a bailar, y al ver cómo él la miraba, aclaró:

—Esta canción le encanta a mi madre, o al menos le encantaba.

Sin saber realmente lo que le había ocurrido a la madre de la pelirroja, el brasileño preguntó:

—¿Por qué dices eso?

Lola lo miró y respondió con pesar:

—Está ingresada en una residencia porque tiene un Alzheimer severo. Pero el otro día, cuando Priscilla y yo fuimos a verla, por unos segundos nos reconoció. Dijo nuestros nombres. Supo que éramos nosotras y le cantamos esta canción.

Notar la tristeza en su mirada le hizo ver a Dennis cuánto le dolía aquello, y murmuró:

—Lo siento. No sabía que...

—No tenías por qué saberlo —lo cortó ella mientras seguía cantando.

Durante varios segundos, Dennis escuchó cómo cantaba con gesto triste.

—¿Te gusta Marvin Gaye? —preguntó al cabo.

—Pues claro. —Ella sonrió—. ¿A quién no le gusta Marvin Gaye?

Al recordar la conversación que había mantenido con sus amigos Eric y Björn en Múnich, Dennis sonrió, y luego preguntó señalando las copas que preparaba:

28. Véase la nota 21. *(N. de la E.)*

—¿Lo prefieres con limón?

Lola asintió y, sentándose en el sofá, esperó a que él acabara. Cuando el brasileño se acomodó a su lado y ella cogió la copa que le entregaba, lo miró a los ojos y murmuró:

—Qué buena pinta tiene.

Dennis soltó una carcajada.

—Me habría gustado prepararte una caipiriña, pero no tengo hielo picado.

—¿Tienes cachaza para hacerla?

El brasileño asintió.

—Siempre que regreso a mi país, me traigo unas cuantas botellitas para preparar las caipiriñas. Eso sí, cachaza de la buena.

Lola sonrió.

—Mmm..., qué ricas caipiriñas me tomé en Brasil.

Encantado al verla tan relajada, él afirmó:

—Pues ni te cuento cómo las preparo yo.

—Habrá que probarlas —afirmó Lola, dejándose llevar.

Dennis la besó, y ella aceptó gustosa aquel caliente y fogoso beso.

Con él todo era ardiente, sensual, vivo... Deseosa de más, le quitó su copa y, dejando las dos sobre la mesita, se sentó a horcajadas sobre Dennis y hundió los dedos en su pelazo oscuro.

—Brasil, eres ardiente, cálido, abrasador, loco... —comentó—. Y todo eso me gusta, me gusta mucho.

Él la miró. Pensaba lo mismo de ella y, antes de que continuara, musitó:

—Tenemos que hablar.

Consciente de ello, Lola cuchicheó:

—A eso he venido.

Ambos sonrieron y entonces Dennis afirmó:

—Curiosa manera tenemos tú y yo de hablar.

Besándole la barbilla mientras estaba sobre él, Lola susurró:

—Curiosa y placentera.

Hechizado por aquella mujer, Dennis cerró los brazos alrededor de su cintura y, mirándola a los ojos, murmuró:

—Si me miras así, yo...

No pudo decir más.

En ese instante, el teléfono de Lola sonó. Estaba sobre la mesita pequeña, frente a ellos, y los dos pudieron ver la cara de Justin en la pantalla. Durante unos segundos se quedaron callados, hasta que Dennis, dijo:

—Cógelo, es tu marido.

Ambos supieron entonces que el momento mágico que habían tenido se había acabado. Sin bajarse de las piernas de Dennis, Lola cogió el teléfono:

—Hola, Justin.

—Hola, Peque —saludó aquél—. ¿Dónde andas?

Sin poder apartar la mirada de un molesto Dennis, ella se apresuró a responder:

—Dándome un masaje donde Sira. ¿Ya estás en casa?

Justin, que estaba con el padre de aquélla y unos amigos, contestó:

—No, precisamente te llamo para decirte que llegaré un poco más tarde.

—Vale. No te preocupes —respondió ella con la mayor jovialidad de la que fue capaz—. Nos vemos en casa.

—Hasta luego, Peque —se despidió Justin antes de colgar.

Una vez que Lola dejó el teléfono sobre la mesa, Dennis la hizo a un lado y se levantó. Luego fue a apagar la música y le soltó:

—Esto no está bien. No me gusta este juego y siempre lo he rehuido.

Lola sonrió. ¡Si él supiera...!

Levantándose también ella, caminó hacia él y, tras darle un beso en los labios, susurró dispuesta a retomar la locura durante un rato más:

—Será nuestro secreto. Nadie sabrá que...

Dennis cerró los ojos. Nada le apetecía más que lo que ella le proponía, pero haciendo caso a su cordura, negó con la cabeza.

—No.

—No, ¿qué?

Martirizado por lo que iba a decir, respondió:

—Esto no volverá a ocurrir a no ser que tu marido esté de acuerdo con ello.

A Lola le llegaron al corazón sus palabras. No quería que Justin se enterara de lo que había entre ellos o todo se iría al traste. Entonces Dennis, con un mal gesto, añadió:

—No me van las infieles.

Molesta por su frío comentario, ella recogió la ropa del suelo y, sin decir nada, entró en la habitación donde durante horas había practicado el mejor sexo de toda su vida. Se quitó la camisa de Dennis, que tiró sobre la cama, y se vistió.

Él, por su parte, maldecía por sus palabras.

Estaba hecho un lío. Claro que quería volver a estar con Lola. La deseaba, pero ¿realmente le merecía la pena ser el tercero en discordia y poner en peligro no sólo su honestidad como hombre, sino también su trabajo?

Estaba pensando en ello cuando Lola salió de la habitación a toda mecha.

Sin mirarlo, asió el bolso, el móvil y, tras coger el abrigo, cuando ya se disponía a abrir la puerta, la mano de Dennis la agarró. No obstante, furiosa y enfadada, siseó:

—Suéltame.

—Lola..., escucha.

Con una fuerza inusual en ella, logró zafarse de su mano.

—No, bonito, escúchame tú a mí. Acabamos de practicar sexo caliente, muy caliente, y esta vez sabías que estaba casada. ¿A qué viene ahora eso de que no te van las infieles?

Dennis resopló. Ella tenía toda la razón. Y entonces prosiguió:

—No busco amor. No busco una relación. Sólo busco sexo y fantasía como tú y, si lo has olvidado, te recuerdo que ambos somos prácticos. ¿Qué narices te pasa?

Al oír eso, Dennis reaccionó.

—Me pasa que tú me has hecho saltarme mi primera norma y no estoy feliz por haberlo hecho, porque soy de los que piensan que no has de hacer a los demás lo que no quieras que te hagan a ti.

—Joder, Brasil..., no me vengas ahora con moralismos —se mofó ella.

A Dennis le molestó ver su gesto de guasa, pero lo cierto era que Lola tenía razón. Él la había invitado a ir a su casa y le había pedido que se desnudara. Ambos sabían lo que podía pasar allí y, de hecho, pasó. Así pues, acercándose a ella, la aprisionó contra la puerta pero, cuando fue a besarla, ella ladeó la cara y gruñó:

—Ni se te ocurra hacerlo o te juro que te arranco la lengua.

—Lola...

—Keira para ti..., soy una jodida infiel.

Al oír eso, Dennis dio un paso atrás con gesto reprobatorio.

—Muy bien.

—Muy bien, ¿qué?

Conteniendo toda la mala leche que le estaba entrando por lo absurdo de la situación, él decidió dar por zanjado el tema y, sabedor del daño que aquellas palabras le iban a hacer, declaró:

—Keira..., eres muy buena en la cama, y ahora, si no quieres nada más, por favor, márchate de mi casa.

Tras la maravillosa tarde que habían pasado, a Lola le dolió oír la frialdad y la dureza de su comentario y, conteniendo las lágrimas, dio media vuelta, abrió la puerta y se marchó. Salió a toda prisa de allí y, cuando el aire frío de la calle la golpeó en la cara, maldijo y murmuró para sí:

—Como llores, Lola..., no te lo perdono.

Ni una lágrima salió de sus ojos y, tras parar un taxi, le dio al conductor la dirección de su casa. Al llegar, entró en su habitación, se desnudó y se duchó. Luego se acostó e intentó dormir, pero no lo consiguió. El recuerdo de cómo aquel hombre la había besado, tocado, mirado... no la dejó dormir.

Y lo mismo le sucedió a Dennis.

Capítulo 19

La relación entre Dennis y Lola era tensa pero, como dos perfectos actores, ante Justin y el resto de los profesores se trataban de un modo cordial. Sin embargo, cuando nadie los veía, se fastidiaban todo lo que podían y más.

No volvieron a tener ningún encuentro íntimo y, si coincidían en la sala de profesores a solas, se observaban con recelo hasta que uno de los dos desaparecía de allí.

Llegaron las Navidades y el colegio cerró unos días por vacaciones, aunque antes del cierre Dennis propuso hacer una cena informal. Todos los docentes aceptaron, y el brasileño reservó en el Community, el restaurante de Rosanna, la mujer de su amigo José. Allí, después de comer, podrían celebrar una pequeña fiesta.

La noche de la cena, Justin, que estaba sentado junto a su mujer, al ver al brasileño bromear con la mujer del restaurante, murmuró:

—El profesor Alves no pierde el tiempo.

Lola miró hacia donde aquél indicaba y, sonriendo, respondió:

—Es soltero y puede hacerlo.

Justin asintió y, acercando la boca al oído de su mujer, insistió:

—Yo sí que me muero por hacérselo.

Al oírlo, Lola lo reprendió con la mirada. Aquél no era ni el sitio ni el momento para hablar de aquellas cosas y, volviéndose hacia Rose, comenzó a hablar con ella.

Los platos que sirvieron durante la cena estaban exquisitos, y cuando llegó José, el amigo de Dennis, y puso música, todos se animaron. ¡Querían pasarlo bien!

A la hora del postre, al ver el rumbo que tomaba la celebración, Colin dijo mirando a Rose, al ver que Justin se levantaba para bromear con el resto de los profesores:

—En cuanto terminemos de cenar, nos vamos.

—Papá —replicó Priscilla—. ¿Qué prisa tienes?

—Eso digo yo —insistió Rose—. ¿Qué prisa tienes, Colin?

—Y tú deberías regresar a tu casa también, Priscilla —le recriminó él sin contestar—. Si Conrad se entera de que estás bailoteando como una chiquilla con otros hombres, seguro que se molesta.

Al oír eso y ver la cara de su hermana, Lola intervino:

—Priscilla puede hacer lo que quiera, y si el idiota de Conrad se molesta, que se la machaque con dos piedras.

—¡Lola! —protestó Rose.

—¡Qué ordinariez! —gruñó su padre—. Que yo sepa, te he dado una buena educación para que...

—Sí, papá, lo sé..., para que sea una señorita comedida y bienhablada, y lo soy. Pero si me tocas la fibra, si me tocas lo que no tienes que tocarme, lo siento, pero la ordinaria que hay en mí sale, te guste a ti o no.

Horrorizado, Colin meneó la cabeza y, mirando a una desconcertada Rose, gruñó:

—Qué fracaso de hijos... ¡Qué fracaso!

—Colin, por el amor de Dios, ¡no digas eso de los chicos! —lo regañó ella.

—Sólo faltaría que alguno hubiera salido homosexual —insistió.

—¡Papá! —protestó Priscilla.

Al oír a su padre, Lola dio un trago a su copa de vino y, mirándolo, le reprochó:

—Papá, te quiero, pero cuando dices esas cosas tan desagradables, me...

—Tú —la cortó él—, un potro desbocado. Priscilla, a punto de divorciarse, y de Daryl mejor no hablar. ¿Crees que es para estar orgulloso de vosotros?

Al oír eso, Lola cerró los ojos y contó hasta veinte. Su padre, como siempre, les iba a dar la cena. Pero entonces oyó gruñir a Rose:

—Alégrate porque tus hijos te quieran y deja de preocuparte por tonterías.

Pero el director Simmons era un gran cascarrabias y, sin querer pensar en lo que su pareja le había dicho, siseó señalando a los profesores, que bebían y reían:

—Me encuentro fuera de lugar en este sitio, Rose. Quiero irme.

Cansada de oírlo, y sin poder evitarlo, Lola intervino:

—Tú siempre estás fuera de lugar, vayas a donde vayas.

Priscilla le dio una patada por debajo de la mesa a su hermana. Aquello sí que había estado fuera de lugar. Entonces, al ver cómo su padre y su hermana se miraban, comentó para suavizar el ambiente:

—Madre mía, cómo pasa el tiempo... Parece que fue ayer cuando estábamos celebrando la otra cena de Navidad.

Esta vez Lola no dijo nada. Colin tampoco. Con las miradas ya se lo habían dicho todo.

De pronto, a Lola le sonó el móvil. Un mensaje:

> Irlandesa, ¿dónde estás?

Al saber que era su abuela, la joven sonrió y rápidamente respondió:

> En una cena de Navidad con los profesores. ¿Por qué?

Una vez que hubo enviado el mensaje, levantó la mirada y se encontró con la de Dennis. El corazón le dio un vuelco, pero disimuló, sin saber que al brasileño le había sucedido lo mismo. El móvil volvió a sonar y Lola leyó:

> Necesito hablar contigo.

Rápidamente, ella tecleó:

> ¿Ocurre algo, Abu? Me preocupas.

Al cabo de unos segundos recibió su respuesta:

Tranquila. No es importante. Pero quiero verte.

Lola asintió. Si su abuela quería verla, la vería. Así que contestó:

Mañana, cuando me levante, voy a tu casa.

Dejó el móvil sobre la mesa, y entonces éste volvió a sonar, y leyó:

No. Voy yo a donde estés. Dame la dirección.

Sin dudarlo, Lola se la dio y Diana respondió:

Espérame hasta que llegue.

Sorprendida, la joven frunció el entrecejo. ¿Qué ocurría?

Pero, sin querer alarmarse antes de tiempo, continuó con el postre mientras ignoraba las miradas furtivas de Dennis y se centraba en hablar con su hermana.

Tras la cena, Bruna se puso de repente en pie y anunció:

—Amigos, como ya sabéis, en el colegio tenemos a una excelente bailarina, y no sólo de ballet clásico. Pero quiero que sepáis que el profesor Alves es también profesor de baile, y cuando bailan salsa juntos es increíble. Vamos, dejemos que nos deleiten con su arte.

Lola quería meterse debajo de la mesa. ¿Por qué Bruna tenía que soltar aquello en ese momento? Mientras tanto, Dennis sonreía y respondía a las preguntas curiosas que todos le hacían.

En cambio, Lola se negó. Lo último que le apetecía era bailar y rozarse con aquél. Pero Justin la alentó:

—Vamos, Peque, ¡anímate!

Ella miró entonces a su padre. Éste, como siempre, tenía un gesto agrio. Y, negando con la cabeza, Lola respondió:

—No. No creo que sea el lugar.

—Exacto..., no es el lugar —recalcó aquél con severidad.

Pero los profesores continuaron jaleando. Todos deseaban verlos bailar.

Dennis no se movió. Quería que ella eligiera y, al ver que no daba el paso pero que todos seguían animándola, se levantó y, mirando a Rosanna, que sonreía desde la barra, pidió:

—Rosanna, ¿bailas salsa conmigo?

La aludida se secó rápidamente las manos con un trapo limpio, salió de detrás de la barra y, dirigiéndose al equipo de música, metió un CD. Cuando comenzaron a sonar los primeros acordes de *No llores*[29] en la versión salsa de la estupenda Gloria Estefan, Dennis sonrió y, acercándose a ella, la cogió de la mano y empezó a moverse.

Los profesores, encantados, comenzaron a jalearlos, mientras Lola los miraba e intentaba sonreír. Aquella mujer bailaba muy bien, y de Dennis mejor no hablar. Estaba observándolos cuando Priscilla le cuchicheó:

—¿Por qué no bailas?

—Porque no me apetece.

Priscilla sonrió y, mirando a su hermana, preguntó:

—Lola, pasa de papá. ¿Desde cuándo no te apetece a ti bailar?

La aludida miró a su hermana y con los ojos se lo dijo todo. Entonces el brasileño se le acercó, le tendió la mano para que lo aceptara, e ignorando la mirada seria de su jefe y padre de ella, dijo:

—Esto es una fiesta. Vamos, lo estás deseando.

Al oír eso y mirarlo a los ojos, Lola no pudo decirle que no. Así pues, dejó a un lado su enfado con él, le agarró la mano y salió a bailar.

Dennis y Lola bailaron con maestría, demostrando que la sincronización que tenían entre ellos era fantástica. Se entendían con tan sólo mirarse. Sin hablarse, ambos sabían los movimientos que iban a hacer. Y Lola por fin sonrió. Encantada, movió las caderas, sacó su sensualidad, y todos los presentes los aplaudieron y se arrancaron también a bailar. La primera, su hermana Priscilla.

29. *No llores*, Burgundy Records, interpretada por Gloria Estefan. *(N. de la E.)*

Lola y Dennis continuaron con un frenético ritmo. A través de sus movimientos, sus miradas y sus sonrisas, se comunicaban. De pronto, la música amansó a aquellas dos fieras que no se habían hablado durante los últimos días, mientras todos a su alrededor bailaban. Entonces él, abrazándola para darle una vuelta entre sus brazos, le murmuró al oído:

—Eres una delicia.

Oír eso, dicho de aquella manera tan sensual, a Lola se le resecó hasta el corazón. Durante una décima de segundo, cerró los ojos dispuesta a aspirar el perfume del brasileño y, cuando éste le dio la vuelta con las manos, continuó bailando. Prefirió seguir bailando a mirarlo; si lo hacía, perdería el compás y la poca vergüenza que le quedaba.

Cuando la canción acabó, se separaron. Dennis le guiñó el ojo y, sonriendo, comenzó a bailar con Shonda en cuanto empezó a sonar una nueva canción. Lola, desconcertada, se volvió y se encontró con la mirada de su abuela, que estaba parada junto a la puerta con su inseparable pañuelo de moneditas doradas en la cabeza.

Al verla, la joven sonrió y se le acercó. La abrazó y, tras darle un cariñoso beso, dijo mientras los demás seguían bailando:

—Abu, qué alegría verte. ¿Quieres tomar algo?

Diana sonrió. Le había gustado lo que acababa de presenciar. Aquel baile y el modo en que su nieta aspiraba el perfume de aquel hombre con los ojos cerrados le hizo ver algo en ella. Y, mirando a Justin, que se acercaba para saludarla, le preguntó:

—¿No bailas con mi nieta?

Sonriendo mientras negaba con la cabeza, él contestó:

—Diana, soy un pato mareado.

La anciana asintió. Para ella era algo peor que un pato mareado, pero, cuando iba a responder, oyó la voz autoritaria de Colin, que decía:

—La que faltaba. ¿Qué hace usted aquí?

Sabedora de que aquellas palabras iban para ella, Diana miró al hombre y, al ver su gesto de desagrado, respondió mofándose de él:

—Tú, como siempre, tan sonriente. ¡El alma de la fiesta!

—Señora... —farfulló aquél.

Pero la anciana, sin importarle nada lo que él pudiera decir, y dispuesta a jorobarlo todo lo que pudiera, replicó:

—He venido a echarles las cartas a los asistentes a la cena. Como sé que te gusta tanto que lo haga, no podía perder la ocasión.

Al oír eso, Lola sonrió, mientras su padre siseaba molesto:

—No será capaz...

Diana, a la que le gustaba hacer rabiar a aquel cascarrabias, se disponía a responder, cuando Priscilla se acercó a ella y, tras besarla, exclamó:

—Abu, pero ¡qué agradable sorpresa!

La mujer sonrió y declaró dirigiéndose a sus dos nietas:

—Tengo que hablar con vosotras.

Lola y Priscilla se miraron y, disculpándose ante su padre y Justin, se alejaron de ellos junto con Diana y fueron a sentarse a una mesa aparte.

—Abu, me has dicho que no era importante. ¿Qué ocurre? —preguntó Lola.

La mujer suspiró, meneó la cabeza y soltó:

—Tu madre está en mi casa y quiere verte.

Al oír eso, Lola dejó de sonreír. La relación con su madre biológica era fría y complicada. Priscilla, sabedora de aquello, le cogió la mano en señal de apoyo. Estaba con ella.

Pero para Diana no era fácil aquella situación. María era su hija, su única hija, y la quería a pesar de lo despegada que siempre había sido con ella. Y Lola era su nieta. Su niña. La niña que la necesitó, que se dejó mimar y que ahora se desvivía por ella. Nada que ver con su madre.

Consciente de cómo podían sentirse ambas, Priscilla iba a decir algo cuando Lola, con voz grave, declaró:

—Abu, ya te dije la última vez que no quería saber nada de esa mujer.

—Esa mujer es tu madre, y mi hija, irlandesa —la reprendió la abuela.

—¿Te ha pedido dinero?

—No.

—Abu..., no me mientas.

Lola suspiró. Sabía cuánto le dolía aquella situación a la mujer que la miraba con ojos tristes e, intentando ayudarla y no ponerle las cosas difíciles, respondió:

—De acuerdo. Mañana por la mañana iré a tu casa y la veré. Pero nada más.

Diana sonrió. Con aquello le valía.

Sin soltarle la mano a su hermana, Priscilla afirmó:

—Y yo iré contigo.

Lola le apretó la mano. Adoraba a su hermana.

Las tres estaban en silencio cuando Colin, ofuscado por la presencia de aquella mujer en la cena, se acercó a ellas y gruñó:

—¿Se puede saber qué hace usted aquí? Ésta es una cena de mis docentes, y usted no tiene nada que ver con el colegio.

La mujer lo miró. Tenía sentimientos encontrados en lo que a él se refería. Le agradecía la buena vida que le había dado a Lola, pero odiaba su frialdad en ciertos momentos. Así pues, lo cogió de la mano, se la volteó y, mirándole la palma durante unos segundos, susurró:

—Mentiras. Por mal camino vas.

Al oír eso, Lola dio un paso al frente y explicó:

—La abuela ha venido a decirme que María está aquí.

Colin se envaró al oír ese nombre. Aquella mujer, con la que había seguido teniendo encuentros furtivos cada vez que aparecía por Londres, le había amargado la existencia y, sin cambiar el gesto, preguntó:

—Y ¿qué quiere?

—Verme.

Incapaz de callarse, Colin miró entonces a Diana y preguntó:

—¿Le ha pedido dinero?

Al comprender por qué le hacía aquella pregunta, ella bajó la voz y respondió:

—No.

El gesto implacable del hombre se contrajo, y siseó:

—Si su hija le pide una sola libra, ¡niéguesela! La última vez que estuvo aquí ya le di yo bastante para que nos dejara vivir.

La rotundez de sus palabras hizo que todos se callaran. María era una fuente de problemas.

Los cuatro estaban en silencio cuando Rose, la pareja de Colin, se les acercó acompañada de una de las profesoras del colegio.

—Diana, le he comentado a Catalina que echas las cartas y le gustaría que se las echaras.

—Rose, haz el favor de... —protestó Colin al oírla.

Pero aquélla, sin dejarse impresionar lo más mínimo por su tono de voz, lo cortó:

—Colin, esto es una fiesta y estamos aquí para divertirnos.

Priscilla y Lola sonrieron. En ocasiones, Rose era magnífica, y ésta era una de ellas. Al ver que sus nietas sonreían, Diana se envalentonó y, levantándose, dijo mientras abría su bolso para sacar una baraja de cartas:

—Pues no se hable más. Pero yo no trabajo gratis.

—Por supuesto —afirmó Rose mientras veía alejarse a Colin.

Lola y Priscilla se levantaron de sus asientos, y su abuela se mofó:

—Mira por dónde vuestra fiestecita me va a reportar beneficios extra.

Las chicas sonrieron, justo en el momento en el que Rose y Catalina se sentaban ante la mujer y ésta comenzaba a barajar las cartas.

Una hora después, Colin y Rose decidieron marcharse, y Justin se ofreció a acercarlos en su coche mientras la fiesta continuaba y los asistentes, animados y atraídos por saber cosas de su futuro, pasaban en fila por la mesa de Diana.

Lola, que había decidido obviar la visita que tenía que hacer al día siguiente, estaba bebiendo una copa cuando Dennis se acercó a ella y preguntó con sorna:

—¿Puedo hablarte o me vas a cortar la lengua?

—Siempre y cuando no te pases un pelo y no me recuerdes lo ocurrido, puedes hablar.

A Dennis no le gustó su frialdad, pero como no estaba dispuesto a enfadarse, respondió:

—Por mí está olvidado.

A Lola le dolió oír eso. Sin embargo, en ese instante vio que regresaba Justin, y replicó:

—Yo ni lo recuerdo.

Durante unos segundos ambos guardaron silencio, hasta que Dennis dijo:

—Pensé que regresarías y llamarías a mi puerta.

Lola lo miró y contestó con mofa:

—Ni que fueras el último hombre de la Tierra.

Dennis se molestó. Las mujeres siempre volvían a él.

—Lo pasaste bien en mi cama —murmuró—. No puedes negarlo.

Lola lo miró. Se moría por repetir otra vez, pero no dispuesta a darle el gusto, respondió:

—Lo pasé tan bien contigo como hace un par de días con otro amigo. Pero ¡qué creído te lo tienes, brasileño!

Incómodo por la guasa con que aquélla lo miraba, Dennis resopló y, cambiando de tema, preguntó:

—¿Ésa es la abuela bruja de la que me hablaste?

—No es bruja —aclaró ella.

Animado, él dio un trago a su bebida y cuchicheó:

—Pues con esos ojos que tiene y ese pañuelo de moneditas alrededor de la cabeza, lo parece.

Al oírlo, Lola no pudo evitar sonreír. Sin duda, tenía toda la razón. Acto seguido, sin querer demostrar mucho interés, le preguntó:

—¿Al final has decidido ya dónde vas a pasar las Navidades?

El brasileño asintió.

—Pasado mañana me marcho a Alemania.

Saberlo la incomodó. Estaría demasiado lejos de ella, y, como pudo, respondió:

—Recuerda, respira tranquilamente al despegar y al aterrizar y todo irá bien.

Dennis sonrió. La conexión que ambos habían sentido aquel día ya nadie podría quitársela.

—Lo recordaré —afirmó.

Lola asintió. Pero el corazón se le desbocó y, sin poder contener sus palabras, preguntó:

—¿Irás a casa de Jud, la chica que te llamó el otro día?

—Sí. Hablé con ella y pasaré la Nochevieja con su familia. El resto de los días los reservaré para ver a viejos conocidos.

—¿Alguna vieja conocida especial?

Nada más decir aquello, Lola se arrepintió, y él respondió en tono de mofa:

—Por supuesto.

A ella no le gustó su respuesta, pero, sin querer decir nada, simplemente asintió. Cuando estaba bebiendo de su cerveza, apareció ante ellos su abuela.

—Irlandesa —dijo—. ¿Quién es este hombre tan atractivo?

—Abuuuuuu... —se quejó ella al oírla.

Dennis y la mujer rieron, y entonces él, cogiéndole la mano, se la besó y respondió con galantería:

—Soy Dennis Alves, profesor en el colegio donde trabaja su nieta, señora. Imagino que le dice eso de «irlandesa» porque Lola se parece mucho a la madre de su difunto marido, que en paz descanse, la cual era irlandesa; ¿me equivoco?

Lola lo miró sorprendida. ¿Se acordaba de aquello?

Encantada de que aquél supiera algo tan íntimo de su nieta, Diana contestó:

—No te equivocas ni un poquito, Dennis. —Y, agarrándolo de la mano con total libertad, añadió—: Ven. Eres el único que no ha pasado por mi mesa.

—Abu —Lola sonrió—, a Dennis no le gustan estas cosas. Es mejor que...

—¿No crees en ellas? —preguntó Diana.

El brasileño bajó la voz y cuchicheó:

—No se lo tome a mal, señora. Pero no.

Al oír eso, Diana sonrió y, tirando de él, insistió:

—Esos ojos hechizantes no me dicen lo mismo.

Y, sin dejarlo añadir nada más, no lo soltó de la mano y siguió tirando de él.

—De acuerdo. Si hay que ir, ¡se va! —concedió Dennis.

Cuando Priscilla vio que la abuela se lo llevaba de la mano, se acercó a su hermana y preguntó:

—¿Qué hace la Abu?

Lola, alarmada, dejó la cerveza que tenía en la mano y, echando a andar tras ellos, respondió:

—No sé. Pero no me fío de ella.

En ese instante, Shonda se acercó a Priscilla y las dos se pusieron a bailar. ¡Aquello era una fiesta!

Apartados del bullicioso grupo, Dennis se sentó ante Diana, y ésta, encantada, dijo mientras barajaba las cartas:

—Es un placer conocerte, Dennis. Mi nieta no me había hablado de ti. —Dejó el mazo sobre la mesa e indicó—: Baraja cuanto quieras.

Divertido, él cogió las cartas en el momento en que Lola se aproximaba y su abuela, mirándola, señalaba:

—Siéntate y no incordies. Es la tirada de Dennis.

Asombrada por el comportamiento de la mujer, Lola se sentó y le hizo saber a su abuela lo molesta que estaba con la mirada. La anciana simplemente sonrió.

Una vez que Dennis dejó las cartas, Diana las cogió y comenzó a disponerlas boca arriba sobre la mesa mientras decía:

—Te las das de duro pero no lo eres. Añoras a tu familia y, lo creas o no, quieres formar la tuya propia para dejar de estar tan solo.

Dennis sonrió. Sin lugar a dudas, en aquello tenía razón y, divertido, cuchicheó:

—La vida te hace duro.

Diana asintió y, tras poner un par de cartas más sobre la mesa, preguntó:

—¿Cuántos sobrinos tienes?

—Ninguno.

—Pues los vas a tener. —Y, clavando sus bonitos ojos en los de aquél, que la hechizaban, cuchicheó—: Qué ojos oscuros como la noche más preciosos tienes.

Dennis sonrió de nuevo y ella prosiguió:

—Te encuentras en una encrucijada y no sabes qué rumbo tomar. Esta carta me indica que estás siguiendo un camino que no te gusta, que te desagrada. Pero esta otra me dice que no puedes dejar de hacerlo porque te atrae como un imán.

En esta ocasión, Dennis no respondió. Ni siquiera se movió cuando la anciana, poniendo otro par de cartas sobre la mesa, añadió:

—Intuyo un viaje, pero por mucho que viajes —dijo señalando una carta—, la mujer que te tiene el corazón robado te perseguirá. Y te perseguirá porque, a pesar de que eres un hombre al que no le faltan mujeres que le calienten la cama, eres de los que entregan el corazón sólo una vez, y debo decirte que tú ya lo has entregado.

—Vaya. Y yo sin enterarme —se mofó él.

—¿Has visto qué nieta más guapa tengo?

Divertido, Dennis sonrió y, cuando Lola iba a protestar, éste dijo mirándola:

—Guapa y complicada.

Eso hizo reír a Diana, que, señalando otra carta, musitó:

—Eres un hombre de recursos que sabe solucionar complicaciones.

Dennis volvió a reír, y entonces Lola murmuró:

—Abu, te...

—¿Te puedes callar, cariño? —la cortó Diana y, volviendo a mirar al brasileño, preguntó—: ¿Conduces un bicho de esos de dos ruedas? —Él asintió y, bajando la voz, la mujer cuchicheó—: Te gusta el sexo, ¿verdad, muchacho?

—Abuelaaaaaaa... —protestó incrédula Lola.

Sin poder remediarlo, Dennis soltó una risotada.

—Sí, señora —afirmó—. Me gusta mucho el sexo.

Diana cabeceó sonriendo mientras Lola, pasmada, no daba crédito a lo que aquélla estaba preguntando. Entonces, la mujer soltó de pronto:

—Veo dolor. Ándate con ojo, que te veo en el hospital.

—Pero, por el amor de Dios, abuela, ¿qué estás diciendo?

A cada segundo más divertido por las cosas que la mujer decía y las reacciones de Lola, Dennis iba a decir algo cuando Diana, dejando el resto de las cartas sobre la mesa, comentó:

—Es bonito Londres para vivir, ¿verdad?

—Sí. Maravilloso.

—¿Te gusta dar clases en el colegio en el que trabajas?

—Por supuesto —afirmó él sonriendo.

Diana suspiró y, mirándolo, agregó:

—Pues las cartas me hablan de un cambio. Ándate con ojo y no te equivoques.

La cara de Dennis era todo un poema, y Lola, al verlo, protestó:

—Abuelaaaaaaaaaaa, ¡basta ya! Creo que te estás pasando.

Recogiendo la baraja con maestría, Diana se encogió de hombros.

—No soy yo, cariño. Lo dicen las cartas.

Sin querer darle importancia a lo que aquella mujer había dicho, Dennis iba a sacarse la cartera del pantalón cuando ella declaró:

—A la tirada te invito yo por tener esos ojos tan hechizantes, pero no se lo digas a los demás.

El brasileño sonrió y, levantándose de la silla, le guiñó un ojo y murmuró, mientras le cogía la mano para besársela:

—Gracias. Ha sido todo un placer conocerla y escucharla, a pesar de las cosas que me ha dicho.

Diana sonrió a su vez y, agarrándole la mano, le examinó la palma y murmuró:

—Apasionado y protector. Serás un excelente marido y padre.

Dennis retiró la mano como si aquella mujer lo quemara y, sin mirar a Lola, se encaminó hacia donde estaban el resto de sus compañeros bailando. Una vez allí, le hizo una seña a Rosanna y ésta le llevó una cerveza. La necesitaba.

Diana se levantó, se guardó las cartas y los beneficios ganados esa noche en el bolsillo de su chaqueta y, al ver a Dennis bailar, musitó dirigiéndose a su nieta:

—Ese hombre es tu complemento.

—Abuuuu...

—Hija de mi vida. No sólo es guapo, es...

—Abu —la cortó Lola—. Te has pasado, y mucho. Pero ¿qué barbaridades le has dicho?

—Barbaridades no, irlandesa —aclaró aquélla—: realidades.

Sin separarse, las dos caminaron hacia la puerta del local, y entonces Diana miró a Dennis, que sonreía ahora entre Justin y Bruna.

—Lucha de reinonas por el trofeo —se mofó.

Lola iba a protestar cuando su abuela le puso un dedo en la boca y dijo bajando la voz:

—Nunca hemos hablado de ello, pero lo sé. Me lo dijeron las cartas el primer día que lo vi, y me lo siguen diciendo cuando echo alguna tirada y pienso en ti. Justin no es lo que tú necesitas, cariño. Es una buena persona, un buen hombre, pero tú necesitas otra cosa. Tú necesitas al hombre de los ojos hechizantes para sentirte viva y amada. Hazme caso, Lola, y despierta de una vez.

A pesar de que la joven intuía que su abuela sabía más de lo que creía, que se lo dijera así de sopetón la sorprendió mucho.

—Esa lagarta está decidida a metérselo esta noche en su cama —gruñó Diana al ver a Bruna bailar muy pegadita a Dennis antes de salir del local—. ¿Lo vas a permitir?

—Abu..., vale ya.

La anciana suspiró. Priscilla se les unió entonces. Besó a Diana, mientras Lola paraba un taxi en la calle. Antes de que la mujer entrara en el coche, le prometió:

—A las once estaré en tu casa.

—¡Estaremos! —gritó Priscilla algo achispadilla mientras entraba de nuevo en el local para seguir bailando.

Diana asintió y, antes de meterse en el taxi, le guiñó el ojo a su nieta Lola e indicó:

—Ojos Hechizantes. Es él.

La joven suspiró cuando el coche arrancó. En ese instante se abrió la puerta del restaurante y salió Justin, acompañado de Dennis y Bruna.

—¿Se ha ido ya la abuela? —le preguntó a Lola su marido.

—Sí.

—Bruna y yo nos vamos —indicó Dennis y, clavando sus inquietantes ojos en Lola, murmuró—: Que paséis una feliz Navidad. Nos vemos a la vuelta.

Petrificada, paralizada y pasmada, ella asintió.

¿Cómo que se iba?

¿Se marchaba con aquélla?

¿Por qué?

En ese instante, Justin la agarró de la cintura y, cuando iba a contestar, ella dijo, apoyando la cabeza en el hombro de su marido:

—Lo mismo digo. Que tengáis una feliz Navidad.

Dicho esto, tiró de su esposo y ambos entraron en el local. Una vez dentro, él la miró y, en el momento en que iba a hablar, a Lola le sonó el móvil. Ella se apresuró a sacarlo y dijo después de teclear algo:

—Beckett, para confirmar lo del 30. Le he dicho que sí.

Justin sonrió.

Luego siguieron con la fiesta, aunque sin duda ésta había terminado ya para Lola.

Capítulo 20

Lola no se levantó de muy buen humor.

Recordar adónde tenía que ir esa mañana, pensar en Dennis marchándose del restaurante con Bruna y las cosas que le había dicho su abuela la noche anterior la hicieron maldecir, y murmuró mirando al techo:

—Mi vida es una mierda, pero una mierda con todas las letras.

Se le revolvía el estómago al acordarse de Dennis yéndose en compañía de Bruna e imaginar dónde habían terminado la noche.

Una vez que hubo desayunado, se dirigió al salón. Allí, tras ojear varios CD, encontró el que buscaba y puso la canción *You Don't Know Me*,[30] de Michael Bublé, a toda mecha. Luego se sentó en el sofá, cerró los ojos y, dispuesta a martirizarse, lo recordó.

Pocos segundos después, Justin entró en el salón y bajó la música de golpe.

—¿Estás sorda? —inquirió.

Al ver interrumpido aquel momento tan mágico para ella, Lola suspiró y le contó lo que tenía que hacer esa mañana.

—¿Quieres que te acompañe? —preguntó él.

—No —soltó con brusquedad. Pero, al ver cómo Justin la miraba, añadió dulcificando la voz—: Priscilla quedó en acompañarme. Ya sabes lo protectora que es.

Él asintió. Conocía de primera mano el amor que las hermanas se tenían. A continuación le dio un casto beso en la mejilla y preguntó:

—Entonces comerás con ella, ¿verdad?

—Sí.

30. Véase la nota 5. *(N. de la E.)*

Justin sonrió y, antes de salir del salón, indicó:

—Te veo esta noche. Prepararé una excelente ensalada y veremos la serie «Scandal». Me muero por saber qué pasa hoy entre el presidente y Olivia Pope.

De nuevo a solas, Lola apoyó la frente sobre la mesita y se dio golpecitos. Aunque viviera en una preciosa casa y su marido fuera un tío cañón, todo era mentira. En ocasiones, la casa era peor que una celda, y de la relación inexistente con su marido, ¡mejor no hablar!

Tal y como se sentía, lo último que le apetecía era ir a ver a María. Aún recordaba su último encuentro cuatro años antes, en el que, como siempre, habían terminado discutiendo.

Y luego también estaba lo de Dennis. El brasileño se había marchado la noche anterior con Bruna y, para jorobarla más, se iba a Alemania a saber con quién y no lo vería hasta dentro de diez días. Estaba sumida en sus pensamientos cuando sonó el portero automático de su casa. Era su hermana, por lo que Lola cogió su bolso y su abrigo negro y salió.

Cuando el taxi las dejó en casa de Diana, ambas se pararon en el portal y Priscilla, al ver el gesto de su hermana, dijo:

—Lo sé. Sé que te no te apetece verla, pero hazlo por la Abu.

Lola asintió y, llamando al interfono, afirmó:

—Te aseguro que lo hago por ella.

Dos minutos después, Diana las esperaba en la puerta. Su gesto era incómodo y, cuando las chicas se acercaron, cuchicheó:

—Vuestro padre ha estado aquí y han tenido una bronca monumental.

Las dos hermanas se miraron sorprendidas. Luego Lola besó a su abuela, y ésta le soltó:

—¿Algo nuevo con el moreno?

La joven resopló al oírla y, antes de que dijera nada, Diana insistió mirando a Priscilla:

—Ojos Hechizantes es su hombre, ¡díselo!

Priscilla observó a su hermana. Su humor no era el mejor para decirle algo así, por lo que replicó:

—Abu..., dejemos eso para otro momento.

Nada más traspasar el umbral, una mujer de pelo largo, ojos claros y vestimenta hippy se levantó y, abriendo los brazos, exclamó:

—Mi niña, ¿cómo estás?

Lola caminó hasta la mesa sin acercarse a ella, dejó el bolso de mala gana sobre una silla y, mirando a la mujer, que seguía con los brazos extendidos, dijo:

—No voy a abrazarte, así que baja los brazos de una santa vez.

Priscilla y Diana se miraron en el momento en que la abuela dejaba unos vasos con hielo y naranjada ante ellas. Aquello no comenzaba bien. Durante varios minutos todas permanecieron en silencio en la sala. El aire podía cortarse con un cuchillo, hasta que María, mirando a su hija, sugirió:

—Alguna tendrá que romper el hielo.

Ofuscada y cabreada, Lola metió los dedos en el vaso de naranjada y sacó varios cubitos. Luego los tiró contra el suelo y, tras pisarlos con toda su mala leche y hacerlos añicos, siseó mirándola:

—Hielo roto. ¿Qué narices quieres?

Atónita por los modales de aquélla, María dijo:

—Así no se le habla a una madre, y antes de que...

—María —la cortó Lola—, no empecemos. ¿Cuándo te vas a convencer de que eres una extraña para mí?

—Lola, por favor,... —murmuró Diana acercándosele.

María torció el gesto y, mirando entonces a Priscilla, indicó:

—Priscilla, qué guapa estás, y qué alegría verte.

La aludida observó a aquella mujer que tanto sufrimiento le ocasionaba a su hermana cada vez que se le ocurría regresar a Londres y asintió. Pasaba de contestarle.

Diana ordenó a Lola que se sentase y las cuatro se acomodaron alrededor de la mesa. El silencio ocupó la estancia de nuevo, hasta que Lola no pudo más y gruñó:

—¿Por qué? ¿Por qué te gusta martirizarme cada cierto tiempo? ¿Acaso es necesario hacer este numerito cada vez que vienes a visitar a tu madre a Londres? Y, por cierto, como me entere de que le sigues sacando dinero a mi abuela o a mi padre, te juro que lo vas a lamentar.

María se rascó la oreja.

—Tienes el endiablado carácter de tu padre.

El silencio volvió a llenar el salón, hasta que María preguntó:

—¿Qué tal está Elora?

Priscilla iba a responder cuando Lola, tras rechinar los dientes, se le adelantó:

—Mamá está bien. Pero a ti no te permito que preguntes por ella.

—Lola —murmuró Priscilla. Conocía a su hermana y, cuando rechinaba los dientes, la cosa podía acabar muy mal.

Pero María asintió sin inmutarse.

—Le he preguntado a vuestro padre por ella y se ha puesto hecho un basilisco. Con lo insufrible que es, al final hemos terminado discutiendo como siempre y...

Lola resopló, mientras aquélla hablaba y hablaba. No le interesaba nada de lo que pudiera contar. En sus treinta y dos años, la habría visto unas diez veces en su vida y, poniéndose en pie cuando su paciencia le hizo saber que no podía más, dijo:

—Muy bien. Ya me has visto, así que, adiós. —Y, mirando a su abuela, indicó dándole dos besos—: Abu, nos vamos. Te quiero.

Diana se levantó rápidamente de la silla. Iba a decir algo, pero Priscilla, que conocía muy bien a su hermana, tras darle un cariñoso beso a la mujer, murmuró:

—Abu, no la fuerces o será peor.

Diana asintió sabiendo que aquélla tenía razón, así que dio un beso a sus nietas y, tras acompañarlas a la puerta, dijo:

—Os quiero, tesoros.

Cuando cerró, resopló y volvió al salón. Allí, miró a María, que continuaba sentada, y siseó:

—No te entiendo, hija, no te entiendo.

La mujer suspiró. No le hacía daño nada de lo que Lola hiciera y, mirando a su madre, dijo con una frialdad que a Diana le dolió:

—Mamá, convéncete de que esa irlandesa y yo no tenemos nada que ver.

La anciana se mordió la lengua. La indiferencia con que hablaba de su nieta le hizo ver que aquello nunca se solucionaría. Sin lugar a dudas, Lola llevaba toda la razón y aquel asunto debía acabar ya.

En la calle, Lola caminaba tremendamente rápido. Estaba colérica. Enfadada. Su mundo era un desastre; su vida, una mierda. Y, parándose de pronto, miró a Priscilla, que intentaba seguirle el paso, y con rabia en los ojos exclamó:

—¿Por qué? ¿Por qué le ha tenido que pasar a mamá lo que le ha pasado? ¿Por qué nos ha tenido que olvidar y por qué esa mujer no me olvida? Se empeña en venir cada cierto tiempo y recordarme que ella me parió, que ella es mi madre, cuando yo no lo siento así porque sólo veo en ella a una extraña que nunca me ha querido ni se ha preocupado por mí... ¿Por qué?...

Priscilla, afligida por ver así a su hermana, murmuró:

—Llora si lo necesitas, Lola.

—Ni hablar. Por esa mujer yo no suelto una lágrima.

Priscilla la abrazó con fuerza mientras los viandantes pasaban por su lado y las observaban curiosos, hasta que sintió que Lola se tranquilizaba y, mirándola, dijo:

—Lo de los hielos me ha impresionado. ¡Qué bueno! ¿Quién te lo enseñó?

Lola sonrió y, encogiéndose de hombros, respondió:

—Toni. Un amigo que no conoces.

Su hermana asintió. Sabía cuánto sufría cada vez que aparecía aquella mujer.

—Sabes que te quiero, ¿verdad? —preguntó.

—Sí.

E, intentando sonreír, cuchicheó:

—Pues, como dice la canción que tanto le gusta a mamá, siempre estaré contigo.

Lola sonrió y, cuando iba a decir algo, Priscilla continuó:

—Lola, escucha...

—Si vas a decir algo de esa maldita mujer o de Dennis, por Dios, no lo hagas.

Su hermana asintió y, cogiéndola de la mano, la animó:

—Venga, vayamos a comer.

Caminaron de la mano por varias calles, hasta llegar a un

restaurante italiano que les gustaba mucho. Una vez que se sentaron en un lateral del salón, donde nadie podía molestarlas, y pidieron unas pizzas y unos refrescos, Lola miró a su hermana.

—Lo siento. Siento haberme dejado llevar por mi mala leche.

—Wooo... —se mofó Priscilla—. Cuando te he oído rechinar los dientes, me he echado a temblar. Te conozco y sé que, si lo haces, la cosa no acaba bien.

Lola asintió y dejó caer los hombros.

—Mi vida últimamente es una mierda —susurró.

—Ah, no... —replicó Priscilla sin inmutarse—. La que tiene una vida de mierda soy yo. No me quites el puesto de honor.

Lola sonrió al oír eso, y entonces su hermana, dando un trago a su refresco, musitó:

—Soy toda oídos para escuchar tu vida de mierda. Puedes empezar.

Deseosa de hablar con alguien de lo que le estaba pasando con Dennis, Lola se sinceró con ella. Le contó los celos que sentía al ver que aquél le hablaba de otras, se marchaba a Múnich o se acostaba con Bruna.

Priscilla la escuchó con tranquilidad y, cuando acabó, le soltó:

—Creo que te has enamorado.

—Noooooooooooo.

—Lola..., te casaste con Justin siendo una niña.

—Pero yo a Justin lo quiero.

—Lo sé. Pero una cosa es tenerle cariño y, otra muy diferente, estar enamorada. Y tú te has enamorado de Dennis.

Confundida por unos sentimientos que nunca había experimentado, Lola iba a hablar cuando Priscilla prosiguió:

—Lola..., no sabes lo que es el amor. No has conocido a tipos que pudieran introducir algo de romanticismo en tu vida. Sí, vale..., sí, lo sé. Te acuestas con hombres cada vez que se te antoja sin remordimientos porque es el trato que tú y Justin tenéis, pero ellos no te dan ese romanticismo porque la primera que no lo permites eres tú. Y, ¿sabes?, no contabas con que llegara un hombre que no sólo se acostara contigo, sino que además te acelerara el corazón, te hiciera sentir hipopótamos flotando en el estómago y te dejara trastocada.

—¡Ay, Priscilla!

—Cariño, soy tu hermana mayor y, hasta el momento, los hombres con los que has estado han sido rollos de una sola noche, algo que Dennis no está siendo. Y no lo está siendo porque ese hombre te gusta, te atrae y quieres saber más de él. Sin embargo, la cuestión ahora es: ¿él quiere saber más de ti?

Su hermana suspiró y respondió con seguridad:

—Creo que sí, pero estoy casada y...

—Por el amor de Dios, Lola, como dice la Abu: ¡despierta! Despierta antes de que seas un vejestorio de cien años y vive la vida de una santa vez. Que vas a cumplir treinta y tres, cariño, y te queda mucho por vivir.

—Habló la que no puede decidirse entre depilación brasileña, americana o francesa...

Priscilla sonrió al oír eso.

—Últimamente me decanto más por la francesa. Creo que es más elegante.

Lola, que no tenía ganas de reír, murmuró:

—No puedo hacerle eso a Justin.

Su hermana suspiró. El sentimiento de culpa de Lola era tremendo, y respondió:

—Si Justin te quiere de verdad, lo entenderá. Y, aunque en un principio quizá se enfade, a la larga agradecerá que uno de los dos termine con esta maldita mentira que no os permite a ninguno ser las personas que debéis ser. Deja de pensar en Justin y en lo que él quiere. Por Dios, ¡que casi tiene cincuenta años!

—Pero si me separo de él, su mundo se jorobará. Todo por lo que Justin ha trabajado estos años se irá al garete, porque papá lo destruirá. Ya sabes lo anticuado que es para ciertas cosas, y nunca permitirá que un homosexual trabaje en su querido colegio, y menos que sea el director.

Priscilla asintió. Sabía que eso podía pasar y, mirando a su hermana, afirmó:

—Lola, Justin es un hombre hecho y derecho y tiene que asumir su vida. Porque te voy a decir una cosa: ¿alguna vez has pensado que podría querer ser yo la directora del Saint Thomas? Al fin y al cabo, soy la primogénita de papá.

—¿Quieres serlo?

—Papá antes se corta las venas. Soy una mujer. ¿Cómo va a pensar él en mí? —Pero, mirándola, añadió—: Si lo fuera, muchas cosas arcaicas se iban a acabar.

Lola asintió. Luego volvió a pensar en su problema y dijo:

—Me siento fatal. Fatal.

—Vamos a ver, cariño —insistió Priscilla—. Primero te coartó papá, ahora te coarta Justin... ¿Cuándo vas a hacer lo que realmente quieres tú? Joder, Lola..., equivócate, haz locuras, enamórate de Dennis si es el caso, pero hazlo, ¡siéntete viva! Porque, si no lo haces, algún día te arrepentirás de haber dejado pasar la vida.

Ella cerró los ojos.

Llevaba doce años casada con Justin y su vida era dar clases, leer libros, acostarse de vez en cuando con algún desconocido, regresar a su bonita casa y ver la tele en su confortable salón mientras compartía con Justin un bol de palomitas, cuando lo que más le apetecía era conocer a Dennis, hacer locuras y ver lo que podía o no podía pasar con él.

Sin duda, su vida era una mierda. Y, como había dicho nada más despertarse esa mañana, una mierda con todas las letras.

Capítulo 21

A la mañana siguiente, intranquila por su abuela, Lola la llamó por teléfono, pero ella no lo cogió. Recordar cómo la había mirado cuando discutía con María le rompía el corazón. Su abuela no se merecía aquello.

Una hora después la volvió a llamar y, de nuevo, el teléfono sonó y sonó hasta que, cansada, Lola colgó.

¿Dónde estaba la Abu?

Inquieta por saber si María, aquella horrible mujer, continuaba en casa de Diana, Lola decidió acercarse. No se fiaba, y quería demasiado a su abuela como para permitir que su madre biológica continuara aprovechándose de ella.

En cuanto llegó al portal, llamó al portero automático. Aguardó, nadie contestó, sacó las llaves de la casa que llevaba en su bolso y abrió. La esperaría como otras veces sentada en el salón.

Con tranquilidad, accedió al rellano, abrió la puerta de la casa y, al entrar en el salón y encontrarse con lo que se encontró, gritó dándose la vuelta:

—¡Joderrrrrrrrr, pero ¿qué hacéis?!

María y Colin se incorporaron con rapidez al verse sorprendidos.

—Pues practicamos libremente el amor —respondió María—. ¿Qué pasa?

Lola maldijo. Si le contestaba a aquella mujer, sus palabras no iban a ser ni correctas ni bonitas y, sin mirarlos, siseó:

—Haced el favor de vestiros, ¡ya!

Avergonzado por lo que su hija había visto, Colin se apresuró a ponerse los calzoncillos, los pantalones y la camisa, mientras María se limitaba a ponerse las bragas, se encendía un cigarrillo y se sentaba en el sofá a observarlos.

Una vez que Colin acabó, se acercó a su hija.

—Lola...

Furiosa, ella lo miró rechinando los dientes.

—Como se te ocurra volver a hablarme de moralidad y decencia, la vamos a tener, papá.

Colin no respondió.

Luego Lola se dio la vuelta y, al ver a aquella mujer repanchigada en el sofá sólo con las bragas puestas, gritó:

—¡Y ¿tú no puedes vestirte?!

María dio una calada a su cigarrillo y respondió con tranquilidad:

—Como dijo William Blake, la desnudez de la mujer es la obra de Dios.

Lola resopló. No la soportaba. Y, evitando mirar a su padre, que continuaba a su lado con cara de circunstancias, escupió mientras se dirigía a María:

—Quiero que te vayas de casa de mi abuela ¡ya!

La mujer sonrió y contestó con cierta dejadez:

—Estoy en casa de mi madre. ¿Por qué habría de irme?

Angustiada e incómoda, Lola no supo qué decir. Efectivamente, aquélla era la casa de su madre. Y, mortificada, antes de dar media vuelta, le soltó:

—Eres mala. Siempre lo has sido y siempre lo serás, y yo a las malas personas las quiero lejos de mí y de la gente que me importa.

Y, sin más, salió de la casa de Diana hecha una furia y bajó los escalones de dos en dos. Al llegar a la calle, sin embargo, unas manos la sujetaron y, al volverse, Lola se encontró con su padre.

—Y tú... tú... eres...

Colin abrazó a su hija. Sabía cuánto daño podía haberle causado haberlo visto en aquella tesitura con aquella mujer. Pero Lola, dándole un empujón, lo separó de ella y siseó:

—No lo entiendo, papá. Esa mujer te abandonó, me abandonó, destrozó la vida de mamá, la de la abuela, tu vida... y ¿sigues acostándote con ella?

—Lola..., yo...

Desesperada, ella no se movió.

—Esa mujer es dañina. ¿Cuándo te vas a dar cuenta? ¿Cuándo vas a comprender que sólo aparece cuando se ha quedado sin dinero y, si no te lo saca a ti, se lo saca a la abuela?

Colin asintió. Sabía que su hija estaba en lo cierto, pero María le podía. Siempre le había podido, desde el día que la conoció, por lo que respondió:

—Sé que tienes razón, hija, pero cuando María me mira, yo...

—Papá, pero ¿no te das cuenta de que le estás haciendo a Rose lo mismo que le hiciste a mamá, con la misma persona? ¿O acaso Rose sabe lo tuyo con ella? —Colin negó con la cabeza, y Lola exclamó—: ¡Genial, papá! Genial. Sin duda lo tuyo es engañar y decepcionar a las personas que te quieren, pero esta vez no lo harás. Esta vez no lo voy a permitir. Rose es una buena mujer y...

—Te lo ruego —la cortó él—. Te suplico que no le digas nada a Rose.

—La estás engañando con otra mujer, ¡con María! Con la mujer que tanto daño le hacía a mi madre cada vez que aparecía porque tú corrías a sus brazos como un imbécil. ¿Cómo quieres que no se lo cuente a Rose?

Desesperado, Colin se mesó su canoso pelo y rápidamente respondió:

—Te prometo que no volveré a ver a María.

—No te creo.

Mortificado, él cerró los ojos e insistió:

—Créeme. Te lo prometo, hija. Esto no volverá a suceder. Hablaré con María. Confía en mí.

Deseosa de creer lo que él decía, tras mirarlo unos segundos, Lola asintió.

—De acuerdo. Confío en ti y espero que no me decepciones.

A continuación, iba a dar media vuelta para marcharse cuando vio a su abuela aparecer al fondo de la calle y enseguida dijo:

—La Abu viene. La interceptaré y haré que me acompañe a comprar algo. Tienes media hora para despedirte de esa mujer. Y, si es posible, te rogaría que la sacaras de la casa de mi abuela como sea. Quiero que se vaya.

Colin asintió. Sabía muy bien lo que tenía que hacer para que aquélla desapareciera.

—Así será —respondió dándose la vuelta.

En cuanto sintió que su padre se alejaba y entraba de nuevo en el portal, Lola cogió aire y, esbozando su mejor sonrisa, comenzó a caminar con brío hacia la mujer, que aún no la había visto, hasta que sus ojos conectaron y Lola exclamó sonriente:

—Abu, ¡venía a verte!

Encantada de ver a su nieta, Diana la miró a los ojos y preguntó:

—¿Estás bien, mi vida?

—¡Claro que sí!

—Pues tu cara no me dice eso.

Ella sonrió. Su abuela la conocía muy bien.

—Que sí, Abu, que estoy bien.

La mujer cabeceó. Sabía cuánto sufría Lola cada vez que su hija aparecía, por lo que insistió:

—Siento mucho lo que ocurrió ayer, tesoro, pero ella es mi hija y la quiero.

Necesitada de darle un abrazo a aquella mujer, a la que adoraba, Lola la abrazó y, con todo el mimo y el amor que pudo, respondió:

—No te preocupes. Te entiendo, Abu. Sólo espero que tú me entiendas a mí.

—Eso nunca lo dudes, tesoro. Claro que te entiendo.

Tras unos segundos abrazadas, cuando Lola la soltó, Diana preguntó:

—¿Qué haces por aquí a estas horas?

Rápidamente Lola buscó una respuesta y, al ver una tienda, dijo:

—Tengo que comprar unas toallas. Las mías ya están viejas y gastadas, y recuerdo que me dijiste que conocías una tienda aquí, en tu barrio, muy buena.

Diana sonrió y, agarrando a su nieta del brazo, afirmó:

—Vamos. Mi amiga Vanesa tiene las mejores toallas de todo Londres.

Encantada, Lola se dejó guiar por su abuela, sin parar de pensar en su padre y en aquella mujer. Sólo esperaba que, cuando regresaran, no estuvieran.

Compró dos juegos de toallas en color gris. Eran muy bonitas, y Diana se empeñó en regalarle uno de ellos. Al final, Lola accedió. Su abuela era tan cabezota como ella.

Distendidas, regresaron a la casa de Diana y, al entrar en el salón, Lola comprobó que no había nadie. Suspiró, y Diana, cogiendo una nota que había sobre la mesa, la leyó e indicó:

—María se ha marchado. —Luego, moviéndose con rapidez, entró en su habitación, salió de ella con una cajita metálica en las manos y murmuró—: Y se ha llevado mis ahorros.

Lola corrió a abrazarla y, al ver a su abuela llorar, y no precisamente por el dinero, murmuró:

—Tranquila, Abu... No la necesitas. Me tienes a mí y yo me ocuparé de ti..., yo me ocuparé de ti.

Diana asintió. Lo sabía, y sobraban las palabras.

Capítulo 22

Múnich estaba precioso en Navidad.

Dennis sonreía mientras caminaba por aquellas calles conocidas. Durante los años que había pasado allí se había amoldado muy bien a su estilo de vida y a sus costumbres. Algo que todavía estaba por ver en Londres.

Cuando llegó a la ciudad, a la primera persona que llamó fue a su amiga Judith. Quería decirle que estaba allí y, aunque ella lo invitó a alojarse en su casa, él rechazó su ofrecimiento, pues prefería quedarse en casa de su amigo Manuel.

Encantado de estar en aquella mágica ciudad, el brasileño se acercó al antiguo colegio donde había trabajado. Pasando junto a las solitarias aulas, pues los alumnos estaban de vacaciones, se dirigió hacia la sala de profesores y, al abrir, sus antiguos compañeros se levantaron encantados a saludarlo. Cuando acabó, el director lo hizo entrar en su despacho. Al parecer, el nuevo profesor de matemáticas era un desastre y, sin dudarlo, le propuso a Dennis que regresara. Sin embargo, éste rechazó la oferta con una sonrisa. Le gustaba donde estaba. Aun así, el director del colegio le dijo que a final de curso volvería a hablar con él.

Al día siguiente Dennis fue a ver a sus antiguos compañeros de la escuela de baile, cenó con ellos y pasó una increíble velada bailando en un local llamado Guantanamera.

En Nochebuena acudió con Manuel a un local.

Como siempre, las mujeres le hacían ojitos, pero, a diferencia de otras veces, el brasileño decidió regresar solo a casa de Manuel, mientras éste se marchaba a pasar la noche con una preciosa morena.

Durante esos días, Dennis comió y cenó con todos los amigos que tenía en Múnich, que eran muchos, pero Nochevieja la reservó para cenar con los Zimmerman y los Hoffmann en casa de los primeros.

Aquella noche, al llegar a la casa de Eric y de Judith ataviado con un traje gris, cuando ella abrió la puerta junto a Simona, exclamó:

—¡Pero qué guapo que viene el profesor Alves!

—Guapísimo —afirmó la mujer.

Dennis sonrió y, besándolas con cariño, cuchicheó:

—Vosotras sí que estáis guapas.

Simona, la mujer que era como una madre para Judith y que, desde que había llegado a Múnich, siempre había estado a su lado, se sonrojó y, cogiendo el abrigo de aquél, repuso:

—Tan galante y caballeroso como siempre.

Eric, que en ese momento caminaba hacia la puerta con su pequeño hijo Paul en brazos, se cruzó con una sonriente Simona y, mirando a Dennis, preguntó:

—¿Acabas de piropear a mi mujer?

Judith le dio un codazo a su marido con complicidad, y Dennis, chocando la mano con aquél para después abrazarlo, respondió:

—Con lo fea que es, ¡imposible!

Dicho esto, cogió en brazos al pequeño Paul, que era todo sonrisas, y juntos caminaron hacia el salón, donde, al abrir la puerta la algarabía lo emocionó.

Allí estaban las personas que Dennis consideraba su familia, y todos lo saludaron con cariño. Incluso la familia de Judith llegada de España.

Flyn, el hijo mayor de Eric y Judith, chocó la mano con él.

—¡¿Qué pasa, profe?!

Dennis, encantado por el cambio para bien que había dado el muchacho, se sentó a su lado y, tras coger una copa que le entregó Raquel, la hermana de Jud, preguntó:

—Cuéntame, ¿qué tal llevas el curso?

Durante un buen rato hablaron del colegio, de los amigos, de las notas, y el brasileño rápidamente supo que la biología se le había atragantado ese año, y rio cuando Luz, la sobrina de Judith, se metió con él porque ella había sacado un ocho en biología y aquél un tres.

Como siempre, la cena organizada por Judith fue un exitazo. Y Dennis, sentado al lado del padre de ella, se puso morado a comer jamoncito. Eso sí, como decía aquel hombre, ¡jamoncito del bueno!

En un momento dado, cuando se levantó con Judith para llevar más platos de la cocina, Lola pasó por su mente y se la imaginó allí, en medio de todo aquel bullicio, y el brasileño sonrió. Con su carisma, estaba seguro de que encajaría a la perfección en aquel ambiente. Estaba pensando en ella cuando Jud le soltó, mientras le ponía un langostino delante:

—Te pelo el langostino si me dices lo que piensas.

Dennis miró lo que tenía ante él y sonrió:

—¡Trato hecho!

Judith comenzó a pelar el langostino con maestría y, cuando acabó y él fue a cogerlo, ella lo retiró e indicó:

—Ahora te toca a ti decirme lo que piensas.

Dennis se rascó la frente y, consciente de que estaban solos en la cocina, murmuró:

—Volví a ver a la chica del avión.

Al oír eso, Judith abrió la boca.

—¿A la pelirroja?

—Sí.

Ella apoyó la cadera en la encimera y murmuró:

—Pero, cuéntame, ¿cómo no me lo habías dicho?

Dennis sonrió y, en cuatro pinceladas, se lo contó todo. En cuanto terminó, vio el langostino en la boca de Judith y protestó:

—¿No era para mí?

Judith se lo tragó y, cogiendo otro de otra bandeja, comenzó a pelarlo mientras decía:

—¡¿Casada?!

—Sí.

—¿Has dicho *casada*?

—Sí —repitió él—. He dicho *casada*.

—Joder...

En ese momento, Björn entró en la cocina con una botella vacía y, mirando a Judith, cuchicheó:

—Señora Zimmerman, le voy a lavar la boca con un estropajo si la vuelvo a oír decir otra palabrota.

Los tres rieron, y a continuación Judith, con el permiso de Dennis, le relató lo ocurrido a Björn.

—¿Has dicho *casada*? —preguntó él mirando al brasileño.

—Sí.

—Joder —murmuró aquél.

Jud sonrió al oírlo, y afirmó:

—¿Ahora entiendes mi «joder»?

Eric y Mel entraron también en la cocina con varias bandejas vacías, y el alemán, mirando a su mujer, le reprochó:

—Pequeña, ¿a qué viene ese «joder»?

Esta vez fue Björn quien contó la historia, y cuando Eric y Mel miraron a Dennis, éste pidió:

—Por favor, no digáis «joder»... Decid otra cosa.

—¡La hostia! —murmuró Mel, mientras su marido Björn la miraba y cuchicheaba:

—Cariño..., esa boquita.

Eric, que hasta el momento había sido el único que no se había pronunciado, dijo sin apartar los ojos de Dennis:

—Si está casada, no deberías seguir viéndola. El hecho de que esté casada y sea la hija del director del colegio sólo te va a traer problemas.

—Lo sé... —afirmó él—. Pero me atrae tanto que soy incapaz de alejarme de ella.

Mel y Judith se miraron. Estaba más que claro que aquello no iba a terminar bien. Al ver cómo sus amigos lo miraban, Dennis afirmó:

—Que sí, que lo sé. Que no he de hacer a otros lo que no quiero que me hagan a mí.

—¡Exacto! —afirmó Judith—. Pero ¿cómo te has permitido entrar en ese juego?

—Lo prohibido se vuelve tentador —murmuró Björn.

Todos lo miraron al oírlo decir eso, y Mel, que estaba a su lado, clavó los ojos en él y replicó:

—Lo prohibido es prohibido, ¡sin más!

Björn sonrió y, abrazando a su mujer, susurró:

—Oye, preciosa, para mí no hay nada más tentador y prohibido que tú.

Ella sonrió y besó a su marido.

—007, esta noche te voy a dar yo a ti prohibido —murmuró mientras le tocaba su duro trasero.

—Por favor..., idos a un hotel —sugirió Eric divertido.

Björn, que era un bromista, una vez que se separó de la mujer que adoraba, miró a Dennis y preguntó:

—A ver, profesor Alves. Recuerdo que una vez me dijiste algo en lo referente al sexo matemático para los hombres que me hizo mucha gracia... ¿Cómo era?

Dennis sonrió.

—Para un hombre, el sexo matemático es sumar las ganas, restar la ropa, dividir las piernas, introducir el elemento al máximo exponente y rezar para no multiplicarse.

Eric y Björn soltaron una carcajada mientras Mel y Jud se miraban.

—Pues yo conozco otra frase que dice que el sexo para una mujer es la ecuación matemática perfecta —replicó Judith—, porque eleva el miembro, lo encierra entre paréntesis, le extrae a su gusto el factor común y después, sin ninguna pena, lo reduce a su mínima potencia.

Cuando acabó, mientras los tres hombres la miraban, Mel y ella rieron y chocaron las manos.

La puerta de la cocina se abrió entonces y Raquel, la hermana de Jud, protestó poniendo los brazos en jarras:

—Pero, cuchufletos, ¿la cena se ha trasladado a la cocina?

Mel cogió una bandeja de asado y Björn otra y, empujando a Raquel para sacarla de la cocina, indicaron:

—Vamos..., regresemos al salón.

Eric y Jud se quedaron a solas con el brasileño.

—Mira, Dennis —dijo entonces Judith—, te quiero un montón porque eres mi amigo, pero una mujer casada es pisar terreno prohibido y sólo puede traerte problemas, y más cuando el marido es ajeno a lo que está ocurriendo. Haz el favor de ser juicioso como siempre lo has sido y alejarte de ella a la voz de ¡ya! Luego hablamos.

Dicho esto, salió de la cocina con una bandeja de patatas asadas, y Eric cuchicheó divertido:

—Woooo..., la conozco y sé que la morenita te martirizará hasta que la olvides.

Dennis sonrió y, meneando la cabeza, respondió:

—Imagino que se me pasará. Pero estoy sorprendido porque pienso en ella más de lo que debería, y no sé por qué.

Eric resopló al oír eso. Sin duda su buen amigo Dennis se estaba metiendo en un buen jaleo y, tras poner una bandeja de verduras en sus manos, él cogió otra y dijo:

—Si piensas en ella más que en ti, siento decirte que estás metido en un buen lío llamado *sentimientos*. Y los sentimientos son algo muy bonito de disfrutar cuando son correspondidos, pero muy complicados de gestionar cuando las cosas no son como deberían. Mi consejo, amigo, es que cortes por lo sano antes de que la cosa vaya a más.

Dennis asintió.

Sin lugar a dudas, Eric y el resto tenían razón.

¿Qué hacía pensando en una mujer que estaba casada con otro?

Capítulo 23

Las Navidades en Londres no eran nada del otro mundo para Lola.

Los padres de Justin habían muerto, por lo que no tenía que visitar a nadie de su familia.

Durante las fiestas, Justin y ella salían de compras. Les encantaba comprar regalos para los familiares, pero cada vez que pasaban por un escaparate donde había juguetes y Lola veía niños, se los quedaba mirando ensimismada. Adoraba a los niños, le encantaban, pero sabía que en su matrimonio y en su día a día no entraba ningún pequeñín. A Justin le daban alergia.

Daryl, el hermano pequeño de las Simmons, pasó unos días con su familia en Londres. Estar con sus hermanas era maravilloso, aunque no podía decir lo mismo de su padre. Su relación con él era fría y distante, y Daryl simplemente la aceptaba. Estaba cansado de discutir con él por haber decidido ser piloto de aviación antes que profesor de economía.

Como era de esperar, durante la Navidad los tres hermanos visitaron a Elora y a Diana. Con la abuela pasaron varias tardes maravillosas plagadas de risas y bromas. Nadie mejor que ella para levantarles el ánimo. Pero cuando iban a ver a Elora, y más en aquellas fiestas señaladas, la tristeza les invadía el corazón, a pesar de que intentaban sonreír para no alterarla.

Aquellos días, los trabajadores de la residencia intentaban vivir la Navidad, y Aidan puso muérdago sobre las puertas con el consentimiento de sus compañeros, algo que les provocaba risas cuando algunos coincidían bajo él y tenían que besarse.

Una de aquellas tardes, Aidan observaba a Elora con sus hijos. Era una pena que aquella mujer no pudiera saber el cariño con el que aquéllos la trataban y, al ver sonreír a Priscilla mientras se alejaba, sin poder evitarlo él también sonrió.

Le encantaba aquella bonita mujer de pelo claro y, tras haber escuchado en alguna ocasión a las hermanas hablar de lo que ocurría en su vida, no podía entender cómo el imbécil de su marido la dejaba escapar.

—Aidan —dijo Lola acercándosele—. ¿Dónde puedo conseguir más limonada?

Volviendo en sí, él la miró y, al ver a la chica con la jarra vacía en las manos, la cogió y dijo:

—Yo traeré más.

Confundido, caminó hasta las cocinas. Allí se hizo con una nueva jarra de limonada y se la llevó a Lola, que la cogió encantada.

De nuevo Aidan se alejó, no quería interferir en un momento tan íntimo entre aquéllos y, apoyándose en una puerta, sacó su móvil y comenzó a teclear.

Estaba ensimismado mirando la pantalla cuando oyó que alguien decía junto a él:

—¿Tú cazas Pokémon?

Al comprobar que se trataba de Priscilla, sonrió y afirmó bajando la voz:

—Soy un experto cazador de Pokémon.

Ella sonrió. En el colegio, oía a los alumnos hablar de aquello que estaba volviendo loca a media humanidad y, divertida por su contestación, cuchicheó:

—No sé qué gracia le veis a esto. El otro día oí en las noticias que dos chicos se cayeron por un barranco por ir mirando el móvil mientras intentaban cazar un bicho de ésos.

Aidan sonrió.

—¡Yo no llego a tanto! —Y, sin querer seguir hablando de Pokémon, preguntó—: ¿Qué tal se presentan las Navidades?

Priscilla lo miró. Aquellas fiestas seguramente serían una mierda, pero respondió:

—Bien, aunque diferentes.

En silencio, ambos asintieron, y luego él dijo:

—Siempre que lo diferente sea bueno, quizá no esté tan mal.

Priscilla resopló.

—Lo diferente, en mi caso, es complicado.

—No pareces una mujer que se asuste con facilidad.

Aquello a Priscilla la hizo sonreír y, encogiéndose de hombros, respondió:

—Aunque no lo creas, en ocasiones las apariencias engañan.

Sin poder decirle lo que realmente pensaba, Aidan asintió. Sentir los ojos de ella sobre él era una de las mejores cosas que le habían pasado en los últimos días y, al mirar hacia arriba y ver el muérdago encima de ellos, murmuró incapaz de callar:

—Tengo que besarte.

—¡¿Qué?! —preguntó ella sorprendida.

Aidan señaló hacia arriba y sonriendo explicó:

—Mi abuela siempre me dijo que, si algún día coincidía bajo el muérdago con una preciosa mujer, debía besarla.

Al oír eso, Priscilla sonrió.

—Vaya con tu abuela.

Ambos rieron, y entonces Daryl, que los observaba desde donde estaba, al intuir de lo que hablaban gritó:

—¡La tradición del muérdago es la tradición, hermana, y no puedes decir que no!

Divertida por cómo sus hermanos los miraban, ella se disponía a replicar cuando oyó a Elora decir:

—Profesor O'Malley, bese a su esposa. Es la tradición.

Al ver cómo su madre los observaba y sonreía mientras Lola asentía, Priscilla miró al joven que esperaba frente a ella y afirmó con seguridad:

—Hagámoslo.

Acelerado y nervioso, Aidan intentaba disimular lo que aquel beso significaba para él; mirándola a los ojos, le pasó la mano por la cintura y, tras acercarla a él, posó los labios con delicadeza sobre los de ella y la besó.

Priscilla olía a locura, a frescura y a sensualidad y, cuando sintió que ella abría un poco la boca, el joven no desaprovechó la oportunidad y la saboreó. Fueron apenas cinco segundos, pero sin duda fueron los cinco segundos más excitantes que había disfrutado en su vida.

Cuando sus bocas se separaron y Aidan la soltó, al sentir cómo ella lo miraba, iba a decir algo, pero Priscilla murmuró con una sonrisa:

—Gracias, profesor O'Malley.

Dicho esto, miró a sus hermanos con complicidad y se alejó de él, dejándolo totalmente descolocado.

Esa noche, tras cenar todos juntos en la casa familiar, en un momento en el que Justin hablaba con su padre y Daryl charlaba con Rose, al ver a su hermana pensativa, Lola se dirigió a ella:

—Si estás pensando en quien yo creo..., te juro que te mato.

Priscilla sonrió. Era su primera Navidad sin Conrad desde hacía más de diecisiete años.

—Es inevitable que piense en él —replicó—. Han sido muchos años juntos.

Lola asintió. Su hermana tenía razón. Pero entonces ésta le soltó:

—Caza Pokémon.

—¿Conrad caza Pokémon? —preguntó Lola sorprendida.

Priscilla sonrió y, negando con la cabeza, aclaró:

—El auxiliar de la clínica que cuida a mamá.

—¿Aidan? ¿Aidan caza Pokémon?

—Sí. Es cazador de esos bichos.

Lola sonrió. Que su hermana estuviera pensando en otro que no fuera Conrad era una buena señal. Cuando se disponía a decir algo, aquélla añadió:

—Me ha dado el beso perfecto. Y eso que no le he permitido más que rozarme los labios, pero, madre mía, qué boca tiene..., y cuando he sentido cómo me agarraba... ¡Uf, lo que me ha entrado por el cuerpo!

—Vaya con don Beso Perfecto...

Priscilla soltó una carcajada, y Daryl, al oírlas, se acercó a ellas y preguntó:

—¿De qué os reís?

Priscilla miró a su hermana y, cuando ésta iba a abrir la boca, se la tapó con la mano y gruñó:

—Si repites lo que he dicho, te mato.

A partir de ese momento, los tres hermanos comenzaron su lucha particular por saber. Se empujaban, se reían, se peleaban como cuando eran unos chiquillos, mientras Rose y Justin sonreían y Colin los miraba y suspiraba.

Capítulo 24

El día 2 de enero, por la mañana, Dennis decidió regresar a Londres; el colegio comenzaba el día 4 y necesitaba al menos un par de días para aclararse y volver a centrarse en él, en sus clases y en su vida. Sólo en su vida.

Esa noche salió con José, Rosanna y los amigos de éstos. Necesitaba disfrutar. Volver a ser el hombre independiente que siempre había sido y, mientras se divertía con una rubia, no se percató de que un par de ojos verdes lo observaban.

Lola estaba en el mismo local que él con Justin y unos amigos. Por suerte, Justin no vio al brasileño, por lo que no tuvieron que saludarlo y, a pesar del dolor que Lola sintió, lo aceptó. Sin duda, Dennis ya no quería saber más de ella.

El día 3, después de comer, cuando Dennis estaba en su casa, sonó el timbre de la puerta. Al abrir se encontró con Bibi y la novia de ésta y, sonriendo, sin necesidad de hablar, Dennis las dejó entrar y durante horas lo pasaron de vicio en la cama con dosel.

Esa tarde, Lola se acercó sola a la residencia para ver a su madre. Su hermana había quedado con Rose y Daryl se había marchado de nuevo, pues su trabajo lo reclamaba.

En la residencia, Elora estaba muy irascible aquella tarde. Protestaba por todo, e incluso le tiró un libro a la cabeza. Cuando se ponía así, la única persona que la calmaba era Aidan y, como siempre, la tranquilizó mientras Lola no se movía de su lado y le agradecía la ayuda.

Una hora después, y aconsejada por él, Lola se marchó. Allí no hacía nada, y lo mejor era convencer a Elora de que se metiera en la cama y se durmiera.

Durante una hora, la joven caminó por las calles de Londres sin rumbo fijo. No quería regresar a su casa. Allí estaba Justin con uno de sus líos, y lo que menos le apetecía era oírlos. Al pasar frente a una tienda de lencería, Lola se fijó en un conjunto rojo descarado y atrevido y, sin dudarlo, entró y se lo compró. Al salir, pensó en Dennis: seguro que aquel conjunto lo pondría a cien.

Con la bolsa en la mano prosiguió caminando por la calle mientras pensaba en aquél, pero, regañándose a sí misma, intentó alejarlo de su cabeza. Él ya había hecho su elección, y había escogido a Bruna la noche de la cena de Navidad. Pensar en eso la mosqueó. El sexo con Dennis era algo pasado porque desgraciadamente lo suyo siempre serían los fríos encuentros con Beckett los días 15 y 30 de cada mes y sus escarceos con otros hombres.

Sin embargo, cuando regresaba hacia su casa, algo en ella se rebeló. Iría a ver una última vez a Dennis, y éste no podría decirle que no.

Cuando el taxi la dejó frente a su casa, durante más de diez minutos pensó si subir o no. Era una locura hacerlo pero, tan pronto como su raciocinio se nubló, Lola abrió el portal y entró.

Al llegar frente a la puerta de aquél oyó música heavy metal y, tras suspirar por la horrorosa canción que sonaba, posó el dedo en el timbre y llamó.

Ansiosa, esperó a que él abriera la puerta y, en cuanto lo hizo, olvidándose de todo lo que había pensado, Lola lo miró y con jovialidad saludó:

—¡Feliz Año Nuevo!

Dennis parpadeó al verla.

Estaba desnudo, con una minúscula toalla azul rodeando sus caderas. Pero, recomponiéndose rápidamente de la sorpresa a causa de su visita, se apoyó en la puerta.

—¿Qué quieres?

Pasmada por su frío recibimiento, cuando ella no podía dejar de pensar en él, Lola iba a contestar, pero él, con un gesto tosco que no le gustó, preguntó:

—¿Venías a echar un polvo?

La rudeza de sus palabras le llegó al corazón y, ocultando lo que sentía por él, le respondió con la misma frialdad:

—¿Acaso puedo estar aquí por algo más?

Desconcertado por sus palabras, él se disponía a replicar cuando se oyó la voz de una mujer que decía:

—Dennis, bomboncito, regresa a la cama. Estamos ansiosas de ti.

El gesto de Lola se endureció y, dándose la vuelta, se marchó sin decir nada.

Dennis se quedó parado, hasta que su corazón le gritó y salió tras ella bajando los escalones de dos en dos.

En la calle, hacía un frío terrible y, cuando la vio al borde de la acera buscando un taxi, fue hasta ella y la agarró del brazo. Ella lo miró furiosa y gritó:

—¡Suéltame!

La gente que pasaba por su lado los observaba y sonreía. Dennis estaba desnudo, con el frío que hacía, tan sólo cubierto con una minúscula toalla azul alrededor de la cintura.

Sin importarle las miradas indiscretas, el brasileño volvió a agarrarla del brazo y, contemplándola con gesto serio, iba a decir algo cuando ésta gritó fuera de sí:

—Eres un estúpido..., un engreído..., un tío que se cree especial y que de especial no tiene nada porque...

—Dime —la cortó él—. ¿A qué has venido a mi casa?

Lola lo miró y gritó:

—¡Te fuiste con Bruna! Te marchaste a Alemania a saber Dios con quién, y ahora que vuelves te... te... ¡Eres... eres lo peor, y te odio!

Lola volvió a zafarse de él y Dennis, al entender entre líneas lo que aquélla no quería decir de viva voz, la cogió de nuevo e insistió:

—¿Me has echado de menos?

Furiosa y acalorada, Lola lo miró.

—No.

Confundido y sin saber qué creer, Dennis no la soltó, y ella, rabiosa, le quitó la toalla de un tirón en medio de la calle y siseó:

—No te tapes, hombretón, y enséñales a todas las mujeres el gran material que tienes y lo buen follador que puedes llegar a ser.

Inmovilizado y con las manos en sus partes, Dennis no daba crédito.

Pero ¿es que se había vuelto loca?

En pleno mes de enero, estaba en medio de la calle totalmente desnudo mientras ella se metía en un taxi y tiraba al suelo la toalla azul. Dennis la observó. La miró durante unos instantes y, al final, ante las risas de los viandantes, corrió hacia el portal, subió la escalera y se metió en su casa antes de pillar una pulmonía o la policía lo detuviera por escándalo público.

Capítulo 25

Al día siguiente, cuando Lola y Dennis se vieron en el colegio, la cara de enfado de ella era espectacular. A la hora de la comida éste estornudó en la mesa, y ella lo miró con cierta mofa y preguntó:

—¿Ha cogido frío, profesor Alves? —Él no contestó, y ella recomendó—: Abríguese o pasará un invierno muy malo.

Ante la mirada de todos, Dennis se sacó un kleenex del bolsillo y no dijo nada. Si lo hiciera, sería para decirle cuatro cosas bien dichas a aquella bruja irlandesa.

Así pasaron los días, en los que ni se hablaron ni se acercaron el uno al otro, a pesar de que Justin, cada vez que se encontraba con él, se sentaba a su lado para mantener largas e interesantes conversaciones.

Hablaban de política, de coches, de programas informáticos. Dennis se sentía fatal por lo deshonesto que estaba siendo con él, por haber tenido algo con su mujer, mientras que Justin forzaba aquellos encuentros y los disfrutaba ajeno a todo.

Dennis se recuperó pronto de su constipado, y una de las tardes, tras acabar en la academia de baile de dar su clase de *forró*, una de sus alumnas se acercó a él y preguntó:

—¿Das clases privadas?

El brasileño la miró. Aquella mujer, de unos cuarenta años, le estaba preguntando algo que sabía que iba con segundas, por lo que respondió:

—No.

Ella sonrió y, tras escanearlo de arriba abajo, suspiró.

—Qué pena. Estaría muy bien.

Cuando desapareció, Dennis sonrió. Sin lugar a dudas, las mujeres cada día tenían más claro lo que querían. Pero, sin más, salió de la academia y regresó a su casa.

Esa noche, mientras se preparaba algo de cena, le sonó el teléfono. Era su madre, que lo llamaba emocionada desde Brasil para decirle que su hermana mayor iba a tener un bebé. Boquiabierto, Dennis la escuchó y, cuando colgó y pensó en la abuela de Lola, sin saber por qué, sonrió.

El miércoles por la mañana, los profesores estaban de nuevo revolucionados. Al parecer, alguien había entrado en la sala y en esta ocasión se habían llevado la tableta del profesor Emerson.

Colin, el director, acudió a la sala de profesores y, tras discutir con ellos, les dejó muy claro que quien mandaba allí era él, y que lo mejor que podían hacer era no dejar cosas de valor a la vista. Todos refunfuñaron pero, como siempre, pasaron por el aro. Al director Simmons nadie le llevaba la contraria.

A media mañana, cuando Dennis estaba en la sala de profesores tomándose un café, se abrió la puerta y entró Lola. Ambos se miraron durante unos segundos y, finalmente, ella se dirigió hacia la cafetera, se preparó un café y, tras echarle leche, lo metió en el microondas para calentarlo.

Dennis la observaba en silencio. A solas, y sin que nadie lo viera, podía hacer lo que quisiera. Pero entonces ella se dio cuenta de que la estaba mirando a través de la puerta del microondas, y en tono de guerra le soltó:

—¿Me estás mirando el culo?

Sorprendido porque le hablara, Dennis se acomodó en su silla y, con la misma chulería que ella, respondió:

—Sí. No es la primera vez, y puedo asegurarte que tampoco será la última.

Boquiabierta por su contestación, Lola iba a protestar cuando él dijo:

—Ayer me llamó mi madre para decirme que voy a ser tío. Al parecer, tu abuela tenía razón.

Sin saber por qué, Lola sonrió y, relajándose, contestó:

—Enhorabuena.

Aquella sonrisa... Dennis adoraba aquella sonrisa. Y, conteniendo las ganas de levantarse y besarla, añadió:

—Al final tu abuela va a ser más bruja de lo que crees. Ella dijo que iba a ser tío y...

La puerta se abrió en ese instante y Bruna, al oír eso último, preguntó:

—¿Vas a ser tío?

Dennis asintió y ella, encantada, como si la tía fuera a ser ella, dijo sentándose junto a él:

—Pues eso lo tenemos que celebrar cuando salgamos del colegio.

Con el rabillo del ojo, el brasileño vio el gesto de enfado de Lola, y afirmó:

—No lo dudes, preciosa.

Dos segundos después, Lola salió de la sala de profesores sin decir nada. Estaba más que claro que o se iba o les retorcería el pescuezo a aquellos dos.

Esa tarde, cuando Lola terminó su clase de salsa, como siempre, se duchó, no se puso ropa interior y, tras coger un taxi, fue al hotel indicado en el mensaje y entró en la habitación.

Sobre la cama estaba la peluca verde y un conjunto de lencería gris perla.

Sin hablar, se desnudó ante la mirada de Beckett, se puso la peluca, el conjunto gris, buscó en su móvil la canción *Feel*,[31] de Robbie Williams, y se sentó en el butacón que había frente al hombre.

Durante unos minutos, ambos se contemplaron mientras escuchaban la música. Ninguno habló, hasta que Lola, abriendo las piernas para él, las acomodó en los reposabrazos del butacón y, mirando la mesita que había entre ambos, donde estaban los preservativos y algunos juguetitos, dijo dispuesta a olvidarse del mundo:

—Beckett, tu juguete soy yo.

El hombre asintió.

31. *Feel*, Chrysalis UK, interpretada por Robbie Williams. *(N. de la E.)*

El sexo con aquella mujer, a la que conocía desde hacía años, siempre era caliente. Unos días, él era su juguete, otros, lo era ella, y simplemente se dedicaban a disfrutar del momento con frialdad, sin hablar y sin confidencias.

Por ello, se colocó entre las piernas de aquélla, cogió uno de los juguetitos y, tras encenderlo, la miró a los ojos y murmuró:

—Quietecita. Sólo te moverás cuando lo diga yo.

Lola asintió y, cuando el runrún del juguete rozó su vagina provocándole una oleada de placer, se agarró a la butaca. Al verla, Beckett insistió:

—He dicho que no te muevas.

Acalorada, Lola obedeció. Sabía muy bien a qué quería jugar aquél. Entonces, lo oyó decir:

—Facilítame el camino.

Posando las manos en sus labios vaginales, Lola se los abrió, dejando el clítoris totalmente expuesto para él.

—Muy bien, Keira..., muy bien.

El aliento de aquél se paseó por su vagina abierta. Lola tembló, y más cuando él sacó la lengua, la posó sobre su clítoris y jugó con él todo el rato que quiso. En cuanto se cansó, colocó el juguetito cerca de su botón de placer y, moviéndolo en círculos, musitó:

—No te muevas. Sólo jadea..., así..., así...

Totalmente quieta, Lola cerró los ojos y, tirando de su fantasía, su cuerpo se relajó al imaginar que quien la masturbaba era Dennis y no Beckett, mientras jadeaba gustosa.

Capítulo 26

El viernes, tras la hora de la comer, mientras Dennis se tomaba un café en la sala de profesores, vio a Lola y a su hermana muy risueñas mirando algo en el móvil, y entonces oyó:

—¡Lo he cazado! He cazado un Sudowoodo.

Lola soltó una carcajada. Su hermana estaba como un cencerro.

Justin se acercó entonces a ellas y se mofó:

—Esto nunca lo imaginé de ti, Priscilla.

Divertida, la aludida asintió mirándolo.

—Daryl me enseñó y, con lo aburrida que estoy últimamente, ¡soy cazadora de Pokémon!

Con el rabillo del ojo, Lola observó que Dennis meneaba la cabeza y suspiraba. ¡Sería idiota! Por lo que, en el momento en que se levantó para salir de la sala, al pasar por su lado, movió su bolso de tal forma que le tiró el café encima. Cuando aquél, sorprendido, saltó al notar la humedad, Lola lo miró y con gesto inocente murmuró:

—Ay, qué torpe soy, ¡lo siento!

Dennis no respondió, sino que se limitó a fijarse en su camisa llena de café, y entonces aquélla insistió:

—Lo siento, profesor Alves. Lo siento mucho. —Y, mirando a Bruna, indicó con voz cándida—: Por favor, ¿podrías traer servilletas y ayudarlo a limpiarse?

Bruna no tardó ni dos segundos y, cuando Lola salió por la puerta sonriendo, Dennis le quitó las servilletas de la mano a aquélla y dijo lo más tranquilo que pudo:

—Gracias. Lo haré yo.

El resto de la tarde, Dennis se relajó. Había comenzado con sus alumnos su método para ganarse su confianza en sus clases, y disfrutó durante una hora viendo una película que quedó a medias y que prometió que terminarían de verla la semana siguiente.

Esa tarde, cuando acabaron las clases y Dennis vio salir a Justin del colegio con su suegro, pensó que aquélla era su oportunidad para cantarle las cuarenta a Lola por su mala acción. Así pues, se encaminó hacia la clase de ella y, cuando la vio sola, entró y le soltó:

—Eres una arpía de primera.

Al oírlo, ella lo miró y respondió sin inmutarse:

—Habló el machote follador. —Y, antes de que pudiera decir nada más, se acercó a él y, señalando la mancha de café, murmuró—: Hay que ver... lo sucia que tienes la camisa.

Sin poder creerse su poca vergüenza, Dennis la miró y ella, volviendo al ataque, preguntó:

—¿Estás mejor de tu constipado?

El brasileño apretó la mandíbula. Nunca una mujer había sido capaz de sacarlo de sus casillas en décimas de segundo como aquélla.

—Seré un machote follador —replicó—, pero tengo muy claro que tú no apareciste en mi puerta para venderme una enciclopedia, ¿o me equivoco?

Lola sonrió con frialdad. No iba desencaminado, y, sin cortarse, contestó:

—Buscaba un buen polvo. Por cierto, ¿hay que pedirte hora?

Molesto por la indiferencia que la pelirroja le demostraba, Dennis iba a decir algo cuando ella, con toda su mala baba, cuchicheó:

—Acostarme contigo fue divertido. Pero, tranquilo, eres como el resto de los hombres con los que me acuesto y puedo vivir sin ti.

—Ten cuidado con lo que dices —la cortó él furioso.

Al ver cómo se le hinchaba la vena del cuello, ella continuó sonriendo y, dispuesta a no darle un segundo de paz, insistió:

—Eres uno más, y...

No pudo seguir. Dennis la agarró por la cintura, la arrinconó contra la pared y la besó sin pensar en que cualquiera podría verlos. Furioso, le había cortado la palabra incapaz de escuchar que él era como los otros. Él quería ser especial. Quería ser el único para ella, y lo último que deseaba oír era lo que aquella descarada le acababa de decir.

Una vez que el beso finalizó, la miró y siseó:

—Puedo notar cómo tiemblas entre mis brazos.

Recomponiéndose como pudo de aquel beso exigente y apasionado, Lola respondió:

—Porque eres un hombre y me gustan los hombres.

Enfadado por su frialdad, Dennis siseó torciendo el gesto:

—Sientes algo por mí. ¿Cuándo lo vas a aceptar?

Ella sonrió. Vaya, sí que jugaba fuerte. Pero, ocultando bajo llave sus sentimientos, replicó:

—Lo que quiero de ti se llama *sexo*, para el resto ya tengo a mi marido.

Oír eso fue el remate. Dennis la soltó y, sin responder, dio media vuelta y se marchó. Se había acabado dejarse manejar por ella. ¡Finiquitado!

El fin de semana Dennis salió con Bibi, su novia y unos amigos a cenar y a tomar algo, y se sorprendió al ver que entraban en el Delirium, el bar *swinger* que Lola le había recomendado aquel día en el aeropuerto de Madrid. Tan sólo entrar en aquel lugar le cortó el rollo. Si la veía allí, no sabría cómo reaccionar y, tras una copa, se disculpó y se marchó. No tenía el cuerpo para juergas.

El lunes, al entrar en el colegio y posteriormente en la sala de profesores, vio a Lola sentada a la mesa, leyendo como siempre, mientras Justin charlaba con otros.

Tras su último encuentro, las cosas estaban más que claras entre ambos y, cuando ella se marchó, Priscilla preguntó sentándose junto a él:

—¿Qué tal todo?

Sorprendido, él la miró y afirmó:

—Bien.

—Loewe 7..., ¡huele fenomenal!

Dennis, al entender que se refería a su colonia, afirmó:

—Me alegra que te guste, cazadora de Pokémon.

Priscilla sonrió y cuchicheó:

—El aburrimiento y la soledad son muy malos.

El brasileño sonrió a su vez. Más tarde, cuando el resto de los profesores fueron saliendo de la sala y quedaron solos, Priscilla bajó la voz y comentó:

—Sé que mi hermana puede parecer fría e insensible, pero no es así. Lola es la persona más cariñosa y entregada que existe y, aunque no te puedo decir nada o me mataría, te voy a chivar que ciertas decisiones que toma no le están haciendo ningún bien.

Dennis, alucinado, no entendía nada.

—Disculpa, Priscilla, pero ¿a qué viene esto?

Ella sonrió y, tocándole la mano, murmuró antes de levantarse y caminar hacia la puerta:

—No tires la toalla con ella. Lola merece la pena y siente por ti algo muy especial. Pero si le cuentas que te lo he dicho, lo negaré, ¿entendido?

Dicho esto, salió de la sala, dejando a Dennis atónito y sonriente.

Esa tarde Dennis volvió a encontrarse con Lola por los pasillos; la miró y, tras recordar lo que Priscilla le había contado, decidió jugársela. Al terminar las clases, cuando vio que todos salían, caminó hasta la clase de ella, entró, cerró la puerta y le soltó:

—Quiero hablar contigo.

Sorprendida, Lola achicó los ojos.

—Sal de mi clase.

Sin moverse, él insistió:

—Dame treinta segundos. Sólo treinta segundos y luego prometo que me marcharé y no te daré más la tabarra.

Con cara de cabreo, pero tan deseosa como él de su presencia, Lola miró el reloj que había en un lateral de la clase y declaró:

—Tus treinta segundos han comenzado.

Tras soltar su bolsa en el suelo, Dennis empezó:

—Estamos haciendo algo que no debemos. Estás casada y sabes que eso siempre ha sido un hándicap para mí porque no te puedo tomar en serio por mucho que me gustes. Tienes un marido que me cae muy bien, y si a eso le sumas que eres la hija del director, ¿cómo crees que puedo sentirme?

Lola lo escuchaba mientras sentía cómo su corazón se deshacía. Sin embargo, sin mover una ceja ni apartar la vista del reloj, aquél prosiguió:

—Me gustas, me gustas mucho, y aunque no puedo dejar de pensar en ti, he de hacerlo, porque o me dices que te vas a divorciar de tu marido mañana mismo ¿o qué sentido tiene estar contigo? Odio ser tu amante. Odio tener que verte a escondidas. Odio no poder pasear contigo por la calle cogidos de la mano y con la tranquilidad de...

—Se acabaron tus treinta segundos. Sal de mi clase.

Dennis la miró. Pero ¿no lo estaba escuchando?

—Sal de mi clase —repitió ella lentamente.

—Lola...

La aludida dio un paso atrás. Lo que él le proponía era una fantasía preciosa, la mejor de sus fantasías, pero su realidad era bien distinta y, negando con la cabeza, indicó:

—Está todo dicho entre nosotros. Vete. No quiero verte más de lo que por desgracia me toca hacerlo todos los días.

Su voz, junto al modo en que lo observaba, hizo que Dennis desistiera. Como ella le había recordado, ya estaba todo dicho y, tras agacharse para recoger su mochila, sin decir nada más, salió dejando a Lola temblorosa en la clase.

Instantes después, sus alumnas entraron y, sonriendo, ella dulcificó el tono y dijo a pesar del dolor que le encogía las entrañas:

—Muy bien, señoritas. Primera posición.

Esa tarde, cuando Dennis terminó su clase de *forró*, miró a la mujer que le había entrado días antes y, acercándose a ella, preguntó bajando la voz:

—¿Sigues interesada en alguna clase privada?

Ella, encantada, asintió sin dudarlo, y él añadió:

—Te espero a la salida.

Una hora después, en casa de ella, Dennis daba una estupenda clase de sexo contra la pared que sin lugar a dudas la mujer disfrutó.

Capítulo 27

Así pasaron dos semanas.

Dos semanas en las que Dennis y Lola procuraban no encontrarse, no rozarse, no mirarse.

Durante ese tiempo, Lola, que estaba enfadada con el mundo, aparte de verse con Beckett en un hotel, al terminar sus clases de salsa se iba de copas con sus alumnos, ya todos adultos. Una de las noches, Jeremiah, un profesor de hip-hop con el que tenía muy buen rollo, la sacó a bailar salsa y, al final de la velada, su nivel de calentón era tan alto que Lola, sin dudarlo, aceptó ir a su casa.

Jeremiah vivía solo en un pequeño apartamento y, al entrar, Lola lo empujó contra el sofá y se lanzó a por él. La frustración que sentía por todo lo que estaba ocurriendo hizo que se comportara de un modo salvaje y, cuando terminó y se levantó para irse, él señaló:

—Te dejas las bragas.

Ella lo miró y, sonriendo, respondió antes de salir por la puerta:

—Considéralo un regalo.

El siguiente día de clase, Lola y Jeremiah fueron otra vez a su casa. Nada más entrar, éste, que ya había previsto que aquello pudiera volver a ocurrir, le preguntó mirándola a los ojos:

—¿Te apetece que ponga música?

—¡Perfecto!

Jeremiah miró entre varios CD y, divertido al ver uno, lo puso. Cuando comenzaron a sonar los primeros acordes de la canción *Lola*[32] cantada por Robbie Williams, que tantos recuerdos le traía a la joven, a ésta se le puso el vello de punta y, acercándose a él, cogió otro CD y, sin mirarlo, dijo:

32. Véase la nota 27. *(N. de la E.)*

—Prefiero éste.

—¿Metallica? —preguntó sorprendido Jeremiah.

Sin dejar de sonreír, ella replicó:

—Me va lo fuerte.

Encantado, él lo cambió y, cuando comenzaron a sonar los primeros y cañeros acordes de *Master of Puppets*,[33] Lola le soltó:

—Por cada prenda que te quites, yo me quitaré también una.

Con premura, Jeremiah comenzó y ella lo siguió. Cuando ambos estuvieron desnudos, él se puso un preservativo, excitado, cogió a Lola entre sus brazos y, apoyando la espalda de ella contra la pared, preguntó mientras paseaba la punta de su pene en su creciente humedad:

—¿La quieres ya?

Enloquecida y exaltada, Lola contestó:

—Sí.

Jeremiah sonrió cuando ella, agarrándole el pene con la mano, se lo colocó en el centro de su deseo y, moviendo las caderas, se clavó en él, con lo que ambos gritaron de placer.

La locura se apoderó de ellos y, en cuanto terminaron aquel primer asalto, Lola, deseosa de más, lo devoró mientras Metallica sonaba a todo meter. Frustrada, cerró los ojos e, intentando no pensar en Dennis, dejó salir a la salvaje que había en su interior, y Jeremiah aulló de placer.

Dennis, por su parte, continuó dándole clases privadas a aquella mujer. Estaba tan dolido, tan desconcertado por el cóctel de sentimientos que había en su interior, que decidió obviarlos y disfrutar del sexo como llevaba meses sin hacer.

Esa madrugada, cuando Lola llegó a casa se encontró a Justin sentado en el comedor. Sorprendida, se acercó a él y preguntó:

—¿Qué haces?

—Esperando a que Henry llame. Es mi cumpleaños y dijo que llamaría, pero ya lleva diez minutos de retraso.

33. *Master of Puppets*, Virgin EMI, interpretada por Metallica. *(N. de la E.)*

Lola, que recordaba aquel detalle, se tiró a sus brazos, lo besó en la mejilla y comenzó a cantarle una cancioncita de feliz cumpleaños.

Justin sonrió. La relación con ella era perfecta y, cuando ésta terminó de cantar y vio su gestó guasón, señalándola con el dedo indicó:

—Peque, ni se te ocurra decirlo.

—Cuarenta y ocho. ¡Felicidadesssssssss!

Ambos rieron por aquello y, tras revolverle el pelo a Lola, Justin comentó:

—Mira que eres mala.

Lola sonrió y, sacando de su bolso lo que le había comprado, se lo tendió.

—Mi regalo. ¡Espero que te guste!

Él cogió el sobre y, al ver que eran unos billetes con fecha abierta para Nueva York, sonrió y, mirándola, susurró:

—Eres la mejor, y te adoro. Gracias por este regalo.

Lola se encogió de hombros.

—Tienes tres meses para usarlos. Por tanto, ¡ve buscando fecha y avisa a Henry de que vas!

Al oír ese nombre, Justin miró el reloj.

—Ya lleva un retraso de quince minutos.

—Le habrá surgido algo.

Él resopló. Lo último que quería era que le surgiera algo. Pero, mirando a Lola, se interesó por ella:

—Y tú, ¿de dónde vienes a estas horas?

Lola sonrió y, apoyando la cabeza en el sofá, dijo:

—De pasar una placentera tarde de sexo con Jeremiah.

—¿El profesor de hip-hop? —Lola asintió y Justin rio—. Querida, lo que daría yo por que un macho como ése metiera las manos en mis pantalones.

Lola soltó una carcajada, y entonces él, mirando el reloj que tenían sobre la chimenea, protestó:

—Henry ya lleva diecisiete minutos de retraso.

—Dale tiempo. No te agobies.

Justin suspiró. Todo lo que tuviera que ver con Henry lo agobiaba.

—¿Y si conoce a otro? —preguntó.

Al oír eso, Lola respondió con sinceridad:

—Si eso pasa, te miraré a los ojos y te diré: «¡Te lo dije!».

—Peque...

—Justin, te he dicho cientos de veces que deberías pensar en tu vida, en lo que quieres, y si lo que quieres es estar con Henry en Nueva York, ¡hazlo! Yo te apoyo al cien por cien. Olvídate de los prejuicios, olvídate de lo que vaya a pensar la gente y vive tu vida de una vez, que ya tienes casi cincuenta años y no creo que Henry te espere eternamente.

Sabía que ella llevaba razón, pero dijo:

—Tengo cuarenta y ocho, y sabes muy bien que mi vida es el Saint Thomas.

—No. Tu vida es otra cosa, pero tú te has empeñado en centrarla toda en el Saint Thomas porque te da miedo enfrentarte a la realidad. Quizá si probaras en otro colegio, te...

—¡Ni hablar! Sé muy bien lo que quiero. Y lo que quiero es dar clase en el Saint Thomas y continuar casado contigo.

Lola suspiró. Aquella conversación ya la habían mantenido un millón de veces, y al final, levantándose del sofá, dijo antes de marcharse:

—Entonces no te quejes si Henry se retrasa en su llamada.

Capítulo 28

El viernes, cuando Lola llegaba al colegio, vio a Dennis a lo lejos. Como no llovía, iba en su bonita moto, y ella, desde donde estaba, pudo observarlo sin ser vista.

Dennis era caliente, sexi y entregado en la cama; nada que ver con Beckett, que era frío e impersonal.

Desde la esquina donde se encontraba él no podía verla y, con deleite, recorrió su cuerpo y murmuró:

—*Delícia...*

Al darse cuenta de lo que había dicho, se regañó a sí misma; entonces Shonda llegó hasta él y, tras saludarlo, entraron juntos en la escuela.

Una vez desaparecieron, Lola continuaba desganada su camino cuando el teléfono le sonó. Era su hermana.

—Hola, Priscilla.

—Lola, ¿dónde estás?

—Llegando al colegio. ¿Por qué?

—¿Tienes clase ahora?

—Sí.

—Pues llama, di que te has puesto mala y vente a ver a mamá a la residencia. Estoy con ella.

Al oír eso, Lola se detuvo y preguntó sorprendida:

—¿No tienes clase? ¿Qué pasa? ¿Le ha ocurrido algo a mamá?

Priscilla suspiró y, mirando a Aidan, que pasaba por su lado y la saludaba con una sonrisa, respondió:

—Sí, tengo clases, pero ya he llamado para que me cubran. Hoy no voy a ir a trabajar porque mamá ha pasado una mala noche. Me han llamado esta mañana y estoy aquí con ella. ¿Por qué no te vienes?

Lola lo pensó. Ella raramente faltaba a clase. Pero, dispuesta a hacerlo, afirmó:

—Voy. Espérame.

En cuanto colgó, llamó por teléfono a secretaría. Lo cogió Cornelia y, sin dar muchas explicaciones, Lola le pidió que anularan sus clases. Una vez que hubo solucionado aquello, paró un taxi.

Media hora después, cuando el vehículo llegó frente a la residencia, Lola pagó, se bajó de él y, al entrar, saludó a los empleados. Después de los años que llevaban yendo a aquel lugar, tanto ella como su hermana ya eran conocidas allí.

Con diligencia, caminó hacia el salón donde imaginó que estarían y, al ver a su madre y a su hermana, sonrió, se acercó a ellas y, tras besar a Elora, la miró y preguntó:

—¿Qué tal estás, mamá?

Elora, a la que el pelo se le había puesto totalmente blanco, contempló a la joven.

—Debes decirle a Louisa que hoy ha de dar ella la clase de ciencias. Al parecer, Johanna se ha puesto enferma, como siempre, y yo no puedo dar las dos clases.

Priscilla y Lola se miraron, y esta última afirmó:

—De acuerdo, se lo diré.

Elora asintió y, con cariño, su hija posó la mano en su mejilla y murmuró:

—Hoy estás preciosa, mamá.

Al oír eso, la mujer gruñó molesta.

—No soy tu mamá, Louisa, y ve a decirle a Johanna lo de la clase. ¡Es urgente!

Durante horas, Priscilla y Lola permanecieron con la mujer en la residencia. Acompañarla y escucharla era lo único que podían hacer. A las doce, cuando decidieron marcharse, Priscilla miró a su hermana y murmuró:

—Me parte el corazón.

—Lo sé.

Caminaron cogidas de la mano y en silencio hasta que oyeron que la voz de un hombre las llamaba. Al volverse y ver que era Aidan, Lola se mofó:

—Vaya..., vaya..., viene don Beso Perfecto.

—Lola —protestó Priscilla con disimulo.

—¿Le has contado que tú también eres cazadora de Pokémon?

—Cierra el pico o te lo cierro yo.

Una vez que se acercó a ellas, Aidan les comentó que el especialista le había cambiado a su madre parte de la medicación. Ambas le agradecieron que siempre las tuviera tan informadas y, en cuanto éste se marchó, Lola cuchicheó:

—Es encantador, ¿no crees?

Priscilla lo miró pero, sin querer darle la importancia que se merecía, repuso:

—Sí. —Y, al ver cómo unas enfermeras pestañeaban al hablar con él, indicó—: Y, sin duda, también un rompecorazones.

—Creo que te mira con ojitos.

—Por Dios, Lola, pero si podría ser mi hijo.

—Mira que eres exagerada —exclamó ella riendo—. Tiene la edad de Daryl, treinta y uno.

—Y ¿cómo sabes tú eso?

—Me lo dijo una tarde que vine a ver a mamá, mientras charlábamos.

Cuando se pararon en la cancela de la residencia para salir, ambas miraron hacia atrás y, al ver a Aidan hablando con las enfermeras, Lola se mofó:

—Tiene pinta de hacer mucha gimnasia.

Priscilla lo contempló y, suspirando, declaró:

—Justo lo que a mí me da alergia.

Ambas rieron de nuevo, y entonces les abrieron la puerta y salieron al exterior.

Una vez fuera, Priscilla, al ver a su hermana con el entrecejo fruncido, preguntó:

—¿Qué te ocurre, irlandesa?

—Nada.

Pero, clavando su mirada en aquélla, Priscilla cuchicheó:

—Mamá te habría dicho que el que nada no se ahoga, y tú te estás ahogando.

Eso las hizo sonreír, y Lola indicó:

—No estoy pasando por un buen momento. Lo de Dennis, no

sé..., me tiene descolocada, y creo que se me está yendo la cabeza en ciertos temas.

Aquello a Priscilla le llegó al corazón. Las palabras de su hermana le hacían ver lo especial que era Dennis para ella. Pero, cuando iba a decir algo, Lola levantó la mano y la interrumpió:

—Te he dicho lo que me pasa. Y ahora, por favor, no hablemos más de él.

Priscilla asintió y, mirándola, sugirió:

—¿Te apetece que vayamos a comer a Dicken's?

—Me encantaría.

Dicken's era un restaurante cercano a Hyde Park al que siempre les gustaba ir por las estupendas hamburguesas que allí preparaban.

Durante la comida, la conversación giró en torno a Priscilla, que era incapaz de no hablar de su ex. Lola, que la conocía muy bien, dejó que se explayara. Su hermana necesitaba desahogarse y con ella podía hacerlo en confianza. Hablaron, hablaron y hablaron y, cuando terminaron de comer y ya se marchaban, oyeron que una voz decía:

—Lolorola...

Lola se volvió y vio a una joven de su edad acompañada por un hombre, entonces sonrió y exclamó:

—Calorolaaaaaaaaaaa..., pero ¡qué alegría verte aquí!

Carol y ella se abrazaron con cariño y, en cuanto se despegaron, mirando a su hermana, Lola explicó:

—Priscilla, ella es Carol, una antigua compañera de la academia de salsa. ¿La recuerdas?

Ella asintió y, guiñándole un ojo, se mofó:

—Nunca nos hemos visto, pero he oído hablar mucho de ti.

Carol sonrió. Tenía una risa muy contagiosa y, dirigiéndose a Lola, cuchicheó:

—Espero que le hayas contado sólo lo bueno.

Lola soltó una risotada y, al ver la cara de Priscilla, Carol murmuró:

—Noooooooooo... ¿Le explicaste lo de Venecia, Nueva York e Ibiza?

Priscilla asintió, y Carol, meneando la cabeza sorprendida, iba a decir algo cuando Lola aclaró:

—A mi hermana se lo cuento todo. Pero todo.

Carol la entendió y, llevándose la mano al corazón, replicó en tono de guasa:

—Priscilla, te juro que no estoy tan loca.

Sin poder parar de reír, Priscilla miró al hombre que la acompañaba y preguntó:

—¿Es tu novio?

Las tres miraron al hombre, que las observaba, y Carol, saludándolo con la mano, cuchicheó:

—Los novios me dan alergia. Yo soy soltera convencida.

De nuevo reían por aquello cuando Carol aclaró:

—Es Antonio Gutiérrez. Es piloto en la compañía aérea para la que trabajo.

—¿Piloto? ¿Para qué compañía trabajáis? —preguntó Priscilla.

—Iberia —respondió Lola—. Trabaja para la misma compañía que Daryl, pero nunca han coincidido. Es más —se mofó—, he intentado presentarlos, pero cuando no es por uno, es por otro, y nunca lo consigo.

—Chica —se mofó Carol—, ¡me sobran pilotos!

—Que nuestro hermano Daryl no oiga que lo llamas *piloto*, porque, según él, es *comandante*.

Carol asintió y, bajando la voz, murmuró:

—Tranquila, lo sé. Pero es que me encanta hacerlos rabiar.

De nuevo rieron, y luego Carol añadió:

—Tengo que dejaros. El comandante y yo tenemos que coger un vuelo dentro de seis horas a Pekín y lo he convencido para venir aquí a comer. —Y, mirando a Lola, preguntó con complicidad—: Tu guapo marido, ¿bien?

—Perfecto, como siempre. —A buen entendedor, pocas palabras bastaban—. Llámame y quedamos, que llevamos meses sin vernos por tu trabajo.

Carol asintió. Nada le gustaría más. Luego, tras abrazar a Lola y a su hermana, dijo mientras se alejaba:

—Lolorola, ¡te llamo!

—Calorola, ¡lo espero! —se mofó la aludida guiñándole el ojo.

Una vez que hubieron salido del restaurante, Priscilla comentó al ver sonreír a su hermana:

—Parece simpática. ¡Por fin la he conocido!

—Lo es —afirmó ella riendo—. Es increíble, y no veas cómo baila.

—¿Mejor que tú?

Lola asintió silbando.

—Mil veces mejor. Carol es una excelente profesora de funky y hip-hop, y ni te cuento cómo baila la salsa. Aprendí mucho de ella. Ha trabajado como bailarina en musicales como *El rey león*, y también ha acompañado a artistas en giras mundiales como parte del cuerpo de baile. Yo la conocí en la academia cuando no trabajaba en nada de eso. Y, aunque la veas tan joven, la tía habla italiano, español, alemán e inglés a la perfección.

—¡Qué maravilla! Y ¿cómo es que habla todos esos idiomas?

—La madre de Carol es italiana, el padre español y, si mal no recuerdo, el abuelo es alemán. Y luego, en la calle y en el colegio, aprendió inglés.

—Dios mío —suspiró Priscilla—. Lo que daría yo por hablar italiano, y no sólo el poco español y el japonés que tú me has enseñado.

Lola sonrió. Por suerte, ella dominaba perfectamente el español gracias a su abuela Diana, pero no el japonés, que cada día lo olvidaba más al no practicarlo.

—No te quejes —repuso—. Tú con estudiar historia ¡ya tenías bastante!

Sin pararse continuaron caminando por Hyde Park, donde, cinco minutos después, Priscilla cazó entre risas varios Pokémon.

Capítulo 29

Esa tarde, Lola decidió marcharse con su hermana a dormir a su casa.

Cuando llegaron allí, *Rasputín*, el chihuahua de ésta, salió a saludarlas. Una vez que el animal se hubo dado por satisfecho al recibir sus mimos, las dejó.

Les apetecía una noche de chicas y, tras llamar a Justin para decírselo y éste desearles una feliz noche, en cuanto Lola guardó su móvil, Priscilla dijo al verla ya en pijama:

—Anteayer compré la cuarta temporada de «Juego de tronos». ¿Qué te parece si nos damos un maratón de los nuestros?

—¡Genial!

—Esta costumbre de disfrutar de series o películas juntas la hemos heredado de mamá. Ella nos hizo amar estos momentos juntas.

—Sí —afirmó Lola con cariño.

—Aún recuerdo —prosiguió Priscilla, echando las palomitas en un bol— cuando hablábamos con ella por las noches. Mamá nos esperaba en la cocina hasta que llegábamos de fiesta y le contábamos cómo lo habíamos pasado.

Lola sonrió.

Aquellos recuerdos del pasado eran maravillosos, ¡perfectos! Y murmuró:

—Su película preferida era *Siete novias para siete hermanos*, y el baile cuando construían el establo, la escena que más le gustaba.

Divertida al oír eso, Priscilla comenzó a tararear la canción y las dos terminaron bailando en la cocina muertas de risa.

Una vez que se hubieron tranquilizado, cogieron las palomitas y los refrescos y se tiraron sobre el sofá junto a *Rasputín*, que no se movió de su sitio. Cuando Priscilla metió el DVD de la serie y éste comenzó a reproducirse en pantalla, las dos hermanas cogieron al unísono sus bebidas y exclamaron chocándolas con decisión:

—Por mamá.

Estuvieron viendo la televisión ensimismadas durante horas, hasta que el teléfono le sonó a Priscilla y ésta, mirando a su hermana, dijo sorprendida:

—Es Conrad.

Rápidamente Lola paró el capítulo y, al ver que su hermana no se movía, indicó:

—Coge el teléfono y mándalo a la mierda.

—No.

El móvil seguía sonando y sonando, hasta que Lola no pudo más y, contestando, dijo antes de que Priscilla pudiera reaccionar:

—Conrad, ¿por qué no te ahogas? O, mejor, ¿por qué no te vas a la mierda?

Priscilla se llevó las manos a la cabeza. Pero ¿acaso su hermana se había vuelto loca?

—Yo también te quiero, Lola. ¿Qué tal? —la saludó él, haciendo caso omiso de sus palabras.

—Pues muy bien hasta que has llamado tú, la verdad.

Priscilla miraba a su hermana y le hacía movimientos con la mano indicándole que le iba a cortar el pescuezo mientras Lola sonreía. Al final no pudo más y, arrebatándole el teléfono, dijo:

—Hola, Conrad...

—Hola, monada...

Lola intentó quitarle el móvil de nuevo a su hermana. Lo último que le convenía era hablar con él. Pero, tras hacerle un placaje en el sofá, Priscilla siseó:

—Yo respeto lo que haces en tu vida; haz el favor de respetar tú la mía.

Lola dejó de luchar. Su hermana tenía razón y, sentándose en el sofá, replicó:

—De acuerdo, ¡estréllate!

Priscilla suspiró y ella, ofuscada, cogió su móvil y se fue a la cocina. No quería escuchar a la tonta de su hermana.

Mientras ésta hablaba en el salón, Lola se conectó al wifi de la casa y se puso a navegar por las redes sociales. En Facebook, encontró una solicitud de amistad de Dennis de hacía varios días, pero, sin aceptarla, estuvo cotilleando en su perfil.

Allí, vio fotos de los que parecían su familia en Brasil y también de otras personas que, según se indicaba, estaban hechas en Múnich. Divertida, observó a Dennis esquiando o bailando. Y verlo tan feliz y con el gesto relajado le ablandó el corazón.

Aquel Dennis había sido el que ella había conocido meses antes, no el taciturno Dennis actual, que parecía estar todo el día enfadado. Por ello, y deseosa de firmar la paz con él, buscó en su teléfono el número de él y, sin dudarlo, escribió:

Siento que todo acabara así.

Luego leyó mil veces esa simple frase. Sólo quería disculparse. Y le dio a «Enviar».

Durante varios minutos esperó contestación, pero ésta no llegó, y eso la decepcionó. Sin duda, el práctico Dennis pasaba de ella.

Se sentía angustiada cuando su hermana abrió la puerta de la cocina y, en el momento en que se disponía a decir algo, Lola se le adelantó:

—Vale, lo asumo. He sido una borde con Conrad. Pero, joder, ¡se lo merece!

Priscilla entró y, sin decir nada, la abrazó y tras unos segundos murmuró:

—No me mates, pero Conrad está en la puerta y quiere que hablemos.

Lola maldijo. Su hermana no tenía remedio y, consciente de que debía marcharse, murmuró:

—De acuerdo. Me voy.

—¡Ni hablar! Te quedas.

—¡Priscilla! ¿Acaso quieres que le saque los ojos?

La aludida sonrió y, segura de que su hermana se comportaría, dijo:

—Lo llevaré a mi habitación para hablar y...

—No digas tonterías —la cortó Lola—. ¿Hablar con tu ex junto a la cama? Priscilla..., que ya tengo una edad y no me chupo el dedo.

Ella sonrió y, evitando responderle, indicó:

—Quédate a dormir en la habitación de invitados. No te vayas, por favor.

Lola suspiró. Lo último que quería era ver a aquel tipo que tanto daño le estaba haciendo a su hermana.

—De acuerdo —accedió—. Pero procura que yo no lo vea o no respondo de mis actos.

Priscilla sonrió y, tras darle otro beso, corrió hacia la puerta, abrió y, tras coger a Conrad de la mano, ambos desaparecieron en su habitación. Mientras tanto, Lola se sentó ante el televisor y continuó viendo «Juego de tronos» al tiempo que maldecía a aquel imbécil.

Pero diez minutos después se levantó y cerró la puerta del salón. Los grititos salvajes de aquellos dos la estaban volviendo loca y, una de dos, o cerraba la puerta para no oírlos, o entraría en la habitación y se la cortaría a su excuñado.

Capítulo 30

Acalorado, Dennis se estaba dando una ducha.

Esa noche, tras salir de copas con unos amigos, había regresado a su casa con una preciosa chica inglesa con la que había disfrutado de unas horas de pura lujuria, hasta que la chica, animada por él, se había marchado.

Una vez que salió del baño, únicamente vestido con un bóxer blanco, fue a la cocina para beber agua mientras sonaba la voz de Bryan Adams cantando *Please Forgive Me.*[34] Estaba sediento y, por inercia, cogió el móvil, vio que tenía un mensaje y se sorprendió al leerlo.

Tras lo ocurrido, no había podido dejar de pensar en Lola, y la buscaba todos los días en el colegio para, al menos, pasar por su lado y aspirar su perfume, mientras esperaba que nadie se percatara de ello.

Como un tonto, miró el mensaje. ¿Debía contestar o no? Al final, escribió:

Yo también lo siento.

Lo envió de inmediato y se quedó mirando el móvil. Deseaba recibir respuesta.

Lola, que veía «Juego de tronos» espachurrada en el sofá mientras intentaba no escuchar los grititos de su hermana y los resoplidos de su cuñado, al oír que recibía un mensaje, miró el móvil y, al ver de quién se trataba, casi saltó en el asiento.

34. *Please Forgive Me*, A & M, interpretada por Bryan Adams. *(N. de la E.)*

Rápidamente, sonriendo y como si le hubieran recargado las pilas, contestó:

Disculpas aceptadas.

Dennis recibió el mensaje. Durante unos minutos pensó si debía volver a contestar. Aquello era una estupidez. Él era un hombre de treinta y cinco años, ¿qué hacía tonteando como un adolescente mediante mensajitos por el móvil?

Pensó..., pensó y pensó, pero al final, dejándose llevar por el corazón, se sentó en el sofá de su casa y escribió:

¿Qué haces despierta a estas horas?

Al leer aquello, Lola sonrió y tecleó:

Viendo la televisión.

Dennis se miró el reloj: eran casi las cuatro de la madrugada y, divertido, preguntó:

¿A las cuatro de la madrugada?

Ella volvió a sonreír.

Sí.

Disfrutando del momento, él preguntó entonces:

¿Qué ves?

Divertida, Lola puso la serie en pausa, no se estaba enterando, y respondió:

«Juego de tronos.»

Eso sorprendió a Dennis. Esperaba que viera una serie más romántica, por lo que comentó:

No te veía yo tan guerrera.

Lola soltó una carcajada y tecleó:

¡Soy una guerrera!

Ahora el que sonrió fue él y, necesitado de saber dónde estaba, escribió:

Imagino que estás en tu casa, ¿verdad?

Lola estuvo tentada de mentirle, pero al final indicó:

Estoy en casa de mi hermana.

Saber aquello inquietó a Dennis, que tecleó:

¿Ha ocurrido algo entre Justin y tú?

Lola suspiró. Sin duda la sensación que daba era aquélla y, sin nada que ocultar, contestó:

No. Pero lo que ha comenzado siendo una noche de chicas ha terminado siendo una noche de sexo para Priscilla con el idiota de su exmarido y, para mí, una noche frente al televisor.

Dennis sonrió al leerlo y, deseoso de hablar con ella, escribió:

¿Puedo llamarte por teléfono?

Entonces Lola se puso nerviosa y, tras pensarlo, respondió:

No.

Sin embargo, él hizo caso omiso de lo que ella le había dicho y llamó enseguida.

Al ver que su teléfono sonaba, Lola lo miró, finalmente lo cogió y contestó bajando la voz:

—Te he dicho que no. ¿Por qué llamas?

Dennis sonrió. Oír aquella voz hablándole en aquel tono era lo que más deseaba en la vida y, divertido, cuchicheó:

—Porque sé que, en el fondo, te mueres por hablar conmigo.

Aquello hizo que Lola sonriera y, nerviosa, murmuró:

—Eres un creído, ¿lo sabías?

Sintiéndose ridículos, ambos rieron por aquello y, por último, ella dijo:

—Oye... Lo pasado pasado está.

—Buena idea.

—Creo que tú y yo somos lo bastante maduros como para dejarlo a un lado y comenzar de cero, ¿no te parece?

Dennis asintió y, sonriendo, murmuró:

—Hola, soy Dennis Alves. Y ¿tú eres...?

—Lola. Lola Simmons. Encantada de conocerte.

—¿Estudias o trabajas?

Ambos rieron.

Estaba más que claro que ambos habían enterrado el hacha de guerra.

Estaba más que claro que ambos se habían echado de menos.

Estaba más que claro que la magia seguía existiendo.

Y entonces él, arriesgando, preguntó:

—¿Qué hace una mujer tan preciosa como tú sola en el sofá mientras su hermana lo pasa de vicio en la habitación?

Lola miró a *Rasputín*, que dormía como un bendito, y, encogiéndose de hombros, respondió:

—Cabrearse porque su hermana esté haciendo el tonto y esperar a mañana, cuando estará hecha una caca y se lamentará por haberse acostado con su ex. —Y, tras un silencio, murmuró—: Era nuestra noche de chicas.

—¿Noche de chicas?

Lola, feliz por estar hablando con Dennis, apoyó la cabeza en el sofá.

—Mi madre nos enseñó a Priscilla y a mí a disfrutar de las noches de chicas, que no es otra cosa que comer comida basura, beber litros de Coca-Cola y ver series o películas hasta que los ojos se nos caigan o, en su defecto, cotorrear sobre hombres durante horas hasta que no podamos más.

—¡Qué planazo! —se mofó Dennis echándose en su sofá.

—Pero Conrad ha llamado, luego ha entrado en casa..., y el resto te lo puedes imaginar.

El brasileño asintió. Imaginarla en aquel trance lo hizo suspirar, y entonces ella preguntó:

—Y ¿tú qué haces despierto a estas horas? Es tardísimo.

—He estado de fiesta —respondió mirando al techo.

Lola se incorporó. No tenía claro si quería saber lo que aquél había hecho, pero preguntó:

—¿Qué clase de fiesta?

Suspirando, Dennis contestó:

—Imagínatelo.

Lola se levantó del sofá. Pensó en lo que él había dicho y, sentándose de nuevo, replicó:

—Soy mala imaginando. Explícamelo.

Al ver su curiosidad, y dispuesto a comprobar si la voz de ella cambiaba con lo que tenía que contarle, Dennis soltó:

—De acuerdo, curiosona, he conocido a una chica y... acaba de marcharse de mi casa.

La rabia se apoderó de Lola. Pero, conteniéndose, preguntó mientras se echaba en el sofá:

—¿Lo has pasado bien?

Dennis se incorporó. Pero ¿cómo le soltaba aquello? Y, sentándose, respondió:

—Sí. Muy bien.

Lola cerró los ojos mientras sentía cómo algo en su interior crecía y crecía y, cuando no pudo más, interrogó:

—¿Tan bien como conmigo?

Al decir eso, la voz se le quebró y, sonriendo por primera vez al darse cuenta de que se sentía como él, Dennis murmuró mientras volvía a tumbarse:

—Es diferente. Contigo éramos tú y yo, y hoy ha sido Carrie y yo.

Echada en el sofá, Lola miró al techo sin saber que Dennis hacía lo mismo en su casa. Ambos miraban al techo sin entender qué ocurría entre ellos.

—¿Me has echado de menos? —preguntó él de pronto.

—Sí.

A Dennis le gustó su rápida y rotunda respuesta, y añadió:

—Yo también te he echado de menos.

Aquellas palabras, unidas al tono de voz con que las pronunciaba, hicieron que el corazón de Lola se desbocara, y entonces él insistió:

—¿Puedo preguntarte una gran indiscreción sobre sexo?

—Sí.

—¿Alguna vez has jugado con una mujer, sexualmente hablando?

Al oírlo, Lola soltó una carcajada.

—No.

—¿Por qué?

Ella lo pensó y respondió:

—No lo sé. Quizá porque me gustan demasiado los hombres.

Un silencio tranquilo se creó entre los dos y, al ver la oportunidad, Lola preguntó con el corazón latiéndole con fuerza:

—Y ¿tú has jugado con algún hombre?

Dennis sonrió y cuchicheó:

—He jugado en grupo con hombres y mujeres, y mentiría si no reconociera que en alguna ocasión la mano de alguno ha rozado mi cuerpo, pero nada más. Los hombres no son lo mío.

De nuevo se instaló el silencio entre ellos, hasta que Lola, inquieta por hablar de aquellos temas con él, dijo:

—¿Puedo hacerte otra pregunta de sexo?

Dennis, que seguía mirando al techo, se movió.

—Para acabar de conocernos y presentarnos, eres muy atrevida. Pero, dime, ¿qué quieres saber?

Lola se mordió el labio. Desde la noche que había estado con él no había podido dejar de pensar en aquello, y dijo:

—Ya te he dicho que soy mala imaginando y una vez dijiste que te morías porque alguien me ofreciera a ti y tú ofrecerme a él... ¿A qué te referías con eso?

A Dennis lo sorprendió su pregunta.

Si ella iba a locales *swinger* con su marido, ¿cómo era que le preguntaba aquello? ¿Su marido no había jugado con ella? Pero, deseoso de saber, no cuestionar y responder a lo que ella preguntaba, contestó:

—Me refería a estar tú y yo con otro hombre en una habitación. Allí, te desnudaría, te besaría y, siempre bajo tu aceptación, abriría tus muslos para que otro te tomase delante de mí, mientras yo te sujetaría y tus jadeos serían sólo para mí.

—Uauuu —musitó Lola al oírlo.

Aquélla era la proposición más morbosa que nadie le había hecho nunca y, cuando iba a decir algo, Dennis preguntó:

—Estás sola en el salón, ¿verdad?

—Sí.

—¿Cómo vas vestida?

Al intuir el rumbo que iba a tomar la conversación, Lola respondió siguiéndole el juego:

—Llevo un pijamita... corto.

—¿Color?

—Rojo.

Con los ojos cerrados, Dennis lo imaginó y murmuró:

—*Delícia*... —Lola sonrió al oírlo. Su manera de pronunciar aquella palabra era inquietante. E insistió—: ¿Llevas el pelo recogido?

—Sí.

—Suéltatelo.

Hechizada por su voz y por el momento, ella se quitó la goma que le sujetaba el cabello y a continuación murmuró:

—Ya está.

—¿Quieres que continúe o es mucho para acabar de conocernos?

Lola, que deseaba locamente que siguiera, afirmó:

—Continúa...

Acomodándose mejor, Dennis prosiguió:

—Me encuentro tumbado en mi sofá sólo con un bóxer blanco puesto. Cierra los ojos y piensa en mí como yo pienso en ti. ¿Lo haces?

Lola asintió. Pensar en él era fácil, y respondió:

—Yo también estoy tumbada en el sofá.

Dennis sonrió e, introduciendo la mano en el interior de su bóxer para llegar hasta su erección, añadió:

—Dices que eres mala imaginando, pero quiero que sepas que estoy duro. Esta conversación me está excitando y me estoy tocando mientras pienso en ti. ¿Quieres tocarte tú también?

Lola asintió. Él no podía verla, pero asintió, y cuando metió la mano bajo el pantalón y después bajo las bragas, murmuró al sentirse húmeda:

—Lo hago. Lo hago mientras pienso en ti y te imagino.

—Mmm...

—Estoy mojada, excitada —prosiguió ella acalorada—. Me toco. Me masturbo. Mi clítoris esta hinchado y resbaladizo y... —No pudo continuar, pues un ardiente espasmo la hizo jadear ante sus movimientos.

Al oírla, Dennis sonrió y, mientras su mano subía y bajaba por su dura y suave erección, musitó:

—Eso es..., piensa en mí y mastúrbate. Imagina que estoy a tu lado. Me tocas, te toco, y sientes cómo uno de mis dedos, ese que en ocasiones me chupas cuando eres mala, se hunde en tu cuerpo lenta y pausadamente mientras tus muslos tiemblan por la excitación y tus piernas se abren para recibirme. ¿Lo sientes? ¿Sientes cómo te masturbo?

Embaucada, fascinada y seducida por el momento, Lola se introdujo un dedo en la vagina y, acalorada, sus piernas se abrieron y murmuró con voz jadeante:

—Te siento... Te siento... ¿Me imaginas tú?

Con los ojos cerrados, Dennis asintió, y afirmó hechizado:

—Te imagino..., claro que te imagino mientras pienso que es tu mano y no la mía la que está sobre mi pene y juega con él.

Encantada por lo que oía, Lola susurró:

—Tus labios pasean por mis labios. Nos encanta besarnos.

—Sí...

—Nos encanta tentarnos mientras tu dedo juega en mi interior y me masturba al mismo ritmo que te masturbo yo. —Y, en un hilo de voz, preguntó—: ¿Te gusta? ¿Te gusta cómo lo hago?

Ahora fue él quien jadeó, al sentir un latigazo de gustoso placer por las palabras calientes de ella y las imágenes que le proporcionaba su poderosa imaginación.

Se hablaron. Se calentaron. Se poseyeron el uno al otro fascinados por la intimidad y la fantasía que habían creado a través del teléfono sin tocarse, sin rozarse, sin verse.

Durante varios minutos, el juego continuó, hasta que Lola no pudo más y, tras un delirante orgasmo que la hizo retorcerse en el sofá, Dennis también se dejó llevar.

Acalorada y jadeante, Lola abrió los ojos y miró al techo. Lo que había hecho era algo del todo nuevo para ella y, sonriendo, murmuró mientras Dennis, en su casa, se incorporaba y se limpiaba con un kleenex:

—Sexo telefónico. Nunca lo había experimentado.

El brasileño sonrió.

—Me creas o no, también es mi primera vez —declaró él divertido.

A Lola le gustó oír eso.

Tener una primera vez juntos en lo que fuera de pronto se convirtió en algo importante para ella y, sentándose en el sofá, preguntó:

—Dennis, ¿qué estamos haciendo de nuevo?

Él, acomodado en el sofá de su casa, sin saber realmente qué decir, respondió:

—No lo sé. Sólo sé que no lo puedo parar.

Capítulo 31

—Lola... Lola, despierta

Al oír eso, ella abrió un ojo. ¿Dónde estaba? Pero, al ver la cara de su hermana Priscilla y a *Rasputín* enroscado en su maraña de pelo rojo, murmuró:

—¿Qué hora es?

—Son las diez y media —respondió Priscilla—. ¿Has dormido en el sofá?

Lola se incorporó y, mirando el móvil, que estaba sobre la mesita, afirmó sonriendo al recordar lo ocurrido horas antes:

—Sí.

—¿Por qué? Te dije que durmieras en la habitación de invitados.

—Imposible. Sois muy escandalosos.

Obviando su comentario, su hermana se sentó a su lado y Lola preguntó:

—¿Y el imbécil?

—Duchándose, y no lo llames así.

—Joder, ¿todavía está aquí? —se quejó Lola recogiéndose el pelo en una coleta.

—Sí.

—Pero ¿no dijiste que sólo quería hablar contigo?

Priscilla asintió y, con una media sonrisa, dijo:

—Sí. Pero una cosa llevó a la otra y, al final, hemos tenido una noche loca.

—Lo sé, guapita, no hace falta que me lo recalques —se mofó Lola—. Yo creo que los vecinos también se habrán enterado.

—¿Tanto se nos oía?

Ella asintió.

—Sí. Por cierto, no sé qué es peor, si los bufidos de hipopótamo de ese gilipollas o tus grititos ratoniles.

—¡Lola!

Divertida, ella sonrió y, mirando a su hermana, cuchicheó:

—Y ya cuando tú decías eso de «¡Sí..., sí..., sí!», y él aquello de «¡Monada, no pares!», me...

—¡Lola! —gritó Priscilla horrorizada.

Ella miró entonces a su hermana y, para calmarla, murmuró:

—Pero, tranquila, no oí nada más porque decidí dormir en el salón.

Priscilla suspiró. Se sentó al lado de ella y, cubriéndose la cara con las manos, musitó:

—No sé qué me pasa.

Al oírla, Lola resopló. Ya comenzaba. Y, mirándola, dijo:

—Yo sí: que eres idiota. ¿Te lo vuelvo a explicar?

—Soy incapaz de decirle que no. Lo intento, pero cuando me mira y me dice eso de «monada», yo...

Lola parpadeó. Su hermana era de juzgado de guardia y, resoplando, murmuró:

—Priscilla...

—Sin embargo, cuando me hace el amor y pienso que también lo hizo con aquella mujer, me dan ganas de matarlo, de sacarle los ojos, de...

—Priscilla, estoy dejando de entenderte. Mira que lo intento, pero no sé qué te ocurre con ese idiota, creído y prepotente...

—¡No lo llames así!

—Huy, pobrecito... Perdón..., perdón... —se mofó Lola.

Su hermana se desesperó. Sabía que ella tenía razón, pero ella seguía sin firmar los papeles del divorcio que guardaba en el cajón de su habitación.

—Estoy confundida. ¿Qué puedo hacer?

—Firmar los malditos papeles del divorcio y olvidarte de él.

—No puedo...

—¡¿No puedes o no quieres?! —voceó Lola—. Te hace daño y eso me duele. Sólo espero que, cuando le contaras que te acostaste con João, el brasileño, las tripas se le revolvieran y se diera cuenta de que en esta vida no sólo él tiene derecho a pasarlo bien.

Priscilla desvió entonces la mirada, y Lola, bajando la voz, murmuró:

—Porque se lo has contado, ¿verdad?

Su hermana no respondió, y Lola insistió:

—Dime que le has contado con una gran sonrisa que te has acostado João o te juro que...

—No... ¿Qué va a pensar de mí?

Al entender lo que aquella contestación quería decir, Lola levantó las manos en el aire y musitó:

—Priscilla, por el amor de Dios, lo tuyo es de juzgado de guardia.

Su hermana no contestó. Al ver su cara, ella murmuró:

—¿De verdad le estás permitiendo que se meta en tu cama a pesar de que ha estado jugando con tus sentimientos y tú ni siquiera te has resarcido contándole que te cepillaste en Brasil a un buenorro llamado João que tenía unos abdominales en los que se podía rallar queso? —Su hermana continuó sin contestar, y Lola musitó—: Dios mío, Priscilla..., creo que necesitas ayuda. Pero ayuda de un profesional.

La aludida se levantó, caminó por el salón y, cuando iba a decir algo, oyeron una voz que no esperaban:

—¿Te has acostado con otro hombre?

Lola y Priscilla vieron entonces a Conrad, que las miraba desde la puerta.

Lola asintió y, sonriendo, iba a decir alguna de las suyas cuando aquél se le adelantó:

—Si no te importa, esto es algo entre mi mujer y yo.

—Ex..., exmujer —lo corrigió Lola.

—Mujer —matizó Priscilla—. Todavía no he firmado los papeles del divorcio.

Al oír a su hermana, Lola quiso cogerla por el pescuezo, y entonces su excuñado se acercó a Priscilla y murmuró:

—¿Te has acostado con otro?

Ella asintió y él, abrochándose la camisa, dijo muy digno:

—Eso no me lo esperaba de ti. ¡Nunca!

—Ni ella de ti lo que tú has hecho, ¡espabilado! —se mofó Lola contemplándose las uñas.

Al ver cómo su marido miraba a su hermana, y antes de que saltara sobre ella, Priscilla siseó:

—Tiene razón. Yo tampoco lo esperaba de ti.

Volviendo a mirar a su mujer, Conrad sentenció:

—Monada, eso sí que no te lo voy a consentir. Firma los malditos papeles del divorcio.

Sin poder creérselo, Lola saltó al ver la cara de su hermana:

—Eres un cerdo. La utilizas. Anoche viniste y...

—Vine a hablar con ella —la cortó él levantando la voz—. Pero ella siempre me engatusa y acabamos en la cama.

Priscilla frunció el ceño y protestó:

—No parecías pasarlo mal.

Ofuscado y sin ganas de discutir con aquéllas, que parecían tener todas las ganas del mundo, Conrad dio media vuelta y, antes de salir, exclamó:

—Firma los malditos papeles de una vez ¡ya!

Dicho esto, abrió la puerta y se marchó.

Priscilla se quedó mirando la puerta. Al ver su gesto, Lola cogió a *Rasputín* en brazos y siseó:

—Como se te ocurra ir tras él, te juro que te parto las piernas.

Su hermana se sentó en el sofá y, con los ojos llenos de lágrimas, murmuró:

—No quiero firmar los papeles del divorcio.

La tarde del sábado, las dos hermanas fueron a la residencia a ver su madre. La necesitaban, a pesar de que ella ya no estaba allí para mimarlas.

Capítulo 32

El lunes por la mañana, Lola estaba histérica: iba a ver a Dennis.

Al llegar al colegio junto a Justin, sintió que las piernas le temblaban. Lo que días antes había parado, ahora, tras mil mensajes de móvil, parecía haberse retomado con más fuerza.

Al entrar en la sala de profesores, lo divisó enseguida. Allí estaba el hombre que no podía quitarse de la cabeza, con el que había tenido una bronca monumental que había terminado en una estimulante sesión de sexo telefónico, vestido con una camisa blanca y un pantalón oscuro, hablando con Shonda.

Al entrar, Justin saludó a varios de los docentes y por último se dirigió a Dennis. Entre ellos se había creado una buena amistad. En cambio, Lola decidió acercarse a su hermana Priscilla, que se tomaba un café.

—¿Cómo estás? —le preguntó con disimulo.

—Hecha una mierda, y todo por tu culpa.

Al oírla, Lola miró a su hermana, y ésta rápidamente rectificó:

—Lo siento..., lo siento..., no es tu culpa. No es culpa tuya.

La puerta de la sala de profesores se abrió entonces y el director Simmons entró. Los saludó a todos y, dirigiéndose a sus hijas, pidió con seriedad:

—Por favor, venid las dos a mi despacho.

Una vez que hubo desaparecido, Justin preguntó dirigiéndose a su mujer:

—¿Qué habéis hecho?

Tras mirar a Dennis, que las observaba como el resto de los profesores, Lola se acercó al que era su marido y murmuró:

—No lo sé, pero seguro que dentro de cinco minutos lo sabré.

Cuando Priscilla y Lola entraron en el despacho de su padre y cerraron la puerta, lo encontraron sentado tras su majestuosa mesa de roble oscuro. El hombre las miró y siseó:

—Priscilla, ¿no tienes nada que contarme?

La aludida no se movió, y él prosiguió:

—He hablado con Conrad y he tenido que oír lo que nunca habría deseado de ti. Pero ¿se puede saber en qué pensabas al acostarte con otro?

Al oír eso, Lola sonrió con amargura y, viendo a su hermana totalmente fuera de lugar, respondió:

—Papá, sé que te vas a tomar a mal lo que voy a decir, pero creo que es necesario que alguien te diga que la vida privada de Priscilla es sólo de ella, y si Conrad te...

—¡Y tú! —la cortó él—. Eres una descerebrada y una deslenguada. Deberías meterte menos en la vida de tu hermana y centrarte más en la tuya con tu marido, porque ya llevas doce años casada y ni un nieto me has dado.

—¡Papá! —gritó Priscilla.

Lola se mordió la lengua. Era lo mejor.

—Ya me ha dicho Conrad cómo le hablaste —prosiguió aquél—. Cómo te mofaste de él sin pensar que era tu cuñado y que le debes un respeto. Pero ¿en qué estabas pensando?

—En mi hermana —replicó Lola—. Y, como pensaba en mi hermana, que le molestase o no a Conrad lo que yo dijera era lo último que me importaba. Es más, me encantaba.

Colin cerró los ojos. Su hija mediana lo sacaba de sus casillas. Pero, cuando iba a responder, ella añadió:

—Lo sé. Soy un potro desbocado. Es lo que siempre dices, y te aseguro que, si lo repites, ya no me molesta, porque prefiero ser eso a...

—Lola... —bufó él.

Su impetuosidad lo sacaba de sus casillas. Verla frente a él con aquel aplomo, algo de lo que su hija Priscilla carecía, lo hacía ser consciente de la fortaleza de Lola y, sin querer discutir más con ella, miró a su otra hija y preguntó:

—¿Es cierto que te has acostado con ese hombre, Priscilla?

—¡No contestes! —voceó Lola, mordiéndose la lengua para no soltar lo que ella sabía.

—Papá, yo...

Colin dio un puñetazo en la mesa y siseó:

—Conrad es un abogado influyente en Londres, y lo último que deberías hacer es separarte de él. Y ahora, escúchame: he mantenido una conversación con él hace un momento y, tras ofrecerle nuestra residencia en Cornualles, te perdonará y podréis continuar con vuestro matrimonio.

—¿Que ese idiota se queda con Priscilla porque tú le ofreces Cornualles? —murmuró Lola sin dar crédito.

—Por lo tanto —prosiguió su padre mirando tan sólo a Priscilla—, haz el favor de salir del colegio, ir a su despacho, comportarte como una esposa y prometerle que nunca más volverás a hacer algo así.

Ella soltó un gemido. Lo que su padre acababa de hacer era indignante, tan indignante que no lo iba a aceptar.

Enfadada, al ver a su hermana con aquel gesto, Lola la sentó en una de las sillas que había frente a la mesa de su padre. Luego apoyó en ella las manos y siseó:

—Ni lo sueñes. No voy a permitir que mi hermana haga eso. Pero ¿qué crees que estás haciendo, papá?

—Salvar la institución. El nombre del colegio quedaría expuesto a un escándalo. El divorcio de la hija del director no nos beneficia en nada, y...

—No voy a hacer eso, papá —murmuró Priscilla.

Al oírla, Colin perdió los nervios y comenzó a gritarle, a reprocharle lo mala hija que estaba siendo, y Lola, incapaz de callar, soltó dando un puñetazo en la mesa:

—A mí grítame todo lo que quieras, pero a Priscilla no, y si continúas haciéndolo, ¡atente a las consecuencias!

Colin blasfemó. Su hija estaba utilizando lo que sabía sobre él para acallarlo.

—Lola —le advirtió entre dientes—. Cuidado con lo que dices.

—Cuidado con lo que dices tú —replicó ella al saber que su padre la había entendido—. Pero ¿quién eres tú para ordenarle a Priscilla qué hacer con su vida?

—Soy su padre.

—Eso ya lo sé —afirmó Lola—. Precisamente por eso, podrías tener un poquito más de corazón y pensar qué es lo que le conviene a tu hija, y no qué es lo que le conviene a tu maravilloso colegio. Pero ¿no ves lo mucho que sufre Priscilla? ¿O acaso sólo ves lo que quieres ver en lo referente al imbécil de Conrad? Por el amor de Dios, que parece que tu hijo sea él y no Priscilla.

—Lola, déjalo —murmuró su hermana.

Pero Lola ya estaba como un potro desbocado, y continuó:

—No pienso permitir que un hombre le dé una mala vida a Priscilla como tú se la diste a mamá. ¡No! Me niego. Y, antes de que sigas hablando de vergüenzas y moralismos, te voy a recordar que tu mujer, y nuestra madre, está internada en una residencia enferma de Alzheimer y, en casi cinco años que lleva allí, sólo has ido a visitarla una vez. ¡Una! ¿Eso no te avergüenza?

Colin paseó los ojos de una hija a otra y, cuando se disponía a responder, Priscilla se levantó y, encarándose a él, exclamó:

—Se acabó, papá. No puedo más. Me casé con el hombre que te pareció bien y, por suerte para mí, me enamoré de él. Pero ese hombre no me quiere. Ese hombre me atosiga para que firme los papeles del divorcio porque no me soporta, y menos aún cuando ha visto que yo también soy capaz de hacer lo que él ha hecho. Sí, me acosté con un hombre, lo reconozco. Y ahora, tras escucharte y ver lo cruel que eres con mi hermana y conmigo, y lo mucho que adoras a un idiota que me ha engañado con una o varias mujeres, te aseguro que me apena no haberme acostado con otros muchos más, porque estoy furiosa y dolida, y...

—Eres una Simmons, Priscilla —la cortó Colin—. Tu honor y tus valores representan al colegio Saint Thomas.

—Papá, ¿me has escuchado? —protestó ella—. Tu hija soy yo, no Conrad ni el colegio Saint Thomas. Sólo espero comprensión por tu parte, y no que le ofrezcas a esa persona que no me quiere una propiedad para que siga casado conmigo.

—Es inútil, Priscilla, no insistas. Hablar con él es como chocar contra una pared —murmuró Lola, ganándose una furiosa mirada de su padre.

Un silencio sepulcral se apoderó entonces del despacho. Lo que se estaban diciendo no era en absoluto agradable. Cuando Colin no pudo seguir soportando el descaro con que sus hijas lo trataban, siseó:

—Fuera de mi despacho las dos ¡ya!

Ellas asintieron. Cualquier discusión con él siempre acababa igual y, mientras cogía a Priscilla de la mano, Lola dijo retándolo con la mirada:

—Mamá nos enseñó a querernos y a respetarnos. Qué pena que tú nunca aprendieras nada de ella.

Una vez que hubieron salido del despacho, ambas se miraron y Priscilla, con un hilo de voz, murmuró:

—Si Conrad quiere una casa en Cornualles, ¡que se la compre!

—Me alegra saberlo, porque tú no estás en venta.

Caminaron unos metros y Priscilla susurró:

—Creo que necesito un café.

Al sentir que su hermana por fin había dado ese golpe de timón que necesitaba en su vida, Lola le secó las lágrimas que tenía en las mejillas y dijo:

—Pues vamos a por él, que te lo mereces.

Ambas sonrieron por aquello, mientras Colin se desesperaba en el interior de su despacho. ¿Por qué sus hijos eran tan descerebrados?

En cuanto las jóvenes entraron de nuevo en la sala de profesores, Justin rápidamente se acercó a ellas. Lola y Priscilla le contaron lo ocurrido y él, tras darle a Priscilla todo su apoyo y un beso a su mujer, se encaminó hacia el despacho de su suegro. Seguro que necesitaba desahogarse con alguien.

Cuando Priscilla se relajó y se marchó a su clase, Lola se sentó sola para tomarse un café.

Nerviosa y con disimulo, se retiró el pelo del cuello para rascárselo mientras observaba a Dennis hablar con otro profesor. Estaba guapísimo. Tan pronto como sonó el timbre que indicaba el inicio de las clases, todos salieron de la sala, y Dennis, acercándose a ella con gesto preocupado, se apoyó en la mesa y preguntó:

—¿Estás bien?

Lola sonrió y la calidez de la mirada de aquél la reconfortó.

Segundos después, Dennis se incorporó con gesto serio y se marchó de la sala.

Agitada por lo que aquel hombre le hacía sentir, una vez que se acabó el café, Lola salió también de la sala. Cuando bajaba la escalera para ir a su clase, el móvil le pitó y, al mirar la pantalla, leyó:

Me excita la delicada curva de tu cuello.

Ella sonrió, pero, sin contestarle, se encaminó hacia el aula. Era lo mejor.

Tras una mañana repleta de clases, llegó la hora de comer. Al entrar en el comedor, Lola lo buscó deseosa de verlo, pero no lo encontró. No estaba allí. Eso la apenó, y se puso en la fila para coger su comida. Tenía hambre.

Estaba mirando las bandejas cuando Justin se acercó a ella y, agarrándola por la cintura, preguntó:

—¿Qué vas a comer, Peque?

Durante unos minutos hablaron sobre lo que les apetecía, pero entonces la puerta se abrió y entró Dennis.

Su sola presencia parecía llenar el comedor, y Lola se encendió al ver cómo él la observaba sin acercársele. Acalorada y con cierta coquetería, se recogió el pelo en una coleta alta y, al tocarse el cuello, pudo ver cómo él sonreía.

Aquel juego de miraditas era excitante..., único..., increíble.

Sentir cómo él la seguía con disimulo, cómo la poseía con la mirada volvió loca a Lola y, cuando los cubiertos se le cayeron al suelo, Justin se agachó a por ellos y, al verla acalorada, murmuró:

—Lola, estás sudando. ¿Qué te ocurre?

Tomando conciencia de que aquel juego era peligroso, al menos en el colegio, ella sonrió y, bajando la voz, cuchicheó mientras buscaba una explicación lógica:

—Creo que me va a venir la regla.

Justin asintió. Lo apenaban las reglas dolorosas que Lola tenía en ocasiones, así que acercó sus labios a los de ella, la besó y murmuró:

—Espero que este mes sea más leve.

Ella sonrió y, al ver el ceño fruncido de Dennis por aquel beso, afirmó:

—Yo también.

Una vez que sus bandejas de comida estuvieron llenas, su marido y ella se sentaron junto a otros docentes. Segundos después, cuando el brasileño iba a tomar asiento unas mesas más allá, Justin lo llamó:

—Dennis, siéntate aquí.

Sin dudarlo, él se sentó a su lado, y entonces lo oyó decir:

—¿Juegas al pádel?

—No.

—Vaya, qué pena. Iba a proponerte que formaras parte de mi grupo de pádel. Nos juntamos los lunes y los martes en el club Richmond.

—Lo siento —se disculpó él—. No sé jugar, pero, aunque supiera, me es imposible con mis clases en la academia de baile.

—Vaya por Dios —se quejó Justin.

Lola, que permanecía callada al lado de su marido, inconscientemente se pasó la mano por el delicado cuello, y Dennis, al verla, se apresuró a apartar la mirada. Lola era una tentación. Su tentación.

Capítulo 33

Dos horas después, cuando Lola regresaba de ver a su hermana y hubo comprobado que estaba bien, el corazón se le paralizó en medio del pasillo al ver a Dennis andando hacia ella.

Ambos caminaban mientras la gente los rodeaba, pero ellos sólo se veían el uno al otro. Los chiquillos, deseosos de salir del colegio, pasaban corriendo por su lado mientras Lola y Dennis se acercaban más y más mirándose a los ojos. Cuando se cruzaron, se sintieron por una fracción de segundo al rozarse sus manos.

Aquella sensación de euforia, embriaguez y arrebato era algo totalmente desconocido para ambos. Para él, porque nunca una mujer lo había noqueado de aquella manera, y, para ella, porque jamás había tenido esa excitación, ese deleite y ese galanteo en su vida.

Extasiada por haberse cruzado con él y por lo que había sentido sólo con mirarlo, Lola se paró en el pasillo para hablar con la madre de una de sus alumnas. Intentaba centrarse en lo que la otra le decía, pero le era imposible. El tsunami brasileño llamado Dennis la había desconcertado, y cuando pudo deshacerse de la mujer, lo agradeció.

Sin mirar atrás, Lola continuó su camino. Tenía una clase en menos de quince minutos.

Con rapidez, descendió la escalera y, al llegar a la planta de abajo, de pronto sintió que alguien la agarraba del brazo, tiraba de ella y la metía en el cuarto de las calderas. Al mirar asustada, vio que era Dennis y, antes de poder decir nada, éste la apretó contra él y la besó.

Encantada, ella aceptó aquel beso profundo, ansiado, pasional y, cuando acabó, Dennis la miró y murmuró:

—Me moría por hacerlo y tocar tu precioso cuello.

Aquello era una locura. Locura en estado puro. Estaban en el colegio y cualquiera podría encontrarlos.

Sin embargo, dejándose llevar por el momento, la chifladura y el frenesí llevaron las manos de Lola hasta el cinturón de él. Al ver sus intenciones, Dennis fue a protestar, pero ella, mirándolo, sentenció:

—No te muevas. No digas nada y déjame hacer.

El brasileño se paralizó.

Su voz...

Su mirada...

Su decisión...

Aquella mujer lo manejaba a su antojo.

Lo anulaba como nunca lo había conseguido ninguna otra y, cuando sus pantalones y sus calzoncillos cayeron a sus pies y ella se arrodilló ante él, Dennis, que estaba contra la pared, apretó los puños y jadeó.

Encantada con aquello, Lola prosiguió. Consciente de que era ella quien llevaba la batuta, lo inmovilizó. Lo deseaba. Deseaba chuparlo, beberlo, mimarlo y hacerlo caer al vacío de la lujuria como él lo estaba haciendo con ella.

Lentamente, acarició la zona que iba desde el ombligo hasta el nacimiento de su oscuro vello púbico y lo besó. Paseó sus juguetones labios por su piel y Dennis tembló. Luego sacó la lengua y recorrió todo su esplendoroso pene hasta la punta, para introducírselo a continuación con mimo en la boca. Tenía clarísimo que quería darle placer, más que recibirlo.

Dennis se dejaba hacer. Mientras tanto, Lola, encantada con ello, agudizaba su pericia y, moviendo la boca y la lengua por aquella dulce y dura intimidad, disfrutó al verlo jadear, temblar y soltar algún que otro gruñido varonil.

Sin tiempo que perder, comenzó a jugar con él acrecentando el ritmo y frenándolo cuando sentía que estaba cerca de llegar al clímax. Jadeante, Dennis iba acelerándose y, dispuesto a volverlo loco, Lola se sacaba de vez en cuando su erección de la boca para restregársela por la barbilla, los pómulos o la propia boca cerrada. El brasileño temblaba mientras ella lo tentaba más y más, y se abandonaba totalmente en sus manos, dejándose hacer.

Cuando sacaba la dura erección de su boca, Lola trazaba pequeños círculos con la lengua sobre su pene, e incluso le daba tentadores mordisquitos. La respiración de Dennis era agitada, temblorosa, palpitante, mientras permanecía con los ojos cerrados. Por las sacudidas de su cuerpo, Lola supo que lo estaba haciendo bien, que él lo estaba disfrutando.

Los segundos pasaban y los temblores de Dennis aumentaban, hasta que al final, deseoso de poseerla, la levantó del suelo, le arrancó con premura los pantalones y las bragas y, cogiéndola entre sus brazos, la apoyó contra la pared y la penetró.

Sus bocas se unieron para intentar que sus jadeos quedaran enterrados entre ellos dos, mientras se hacían el amor con locura y premura como dos animales salvajes y desesperados. No había tiempo. Había que darse prisa y, tras varios movimientos feroces de Dennis, ambos alcanzaron el clímax mientras se miraban jadeantes.

—Estamos locos —murmuró él agotado.

—Loquísimos —afirmó Lola.

Ambos rieron al tiempo que se vestían con rapidez. Entonces Dennis dijo cogiéndola del brazo:

—Oye...

—¿Qué?

—Bésame.

Lola lo besó encantada, y cuando el caliente, deseado y apasionado beso terminó, él murmuró:

—Lo que hacemos lo vuelve a complicar todo.

—Lo sé...

—Y, si lo sabes, ¿por qué lo permites?

Sin duda, él tenía razón, pero Lola, sin querer pensar en ello, sonrió y respondió abrochándose los pantalones:

—Porque me gustas.

Luego volvió a besarlo y murmuró:

—Te dejo. Tengo una clase y he de cambiarme.

Una vez que Lola se marchó y el brasileño se quedó solo en el semioscuro cuarto de calderas, suspiró y, cerrando los ojos, musitó:

—¿Qué narices estoy haciendo?

Capítulo 34

Los días pasaron y los encuentros furtivos entre Lola y Dennis se repetían mientras sus sentimientos se enredaban más y más.

Durante el día, en el colegio, disimulaban. Nadie podía sospechar nada, pero se lanzaban mensajes ocultos que los excitaban y que sólo ellos captaban.

Cada vez que lo veía en el comedor, en la sala de profesores o simplemente por el pasillo, Lola se recogía el pelo en lo alto de la cabeza con las manos para dejar al descubierto su bonito y delicado cuello, para excitarlo, mientras el brasileño canturreaba en su lengua materna cuando estaba cerca de ella para volverla loca.

Pero aquella locura quedaba ensombrecida para Dennis cada vez que Justin era amable con él. Cuando éste se sentaba a su lado en el comedor, en la sala de profesores o salía del colegio a tomarse un café con él, el brasileño se sentía fatal. Siempre se había prometido a sí mismo que jamás haría aquello que estaba haciendo ahora, pero con Lola le era imposible cumplirlo. Ella lo volvía loco y, en cuanto lo tentaba, sin poder evitarlo, Dennis caía como un bobo.

Una tarde Lola estaba dando su clase, y Marian, una de las secretarias de su padre, entró en el aula y la llamó con la mano. Lola se acercó a ella, y ésta, mirándola, dijo:

—Vengo a despedirme de ti, cielo.

Sorprendida por aquello, Lola preguntó:

—¿Qué pasa? ¿Adónde vas?

Marian suspiró y, encogiéndose de hombros, explicó:

—Mi hijo, el que vive en Birmingham, me ha pedido que me vaya a vivir con él. Su mujer lo ha dejado, se ha marchado con otro, y necesita que lo ayude con los niños.

Escandalizada, Lola murmuró:

—Ay, Dios, Marian, lo siento mucho.

La mujer suspiró y, pasando la mano por la cara de aquélla, dijo:

—Cosas de la vida hija. Sólo nos queda asumirlas y tirar para adelante.

Lola, apenada porque la mujer se marchara, la abrazó con cariño. La conocía desde que era una niña y, en cuanto ésta se alejó, suspiró y entró en el aula para continuar.

Esa tarde, cuando Lola acababa su clase de ballet, Justin apareció por la puerta y saludó con la jovialidad de siempre.

Las alumnas de Lola, al ver al guapo aunque maduro marido de su profesora, sonrieron. Justin era un tipo que caía bien a todo el mundo.

—Cada día lo hacéis mejor —dijo él mirándolas—, aunque no hay que quitar méritos a la excelente profesora que tenéis.

Todas sonrieron.

Justin y Lola daban realmente el pego: parecían la pareja perfecta. Cuando todas aquellas jovencitas se marcharon y la sala quedó vacía, Justin, acercándose a su mujer, que ahora se quitaba las zapatillas de puntas, comentó:

—Qué pena lo de Marian, ¿verdad?

—Se la echará de menos.

Él asintió y, mirándola, indicó:

—Viene un puente con varios días libres y he pensado aprovechar el billete a Nueva York que me regalaste. ¿Te importa si me voy el viernes de la semana que viene?

Mientras se calzaba una zapatilla de deporte, Lola sonrió.

—Claro que no. Vete.

Justin le acercó la otra zapatilla y murmuró:

—Si te lo digo es porque el viernes es la fiesta de Akihiko.

Al recordarle aquello, que había olvidado, Lola asintió y se encogió de hombros.

—Akihiko lo entenderá.

Justin sonrió y, cuando ella terminó de abrocharse la otra zapatilla, exclamó:

—Como siempre digo, ¡Peque, eres la mejor!

Cinco minutos después, mientras se dirigían hacia la salida, se encontraron con Dennis y Shonda. Ambos hablaban animadamente y, enseguida, Justin se metió en la conversación. Distendidos, todos caminaban hacia la salida del colegio, cuando Justin dijo:

—Shonda, ¿te has apuntado a las clases de Dennis?

Ella sonrió. Bailar siempre le había gustado y, en cuanto se enteró por Bruna de que él era profesor, no lo dudó.

—Sí —respondió—. Estoy aprendiendo *forró*, y hoy toca clase de lambada. Por cierto, Bruna no puede venir. El director ha programado una reunión con ella.

—¡Oh, qué pena! —se mofó Justin.

—Una pena enorme —afirmó Shonda, sonriendo con maldad.

Sorprendida, Lola miró a Dennis.

¿Por qué no le había comentado que aquellas dos se habían apuntado a sus clases?

Y, mientras su marido y él hablaban, dispuesta a saber más, le preguntó a Shonda:

—¿Desde cuándo dais clases con él?

—Desde hace tres semanas —cuchicheó la mujer—. Bruna se apuntó y, cuando me enteré, no lo dudé y lo hice también. No quiero que esa listilla se quede con todo el pastel. Al menos, la mitad es para mí.

A Lola la molestó oír eso, y mucho.

El hecho de que aquellas dos vieran a Dennis como un trofeo le hizo tener ganas de coger a Shonda del pelo y arrastrarla por todo el pasillo del colegio. Cuando estaba a punto de hacerlo, aquélla murmuró:

—Pero el tío es duro de pelar. Por más que le tiro los trastos, él los para. Eso sí, yo no me doy por vencida, porque torres más altas han caído.

Lola asintió mientras su enfurecimiento se aplacaba momentáneamente. En ese instante, un profesor abrió una puerta y llamó a Justin.

—Dadme un segundo —pidió éste alejándose.

Entonces Shonda salió corriendo en dirección a los baños y exclamó:

—Antes de que regrese Justin, ya estaré de nuevo aquí.

Dennis y Lola se quedaron solos en medio del pasillo, y entonces éste preguntó:

—¿Qué le ocurre a la mujer más bonita del colegio?

Encantada por aquel piropo, pero molesta por lo que había oído antes, ella se retiró despacio el flequillo de la cara y le soltó:

—¿Por qué no me habías dicho que tenías nuevas alumnas?

—Porque no lo creí pertinente.

—¿Ah, no?

—No. Soy profesor de baile, y cuanta más gente venga a la academia a aprender, mejor. —Pero, al ver el gesto de aquélla, preguntó—: Lola, ¿qué es lo que te preocupa?

—Nada...

—Lola..., tenemos unos segundos antes de que ellos regresen. ¿Qué te ocurre?

Ella lo miró inquieta. Decirle lo que pensaba era una auténtica tontería, pero como no estaba dispuesta a mentirle, murmuró:

—Sé que no tenemos exclusividad entre nosotros, pero...

—Si tú quisieras, todo podría cambiar.

Alucinada, ella lo miró. Lo que le proponía era muy fuerte y, cuando se disponía a responder, llegó el tercero en discordia.

—¡Ya estoy aquí! —dijo Justin y, agarrando a su mujer de la cintura, preguntó—: ¿Dónde está Shonda?

—En el baño —respondió ella rápidamente.

Al ver cómo aquél acercaba la boca para besarle el cuello a Lola, Dennis retiró la mirada. No soportaba ver ese tipo de intimidad entre ellos e imaginar lo que no debía. Entonces, Shonda llegó hasta ellos.

Ya en la calle, los cuatro caminaron hacia el aparcamiento, y Shonda, parándose al ver la moto del brasileño, dijo:

—Lo siento, Dennis, pero me dan pánico. Cogeré un taxi.

Sorprendido, él murmuró:

—Te aseguro que conmigo irás muy segura.

La mujer miró la moto. Nunca le habían gustado aquellos bichos de dos ruedas.

—Vente con nosotros en el coche —propuso entonces Justin—. Te acercaremos a la academia.

Pero, al oír eso, Lola replicó:

—Hoy hemos traído el biplaza.

Justin asintió al recordarlo, y luego preguntó mirando a su mujer:

—¿Por qué no vas tú con Dennis? Siempre te han gustado las motos.

Lola no se movió. Aquello no era buena idea. Pero Dennis, sin darle tiempo a pensar, le tendió uno de los cascos que sacó del baúl trasero y dijo:

—Buena idea. —Luego, dirigiéndose a Justin, murmuró—: Tranquilo, amigo. Te la devolveré entera.

Justin sonrió, miró a su mujer y, tras darle un rápido beso en los labios, susurró:

—Disfruta del viaje.

Atónita, Lola parpadeó. Sabía muy bien lo que su marido estaba haciendo y, con una sonrisa, le pasó el casco a él e indicó cogiendo a Shonda del brazo:

—Yo iré con Shonda en el coche. Ella sabe la dirección de la academia. —Y, mirando a un desconcertado Dennis, se mofó—: Devuélveme a mi marido entero.

Dicho esto, caminó hacia su vehículo mientras se arrepentía de haberle proporcionado aquella oportunidad a su marido.

Sorprendido por la reacción de su mujer, Justin miró a Dennis y, colocándose el casco que aquélla le había dado, anunció:

—Muy bien. ¡Ya estoy preparado!

Dennis montó entonces en la moto y, al ver que éste dudaba cómo subirse en ella, preguntó:

—¿Has ido antes en moto?

—No.

El brasileño asintió e, intentando no perder su buen humor, indicó:

—Coloca el pie derecho en el estribo, apóyate en mis hombros y sube. Una vez que estés detrás de mí, agárrate a mi cintura y déjate llevar.

Justin obedeció encantado y, cuando acercó su cuerpo a él y lo agarró por la cintura, cerró los ojos. Sus instrucciones lo habían excitado. Estar detrás de Dennis lo volvía loco; además, olía incluso mejor de lo que había imaginado. En cuanto el brasileño arrancó, Justin se apretó más contra él.

—Es mejor que no te pegues tanto a mí —le recomendó Dennis. Justin se movió entonces hacia atrás, y él afirmó—: Así, mucho mejor así. Ahora, tranquilo y disfruta del viaje.

Justin sonrió nervioso, excitado y encantado, y se dejó llevar.

Capítulo 35

Media hora después, Lola y Shonda esperaban en la puerta de la academia cuando Justin y Dennis aparecieron caminando. Ambos parecían bromear y, al acercarse a ellas, Justin dijo:

—Peque, ha sido estupendo. A mis años, ¡acabo de descubrir que me gustan las motos! Voy a comprarme una.

Lola lo miró. Justin era un cagoncete para esas cosas. Pero, cuando iba a decir algo, Dennis le dio un varonil empujón a su marido y murmuró:

—¡Siempre que quieras, amigo, lo repetiremos!

Lola y Shonda se miraron, y esta última cuchicheó:

—¡Hombres!

Ellos sonrieron. Entonces Lola miró a Justin y dijo:

—Bien, ¡vámonos!

Pero él, deseoso de continuar junto al brasileño, replicó:

—Hoy no tienes clase en la academia ni yo tengo ningún compromiso, ¿qué tal si nos quedamos a ver cómo Dennis da clase?

—Eso sería genial —afirmó Shonda.

—No. Esto no es un juego —protestó Lola—. Él tiene que dar su clase y...

—A mí no me importa que os quedéis —indicó Dennis.

—Vamos, Peque, ¡di que sí! —insistió Justin.

—Venga, Lola —suplicó Shonda—. Una vez que terminemos, podemos ir los cuatro a tomar algo.

Dennis no dijo nada. Todos observaban a Lola y, al final, sintiéndose presionada, ella murmuró:

—De acuerdo. Veamos esa clase.

Al entrar en la academia, todo el mundo saludaba a Dennis, en especial el sector femenino, que le sonreía de una manera sensual. Shonda fue con rapidez hacia las taquillas. Tenía que cambiarse de ropa, y Dennis también. Dar una clase de lambada vestido con aquel traje no era lo más correcto. Así pues, Justin y Lola se quedaron solos, y éste, todavía excitado por el viaje, murmuró:

—Gracias por proporcionarme ese momento de roces, ¡ha sido estupendo!

Lola maldijo. No había calibrado bien las consecuencias. Y, encima, él insistió:

—Ese tipo huele a sexo, cariño.

—Justin...

—Y ni te cuento lo que he sentido cuando he tocado su cuerpo. Está duro como una piedra, y eso me ha excitado.

—Justin...

Él sonrió y, mirando fijamente a su mujer, la rodeó con los brazos y, acercándola a su cuerpo, murmuró:

—Tú, él y yo... Piénsalo. ¿Cómo puedes resistirte tras haberlo probado?

Lola no contestó a su propuesta y, quitándole importancia, cuchicheó:

—Pues quizá me resisto porque no fue nada del otro mundo. Y ahora, haz el favor de callarte y disimular.

—Es tan varonil.

Acalorada por su comentario, ella musitó:

—Te recuerdo que todo el mundo aquí cree que somos una pareja modélica, así que cierra el pico. ¿O acaso quieres que Dennis y Shonda descubran nuestro secreto? Joder, Justin, que trabajan para mi padre en el colegio y te estás comportando como un quinceañero loco.

Él asintió. Tenía toda la razón del mundo.

—Vale... —afirmó—. Tienes razón.

Entonces Lola farfulló algo que a Justin lo hizo sonreír y morderle el cuello sin percatarse de que Dennis aparecía por la puerta. Iba vestido con un pantalón negro y una camiseta de tirantes blanca. Sin moverse, los observó. Cada día soportaba menos ver aquello, pero, disimulando, dijo mientras pasaba junto a ellos:

—Vamos, parejita... ¡Seguidme!

Ambos fueron tras él en silencio, y entonces Justin susurró:

—¡Qué buen culo tiene!

Boquiabierta, Lola lo pellizcó en el costado y, cuando éste fue a protestar, sonrió al ver la cara de aquélla. En ese momento, una muchacha de pelo castaño se acercó hasta Dennis. Éste se volvió y dijo:

—Justin, Lola, os presento a Georgina. Es profesora de samba y mi ayudante en las clases de lambada.

La joven sonrió.

—Hola. Es un placer.

Justin y Lola sonrieron a su vez, y esta última respondió:

—El placer es nuestro.

En silencio, llegaron hasta una clase y, allí, Dennis, mientras veía a Shonda pasar por su lado con una falda cortita para bailar lambada, indicó:

—Os podéis sentar allí. Si queréis participar, sólo tenéis que levantaros y bailar.

Lola y Justin se colocaron donde aquél les había indicado. Luego, tras hablar algo con Georgina, Dennis miró a sus alumnos y la clase comenzó. Las chicas seguían los movimientos de Georgina y los chicos los de Dennis. Todo parecía estar perfectamente sincronizado. Lola los observó. Ella nunca había bailado lambada, pero estaba segura de que sería capaz de seguir la clase.

Minutos después, Dennis agarró por la cintura a Georgina y pidió a todo el mundo que se agrupara por parejas. En cuanto los tuvo como quería, él y la chica empezaron a moverse, a dar instrucciones, y los demás los siguieron encantados con lo que hacían.

Así estuvieron veinte minutos, hasta que Dennis sonrió y preguntó:

—¿Qué os parece si lo hacemos con música?

Todos aplaudieron, y Georgina fue a poner un CD en el equipo de música.

—Comenzaremos Dennis y yo, y luego vosotros os vais uniendo por orden de fila, ¿de acuerdo? —indicó.

Los alumnos asintieron y, de pronto, se oyeron los primeros acordes de *Lambada*,[35] una más que conocida canción de hacía

35. *Lambada*, CBS, interpretada por Kaoma. *(N. de la E.)*

unos cuantos años, interpretada por una agrupación francobrasileña llamada Kaoma y que a todos pareció gustar.

—Bonita canción —comentó Lola al oírla.

—Preciosa —afirmó Justin sin quitarle ojo a Dennis.

El brasileño se movía con Georgina disfrutando de la música. Ambos eran unos maestros en aquella sensual danza, y a Lola se le resecó hasta el alma al verlo bailar con aquella soltura y aquella sensualidad.

Estaba mirándolo boquiabierta cuando Justin murmuró:

—Madre mía, cuando llegue a casa me voy a tener que desahogar. El profesor me tiene duro como una piedra.

—¡Justin!

—Vale, Peque... Vale.

Pareja a pareja, los alumnos se fueron uniendo al baile. Todos movían las caderas al compás de aquel ritmo tan apasionado, mientras Lola no podía dejar de mirar a Dennis, que reía al tiempo que bailaba. Se lo veía disfrutar con lo que hacía.

Cuando la canción terminó, todos aplaudieron encantados. Ser capaces de bailar aquello sin perder el ritmo era algo increíble, y Dennis, divertido, los felicitó.

Una mujer de cierta edad entró entonces en la clase y caminó directa hacia él. Cruzaron unas palabras que a ambos les hicieron sonreír, y entonces el brasileño indicó volviendo a poner la canción:

—Vamos..., vamos..., ¡otra vez!

Los alumnos se metieron de nuevo en el baile rápidamente, y entonces entró un joven que se acercó a Georgina, la cogió por la cintura y ambos se pusieron a bailar.

Minutos después, la canción acabó. Todos estaban acalorados y, mientras tomaban aire, Dennis se acercó hasta Justin y Lola con aquella mujer y dijo:

—Os presento a Irasema, la dueña de la academia.

Ellos la saludaron, y luego el brasileño explicó:

—Irasema, Lola es profesora de salsa en otra academia, y te aseguro que es de las buenas.

Al oírlo, ella sonrió, y Justin afirmó:

—Como marido suyo que soy, ¡lo corroboro!

Irasema sonrió. Tenía una sonrisa preciosa. Y, mirando a Lola, que no había abierto la boca, indicó:

—No dudo que sea profesora de salsa, pero la posición de sus pies y de su cuello me hace saber que también lo es de ballet clásico, ¿no es así?

Ahora fue Lola la que sonrió.

—Sí. Soy profesora de ballet clásico, que es lo que me apasiona, pero para divertirme también doy clases de salsa.

—¡Qué interesante! —afirmó aquélla—. Yo tengo un profesor de salsa buenísimo. Te lo voy a presentar.

Rápidamente tecleó algo en su móvil y, segundos después, un muchacho alto entró en la sala. Al reconocerlo, Lola murmuró tras soltarse de Justin, que también sonrió:

—Vaya..., vaya..., mira a quién tenemos aquí.

Irasema y Dennis los miraron, y Lola, abrazando a George, aclaró tras darle un beso en la mejilla:

—George y yo somos viejos conocidos.

Al ver cómo Dennis la miraba con gesto serio, añadió:

—Competimos juntos hace un año en un concurso de salsa.

Al oír eso, Irasema miró a su profesor de baile y preguntó:

—¿No me digas que fue con ella?

Tras besar a Lola encantado, George chocó la mano de Justin y, ante el gesto serio de Dennis, afirmó:

—Sí. Con esta preciosidad fue con quien gané el concurso de salsa.

Todos sonreían. Todos excepto Dennis, que se alejó unos pasos celoso al ver cómo su compañero de academia agarraba a Lola con complicidad.

Mientras él continuaba dando su clase de lambada, aquéllos hablaban, reían, rememoraban momentos, hasta que la clase terminó e Irasema dijo mirando a los alumnos:

—Tengo una sorpresa para vosotros. George y Lola, dos estupendos profesores de salsa, nos van a deleitar con la pieza con la que ganaron el concurso de salsa el año pasado. ¿Os apetece verlos?

Los alumnos aplaudieron encantados, mientras George salía de la clase e iba a por la música que necesitaba. Los chicos estaban emocionados. Pero entonces Lola miró a Dennis y vio en sus ojos algo que no supo describir.

George entró de nuevo en el aula y, dirigiéndose hacia Georgina, le dio un CD. Luego cogió a Lola de la mano, la llevó al centro de la clase y preguntó mientras ella agarraba los bordes de su falda larga y se los sujetaba en la cintura para dejar las piernas libres.

—¿Estás preparada, preciosa?

Lola sonrió y, cuando la música comenzó a sonar por los altavoces y ellos empezaron a moverse, todos chillaron encantados al oír la salsa calentita *Ran Kan Kan*,[36] del maravilloso Tito Puente.

Olvidándose de todo lo que la rodeaba, Lola se concentró únicamente en bailar con George.

Él era un excelente bailarín que había conocido años antes en una de las academias donde había impartido clases. Con pericia, ambos daban vueltas, bailaban, reían, se tentaban sin perder el compás, mientras todos a su alrededor los jaleaban por la magistral clase de salsa que les estaban dando.

Desde su posición, Dennis los observaba.

Ambos eran unos excelentes bailarines, llevaban el ritmo y la salsa en la sangre. El brasileño estaba disfrutando del espectáculo hasta que una de las veces en que George cogió a Lola entre los brazos y la deslizó por su cuerpo, debido a un ínfimo movimiento en el que casi se rozaron los labios, intuyó que entre ellos había habido algo más que baile.

Ser consciente de aquello lo incomodó, y a partir de ese instante el baile dejó de gustarle. Todos animaban a los expertos bailarines, que se deslizaban por la pista con una sensualidad y un poderío que los dejaban sin palabras.

Cuando la canción acabó y ambos se abrazaron sonriendo, todos los presentes aplaudieron. Dennis también lo hizo, mientras observaba cómo Justin, encantado, señalaba a Lola y decía:

—Es la mejor..., ¡la mejor!

36. *Ran Kan Kan*, CBS, interpretada por Tito Puente. *(N. de la E.)*

Agobiado por un sinfín de sentimientos que hasta el momento no sabía ni que existían, el brasileño iba a salir de la clase cuando Shonda lo agarró y exclamó emocionada:

—¡Ha sido impresionante, ¿verdad?!

Él sonrió, y Justin, acercándosele, indicó:

—Tengo una mujer que es increíble, ¡increíble!

Dennis asintió. Odiaba que aquél hablara de Lola como *su mujer* y, cuando se encontró con la mirada de Irasema, sin moverse de su sitio, dijo mirando a sus alumnos:

—Muy bien, chicos. Os espero el próximo día.

A continuación, observó a Lola, que continuaba hablando con George, y al sentir a Justin a su lado murmuró:

—Voy a cambiarme de ropa.

—Yo también —decidió encantada Shonda. Y, mirando a Justin, preguntó—: Tomamos algo, ¿verdad?

—Claro —afirmó él sin parar de sonreír.

Cuando, media hora después, salían de la academia, había anochecido. Lola estaba feliz. Le había encantado coincidir allí con George. Entonces oyó que Shonda proponía:

—Vamos a comer algo a Vincenzo, ¿os parece? —Lola asintió y cuando ya se dirigían hacia el coche, la mujer dijo—: Justin, me vendría bien ir contigo en el coche para comentarte algo en referencia a un alumno.

—De acuerdo —asintió él y, mirando a su mujer, indicó—: Cariño, ve con Dennis. Nos vemos en Vincenzo.

Una vez que aquéllos se marcharon hablando, Dennis y Lola, sin rozarse, comenzaron a caminar por la calle. Al entrar en un parking, donde él tenía plaza para la moto, Lola se disponía a decir algo cuando él le soltó:

—¿Qué tuviste con George?

Sorprendida por su pregunta, ella prosiguió andando y respondió:

—Yo no te pregunto por tu pasado. ¿Por qué lo haces tú?

El brasileño, confundido y hecho un mar de dudas, la miró y, antes de que ella volviera a decir nada más, la arrinconó contra la pared y, acercando los labios a los de ella, murmuró:

—Me estás volviendo loco, y ¿sabes por qué lo sé? —Ella negó con la cabeza, y éste añadió—: Porque, por primera vez en la vida, sé lo que significa la palabra *celos*.

Atontada, Lola abrió sus labios invitándolo a besarla. Como su marido había dicho, Dennis era puro fuego. Pero, consciente de la locura que estaban a punto de cometer, cuando sus labios se separaron, murmuró:

—Aquí no.

—¿Por qué?

Lola miró el parking solitario e insistió:

—Alguien puede pasar.

Dennis sonrió con peligrosidad y, clavando sus inquietantes ojos en ella, susurró:

—Recuerdo que te excita lo prohibido.

Ella sonrió a su vez y musitó:

—¿Ésta es una de tus fantasías? ¿Un parking?

La respiración de ambos era cálida y controlada, pero cuando sus lenguas comenzaron a juguetear y Dennis metió la mano bajo su falda, la respiración de Lola se agitó, y más cuando aquél se arrodilló ante ella y, bajándole las bragas, la apoyó en una columna y le ordenó:

—Separa las piernas.

Acalorada, ella hizo lo que pedía al tiempo que sentía cómo su boca le besaba el monte de Venus para después sacar la lengua e introducírsela en su humedad.

Jadeó con ardor mientras se dejaba chupar, gimiendo a cada instante más alto de puro placer. Así estuvieron varios minutos, hasta que oyeron el ruido de un coche. Rápidamente, Dennis se levantó y la falda de ella cayó.

Echaron a andar. Vieron un coche acercarse a ellos y, en cuanto éste pasó de largo y de nuevo quedaron solos en el parking, Dennis la sentó sobre el capó de un coche y, abriéndole la blusa con premura, le subió el sujetador sin desabrochárselo y se metió los pechos en la boca. Los mordisqueó, se los masajeó con la lengua y, cuando la descontrolada respiración de Lola resonaba en exceso, murmuró:

—No sé si desnudarte o...

—Ni se te ocurra.

Al oírla, el brasileño sonrió y, metiéndole de nuevo la mano bajo la falda, llegó hasta sus bragas, se las quitó e indicó mientras se las guardaba en el bolsillo de la americana:

—Mi premio de hoy.

Avivada a cada segundo por lo que aquél le hacía sentir, Lola llevó la mano hasta la cinturilla de su pantalón y, metiéndola en el interior, tocó aquello que tanto placer le proporcionaba. Entonces lo miró y murmuró, mientras subía las piernas con agilidad a los hombros de aquél:

—Ponte un preservativo ¡ya!

Dennis sacó uno de su cartera. Lo abrió, se lo puso y, tras colocar su miembro en el centro de deseo de ella, de un solo golpe se lo introdujo, provocándole un enorme placer que la hizo gemir.

Sólo se oían sus respiraciones.

Sólo se oían sus bombeos.

Pero ninguno quería parar. Ninguno quería acabar con aquella locura; al contrario, Dennis bombeaba dentro y fuera de ella más y más fuerte, mientras Lola jadeaba con la cabeza echada hacia atrás.

Ardiente, fogosa y descontrolada, la joven gemía y se arqueaba. Aquellas locuras, que tanto les gustaban a ambos, debían ser rápidas, y, cuando por fin él se arqueó y le hizo saber que había llegado al clímax, ella también se dejó ir.

En ese instante se oyó el sonido del motor de un vehículo que se acercaba. A toda prisa, Dennis bajó las piernas de ella de sus hombros y, tapándola, la bajó del capó. Una vez que el coche hubo desaparecido, Lola murmuró mientras sonreía y abría su bolso:

—Espera, tengo kleenex.

Tras limpiarse y recomponerse, mientras caminaban hacia la moto, Dennis la cogió de la mano. Entonces comenzó a sonar el teléfono de ella. Al ver de quién se trataba, respondió:

—Dime, Justin.

—Lola, cariño. Cambio de planes.

—¿Qué pasa?

Justin, que iba conduciendo, aclaró:

—Ha llamado la madre de Shonda. Al parecer, un primo suyo ha tenido un accidente con el coche, y la he llevado al hospital.

—Ay, pobre —murmuró Lola.

—Escucha, cariño —prosiguió Justin—. ¿Quieres que vaya a Vincenzo a buscarte o cabe la posibilidad de que traigas a Dennis a casa y disfrutemos de una noche de pura lujuria?

Lola miró al brasileño, que le estaba quitando la cadena de seguridad a la moto y, para que su marido dejara de decir tonterías, lo cortó:

—Nos vemos en casa. Dennis me llevará.

—Dile que entre en casa. ¡Vamos, Lola! Me muero por quitarle los pantalones y...

—Te veo en casa —atajó ella—. Hasta luego.

En cuanto colgó, le contó a Dennis lo ocurrido, y éste, al entender que la velada se había cancelado, dijo sin querer seguir preguntando:

—De acuerdo. Te llevaré a tu casa.

Lola cogió el casco para ponérselo. Entonces, él la miró y le soltó de pronto:

—Lo que te dije de la exclusividad podría ser, si tú quisieras.

Lola cerró los ojos. ¿Por qué todo era tan difícil!

—Dennis, mira...

—Lola —la cortó—. No sé qué ocurre, pero no eres feliz con Justin. Si lo fueras, no buscarías fuera de tu casa lo que deberías tener en ella. Si lleváis doce años casados y vais a locales *swinger*, lo que en una pareja significa confianza máxima, ¿por qué le ocultas a Justin cierta información?

Acalorada, ella suspiró y miró hacia otro lado.

El brasileño, al ver que no iba a conseguir nada de ella, la ayudó a ponerse el casco y, tras abrocharle la tira debajo de la barbilla, acercó la boca a la de ella y exigió:

—Dame un beso.

De nuevo, sus bocas se unieron. Se fusionaron.

Se besaron. Se devoraron. Y, cuando el beso acabó, Dennis murmuró:

—*Você me deixa louco.*

Lola no dijo nada. Había entendido perfectamente que le decía que lo estaba volviendo loco.

Sin dilación, montó en la parte trasera de la moto y, sin darle la dirección, él la llevó hasta la puerta de su casa. En cuanto llegaron, ella bajó, le entregó el casco y, tras dirigirle una sonrisa, se alejó.

Dennis la observó mientras entraba en su casa y, con la extraña sensación de ser un perdedor, arrancó la moto y se marchó.

Capítulo 36

Los días pasaron y la complicada relación entre Lola y Dennis prosiguió.

Lo quisieran o no, parecían estar conectados, y continuamente se encontraban por todos los lados en el colegio y se sonreían con disimulo.

Algunas tardes, cuando ella terminaba en el Saint Thomas y no tenía que ir a sus clases de salsa, corría a casa de Dennis, donde él la esperaba ansioso. Sólo disponían de dos o tres horas de intimidad, y las disfrutaban de la mejor manera que sabían: haciéndose el amor.

Desde que su relación se había afianzado, Lola obviaba las invitaciones de Beckett en los hoteles. Lo último que le apetecía era sexo frío e impersonal, teniéndolo pasional y con sentimiento. Y Dennis hizo lo mismo. No volvió a salir con ninguna otra mujer.

Una de aquellas tardes, cuando él entraba con unas copas fresquitas en la mano en la habitación y sonaba de fondo la voz de Stevie Wonder cantando *Lately*,[37] Lola, que estaba desnuda encima de la cama con el portátil, preguntó:

—¿Sabías que han abierto un restaurante nudista en Londres?

Dennis sonrió y, dejando las copas sobre la mesilla, se sentó en la cama y miró la noticia que aquélla le señalaba.

—No tenía ni idea —repuso.

Ambos leyeron la crónica y, cuando acabaron, Lola comentó:

—No sé si yo podría comer en un restaurante así.

—¿Por qué?

Ella sonrió.

37. *Lately*, Motown, interpretada por Stevie Wonder. *(N. de la E.)*

—Porque creo que se me irían los ojos continuamente a donde no deben ir.

Dennis se carcajeó y, mirándola, preguntó:

—¿Nunca has estado en una playa nudista?

—No. ¿Y tú?

El brasileño asintió.

—En mi país he estado en varias, y en Europa, en Cap d'Agde y en Vera Natura. ¡Te lo recomiendo!

—La verdad es que me atrae. Debe de ser una pasada bañarte en el mar y tomar el sol desnudo. Alguna vez he hecho toples y me encanta. Imagino que desnuda debe de ser increíble.

Dennis asintió.

—Algún día puede que te lleve a una de esas playas, si eres buena.

Eso hizo sonreír a Lola, pero no dijo más, y entonces Dennis añadió:

—¿Puedo hacerte una pregunta incómoda?

Ella lo pensó. No le apetecían las preguntas incómodas, pero como sabía que tarde o temprano se la terminaría haciendo, asintió.

—Vale, siempre y cuando me dejes responderte con un sí o con un no.

Él estuvo de acuerdo y, mirándola a los ojos, preguntó:

—¿Justin y tú sois un matrimonio que se permite disfrutar del sexo por separado?

Sin dudarlo, Lola respondió:

—Sí. —Y, sin apartar la vista de él, añadió—: Y ahora, ¿podemos seguir con el buen rollo que teníamos hace cinco segundos?

Dennis sonrió. Habría deseado hacerle mil preguntas. Quería entender qué ocurría allí, pero, como no le apetecía estropear la tarde tan maravillosa que estaban pasado, sonrió y, mirando el ordenador, preguntó:

—Y ¿ahora qué miras?

—Curioseo y me doy cuenta de lo obsoleta que estoy en el sexo.

Divertido, él le tendió el vaso de bebida.

—¿Por qué, preciosa?

Lola dio un trago y, en cuanto le devolvió el vaso, señaló con el dedo la pantalla del portátil y preguntó:

—¿Conocías las posturas llamadas *limbo*, *candado*, *amazona*, *súper 8*, *sirena*, o el *helicóptero*, entre otras muchas?

Divertido por lo que aquélla decía, él miró la pantalla y se mofó:

—Los nombres, no, pero las posturas sí las conozco. —Y, besándole el cuello, murmuró—: Y esa del helicóptero tiene muy buena pinta.

Ambos rieron, y Lola, observando el dibujo en el que se representaba la postura, comentó:

—Aquí pone que yo debería acostarme boca arriba y tú tumbarte sobre... Pero ¿esto se puede hacer de verdad?

Dennis soltó una carcajada, y ella, encantada con lo que estaba viendo, exclamó:

—Ésta, ¡ésta me gusta!

—¿Cuál?

—Aquí pone que se llama *beso de Singapur*.

Dennis miró el dibujo que lo explicaba y afirmó:

—Puede estar bien.

Divertida por el momento, Lola rápidamente montó sobre él y, mirándolo a los ojos, declaró:

—Quiero hacerte el beso de Singapur.

Encantado con aquella normalidad entre ellos, algo que ninguno de los dos había disfrutado en pareja, Dennis preguntó:

—¿Ya has leído cómo se hace? —Ella asintió, y él afirmó—: Entonces, preciosa, sólo me queda por decir: aprovéchate de mí.

Una hora después, Lola cogía un taxi y regresaba a su casa. Una vez allí, se duchó, se puso un pijama y, después, se sentó con Justin a ver un nuevo episodio de la serie «Scandal».

Capítulo 37

El martes, cuando Lola terminó de dar su clase de ballet matinal, Priscilla fue en su busca.

—Te invito a comer fuera del cole.

De inmediato, pensó en Dennis. Si se iba con su hermana, no lo vería, pero al observar el gesto de aquélla, no lo dudó más y aceptó. Su hermana era lo primero.

Una vez que salieron del colegio, Priscilla la agarró del brazo.

—¿Adónde quieres ir?

Lola lo pensó y rápidamente dijo:

—Comida china, ¿te parece?

Ella asintió. Adoraba la comida china. Y, sin necesidad de coger el coche, llegaron hasta un pequeño restaurante.

En cuanto se sentaron y pidieron arroz tres delicias, rollitos de primavera y ternera con soja y salsa de bambú, entre otras cosas, a Lola le sonó el móvil. Un mensaje.

¿Dónde estás?

Ella sonrió.

Comiendo con mi hermana.

Esperó unos segundos. El móvil volvió a sonar y leyó:

Te echaré de menos.

Al ver aquello, Lola soltó una risotada, y su hermana, que la miraba, preguntó:

—¿Con quién te wasapeas?

Tras dejar el móvil sobre la mesa, Lola mintió:

—Con Carol.

—Y ¿tienes que reírte como una idiota?

Lola miró a su hermana con gesto serio, y Priscilla susurró:

—Comida china. Eso que aborrece Conrad y yo tanto adoro.

—Priscilla..., no empecemos.

—Me siento fatal, y voy a estar sola el resto de mi vida.

Lola dio un sorbo a su Coca-Cola y preguntó:

—¿Hoy toca flagelarse de nuevo?

Su hermana suspiró.

—Fui a su trabajo.

—¿Qué?

—Fui a cantarle las cuarenta y entonces lo vi... De nuevo está con esa chef.

Lola se desesperó. Su hermana estaba totalmente descontrolada. Pero, antes de que pudiera decir nada, ella se le adelantó:

—Cuando se despidió de ésa, vino a mí y me gritó que firmara los puñeteros papeles del divorcio o aceptara lo que había hablado con papá.

—Priscilla..., cariño. ¿No crees que ya has sufrido bastante?

Ella asintió y, levantando el mentón, susurró mientras abría su bolso y sacaba una carpeta:

—Sí. No voy a sufrir más. Me lo he prohibido a mí misma y pienso firmar los malditos papeles.

Al oír eso, Lola dijo mirando los documentos:

—Es lo mejor que puedes hacer.

Priscilla gesticuló y por último musitó:

—Lo sé.

Durante unos segundos permanecieron en silencio. Lola le dio tiempo a su hermana a recomponerse mientras leía los papeles y, cuando ésta cerró la carpeta sin firmarlos, dijo cambiando de tema:

—Me ha dicho papá esta mañana que ayer habló con Daryl y que pasará por Londres en breve.

—¡Qué bien! —exclamó Lola—. Me muero por verlo.

El camarero llegó entonces, les dejó varios de los platos que habían pedido y ambas los atacaron. Tenían hambre. Durante varios minutos comieron en silencio, hasta que a Lola le sonó el teléfono y, al leer en la pantalla el nombre de Akihiko, dijo:

—Dame un segundo. —Luego contestó y lo saludó—: Hola, Akihiko.

—Hola, chica fuego —respondió aquél con su particular acento japonés—. ¿Cómo estás?

Sonriendo, Lola se alejó de su hermana y respondió:

—Bien. ¿Y tú? ¿Estás ya en Londres?

Akihiko, un reputado anticuario al que Justin y ella habían conocido durante el tiempo que habían vivido en Japón, indicó:

—Llegué ayer para prepararlo todo para este viernes. Vendrás, ¿verdad?

Al oír eso, Lola recordó la cita que tenían programada desde hacía meses, pero, tras pensarlo, murmuró:

—Justin se va a Nueva York.

—Lo sé. Acabo de hablar con él y me lo ha dicho, pero me encantaría ver a mi chica fuego.

Lola sonrió. Akihiko era un hombre encantador que la llamaba así por su color de pelo.

Aún recordaba la primera vez que habían coincidido en Japón en una de las fiestas que aquél organizaba. Habían sido invitados por un amigo de Justin, y lo que se encontraron allí los dejó sin palabras, pues ninguno conocía lo que era el *shibari*.

Aquella primera vez, tanto ella como Justin observaron. Ver la maestría con la que aquel hombre ataba a hombres y a mujeres proporcionándoles placer con cada roce, con cada atadura, los dejó sin habla.

En la segunda fiesta a la que acudieron, Justin quiso probar. Akihiko lo ató, lo sujetó por las nalgas y por el vientre, y Justin disfrutó durante y después de aquella experiencia. Lola, por el contrario, no quiso lanzarse. A ella le iban otras cosas. Pero su amistad con Akihiko se reforzó, y muchas fueron las tardes en que el japonés y ella se veían para charlar largamente, en las que éste le daba buenos consejos que Lola nunca olvidaba.

Una vez que hubieron regresado de Japón, se veían siempre que Akihiko iba a Londres y organizaba alguna de sus fiestas.

—Vamos, chica fuego. Anímate —insistió el japonés.

Lola dudó. Con Justin en Nueva York, ella tenía todo el tiempo del mundo para poder estar con Dennis

—No sé. Ya sabes que yo no participo de la fiesta. Es Justin el que...

—Lo sé. Pero, aun así, puedes venir con otro acompañante. —Y, tras hacer una pausa más que significativa, aquél añadió—: Te aseguro que nada me gustaría más que verte acompañada por otro hombre y, por supuesto, ni que decir tiene que mi discreción es total.

Lola sonrió. Akihiko era otra de las personas que conocían la realidad de la relación con su marido.

—De acuerdo —murmuró finalmente—. Lo pensaré.

Se despidió de él, y cuando llegó a la mesa miró a su hermana. Estaba ojeando unos documentos que tenía en la mano mientras lloraba y comía como una loca. Priscilla clavó entonces los ojos en ella y sollozó:

—Acabo de firmar los papeles del divorcio y me voy a poner como una foca por culpa de la ansiedad que me provoca lo que he hecho.

Lola, enternecida, le quitó los documentos de la mano, los dejó sobre la mesa y la abrazó.

Esa tarde, cuando regresaron al colegio después de comer, Priscilla estaba mucho más tranquila, y juntas pasaron por la sala de profesores. Nada más entrar, Lola comprobó que Dennis estaba allí, hablando con Bruna. No se acercó a ellos. La enfermaba sentir cómo aquélla lo tentaba con la mirada. Se volvió hacia otra parte para no verlos, y entonces oyó a su lado:

—¿Qué tal habéis comido?

Era Justin. Priscilla no respondió, y Lola dijo dejando su móvil sobre la mesa:

—Bien.

Justin se sentó con ella y abrió una carpeta, justo en el instante en que el teléfono de Lola vibraba. Al mirar el mensaje, vio que era de Beckett.

Keira, hotel Tugal. Hoy, a las siete. Habitación 415.

En cuanto lo leyó, resopló y respondió:

No.

Le dio a «Enviar», después borró el mensaje y continuó a lo suyo, sin darse cuenta de que Dennis la estaba observando. Una vez que terminó de leer los documentos que tenía entre manos, Justin se levantó y dijo:

—Tengo una reunión y no puedo entrar en el despacho de tu padre porque no está y nadie tiene una llave. ¡Qué cabezón! —Y, mirándola, añadió—: Luego te veo en casa.

Lola asintió. No le preguntó dónde estaba su padre. No le interesaba.

Se levantó, se puso un café y, cuando se sentó de nuevo para tomárselo y vio con el rabillo del ojo que el hombre que ocupaba todas sus fantasías la estaba observando, cogió su móvil y tecleó:

¿Me has echado de menos como esperabas?

Una vez enviado el mensaje, dio un sorbo a su café y entonces su móvil sonó.

Eso y más.

Ella sonrió y se apresuró a contestar:

Este fin de semana Justin no está. ¿Qué planes tienes?

Ahora era Dennis el que con disimulo sonreía mientras respondía:

Estoy abierto a opciones.

Lola lo pensó. No sabía si sería buena idea invitarlo a la fiesta privada de Akihiko, pero escribió:

Para el viernes tengo una buena opción.

Encantado por aquello, él sonrió y tecleó:

¿El helicóptero?

Al leerlo, Lola tuvo que contener una carcajada, y contestó:

Ya te contaré.

Luego terminó su café y, sin mirar atrás, salió de la sala de profesores. Cuando su teléfono volvió a vibrar, leyó:

Ese pantalón te hace un culo precioso.

Lola sonrió y, sin responder, se fue a dar su clase. Eso sí, con el ego bien abultado.

Capítulo 38

Priscilla paseaba por Piccadilly Circus con una bolsa en la mano y los papeles del divorcio en el interior de su bolso.

Era el cumpleaños de Conrad y, sin saber por qué, cuando bajaba por Hyde Park, le había comprado una corbata en su tienda preferida. Seguro que le gustaba.

Con la bolsa en la mano y dispuesta a verlo, paseaba frente al bufete de abogados para el que aquél trabajaba. Cuando lo viera salir, lo felicitaría, le daría aquel detalle y procuraría ser la historiadora adulta que siempre había sido. Luego, tras entregarle los papeles firmados, se marcharía y trataría de comenzar una nueva vida, a no ser que él recapacitara, mandara a freír espárragos a su padre y a la chef y quisiera volver a intentarlo con ella.

Estaba abstraída en sus pensamientos cuando oyó que alguien la llamaba.

Al volverse, el sol le dio en la cara y sólo pudo ver la figura de alguien que se acercaba. Cuando distinguió de quién se trataba, sonrió. Ante ella tenía al auxiliar de la residencia de su madre, vestido con una sudadera gris y un pantalón vaquero.

—Aidan —lo saludó—. ¿Qué haces por aquí?

Encantado por su bonita sonrisa de recibimiento, éste se echó al hombro la bolsa de deporte que llevaba en la mano y respondió señalando el edificio de enfrente:

—Salgo del gimnasio. ¿Y tú?

—Estoy de compras —mintió Priscilla—. Me encanta comprar por esta zona. Está siempre tan animada...

Aidan asintió. Se sentía feliz de haberse encontrado con aquella mujer fuera de la residencia. Como siempre, estaba preciosa con su abriguito oscuro y su moño rubio y, consciente de que o se lo decía en ese instante o no se lo diría jamás, preguntó:

—¿Por qué casi nunca te sueltas el pelo?

Priscilla se tocó el cabello y, al hacerlo y ver que el pasador se lo sujetaba bien, repuso:

—¿Para qué voy a llevarlo suelto?

Aidan sonrió e indicó:

—Para estar aún más bonita.

Al oírlo, Priscilla no supo qué decir. No solían echarle muchos piropos. Pero, al observar a aquel joven y notar su cálida mirada, sin saber por qué respondió:

—Tanto si lo hiciera como si no, no creo que nadie se diera cuenta de ello.

—Yo sí. Yo sí me daría cuenta.

En ese instante, el portal del bufete se abría. Priscilla miró y, al ver que no era Conrad, suspiró.

—¿Esperas a alguien? —preguntó Aidan.

—No. —Y, sin prestarle más atención, dijo—: Bueno, ha sido un placer verte. Voy a seguir con mis compras. Adiós.

Y, sin más, Priscilla echó a andar.

Al ver que se alejaba, Aidan maldijo y, caminando tras ella, preguntó poniéndose a su lado:

—¿Qué tienes que comprar?

Priscilla lo miró sorprendida y luego respondió:

—Pues cosas que no creo que te interesen.

El chico sonrió y, meneando la cabeza, replicó:

—Vale. Esto no se me da muy bien... Pero, después de decirte que yo sí me fijaría en tu precioso pelo y que tú no hayas entendido la indirecta, sólo me queda añadir: ¿quieres tomar algo conmigo?

Boquiabierta por su propuesta, ella contestó

—No...

Pero Aidan, que no estaba dispuesto a tirar la toalla, insistió:

—Te aseguro que no me propasaré lo más mínimo. Es más, podemos ir a la cafetería que tú quieras y dejar la mesa de por medio mientras tomamos un té, un café o un refresco.

Alucinada, Priscilla balbuceó:

—Aidan, soy mayor que tú, ¿no lo ves?

Sonriendo, él asintió.

—Eres una mujer. Eres una preciosidad, eso es lo que veo.

—Pero... pero ¿qué estás diciendo? —cuchicheó ella boquiabierta.

—Priscilla, sabes perfectamente lo que estoy diciendo —replicó él—. Y lo sabes porque te besé aquel día bajo el muérdago y porque eres consciente de cómo te miro cada vez que vas a ver a Elora a la residencia.

El portal del bufete se abrió de nuevo y Priscilla dirigió la vista hacia allí. En esta ocasión sí que vio salir a Conrad, que se paró en la acera y se miró el reloj.

Aidan, que no perdía ojo a lo que ella miraba, insistió:

—¿Qué? ¿Te animas a tomar algo conmigo?

Pero Priscilla no lo escuchaba, sólo veía a Conrad.

—No te merece, y lo sabes —soltó de pronto el joven.

Sin dar crédito, ella lo miró y siseó:

—No sé de qué hablas, pero si te estás refiriendo a lo que creo, sólo me queda decirte: métete en tus asuntos porque a ti en este entierro nadie te ha dado vela.

Acto seguido, acalorada y sin ganas de discutir con él, se apresuró a añadir:

—Mira, lo siento. Tengo prisa. Adiós.

Y, con paso decidido, se encaminó hacia donde estaba Conrad, vestido con un elegante traje de color gris marengo y una camisa blanca. Priscilla sonrió. Aquel hombre era la elegancia personificada.

A falta de unos metros para llegar a su lado, de pronto vio cómo él daba media vuelta y, abriendo los brazos, estrechaba contra sí a una rubia para después besarla con mimo. Priscilla rápidamente la identificó. Era la chef. La mujer con la que había tenido una vida paralela durante más de dos años.

Priscilla se detuvo en seco y los observó a menos de dos metros de distancia. Aquel que besaba a la rubia con auténtica devoción era el hombre con el que había estado casada años, el hombre que, por un problema de su niñez, no había podido darle hijos, y el hombre que aún era su marido.

Con el corazón latiéndole con fuerza, contempló cómo él la besaba. Ni en sus mejores momentos la había besado así a ella.

Recordó el día que su padre se lo había presentado. Conrad era un hombre ya vivido, abogado, y, sin poder evitarlo, quedó deslumbrada por él. Se cegó tanto que, con sólo sonreírle y llamarla *monada*, ella ya se veía recompensada.

El noviazgo duró diez años. Él fue su primer amor, su primera experiencia sexual, y la noche que Conrad la hizo mujer en un hotel a las afueras de Londres, Priscilla creyó haber encontrado al hombre de su vida.

Pero, de pronto, allí, al presenciar aquel apasionado beso, se dio cuenta de una vez por todas de la cruda realidad. Él nunca la había querido. Para él, ella había sido un simple peldaño en su vida para ascender a otra escala social. Ahora que lo había conseguido, Priscilla le sobraba, y sólo aceptaría estar con ella a cambio de la impresionante casona que su padre tenía en Cornualles.

—Me merezco algo mejor —murmuró para sí.

Petrificada, los seguía observando cuando aquéllos dejaron de besarse y, al echar a andar, se encontraron de frente con ella. Durante unos segundos se miraron, hasta que Conrad pronunció su nombre:

—Priscilla.

Paralizada al haberse dado de bruces con la realidad cuando menos lo esperaba, ella no sabía qué decir, pero entonces aquél insistió en tono molesto:

—Priscilla, ¿qué haces aquí?

Inmovilizada al ver cómo su exmarido no se soltaba de la joven que tenía agarrada, parpadeó cuando de pronto sintió cómo unas fuertes manos la agarraban por la cintura. Al mirar, vio que se trataba de Aidan, que, con una esplendorosa sonrisa, la acercaba a su boca y murmuraba antes de besarla:

—Preciosa, estás aquí.

Alucinada, ella aceptó aquel beso. Aquellos labios eran dulces y tentadores. Aquel beso cargado de deseo, de mimo, de ternura, le hizo saber que la vida podía ofrecerle mil cosas mejores que un idiota como Conrad. Cuando separó sus labios de los de él, lo saludó con una bonita sonrisa:

—Hola...

Al ver su mirada y comprender que había entendido el porqué de aquella acción, Aidan sonrió y, quitándole el pasador del pelo para que éste cayera sobre sus hombros, indicó:

—Como te he dicho en alguna otra ocasión, así estás mucho más bonita.

Agarrada a Aidan para no caerse, Priscilla asintió. Lo que aquel muchacho acababa de hacer por ella era para agradecérselo el resto de su vida, y más cuando encima lo vio tenderle la mano a su ex y decir:

—Encantado, señor Grant, soy Aidan Gallagher.

Conrad se la estrechó y, sin perder la sonrisa, Aidan se la tendió también a la mujer. Entonces aquél, sorprendido, preguntó:

—¿Nos conocemos?

Aidan asintió, besó con mimo la frente de Priscilla e indicó:

—Sí. Trabajo en la residencia donde está internada Elora. Recuerdo, en el pasado, haberlo visto algún día por allí.

Al ver cómo su ex la observaba sorprendido en brazos de otro hombre, Priscilla de pronto se sintió fuerte y poderosa. Si él podía rehacer su vida, ¿por qué no iba a poder ella? Y, sin darle el regalo que le había comprado, murmuró:

—Hoy es tu cumpleaños.

—Sí.

Luego Priscilla miró a la mujer, que la observaba recelosa después de la que le había montado hacía meses en el restaurante donde se encontraron, y dijo:

—Siento mucho lo que ocurrió aquel día. Perdí los papeles y te culpé por algo que no debía porque, al fin y al cabo, quien estaba casado conmigo era él y no tú.

La mujer asintió. Le gustó que le hiciera aquella matización. Entonces Priscilla, soltándose de Aidan, abrió su bolso, sacó la maldita carpeta que la había vuelto loca los últimos meses y, tendiéndosela a su ex, indicó:

—Aquí tienes los papeles del divorcio firmados. —Conrad parpadeó y ella, sonriendo, añadió—: ¡Feliz cumpleaños!

A cada instante más descolocado por la aparente tranquilidad de ella, Conrad cogió la carpeta que le entregaba y preguntó sin dar crédito:

—¿Los has firmado?

Ella asintió.

—Sí. —Y, al ver cómo él la miraba, sentenció—: Los he firmado sabiendo muy bien lo que hago, porque me quiero y espero algo más de la vida, y porque no estoy dispuesta a que te quedes conmigo sólo por poder tener algo que te gusta y que pertenece a mi familia, y que precisamente no soy yo.

Conrad maldijo, y la rubia, que no entendía nada, preguntó:

—¿Qué ocurre?

Priscilla, al oírla, aclaró con tranquilidad:

—Conrad llegó a un acuerdo con mi padre. Seguiría conmigo si mi padre ponía a su nombre la casa que mi familia tiene en Cornualles.

—¡¿Qué?! —exclamó aquélla.

Priscilla asintió y, pasando la mano por la cintura de Aidan, miró a su ex y murmuró:

—Al parecer, Conrad quería seguir jugando contigo y conmigo. Pero conmigo ya no lo hará. Conmigo se acabó el jueguecito.

Enfadado por lo que oía, Conrad protestó:

—Priscilla, eres mi mujer y...

—Exmujer —matizó ella—. Te acabo de entregar los papeles firmados. ¿No era lo que querías?

La rubia, al ver descubierto el juego de aquél, lo miró enfadada y, soltándose de su brazo, dio media vuelta y se alejó.

Priscilla, consciente de haber retomado las riendas de su vida, continuó:

—Te dejamos, Conrad, para que puedas ir tras ella y le supliques su perdón. Y antes de que te preguntes qué estaba haciendo aquí, te diré que he venido a buscar a Aidan, que va a ese gimnasio, y al ver que estaba justo enfrente de tu bufete, he pensado: ¿por qué no felicitarte y entregarte los papeles? —A continuación, apoyó la cabeza en el hombro de Aidan, que sonreía, y dijo—: Ya podemos irnos a tomar algo, cariño.

Confundido e impresionado por lo que había visto, Aidan asintió sin soltarla:

—Estoy sediento.

Ella sonrió y, guiñándole el ojo a un descolocado Conrad, simplemente añadió:

—¡Adiós!

Aidan y Priscilla dieron media vuelta y comenzaron a caminar alejándose de él. Cuando estaban lo bastante lejos, ésta cuchicheó:

—Si me sueltas, te juro que me caigo redonda.

Aidan sonrió y, agarrándola con más fuerza, repuso:

—Tranquila. No te soltaré.

Capítulo 39

El viernes, a las cuatro de la tarde, Lola llevó a Justin al aeropuerto. Nadie, a excepción de ella, sabía de aquel viaje.

Cuando regresó a su casa, se duchó y, dispuesta a impresionar a Dennis, se puso un vestido rojo con unos increíbles tacones del mismo color. Se recogió su precioso pelo en un moño alto y, una vez que terminó, se miró en el espejo y murmuró:

—¡Perfecto!

Feliz por la compañía que tendría aquella noche, marcó su número de teléfono y, cuando éste lo cogió, ella saludó:

—Buenassssss.

El brasileño, que esperaba impaciente su llamada mientras daba vueltas en su casa como un loco, respondió:

—Eso digo yo: buenas.

Lola, encantada, dijo entonces:

—Como no puedes venir a casa a buscarme y tampoco es recomendable que nos vean a los dos solos en ningún restaurante, ¿qué te parece si te llevo a cenar a un sitio muy íntimo que conozco?

Dennis asintió. Aquello de esconderse cada día le gustaba menos, pero murmuró:

—De acuerdo.

—Te espero en el parking que hay frente al Museo Británico, en la segunda planta.

—Vaya..., ¿otro parking?

Ella sonrió.

—Estaré allí dentro de una hora.

En cuanto colgó, Lola corrió al baño. No paraba de ir a causa de los nervios.

Una hora después, esperaba en la segunda planta de aquel parking dentro de su coche biplaza cuando oyó el ruido bronco de una moto. Lola sonrió y entonces lo vio circular muy despacito hasta pararse a su lado, así que salió del coche y se apoyó en él. En cuanto Dennis se quitó el casco y la vio de aquella guisa, silbó y murmuró muy lentamente:

—*Delícia.*

Ella sonrió. Adoraba cómo le decía aquello.

Una vez que Dennis hubo aparcado su moto, se acercó de nuevo a ella y la besó. La deseaba con todas sus fuerzas, pero Lola, divertida, murmuró alejándose de él:

—Vamos, monta en el coche. Te voy a llevar a un sitio increíble.

Sonriendo, Dennis obedeció. Lola sacó entonces con pericia el biplaza del parking y condujo durante algo más de una hora y cuarto hasta llegar a un pueblecito llamado Peaslake, mientras la voz sugerente de George Michael los acompañaba cantando *Freedom.*[38]

Era de noche, apenas se veían luces, y Dennis, divertido, preguntó al ver que ella miraba a su alrededor:

—¿Nos hemos perdido?

Lola sonrió. Sabía muy bien dónde estaba. Se acercó a una propiedad, y respondió al tiempo que la cancela de la misma se abría:

—No, listillo. Ya hemos llegado.

Boquiabierto, Dennis miró aquel lugar más que lujoso e interrogó:

—¿Aquí vamos a cenar?

—Sí.

—Te recuerdo que soy un simple profesor y mi intención es invitarte.

Ella sonrió y, guiñándole el ojo, replicó:

—Tranquilo. La cena ya está pagada.

A Dennis no le gustó su respuesta. ¿Cómo que la cena ya estaba pagada?

38. *Freedom*, Columbia, interpretada por George Michael. *(N. de la E.)*

Pero decidió callar mientras Lola conducía el vehículo a través de un bonito jardín, hasta que un hombre le hizo señas y ella aparcó. Nada más bajarse del coche, el hombre que la había guiado, junto con otro, cubrieron el biplaza con una tela negra. Dennis los observó, y Lola, al ver su gesto, murmuró:

—Es parte del juego. Discreción total.

El brasileño asintió. Entonces, uno de aquellos hombres se acercó hasta ellos, buscó en la lista el nombre de Lola y, en cuanto la encontró, le tendió dos antifaces negros y dijo:

—A la derecha está el restaurante donde pueden cenar. A la izquierda, la fiesta. Que lo disfruten.

Cada vez más descolocado, Dennis miró los antifaces de su mano y preguntó:

—¿A qué clase de sitio me has traído?

Divertida por su desconcierto, Lola replicó:

—¿A ti no te gustaba el morbo y la sensualidad? —Él asintió, y aquélla añadió—: Un buen amigo japonés ha organizado esta fiesta exclusiva. Primero cenaremos en un reservado tú y yo solos y, después, si lo deseamos, podemos, o no, entrar en la fiesta, siempre y cuando nos pongamos estos antifaces.

Dennis sonrió. Aquél parecía un buen plan.

Una vez dentro de la casa, se dirigieron hacia la derecha. No se cruzaron con nadie en el camino, pero sí se oía murmullo de gente hablando. Dennis y Lola caminaron por pasillos confeccionados con cortinas de loneta negra, detrás de las cuales se oían voces. De pronto, un camarero abrió una de aquéllas y anunció:

—Su mesa está preparada, señores.

La estancia era preciosa: una mesa redonda para dos con flores en el centro y una vela. La cubertería, la cristalería..., todo allí era exquisito.

—Gracias —dijo Lola mientras entraba.

Tan pronto como el camarero se marchó y la tela negra cayó de nuevo, Dennis la miró y preguntó bajando la voz:

—¿Adónde me has traído?

Lola observó la preciosa mesa, se acercó a ella y se sentó en una de las sillas. Después cogió una botella de champán de la cubitera, sirvió dos copas y, entregándole una a Dennis, que se había acomodado frente a ella, murmuró:

—Te he traído a una fiesta llena de morbo a la que tenemos la opción de asistir o no. Pero, primero, ¿qué tal si cenamos?

Él sonrió y, dispuesto a darle una oportunidad, le guiñó un ojo y respondió:

—Cenemos.

Dicho esto, Lola cogió una campanilla que había sobre la mesa, la tocó y, segundos después, un camarero entró y comenzó a servirles.

La comida era exquisita, y Dennis y Lola disfrutaron de aquellas horas como nunca. Allí, ocultos entre aquellas cuatro paredes de tela negra, podían besarse, tocarse, reír y bromear sin miedo a que otros ojos los miraran y los acusaran.

Acabada la cena, el camarero les llevó el postre: un rico pastel de tres chocolates y helado de vainilla.

—Dennis —preguntó entonces Lola clavando los ojos en él—. ¿Has oído hablar del...?

Pero, antes de poder acabar, la tela negra se abrió y, al ver a su amigo, se levantó.

—¡Akihiko! —lo saludó.

El japonés, un hombre alto de pelo oscuro, aceptó su abrazo y posteriormente un rápido beso en los labios. Eso a Dennis no le gustó, y menos cuando aquél se separó de ella, la miró de arriba abajo y musitó:

—Mi preciosa chica fuego.

Lola sonrió y, cuando iba a decir algo, el hombre murmuró en japonés:

—Me alegra tenerte aquí, aunque no esté Justin.

Ella asintió y respondió también en ese idioma, que aún recordaba:

—Siempre es un placer verte.

Cuando sonrieron, Dennis los miró con seriedad. Sólo había entendido el nombre de Justin.

—Akihiko, te presento a Dennis —dijo entonces Lola en inglés.

El japonés clavó la mirada en el otro y, antes de ofrecerle la mano, volvió a preguntar en su idioma:

—¿Amigo, amante, vecino...?

—Digamos que amante —respondió ella nerviosa.

El hombre sonrió y, tendiéndole la mano a Dennis, lo saludó en inglés:

—Encantado de conocer al amante de mi chica fuego. Espero que lo pases bien en la fiesta, Dennis.

Desconcertado por aquello, pero sin querer ser la nota discordante, Dennis agarró la mano que aquél le tendía y respondió:

—Gracias por la invitación. La cena ha sido exquisita.

Akihiko retuvo la mano del brasileño durante unos segundos y, al ver la seriedad con que lo observaba, cuchicheó dirigiéndose a Lola en japonés:

—Me gusta. —Y, antes de que ella pudiera decir nada, añadió en inglés paseando la mano lentamente por su cintura—: La fiesta, chica fuego, ya sabes dónde es. Lo que desees siempre será.

Lola sonrió, ante el gesto serio de Dennis, y repuso:

—Gracias.

Dicho esto, el hombre volvió a clavar la mirada en Dennis y, apartando la tela negra, desapareció.

Incómodo y molesto, el brasileño miró a Lola y siseó:

—¿Tú no sabes que hablar en otra lengua delante de un tercero conociendo todos un mismo idioma es de mala educación?

Lola sonrió pero, cuando iba a agarrarlo del brazo, éste se retiró.

—No sé qué pasa aquí, *chica fuego* —se mofó Dennis—, pero este lugar y tu amiguito de ojos rasgados no me gustan nada.

—Oye...

—¿Tu *amante*? ¿Por qué le has dicho que soy tu amante?

Lola maldijo. Sabía que había metido la pata.

—No sé adónde me has traído —siguió protestando él—. No sé qué es este lugar ni qué has hablado con ese tipo sin que yo me enterara, y...

Entonces ella lo cogió de nuevo de la mano y, dándole un tirón para que se callara, murmuró con delicadeza:

—Dennis, cariño, escúchame.

Él se quedó sin palabras al oír aquel apelativo cariñoso, y Lola continuó:

—Akihiko es un amigo. Me ha preguntado quién eras y...

—Y le has dicho que soy tu *amante*. ¡Genial!

Ella suspiró e, intentando buscar algo positivo, musitó:

—Ha dicho que le has gustado.

Al verla sonreír, finalmente el brasileño también sonrió. Era un blando con ella; pasando las manos alrededor de su cintura, preguntó más tranquilo:

—¿Puedes explicarme de qué va todo esto?

Lola asintió. Acercó los labios a los de él y, tras rozárselos con tentación, dijo:

—¿Has oído hablar del *shibari*?

Dennis negó con la cabeza. Entonces Lola lo hizo sentarse, se sentó sobre él y comenzó a explicarle:

—El *shibari* es el equivalente oriental del *bondage* occidental. Para que te hagas una idea, se trata del uso de cuerdas y ataduras para despertar el erotismo e incrementar el placer sexual.

Dennis parpadeó.

—¿Te va el...?

—No —dijo ella tapándole la boca con la mano—. El *shibari* no es violento. Es una práctica consensuada con unos límites bien definidos. Akihiko es un maestro o, mejor dicho, un *nawashi*, en el manejo de las cuerdas. Tiene conocimiento, destreza, paciencia y...

—Lola, pero ¿de qué hablas? —preguntó Dennis quitándosela de encima para levantarse.

Ella suspiró. Sabía que todo aquello, dicho así, parecía más de lo que era y, tras coger el antifaz, se lo puso y, entregándole el otro a Dennis, indicó:

—Póntelo y te enseñaré de lo que hablo.

Sin dudarlo, él se lo puso. Luego Lola lo agarró de la mano y murmuró:

—Vamos.

Una vez que salieron de detrás de las cortinas negras, al verlos con los antifaces puestos, un camarero les indicó hacia dónde debían dirigirse.

Entraron por una puerta y lo primero con lo que se encontró Dennis fue con una exposición de fotos. En todas aparecía Akihiko, y en cada una de ellas había una persona diferente con él, suspendida en el aire y con ataduras a lo largo de su cuerpo. Al ver cómo él miraba las imágenes, Lola explicó:

—El arte del *shibari* es tan hermoso que distintos fotógrafos han hecho exposiciones con personas atadas y suspendidas de las maneras más bellas y expresivas.

Luego se paró ante una de aquellas fotos gigantes y ambos la contemplaron. En ella se veía a una mujer con antifaz, maniatada a los brazos de Akihiko. Dennis observó la imagen hasta que, al leer el título, «Mi chica de fuego», la miró y preguntó:

—¿Eres tú?

Lola sonrió y asintió.

—Sí. Akihiko me pidió permiso para poder exponerla. ¿A que es preciosa?

—Preciosísima —gruñó él.

Sin decir nada más, pasaron entonces a otra sala más grande donde había unas veinte personas charlando, todas ellas con antifaces.

Sin soltarse de la mano, se acercaron hasta otro grupo que observaba a tres personas que colgaban en el aire sujetas con cuerdas.

—Esas personas que ves ahí, maniatadas y suspendidas, lo disfrutan —musitó Lola.

—¿Estás segura? —inquirió Dennis mirándolas.

Ella sonrió.

—El *shibari* resulta placentero para la persona atada porque es perturbador. El roce de las cuerdas en ciertos puntos sensibles de su piel les ocasiona un gran placer, y la ingravidez es algo muy potente. Estar atado los hace sentir indefensos, vulnerables, y eso les produce una gran descarga de adrenalina, porque ellos simplemente se dejan hacer y se limitan a sentir y a gozar...

—¿Tú has estado atada y suspendida de ese modo?

Al sentir sus ojos sobre ella, Lola respondió:

—No. Pero que no me guste practicarlo no significa que no admire la belleza del arte del *shibari*.

Sin hablar, pasaron a otra sala, donde otras personas, en este caso desnudas, estaban alrededor de dos hombres y una mujer que, suspendidos, disfrutaban y se dejaban hacer. Dennis los miró.

Continuaron su camino hasta llegar a otra sala, donde Akihiko, ante varios espectadores, ataba a una mujer, mientras otras tocaban un enorme instrumento sentadas en el suelo. Al ver cómo las miraba Dennis, Lola explicó:

—Eso que tocan es un instrumento de cuerda japonés llamado *koto*. En Occidente se conoce como *arpa japonesa*.

Él asintió y, volviendo los ojos hacia Akihiko, observó en silencio, al igual que el resto, cómo aquél, con armonía y destreza, pasaba las cuerdas lenta y pausadamente por los pechos de aquella mujer.

—Ese movimiento que está haciendo es conocido como *las perlas* —murmuró Lola.

Durante más de media hora, sólo acompañados por la música del *koto*, el roce de las cuerdas y los jadeos de los asistentes, sin soltarle la mano a Lola, Dennis contempló cómo aquel hombre, aquel maestro, previa petición de su sumisa, la ataba y la suspendía. En cuanto terminó, Akihiko la miró y, delante de todos, la masturbó, mientras Lola, acalorada al oír sus jadeos, susurró:

—Cuando se termina el proceso de atar y suspender, entre maestro y sumisa se pueden hacer muchas cosas. El juego puede terminar una vez que él acaba con la inmovilización o puede continuar con una masturbación, como en este caso, o practicando sexo, como están haciendo en las otras salas.

Dennis asintió. Él era un hombre liberal, un hombre de mundo. Pero la miró y dijo:

—Esto no me va.

—No lo has probado y no lo sabes.

—Lo sé —afirmó él con convicción y, separándola del grupo para poder hablar, añadió—: A mí me gusta el sexo. Adoro disfrutar del contacto piel con piel. Me gusta dar y recibir placer. Y esto que veo no es lo mío.

—Y ¿qué es lo tuyo?

Dennis iba a responder, pero de pronto se detuvo. Hasta conocerla a ella, lo suyo había sido disfrutar de una o varias mujeres a la vez, pero ahora sólo quería disfrutarla a ella. Aun así, respondió:

—Me gusta el morbo, el sexo caliente, voluptuoso, gustoso. Adoro saborear, gozar, tocar, y nada de lo que a mí me gusta puede proporcionármelo este tipo de sexo.

Cautivada por sus palabras, Lola sonrió y, cuando iba a decir algo más, él indicó:

—Vayámonos de aquí y permíteme cumplir tus fantasías. Sé que deseas sentir el morbo del ofrecimiento. Vamos..., disfrutemos de lo que nos gusta.

Al oírlo hablar así, a Lola se le calentó hasta el alma. Pero en ese momento se les acercó Akihiko, que, mirándola, preguntó:

—¿Mi chica fuego desea algo?

Dennis no se movió. Simplemente la miró, y ella, agarrándose de su mano, respondió:

—Nos vamos, Akihiko. Gracias por la invitación.

El japonés sonrió y, tras darle un abrazo rápido, le tendió la mano al brasileño, que lo observaba, e indicó:

—Dennis, ha sido un placer conocerte.

—Lo mismo digo —aseguró él sonriendo por fin.

Cogidos de la mano fueron hasta la salida. Allí, un hombre los acompañó hasta el lugar donde habían aparcado el coche y, tras retirar la lona negra que lo cubría, Dennis le pidió la llave del coche a Lola y sonrió al recordar a Eric y a Judith.

—Ahora seré yo quien te lleve a ti —declaró.

Ella sonrió a su vez y se la entregó. Luego, tras colocarse el asiento para que le entraran bien las piernas, el brasileño arrancó y, siguiendo los carteles de Londres, regresaron a la ciudad.

Capítulo 40

Una hora después, cuando pasaban por Trafalgar Square, tras ver en el reloj del coche que era la una menos cuarto de la madrugada, Dennis paró en un semáforo, miró a Lola y dijo:

—¿Conoces el Essence?

—No. ¿Qué es?

Él sonrió y, posando la mano sobre la pierna de aquélla, indicó:

—Un club más que privado donde se practica sexo.

Lola asintió.

—¿Tú has estado allí? —preguntó a continuación.

Sin ninguna necesidad de mentir, el brasileño afirmó:

—Sí. En dos ocasiones desde que vivo en Londres, antes de estar contigo —matizó.

Lola asintió de nuevo y él, arrancando el coche, prosiguió:

—Al Essence accedí a través de los contactos de mis amigos Eric y Björn. Es un sitio exclusivo y privado que pocos conocen, donde se reúnen personas para practicar sexo a cualquier hora del día o de la noche. Me gustaría llevarte allí, ¿puedo?

Lola se retorció las manos nerviosa y, al sentir su mirada, Dennis paró el vehículo en un lateral y le preguntó:

—¿Qué ocurre?

Ella se revolvió en el asiento del vehículo y, finalmente, confesó:

—Estoy nerviosa.

Al oírla, Dennis sonrió y, sin poder evitarlo, inquirió:

—¿Por qué?

Segura de lo que quería, ella asintió y respondió:

—Porque deseo cumplir mis fantasías contigo.

Dennis la miró y, sorprendido como en otras ocasiones al verla tan nerviosa, murmuró:

—Lola, ¿de verdad que has ido a locales *swinger* con...?

No pudo acabar la frase. Ella le tapó la boca y contestó:

—Sí, claro que he ido. Y ahora quiero que arranques el coche y me lleves a ese sitio para cumplir nuestras fantasías.

Excitado por lo que ella le decía, Dennis puso el coche de nuevo en marcha y condujo en silencio hasta llegar a un edificio de apariencia normal, donde se detuvo frente a un garaje. Se sacó una tarjeta de la cartera y, tras introducirla en una ranura, la puerta se abrió y el brasileño guio el vehículo hacia el interior. Una vez que hubieron aparcado tras unos paneles, agarró de la mano a Lola y dijo:

—Aquí la privacidad es primordial, igual que en el lugar de donde venimos, y sólo te dejas ver si tú quieres.

Ella le cogió la mano con fuerza y ambos subieron en un pequeño ascensor que los llevó hasta una recepción, donde una chica de aspecto agradable los saludó.

—3226 —dijo el brasileño—. Dennis Alves.

La muchacha miró en su ordenador y, en cuanto comprobó su identificación, le tendió una tarjeta y dijo entregándoles un par de números:

—Ya puede pasar, señor Alves. Habitación 32.

Sin soltarse de la mano, se dirigieron hacia un pasillo. Durante su recorrido, Lola vio puertas entreabiertas y, colgados en algunos pomos, carteles anaranjados en los que se leía: PAREJA BUSCA CHICA, PAREJA BUSCA CHICO, CHICO BUSCA CHICA, ORGÍA, AMA BUSCA SUMISO, etcétera.

Al ver lo que ella miraba, Dennis sonrió y murmuró:

—¿Te excita lo que ves?

Lola simplemente asintió. Cuando llegaron ante una puerta en la que no había colgado cartel alguno, Dennis la abrió y dijo:

—Pasa, cariño.

La joven entró. La habitación tenía las paredes pintadas de gris, el cabecero de la cama era blanco y las sábanas negras de raso. Aquello era puro morbo. Entonces Dennis, soltando las llaves del coche sobre una mesita de centro, donde había un jarrón con unas preciosas rosas en color verde, se acercó a un minibar y, sin preguntar, preparó un par de bebidas.

—Rosas verdes. Nunca las había visto, ¡qué bonitas! —murmuró Lola.

Él sonrió, le pasó una de las copas y susurró antes de besarla:

—Sé lo que te gusta, cariño.

Ella sonrió y, tras darle un trago a su bebida, señaló la mesa. En ella, además de las rosas verdes, había una bandeja con los mismos carteles que había visto colgados en los pomos de las habitaciones y, sin necesidad de que le preguntara, Dennis respondió:

—Una vez que elijamos qué deseamos, sólo tenemos que colgarlo en la puerta y la fantasía aparecerá.

—¿Y si no nos gusta?

—Con decir la palabra «No», desaparecerá.

Lola asintió, mientras sentía cómo su bajo vientre vibraba y se humedecía. Lo que Dennis le estaba mostrando la estaba excitando mucho, y le gustaba. El brasileño la agarró de la mano y la llevó frente a un televisor. Luego cogió un mando, lo encendió y, en la pantalla, apareció una sala llena de gente que parecía divertirse. Durante unos segundos ambos miraron el plasma, hasta que él dijo:

—El local tiene cinco salas comunitarias, y luego están las habitaciones privadas como ésta, por si no quieres que te vean. La sala número uno es la que ves en la televisión. En ella, la gente se ve, toma contacto y elige con quién quiere o no quiere practicar sexo.

Lola asintió y, al reconocer a uno de los hombres de la sala, murmuró sorprendida:

—Pero ¿ése no es...?

—Lo es —la cortó Dennis—. Es el político que tú crees, pero aquí ha venido a lo mismo que tú y que yo. A disfrutar del sexo, la discreción y el morbo.

Entonces, enseñándole el número 32 que la recepcionista le había dado, indicó:

—Si nosotros quisiéramos estar en esa sala buscando con quién jugar, tendríamos que ponernos el número que nos han dado. La discreción es total, pero la seguridad es aún mayor.

—¿Y los que no llevan número? —preguntó ella al ver que algunos no lo llevaban.

—Eso significa que no buscan sexo. Sólo miran.

Lola asintió de nuevo, y Dennis, pulsando varias veces un botón para que la imagen cambiara, indicó:

—Sala dos: jacuzzi; tres: mazmorras; cuatro: camas redondas, y cinco: *glory holy...* ¿Sabes lo que es?

Lola sonrió y, extasiada por lo que veía a través de la televisión, murmuró sin darse cuenta:

—A Justin le encanta.

A Dennis lo trastocó oír aquel nombre. Lo incomodaba recordar lo que estaba haciendo y, al darse cuenta, Lola murmuró acercándose a él:

—Lo siento. No lo volveré a nombrar.

Las bocas de ambos se aproximaron, y ella, encantada, metió la lengua en la suya dispuesta a disfrutar de él. Un beso llevó otro, y otro, y la temperatura entre ambos fue aumentando, hasta que Dennis musitó:

—Deseo hacer tantas cosas contigo...

Abrazados, se tocaron, se excitaron, se calentaron, y ella murmuró:

—Hazlas. Haz todas esas cosas conmigo.

Él la miró y, deseoso de jugar, señaló los carteles para colgar en los pomos de las puertas. Luego puso música suave, que comenzó a sonar por unos altavoces, e indicó:

—Elige uno, el que quieras, y yo accederé.

Lola miró aquellos carteles y, segura de lo que hacía, cogió el que decía: PAREJA BUSCA CHICO. Cuando se lo entregó a él, el estómago se le contrajo.

—¿Te parece bien? —susurró.

—Sí —asintió él.

Y, excitado, cogió el cartelito, abrió la puerta y lo colgó en el pomo de fuera. Luego, mientras dejaba la puerta entreabierta, preguntó:

—¿Segura?

Lola se estremeció, pero asintió. Al sentir su temblor, Dennis se acercó a ella e insistió:

—¿Tienes miedo?

—No.

—Entonces ¿por qué tiemblas, cariño?

Ella lo miró y sonrió:

—Me gusta que me llames *cariño*.

Dennis no dijo nada. Sólo se limitó a sonreír también y a besarla mientras, una vez más, era consciente de cómo Lola había desviado la conversación. ¿Qué ocurría? ¿Por qué siempre tenía la sensación de que le ocultaba algo?

De pronto, se oyeron unos golpes en la puerta y ésta se abrió. Ante ellos apareció un hombre de unos treinta y cinco años, moreno, que, quedándose frente a la puerta, preguntó:

—¿Puedo entrar?

Dennis miró a Lola. Lo que ocurriera allí debía decidirlo ella. Al ver que el hombre esperaba su contestación, finalmente Lola asintió:

—Sí.

Dicho esto, el joven cogió el cartel de PAREJA BUSCA CHICO, cerró la puerta y, dejándolo sobre la mesa, murmuró:

—Me llamo Steve.

Dennis asintió y, percibiendo la excitación de Lola, declaró:

—Ella es Keira y yo soy Dennis.

Al oír eso, ella lo miró. Había omitido su verdadero nombre para protegerla. Sin mirarla, Dennis prosiguió:

—Desnúdate, Steve.

Sin perder un segundo, el aludido se desnudó mientras Lola y Dennis lo observaban. Era un hombre muy bien parecido. Era tan alto como Dennis, con el pelo castaño y los ojos pardos. Una vez que se hubo quitado toda la ropa, el brasileño besó a Lola y le preguntó:

—¿Te excita lo que ves?

Con la boca seca, ella asintió. Luego Dennis, tras bajarle por completo la cremallera del vestido, se lo quitó y, dejándola tan sólo con el sujetador y el tanga, la miró y murmuró:

—Seguimos.

A cada segundo más acalorada por cómo los dos hombres la miraban, Lola volvió a asentir y entonces Dennis, dando un paso atrás, se apoyó en la mesa e indicó:

—Steve, continúa.

El aludido se acercó a ella y, con delicadeza, paseó la mano por su cintura. La tocó con tranquilidad, sin prisas, hasta que subió por su espalda. La respiración de Lola se aceleró y, cuando aquél le desabrochó el sujetador y sus pechos quedaron expuestos, Dennis pidió:

—Keira, sujétate los pechos con las manos y ofréceselos a Steve.

Acalorada, asfixiada por aquello, ella obedeció y el desconocido le mordisqueó los pezones con mimo, con delicadeza. Se los chupó, se los succionó y se los puso duros como piedras, y en cuanto éstos estuvieron totalmente erectos, las manos de él regresaron a su cintura y descendieron hacia su tanga.

Lola sintió cómo aquel hombre introducía los dedos en la tira de su tanga y comenzaba a bajarlo al tiempo que bajaba él también hasta quedar arrodillado. Con el tanga en el suelo, la joven levantó un pie y después el otro y, cuando la prenda estuvo en manos de Steve, lo oyó decir:

—Separa las piernas.

Enardecida y exaltada, Lola hizo lo que le decía. Las manos de él se posaron entonces en sus tobillos y comenzaron a ascender hasta llegar a la cara interna de los muslos, hasta alcanzar su vagina y, acercando la nariz a ella, el desconocido la olió. Tras separarle los labios con los dedos, su lengua le rozó el clítoris y ella jadeó.

Dennis, que disfrutaba con lo que veía, comenzó a desnudarse. Lola lo observaba mientras aquel hombre jugueteaba con la lengua entre sus piernas y al mismo tiempo la agarraba con fuerza del trasero para que no se moviera.

Una vez que el brasileño estuvo desnudo por completo ante ella, sonrió y, tocando el hombro de Steve para que lo escuchara, indicó:

—Siéntate en la cama y ofrécemela.

Lola nunca había jugado a un juego tan caliente con dos hombres. El desconocido se acomodó en la cama y, agarrándola, la sentó sobre sus piernas y pasó las manos por debajo de sus muslos para abrírselos; entonces un extraño temblor le entró por el cuerpo cuando lo oyó murmurar:

—Eso es, Keira. Déjame manejarte. Tienes una flexibilidad increíble.

Expuesta por completo, Lola miró a Dennis y vio la lujuria en sus ojos. Sin lugar a dudas, aquello le estaba gustando tanto como a ella. Él cogió una jarra de agua que había sobre la mesilla y un paño, mojó este último y se lo pasó a Lola por la vagina, y ella agradeció el frescor. Una vez que hubo dejado el paño sobre una bandeja, el brasileño posó las manos en la cara interna de sus muslos y se los besó.

Ante aquel dulce y asolador contacto, Lola cerró los ojos extasiada mientras Dennis repartía infinidad de dulces besos por sus muslos hasta terminar en su más que caliente y abierto sexo. Sin apartar la mirada de su cara, Dennis sacó la lengua y pasándosela lenta, muy lentamente, por los mojados labios la hizo jadear. A continuación introdujo un dedo en su cálido interior, lo movió para darle placer y musitó:

—Éste es el inicio de las fantasías morbosas y ardientes que a mí me gustan. Como ves, no tienen nada que ver con estar sujeto con cuerdas.

Lola no pudo responder. Steve seguía separándole los muslos al tiempo que le decía cosas subidas de tono al oído, mientras Dennis la masturbaba sin apartar los ojos de ella.

Placer...

Gozo...

Exaltación...

Entrega...

Abandonada totalmente, Lola jadeó, gimió, se retorció mientras aquellos dos expertos jugadores sabían muy bien lo que debían hacer para proporcionarle morbo y disfrute.

Cuando Dennis la sintió tan húmeda como quería, se levantó y, tras sacar un preservativo de su cartera, se lo puso. Luego apoyó la punta de su hinchado pene en la entrada de su más que cálida vagina y poco a poco se introdujo en ella mientras decía:

—Eso es..., así..., ábrete para mí..., así.

Posando las manos sobre su cintura, Lola iba a decir algo cuando él preguntó:

—¿Te gusta, cariño?

Ella asintió, y el brasileño, sin avisarla, la empaló por completo, consiguiendo que se encogiera y gritara sorprendida.

Dennis sonrió y volvió a preguntar:

—¿Te gusta, cariño?

Lola volvió a asentir, y él volvió a darle otra nueva estocada que esta vez los hizo gemir a ambos. Enloquecido, Dennis siguió bombeando una y otra vez en su interior, mientras Lola, con la mirada, le hacía saber que disfrutaba y que no quería que parase. Sin embargo, él no se lo concedía, pues tenía que ir parando para retardar el clímax.

—Steve... —murmuró entonces Dennis—. Cuando acabe, te la ofreceré.

Al oír eso, Lola jadeó. Por fin había entendido qué era aquello de ofrecer y, cerrando los ojos, disfrutó..., disfrutó y disfrutó.

No podía hablar. Estaba experimentando una clase de sexo que nunca había imaginado. Estaba haciendo algo con el hombre al que adoraba y que la estaba haciendo sentirse viva. Lola posó las manos en el duro trasero de aquél para empujarlo más hacia su interior y chilló. Chilló de gusto, de placer, de exaltación.

Verla tan entregada y ardiente volvió loco a Dennis, que movió sus caderas en círculos para profundizar unos milímetros más, mientras la mujer que lo anulaba temblaba entre sus brazos y jadeaba de gozo.

—Estoy total y completamente dentro de ti, cariño —susurró como pudo.

—Sí —gimió Lola.

La lujuria se apoderó de ellos y, temblando mientras se miraban a los ojos, él murmuró:

—*Delícia*...

Esta vez, cuando fue a dar marcha atrás, Lola no se lo permitió. Se apretó contra él al tiempo que, con las manos, le empujaba el trasero en su dirección, y, en el momento en que unos espasmos la sacudieron, Dennis, liberado, comenzó a bombear una y otra y otra vez al tiempo que ella se revolvía extasiada entre sus brazos.

El tiempo se detuvo para ambos. Sólo existía placer mientras sus cuerpos se desahogaban en el dulce baile del sexo y sus bocas se encontraban una y otra vez, otorgándose cientos de caricias y demostraciones de afecto.

Cuando estaban a punto de alcanzar el orgasmo, Dennis agarró a Lola, y Steve, retirando las manos de los muslos de aquélla, permitió que el brasileño la levantara y ambos llegaran al clímax abrazados.

Con las respiraciones entrecortadas, se miraron durante unos segundos. Les faltaba el aire y, sin saber por qué, los dos sonrieron. Así permanecieron unos instantes, conectados con el cuerpo y con la mirada, hasta que Dennis, observando su preciosa boca, susurró:

—Tengo un amigo que reserva su boca y la de su mujer sólo para ellos. Yo deseo y te suplico que, a partir de este momento, tu boca y mi boca sean sólo para nosotros.

Al oírlo, Lola se estremeció. Nada le habría gustado más, pero las circunstancias no le permitían prometerlo. Sin embargo, cuando iba a hablar, Dennis insistió:

—Sólo mía, sólo tuyo, cuando estemos tú y yo.

Entonces ella lo entendió y, segura de lo que prometía, afirmó:

—Te lo prometo.

Tras ese momento tan íntimo entre ambos, Dennis la besó como si fuera la primera vez. Paladeó aquella boca que tanto adoraba y, cuando sus labios se separaron y salió de ella, Lola murmuró hechizada:

—Ofréceme.

Sin esperar un segundo, Dennis se sentó en la cama, después se recostó y, mirando a Lola, le pidió:

—Siéntate sobre mí y después túmbate.

Sin dudarlo, ella obedeció y, cuando se tumbó, sintió cómo las manos del brasileño le abrían sus humedecidos labios vaginales y éste murmuraba:

—Steve, mastúrbala para mí y luego fóllatela.

El cuerpo de Lola se reblandeció al oír la sórdida palabra.

Era la primera vez que estaba con dos hombres. La primera vez que la ofrecían y ella se ofrecía, y era la primera vez también que permitía que utilizaran esa palabra tan soez en un momento así. Sin embargo, lo permitió porque le gustó. La excitó.

Al sentir el aliento de Steve entre sus piernas, Lola tembló, y Dennis, mirándola, murmuró:

—*Não deixe de me olhar.*

—¿Qué? —jadeó ella—. ¿Qué dices?

Sonriendo, él le dio un tibio beso en la punta de la nariz y aclaró:

—No dejes de mirarme.

Lola asintió justo en el momento en el que sentía cómo aquel desconocido posaba la boca en su sexo. Durante unos segundos, la lamió, la mordisqueó, hasta que llevó la lengua hasta su hinchado clítoris para trazar pequeños círculos con ella.

—Vas a tener un orgasmo increíble —murmuró Dennis—. Dos personas masturbándote. Él con los dedos y la boca, y yo, que lo haré con la mirada. Tú sólo déjate llevar y mírame todo el tiempo.

Embrujada por su voz, Lola sintió cómo su cuerpo volvía a temblar cuando Steve le succionaba con mimo el clítoris e introducía un dedo en su vagina, luego dos y finalmente tres, y comenzaba a moverlos al tiempo que Dennis la miraba con intensidad y le sujetaba la cintura, inmovilizándola, para que el juego fuera más morboso y caliente.

Lola gritó arqueando la espalda a cada nueva estocada con los dedos de aquél, mientras las piernas le temblaban y un placentero calor recorría su cuerpo.

—*Não deixe de me olhar...* —murmuraba Dennis—. *Não deixe de me olhar.*

Empapada, excitada y sobrecogida, Lola se lanzó a su boca y el brasileño, mordiéndole el labio inferior al sentir que se descontrolaba, susurró:

—Córrete..., córrete para mí.

La sensación de calor comenzó a hacerse más y más fuerte.

Aquello era puro delirio, y Lola deseó que no acabara nunca. Nunca.

Pero el orgasmo no tardó en llegar, y unas oleadas de placer húmedo y caliente le recorrieron el cuerpo haciéndola temblar mientras Dennis la sujetaba y murmuraba una y otra vez:

—*Delícia...*, eres mi *delícia*.

Cuando el desconocido sacó los dedos de su vagina, Lola notó que le daba un par de azotitos en el trasero para luego colocarle su duro pene en su mojada entrada, mientras Dennis seguía susurrando acalorado:

—*Não deixe de me olhar*.

Fascinada por los mil sentimientos que él le hacía experimentar, con la mirada, con la voz y con el cuerpo, al sentirse llena de Steve, Lola abrió la boca en busca de aire y, sin apartar la mirada de la de Dennis, jadeó. Al ver aquello, el brasileño sonrió y, con voz profunda, murmuró algo en portugués que ella no entendió, mientras las venas de su cuello se tensaban.

Los empellones de Steve sacudían a ambos por igual, y Dennis, que no había apartado los dedos de la vagina de ella, podía sentir cómo aquel hombre la penetraba una y otra vez. Notar la forma en que sus cuerpos se movían ante las acometidas de aquel desconocido lo volvió loco y, al sentir cómo su propia erección crecía entre sus piernas, susurró:

—*Você me deixa louco*.

Con la boca seca, Lola lo besó. Profundizó en un beso ávido de deseo mientras las acometidas de Steve se aceleraban y oía sus jadeos tras ella y notaba la dura erección de Dennis entre las piernas.

Aquello era una locura. Una locura maravillosa en absoluto comparable al sexo frío e impersonal que hasta el momento siempre había experimentado.

Segundo a segundo, minuto a minuto, ambos disfrutaron del deleite del momento, hasta que Steve no pudo más y, tras un último empellón, llegó al clímax.

Luego, jadeante aún por el esfuerzo, salió de ella. Al ver la dura erección de Dennis, cogió la jarra de agua que había sobre la mesilla y un paño limpio y, mojando este último, refrescó a Lola, que lo agradeció con un gemido de conformidad.

A continuación Steve se dirigió en silencio hacia el baño. Allí, se quitó el preservativo, se lavó y, cuando salió, oyó que Dennis decía:

—Gracias, Steve. Ha sido un placer.

El aludido asintió. Conocía muy bien las normas del lugar. Tras coger su ropa, sacó una tarjeta de su cartera y, dejándola sobre la mesa, indicó:

—El placer ha sido mío. Os dejo mi teléfono.

En cuanto quedaron solos en la habitación, Lola se levantó y desapareció en el baño.

Acalorada, se miró al espejo. Lo que acababa de hacer había sido lo más morboso e inquietante de su vida. Recordarlo la hacía temblar de nuevo, pero, consciente de que Dennis la esperaba en la habitación, se echó agua en la nuca y salió.

El brasileño la esperaba de pie, desnudo junto a la cama. Cuando ella se acercó y vio las sábanas de raso negras cubiertas con pétalos de rosas verdes, sonrió, y éste, acercándola a su cuerpo, murmuró:

—Ahora te voy a hacer el amor sobre las rosas que tanto te han gustado.

Con un rápido movimiento, Dennis consiguió que Lola acabara sobre el colchón, debajo de él. Le abrió las piernas y, sin preservativo, guio su dura erección hasta el centro del deseo de aquélla y murmuró:

—*Você é linda. Muito linda.*

Con mimo, se miraron mientras Dennis introducía su firmeza en el cuerpo de Lola. Aquella mujer lo había hechizado. Le gustara o no, era su prisionero. Un prisionero de sus deseos y, poco a poco y sin darse cuenta, también de su amor.

—Dennis... Para..., para.

Al oírla, él obedeció.

—No te has puesto preservativo —murmuró ella alarmada.

Viendo su gesto preocupado, él paseó los labios por los de aquélla y, en un suspiro, musitó:

—Lo siento..., me he dejado llevar.

Pero, cuando iba a retirarse, Lola lo agarró del trasero y, extasiada por lo que sentía al notar su piel contra la suya, susurró:

—No... No te lo pongas.

El brasileño la miró y, observando cómo ella se mordía el labio, preguntó:

—¿Estás segura de lo que dices?

Lola asintió y, moviendo las caderas en busca de placer, jadeó. Entonces él la paró y murmuró:

—Despacio. No tenemos prisa, y deseo hacerte el amor.

Sin apenas moverse en su interior, Dennis le acarició los pechos con las yemas de los dedos, para después, con sobrada lentitud, cubrírselos de besos. Lola tenía los pezones duros y erectos y, cuando se los llevó a la boca, los chupó con deleite. Cerrando los ojos, ella gimió mientras él intentaba saciarse de aquella mujer de suave piel y sedoso pelo rojo que le había llegado al corazón.

—Acabo de marcar tu piel —murmuró.

Lola sonrió gustosa.

—No pares de marcarla.

Dentro de ella, sin moverse, Dennis se deleitó y, cuando su lengua trazó pequeños círculos húmedos sobre su pecho y ella movió las caderas en busca de más, fue él quien jadeó.

Conmovido, la miró. Su olor era majestuoso, fresco y delicioso, y en el momento en que hundió la nariz en su cuello y ella se movió, él la miró y preguntó:

—¿Cosquillas?

—Muchas.

—Mmm..., me gusta saberlo —se mofó Dennis mordiéndole el cuello mientras ella reía a carcajadas.

Pero el movimiento suave y pausado de caderas del brasileño continuaba. Seguía dentro de ella y, cuando ésta paró de reír y lo miró, vio su urgente deseo. Entonces, dispuesto a dárselo, la inmovilizó debajo de él y le hizo el amor sin descanso mientras ella levantaba las caderas y enredaba las piernas alrededor de él para mantenerlo en su interior.

Su húmeda, caliente y lubricada vagina lo aceptaba, temblaba, se adaptaba perfectamente a su erección, y el deseo carnal, unido a la lujuria y el momento, los hizo volverse locos a ambos.

Fueron momentos de placer, de gemidos, de delicia y gozo, en los que se perdieron en el fragor de la batalla de sus cuerpos y sus mentes. Volaron al unísono, hasta que la pasión los devoró y, tras un prolongado grito de éxtasis, llegaron al clímax como nunca antes había llegado ninguno de los dos.

Luego se quedaron quietos, callados; sobraban las palabras. Ambos pensaban en lo ocurrido, mientras sus miradas ardorosas y hechizadas, plagadas de sentimientos, hablaban por sí solas y se comunicaban con ternura y amor.

Tres horas después, tras una noche repleta de sexo y amor, cuando salieron de aquel edificio, ya estaba amaneciendo. De pronto, Dennis miró a Lola y declaró:

—Como me has dicho que Justin no está, voy a proponerte algo que nunca antes te he propuesto y que es muy importante para los dos.

Ella sonrió. Estaba dispuesta a lo que él quisiera, y entonces éste le entregó una rosa verde y soltó:

—Pasa la noche conmigo.

Al oír eso, Lola dejó de sonreír.

Si lo hacía, si se despertaba a su lado, si disfrutaba de una noche completa con él, su mundo sería más horrible aún; sobrepasada por los cientos de emociones que el brasileño le despertaba, replicó:

—No.

Pararon en un semáforo, y Dennis preguntó boquiabierto:

—¿Por qué?

—Porque no.

—Estás sola en tu casa. Ven a mi casa, si lo prefieres. Dormiremos juntos y mañana...

—No.

Sorprendido por su respuesta, él protestó molesto:

—Lola, ¿qué narices te ocurre? Acabamos de pasar una noche perfecta.

Lo sabía. No hacía falta que él se lo recordara. E, intentando calmarlo, dijo:

—No creo que sea buena idea.

—¿Por qué?

—Tú y yo sabemos lo que hay entre nosotros y...

—¿De qué estás hablando? —exclamó Dennis dando un manotazo al volante—. No lo entiendo. ¿A qué estás jugando?

Nerviosa, Lola se retorció las manos y, consciente de lo que tenía que hacer para que él se enfadara mucho más, sentenció con voz fría y distante:

—No quiero pasar la noche contigo. Vayamos al parking y después regresemos a nuestras casas.

Desconcertado por su seguridad, Dennis no insistió.

Quería quedarse con ella, dormir con ella, despertar con ella, pero en vista de que ella no quería lo mismo que él, calló y, dolido hasta en lo más profundo de su ser, condujo en silencio hasta el parking.

Una vez allí, la frialdad los rodeó. Ambos descendieron del vehículo y él montó luego en su moto. Entonces Lola lo miró y, cuando iba a decir algo, Dennis siseó:

—No digas nada. Es lo mejor.

Ofuscado, se puso el casco y, tras arrancar el motor, se marchó sin mirarla siquiera. Mientras Lola lo observaba alejarse, supo que había cometido un error.

Capítulo 41

A la mañana siguiente, cuando Lola despertó en su cama, un extraño sentimiento de decepción y culpabilidad se apoderó de ella.

Pensó en Justin. Lo adoraba, pero su matrimonio era una farsa. Una farsa que cada día le costaba más aceptar.

Dennis era fantástico, atento, cariñoso. Como hombre era increíble, y el sexo con él, lo mejor de lo mejor.

Pero ¿qué estaba haciendo?

Recordar su mirada fría cuando se alejó de ella la hizo darse cuenta de lo idiota que era y, dispuesta a corregir su error, lo llamó por teléfono, pero él no lo cogió.

Dennis dormía en su casa cuando el teléfono lo despertó. Al mirar la pantalla y ver que era Lola quien llamaba, rápidamente se sentó en la cama, pero cuando iba a contestar, se detuvo. No podía seguir así. No podía consentir que una mujer lo manejara como aquélla lo estaba manejando, y no podía continuar por el camino por el que iba porque algo en su interior le gritaba que iba a sufrir.

Por ello, y con toda su fuerza de voluntad, dejó que sonara el teléfono y, cuando éste paró, maldijo y lo metió en el cajón de la mesilla. Luego se tapó la cabeza con la almohada y decidió seguir durmiendo, aunque ya no lo consiguió.

Lola lo llamó varias veces, pero Dennis no lo cogía. Pensó en ir a su casa, presentarse allí y hablar con él, pero al final decidió no hacerlo. Quizá lo que él hacía era lo mejor.

De pronto, su teléfono sonó y, respondiendo sin mirar, dijo:

—Por fin. Deseaba tanto que me llamaras...

Justin sonrió.

—Vaya, Peque, nunca pensé que me echarías tanto de menos.

Al oír la voz de Justin, Lola se tapó los ojos y, dejándose caer en la cama, murmuró:

—Hola, ¿todo bien por Nueva York?

Aún sorprendido por su efusividad, Justin sonrió y contestó mirando a Henry, que estaba a su lado:

—Perfecto. Henry te manda saludos.

—Salúdalo también de mi parte.

Hablaron durante varios minutos. Estuvieran donde estuviesen, siempre se comunicaban para saber que el otro se encontraba bien y, antes de colgar, Justin preguntó:

—¿Estás bien? Te noto la voz algo decaída.

Rápidamente, Lola sonrió e, intentando ser la misma de siempre, respondió:

—Me acabo de despertar. ¿Qué esperabas?

Justin sonrió a su vez y, tras despedirse de su mujer, colgó. Sin embargo, en su interior sintió que a Lola le ocurría algo. La conocía demasiado bien.

Lola se levantó de la cama y, al notar sus partes algo doloridas por lo ocurrido la noche anterior, murmuró:

—Eso, tú recuérdame lo bien que lo pasé.

Sonriendo, a pesar de las pocas ganas que tenía, se encaminó hacia la ducha, se desnudó y, al mirarse al espejo, exclamó:

—Pero ¿esto qué es?

Sobre el pecho derecho, encima del pezón, tenía un tremendo chupetón, y de pronto recordó cuando Dennis jugueteaba por aquella zona y le había dicho aquello de «Acabo de marcar tu piel».

Horrorizada, se miró el chupetón.

Lo bueno era que, donde estaba, no se veía, y lo malo, ¡que era un chupetón!

Molesta, se metió bajo el agua y se duchó deprisa. Cuando salió y se estaba mirando el pecho de nuevo, sonó el timbre de la casa. Lola se apresuró a ponerse una bata para ir a mirar y, al ver en el videoportero que se trataba de su hermana, le abrió de inmediato.

Priscilla entró y vio a su hermana en bata a las once de la mañana, e iba a decirle algo pero ésta, enseñándole el pecho derecho, le advirtió:

—No me preguntes quién me lo hizo.

—¡Madre mía! ¿Es un chupetón?

—Sí, y sólo te diré que odio a quien me lo hizo, a pesar de la noche tan fantástica de sexo que he pasado con él.

Priscilla asintió y, meneando la cabeza, murmuró:

—Pues, si está libre, dile que esta noche me lo haga a mí.

Sorprendida, Lola se disponía a replicar cuando Priscilla cuchicheó:

—Tengo que contarte una cosa.

—Si es del imbécil, mejor no me la cuentes.

Su hermana soltó una risotada y, enseñándole la mano sin su anillo de casada, anunció:

—Me lo he quitado, y ayer le entregué los papeles del divorcio ¡firmados!

Lola miró a su hermana boquiabierta, y cuando iba a preguntar, ésta la apremió:

—Vamos..., vístete. Vamos a ver a mamá y después te lo cuento todo.

Sin decir nada más, Lola entró en su habitación. Lo que Priscilla había hecho era, como poco, ¡un milagro! Tras sacar unos vaqueros y una camiseta básica de manga larga blanca, se los puso y, al salir al salón, dijo:

—Ya estoy lista. ¡Vámonos!

Un rato después, en la residencia, Lola comprobó cómo su hermana le sonreía al auxiliar cuando éste se cruzaba con ellas. Iba a preguntarle, pero ésta la cortó:

—Luego..., luego hablamos.

Lola asintió y, tras pasar un par de horas con Elora, que estaba la mar de tranquila ese día, las hermanas se despidieron de ella y se marcharon a comer.

Una vez que se sentaron en el restaurante y pidieron, Priscilla miró a su hermana y dijo:

—Antes de que me cuentes tu sórdida noche de sexo y confieses quién te hizo el chupetón, tengo que decirte que oficialmente soy una mujer divorciada y ayer tuve una cita maravillosa.

Lola sonrió, y entonces Priscilla le contó todo lo ocurrido el día anterior. Su hermana la escuchaba sorprendida y, en cuanto acabó, preguntó:

—¿Aidan?

—Sí.

—Pero ¿no decías que don Beso Perfecto era muy joven para ti?

Priscilla asintió. Lo seguía pensando, sin embargo afirmó:

—Sólo cenamos y me acompañó a casa. ¡Nada más!

—¡¿Nada más?!

—Sí.

—Pero, por Dios, Priscilla, ¡que no sois unos niños!

Ella asintió, aunque, segura de lo que había vivido la noche anterior con aquél, indicó:

—Lo sé. Pero me encantó que el respeto primara ante todo.

Justo en ese momento, su móvil vibró. Era un mensaje y, al leerlo, Priscilla sonrió.

¿Nos vemos esta noche?

Sin dudarlo, le enseñó el mensaje a su hermana y cuchicheó:

—Lo de ayer estuvo bien, pero creo que dos días seguidos sería demasiado, ¿verdad?

Lola sonrió y, con seguridad, replicó:

—Eres una mujer soltera y puedes hacer lo que quieras.

Priscilla asintió y, tras teclear algo en el móvil, dijo dejándolo sobre la mesa:

—Solucionado. Le he dicho que no.

Al oírla, Lola sonrió de nuevo, y Priscilla preguntó:

—¿Por qué sonríes?

—Acabas de hacerme la hermana más feliz del mundo.

—¿Por decirle que no a Aidan?

—No, tonta. Por saber que por fin le has dado la patada en el trasero a Conrad y por hacerme sentir orgullosa de ti.

Priscilla se emocionó al oír eso, y entonces Lola, cogiéndole la mano, sugirió:

—¿Qué tal si nos vamos de compras?

—¿Para...?

—Para renovar tu vestuario. Como te he dicho, vuelves a ser una mujer libre y querrás estar guapa, ¿no?

Priscilla se miró. Iba bien vestida, pero si se comparaba con Lola parecía una carcamal.

—Tienes razón —afirmó—. Renovarse o morir.

Durante toda la tarde estuvieron de compras.

Priscilla se hizo con un abrigo nuevo rojo, varios pantalones, entre ellos, vaqueros, un par de blusas, varias camisetas básicas, un vestido largo como los que se ponía Lola y, por supuesto, ropa interior. Quería sentirse sexi.

Cuando acabaron, las dos hermanas entraron en una cafetería a tomarse algo. Se lo merecían. Entonces Lola, al notar a Priscilla algo más callada, preguntó:

—¿Estás bien?

—Sí...

—¿Seguro que estás bien?

Sí. Es sólo que ahora soy consciente de cómo va a cambiar mi vida y...

—Va a cambiar para bien.

—Uf... Verás cuando papá se entere de que he firmado los papeles.

Divertida, Lola cuchicheó:

—Es tu vida, hermanita, no la suya. No permitas que nadie te la vuelva a robar a no ser que seas correspondida.

Al oírla, Priscilla la miró y preguntó:

—Y ¿tú cuándo vas a permitir que te roben la vida por amor?

—Estamos hablando de ti, no de mí —se quejó Lola.

—No entiendo cómo me das consejos en lo referente al amor cuando tu vida es un auténtico desastre. Y lo más gracioso es que, cuando hablas conmigo, parece que te vas a comer el mundo y, luego, el mundo se te come a ti.

Lola no contestó.

—Ha sido el profesor Alves quien te ha hecho ese chupetón, ¿verdad? —preguntó entonces Priscilla.

Ella la miró y finalmente respondió:

—Sí.

—Y ¿por qué pones esa cara?

—Porque estoy asustada, porque me hace sentir cosas que nunca he sentido, y tengo miedo.

Priscilla, al entenderla, asintió.

—Lo del miedo es lógico. Un hombre guapo y talentoso te ha tocado el corazón. Pero en lo que se refiere a Justin, te lo dije una vez y te lo repito: si Justin te quiere, tiene que entenderlo. Él no te da el amor, el cariño, los mimos y los besos que tú necesitas. Lo vuestro, vuestro engaño, ha de terminar, y tú tienes que quedar liberada para ser feliz.

Lola apoyó la frente en la mesa.

—No es sólo eso. Es papá, Justin, Dennis... Los quiero a los tres, pero siento que voy a perder a alguno por el camino.

Priscilla sonrió y, tocando el cabello pelirrojo de su hermana, afirmó:

—Si ellos te quieren como tú los quieres a ellos, no lo permitirán.

Lola asintió. Ambas quedaron sumidas en sus pensamientos hasta que Priscilla, cambiando el tono de voz, cuchicheó:

—Esta mañana, cuando me he levantado, he ido al salón de estética de Connie y por fin me he decidido por la depilación brasileña.

Lola soltó una carcajada en el mismo instante en que el móvil de Priscilla volvía a sonar. Ésta lo miró y, al ver que era de nuevo Aidan, que insistía para que se viesen esa noche, miró a su hermana y, tras teclear algo, volvió a dejar el móvil sobre la mesa y, muerta de risa, afirmó:

—He cambiado de idea con respecto a Aidan y acabo de quedar con él. Alguien tiene que ver mi preciosa depilación brasileña.

Capítulo 42

Cuando Lola llegó a la puerta de su casa esa noche tras pasar el día con la loca de su hermana, estaba chispeando. Se bajó del taxi y corrió hacia la cancela, pero de pronto notó que alguien la agarraba del brazo y, al darse la vuelta, se encontró con Dennis.

Se miraron unos segundos sin hablarse, y entonces éste, con gesto serio, dijo:

—Justin no está y quiero estar contigo.

Sin pararse a pensar, Lola asintió y, subiendo los escalones hasta su puerta, abrió con la llave. Una vez que ambos estuvieron dentro y la puerta se cerró, lo besó sin encender las luces. Lo devoró y, cuando sus bocas se separaron, murmuró:

—Siento lo de ayer. No sé qué me pasó, pero...

Dennis, que no había dejado de pensar en ella, volvió a besarla. La deseaba. La necesitaba. Le quitó el abrigo, que cayó al suelo del recibidor, y, mirándola, declaró:

—Si me lo permites, te voy a desnudar y te voy a hacer mía en esta casa que tanto odio porque es con otro con quien la compartes y no conmigo.

Cautivada y arrebatada por la pasión que aquél le mostraba, Lola asintió mientras comenzaban a desnudarse el uno al otro. De pronto, se oyó un ruido y, al mirar al suelo, ambos vieron que se trataba de las cosas que Dennis llevaba en el bolsillo de la cazadora.

—Luego lo recojo —dijo él sin querer interrumpir el momento.

Prosiguieron quitándose la ropa y, cuando estuvieron completamente desnudos en el recibidor de la casa, el brasileño le dio la vuelta a la joven, la hizo apoyarse contra la puerta de entrada y, cogiendo su más que abultada erección, se la paseó por las caderas y el ano.

—¿Quieres que te folle o que te haga el amor? —preguntó con voz ronca y cargada de pasión.

Encendida y provocada no sólo por su comentario, Lola cerró los ojos, y entonces Dennis, alterado, le dio un azote en el trasero que la hizo jadear e insistió:

—Dime... ¿Qué es lo que quieres?

Avivada por el deseo, por la locura y por el frenesí del momento, Lola murmuró:

—Fóllame.

Dennis la oyó, pero, dándole otro azote en el trasero, insistió:

—¿Qué has dicho?

—¡Fóllame!

—Repítelo.

Necesitada de que lo hiciera y aguijoneada por el morbo de pronunciar aquella palabra, Lola suplicó apoyando la frente en la puerta:

—Fóllame..., fóllame..., fóllame...

Atizado por el deseo que había en su tono y gustoso de jugar a algo que sabía que a ambos les encantaba, Dennis dijo entonces con voz autoritaria:

—Separa las piernas y arquéate hacia atrás.

Ella obedeció temblorosa. Separó las piernas y curvó la espalda como aquél le pedía, y entonces Dennis, paseando la boca por su delicado cuello, susurró:

—Anoche me explicaste que en el *shibari* hay un maestro y un sumiso, ¿verdad?

—Sí —jadeó ella.

—No te gusta participar en el *shibari* pero te excita mirar..., ver..., sentir... Y anoche, cuando te compartía con otro hombre, me di cuenta de que hay ocasiones en las que te excita que te manejen, que te ordenen.

—Sí —gimió ella exhortada.

Con voz ronca, él prosiguió:

—Te estimula sentirte poseída cuando estás disfrutando de tus fantasías, y eso, para mí, es excitante, tremendamente excitante, cariño.

Su voz...

Cómo la tocaba...

Las cosas que decía, incluida la palabra *cariño*...

—Fóllame —susurró.

Al oírla, Dennis tembló.

Lola lo volvía loco, tanto en su vertiente de dominante como en la de sumisa. Colocó su dura erección en la caliente entrada de su sexo, la agarró por las caderas y, de forma lenta y pausada, se introdujo en ella mientras ésta, con la frente apoyada en la puerta, gemía extasiada.

Enardecido por la situación y siendo el dueño y señor del momento porque ella así lo había consentido, la movió a su antojo. La folló como ella le pedía, mientras jadeaba de puro placer con la boca seca.

Sin descanso, una y otra y otra vez, Dennis entró en ella deseoso de arrancarle los mejores gemidos de su vida. Deseoso de poseerla como nadie la hubiera poseído nunca, hasta que el clímax no los dejó continuar y, dichosos, se rindieron a él.

Sin resuello, Lola respiraba costosamente con la frente en la puerta, mientras Dennis resoplaba con la suya apoyada en la espalda de ella. Pero ambos querían más y, una vez que el brasileño hubo salido de ella, Lola se volvió y, mirándolo, dijo:

—Te llevaré a mi habitación.

Sin dudarlo, Dennis la siguió.

Juntos subieron por la escalera hasta llegar ante una puerta blanca. Cuando Dennis la abrió, la llevó a la cama, la tumbó y esta vez le hizo el amor con mimo y con dulzura, sin saber que era algo que ella disfrutaba por primera vez en aquella habitación.

A las tres de la madrugada, tras una noche de sexo caliente y posesivo, ambos estaban desnudos y agotados mirando al techo, y Dennis murmuró:

—El sexo contigo es increíble..., increíble.

Lola sonrió.

—Lo mismo digo.

Ambos se carcajearon y entonces Dennis señaló:

—Estás sudando, cariño.

Al oírlo, ella replicó divertida:

—Perdone, señor Alves, pero yo no sudo, ¡brillo!

El brasileño soltó una carcajada. Le encantaban sus salidas. Luego, cuando ambos dejaron de reír, preguntó mirándola:

—¿Qué te ocurrió anoche?

Lola suspiró e intentó explicarse:

—Dennis, quizá no me entiendas, pero, desde que estoy contigo, mi mundo es diferente, y anoche, o esta misma noche, lo que hemos hecho ha sido increíble. Alucinante. Nunca había disfrutado del sexo de esta manera, y yo..., no sé..., me asusté y...

—¿Por qué te asustaste? —preguntó él sorprendido.

Lola desvió la mirada y, al no responder, Dennis musitó:

—No sé qué ocurre, pero sé que hay algo que no me cuentas.

—¿Por qué dices eso? —intentó bromear ella.

El brasileño se levantó desnudo de la cama y, mirándola, afirmó:

—Porque lo siento. Siento que hay algo que no me cuentas.

Lola no pudo sostenerle la mirada.

—Lo has vuelto a hacer —dijo él entonces.

—¿El qué?

A cada segundo más consciente de que algo ocurría, Dennis insistió:

—Tu mirada... Tu mirada, cuando la retiras, habla por sí sola.

—¡No digas tonterías!

Dennis resopló. Aquella cabezota lo sacaba de sus casillas. Pero no quería enfadarse, y murmuró:

—Voy al baño un segundo.

Sin moverse de la cama, Lola vio cómo se metía en el baño de su habitación y, cuando lo perdió de vista, cerró los ojos. Dennis era intuitivo y, tarde o temprano, descubriría lo que ocultaba. Entonces, pasados unos minutos, él salió de nuevo del baño y, mirándola, preguntó:

—¿Por qué en tu baño sólo hay un albornoz, un cepillo de dientes y productos de mujer?

Lola no supo qué decir. Y, levantándose, interrogó:

—¿Has cotilleado mi baño?

—¡¿Qué?!

Entonces ella gritó fuera de sí:

—¡Te dejo entrar en mi casa y tú te pones a hurgar en mis pertenencias!

Aquello terminó de alertar al brasileño y, dispuesto a saber más, salió de la habitación. Lola lo siguió y, cuando él abrió la puerta de la habitación de al lado y el olor de la colonia de Justin le inundó las fosas nasales, no se detuvo. Abrió el armario. Allí sólo había ropa de hombre. Después fue hasta el baño y, al ver productos masculinos y un albornoz en el que ponía «Justin», preguntó:

—¿Tu marido y tu dormís en habitaciones separadas?

Lola tembló. No supo qué decir, y Dennis insistió:

—¿Quieres hacer el favor de contestarme?

Si lo hacía, dejaría totalmente al descubierto a Justin y, no, no podía hacerle eso. Así pues, levantó la voz y replicó:

—Yo contestaré a lo que me dé la gana.

—Lola...

Angustiada por lo que estaba ocurriendo, siseó:

—Vienes a mi casa, te dejo entrar en ella y en mi cuerpo, y tú no tienes otra cosa mejor que hacer que invadir mi intimidad con preguntas que no son de tu incumbencia.

—¡¿Qué?!

—¡Lo que oyes! —gritó—. Pero ¿quién narices te crees que eres?

Hundido por ver que era incapaz de llegar hasta ella, Dennis asintió y, dando media vuelta, comenzó a bajar la escalera. Lola lo siguió y entonces, consciente de cómo había perdido los papeles, murmuró:

—Lo siento.

Él no la miró. Siguió su camino, y Lola, cogiéndolo del brazo para retenerlo, insistió:

—Lo siento... Lo siento...

Pero el brasileño, enfadado, se zafó de su mano, llegó al recibidor, recogió su ropa del suelo, se la puso y, en cuanto acabó, murmuró en tono neutro:

—Está más que claro que, a excepción de sexo, tú no quieres nada más conmigo.

Dicho esto, salió de la casa de Lola, dejándola boquiabierta y sin saber qué decir.

Capítulo 43

Nerviosa, Priscilla esperaba a Aidan frente a la boca del metro donde habían quedado.

¿Sería una locura haberse citado con él?

Aidan no era Conrad. El chico con el que había quedado para cenar no tenía el nivel adquisitivo al que ella estaba acostumbrada, pero eso no le importaba. El dinero no lo era todo en la vida y, además, Priscilla quería divertirse, no buscarse un novio.

Mientras se observaba la mano en la que ya no lucía el anillo que Conrad le había regalado tiempo atrás, pensó en lo ocurrido y sonrió. Desde que se lo había quitado se sentía libre. Libre y feliz.

—Pero, inglesa, ¿qué haces aquí?

Al oír eso, Priscilla se volvió y sonrió.

—Abuuuu... ¡Hola!

Al ver a la joven, a la que adoraba, junto a la boca del metro, Diana se extrañó y, cuando iba a añadir algo, aquélla respondió:

—He firmado los papeles del divorcio y he quedado con un chico guapísimo para cenar y tomar luego una copa.

—Ay, mi vida, ¡cuánto me alegro! —Diana la abrazó; luego la soltó y preguntó pestañeando—: ¿Cómo se lo ha tomado el borrego de tu padre?

Priscilla se encogió de hombros.

—Creo que no lo sabe todavía. No me ha llamado.

Diana sonrió y, abrazándola de nuevo, indicó:

—Ni te imaginas cuánto me alegro de que por fin te des la oportunidad de ser feliz. Ahora sólo falta que Lola también lo haga, que Daryl encuentre a una buena chica, y entonces mi felicidad será completa.

Priscilla sonrió. La abuela siempre era muy pesada en lo referente al amor. Según ella, al menos una vez en la vida había que encontrar a esa persona especial, como lo fue para ella su marido. Estaba mirándola con una sonrisa cuando Diana soltó:

—Sé muy bien que Justin no la hace feliz, y lo sé porque he visto más de lo que debería.

—Ay, Abu —murmuró Priscilla angustiada—. ¿Qué has visto? ¿Qué sabes?

La anciana meneó la cabeza. Sin duda Priscilla sabía lo mismo que ella.

—Siempre supe que Justin no era para Lola —murmuró—. Lo quiero porque es un hombre encantador, pero hace unos años fui a trabajar a una fiesta el Día del Orgullo Gay y lo vi. Él no me vio, pero yo sí lo vi a él.

Escandalizada por lo que aquélla pudiera haber visto, Priscilla se tapó la boca con la mano, pero entonces la abuela cuchicheó:

—Ni te imaginas lo que sentí al verlo besándose con un hombre. Mi amiga tuvo que sujetarme para no ir hasta él y arrancarle los ojos. Iba subidito de copas, y el muy descerebrado se sentó a la mesa de mi compañera Pinky para que le leyera el futuro.

—Abu..., pero ¿cómo no me lo habías contado?

La mujer suspiró.

—Pues porque no sabía lo que tú podías saber y no quería ser indiscreta en lo referente a Lola. Pero, hija, ahora que veo que estás al corriente, ¿puedes decirme qué hace tu hermana con él?

Sin perder un segundo, Priscilla le contó a la abuela todo lo que sabía. La mujer entendió al fin lo que sujetaba a Lola, y siseó:

—Maldito huevón está hecho Justin. Se escondió tras mi nieta cuando ella era una niña, y ahora sigue haciéndolo a pesar de sus canas. —Priscilla asintió y Diana preguntó entonces—: ¿Qué puedes decirme del de los ojos hechizantes?

Al saber de quién hablaba, Priscilla sonrió.

—Se ven, y Lola siente hipopótamos en el estómago cuando habla de él.

Al oír eso, la mujer cerró los ojos y, sonriendo, afirmó mientras juntaba las manos:

—Entonces hay esperanza. Por cierto, ¿qué es eso que le he oído decir a Lola de que cazas Pokémon?

Estaban riéndose cuando un joven con una cazadora acolchada de color gris se plantó ante ellas y saludó:

—Hola.

Priscilla, sonriendo, indicó:

—Abu, él es Aidan. Aidan, ella es mi abuela.

Sorprendida, Diana observó a aquel joven vestido con vaqueros y cazadora e interrogó:

—Yo te conozco. ¿Dónde te he visto?

Él sonrió.

—Me ha visto en la residencia donde está Elora, la madre de Priscilla. Trabajo allí, soy uno de los auxiliares que la atienden.

Diana asintió y luego afirmó encantada:

—Es verdad..., te recuerdo.

Comparar a aquel muchacho con el encorsetado Conrad era como comparar la noche con el día. De pronto, la anciana le agarró la mano y preguntó:

—¿Puedo?

Aidan asintió divertido. Sabía perfectamente a qué se dedicaba. Entonces Diana, mirándole las líneas de la mano, dijo:

—Tu línea del corazón es profunda. Eres apasionado. También es larga y sin interrupciones, y eso me hace saber que eres fiel, aunque también veo que no eres un hombre que se enamora con facilidad: eres desconfiado.

—Cierto —respondió Aidan.

Ella asintió y continuó:

—La línea de la cabeza indica que eres de pensamientos claros y centrados. Y que, cuando te propones una cosa, no cesas hasta cumplirla. —Ambos rieron por aquello—. En cuanto a la línea de la vida, es profunda y larga, eso me hace saber que tienes una gran vitalidad y una gran capacidad para superar obstáculos complicados. —Los tres sonrieron y Diana finalizó—: Tu línea de la suerte está interrumpida y cambia de dirección.

—Y ¿eso es malo? —preguntó Aidan sonriendo.

—No. Pero me hace saber que, por algún motivo, tuviste que cambiar radicalmente tu vida, ¿verdad?

—Sí —asintió aquél con más seriedad.

Al ver que el joven dejaba de sonreír, Diana soltó su mano, dejándola entre las de Priscilla, que se la agarró.

—Tú vida está bien, muchacho —declaró a continuación—. Eres un luchador. Sonríe, que te lo mereces.

Aidan sonrió y, al notar su mano entre las de Priscilla, se agarró con fuerza a ella, justo cuando ésta decía:

—Bueno, abuela, te dejamos. Tenemos una reserva para cenar.

La mujer sonrió y, tras darle un par de besos a cada uno, se marchó.

Cuando se quedaron solos, Aidan la miró divertido y preguntó:

—¿Cazas Pokémon?

Priscilla soltó una risotada y, luego, encantados, se marcharon cogidos de la mano.

Capítulo 44

Durante la cena, no faltaron las risas.

Estar con Aidan era diferente de estar con Conrad.

Con el joven, Priscilla podía ser ella. Podía hablar de Pokémon, de películas, beber Coca-Cola, mientras con Conrad debía medir siempre lo que decía y, si algo le molestaba, siempre terminaba enfadado con ella.

Su diferencia de edad salió a relucir en la conversación, y Aidan le hizo ver que la edad era sólo un número. Priscilla sonrió y lo dejó estar. Para lo que ella buscaba esa noche, el número era lo de menos.

Tras la cena, Aidan la llevó a un local de música en directo. Al entrar, Priscilla se sintió joven. Llevaba años sin tener esa sensación, porque a Conrad sólo le gustaba ir a locales exclusivos donde, por norma, la gente tenía una edad y no gritaba, saltaba ni bailaba.

Encantada de la vida, miró a su alrededor. Llevaba perdiéndose todo aquello desde hacía años y, olvidándose de su edad, bailoteó con Aidan sin importarle nada más.

Un buen rato después, acalorados y sedientos, se acercaron a la barra, justo cuando la música cambió y se volvió más íntima. Priscilla vio cómo varias parejas se abrazaban, se prodigaban cariño sin importarles que los miraran.

Consciente de cómo ella lo observaba todo a su alrededor, cuando el camarero se paró frente a ellos, Aidan preguntó:

—¿Qué quieres beber?

—Un ron con naranja.

—Yo una Coca-Cola —pidió él.

Al oír eso, ella preguntó divertida:

—¿Cuándo te vas a tomar una copa conmigo?

Encantado y sonriente, cuando el camarero dejó el vaso con hielo ante él, Aidan lo cogió y, guiñándole un ojo, dijo:

—Ahora mismo, ¿no lo ves?

Priscilla sonrió divertida y, al ver que ella se movía nerviosa, el joven la agarró de la cintura y preguntó:

—¿Quieres bailar?

—Pero si acabamos de parar.

Aidan asintió y, sin apartar los ojos de ella, insistió:

—Esta vez sería bailar pegada a mí.

Priscilla sintió cómo el corazón le bombeaba a mil por hora. Aidan era sexi, seductor, y ella no estaba acostumbrada a esas cosas. Pero, consciente de que ahora era la dueña de su vida, asintió.

Feliz por haber conseguido dar un nuevo paso hasta ella, el chico la agarró de la mano con fuerza, caminó hacia la pista y, al llegar a ella, tras darle una vueltecita sobre sí misma que la hizo sonreír, la acercó a su cuerpo y la abrazó.

Sonaba *Like I'm Gonna Lose You*,[39] cantada por Meghan Trainor y John Legend. Abrazados, se movieron al compás de la música, mientras Priscilla sonreía apoyada en el hombro de Aidan y disfrutaba bailando aquella romántica canción.

Sólo había bailado así con Conrad hacía ya muchos años. Bailar de aquella forma tan acaramelada, según él, era algo que pertenecía al pasado. Algo que sólo se hacía al comienzo de una relación.

Dejándose llevar por la canción, Priscilla disfrutó de aquel íntimo momento y, cuando sintió cómo los calientes labios de Aidan se posaban en su cuello, cerró los ojos y preguntó:

—¿Vienes aquí muy a menudo?

Disfrutando de aquella intimidad, él asintió y, aspirando su maravilloso perfume, respondió:

—En alguna ocasión.

Siguieron bailando, pero la curiosidad que sentía Priscilla la hizo preguntar:

39. *Like I'm Gonna Lose You, Epic*, interpretada por Meghan Trainor y John Legend. *(N. de la E.)*

—¿Con alguna chica?

Aidan sonrió y, mirándola a los ojos, repitió:

—En alguna ocasión.

Priscilla asintió acalorada y, al ver cómo él la miraba, maldijo. Pero ¿qué hacía preguntando aquello?

Al ver su gesto, Aidan intuyó lo que estaba pensando y, divertido, aclaró:

—No salgo con nadie, si es lo que quieres saber.

—¡Yo no te he preguntado eso!

—Lo sé —afirmó él y, besándole la punta de la nariz, añadió—: Pero quiero que lo sepas.

Ambos sonrieron, y entonces él preguntó mientras seguían moviéndose al compás de la bonita balada:

—¿Qué tal te encuentras?

—Bien.

Él asintió, pero quería profundizar más, así que insistió:

—Me alegro, pero lo que realmente quiero saber es qué tal estás tras lo ocurrido el otro día con tu ex.

Al entenderlo, ella se encogió de hombros.

—Estoy bien. Hice lo que debía hacer. —Y, suspirando, agregó—: Aunque odio saber que tengo que recibir la llamada de mi padre para reprocharme lo loca que estoy por perder a un hombre como Conrad.

Aidan asintió. Se moría por besarla, pero, conteniendo sus instintos, murmuró:

—Nunca consientas que nadie se apropie de tu vida. Tu vida es tuya y sólo tú has de decidir lo que quieres hacer con ella.

Al oírlo decir aquello y ver su mirada, Priscilla recordó algo que su abuela había mencionado.

—¿Dices eso por algo especial? —preguntó. Él no respondió, y ella insistió—: Sé que quizá no debería hablarte de esto, pero antes mi abuela ha comentado, entre otras muchas cosas, que tuviste que cambiar de vida.

Aidan asintió de nuevo. El pasado siempre estaba ahí. La miró y pidió, dejando de bailar:

—Ven. Acompáñame.

—Pero estamos bailando...

El joven la observó.

—Lo sé. Pero quiero contarte algo y, si luego quieres, seguimos bailando.

Sin saber qué ocurría, Priscilla regresó de la mano de Aidan al lugar donde se habían quedado sus bebidas. Él cogió su Coca-Cola y, tras darle un trago, empezó a explicar:

—Antes de ser auxiliar de geriatría, era disc-jockey de discoteca en Irlanda. —Aquello sorprendió a Priscilla, pero él continuó—: Mis padres nunca fueron ejemplares y, bueno, desde los diecisiete años estoy viviendo por mi cuenta. A los dieciocho conocí a una chica llamada Tara, ella me introdujo en el mundo de la música y la noche, y de su mano aprendí muchas cosas, entre ellas, a beber alcohol día y noche sin parar. Así estuve hasta que cumplí veintitrés años y sufrí un coma etílico que casi me cuesta la vida.

El gesto de Priscilla cambiaba por segundos. Aidan lo veía, pero prosiguió:

—En cuanto desperté del coma y vi cómo estaba, me di cuenta de que no quería vivir así, y o hacía algo o el futuro lo tenía bastante negro. Cuando salí del hospital, Tara me dejó por no querer continuar con aquel estilo de vida, me echó de nuestra casa, mis supuestos amigos me dieron la espalda, y entonces decidí que era el momento de dar un cambio radical.

Con la boca seca, Aidan volvió a beber de su refresco, mientras Priscilla, incapaz de disimular lo que sentía, lo miraba con los ojos bien abiertos.

—Me trasladé a Londres. Ingresé en un programa de Alcohólicos Anónimos y, con fuerza de voluntad y ayuda, conseguí salir a flote, aunque en ocasiones creía que sería más fácil tirarme por un puente que continuar. En aquel programa conocí a personas maravillosas. Personas que me ayudaron, que estuvieron pendientes de mí para que no me tirase por ese puente y, cuando mi mejoría era más que palpable, me ayudaron a matricularme en una academia, donde finalicé los estudios que no había acabado siendo un adolescente. Luego me apunté a otro curso para especializarme en el cuidado de enfermos en residencias y, cuando lo terminé, conseguí el trabajo en donde está tu madre. —Confundido por la mirada de Priscilla, Aidan añadió—: Actualmente voy una vez a la semana a las reuniones de Alcohólicos Anónimos y ayudo a quien le hace falta, como en su momento me ayudaron a mí. Llevo sin beber una gota de alcohol desde hace casi ocho años —aclaró—. No he vuelto a beber nada que no sea un refresco, agua, un té o un café porque soy alcohólico.

Priscilla parpadeó. Ahora entendía por qué nunca bebía otra cosa que no fuera aquello. Cualquiera que viera a Aidan, tan deportista, tan sano, nunca podría imaginar lo que le acababa de confesar.

—Me gustas —indicó él al ver su gesto—. Me gustas mucho. Llevo observándote años en la residencia, y créeme que, cuanto más te veía, más me gustabas. Cuando una tarde os oí a tu hermana y a ti hablando de lo que te pasaba con tu exmarido, reconozco que vi mi oportunidad. Pero después fui consciente de la realidad: ¿cómo una mujer tan preciosa, tan formada en la vida y tan elegante como tú iba a fijarse en mí? Yo no tengo nada de lo que tú tienes. Con esfuerzo, puedo pagar mi apartamento y, por supuesto, no soy un hombre formado como lo es tu ex. Intenté olvidarte, intenté no mirarte, pero me era imposible, pues seguía viéndote en la residencia. Y, bueno..., aquí estamos. Conseguí quedar contigo, besarte, cenar contigo, que te fijaras en mí, y creo que éste es el momento de ser sincero contigo para que, desde el principio, sepas quién soy y nunca pienses que traté de ocultarte información de un pasado que fue real y del que no estoy orgulloso.

Priscilla lo miraba boquiabierta por lo que le había contado cuando Aidan, nervioso, murmuró:

—Lo sé. No soy el hombre que alguien querría a su lado.

Ella, impresionada, no sabía ni qué decir, y él insistió:

—Di algo, por favor. Si quieres que me vaya, me iré. Si quieres que te acompañe a tu casa, te acompañaré, pero, por favor, di algo, ¡rompe el hielo!

La cabeza de Priscilla iba a toda leche. Sin lugar a dudas, su vida y la de aquel joven no tenían nada que ver. Apenas lo conocía, pero su mirada, su sinceridad y el modo en que la trataba le hicieron entender que ése era el camino que quería seguir. Entonces, recordando algo que había visto hacer a su hermana, cogió su vaso, sacó un par de cubitos con los dedos y, tras enseñárselos a Aidan, que la miraba alucinado, los tiró al suelo, los pisoteó y, sonriendo, declaró:

—Hielo roto. ¿Quieres bailar conmigo?

Ahora era Aidan quien estaba boquiabierto. Priscilla no paraba de sorprenderlo.

—¿Estás segura? —preguntó.

Ella asintió, en el mismo momento en que la voz del cantante Luis Miguel comenzaba a sonar en el local entonando la íntima canción *Voy a apagar la luz.*[40]

—No he estado más segura de nada en mi vida —repuso—. Vamos, me encanta esta canción.

Entre asombrado e incrédulo, Aidan cogió la mano que aquélla le tendía y ambos regresaron de nuevo a la pista de baile. Al llegar, esta vez fue ella quien se dio una vueltecita ante él, y cuando lo vio sonreír y ella se acercó a él, murmuró al ver cómo la miraba:

—Siento todo lo que has pasado. Sin duda debió de ser difícil y costoso salir de ello, pero me alegra saber que tu fuerza te ha hecho ser la increíble persona que eres hoy en día. Tú me hablas de alcoholismo. Yo tengo una madre con Alzheimer y, aunque me he hecho las pruebas en distintas ocasiones para saber si yo puedo heredar su enfermedad y salen negativas, siempre hay una posibilidad...

—Priscilla...

—Aidan, no sé qué va a pasar entre tú y yo. No sé si dentro de una semana querremos volver a vernos, pero lo que sí sé es que esta noche no quiero que te vayas, ni yo tampoco quiero irme, porque deseo que me acompañes a casa para poder invitarte a entrar y que me hagas el amor. ¿Te parece una buena respuesta?

40. *Voy a apagar la luz / Contigo aprendí*, WM México, interpretada por Luis Miguel. *(N. de la E.)*

Atontado, él asintió cuando la voz de Luis Miguel comenzó a cantar *Contigo aprendí*[41] y, hechizado por ella, besó a Priscilla sin dudarlo, mientras ella aceptaba aquel beso y profundizaba en él.

Esa noche, como bien había sugerido ella, acabaron en su casa y en su cama. Allí, Aidan la besó con dulzura mientras la desnudaba con mimo y le hizo el amor con tal entrega y tal pasión que Priscilla supo que había tomado la mejor decisión.

41. Véase la nota 40. *(N. de la E.)*

Capítulo 45

El miércoles, tras el puente de varios días, cuando Lola llegó al colegio acompañada por un Justin feliz, estaba desesperada por ver a Dennis. Su último encuentro había terminado en catástrofe y no habían vuelto a hablar. Si él era cabezota, ella también lo era. Al entrar en la sala de profesores, no lo vio. Eso le extrañó, pero, sentándose junto a Priscilla, preguntó.

—¿Qué tal todo?

Su hermana sonrió y, suspirando, cuchicheó:

—Le encantó mi depilación brasileña.

Lola abrió los ojos y, divertida, iba a decir algo cuando Priscilla murmuró:

—Dios mío, tiene unos abdominales para rallar queso increíbles, pero lo mejor es que es encantador, cariñoso, romántico, sexi..., todo lo opuesto al rancio de mi ex...

—¿Rancio, tu ex? Bueno..., bueno..., esto va por buen camino.

Ambas rieron por aquello y luego Priscilla continuó:

—Lola, por primera vez en mucho... mucho tiempo, me he sentido valorada, deseada, cuidada y mimada. ¿Qué te parece?

—¡Genial!

Estaban riendo cuando la puerta de la sala de profesores se abrió y apareció la mujer que sustituía a Marian.

—¿Quién está hoy de guardia? —preguntó mirando a los docentes.

—Yo —contestó el profesor Emerson.

La mujer, que se llamaba Brigitta, asintió y, mirándolo, dijo:

—Pues tiene que ir a la clase del profesor Alves. Hoy no vendrá. Al parecer, tuvo un accidente con la moto.

Todos los profesores se alarmaron. Lola se quedó petrificada, y Justin preguntó:

—¿Qué ha ocurrido?

Con gesto serio, Brigitta respondió:

—Según ha contado, la madrugada del sábado al domingo, cuando regresaba a su casa, su moto derrapó en una curva y perdió el control. Por suerte, sólo tiene magulladuras en el cuerpo y unos puntos en la mano derecha.

A Lola se le encogió el corazón. Seguro que se había marchado tan furioso de su casa que... que...

Los profesores comentaron lo ocurrido mientras Justin, deseoso de saber más, se marchó con Brigitta. Entonces Lola vio que Bruna cogía su teléfono.

Sentada en la silla, pensó en lo ocurrido y, sacando su móvil sin importarle nada, buscó el número de Dennis y lo llamó. Tenía el teléfono apagado.

Desesperada, se levantó y volvió a marcar, pero nada.

Mientras miraba por la ventana, los ojos se le llenaron de lágrimas y de pronto sintió que una mano se apoyaba en su hombro y, al mirar, vio que era su hermana. Estuvieron unos segundos en silencio y, cuando la sala de profesores se vació, Priscilla murmuró con cariño:

—Tranquila. Seguro que está bien.

En cuanto consiguió recuperarse, Lola miró a su hermana y susurró:

—Lo quiero. Lo quiero y no se lo dije.

Ella sonrió y, asintiendo, afirmó:

—Ni te imaginas lo orgullosa que estoy hoy de ti al saber que al fin has despertado.

En ese momento, la puerta de la sala se abrió de nuevo y apareció el padre de las chicas. Se acercó a ellas, las miró con gesto serio y, cuando iba a decir algo, Priscilla se le adelantó:

—Papá, no quiero faltarte al respeto, pero si vienes a hablar de mi vida privada, mejor no lo hagas. Sí, he firmado los papeles del divorcio y el tema está zanjado por mi parte. Y, como imagino que has hablado con tu maravilloso Conrad, te lo confirmo: sí, estoy viéndome con un hombre más joven que yo, que me encanta y al que no pienso dejar a no ser que sea yo quien lo decida.

—¿Te has vuelto loca, Priscilla?

Lola miró sorprendida a su hermana cuando la oyó decir:

—Loca estaría si siguiera tu consejo y aceptara que me cambiaras por tu maldita casa en Cornualles. Por tanto, tienes dos opciones, papá. La primera es dejarme vivir mi vida, y la segunda, buscar una profesora de historia para suplir mi baja, porque no pienso consentir que sigas martirizándome ni un día más. Así que decide si quieres a tu hija aquí o a una suplente.

Contrariado y sorprendido, Colin dio media vuelta y se marchó.

Lola sonrió mirando a su hermana. Lo que acababa de hacer era inaudito, y murmuró:

—Priscilla, no dejes a ese chico. Sin duda, te da fuerzas.

La aludida sonrió y, tras besar a su hermana en la cabeza, repuso:

—Tranquila. Dennis estará bien.

El día a Lola se le hizo eterno.

No paraba de mirar el reloj y éste parecía que no se movía.

No sabía cómo, pero debía ir a ver a Dennis. Se culpaba de lo ocurrido. Él tenía razón. Ella huía, y aquella situación la había hecho darse cuenta de que ya era hora de que cogiera las riendas de su vida.

Tras un día fatídico, al acabar las clases y ver que Justin se quedaba reunido con su padre y otros profesores, se marchó del colegio sin decir nada.

Cuando llegó al portal de Dennis, el corazón le palpitaba con fuerza. Necesitaba verlo. Quería tocarlo y saber que estaba bien y, por ello, subió los escalones de dos en dos. Una vez que estuvo frente a su puerta, llamó sin perder un segundo y, cuando ésta se abrió y lo miró, se abalanzó sobre él sin mediar palabra y lo abrazó.

Recibir aquella visita era el bálsamo para las heridas que Dennis necesitaba; hundió la nariz en el pelo de Lola, a pesar del dolor que le ocasionaba el abrazo que le estaba dando, y murmuró:

—Estoy bien, cariño..., estoy bien.

Ella asintió. Nada en el mundo le había alegrado más que saber aquello y, en cuanto se separaron y cerró la puerta, preguntó:

—¿Por qué no me llamaste?

Dennis se sentó en el sofá con gesto de dolor.

—Estaba muy cabreado —dijo; entonces se acomodó y musitó—: Joder, con tu abuela, al final voy a tener que creer que es bruja.

Lola no dijo nada. No le apetecía bromear. Lo ocurrido podría haber sido mucho peor.

El silencio los rodeó cuando Lola vio el casco de la moto de aquél. Estaba arañado, hecho una pena y, asustada aún, cerró los ojos; pero oyó:

—Ven, siéntate. Tenemos que hablar, y tenemos que hablar muy seriamente porque esto no puede continuar así.

Al oír esa frase tan lapidaria, ella abrió los ojos y, sentándose atemorizada junto a él por lo que imaginaba que iba a decir, murmuró con un hilo de voz:

—Vas a romper conmigo, ¿verdad?

Oírla pronunciar esa frase en ese tono y ver su mirada a Dennis le rompió el corazón. Lo más sano para los dos era dejarlo. Aquella relación tormentosa no los llevaba a ningún lado. Pero, incapaz de callar un segundo más lo que sentía, declaró:

—Te quiero, y no puedo romper contigo porque estoy loco por ti.

Oír esas palabras de amor, que Lola no había oído nunca antes, hizo que se llevara la mano a la boca mientras sentía que el corazón le palpitaba a toda mecha. Su hermana, su abuela, las personas que la querían tenían razón. Ella necesitaba que alguien la abrazara con amor, que le dijera palabras románticas, y tembló. Tembló por lo que había estado a punto de perder por su testarudez.

Desconcertado por sus propias palabras y por la nula reacción de ella, Dennis insistió:

—¿Has oído que te he dicho que te quiero?

Lola asintió y, apartándose las manos de la boca, afirmó:

—Sí.

—¿Y?

Emocionada, enternecida y conmovida, sonrió y murmuró:

—Te quiero...

Estremecido y eufórico al oír eso, Dennis fue a moverse para besarla, pero un dolor le cruzó el costado, y Lola, al verlo, susurró acercándose a él:

—Shhh..., tranquilo, yo te besaré. —Lo besó en la boca—. Yo te cuidaré. —Lo volvió a besar.

Y, cuando sus labios se separaron y se miraban a los ojos, ella prosiguió:

—Eres mío con la misma intensidad con la que yo soy tuya. Me ha costado entenderlo, pero ahora que me he dado cuenta de la verdad, no quiero desperdiciar ni un minuto más.

Él sonrió y, acercando su boca a la de ella, la besó. La besó con tranquilidad, con mimo, con pasión, mientras Lola se dejaba hacer y disfrutaba con aquella maravillosa sensación.

Una vez finalizado el beso, ella enredó los dedos en el pelo de aquél y murmuró:

—Tengo que hablar contigo.

Dennis pasó una mano alrededor de su cintura y se mofó:

—¿Vas a romper conmigo?

Lola sonrió y, negando con la cabeza, sin más dilación le relató su vida. Le habló de María, de Elora, de Justin y de su padre. El gesto de Dennis no se inmutó en ningún momento, ni siquiera cuando le confesó que Justin no le había puesto un dedo encima en su vida. Pero, aunque no se inmutara, por dentro Dennis ardía de indignación por algunas cosas. Todo lo que ella le relataba le interesaba y, cuando acabó, murmuró cogiéndole la mano:

—Gracias por contármelo.

Como si se hubiera quitado un gran peso de encima, Lola indicó:

—Siento habértelo ocultado, pero lo de Justin es un tema complicado.

Él asintió. Ahora entendía perfectamente muchas de las cosas que habían ocurrido. Y, tocándole con mimo la mejilla, susurró:

—Sabía que algo raro había, pero nunca imaginé nada de lo que me cuentas.

—Lo sé —afirmó ella—. Justin y yo tenemos muy bien aprendido nuestro papel y, como te digo, sólo esas tres personas conocen la realidad de nuestras vidas.

Que lo supiera Priscilla o aquella amiga desconocida llamada Carol, en cierto modo, Dennis lo entendió, pero mirándola preguntó:

—¿Por qué Akihiko?

Lola bebió un trago de una lata de Coca-Cola que había delante de ellos y respondió:

—Porque es un buen amigo y, al verme tan perdida en Japón, fue quien me enseñó a valorarme, a quererme y a terminar de entender que mi vida sexual no tenía por qué haberse acabado si Justin no me tocaba ni me deseaba.

Dennis asintió, y ella prosiguió:

—Japón era otra cultura, y vivir con Justin era nuevo para mí. De pronto, me vi en otro país, con un hombre que era mi marido, que me tenía cariño pero que no me buscaba, y me encontré sola, muy sola. Como te digo, Akihiko fue un buen amigo que me ayudó a no volverme loca.

Durante horas, Lola y Dennis hablaron y se sinceraron. Necesitaban comunicarse y, cuando ella, al ver en su reloj la hora que era, dijo que tenía que marcharse, a Dennis no le hizo gracia. No quería alejarse de ella. Quería tenerla a su lado, protegerla, cuidarla, pero entendía que las cosas debían hacerse bien, y si esa noche no aparecía por su casa, todo podía irse al traste.

Cuando el taxista llamó al portero automático de Dennis para decir que había llegado, éste se empeñó en acompañarla hasta la calle. Lola intentó impedírselo: Dennis estaba magullado y dolorido. Pero al final tuvo que dejarlo por imposible y ambos bajaron juntos.

Ya junto al taxi, se besaron y, cuando Lola montó en él, el brasileño preguntó:

—¿Quieres que te acompañe?

Ella sonrió y, negando con la cabeza, respondió:

—No, cariño. Tú sube a casa y descansa. Tienes que cuidarte.

El brasileño resopló. No le hacía nada de gracia que se marchara. Pero Lola, para acabar cuanto antes con aquella situación, sonrió y, cerrando la puerta, dijo:

—Te quiero.

Dennis sonrió también, aunque cuando el taxi se alejó, blasfemó.

Capítulo 46

Tras pagar al taxista, Lola subió los escalones que llevaban hasta la puerta de su casa. Eran las doce de la noche y, por extraño que pareciera, Justin no la había llamado por teléfono.

Al entrar en la casa, oyó el sonido del televisor y fue hasta el salón, donde Justin, acomodado con su bonito pijama de rayas, la miró y preguntó mostrándole algo que tenía en la mano:

—¿Chicles de cereza en el suelo del recibidor?

Lola maldijo. Debían de haber salido del bolsillo de la cazadora de Dennis cuando ésta se había caído al suelo. Se disponía a decir algo pero Justin volvió a preguntar:

—Acabas de estar con él, ¿verdad?

Incapaz de mentir en algo tan evidente, Lola respondió:

—Sí.

Él asintió y, levantándose, replicó:

—¿Tanto te preocupa?

—Lo quiero —confesó ella.

La rotundidad de sus palabras hizo que Justin cerrase los ojos. Cuando volvió a abrirlos, siseó en un tono de voz bajo:

—Ése no era el trato.

—Justin...

—No puedes quererlo. Lo primero somos tú y yo. ¿Acaso lo has olvidado?

Lola suspiró. ¿Cómo iba a olvidarlo? E, intentando entender su postura, respondió:

—No he olvidado nada, pero ha ocurrido y no puedo pararlo.

—Debes pararlo.

—No lo haré. Te he dicho que lo quiero, Justin. ¿No me escuchas?

Enfadado, él tiró el paquete de chicles de cereza contra la pared y, con gesto crispado, voceó:

—Hablaré con tu padre. Inventaré algo. Dennis debe irse del Saint Thomas.

Alucinada, Lola parpadeó y, rechinando los dientes, le advirtió:

—No juegues con el trabajo, Justin. Eso sí que no.

Ofuscado al oírla, él sonrió con frialdad y, mirándola, siseó:

—¿Que no juegue con el trabajo? Y tú, ¿qué es lo que estás haciendo?

—Justin...

—Si nos separamos, a tu padre le llegará la famosa carta del mío en la que le cuenta mis gustos en lo que a sexo se refiere... Y ¿qué crees que hará tu padre?

Lola, entendiéndolo, trató de acercarse a él.

—Intentaré que no sea así. Hablaré con él y comprenderá que...

—¿Tú, precisamente tú, hablarás con él? —se mofó aquél—. No, perdona. No lo hagas, o las cosas empeorarán.

Nerviosa, Lola se retorció las manos. Se sentía mal.

—Justin, escucha...

—No, ¡escúchame tú a mí! —la interrumpió él—. Llevamos casados doce años. Doce años en los que nuestra unión nos ha reportado más cosas buenas que malas. Ninguno se casó con el otro engañado. Tú sabías muy bien quién era yo y la vida que te esperaba conmigo cuando...

—Claro que lo sabía —dijo ella levantando la voz, cortándolo—. Pero yo era una niña de apenas veinte años y tú ya eras un hombre de treinta y cinco cuando nos casamos. ¿Acaso no has pensado que alguna vez el amor podría llegar a mi vida? El hecho de que tú no quieras dejarte llevar por el corazón en lo referente a Henry no significa que...

—Peque, si te separas de mí, acabarás con mi vida.

Lola cerró los ojos. Aquello que le decía era cruel. Él no podía cargarla con todo el peso de lo que ocurría y, mirándolo en busca de un entendimiento, musitó:

—Justin, te quiero. Me quieres. Nos queremos. Pero lo nuestro es un amor de hermanos que aceptamos hace doce años, cuando nos casamos, para salir de una determinada situación. Sin embargo, ya ha pasado mucho tiempo, y creo que ha llegado el momento de poner en orden nuestras vidas. Joder, Justin, tengo treinta y dos años y, por primera vez en mi vida, un hombre me ama, me mima, me cuida y...

—¿Yo no te he mimado, amado y cuidado? ¿Yo no te he conseguido lo que querías? ¿Yo no te he dado la libertad que siempre has deseado? —preguntó él enfadado.

Lola asintió y, acercándose a él, le cogió la mano y dijo mirándolo a los ojos:

—Claro que sí, y te lo agradeceré el resto de mi vida. Pero tú no me has abrazado por las noches en la cama, no me has hecho el amor, no me has mirado con deseo haciéndome sentir la mujer más especial del mundo. Eso es lo que necesito, y Dennis me lo da. —A Lola le dolió ver su gesto, pero prosiguió—: Te quiero, y lo último que desearía es hacerte daño. Por favor, Justin, recapacita y no lo hagas más difícil.

Él se sentó en el sofá derrotado.

La claridad de las palabras de Lola le llegaba al alma. Sabía que tenía razón. Sabía que ella se merecía vivir aquel amor, como él deseaba vivirlo también. Pero, sin querer entender aquello de lo que él mismo era consciente, susurró:

—Te dije que podíamos estar los tres. Lo hicimos una vez con Aris y...

—Aris no es Dennis.

Imaginar la sórdida y fría escena de sexo que había vivido con su marido y aquél, e imaginarse a Dennis entre los dos, le revolvió el estómago. Dennis no era Aris, y nunca se prestaría a los juegos a los que éste se había prestado.

—Lo pasamos bien, ¿no lo recuerdas? —insistió Justin—. Aris te poseía a ti y yo poseía a Aris. Lo pasamos bien. ¿Por qué lo has olvidado?

—No quiero compartir a Dennis contigo.

—Ese sentimiento de propiedad que tienes hacia él no es bueno.

Molesta por aquello, Lola respondió:

—A lo que tú llamas *sentimiento de propiedad* yo lo llamo *amor*. Creí que sabrías diferenciarlo.

Hundido, Justin se llevó una mano a la cabeza.

—Peque, esto acabará con mi vida.

Lola fue a darle un abrazo, pero éste se deshizo de sus manos, se levantó y se marchó mientras ella lo observaba apenada.

Capítulo 47

Pasaron varios días. Días en los que Justin y Lola, en el colegio, disimulaban su incomodidad delante de todos, y al llegar a su casa, ni se hablaban.

Lola intentaba dialogar con él, pero Justin se negaba. Estaba decepcionado, muy decepcionado con ella y, aunque en su interior sabía que no estaba procediendo bien, su orgullo le impedía reaccionar.

Dennis, por su parte, seguía en su casa. El médico le había dado la baja laboral durante una semana tras el accidente, y sólo era feliz cuando Lola lo llamaba por teléfono o cuando iba a visitarlo por las tardes.

Cuando la tenía junto a él era el mejor momento del día y, aunque ella no decía nada, Dennis sabía que no lo estaba pasando bien. Sólo había que ver sus ojeras.

Priscilla, que disfrutaba de la repentina felicidad que Aidan le proporcionaba, observaba en silencio a su hermana, y una tarde, cuando todos los profesores se marcharon de la sala y se quedó a solas con ella, le soltó:

—Se acabó. No aguanto más. ¿Qué ocurre?

Lola la miró y ella insistió:

—Y no me digas que nada, porque tengo ojos y, aunque Justin y tú sois muy buenos actores, os conozco y sé que algo pasa entre vosotros dos.

Lola suspiró y, sin más, le contó todo lo acontecido a su hermana, que, una vez que hubo terminado, preguntó:

—Y ¿qué vais a hacer?

—No lo sé.

—¡Lola!

Agobiada, la joven se tocó la cabeza.

—Dennis no dice nada, pero sé lo que quiere. Quiere lo mismo que yo, y no sé cómo hacerlo. No sé cómo hacer las cosas sin dañar en exceso a Justin y...

—A papá —finalizó Priscilla.

Desesperada, Lola se retiró el pelo de la cara y afirmó:

—Exacto, a papá. Sin duda volveré a oír eso de «¡Eres mi decepción!», y por una vez siento que tendrá razón. La hija por la que apostó, la que aceptó a pesar de tantas vicisitudes, al final le va a dar el disgusto del siglo cuando sepa la realidad entre Justin y yo. Me encantaría explicarle que lo que siento por Dennis es amor, que, por primera vez en mi vida, me he enamorado y deseo ser feliz con un hombre que me quiere y que puede hacerme muy feliz.

—Tranquila, Lola..., intentaremos explicárselo entre las dos.

Ella resopló y, al imaginarse la escenita que se iba a montar, afirmó:

—Lo de papá ¡va a ser de traca!

—Lo sé —asintió Priscilla—. Entre lo tuyo y lo mío con Aidan, intuyo que próximamente no va a estar de muy buen humor.

—Intento hablar con Justin —continuó Lola—, pero no me lo pone fácil. Tiene miedo de lo que pueda pasar, y yo lo entiendo, pero...

—Pero nada —la cortó Priscilla—. Justin debería haber previsto que esto podía pasar. Eres una mujer joven, guapa y encantadora, y algún día podía cruzarse alguien en tu camino y... y... Pero ¿acaso Justin es tonto?

—No. No lo es. Es una buena persona que está enamorada de un hombre que vive en Nueva York, aunque no quiere aceptarlo —lo defendió Lola—. Sus propios prejuicios y sus miedos no lo dejan vivir, no lo dejan ser la persona que en el fondo quiere ser, y está aterrado ante la reacción de papá.

Ambas se quedaron en silencio, hasta que Lola murmuró:

—Estoy enamorada de Dennis. Por primera vez en mi vida, me he enamorado y me encantaría gritarlo a los cuatro vientos. Me encantaría decirle a papá lo increíble que me siento ahora que he conocido el amor, pero...

Priscilla la abrazó. Saber aquello la alegraba en el alma. Su hermana tenía derecho a conocer el amor. Cuando el abrazo acabó, Lola declaró con una candorosa sonrisa:

—Y lo mejor de todo es que Dennis siente lo mismo por mí.

Su hermana sonrió encantada e, infundiéndole valor, indicó:

—Si eso es verdad y es lo que quieres, no permitas que nadie rompa tu felicidad.

—¿Te apetece que quedemos esta noche los cuatro? —propuso entonces Lola—. Dennis ya está recuperado. Él médico le ha dado el alta y el lunes regresa al trabajo.

Priscilla parpadeó.

—Aidan, Dennis, tú y yo. ¡La pandilla antidecoro!

Lola sonrió.

—Sí. Podríamos cenar y tomar algo. ¿Qué te parece?

A Priscilla le encantó la idea y, deseosa de pasarlo bien, asintió.

—¡Perfecto! Avisaré a Aidan.

Capítulo 48

Dennis y Aidan se cayeron bien desde el primer momento.

A ambos les gustaban las motos, los mismos grupos de música y, en cuanto entraron en el restaurante de Rosanna, la mujer de José, ésta rápidamente los llevó hasta una mesa donde podrían tener intimidad.

Cuando pidieron vino para cenar y Aidan dijo que él prefería un refresco, al ver cómo Dennis y Lola lo miraban, sin ninguna vergüenza les habló de su problema con la bebida y el tema se zanjó. No se volvió a hablar de ello.

Durante la cena, las dos parejas disfrutaron de una agradable velada, donde hubo confidencias, cariños, mimos. Aquello era nuevo para Lola y su hermana, que, en todos los años que habían estado casadas con Justin y Conrad, no habían tenido una noche así.

Tras los postres, las dos hermanas fueron al baño y, al entrar, Priscilla dijo:

—Por Dios... La depilación brasileña está creciendo, ¡y no veas qué picores!

Lola se miraba en el espejo sonriendo mientras se recogía el pelo.

—Es lo que se lleva —murmuró—. Y estoy segura de que a Aidan le gusta.

Priscilla sonrió encantada y a continuación preguntó:

—¿Qué opinas de lo de Aidan en lo referente a la bebida?

Lola miró a su hermana y, con sinceridad, respondió:

—Creo que es un superviviente que ha apostado por vivir. Nadie mejor que él para conocer su verdad, y que tú, para saber si esa verdad se cumple.

Priscilla asintió y, mirando a su hermana, añadió:

—Me comentó que, cuando le vio las orejas al lobo, se prometió a sí mismo no volver a encontrarse de ese modo, y lo creo. Algo me dice que he de confiar en él.

Lola sonrió y, dándole un culetazo, repuso:

—Parece un buen chico. Eso no te lo voy a negar.

—Sí. —Priscilla sonrió. Luego se apoyó en el lavabo y cuchicheó—: ¿Sabes? Desde que estoy con él, siento que estoy viviendo una segunda juventud.

—Lo sé. —Lola rio—. Lo veo.

—Pero me sigue preocupando el tema de la edad.

Divertida, Lola miró a su hermana. Sólo recordaba haberla visto tan atontada por alguien cuando Conrad había aparecido en su vida siendo una jovencita y, encantada de verla sonreír así, afirmó:

—Disfruta de Aidan y olvídate de esa tontería. Pero ¿qué es lo que te preocupa?

—¡Son diez años!

—¿Y qué?

Priscilla suspiró.

—He de ser objetiva. Tengo cuarenta y uno, y él, treinta y uno. Y ahora no, porque estamos en la bonita luna de miel del principio de una relación, pero ¿y dentro de diez años, cuando yo tenga cincuenta y uno y él cuarenta y uno? ¿O dentro de veinte?

Lola resopló. Su hermana se preocupaba en exceso por todo.

—Para eso faltan diez años. Diez largos años en los que pueden pasar muchas cosas y...

—Pero si me deja por otra y yo estoy enamorada de él, ¡me volveré loca!

Con cariño, Lola suspiró y, mirándola, dijo:

—Yo sigo casada con Justin, enamorada de Dennis y no sé qué pasará dentro de diez días, menos aún dentro de diez años. Pero lo que sí sé es que hoy, ahora y en este instante, estoy con la persona que quiero, que me quiere, y me niego a pensar en nada más salvo en disfrutar y ser feliz con él. Como decía mamá, lo que tenga que ser será.

Priscilla sonrió y, mirando a aquella pelirroja que tanto quería, murmuró:

—Parece mentira que la hermana pequeña seas tú.

Ambas sonrieron, y Lola, para no desperdiciar un segundo más en el baño, cogió a Priscilla del brazo y dijo:

—Salgamos de aquí y disfrutemos de la vida.

Después de la cena, decidieron ir a un local a tomar una copa. Estuvieron divirtiéndose hasta que, a las tres de la madrugada, decidieron regresar a sus hogares. Priscilla invitó a Aidan a su casa, y Dennis y Lola fueron a la casa de aquél.

Entraron besándose por la puerta y cuando Dennis, sin soltarla, encendió el equipo de música y, tras pulsar un botón comenzó a sonar *You Don't Know Me*,[42] de Michael Bublé, la miró a los ojos y murmuró mientras comenzaban a bailar:

—Estoy total y completamente loco por ti.

Lola sonrió. Le encantaba oír eso. Entonces él, rozando con sus dulces labios su rostro, prosiguió:

—Quiero pasar muchas noches contigo. Quiero tenerte por las mañanas cuando me despierto. Quiero planear viajes contigo. Llevarte a Múnich a conocer a mis amigos. Quiero enfadarme y reconciliarme contigo y...

—Dennis... —lo cortó ella—. ¿Me vas a querer dentro de diez años?

Al oír eso, él la miró y, al ver que esperaba una contestación, respondió seguro de sus palabras:

—Espero que tanto como tú a mí.

Sonriendo, se abrazaron, y con mimo, delicia y sentimiento, se hicieron el amor mientras la música continuaba sonando a su alrededor.

Horas después, Lola regresó a su casa y, como siempre que lo hacía, un vacío se abrió en el corazón de Dennis.

42. Véase la nota 5. *(N. de la E.)*

Capítulo 49

El miércoles por la mañana, cuando Lola estaba sumergida en una de sus clases de ballet, Cornelia, una de las secretarias de su padre, abrió la puerta y metió la cabeza.

Al verla, Lola caminó hacia ella.

—¿Ocurre algo?

Cornelia le hizo una seña. Ella salió entonces del aula y, al descubrir en las manos de aquélla un precioso ramo de rosas verdes, sonrió. Mientras se lo entregaba, Cornelia comentó:

—Son preciosas, ¡qué marido tienes!

Lola asintió.

Aquellas rosas verdes sólo podían ser de una persona.

¿Acaso Dennis se había vuelto loco?

Cuando aquélla se marchó con la sonrisita en los labios, Lola abrió la nota que acompañaba el ramo y leyó:

No sólo te querré esos diez años, serán muchos más. T. Q.
P. D. Y yo decía que no era romántico...

Lola sonrió de nuevo. Lo que estaba viviendo con Dennis era lo más bonito que había vivido en su vida y, con cara de tonta, volvió a entrar en el aula, mientras deseaba besar al hombre que daba clase en el piso de arriba.

Dos horas más tarde, las rosas verdes descansaban dentro de un jarrón en la mesa donde Lola tenía el equipo de música. Animada por ello, dirigía otra clase cuando oyó que la puerta del aula se abría de nuevo. Era Justin.

En ese instante sonó el timbre que indicaba el final de la clase y, tras despedirse de Lola, las niñas se marcharon.

Cuando hubieron salido todas, Justin entró en el aula y miró las rosas verdes con desidia, pero no dijo nada. Incómoda por su gesto, Lola se acercó a él y preguntó:

—¿Estás bien?

Con el mismo semblante serio que los últimos días, él la miró y respondió:

—Han llamado del hospital London Bridge. Al parecer, tu padre está allí ingresado por un fuerte dolor en el pecho.

Lola parpadeó. Se le aceleró el corazón y dijo:

—Yo no he dicho nada de lo nuestro, ¿y tú?

Justin se apresuró a negar con la cabeza e, intentando no perder la compostura, respondió:

—Yo tampoco.

Atacada de los nervios, Lola no podía dejar de atormentarse, y entonces él tartamudeando susurró:

—Nadie sabe lo que ocurre entre nosotros, a no ser que Dennis...

Al oírlo, Lola negó con la cabeza mientras afirmaba convencida:

—Imposible. Dennis nunca diría nada. No lo culpes de algo que no sabes.

Justin no respondió. Luego, mirándola con un gesto frío, dijo:

—Cámbiate de ropa y vayamos al hospital.

Lola asintió. Entró en el pequeño cuarto donde solía cambiarse, lo hizo a toda leche y, cuando acabó y volvió a salir, miró a Justin y matizó:

—Dennis no ha dicho nada.

Al llegar al piso superior, el pasillo estaba plagado de críos. Lola vio a Dennis al fondo, hablando con unos padres. Justin se dio cuenta entonces de que ella lo miraba y dijo:

—No es momento. Tu padre está en el hospital.

—Sé muy bien dónde está mi padre —replicó ella enfadada—. Busquemos a Priscilla.

Caminaban hacia la clase de aquélla cuando se la encontraron de bruces. Cornelia, que era quien había recibido la noticia, acababa de contárselo.

Lola agarró a su hermana de la mano y murmuró:

—Tranquila.

Priscilla, que sentía ganas de vomitar, miró a su hermana y a su cuñado.

—Seguro que es culpa mía.

—No digas tonterías —susurró Lola.

Al parecer, todos se sentían culpables por algo que no sabían. Pero Priscilla, histérica, insistió:

—Desde que le dije que había firmado los papeles del divorcio y le conté lo de Aidan está muy enfadado conmigo.

—¿Quién es Aidan? —preguntó sorprendido Justin.

Sin responderle, Lola miró a su hermana, mientras ésta volvía con lo mismo:

—¿Y si yo le he provocado ese dolor en el pecho?

Incapaz de dejar que Priscilla se culpabilizara por aquello, Lola insistió:

—No. No es culpa tuya.

Al oír eso, Priscilla los miró y, cambiando el gesto, susurró:

—Ay, Dios... No me digas que papá se ha enterado de lo vuestro y de lo de Dennis...

Justin miró a su mujer y siseó:

—¿Qué le has contado a tu hermana?

—La verdad —aclaró Priscilla y, retándolo con la mirada, añadió—: Y, aun sabiéndola desde hace años, he respetado lo que hacíais y, sobre todo, te he respetado a ti. Quédate con eso.

Justin blasfemó, y Lola replicó mirando a su hermana:

—No creo que papá se haya enterado de lo nuestro, o eso espero.

Priscilla asintió y luego los tres se encaminaron hacia la salida en silencio. Sin embargo, antes de llegar, Dennis se interpuso en su camino y, al ver el gesto serio de Lola, preguntó sin tocarla:

—¿Qué te ocurre?

Con ganas de llorar por lo angustiada que estaba, ella iba a responder cuando Priscilla se le adelantó:

—Nos acaban de avisar de que nuestro padre está en el hospital ingresado por un fuerte dolor en el pecho.

Dennis asintió. Aquello no pintaba bien. Y, mirando a Lola, dijo:

—Os acompañaré.

A Lola nada le apetecía más. Pero entonces Justin, entrometiéndose entre los dos, siseó:

—No. Tú no vienes.

Dennis lo miró desafiante y, cuando se disponía a replicar, Justin aclaró bajando la voz para que nadie lo oyera:

—Lola es mi mujer, aunque se acueste contigo, y tú en el hospital no pintas nada.

Furioso, a Dennis se le hinchó la vena del cuello. En cierto modo, aquél tenía razón. Y, mirando a Lola, preguntó:

—¿Quieres que vaya contigo?

Ella no sabía qué decir, pero, siendo consciente de la situación que podía crearse allí, finalmente respondió:

—Será mejor que me esperes en tu casa. Prometo ir allí cuando salga del hospital.

Y, sin más, se alejó de él con su hermana y el que era su marido, mientras Dennis los observaba molesto pero consciente de que era lo más sensato.

Al llegar al coche de Lola, que no era el biplaza, sin apenas mirar a su mujer, Justin dijo con seriedad:

—Dame las llaves, yo conduciré.

Nerviosa, ella las sacó de su bolso y, tendiéndoselas, afirmó:

—Sí. Será lo mejor.

Mientras Justin conducía, Lola, que iba en el asiento del pasajero, observaba por la ventanilla cómo llovía. Ninguno habló. Ninguno podía decir nada. Sin saber en realidad lo que había pasado, todos se sentían culpables de lo que le había sucedido a Colin.

Tras estacionar en el parking del hospital, rápidamente se acercaron al mostrador de admisión y se informaron. Allí, les indicaron que el señor Colin Gabriel Simmons estaba ingresado en la tercera planta, en la habitación 323.

Una vez arriba, una enfermera los acompañó a la habitación y, justo al llegar, la puerta de la misma se abrió y un médico salió de ella.

—¿Son familiares del señor Simmons? —preguntó.

—Sus hijos —afirmó Priscilla.

El doctor asintió y, con profesionalidad, los miró a los tres y declaró:

—El señor Simmons está estable y, como le he dicho a su pareja, deben estar tranquilos.

—Pero ¿qué ha ocurrido? —preguntó Lola.

El médico la miró y respondió sin cambiar su gesto:

—Su padre estaba practicando sexo cuando comenzó a sentirse mal. Le costaba respirar, sudaba en exceso y sentía una presión en el pecho. Por ello, asustados, han venido al hospital y, por suerte, han parado a tiempo algo que podría haber sido mucho peor.

Alucinadas, Priscilla y Lola se miraron y, sin hablarse, se entendieron.

¿Qué hacía su padre practicando sexo por la mañana, en horario de colegio?

Sin embargo, sin querer preguntar más, ni querer imaginar la intimidad de aquél con Rose, Priscilla preguntó:

—Pero ¿él está bien?

—Sí —aseguró el médico—. Se quedará esta noche en observación, y mañana, si todo sigue bien, procederemos a darle el alta. Eso sí, ya le he dicho que a partir de ahora el ritmo de su vida ha de bajar, tanto en lo laboral como en lo sexual. Con setenta y un años hay que cuidarse para evitar ciertos problemas.

—Pobre Rose —murmuró Justin—. Qué susto debe de haberse llevado.

Al oírlo, Lola lo cogió del brazo, pero éste rápidamente se soltó. Priscilla se percató de ello pero no dijo nada; el médico asintió:

—Sí. Venía muy alterada. Aunque ya está más tranquila.

Tras la conversación, el médico se marchó y Priscilla, más calmada, dijo:

—Vale, susto y culpabilidades fuera del cuerpo. Ayudemos a Rose con el Pitufo Gruñón, que, conociéndolo, estará insoportable.

Justin asintió y, mirando a las hermanas, comentó:

—En la última reunión que tuve con él hace poco más de un mes habló de seguir otros cuatro años como director del colegio. No quiere dejarlo hasta los setenta y cinco y...

—Pues me parece que lo va a tener que reconsiderar, si quiere llegar a los setenta y cinco —repuso Lola.

Los tres asintieron. Sin embargo, cuando abrieron la puerta, se quedaron sin palabras. Colin estaba postrado en la cama, y junto a él estaba María, la madre biológica de Lola.

Se la quedaron mirando paralizados.

¿Qué hacía ella allí?

Sin darse cuenta de que tres pares de ojos los observaban, aquéllos seguían cogidos de la mano, hasta que Lola, incapaz de callar, voceó:

—¡Tú!

Al oírla, Colin y María se separaron sobresaltados.

—Hola, hija —dijo ella mirándola.

Enfadada, Lola la ignoró y declaró dirigiéndose a su padre:

—La última vez me dijiste que el tema estaba acabado. Me lo prometiste, y por eso callé y no le dije nada a Rose.

Colin cerró los ojos. Lola tenía razón. Después de la última vez que los había pillado en casa de Diana, él le había prometido que nunca más volvería a verla, pero María podía con él. Siempre lo había hecho y, por más que se resistía, al final terminaba cayendo.

Pero María, a la que no le importaba nada, dijo dirigiéndose a su hija:

—A ver, mi niña, nosotros te...

—No soy tu niña. No soy tu hija. ¿Cuándo te vas a enterar? —replicó Lola, y, mirando a su padre, siseó—: ¡Lo prometiste!

Justin y Priscilla se miraron. No sabían de qué hablaba aquélla, y Lola, al ver sus caras, aclaró:

—En Navidades los pillé en la casa de la abuela follando como conejos.

—¡Lola! —protestó Colin.

—¡Papá! —exclamó Priscilla y, tapándose la boca, susurró—: Pobre Rose.

Lola asintió y, sin importarle, afirmó:

—Exacto, ¡pobre Rose! Y no pobre don Decencia y Pulcritud.

—¡Lola! —la regañó Justin.

Pero ella, ofuscada, gruñó mirando a aquella mujer:

—Por tu culpa, mi madre fue infeliz durante muchos años y, aunque no puedo cambiar el pasado, si puedo evitar que Rose, la maravillosa mujer que está con mi padre, sufra, te aseguro que lo intentaré.

—Y yo sintiéndome culpable... —se lamentó Priscilla.

A partir de ese instante, en aquella habitación se cruzaron más que palabras por parte de todos, hasta que María, levantando la voz, soltó:

—Colin y yo ya somos mayorcitos y vosotros no decidís.

—¡Te equivocas! —voceó Lola—. Mi padre sí necesita que le recuerde quién es, con quién está y quién eres tú. Y, por si lo has olvidado, a ti te recuerdo que eres una vividora sin escrúpulos que sólo aparece por aquí en busca de dinero cada cierto tiempo para...

—Lola..., ¡basta! —sentenció Colin.

Él, mejor que nadie, sabía quién era María; pidió a Justin ayuda con la mirada, y éste dijo:

—Por favor. Estamos en un hospital.

Lola asintió. No era sitio para hablar de aquello, y menos tras lo que le había ocurrido a su padre. Justo cuando sintió que su hermana le daba la mano, la puerta de la habitación se abrió y apareció una desencajada Rose.

—Ay, Dios mío..., ay, Dios mío...

La pobre estaba tan nerviosa, tan alterada, que al entrar corrió hacia Colin y, poniéndose a su lado en la cama, preguntó mientras Priscilla se acercaba a ella para tranquilizarla:

—Cariño, ¿qué ha pasado? ¿Cómo estás? Me ha llamado Cornelia y me lo ha dicho. Oh, Colin —sollozó—. No vuelvas a darme otro susto así o te juro que... que...

No pudo continuar. Las lágrimas desbordaron sus ojos, hasta que de pronto miró al otro lado de la cama y, al ver a aquella mujer morena, de pelo por la cintura y ojos penetrantes, preguntó:

—Y ¿usted quién es?

Al sentirse el centro de las miradas de todos, ella sonrió y respondió:

—Soy María, el único amor de Colin.

Lola, Priscilla y Justin no daban crédito.

Pero ¿acaso se había vuelto loca?

Rose asintió. Mirar a aquella guapa y juvenil mujer la hacía sentirse fea y vieja y, dirigiéndose a Colin, susurró:

—¿Ella es...?

Él cerró los ojos. No sabía qué decir al ver el gesto de Rose, y de pronto ella se desmayó. Priscilla se apresuró a sujetarla, y Justin, que llegó rápidamente a su lado, dijo:

—Tranquilas. La tengo.

Una vez que la dejaron sobre el butacón, comenzaron a darle aire.

—Justin, avisa a una enfermera —pidió Lola.

Éste salió de la habitación, y ella, mirando con furia a su padre, le soltó:

—Esto es lo que quieres, ¿verdad?

Colin no respondió. Le gustara o no, en esa ocasión el deshonesto había sido él y, mirando a María, que permanecía erguida a su lado, dijo:

—Márchate.

—Pero, amor... —protestó aquélla.

—Por favor —insistió él con gesto hosco—. Vete.

María, ofendida, levantó el mentón y, sin decir nada más, salió de la habitación en el mismo momento en que Justin entraba con una enfermera.

Lola, mirando a su padre, siseó:

—Nos cuestionas todo lo que hacemos porque todo te parece mal. Ahora respóndeme si eres capaz: ¿cómo debemos tomarnos esto nosotros?

—Lola, déjalo. Piensa en Rose —musitó Priscilla.

Pero su hermana, enfadada por la situación rocambolesca con la que se había encontrado, tras mirar a la pobre Rose, sentenció dirigiéndose a su padre:

—Tú no quieres a nadie y, como una vez le oí decir a mamá, por no querer, no te quieres ni a ti mismo.

Dicho esto, prestó toda su atención a Rose. La pobre se la merecía.

Capítulo 50

El viernes por la tarde, tras salir del colegio, Lola se acercó a casa de su padre para verlo.

Por suerte, todo había ido bien y ya le habían dado el alta en el hospital.

A pesar de su complicada relación con él, Lola lo quería. Su padre podía ser un Pitufo Gruñón insoportable, pero, por mucho que discutieran, sentía amor por él.

Nunca había notado que hiciera alguna distinción entre Priscilla, Daryl o ella. Siempre la había hecho sentirse una hija más, aunque la llamara *potro desbocado* y ella no se sincerase con él.

Al entrar en la casa familiar, en la que ella había vivido durante su adolescencia, Philipa, el ama de llaves, salió a recibirla y, mirándola, murmuró:

—Está en su despacho. Rose no está porque se ha marchado, y hay una mujer en la cocina preparando algo de cena que me está volviendo loca.

Sorprendida porque fuera María la que estuviera allí, Lola asintió:

—¡Tranquila!

Philipa cogió su bolso y se marchó, mientras Lola caminaba hasta el despacho de su padre. Tras llamar a la puerta, la abrió. Él levantó la cabeza, mirándola, y ella preguntó:

—Papá, ¿qué tal estás?

Al verla, Colin cabeceó y, sin abandonar el rictus severo de su boca, respondió:

—Bien.

Lola caminó hacia él y le dio un beso en la mejilla que aquél agradeció, aunque no dijo nada. Luego se sentó en la silla que había frente a él y lo miró. Permanecieron en silencio durante varios minutos, hasta que él inquirió:

—¡¿Qué?!

Lola, a quien su padre nunca le había dado miedo, a diferencia de su hermana Priscilla, respondió:

—No te entiendo.

—No empecemos.

—¿Qué hace esa mujer aquí?

Colin suspiró.

—Papá..., esa mujer me utilizó a mí siendo una niña para costearse su vida y ahora te utiliza a ti. Pero ¿cómo puedes ser tan tonto? ¿De verdad crees que siente algo por ti? Lo que quiere es lo que siempre ha querido: tu dinero.

El hombre se levantó entonces de la silla e insistió:

—Lola, no quiero discutir. ¿Deseabas algo más?

La frialdad se apoderó de nuevo de él, y Lola dijo:

—Sólo venía a verte, pero como ya veo que estás bien, me voy. Adiós.

Se levantó y, sin darle el cariño que le había dado cuando entró, se dirigió hacia la puerta, pero entonces lo oyó decir:

—Lo sé. Te lo prometí.

—Sí, papá, me lo prometiste. Y yo creí en ti porque te quiero. Porque, aunque discutamos todos los días y me llames *potro desbocado*, eres mi padre y no puedo, ni deseo, obviar que, cuando era pequeña, para mí eras mi héroe.

Esas palabras le llegaron al corazón y, mirando a su hija, Colin iba a decir algo cuando ésta prosiguió:

—Nunca he cuestionado tu vida privada porque sé que, con lo que le ha pasado a mamá, tú tenías todo el derecho del mundo a rehacerla. Pero, papá, estás con Rose. Esa mujer te adora, nos adora a nosotros y te facilita la vida. ¿Cómo crees que puede sentirse ella al ver tu traición?

Él no respondió.

—¿Tan importante es esa mujer para ti? —preguntó Lola—. ¿Qué tiene que ocurrir para que abras los ojos de una vez?

—Siempre la he querido —respondió él entonces, sorprendiéndola—. Y, cada vez que viene a mí, yo... yo no puedo...

—Has de poder —indicó Lola ocultando sus sentimientos—.

Ella no es buena ni para ti, ni para mí, ni para nadie. Ni siquiera es buena para su madre. En Navidades, como tú no debiste de darle dinero, se lo robó a la abuela.

—¡¿Qué?!

—Le robó el dinero que tenía en casa, papá. Le quitó el dinero que la abuela había ahorrado trabajando durante meses sin que le importara dejarla sin nada.

—¡Dios mío! —murmuró aquél retirándose el pelo de la cara. Y, envenenado, siseó—: Le di dinero. Le di una buena cantidad de dinero para que desapareciera.

Lola asintió y, sin levantar la voz, murmuró:

—Genial. Entonces, le robó a ella y te tomó el pelo a ti. Vamos mejorando.

En ese instante, la puerta del despacho se abrió y María apareció con una bandeja. Lola y ella se miraron, y esta última, levantando el mentón, dijo:

—Amor. Te traigo un caldito y pavo.

Su hija la contempló con incredulidad. Pero ¿cómo podía tener tanto morro? Y, sin poder callarse, le soltó:

—Vergüenza me daría a mí ser tú. Robar a tu madre y no preocuparte por ella. Eso sólo lo hacen las malas personas.

María la miró y, con gesto de puro desagrado, siseó:

—Debería haber abortado. Cada día soy más consciente de mi error.

—¡María, por el amor de Dios, ¿qué dices?! —gruñó Colin al oírla.

Lola la miró. Lo que aquélla había dicho era tremendamente desagradable. Pero, sin querer darle el gusto de ver que se ofendía, y deseosa de marcharse de allí porque, si se quedaba, se liaría parda, miró a su padre y dijo:

—Adiós, papá, mañana te llamaré.

Colin observó salir a su hija y, sin decir nada más, miró a la mujer que se acercaba hasta él con una bandeja y, con una fuerza y una rabia que nunca antes había tenido, le ordenó:

—Deja la maldita bandeja y siéntate. Tenemos que hablar.

Capítulo 51

Al salir de la casa de Colin, Lola se fue directa a la residencia. Necesitaba ver a su madre. A la madre que siempre la había querido y cuidado sin importarle quién la había parido.

Al llegar, la vio sonriendo sentada en una silla y, encantada, se acercó a ella y, tras darle un beso en la mejilla, murmuró con cariño:

—Hola, mamá.

Elora, que no paraba de sonreír, al sentirla a su lado, la miró y dijo:

—Tengo novio.

—Vaya, qué bien —exclamó Lola—. Y ¿quién es?

La mujer señaló a un familiar que acompañaba a un paciente y cuchicheó:

—Ayer me pidió que nos fugáramos, pero yo le quité la idea de la cabeza porque, si mamá o papá se enteran, se pueden enfadar mucho.

Con cariño, Lola miró a aquella mujer a la que tanto adoraba y, con tristeza, murmuró:

—Hiciste bien, mamá..., hiciste muy bien.

Durante una hora, oyó a su madre decir cosas sin sentido, pero Lola no se movió de su lado, hasta que Aidan apareció con un yogur y unas galletas y, tras guiñarle el ojo, dijo acercándose a Elora:

—Sé que tienes hambre, pero no sé si quieres el yogur o las galletas.

Elora observó lo que el joven llevaba en las manos y, cogiendo las galletas, respondió:

—Esto. Prefiero esto. —Y, sin más, abrió el paquete y empezó a comérselas.

Al ver la mirada triste de Lola, Aidan se sentó junto a ella y preguntó:

—¿Estás bien?

Lola asintió y, mirándolo a los ojos, murmuró:

—Sí. Es sólo que a veces la vida se complica.

Él asintió. Conocía esa sensación.

—Eres fuerte —comentó—. Tu hermana me lo ha dicho cientos de veces y...

—Aidan... —lo cortó ella—. ¿Puedo decirte algo sin que pienses que estoy loca de remate?

—Claro —respondió él sonriendo.

Convencida de que necesitaba decirlo, Lola lo miró y le soltó:

—Apenas te conozco, aunque lo que veo de ti me gusta. Pero, si le haces daño a mi hermana, te juro que te buscaré, te sacaré los ojos y te romperé las piernas; ¿entendido?

Aidan sonrió y afirmó:

—Mensaje recibido. Pero, tranquila, yo sólo quiero hacerla feliz y disfrutar de nuestros momentos al máximo.

Lola sonrió al oír eso y, levantándose de donde estaba, se sentó junto a él. Mientras ambos miraban cómo Elora comía galletas, ella le contó cosas sobre Priscilla que sin duda Aidan debía saber.

Una hora después, cuando Lola llegó a su casa, llamó a Rose, pero ésta no le cogió el teléfono y, en cuanto saltó el buzón de voz, dijo:

—Rose, soy Lola. Sé que estarás enfadada con papá por lo que ha ocurrido, pero, por favor, llámame, quiero hablar contigo y saber cómo estás. Te quiero, ya lo sabes. Llámame.

Una vez que hubo dejado el mensaje, pensó en Justin. Seguro que estaba comprando.

Muerta de sed, caminó hacia la cocina y, sobre la encimera, encontró una nota de aquél en la que le indicaba que se marchaba fuera a pasar el fin de semana. ¿Que se había marchado? Necesitada de saber, lo llamó por teléfono.

—¿Qué narices quieres, Lola? —respondió él con voz bronca.

En sus doce años de matrimonio, ésa era la primera vez que le hablaba así.

—Te marchas y me tengo que enterar por una nota... —siseó molesta.

Justin no respondió. Luego, tras un suspiro, la informó:

—Estaré hasta el domingo por la noche con unos amigos en Bristol.

—Justin, tenemos que hablar, esto no puede continuar así.

—Yo no tengo nada que hablar.

—Justin...

—Lola, estoy con unos amigos y quiero pasarlo bien. ¿Por qué no me olvidas?

A ella le dolió su indiferencia. Y entonces él insistió:

—Vete con Dennis, ¿no es lo que quieres? —Lola no contestó, y Justin sentenció—: Tú sabrás qué es lo que deseas hacer con tu vida, pero no olvides que tu decisión tendrá una consecuencia para los dos.

La machacaba. La martirizaba haciéndola sentir culpable, y susurró:

—Justin, escucha, yo...

No pudo decir más porque él le colgó el teléfono.

Estaba más que claro que las cosas iban a ir de mal en peor.

Agobiada, Lola miró a su alrededor, abrió la nevera y sacó un refresco.

La asqueaba pensar en su padre y en aquella mujer. Odiaba haberle oído decir aquello, y sentía que su abuela seguramente tuviera que aguantar cosas como ésa y mucho más.

María era egoísta y una vividora, y Lola nunca olvidaría una conversación que había oído entre ella y su abuela, siendo una adolescente, en la que María le decía con toda la frialdad del mundo a su madre que Lola era su fuente de ingresos al ser una Simmons, y que eso nunca se acabaría. Los lloros de Diana aquella noche se le quedaron grabados en el corazón, y se prometió resarcirla por todo el sufrimiento que aquélla le ocasionaba.

Angustiada y deseosa de dejar de recordar a aquella mala mujer, se sentó en su bonito sofá. Apoyando la cabeza en él, pensó en su vida. Últimamente era complicada. Discusiones con Justin, discusiones con su padre... Los problemas la comían. Pero, de pronto, vio sobre la mesita el paquete de chicles de cereza que debía de habérsele caído a Dennis el día que había estado en su casa.

Con una sonrisa, lo miró y se fijó en un folleto publicitario que había al lado. Cogiendo el papel, observó que se trataba de un hotel en Edimburgo. Estaba ojeándolo curiosa cuando de pronto el móvil le vibró. Un mensaje de Dennis:

¿Puedes hablar?

Al leer aquello, Lola sonrió. Podía hablar y hacer lo que le viniera en gana y, tras marcar su número, cuando él lo cogió preguntó:

—¿Estás en tu casa?

—Sí.

Levantándose y segura de lo que iba a hacer, Lola indicó:

—Espérame. Dentro de una hora estoy allí.

Dennis sonrió encantado.

Una hora después, Lola llegó al portal de su casa con una sonrisa en los labios. Como Aidan había dicho, ella también pensaba disfrutar sus momentos con Dennis al máximo. Subió la escalera con celeridad, llamó a su puerta y, cuando éste abrió, ella preguntó:

—¿En serio vas a quererme diez años y muchos más?

Sorprendido por su pregunta, él asintió.

—Ése es el plan.

Satisfecha con su respuesta, Lola volvió a preguntar:

—¿Quieres cenar conmigo?

—¿Acaso lo dudas? —respondió él con una sonrisa.

Encantada, ella no se movió y, segura de sí misma, dijo:

—Te voy a pedir algo que deseo con todas mis fuerzas y que espero que tú también lo desees tanto como yo.

—Tú dirás...

—Pasa la noche conmigo.

Dennis parpadeó y, sin saber si había oído bien o no, torció el cuello y preguntó:

—¿Qué has dicho?

Sin moverse aún de la puerta, Lola sonrió. Nunca habían pasado una noche entera juntos. Así que repitió:

—Pasa la noche conmigo o, mejor —dijo enseñándole unos papeles—, pasa el fin de semana conmigo en Edimburgo. Sé que es una locura —añadió acelerándose al hablar—, que es un viaje sorpresa, pero quiero estar contigo, dormir contigo, despertar contigo y poder pasear cogidos de la mano sin miedo a miradas indiscretas.

—Lola...

—El vuelo sale a las nueve, y a las diez y media podemos estar en Edimburgo —prosiguió ella acelerada—. Y, bueno..., me he dejado llevar por mi impulsividad, he sacado unos billetes de avión y he reservado en un precioso hotel para que tú y yo pasemos un bonito y romántico fin de semana juntos. Así que no puedes decirme que no...

Dennis la miró sin dar crédito. Pasar con ella el fin de semana era la cosa que más le apetecía en el mundo. Nunca disponían de más de dos o tres horas para poder estar juntos, y pensar en poder permanecer con ella más de cuarenta y ocho fuera donde fuese era un sueño hecho realidad.

Nervioso, miraba los papeles que ella le tendía cuando la oyó decir:

—Un taxi nos espera en la puerta. ¡Hagamos esta locura! Coge cualquier cosa, métela en una bolsa y ¡vámonos!

Dennis no lo dudó y, tras darle un beso que a ella le supo a gloria, entró en su habitación, cogió una bolsa de deporte y metió unas cuantas prendas dentro. Cuando acabó, salió al comedor, donde Lola lo esperaba con una sonrisa, y, soltando la bolsa que llevaba en la mano, se acercó hasta ella y la besó.

—Será un placer pasar todo el tiempo que quieras contigo —murmuró cuando sus bocas se separaron.

Capítulo 52

Sin dar crédito, y casi a oscuras, Dennis observaba dormir a la mujer que lo estaba volviendo loco y que había conseguido robarle totalmente el corazón.

Lo que le había contado de la tal María le había dolido. ¿Cómo podía haber dicho algo tan horrible?

Con amor, apartó un mechón de su pelo rojo y, con la mirada, recorrió con dulzura la fina curvatura de su cuello, mientras pensaba en qué decirle cuando despertara.

Lola estaba dormida, desnuda entre las sábanas, y él, por miedo a que aquello fuera un sueño, no podía ni dormir temiendo que se esfumara. No sabía qué le ocurría. Lo único que sabía era que aquella mujer lo hacía ser protector como nunca lo había sido con nadie, y eso lo preocupaba. No quería agobiarla, ni asfixiarla.

Estaba mirándola como un bobo cuando, de pronto, la alarma del móvil de Lola sonó y ésta dio un salto en la cama.

—Tranquila..., tranquila... —murmuró Dennis apagando el estridente pitido.

Lola sonrió:

—Buenos días.

Con una fastuosa sonrisa, Dennis acercó la boca a la de ella y, tras darle un rápido beso, susurró:

—Buenos días, dormilona.

Sin más, sus cuerpos se acoplaron y, antes de lo que ninguno imaginó, estaban haciéndose el amor.

Media hora después estaban agotados.

—A este ritmo..., no llegamos al domingo —bromeó Dennis.

Al oírlo, Lola soltó una carcajada. Tenía razón. Desde que habían entrado la noche anterior en aquella habitación, al menos habían sido ocho las veces que lo habían hecho, y, riendo, afirmó mientras movía la mano:

—Démonos una tregua para recuperarnos.

Entre risas, se levantaron de la cama y se dirigieron a la ducha. Cuando terminaron de asearse, se vistieron y salieron de la habitación. Al cerrar la puerta, Dennis señaló:

—Salvados de morir deshidratados.

Encantados, felices y cogidos de la mano, salieron del hotel y comenzaron a caminar por la ciudad.

El hotel estaba ubicado frente a la plaza Grassmarket, una zona llena de vida y restaurantes. Estaban hambrientos, así que no lo dudaron y entraron en uno de ellos, donde comieron con tranquilidad. Durante la comida hablaron de mil cosas y se hicieron mil fotos. A los postres, un niño de unos dos años se acercó a su mesa seguido por su madre y les sonrió.

Divertidos, ellos le hicieron monerías y, cuando el crío se alejó de nuevo, Lola dijo:

—Qué monada, ¿verdad?

Dennis asintió y, contemplándola, preguntó:

—¿Has pensado alguna vez en tener hijos?

Al oír eso, Lola lo miró y, sin dudarlo, afirmó:

—Sí. Pero con Justin era complicado. ¿Y tú?

Dennis asintió.

—Sí, y aunque con Justin también lo veo complicado —bromeó—, contigo me encantaría, y más si encima tienen tus preciosos ojos verdes.

Enamorada de aquel hombre, ella acercó con mimo los labios a los de él y lo besó. Con él todo era perfecto e irrepetible. Cuando sus bocas se separaron, Dennis preguntó:

—¿Justin sabe que estás conmigo?

Lola negó con la cabeza.

—Está en Bristol con unos amigos.

El brasileño asintió y, con seriedad, dijo:

—Sé que, con lo de tu padre, quizá éste no sea el momento más oportuno, pero ¿has vuelto a hablar con Justin de lo nuestro?

—Lo intento, pero me es imposible. Se niega y sólo dice que

piense lo que hago, no me vaya a equivocar si lo arriesgo todo por ti...

—Y ¿qué opinas tú? ¿Me consideras un riesgo?

Lola lo miró y, sin necesidad de mentir, respondió:

—No te enfades, pero claro que te considero un riesgo. Si me separo de Justin, además de hacerle daño, tendré que soportar a mi padre, y siento pavor al pensar que quizá luego lo nuestro no funcione.

Dennis asintió. Entendía perfectamente lo que le decía.

—Sólo puedo decirte que quiero que lo nuestro funcione tanto como tú —respondió.

Lola sonrió. Acercó la boca a la de él y murmuró sobre sus labios:

—Eres mi riesgo, y me gustas mucho.

Encantado, y olvidándose de todo, Dennis la besó; en ese momento el móvil de ella sonó y, al mirar, vio que se trataba de Priscilla. Entonces, se levantó y murmuró:

—Voy al baño mientras hablas con ella.

Lola asintió y, cuando él se alejó, contestó:

—Holaaaaaaaaa.

Priscilla, que estaba sentada en su casa junto a *Rasputín*, respondió:

—Hola, guapa. ¿Dónde estás? Te estoy llamando a casa y no lo coges.

Lola, que observaba cómo Dennis se alejaba, suspiró:

—Estoy en Edimburgo.

Al oír eso, Priscilla preguntó bajando al perro del sofá:

—Y ¿qué haces en Edimburgo?

Su hermana volvió a sonreír.

—Estoy con Dennis. He organizado una escapada romántica.

Priscilla se incorporó en su sofá y gruñó:

—Por el amor de Dios... Tal como están las cosas y a ti sólo se te ocurre hacer una escapada romántica.

—Sí. Necesitaba alejarme de todo antes de que la cabeza me explotara.

Priscilla asintió.

—Me dijo papá que estuviste en su casa.

—Sí.

—Y que viste allí a esa odiosa mujer.

—Sí —afirmó de nuevo Lola sin querer hablar de ella.

—Ya no está. Se marchó.

—Me alegro.

Al ver que su hermana no quería hablar del tema, Priscilla preguntó:

—¿Qué le has dicho a Justin para marcharte a Edimburgo?

—No le he dicho nada. Cuando llegué a casa tenía una notita suya diciéndome que se marchaba a Bristol con unos amigos, y te aseguro que lo que menos hará allí será tomarse unas cervezas.

Priscilla asintió, su hermana tenía razón. Y, bajando la voz como si alguien fuera a oírla, cuchicheó:

—Vale. No me escandalizo porque estés con Dennis porque sabes que soy la primera que te apoya en ese sentido, pero ¿por qué os habéis ido tan lejos?

Divertida por aquello, Lola respondió:

—Porque quería pasear de su mano, besarlo en público, hacer el amor durante horas, pasar la noche con él y..., bueno...

—Huy, hermana. Ese «bueno» me mosquea.

Lola soltó una risotada.

—Quiero ir esta noche a un local *swinger* y tener una noche repleta de sexo y morbo con él.

Boquiabierta, Priscilla murmuró:

—Pero, Lola, ¿a Dennis también le gusta eso?

Divertida al imaginarse su cara, ella aclaró:

—Sí, cariño, ¡y me encanta!

—Pero ¿es que tú no te puedes buscar un hombre normal? —protestó aquélla.

Estaba soltando una carcajada cuando Dennis se sentó junto a ella y Lola, mirándolo, indicó:

—Te aseguro que es normal. Tan normal como tú y yo. —Y, al ver cómo él la miraba, señaló—: Y ahora te dejo, que voy a explicarle a Dennis por qué estoy teniendo esta conversación tan rara contigo.

En ese momento sonó el timbre de la casa de Priscilla, y ésta, levantándose, dijo:

—Vale. Pero ten cuidado. Un besito.

Cuando la comunicación se cortó, Priscilla fue a abrir y se quedó boquiabierta cuando se encontró a Aidan frente a ella con una bolsa.

—Comida china y la película *Orgullo + Prejuicio + Zombis*; ¿te parece buen plan? —dijo él.

Al oír eso, Priscilla lo hizo pasar y, tras besarlo con dulzura, afirmó:

—Tesoro, el plan es perfecto.

Tras colgar el teléfono y dejarlo sobre la mesa, al ver cómo Dennis la miraba, Lola aclaró:

—A Priscilla se lo cuento todo.

—¿Todo... todo?

—Todo —aseguró ella.

Dennis asintió divertido, y entonces Lola preguntó:

—¿Te apetece que vayamos hoy al sitio que te comenté anoche?

Al oírla, Dennis sonrió y, acercándose a ella, preguntó:

—No lo dirás porque estás falta de sexo, ¿no?

Encantada, Lola se levantó de su silla, se sentó sobre las piernas de aquél y, tras besarlo, respondió:

—Tú satisfaces todas mis necesidades, pero quiero seguir cumpliendo más fantasías contigo.

Mimoso y excitado por lo que ella le proponía, el brasileño murmuró:

—¿A qué te refieres?

Mirándolo fijamente a los ojos, Lola cuchicheó:

—Me excita sentir cómo me ofrecen a ti y luego como tú me ofreces, entre otras cosas.

Ahora, el que sonrió fue Dennis. Con ella le quedaba un mundo entero por descubrir.

—Entonces, no se hable más —decidió—. Iremos a ese local.

El resto de la tarde estuvieron paseando cogidos de la mano. Edimburgo era una ciudad preciosa para pasear y, después de que Dennis le comprara unos bonitos pendientes en un puestecito de una feria artesanal y un fular azul que a Lola le encantó, regresaron al hotel.

Capítulo 53

Imagination.

Así se llamaba el local en el que Lola y Dennis entraron cogidos de la mano.

Acostumbrado a la libertad de ir solo a esos sitios, de pronto el brasileño se sintió sobreprotector con la mujer que llevaba a su lado y entendió de una vez por todas las reacciones de sus amigos Eric y Björn cuando estaba con ellos en el Sensations y algún hombre se acercaba a sus mujeres.

Sin soltar la mano de Lola, para que todos los que estaban allí supieran que iba con él, se sentaron a la barra de la primera sala a tomar algo. Ella dio un sorbo a su bebida y, mirándolo, dijo:

—Con Justin no era así.

—Y ¿cómo era?

—Cuando íbamos juntos a algún local, cada uno iba por su cuenta nada más entrar y quedábamos a una hora para regresar a casa.

Dennis asintió y, mientras sonaba la voz de Sade cantando *Your Love is King*,[43] la miró e indicó:

—Pues conmigo olvídate de eso. Hemos venido juntos y juntos estaremos en todo momento.

—Más te vale —amenazó Lola sonriendo, haciéndolo sonreír también a él.

Mientras hablaban, la joven se percataba de cómo las mujeres observaban a Dennis. Por suerte para ella, era uno de los hombres más atractivos del local y, acercando su boca a la suya, murmuró:

—Te comen con los ojos.

Él sonrió. Lo sabía. Pero, consciente de cómo algunos hombres contemplaban a Lola, indicó:

43. *Your Love is King*, Epic, interpretada por Sade. *(N. de la E.)*

—A ti también. No te conocen, eres nueva y llamas su atención. —Ella volvió la cabeza hacia la derecha y, al ver que la miraban, iba a decir algo cuando Dennis preguntó—: ¿Qué hacías cuando Justin se marchaba y te dejaba sola?

Lola, que observaba a una pareja que había al lado y veía cómo ella, sentada sobre el taburete, lo masturbaba a él con disimulo, respondió:

—Buscaba un hombre que me agradara y después pasábamos a un privado.

Consciente de lo que hacían los de al lado, Dennis insistió:

—¿Todo tan rápido?

Ella, acalorada, aclaró:

—No buscaba ligar ni conversar. Simplemente buscaba sexo. Nada más.

Dennis asintió y, sin querer pensar en ello o los celos se lo comerían, repuso:

—Iremos poco a poco.

—Vale...

Acto seguido, tras mirar al tipo que se dejaba masturbar por la mujer, el brasileño señaló:

—Si los ven, los amonestarán. En esta sala uno no puede llegar al clímax.

Lola asintió. Entonces él, mirándola a los ojos, susurró:

—Hablemos de tus fantasías.

Ella se puso roja como un tomate, y él, al verla, soltó una risotada.

—Cariño, ¿qué te ocurre?

Consciente de cómo le ardía la cara, Lola se la tocó y, cuando iba a hablar, Dennis, besándola, dijo:

—Todos tenemos fantasías. Yo también.

—¿Qué fantasías?

Él dio un trago a su bebida.

—Deseé hacer tríos con mujeres y he hecho muchos, como también los hice con otro hombre y una mujer. Disfruté en orgías, camas redondas...

Lola asintió. Su experiencia era nula en todo aquello y, excitada, murmuró:

—Sin duda me llevas ventaja en eso de las fantasías.

Dennis sonrió y, acercando los labios de nuevo a los de ella, musitó:

—Pero la mejor de todas ellas eres tú, y deseo disfrutarlas contigo.

Ahora fue Lola la que sonrió y, aceptando aquel beso, susurró:

—Hasta que apareciste en mi vida, sólo conocía el sexo frío e impersonal. Luego te conocí, y hacer el amor contigo ha sido impresionante, aunque no te voy a negar que lo que hicimos aquella noche en el Essence junto a Steve me gustó mucho, y ese día me di cuenta de que..., bueno...

—¿Bueno? —Al ver que ella callaba, Dennis la animó—: Cariño, quiero cumplir tus fantasías. Y, a no ser que me pidas una atrocidad, estaré de acuerdo con ellas. Vamos, dime... qué te excita, qué te gustaría hacer conmigo esta noche.

Lola sonrió. Lo que iba a decir era una locura, pero por fin se lanzó:

—Cuando miro cosas por internet, a veces se abren páginas en las que veo a una mujer con varios hombres y eso me excita.

—Morbosilla... —se mofó Dennis.

Lola asintió y, bajando la voz, susurró:

—Imaginar cómo otro hombre se introduce en mi cuerpo mientras éste aún se contrae de placer por el anterior al tiempo que otro hombre me sujeta las manos me excita mucho.

El brasileño la miró entonces fijamente a los ojos y reconoció:

—He participado en esa clase de fantasía con otras parejas, pero nunca desde la posición en la que me encuentro ahora.

—Y ¿en qué posición te encuentras ahora?

Con mimo, Dennis le acarició el rostro y murmuró:

—En la de hombre enamorado.

Lola sonrió, y él continuó:

—Ahora entiendo a mis amigos como nunca pensé que pudiera entenderlos, y soy consciente de que tú eres lo único que importa aquí. Y eres lo único importante porque te siento mía, y por nada del mundo permitiría que nadie te hiciera nada que pudiera dañarte o...

Lola lo besó.

Oírlo hablar de aquella forma la excitó y, cuando se separaron, musitó:

—Eres mío.

—Total y absolutamente, cariño —afirmó él enamorado.

Olvidándose de dónde estaban, volvieron a besarse con pasión y entrega. Cuando el beso llegó a su fin, Dennis metió las manos entre las piernas de ella y dijo al notarla temblar:

—¿Qué te parece el hombre que hay a tu derecha con una camisa negra, ese que está con otros dos?

Lola miró. El que Dennis decía era de complexión alta. Y, antes de que pudiera responder, él murmuró:

—Estoy seguro de que le encantaría meter la mano donde tengo la mía.

A Lola le dio un vuelco el estómago al oír eso y, dándose cuenta de ello, el brasileño paseó los labios por los de ella y preguntó:

—¿Quieres que lo hagamos?

Nunca había jugado a aquel juego con nadie, pero Dennis indicó:

—No tengas miedo de hacerme saber qué es lo que quieres. Cuando te he dicho que iremos poco a poco es porque quiero que disfrutes de lo que nunca has disfrutado. Cariño, hemos venido en busca de morbo y fantasía, y si te pregunto algo tan remotamente loco, es porque al primero que le gustaría verlo, sentirlo y vivirlo es a mí.

A cada instante más excitada, Lola asintió. Entonces, Dennis, tras dirigirle un gesto al hombre elegido, la besó y susurró:

—Tranquila.

Lola se revolvió en el taburete en el que estaba sentada y, mirándolo, indicó:

—Si me miras así y me dices «Tranquila» en ese tono, ¿cómo quieres que me tranquilice?

Él volvió a sonreír y afirmó besándola:

—Nunca haremos nada que ambos no queramos. Recuérdalo.

Lola asintió justo en el momento en que el otro hombre se acercaba a ellos y decía:

—Soy Brodick.

—Dennis, y ella es...

—Lola.

El brasileño sonrió. Con él, Keira había dejado de existir.

Durante unos minutos los tres charlaron mientras la maravillosa y sensual voz de Sade inundaba el local con su música. Brodick les comentó que era de Glasgow y, tras pedir una nueva ronda de bebidas, dijo:

—Dennis, tu mujer tiene un pelo precioso.

Él y Lola se miraron y sonrieron al oír eso de «Tu mujer», y luego Dennis afirmó:

—Lo heredó de su bisabuela materna, que era irlandesa.

A continuación, Brodick posó la mano sobre la pierna de ella y, desplazándola hacia la cara interna del muslo, murmuró:

—También es suave.

El brasileño asintió. El juego había comenzado y, mirando a Lola, declaró:

—Tremendamente suave.

Exaltada por cómo aquellos dos hombres la observaban en aquella sala donde la gente hablaba y se conocía mientras la música sonaba, Lola tembló. Aquello era nuevo para ella. Nunca la habían tocado así delante de tanta gente y, cuando la mano de Brodick subió por su muslo junto a la de Dennis, ella les facilitó el acceso. Encantado con su reacción, Dennis la besó en el cuello y preguntó:

—¿Te gusta lo que sientes?

—Sí.

Su mano continuó subiendo hasta llegar a las bragas, y Dennis murmuró:

—¿Quieres que te masturbemos aquí?

—Sí —jadeó Lola, incapaz de reprimir el morbo que sentía.

Hechizado por su brillante mirada, el brasileño sonrió.

—Disimula..., nadie puede saberlo.

Lola cerró los ojos. Disimular no era difícil. Entonces ellos, con pericia, retiraron la telita de las bragas a un lado y, tras acariciarle el sexo, hundieron a la par los dedos en ella.

—Caliente y húmeda —murmuró Brodick.

Lola jadeó, y Dennis, al ver su mirada e intuir que no podría disimular, sonrió y dijo:

—Crucemos las puertas.

Las manos de los dos hombres salieron entonces de entre sus piernas e intercambiaron unas palabras que Lola no oyó. Pero no le importó. Estaba tan excitada que nada le importaba. Al ver su gesto de decepción, Dennis sonrió y, agarrándola de la cintura, se mofó:

—Te he dicho que en esta sala uno no puede llegar al clímax, cariño.

Lola lo miró y, antes de que pudiera decir nada, éste afirmó mientras caminaban:

—Una vez que traspasemos esas puertas negras, todo puede ser posible.

Ella asintió mientras veía a Brodick dirigirse hacia las puertas. Acalorada, continuó andando junto al hombre que le estaba abriendo un nuevo mundo en el sexo. De su mano traspasó las puertas y, cuando entraron en una sala en la que había varias camas redondas donde la gente practicaba sexo en grupo en mil posturas diferentes, Dennis murmuró cogiéndola en brazos:

—Aquí sí, cariño. Aquí te vas a correr.

Acercándose por detrás, Brodick colocó entonces las piernas de ella alrededor de la cintura de Dennis y, subiéndole la falda ante todos los demás, que, excitados, practicaban sus propios juegos, hundió los dedos en su húmedo sexo y la masturbó.

Exaltada, pues no esperaba aquello en aquel momento, Lola se fijó en una de las camas, donde una mujer rodeada por hombres disfrutaba uno a uno de ellos. Dennis se percató de cómo los miraba y, atrayendo su mirada de nuevo hacia él, exigió:

—*Não deixe de me olhar.*

Lola lo miró, al tiempo que el calor por el morboso momento la calentaba más y más, hasta que él le pidió:

—Bésame.

Excitada, Lola lo besó. Le devoró los labios con auténtica pasión mientras era consciente de cómo aquel extraño la masturbaba entre los brazos del hombre al que adoraba y gimió enloquecida sobre su boca.

Así estuvieron unos minutos, hasta que Lola llegó al clímax. Al quedar apoyada en el hombro de Dennis, éste preguntó al ver adónde miraba de nuevo:

—¿Te parece que pasemos a un privado, cariño?

—Sí.

Con la boca seca y en los brazos de Dennis, los dos solos entraron en una estancia azul que nada tenía que ver con la bonita habitación del Essence. Dennis la dejó en el suelo y se disponía a decir algo cuando Brodick entró y preguntó:

—¿Tenéis sed?

—Mucha —afirmó Lola.

Brodick desapareció, y entonces ella, mirando a Dennis, pidió:

—Desnúdate.

Arrebatada por lo que la mirada de aquél le hacía sentir, Lola se dio la vuelta y añadió:

—Pero, antes, ayúdame a quitarme el vestido.

La sonrisa de Dennis se intensificó y, poniéndose detrás de ella, le bajó la cremallera del mismo mientras le susurraba al oído:

—*Delícia. Você é linda. Você é minha.*

Lola sonrió y, cuando su vestido cayó al suelo y quedó tan sólo cubierta con un arrebatador conjunto de lencería roja, se volvió para mirarlo y susurró:

—Ahora tú. Desnúdate.

Sin hablar, él se deshizo de los zapatos y, después, con toda la sensualidad del mundo, se desabrochó la camisa botón por botón, hasta que por fin se la quitó y la dejó sobre una silla, junto al vestido de Lola.

A eso le siguió el pantalón, los calzoncillos y, cuando estuvo totalmente desnudo como un dios ante ella, la joven murmuró:

—*Delícia.*

Dennis sonrió al oír eso. Entonces ella, sentándose sobre la cama de sábanas blancas, ordenó:

—Ven aquí.

Él se acercó justo en el momento en que Brodick entraba con tres copas. Al verlos, se detuvo, y Lola, sedienta, exigió:

—Dame de beber.

El hombre se acercó, les entregó a ambos sus copas y, en cuanto bebieron, las dejaron sobre una mesita.

Hechizada, Lola besó con delicadeza el miembro de Dennis. Lo paseó por sus mejillas, por su frente, por su cuello, para al final abrir la boca e introducírselo. El brasileño jadeó y el vello de todo el cuerpo se le erizó, mientras ella, encantada con su reacción, aceleraba sus movimientos hasta que sintió sus manos en el pelo y, al mirar, él murmuró:

—Despacio, cielo. Es toda tuya, no hay prisa.

Lola gimió. Sin duda Dennis sabía provocarla, y más cuando dijo:

—Brodick, desnúdate.

El hombre obedeció. Dejó la ropa junto a la de aquéllos y, acercándose, murmuró:

—¿Puedo entrar en el juego?

Lola miró a Dennis y éste, tembloroso, afirmó:

—Tú decides, cariño. Es tu fantasía.

Ardorosa, con su otra mano Lola cogió el erecto pene de Brodick. No era tan grueso y grande como el de Dennis, y alternativamente fue introduciéndoselos en la boca mientras disfrutaba de su fantasía y los hacía disfrutar a ellos dos.

Así estuvieron varios minutos, hasta que el brasileño, agachándose, la cogió en sus brazos.

—Ven, cariño.

Lola se estremeció al contacto de su piel. Tumbándola en la cama, él la besó y, cuando sus labios se separaron, murmuró:

—Sabes a sexo.

—Me gusta el sexo contigo.

Ambos sonrieron, y Dennis musitó:

—¿Te gusta ser observada?

—Sí...

—¿Te excita el momento?

—Sí.

—¿Te enloquece el morbo?

—Tú eres mi morbo... —jadeó Lola.

Consciente entonces de lo que la volvería loca, sin apartar los ojos de ella, Dennis pidió:

—Brodick, busca a tus amigos y hazlos entrar.

Al oír eso, un calor invadió el cuerpo de Lola. Varios hombres, Dennis y ella. Ésa era una de sus más ardientes fantasías, y el brasileño, que lo sabía, sonrió y, acercando los labios a los de ella, murmuró:

—Mi chica fuego es tremendamente morbosa.

Solos en la habitación, se besaron con mimo. Sus cuerpos se gritaban, se necesitaban, se buscaban y, cuando Lola notó el glande de él pasando por encima de su húmeda vagina como si fuera una lengua caliente, gimió.

—Hazlo ya...

Dennis sonrió y, moviendo las caderas para que ella lo sintiera y vibrara, respondió:

—Te lo haré cuando entren y nos miren.

A cada segundo más acalorada y enloquecida, Lola volvió a gemir.

Se incorporó para besarlo, pero Dennis, juguetón, se retiró mientras le sujetaba las manos por encima de la cabeza y le chupaba los pezones.

La cortinilla que había en la puerta se abrió entonces y Brodick apareció con otros dos hombres. Todos estaban desnudos, todos los contemplaban deseosos de poder participar en aquel caliente juego. Entonces Dennis, con seguridad, indicó mirándola:

—Eres mía y gritarás de pasión cuando te posea.

E, introduciendo el pene por completo en su interior, Lola gritó, y una vez dentro, apretando su cuerpo contra el suyo, Dennis murmuró:

—¿Te gusta tenerme dentro?

Lola asintió excitada mientras temblaba por lo que aquél le hacía sentir, y tembló más aún cuando él murmuró:

—¿Ves a esos hombres? —Desencajada, ella los miró, y el brasileño, a cada instante más apasionado, prosiguió—: Se mueren por follarte. Se mueren por abrir tus piernas y hacerte gritar como yo. Y yo me vuelvo loco al pensar, al sentir, al saber que es tu fantasía y que la vamos a disfrutar juntos.

Lola arqueó la espalda extasiada. Dennis tenía razón. Toda la razón del mundo. La excitaba que aquellos hombres disfrutaran viendo lo que hacían. Y, cuando éste comenzó a bombear dentro y fuera de ella como un loco, la joven suplicó:

—No pares.

—¿Disfrutas, cariño?

—Sí... No pares.

Los movimientos de Dennis se volvieron más bruscos, más salvajes, mientras los gemidos de Lola, que casi eran una súplica por que no parase, lo excitaban más y más.

—Sube las piernas a mis hombros.

Ella obedeció y él se introdujo más aún en su interior mientras soltaba un tremendo jadeo varonil. Cuando Lola fue a tocarlo, Dennis sonrió y, mirando a uno de aquellos hombres, pidió:

—Tú, sujétale las manos sobre la cabeza.

Rápidamente, aquél hizo lo que le decía. Luego, cogiéndola por las caderas, Dennis se hundió en ella y, cuando Lola gritó, exigió:

—Dime..., pero dime sin miedo si quieres a alguien más después de a mí.

Lola asintió y, dejándose llevar por la lujuria del momento, balbuceó entre jadeos:

—Sí..., sí...

El brasileño sonrió y, tras un último y certero empellón que la hizo temblar, se corrió en su interior.

Una vez que hubo salido de ella, Brodick se apresuró a lavarla y, tras una mirada de Dennis, se puso un preservativo, subió a la cama y, colocándose entre sus piernas, la empaló con el miembro.

Entregada al momento, Lola gritó de placer mientras uno de los desconocidos le sujetaba las manos, Brodick bombeaba en su interior y Dennis los observaba.

Tras beber de su copa, Dennis se sentó al lado de ella para besarla, mimarla y cuidarla mientras dirigía aquella fantasía y la veía disfrutar de placer.

Después de que Brodick llegara al clímax, cuando salió de ella y la estaba lavando, el brasileño preguntó:

—El tercero y el cuarto están preparados y se mueren por follarte; ¿los quieres?

Ambos sabían cuál sería su respuesta y, en cuanto Brodick dejó la jarra de agua, Dennis indicó mirando a uno de aquellos tipos:

—Fóllate a mi mujer.

Aquel lenguaje tan soez enloqueció a Lola y la hizo temblar de excitación. En esos momentos, le ponía. Y más aún cuando sintió cómo otro hombre, al que no le había visto la cara, se situaba entre sus piernas y, tras abrirle con los dedos los húmedos labios vaginales, se colocó un preservativo y se introdujo en ella.

—Disfruta, cariño..., disfruta tanto como yo.

Lola gritó mientras Dennis, controlando que nada estuviera fuera de lugar, aprisionaba su boca y la besaba, sintiendo cómo las acometidas de aquel hombre los sacudían a ambos. Cuando aquél salió de ella y el último hombre la penetró, Lola se arqueó. El placer era inigualable.

Entregada totalmente a aquel juego de lujuria mientras Dennis la besaba con auténtico ardor, y extasiada por aquella múltiple posesión que ella había deseado y que él le había proporcionado cuidando de que todo fuera bien, Lola llegó al clímax de nuevo.

El último hombre salió de ella y se quitó el preservativo, y justo cuando comenzaba a lavarla, Dennis preguntó:

—¿Has tenido bastante?

Con la respiración agitada por lo ocurrido mientras sentía sobre ella la mirada de aquellos hombres, al ver el duro pene de Dennis, Lola murmuró:

—Ahora te quiero a ti.

Él sonrió y, colocándose con delicadeza sobre ella, susurró:

—Insaciable.

Con cuidado, se hundió en su más que dilatada vagina y comenzó a moverse mientras murmuraba en portugués aquello de «No dejes de mirarme».

Esa frase, su voz, su posesión, los hombres observando y la manera en que, al moverse, Dennis le rozaba el abultado clítoris hicieron que Lola no pudiera más; levantó el trasero de la cama y se dejó ir con un grito que supuso para ella una auténtica y satisfactoria liberación.

Minutos después, Dennis quedó laxo sobre ella y, con una seña, les pidió a los hombres que salieran del reservado. Una vez que se quedaron solos, tendida aún sobre la cama, Lola murmuró:

—Lo hemos hecho... Dios, ¡lo hemos hecho!

Apoyándose en un codo para mirarla, Dennis, sudoroso, sonrió.

—Sólo espero que haya sido tal y como lo habías pensado.

Ella asintió y, acalorada por lo sucedido, cuchicheó:

—Contigo a mi lado, nada podía salir mal.

Al oír eso, Dennis la abrazó.

Media hora después, tras darse una ducha que los dejó como nuevos, salieron juntos del reservado y se dirigieron a la barra del local para beber algo. Brodick los detuvo por el camino y, tras despedirse de Lola, le dio a Dennis su teléfono por si volvían por allí.

Encantada y sedienta, la joven siguió caminando hacia la barra pero, al apoyarse en ella, notó que pisaba a alguien. Al volverse para disculparse, se quedó petrificada al ver una cara conocida.

—Pero ¿qué haces tú aquí? —inquirió.

Capítulo 54

Daryl, que había aterrizado aquella tarde en Edimburgo y había salido a tomar algo con dos preciosas mujeres que sin duda le iban a proporcionar una noche de sexo salvaje y morboso, al ver a su hermana allí, protestó sorprendido:

—No, Lola. Mejor dime qué coño haces tú aquí.

Ella miró a las dos rubias que estaban junto a él y gruñó:

—Pues lo mismo que tú piensas hacer en cuanto traspases esas puertas negras.

Alucinado por lo que su hermana acababa de admitir, Daryl miró hacia los lados y preguntó, asiéndola del brazo muy enfadado:

—¿Dónde está el gilipollas de Justin? Lo voy a matar... Lo voy a...

Dennis, que se acercaba a ellos en esos instantes, cuando vio que aquel tipo agarraba del brazo a Lola, se abalanzó sobre él sin pensarlo y, tras darle un puñetazo que lo hizo caer al suelo, siseó:

—Si vuelves a tocar a mi mujer, te juro que te mato.

—¡Dennis! —protestó ella empujándolo.

Enseguida ayudó a Daryl a levantarse, y éste, sin entender nada pero cada vez más furioso, soltó:

—¿Por qué coño dice este tipo que eres su mujer?

Totalmente bloqueada por encontrarse con su hermano allí, Lola miró al brasileño y se apresuró a aclarar antes de que ambos se enzarzaran en una pelea:

—Es mi hermano Daryl.

Ahora el alucinado era Dennis. Entonces Daryl, aprovechando el momento de desconcierto, le soltó un puñetazo a aquél que lo hizo caer contra la barra, mientras afirmaba después tocándose el puño:

—Sí..., soy su hermano.

—¡Daryl! —protestó Lola empujándolo esta vez a él.

Los seguratas del local acudieron con rapidez hasta ellos y los invitaron a marcharse. Allí no se admitían peleas.

Ya en la calle, Daryl, ofuscado, gritó mirando a su hermana:

—¡No sé quién es este tipo! ¡No sé qué haces aquí! ¡No sé por qué estás en este tipo de local y...!

Entonces Lola, soltándole a su hermano un puñetazo en la barriga que lo hizo callar, replicó:

—Se llama Dennis. Estoy pasando el fin de semana con él, e imagino que estaba en ese local por el mismo motivo que tú.

Daryl se apoyó en la pared. Su hermana era una bestia.

—¿Y el gilipollas de Justin? —preguntó.

Tras mirar a Dennis, que se secaba la sangre de la nariz mientras los observaba, ella respondió:

—Justin está en Bristol con unos amigos.

Después de unos segundos de tenso silencio, Daryl se incorporó y siseó:

—Una cosa es que no estés con Justin y otra muy distinta que te encuentre donde te he encontrado. —Y, mirando a Dennis, gruñó—: Y tú no vuelvas a acercarte a mi hermana o...

Lola le dio otro puñetazo en el estómago que lo dobló de nuevo. Al ver aquello, Dennis se acercó a ella y murmuró:

—Para..., le estás haciendo daño.

Lola sonrió y, observando al chulito de su hermano, respondió:

—Tranquilo, cariño. Él fue quien me enseñó a defenderme.

Daryl maldijo y, a continuación, protestó:

—Lola, me estás cabreando, y mucho.

Ella asintió. Entendía lo que podía estar sintiendo.

—Mi acompañante se llama Dennis —replicó—, y quiero que sepas que antes de conocerlo yo ya acudía sola a locales *swinger* en Londres o donde me daba la gana. Por tanto, no pienses que él me ha traído aquí para aprovecharse de mí, porque no es así.

Daryl la miró boquiabierto, y ella, decidida a sincerarse con su hermano, soltó:

—Estoy enamorada de Dennis porque es un hombre maravilloso que me quiere, me escucha, me cuida y me da lo que necesito, y siento mucho haberte encontrado aquí, en este local, pero la única dueña de mi vida sexual soy yo y la pienso seguir viviendo como me dé la gana, como imagino que la vives tú. ¿O acaso estabas aquí con esas dos rubias para hacer punto de cruz?

Daryl miró entonces a Dennis y, al ver que éste sonreía, iba a decir algo cuando Lola lo cortó:

—Tu sexualidad no me interesa, y espero que a ti tampoco te interese la mía. Y, si crees que yo estaba haciendo algo mal, aplícate el cuento porque tú tenías las mismas intenciones que yo.

Sorprendido e intentando entender lo ocurrido, Daryl afirmó:

—Lola, somos mayorcitos para hacer lo que queramos, pero entiende que verte aquí me haya dejado descolocado. No sólo me encuentro a mi hermana en un local *swinger*, sino, encima, con un hombre que no conozco y en Edimburgo. ¿Qué quieres que piense?

Su hermano tenía razón y, encogiéndose de hombros, Lola afirmó:

—Voy a separarme de Justin.

Dennis la miró. Había deseado oírla decir eso durante mucho tiempo, y por fin lo había dicho.

Entonces Daryl se incorporó y afirmó:

—Hermanita, me acabas de dar el alegrón de mi vida.

—¿Qué? —preguntó ella sorprendida.

—Ya era hora de que espabilaras y dejaras de esconder tras de ti al huevón de tu marido para ocultar su condición sexual. Porque, sí, Justin me cae muy bien y no dudo que es un tipo amable, pero siempre he deseado algo mejor para ti. —A continuación, tendiéndole la mano a Dennis, que los observaba, dijo—: Perdón, tío. No sabía que fueras tan importante para mi hermana, pero si tú la has hecho abrir los ojos y la haces feliz, no hay más que hablar.

El brasileño le cogió la mano y, tras estrechársela, afirmó:

—Como has dicho, no hay más que hablar.

Sin poder creer lo que le había oído a su hermano, Lola se disponía a decir algo cuando éste preguntó:

—¿El Pitufo Gruñón lo sabe?

—No. Pero ¿tú cómo te has enterado de lo de Justin? —Daryl sonrió, y Lola murmuró—: Cuando vea a Priscilla, le voy a cortar la lengua.

—No la mates —cuchicheó su hermano—, entiende que era algo demasiado preocupante como para guardárselo ella sola. Necesitaba compartirlo con alguien y lo compartió conmigo y, como puedes ver, ambos hemos guardado el secreto. Así que no te enfades con ella.

Lola asintió y, abriendo los brazos, su hermano añadió:

—Anda, dame un abrazo, y perdona mi tosco comportamiento, pero cuando te he visto, me...

No dijo más. Lola lo abrazó ante la mirada encantada de Dennis y dijo:

—A partir de ahora, cada vez que vaya a un local, te llamaré antes por teléfono para saber que tú no estarás allí.

Daryl soltó una risotada y, volviéndose hacia Dennis, afirmó:

—Sí, por favor. No me gustaría ver vuestras intimidades.

Los tres rieron y a continuación Lola comentó:

—Siento haberte jorobado la noche con esas chicas.

Daryl sonrió. Si algo le sobraba eran mujeres. Luego se dirigió a Dennis y preguntó:

—¿Os apetece que vayamos a tomar algo? —Y, agarrando a su hermana, cuchicheó—: Creo que me vas a necesitar a tu lado cuando el Pitufo Gruñón se entere de que has cambiado de marido.

Lola miró a Dennis, que asintió sonriendo, y entonces la joven se agarró a los dos y dijo:

—Muy bien. Vayamos a tomar algo y hablemos.

Capítulo 55

La vuelta a la realidad fue complicada.

A Lola estar de nuevo en el colegio disimulando cada vez que veía a Dennis le costaba tanto como a él.

Cuando la joven regresó a su casa tras pasar el mejor fin de semana de su vida, su padre le indicó que lo suyo con María se había acabado. Lola asintió, pero no lo creyó. Esta vez no confió en él.

Rose no llamó. Priscilla y ella la telefonearon en varias ocasiones, pero ésta no respondía a sus llamadas. Al final, decidieron darle tiempo. Sin duda Rose estaba muy dolida.

Tras el fin de semana, Lola intentó hablar de nuevo con Justin. Sorprendentemente, esta vez lo consiguió, y ambos acordaron resolver el problema una vez que hubiera acabado el curso. Mientras tanto, Justin pedía discreción. Sin dudarlo, ella lo aceptó.

No obstante, cuando se lo contó a Dennis, éste no estuvo de acuerdo.

¿Por qué esperar?

¿Por qué entrar en el juego de Justin?

Pero, tras hablarlo con Lola y ésta hacerle entender que aquello los beneficiaba a todos, finalmente y a regañadientes el brasileño claudicó.

¿Qué eran unos meses si después él la tendría toda la vida?

Daryl llegó a Londres procedente de Edimburgo y nadie supo de su encuentro con su hermana y Dennis. Era lo mejor.

Al día siguiente de llegar, Daryl fue al colegio en busca de sus hermanas, su cuñado y su padre para comer. Al cruzarse con Dennis por el pasillo, no se saludaron, pero ambos sonrieron.

Tras la comida, Colin y Justin se marcharon, y los tres hermanos fueron a visitar a Elora, pero cuando salieron de la residencia el humor de Daryl ya no era el mismo. Ver a su madre consumiéndose poco a poco le tocaba el corazón.

Así pasaron un par de días en los que Daryl, sorprendido, se puso al día de todo lo ocurrido en los últimos meses en su familia. Una noche salió con sus hermanas y sus nuevas parejas, y, cuando éstos se alejaron, miró a Priscilla y a Lola y, divertido, preguntó:

—Vamos a ver, ¿quiénes sois vosotras y qué habéis hecho con mi inglesa y mi irlandesa?

Daryl estaba encantado.

Priscilla estaba feliz con Aidan, Lola con Dennis, y él era feliz por ellas. Sin embargo, todo se torció una mañana cuando llamaron de la residencia indicando que la salud de Elora había empeorado.

Los tres hermanos, preocupados, fueron rápidamente a la residencia acompañados de Justin. Nada más verlos entrar, Aidan quiso abrazar a Priscilla, pero, al ver aparecer también a Colin, se contuvo. No era el sitio ni el lugar.

Avisado por Aidan, Dennis llamó a Lola. Cuando sonó el teléfono de la joven, que estaba sentada junto a su padre mientras esperaban lo inevitable, y vio quién era, se levantó y, alejándose unos metros, contestó:

—Hola.

—Cariño, ¿estás bien?

Ella contuvo las lágrimas y, como pudo, respondió:

—No.

Comprendiendo de inmediato el estado en el que se encontraba, él se apresuró a decir:

—Me voy ahora mismo para la residencia. Quiero que...

—No. No vengas —lo cortó ella y, tocándose la frente, murmuró—: Aquí no puedes hacer nada, y mi padre no entendería a qué has venido.

—Pero, Lola...

—He dicho que no —insistió ella—. Por favor, no me lo pongas más difícil de lo que, por desgracia, ya es.

Dennis claudicó. Por mucho que quisiera estar a su lado para consolarla y abrazarla, debía entender la situación, por lo que finalmente contestó:

—De acuerdo. Pero mantenme informado.

Lola asintió y, tras sonreír con tristeza, murmuró antes de colgar:

—Te quiero.

Luego regresó junto a su familia. Ninguno de ellos se movió de allí en toda la noche, hasta que a las seis menos cuatro minutos de la madrugada la vida de Elora se apagó de forma definitiva.

La mañana del entierro, Lola y sus hermanos estaban destrozados. Su madre, su maravillosa madre, había muerto. Se había marchado para siempre.

Colin, que no se había separado de sus hijos en ningún momento, regresó luego a la casa familiar junto al resto de los asistentes al entierro. Con la mirada perdida, sentado en un butacón junto a un gran ventanal, observaba el jardín. Aquel jardín que Elora había cuidado con mimo años antes en sus ratos libres y del que, posteriormente, él había ordenado que se ocupara alguien.

A Lola, que hablaba con todo el mundo a pesar de su dolor, se le encogió el corazón al fijarse en su padre. Era la primera vez que lo veía tan empequeñecido, tan débil, tan emocionado. Verlo llorar era raro y, acercándose a él, le preguntó:

—Papá, ¿estás bien?

Colin, el duro Colin, asintió y murmuró:

—El jardín está precioso. Ella estará encantada.

La joven miró lo que su padre observaba y, con una sonrisa, asintió:

—Sin duda lo estará.

Luego permanecieron unos segundos en silencio hasta que él, señalando con el dedo, dijo con un hilo de voz:

—Elora plantó las flores blancas cuando nació Priscilla. Las azules, cuando nació Daryl, y las verdes cuando llegaste tú.

—Lo sé, papá..., lo sé —afirmó ella emocionada.

—Fue una buena mujer, una excelente profesora y una inigualable madre. No se merecía un hombre como yo en su vida, y menos aún lo que le ha pasado. No se lo merecía.

Lola asintió. Lo que su padre decía en lo referente a él era muy duro y, sentándose a su lado, repuso:

—Escucha, papá, entiendo lo que dices, pero estoy segura de que, si mamá volviera a nacer y pudiera repetir su vida, elegiría estar contigo de nuevo. Ella te quería mucho, nos quería mucho a todos, y...

—Elora fue lo mejor que tuve en la vida y yo no supe valorarlo. Sólo le di problemas. Disgustos. La culpé de tantas cosas y la decepcioné muchas veces más, pero, aun así, siempre me recibía con una sonrisa —dijo sollozando.

Conmovida por sus palabras, Lola cogió la mano de su padre, y éste, mirándola, añadió:

—Sólo fui a visitarla una vez en todos estos años a la residencia porque no podía hacer frente a la realidad. No podía verla allí ingresada. No podía ver cómo su prodigiosa mente se había deteriorado hasta no saber ni quién era ella misma. No podía..., y ahora me siento como el ser más despreciable y ruin que existe sobre la faz de la Tierra.

Enternecida por cómo su padre estaba abriendo su corazón, Lola posó la cabeza en el hombro de él y cuchicheó:

—Estoy segura de que ella te ha perdonado.

Colin asintió y, tragando el nudo de emociones que sentía, pidió:

—Lola, mírame.

Ella lo miró y éste dijo:

—Le di a María noventa mil libras la última vez que la viste.

—¿Qué?

—Noventa mil libras a cambio de que firmara un documento en el que se comprometía a alejarse de todos nosotros, incluida tu abuela. Si lo incumple, será detenida y procesada por el robo de unas joyas de tu madre. Tengo pruebas. Ella se las llevó, y tengo las pruebas.

Lola parpadeó. No entendía nada. Y Colin confesó:

—Nunca os lo dije porque las recuperé, pero, aun así, como un idiota, seguí viéndome con ella porque esa mujer me tenía atontado, anulado. Sin embargo, el otro día, tras oírla decir la mayor burrada que podría haberte dicho, me di cuenta del daño que te estaba haciendo y...

—Papá... —murmuró ella impresionada.

—Lola, al oír aquello, mi corazón la odió, se cerró definitivamente para ella. ¿Cómo podía permitir que dijera eso delante de mí? ¡Eres mi hija! La pequeña que me consideró su héroe en un momento dado de su vida.

—Papá, tranquilo...

Con el rostro desencajado, Colin se secó los ojos y prosiguió:

—Hice lo que tenía que hacer, y no me arrepiento. María es dañina, una mala persona. Pero ahora no sé si hice bien o mal incluyendo a tu abuela en ese documento, y necesitaba contártelo.

Lola sonrió con tristeza y, sintiéndose querida por aquél, afirmó:

—Papá, has hecho bien. Muy bien.

—¿Se lo decimos a Diana?

Lola pensó en la abuela. Decirle aquello sólo le haría más daño; miró al hombre de ojos acuosos y murmuró:

—No. Es mejor que no. Aunque ella no lo crea, que María desaparezca de su vida para siempre le hará bien. Esto será un secreto entre tú y yo.

Colin asintió, y Lola, acercándose a su mejilla, lo besó y declaró:

—Gracias, papá.

Aquellas palabras de su hija y su gesto cariñoso colmaron el corazón de Colin, y más cuando ella volvió a apoyar la cabeza en su hombro y dijo:

—Papá, la vida en ocasiones no sale como uno desea, porque el pasado no se borra ni se olvida, simplemente se acepta y se supera. Como habría dicho mamá, lo importante es tener personas a tu lado que te quieran y a las que tú quieras. Sólo así uno puede ser feliz.

Colin asintió y, posando los labios en la frente de su hija, la besó.

Así estuvieron un rato, hasta que apareció Rose. Lola la miró con una sonrisa, y la mujer se acercó a ellos y saludó:

—Colin. Lola.

Ambos se levantaron y, cuando él fue a cogerle la mano, ésta se retiró de él y dijo:

—Mi más sentido pésame por lo que le ha ocurrido a Elora.

Lola asintió emocionada y Rose la abrazó. Quería mucho a esa muchachita, y sabía cuánto la quería ella también.

Cuando su abrazo acabó, al encontrarse con la triste mirada de Colin, Rose indicó sin tocarlo:

—Sólo he venido a presentaros mis respetos. Elora fue una gran mujer.

Al ver que aquélla se daba la vuelta para marcharse, Colin murmuró:

—Rose...

Pero ella no se detuvo. Siguió andando y desapareció entre la gente.

Tras observar que su padre miraba hacia la puerta, Lola lo cogió de la mano y lo sentó a su lado.

—Me lo merezco —susurró él mirándola—. Soy una mala persona.

—No digas eso, papá.

Colin cabeceó. Nadie sabía mejor que él cómo era en realidad.

—Es la verdad, hija. Soy un hombre complicado y siempre termino haciendo daño a quienes me quieren.

La joven lo miró pero no respondió. Ante eso sí que no tenía nada que decir.

—Lola, aunque no te lo digo nunca, y a pesar de que a veces puede parecer lo contrario, necesito que sepas que os quiero tanto a ti como a tus hermanos. Siempre he sido un hombre frío, pero...

Colin no pudo continuar. Se derrumbó, y Lola, abrazándolo, susurró:

—Tranquilo, papá. Nosotros también te queremos.

Estuvieron un buen rato en silencio y sumidos en sus pensamientos, hasta que ambos oyeron:

—Irlandesa.

Al mirar, Lola vio a su abuela y, tras levantarse rápidamente, la abrazó.

Elora y Diana habían sido los dos grandes pilares en su vida y, abrazada a ella, la joven murmuró ante la mirada velada de su padre:

—Te quiero, Abu... Te quiero..., te quiero..., te quiero.

Diana sonrió y, con cariño, al entender lo emocionada que estaba su nieta, besó aquel pelo rojo que tanto le gustaba y afirmó:

—Yo también te quiero, mi vida.

Una vez que Lola se separó de ella, Diana miró al hombre que seguía sentado con los ojos rojos y dijo:

—Siento mucho lo de Elora, Colin.

Él asintió y esbozó una triste sonrisa.

—Lo sé, Diana..., lo sé. Gracias.

Sorprendida porque la llamara por su nombre y fuera amable con ella, la anciana miró a su nieta y cuando, segundos después, ambas salían del salón, Diana cuchicheó:

—A tu padre hay que llevarlo a urgencias. Creo que delira.

—Abu...

—En serio, mi vida. Es la primera vez que me llama por mi nombre desde que lo conozco y me dice «Gracias».

Lola suspiró. Ella también estaba sorprendida por lo que aquél le había contado, y afirmó:

—Está triste y cansado. Cuando se reponga, volverá a ser el Pitufo Gruñón de siempre.

—¿Dónde están tus hermanos?

Sin soltarse del brazo de la mujer, a la que muchos de los asistentes miraban extrañados al verla con aquel pañuelo de moneditas en la cabeza, Lola indicó:

—Ven. Están en el jardín.

Mientras caminaban, la joven vio a Dennis. Estaba hablando con otros profesores en un lateral y cuando, durante una fracción de segundo, sus miradas se encontraron, Lola sintió su calor y le sonrió.

El brasileño no lo estaba pasando bien. Quería quedarse con Lola, abrazarla, consolarla, pero sabía que no era el momento y, aunque le estaba costando un mundo, lo respetó.

Al ver hacia dónde miraba su nieta, Diana afirmó:

—Me gusta mucho para ti. Ojos Hechizantes es tu hombre.

Lola no dijo nada.

Cuando se acercaron a Daryl y a Priscilla, la mujer los abrazó con cariño. Y, al ver lo afligido que estaba Daryl, lo consoló con mimo. Ver llorar a aquel grandullón le partía el corazón a cualquiera y, cuando lo tranquilizó, Diana dijo sentándose a su lado:

—Escucha, cariño, tu madre no querría verte así, y lo sabes.

—Lo sé..., lo sé.

Lola y Priscilla estaban más enteras que él, y, para tratar de animarlo, las dos hermanas se miraron y Lola soltó:

—Abu, ya sabes que él siempre ha sido el llorica.

Daryl sonrió al oír eso. De pequeño lo llamaban *llorica*. Se disponía a decir algo cuando la abuela intervino:

—No te preocupes, *highlander*, ni la irlandesa ni la inglesa podrán con mi niño.

Lola y Priscilla sonrieron y los abrazaron con cariño.

Esa tarde, cuando Lola estaba de nuevo sentada junto a su padre, su móvil vibró en varias ocasiones. Era Beckett, para confirmar su encuentro del día 15. Ya habían sido varias las citas que ella había anulado y, separándose de Colin, tecleó para acabar con aquello:

Gracias por estos años, pero todo se ha acabado.

A continuación le dio a «Enviar» y, como bien había imaginado, Beckett no respondió. Tema zanjado.

Estaba guardándose el móvil en el bolsillo cuando sintió una presencia a su lado y, al volverse, se encontró con Dennis. Durante unos segundos se miraron, hasta que ella, sin tocarlo, dijo:

—Gracias por estar aquí.

Él asintió y, preocupado, preguntó:

—¿Estás bien?

—Sí. —Y, retirándose el pelo de la cara, susurró—: Deberías irte. Es tarde.

—Quiero quedarme contigo —respondió él mirando sus ojos enrojecidos—. Me necesitas.

Lola sonrió e, incapaz de no tocarlo, le cogió la mano y, apretándosela, murmuró:

—Estás conmigo aunque te vayas, de verdad.

Sin poder abrazarla ni mimarla como deseaba, el brasileño iba a protestar, cuando Justin, acercándose a ellos, cogió a Lola por la cintura y, dirigiéndose a Dennis, pidió:

—Por el bien de todos es mejor que te marches. Colin no entenderá por qué uno de sus profesores se queda con la familia.

Él lo miró ofuscado.

—Prometo cuidarla —susurró Justin para suavizar la situación.

Ese comentario no lo tranquilizaba nada. Quien quería cuidarla era él y, cuando se disponía a protestar, Lola insistió:

—Por favor, márchate.

Sin ganas de discutir, y sintiéndose como un apestado, Dennis, asintió y, dando media vuelta, se alejó mientras a Lola se le partía el corazón al saber el daño que le estaba ocasionando.

Sin mirar atrás, el brasileño caminó hacia donde estaban Priscilla y Aidan, que parecían discutir, e, interponiéndose entre ellos, dijo:

—Aidan, vámonos.

Tan molesto como el primero, el aludido asintió y, después de despedirse de Priscilla sin tocarla, se alejó con aquél. En silencio, caminaron hacia el lugar donde Dennis tenía la moto, arrancaron y se fueron sin saber que varios ojos cargados de tristeza y de frustración los observaban.

Capítulo 56

A la mañana siguiente, cuando Lola se despertó, permaneció durante un rato mirando al techo sin moverse. Sus visitas a la residencia habían acabado. Su madre había muerto y ya nunca más tendría que regresar allí.

Durante un rato, y a solas, se permitió llorar. El día anterior había procurado no hacerlo, había intentado estar fuerte por todos, y lo había conseguido. Sin embargo, allí, en aquel momento y en soledad, necesitaba desahogarse.

Media hora después, tras darse una ducha, cuando bajó a la cocina se encontró una nota de Justin, que le indicaba que había ido a ver a su padre. En silencio, Lola se tomó un café y, cuando terminó, se vistió y, sin dudarlo, se dirigió a la casa de Rose.

Una vez allí, entró en el portal y subió los escalones. Al llegar a la puerta, llamó y, cuando aquélla abrió, Lola la saludó con una sonrisa:

—Hola, Rose.

La mujer sonrió al verla y rápidamente dijo:

—Pasa, hija..., pasa.

Lola entró. El apartamento no tenía nada que ver con la casa donde Rose había vivido los últimos cuatro años con su padre. Era un pisito de apenas cuarenta metros. En cuanto oyó que Rose cerraba la puerta a su espalda, la miró y declaró:

—Sé que no debería estar aquí, pero...

—Si me vas a hablar de tu padre, prefiero no oírlo.

Lola asintió. No estaban empezando con buen pie.

—¿Quieres beber algo? —preguntó entonces Rose.

—Un poco de agua.

La mujer caminó hacia su cocina abierta y Lola la vio trastear en ella. Cuando regresó con un vaso de agua, le pidió:

—Siéntate, Lola.

Ella obedeció. Cogió el vaso de agua que Rose le tendía y, tan pronto como ésta se sentó a su lado, bebió sin decir nada. Una vez se hubo terminado el agua, dejó el vaso sobre una mesita y la mujer empezó a hablar:

—Entiendo lo que quieres hacer. Eres su hija, pero esa mujer siempre se interpondrá entre nosotros como se interpuso entre tu madre y él.

Lola agradeció que no se refiriera a María como «su madre».

—Papá me ha dicho que ha roto definitivamente con ella, y lo creo —declaró.

Rose suspiró y, moviendo su pequeña cabeza, murmuró:

—Me alegro por él. Esa mujer nunca le hizo bien.

Entonces Lola se levantó, se sentó junto a ella y, cogiéndole las manos, insistió:

—Si quieres a papá, por favor, acércate a él porque lo está deseando. Tú, yo y mis hermanos sabemos que es un hombre muy frío que apenas muestra sus sentimientos, pero...

—No, Lola. No voy a acercarme a él.

—Pero, Rose..., te quiere.

—¿Que me quiere? —se mofó aquélla—. Tu padre no quiere a nadie. Es tan orgulloso que es capaz de ahogarse en su propia bilis antes que hacer algo que demuestre que tiene corazón.

Ella asintió. Rose lo conocía tan bien como ella. Aun así, decidió insistir:

—Ha cambiado. Créeme.

—Lo dudo. Colin Gabriel Simmons no cambiará en la vida y, si lo hace, ¡que me lo demuestre! Quizá entonces me lo plantee.

Lola suspiró. Era normal que Rose opinara de ese modo. Y finalmente susurró:

—Pero que te quede claro que, aunque ya no estéis juntos, yo te sigo queriendo y sigo deseando que seas parte de mi vida, ¿vale?

Tan emocionada como ella, la mujer asintió y, abrazándola, declaró:

—Claro que sí, cariño. Eso nunca lo dudes.

Una vez dicho esto, ambas se levantaron y caminaron hacia la puerta. Se dieron un beso y, cuando Lola la abrió dispuesta a salir, Rose soltó un gritito de sorpresa al encontrarse frente a ella a Colin con un ramo de flores en la mano.

Ambas lo miraron boquiabiertas, y él, tras carraspear y tras saludar a su hija con la mirada, pidió:

—Por favor, Rose, ¿podría hablar contigo?

La mujer, con el gesto congestionado, miró a Lola, y ésta, acercándose a ella, cuchicheó:

—Te he dicho que ha cambiado y aquí está para demostrártelo.

Rose suspiró azorada y, dando un paso atrás, contestó:

—De acuerdo, Colin, hablemos.

Lola sonrió al oírla y, tras besarla de nuevo, salió por la puerta. Luego besó también a su padre, lo miró a los ojos y susurró:

—Recuerda, lo importante es sentirse querido y querer. ¡A por todas, papá!

Colin sonrió con timidez y, una vez que su hija se hubo marchado y cerró la puerta, le abrió por fin su corazón a Rose.

Esa noche, cuando Lola llamó a casa de Dennis y él le abrió la puerta, lo miró con una sonrisa y exclamó lanzándose en sus brazos:

—Te quiero, me quieres, y todo va a ir bien.

Capítulo 57

Los días pasaron mientras, cada uno a su manera sobrellevaba la pérdida de Elora.

Tras visitar a Rose, Colin había conseguido que ella lo escuchara y, aunque había accedido a que la relación continuara, en esta ocasión se había negado a moverse de su casa, y Colin había tenido que aceptarlo. Esta vez debería hacer las cosas como ella quería.

Una tarde en la que Dennis entró en la sala de profesores a por un café, se encontró con Justin. Estaban los dos solos y, tras pensarlo mucho, se acercó hasta la mesa donde él corregía unos exámenes y preguntó:

—¿Puedo sentarme contigo?

Justin lo miró y asintió, consciente de que aquel momento tenía que llegar. Dennis se sentó frente a él y dijo:

—Cuando quieras podemos hablar de hombre a hombre.

—No tengo nada que hablar contigo —replicó Justin.

—Oye...

Ofuscado, el otro cerró entonces la carpeta y, mirándolo, siseó:

—No sólo te follas a mi mujer, sino que también la alejas de mí. ¿Por qué? ¿Acaso no estoy siendo permisivo con lo vuestro?

El brasileño suspiró.

—La quiero. Y quiero que esté conmigo para hacerla feliz.

—Déjame en paz.

Al oír eso, Dennis se alteró y escupió:

—Tú sólo la necesitas para ocultar tu secreto. Yo la necesito porque la quiero, porque deseo hacerla feliz, tener una bonita vida con ella y...

—Esa bonita vida se la he proporcionado yo durante doce años; ¿de qué hablas?

Incapaz de entender que no comprendiera lo que le decía, Dennis replicó:

—Hablo de amor, de romanticismo, de caricias, de besos, de hijos... ¿Tú le das todo eso?

Justin cabeceó.

—Yo le doy libertad. ¿Te parece poco?

—Esa libertad que tú le das no es lo que ella necesita. ¿No te das cuenta de que...?

—Me doy cuenta perfectamente de todo —lo cortó Justin—. Siempre he atendido sus necesidades en todos los sentidos. No creas que por no acostarme con ella y no darle placer en la cama no se lo he proporcionado dejándola hacer lo que quería, con quien quería y cuando quería.

Al oír eso, Dennis se enceló. Consciente de ello, Justin se levantó pero, cuando se disponía a salir de la sala, el brasileño se lo impidió.

—Dennis, he aceptado mi derrota —murmuró aquél—. Tú has ganado, ya lo he hablado con ella. Cuando termine el curso, todo se solucionará. ¿Acaso no te lo ha dicho?

—Sí. Me lo ha dicho —afirmó él.

—Tengo cuarenta y ocho años —prosiguió Justin—. Soy homosexual y, aunque no lo creas, yo la quiero. La conocí siendo una niña y se ha hecho mujer a mi lado. Lola es maravillosa y, por mucho que me duela separarme de ella, deseo que sea feliz y, si es feliz contigo, lo aceptaré. En estos años, ella ha sido mi mejor amiga, mi mejor consejera, nunca me ha fallado, y me siento en la obligación moral de no fallarle. Sólo os pido tiempo. Tiempo para aceptar lo que se me viene encima.

Dennis asintió. Miró a aquel hombre a los ojos y, cuando éste extendió la mano hacia él, no lo dudó y se la estrechó.

A partir de esa conversación entre Dennis y Justin, la actitud de este último cambió, y Lola, encantada, volvió a disfrutar en el colegio y en casa del maravilloso marido que siempre había tenido, mientras, por las noches, el hombre al que amaba la mimaba, la consentía y la abrazaba.

La relación entre los tres se tornó increíble. En los pasillos del colegio, cuando se veían, se sonreían, y en la sala de profesores o en el comedor bromeaban entre sí como siempre habían hecho.

Lola estaba feliz. Justin y Dennis, también. ¿Qué más se podía pedir?

Capítulo 58

El viernes por la noche, tras cenar con Justin en casa, cuando éste se retiró a su habitación, Lola y Dennis se marcharon a la de ella. En el instante en que el brasileño cerraba la puerta, sonó el teléfono de la joven. Un mensaje. Al oírlo, Dennis la miró y preguntó:

—¿Quién te escribe?

Con tranquilidad, ella se sacó el móvil del bolsillo del pantalón y leyó:

Keira, hotel Novos, hab. 56. Mañana, a las siete.

Sorprendida por recibir aquel mensaje de Beckett cuando creía que ya todo había quedado claro entre los dos, ella se apresuró a guardar el teléfono y aclaró:

—Publicidad. Qué pesaditos son los de la compañía telefónica.

Dennis sonrió. Pero el teléfono sonó entonces de nuevo. Esta vez era una llamada, y Lola, al ver en la pantalla que se trataba de Priscilla, se la mostró al brasileño.

—Creo que esta llamada va para rato —se mofó él divertido.

Luego, sentándose en la cama, cogió el libro que Lola le había regalado de la mesilla, se puso las gafas y comenzó a leerlo. Lola contestó al teléfono y saludó:

—Hola, guapa.

Priscilla, que estaba en su casa con Aidan tirada sobre el sofá, respondió:

—Me acaba de llamar Rose. ¿Te ha llamado a ti también?

—No. ¿Ocurre algo?

Apoyada sobre Aidan, que veía la televisión, su hermana declaró:

—Al parecer, papá insiste en que se vaya de nuevo a vivir con él, y ella no quiere. ¿Te lo puedes creer?

Lola sonrió al oír eso, y entonces Priscilla cuchicheó:

—Sin duda papá tiene que reconquistarla.

Lola miró a Dennis, que, interesado en la lectura, se tocaba las gafas.

—Pues que se lo trabaje —dijo—. Él metió la pata. Que lo solucione él también.

Durante un rato charlaron sobre el tema, hasta que Aidan paseó la mano por el muslo de Priscilla, y ésta, al ver sus intenciones, murmuró con una sonrisa:

—Te dejo, hermanita. Aidan me propone un plan que soy incapaz de rechazar.

Y, sin más, cortó la comunicación. Lola, divertida, miró a Dennis. En ese instante, su móvil volvió a recibir otro mensaje:

> Keira, hotel Novos, hab. 56. Mañana, a las siete.

Molesta por la insistencia, Lola directamente lo apagó, sin percatarse de que Dennis la observaba. Cuando dejó el móvil sobre la mesilla, él preguntó:

—¿Publicidad otra vez?

Ella sonrió.

—Sí. Son unos pesaditos. —Y, mirándolo, murmuró—: ¿Te he dicho alguna vez que estás muy sexi con esas gafas?

—No.

—Pues estás sexi..., apetitoso..., pecaminoso..., y creo que te voy a comer.

Dennis sonrió. Acto seguido, Lola le quitó el libro de las manos y, en cuanto lo dejó caer al suelo, preguntó mimosa:

—¿Es interesante?

—Mucho —asintió él encantado—. Me lo regalaste. Dijiste que debía leerlo, pero está visto que, contigo a mi lado, es complicado.

Lola sonrió. Aquel libro, que ella le había comprado, viajaba de su casa a la de él todas las noches.

—¿Qué te parece si ahora te olvidas de leer y me miras a mí? —susurró zalamera.

—Mmm..., interesante plan —afirmó él.

Y, acercando su cálida boca a la de ella, la besó. La agarró del cuello para que no se moviera y, ahondando en el beso, no cesó hasta que ella gimió. Le encantaba escucharla, sentirla, consentirla. Minutos después, cuando el delirante beso acabó, Dennis preguntó juguetón:

—¿Qué deseas que te mire?

Encantada por sentirlo de ese modo, Lola le quitó las gafas, después, la camiseta que llevaba, y cuando sus duros pectorales quedaron frente a ella, respondió:

—Lo que quieras. Puedes mirarme lo que quieras.

Dennis estaba emocionado por la entrega que siempre le demostraba. Con delirio y deseo, continuaron quitándose la ropa mientras cientos de besos les calentaban el alma y el corazón.

Una vez que quedaron totalmente desnudos sobre la cama, Lola se sentó a horcajadas sobre él y, cogiendo su más que duro pene con la mano, lo colocó en su caliente entrada y, dejándose caer despacio sobre él, murmuró entre jadeos:

—Dios..., te adoro.

Dennis cerró los ojos. El placer que ella le proporcionaba era delirante. Tembló a causa de la lujuria y la pasión, y eso animó a Lola, que, cambiando su ondulante movimiento de caderas, comenzó a subir y a bajar sobre él con ímpetu.

El brasileño vibró y volvió a temblar. Le encantaba lo que ella hacía, pero la miró y murmuró:

—Cuidado...

—Soy un potro desbocado —susurró Lola.

—Cuidado no te hagas daño —insistió él.

Pero, encantada con su propia impetuosidad, que tanto placer le estaba proporcionando, Lola replicó:

—Déjame..., quiero hacerlo así.

Él sonrió y, dejándose hacer, disfrutó de su mujer, de cómo le hacía el amor y del momento.

Lola estaba entusiasmada, y se aceleró. Cada vez se dejaba caer sobre él con más fuerza, con más brío, mientras el placer les ponía el vello de punta y los volvía locos. Pero de pronto se dieron un cabezazo, Dennis soltó un grito agónico y, rápidamente, la apartó de encima.

Confundida, Lola lo miró mientras se tocaba la frente dolorida.

—¿Qué ocurre?

El brasileño no podía responder. Sentía un dolor tremendo en el pene y, al mirárselo y verlo de color azulado, exclamó:

—Joder..., joder..., ¡qué dolor!

Asustada al comprobar cómo su aparatito se hinchaba por segundos y se tornaba de color azul, ella se levantó de la cama y, confusa, preguntó:

—¿Qué hago? Ay, Dios... ¿Qué hago?

Pero Dennis no podía responder. Se retorcía en la cama. El dolor que sentía en el pene era tremendo. Insoportable.

Temblorosa y desconcertada, ella lo miraba sin saber qué hacer, cuando sonaron unos golpes en la puerta y oyó a Justin preguntar:

—¿Estáis bien?

Descolocada, Lola miró a Dennis. Éste se retorcía de dolor y, corriendo hacia la puerta, la abrió desencajada y dijo:

—Ay, Dios, Justin... No sé qué ha pasado. Pero... pero Dennis... Creo que... creo que...

Justin entró entonces en la habitación y, al ver a aquel pobre retorciéndose en la cama con las manos encima de su miembro viril, indicó:

—Baja a por hielo.

—¿Qué?

Al ver a Lola tan desconcertada, Justin le retiró el pelo de la cara y, mirándola, insistió:

—Peque, ve a la cocina y trae hielo. ¡Ya!

Sin entender muy bien para qué, Lola fue a toda prisa a la cocina. Allí, abrió el congelador y, tras coger una bolsa de hielo, regresó a la habitación, donde Justin murmuraba sentado en la cama junto a Dennis:

—Tranquilízate, iremos a urgencias.

Al ver a Lola llegar desnuda, el brasileño siseó furioso:

—Vístete.

Justin lo miró entonces e indicó:

—Llevo casado con ella doce años y...

Pero Dennis no estaba para bromas, y Justin, al ver cómo lo miraba, dijo agarrando la bolsa de hielo que ella le entregaba:

—Vístete antes de que a este troglodita le explote la cabeza. —Luego añadió dirigiéndose a él—: Colocaré el hielo sobre la sábana y tú solito has de ponértelo donde te duele, ¿entendido?

—¿Ahora vas de doctor? —protestó aquél dolorido.

Justin suspiró.

—No. Pero no eres el primer hombre que conozco al que le pasa esto. Vamos, ponte el hielo y, cuando estés mejor, nos vamos a urgencias.

Dennis blasfemó. Maldijo y, tras colocarse la sábana con el hielo sobre sus partes, gritó:

—¡Joderrrrrrrrrr!

Lola se vistió temblando y, en cuanto acabó, se acercó a Dennis, que al menos ya no se retorcía en la cama. Sin embargo, cuando fue a tocarlo, éste le advirtió:

—No te lo tomes a mal, pero ni me roces.

Ella se detuvo en seco y alejó las manos de él. Mientras salía por la puerta, Justin indicó señalándola:

—Peque, ponte hielo en el chichón de la frente y que Dennis se vista. Tenemos que ir al hospital.

El brasileño logró incorporarse y sentarse en la cama. El dolor lo mataba y, al ver su pene azulado e hinchado, siseó:

—¡Joderrrrr!

—Ay, Dios... Ay, Dios... —susurró Lola.

—Te he dicho que tuvieras cuidado.

Ella, asustada, miraba cómo se le había puesto aquello mientras él se vestía.

—Lo siento... —musitó—. Lo siento...

Diez minutos después, ella, Justin y Dennis salían lentamente de la casa para ir al hospital.

Al llegar a urgencias, Justin, que conocía a uno de los médicos que trabajaban allí, consiguió que atendieran enseguida a Dennis. Una vez que se lo hubieron llevado, Lola buscó una papelera para vomitar, mientras Justin la sujetaba preocupado.

Cuando se recuperó, la joven llamó a su hermana. La necesitaba a su lado. Tan pronto como ésta llegó acompañada de Aidan, preguntó asustada al ver el enorme chichón que aquélla tenía en la frente:

—Pero ¿qué ha pasado?

Lola y Justin se miraron, y al final ella respondió:

—No lo sé. Estábamos haciendo... haciendo el amor, y entonces él ha gritado, después su... su... pene estaba mal y...

Aidan y Priscilla se miraron atónitos, y esta última, sin poder remediarlo, preguntó:

—¿Le has roto el pene?

—¡Joder! —murmuró él con gesto de dolor.

—Nooooo... —se apresuró a decir Lola—. Bueno, no lo sé, pero no os riais, que no tiene ninguna gracia.

—No..., no tiene gracia —afirmó Aidan mirando para otro lado.

Priscilla se interesó luego por el chichón de su hermana, pero Lola le quitó importancia.

El médico al que conocía Justin salió entonces y, acercándose a ellos, dijo:

—No os preocupéis, que él está bien.

—Pero ¿qué ha pasado? —preguntó Lola con ganas de vomitar otra vez.

El doctor miró a Justin y luego empezó a explicar:

—Tiene un pequeño desgarro en la túnica albugínea y...

—¿Qué es eso? —preguntó Priscilla agarrando a su hermana.

Al ver cómo aquellas dos lo miraban, el doctor respondió:

—La túnica albugínea es una capa que rodea las estructuras internas del pene y que facilita su erección. Pero, tranquila, la fractura es tan pequeña que no necesitará cirugía y, tras unas semanitas de reposo sexual, hielo, analgésicos y antiinflamatorios, el tema estará olvidado.

—Ay, Dios mío —murmuró Lola horrorizada.

—Suerte que no ha necesitado cirugía como Michael —murmuró Justin mirando al médico—. ¿Lo recuerdas?

Evitando sonreír, el doctor asintió e indicó mirando a Lola:

—Tranquila. Estos accidentes son más comunes de lo que imaginas, lo que pasa es que la gente no suele hablar sobre ello. Pueden ocasionarse por un golpe, al tener relaciones o al masturbarse. En vuestro caso, por lo que él ha comentado, se ha producido porque el pene, al salir de la cavidad vaginal, ha tratado de entrar nuevamente y ha chocado contra...

—Vale..., vale..., vale... —lo cortó Priscilla—. No hace falta que sea tan explícito.

El médico asintió y, tras despedirse de ellos, se alejó hablando con Justin. Al sentir que las hermanas necesitaban estar a solas, Aidan se apartó también unos metros de ellas.

—Dios mío... —murmuró entonces Lola—. Papá tiene razón.

—¿Papá? ¿Qué tiene que ver papá en esto?

—Soy un potro desbocado.

—Lola, no digas tonterías.

—Madre mía, Priscilla, ¡lo que he hecho!

—Ni que le hubieras querido romper el aparatito aposta.

—¡Madre mía, casi me lo cargo! —insistió ella.

—Looola..., te has dejado llevar por el momento y, ¡zas!, ha ocurrido.

Ella meneó la cabeza horrorizada y Priscilla, intentando hacerla sonreír, cuchicheó:

—Míralo por el lado bueno. Ya sabes romperle el aparatito a un tío si un día se pasa.

Lola la miró sorprendida, y su hermana murmuró:

—Vale..., ese comentario ha estado fuera de lugar.

Entonces Lola fue a sentarse en una de las sillas y, recordando el gesto de dolor de Dennis y cómo le había hablado cuando se había acercado para ayudarlo, se lamentó:

—¿Y si ahora no quiere volver a verme?

—No digas tonterías.

—¿Y si no quiere volver a acostarse conmigo?

—Lola... Ya has oído al doctor. Es habitual que eso le ocurra a la gente, pero no dicen nada por pudor.

—Y ¿por qué ha tenido que ocurrirme a mí?

Priscilla se sentó junto a ella.

—Porque se te ha ido la pasión de las manos.

Durante más de una hora aguardaron en la sala de espera, hasta que, a las tres de la madrugada, las puertas de urgencias se abrieron y salió Dennis.

Encontrar a tanta gente allí esperándolo no le hizo mucha gracia. Sin embargo, al ver a Lola y sentir su mirada asustada, clavó los ojos en ella y, recordando lo mal que le había hablado, preguntó mientras observaba el enorme chichón de su frente:

—¿Te ha visto esto un médico?

Lola asintió.

—No es nada. Sólo un golpe.

Sin apartar los ojos de ella, Dennis susurró:

—Vamos, cariño, ven aquí.

Temerosa de tocarlo, ella preguntó:

—¿Estás seguro?

Dennis sonrió, y ésta, necesitada de sus mimos, se abrazó a él. Al tenerla a su lado, el brasileño murmuró besándole la frente:

—Perdóname por haberte hablado mal, pero el dolor me podía.

—Lo siento... Lo siento...

Dennis buscó su mirada y, con firmeza, replicó:

—No vuelvas a decir eso, ¿entendido?

—Pero yo te he...

Él la besó entonces. Le tapó la boca para que no continuara y, una vez que el beso acabó, dijo:

—Esto ha sido cosa de los dos. ¿De acuerdo?

Lola sonrió y, acercándose más a él, murmuró:

—Qué susto me he llevado.

—Yo también —afirmó él, aún dolorido.

Justin, Aidan y Priscilla se acercaron entonces hasta ellos. Mirando a Justin, el brasileño le tendió la mano y dijo:

—Gracias. Muchas gracias por tu ayuda.

Él se encogió de hombros y, estrechándosela, respondió:

—De nada. Para eso estamos.

Sin apartarse de Dennis, Lola miró a su hermana y, al ver su gesto, cuchicheó:

—Como se te ocurra decir algo inapropiado, te vas a enterar.

Al oírla, el brasileño observó a Priscilla y, al ver su expresión de guasa, miró a Aidan y comentó:

—Lo creas o no, su abuela, esa que no es bruja, me lo advirtió.

Recordándolo, Lola se tapó la cara con las manos mientras todos soltaban una risotada y se disponían a salir del hospital.

Capítulo 59

Por suerte, el lunes Dennis ya podía andar con normalidad, aunque decidió dejar la moto en el garaje. Era incapaz de subirse a ella. También llamó a la academia para anular sus clases, pues le resultaba imposible bailar.

Al llegar al colegio, tanto Justin como Priscilla le preguntaron con disimulo, y éste, sonriendo, les hizo saber que estaba bien. Le soltaron unas cuantas bromas por lo ocurrido, pero el brasileño decidió tomárselo con humor.

Los profesores, al ver el enorme chichón de Lola se preocuparon por ella, y ésta, con una sonrisa, les contó que se había dado un golpe con un mueble de la cocina. Todos la creyeron, y el tema quedó zanjado.

Durante varios días, Lola se quedó a dormir con Dennis en su casa. Quería cuidarlo, y él aceptó encantado. Pero que estuviera cerca por las noches era una tentación, y Lola tuvo que enfadarse con él para que le quitara las manos de encima.

Una de las tardes en las que, tras salir del colegio, ella fue a dar su clase de salsa, Dennis se marchó derecho a su casa. Necesitaba quitarse los pantalones y ponerse cómodo. Aunque estaba mejor de su desafortunado accidente, en ocasiones notaba ciertos pinchazos que lo jorobaban.

Después de cambiarse de ropa, cogió el libro que Lola le había regalado y que tenía sobre la mesilla y se dirigió al salón. Antes de sentarse, sacó hielo picado del congelador, lo metió en una bolsa de tela que había comprado y regresó al salón. Allí, se sentó, se colocó la bolsita de hielo sobre sus partes doloridas y comenzó a leer el libro. Estaba interesante.

Así permaneció un buen rato, hasta que su móvil sonó. Era Eric.

—¿Qué tal, amigo? —lo saludó éste.

Feliz por recibir aquella llamada, Dennis cerró el libro y, acomodándose la bolsa de hielo, respondió:

—Bien, aunque podría estar mejor.

—¿Qué ocurre? —preguntó Eric.

Una vez que la bolsa estuvo puesta donde tenía que estar, el brasileño contestó:

—Nada... Nada...

Intuyendo por su respuesta que algo pasaba, Eric cambió el tono.

—Dennis, somos amigos y sé que te ocurre algo... ¿Qué pasa?

Al percibir alarma en su voz, Dennis suspiró y le contó lo ocurrido mientras se miraba la bolsa de hielo. En cuanto acabó, al percibir el silencio de Eric, soltó:

—Vale. ¡Ya puedes reírte!

La carcajada de su amigo fue descomunal y, cuando consiguió tranquilizarse, dijo:

—Perdón..., perdón..., Dennis, pero...

—Lo sé. La cosa tiene gracia. Pero, amigo, que no te pase a ti porque te aseguro que el dolor es para volverse loco, y eso que sólo me hice una fisurita de nada.

—Y ¿cómo llevas el período de abstinencia?

Al pensar en Lola, Dennis sonrió.

—Fatal. Mi mujer es excesivamente tentadora.

Eric asintió. Estaba al corriente de lo que ocurría en su vida, y, divertido, afirmó:

—Sin duda, Lola te cuida bien.

—Muy bien, aunque me regaña si intento..., ya sabes...

Eric rio de nuevo, esta vez con Dennis. Cuando se serenaron, este último preguntó:

—Bueno, y ahora que ya te has reído de mi desgracia y sabes que estoy en período de abstinencia, ¿para qué has llamado?

—El lunes que viene tengo una reunión en Londres a las nueve de la mañana. ¿Te parece que quedemos para comer?

—¡Genial!

—Vendrá Jud. Fue ella quien me pidió que te llamara para

quedar contigo y, bueno, también que te dijera que, si te parecía bien, trajeras a Lola para conocerla.

Dennis sonrió y cuchicheó divertido:

—Jud y Lola juntas... ¡Qué peligro!

Sentado en el cómodo sillón de su despacho, Eric miró el retrato que tenía de su mujer sonriendo ante él y se mofó:

—Pues verás cuando se entere de lo que te ha pasado.

—Ni se te ocurra contárselo, que la conozco —advirtió Dennis.

—Vale, lo intentaré —afirmó Eric no muy convencido.

Ambos volvieron a reír, y finalmente quedaron el lunes a la una. Dennis le dio la dirección del Community, el restaurante de Rosanna. Era la mejor opción para Lola. Hasta que se separara de Justin, debían ser discretos, y Eric lo entendió.

Capítulo 60

En la academia de salsa, Lola bailaba con sus alumnos, lo pasaba bien y todos disfrutaban con el ritmo de las clases. Al acabar uno de los temas, Lola se puso el fular azul para no coger frío en la garganta y fue al baño.

Estaba mirándose en el espejo el chichón verdoso que tenía en la frente cuando Jeremiah entró y ella preguntó:

—¿Qué haces aquí?

Él sonrió y bajó la voz:

—¿Te apetece que luego vayamos a tomar algo?

Lola lo miró. Aquél le estaba proponiendo otra cosa.

—No, Jeremiah, y con respecto a lo que pasó...

—Fue salvaje —afirmó él sonriendo—. Sin duda eres una fiera en la cama.

Lola también sonrió al oír eso y, pensando en Dennis, afirmó:

—Lo soy, no lo sabes tú bien. Pero lo que ocurrió no volverá a ocurrir.

Al oírla, el joven asintió y, acorralándola contra la puerta, pasó un extremo del fular azul por el cuello de él y, bajando la voz, susurró:

—Pues yo me muero por volver a desnudarte.

Lola suspiró. Aquel tipo era duro de mollera. Pero, cuando se disponía a protestar, él sacó su móvil, acercó su cara a la de ella e hizo una foto. De inmediato, Lola lo empujó.

—¿Se puede saber qué haces?

Jeremiah sonrió.

—Qué arisca eres cuando quieres, con lo suavecita que eres en otras ocasiones.

Ella rechinó los dientes.

—Cuando quieras —añadió él—, puedes venir a mi casa a recoger las bragas que me regalaste. Prometo ponerte a Metallica mientras te hago eso que tanto te gustó.

Ofuscada, ella volvió a empujarlo y, acercándose a él en actitud intimidatoria, siseó:

—Lo que ocurrió ocurrió, y punto. Y en este momento te estoy diciendo que no. ¿Qué tal si me respetas un poquito? Y ahora haz el favor de salir del baño de mujeres o te juro que lo vas a lamentar.

Aquél sonrió y, guiñándole el ojo, dijo mientras se alejaba:

—Tranquila, fiera..., sólo he pensado que podría apetecerte.

Una vez que Jeremiah se marchó del baño, Lola maldijo. Pero ¿qué narices le ocurría a aquel tipo?

No obstante, sin querer pensar más en ello, salió a su vez del baño y se dirigió a la sala donde daba la clase de salsa. Allí, se quitó el fular azul y, poniendo música, se volvió hacia sus alumnos y gritó:

—Vamos..., vamos..., ¡todos a bailar!

Esa noche, cuando llegó a casa de Dennis, omitiendo lo ocurrido con Jeremiah, sacó de su bolso unas tazas y, enseñándoselas, dijo:

—¿Qué te parecen?

Al ver sus nombres en ellas, el brasileño afirmó:

—Muy chulas.

Encantada, Lola las dejó sobre la encimera de la cocina.

—Una de mis alumnas tiene una tienda de regalos personalizados y se las encargué —explicó—. ¡Nuestras primeras tazas!

Dennis se acercó a ella mimoso y, tras comprobar el estado del escandaloso chichón verde, la besó.

—Cariño... —lo paró Lola al ver sus intenciones—, no podemos.

Dennis asintió y, suspirando, murmuró:

—Lo sé, pero quizá..., si lo hacemos con cuidado...

Lola respondió sorprendida:

—Por el amor de Dios, Dennis, tienes el aparatito jorobado y, si no lo cuidamos bien, puede que cuando lo necesitemos no funcione como es debido. ¿Realmente quieres eso?

Al oírla, el brasileño apartó las manos de ella y respondió ofuscado:

—No. Claro que no.

Lola sonrió al ver su frustración.

—Pues entonces, por favor, no vuelvas a proponerlo, porque te aseguro que yo estoy tan deseosa como tú de tener sexo, y la abstinencia está empezando a consumirme.

Superado por aquello, Dennis asintió y, apoyando la frente contra la pared, se dio un suave golpecito y replicó:

—Vale..., vale.

Cuando ella desapareció en el interior de la habitación para cambiarse de ropa, preguntó justo en el momento en que el móvil de ella vibraba y se iluminaba por la llegada de un mensaje:

—¿Has avisado a Justin de que te quedas aquí?

—Sí. Ya lo sabe.

El brasileño miró entonces el móvil. Quería saber quién le escribía. Y, cogiendo el teléfono, entró en la habitación donde ella se cambiaba de ropa y dijo entregándoselo:

—Te acaba de llegar un mensaje.

Lola lo cogió y leyó:

Keira, hotel Rovski, hab. 236. Mañana, a las siete.

Lola se apresuró a bloquear la pantalla, y Dennis, mirándola, preguntó:

—¿De quién era el mensaje?

—De Priscilla.

Él no preguntó más, pero algo en su interior le hizo intuir que ella mentía. Aun así, calló y no insistió.

Estaba observándola cuando dijo:

—He hablado con Eric.

—¡¿Eric?! ¿Qué Eric?

—Eric Zimmerman. Uno de mis amigos de Múnich.

—Ah, sí. ¿El que está casado con una chica llamada Judith?

—El mismo —afirmó él—. Por temas de trabajo, el lunes que viene estará en Londres, y he quedado para comer con él.

—¡Genial!

—También viene Judith. ¿Te apetecería conocerlos?

Lola sonrió. Estaba al corriente de la excelente relación que Dennis tenía con ellos y, divertida, afirmó:

—Me encantaría.

En ese instante vibró de nuevo su móvil. Otro mensaje.

Y, mirando a Dennis, dijo:

—Voy a ducharme, y no se te ocurra entrar a ducharte conmigo porque te juro que te mato, ¿entendido?

Él sonrió, y Lola, con gesto serio, repitió:

—¿Entendido?

—Sí, cariño..., entendido —asintió Dennis—. Cuidaremos el aparatito hasta que se recupere.

Cuando Lola entró en el baño, abrió el grifo de la ducha y leyó el nuevo mensaje que acababa de recibir:

Keira, hotel Rovski, hab. 236. Mañana, a las siete.

La joven maldijo, pero, con paciencia, tecleó:

Ya te dije que todo había acabado.

Cuando lo envió, dejó el teléfono sobre el váter pero, al ir a meterse en la ducha, el aparato vibró de nuevo. Ofuscada, Lola lo cogió y leyó:

Las cosas no acaban así.

Estaba maldiciendo cuando el teléfono volvió a vibrar. Otro mensaje:

No pararé hasta verte una última vez.

Asombrada, finalmente Lola decidió apagar el teléfono y, dejándolo de nuevo sobre el váter, se duchó.

Pero ¿qué narices le pasaba a Beckett?

Capítulo 61

Tras hacerle una revisión, el urólogo le indicó a Dennis que todo iba viento en popa y que durante un tiempo tendría que ir con un poco de cuidado. Al ver su gesto, Lola murmuró:

—Cariño, sonríe, ya está casi superado.

Él la miró resignado y asintió.

Aquella noche, Lola lo convenció para salir. Un poco de vida social seguro que lo animaba. Así pues, llamó a Aidan y a su hermana y quedó con ellos en un local.

Al llegar, se encontraron con George, el compañero de Dennis en la academia de baile y antigua pareja de salsa de Lola, que, al verlos, los saludó encantado.

El grupo de George y el de Lola se fusionaron creando uno solo y, durante horas, reinó el buen rollo entre todos. En un momento dado, al ver cómo Dennis besaba a Lola, George, sorprendido, se acercó a él cuando ella se alejó y le preguntó:

—Quizá me esté metiendo donde no debo, pero ¿sabes que está casada?

—Sí —afirmó él—. Lo sé, pero será por poco tiempo.

Sin entender realmente lo que él había querido decir, George sonrió y, mofándose, indicó:

—Lola es encantadora.

—Sí. —Dennis sonrió.

—Y muy ardiente.

La sonrisa se le borró entonces del rostro al brasileño, y más cuando aquél cuchicheó:

—Fueron tres veces, en las duchas del gimnasio, en mi casa y en su coche. Pero, uf..., ¡qué tres veces!

En ese instante llegó una de las amigas de George y éste comenzó a hablar con ella, cosa que Dennis agradeció.

A partir de ese momento, el brasileño tuvo que actuar. Estaba enfadado, muy enfadado, y disimuló todo lo que pudo, hasta que se marcharon; al llegar a su casa, se dirigió a Lola y preguntó:

—¿Por qué no me contaste lo de George?

Lola, que se estaba quitando los zapatos, se lo quedó mirando.

—¿A qué te refieres?

Dennis se movía por el salón como un león enjaulado y, sin levantar la voz, pues no eran horas, siseó:

—Sabes muy bien a qué me refiero.

Lola maldijo. Él tenía razón. Sin embargo, cuando iba a responder, él la cortó:

—No, no digas nada. Ahora no. Ahora ya sé lo bien que te lo montaste con él en las duchas del gimnasio, en su casa y en tu coche.

—Dennis...

—Lola, no. No digas nada que pueda estropearlo más. Una relación sólo funciona si hay sinceridad absoluta por ambas partes, y más aún una relación tan complicada como la nuestra.

—Lo sé, pero...

—Ahora no. Estoy furioso y disgustado.

Intentando que se relajara, Lola se acercó a él, pero cuando fue a tocarlo, éste se echó hacia atrás y preguntó:

—¿Hay algo más que debas explicarme? Porque, si es así, dímelo, como yo te he contado lo que tú debías saber sobre mí.

Incapaz de hablarle de Beckett o de Jeremiah, Lola susurró:

—Sabes que mi vida antes era...

—Sé cómo era tu vida —la cortó Dennis—. Dime, ¿hay algo más que debas explicarme como deberías haber hecho con lo de George?

Tras pensar qué decir, ella finalmente negó con la cabeza, aun siendo consciente de que no estaba haciendo bien. Sin embargo, lo veía tan enfadado que, si le contaba lo de Jeremiah o la insistencia de Beckett, la cosa empeoraría.

Con la respiración entrecortada, Dennis la miró. Algo le decía que no estaba siendo sincera y, cuando Lola fue a acercarse a él, dio un paso atrás y señaló:

—Será mejor que te vayas a tu casa.

—¡¿Qué?!

Incapaz de razonar por lo enfadado que estaba, el brasileño insistió:

—Quiero estar solo.

—¿Me estás echando?

Dennis no se movió, y Lola repitió:

—¿Me estás echando?

Ahora la mosqueada era ella. ¿La estaba echando de su casa?

Entonces, tras coger su bolso, metió los zapatos en él, abrió la puerta furiosa y se marchó dejando a Dennis cabreado y pensando que se había equivocado.

Capítulo 62

Un ruido incesante despertó a Lola, que fue consciente de que sonaba el timbre de su casa.

Alarmada, se levantó a toda velocidad de la cama tan sólo vestida con una camiseta larga y un tanga, y se encontró a Justin, que la miró con la misma cara de sueño que ella.

—Son las tres y media de la madrugada —murmuró—. ¿Quién llama así?

Fueron juntos hasta la entrada y, al poner el ojo en la mirilla para ver de quién se trataba, Justin suspiró y dijo:

—Es Dennis.

Lola se apresuró a abrir la puerta y, al encontrarse con la mirada de aquél, iba a decir algo cuando el brasileño entró en la casa y, sin importarle que Justin estuviera delante, la agarró de la cintura y, acercándolo a él, murmuró:

—Lo siento..., lo siento..., lo siento, cariño. He actuado de un modo irracional.

Ella asintió y, al ver que Justin le decía adiós con la mano y desaparecía, murmuró:

—Tranquilo. No pasa nada.

Durante unos instantes se miraron fijamente a los ojos, y Dennis preguntó:

—¿Puedo besarte?

Encantada al oírlo decir eso, ella susurró mimosa:

—Prueba y lo sabrás.

Cogiéndola entre sus brazos, posó los labios sobre los de ella, metió la lengua en la boca que tanto amaba y deseaba y, con locura, la devoró. Luego, sin dejarla en el suelo, murmuró mientras subía la escalera para ir a su habitación:

—Te deseo...

—Seguro que tanto como yo a ti.

—Se acabó el esperar.

—Dennis, ¡no! El médico dijo que...

Tras cerrar la puerta de la habitación, sin dejarla en el suelo, Dennis le apoyó la espalda contra la pared y le arrancó el tanga de un tirón.

—Cariño —jadeó Lola enloquecida—. No debemos..., no debemos...

Pero él, sin atender a razones, se desabrochó el pantalón y, sacándose su dura erección, la colocó en la humedad resbaladiza de aquélla y murmuró entre dientes:

—Tendremos cuidado, pero ya no puedo más.

Aquel contacto tan íntimo, del que ambos se habían privado las últimas semanas, los volvió locos. Lola, agitada, asustada y sin moverse, sintió cómo él se introducía poco a poco en su interior y, cuando estuvo del todo dentro, musitó con gusto:

—Vuelvo a estar en casa.

Ella sonrió. Sentirlo de aquel modo la hacía feliz pero, en el momento en que Dennis se movió con cuidado y un jadeo escapó de su boca, susurró:

—Tengo miedo...

Al oírla, él paró y, gozoso de estar dentro de ella, murmuró mientras la besaba:

—No tengas miedo. Todo va a salir bien.

Lola asintió, pero, incapaz de moverse, cuando ambos temblaron de nuevo ante el contacto, preguntó:

—¿Qué estamos haciendo?

—Amarnos, eso hacemos —respondió Dennis acalorado y, dándole un azote, exigió—: Mueve las caderas, cariño..., vamos..., hazlo. —Con cuidado, Lola obedeció, y él, con un hilo de voz, susurró—: Sí..., así..., así...

Durante varios segundos, Lola movió las caderas con sumo cuidado. Estaba acojonada. No quería hacerle daño de nuevo, pero entonces él no pudo más y, acelerando su ritmo en las acometidas, musitó:

—*Não deixe de me olhar.*

Apasionada por lo que le hacía sentir, ella clavó la mirada en él mientras notaba cómo su duro pene se introducía una y otra vez en su interior, proporcionándole placer, lujuria y desenfreno. Hasta que Dennis soltó un jadeo varonil y, tras una última embestida que le hizo saber a Lola que había llegado al clímax, ella también llegó.

Jadeantes, permanecieron de pie contra la pared. Entonces Dennis, apoyando la frente sobre la de ella, sonrió y afirmó:

—Cariño..., vuelvo a ser yo.

Lola sonrió a su vez y, con la respiración entrecortada, mientras aquél continuaba aún dentro de ella, preguntó:

—¿Te ha dolido?

Dennis negó con la cabeza y, dispuesto a repetir una vez más, la dejó en el suelo y, quitándose los pantalones y los calzoncillos, respondió:

—Probemos de nuevo y te diré si me duele.

Al oír eso, Lola sonrió y simplemente se dejó llevar.

Capítulo 63

El lunes, tras pasar la mañana dando clases, a la hora de la comida Dennis y Lola salieron por separado del colegio, aunque se encontraron en la esquina para ir a su cita con Jud y Eric en el restaurante.

Mientras iban en el taxi, Lola murmuró:

—Estoy nerviosa.

—¿Por qué? —preguntó él mimoso, besándola en el cuello.

Lola suspiró. Mientras su móvil pitaba indicándole que había recibido un mensaje, respondió:

—Porque voy a conocer a Judith y a Eric. Me has hablado tanto de ellos ¡que estoy atacada!

Dennis sonrió y, sabiendo cómo eran sus amigos, afirmó:

—Tranquila. Jud y Eric te adorarán. Sólo tienes que ser tú misma, ¿de acuerdo?

Ella asintió. Luego miró su móvil con disimulo y leyó:

Keira, hotel Crownelly, habitación 123. Hoy, a las ocho.

Rápidamente borró el mensaje. Había intentado hablar con Beckett para que parase, pero no le cogía el teléfono. Ya no sólo le escribía los días 15 o 30, sino cualquier día, y eso comenzaba a incomodarla. Había hablado de ello con Justin, y éste, al igual que ella, no entendía nada. Debían solucionarlo antes de que fuera a más.

Dennis, que la había visto mirar el móvil, preguntó:

—¿Quién te escribe?

Lola, guardándolo tras haberlo apagado con disimulo, respondió:

—Mi hermana, quería saber dónde estaba al no verme en el comedor del colegio.

Él sonrió y, acercándose a ella para besarla, murmuró encantado de que el chichón verde hubiera desaparecido por fin:

—Hoy eres mía.

Quince minutos después, al entrar en el restaurante de Rosanna, Dennis saludó y fue entonces cuando Lola, al mirar al fondo, vio a un tipo alto y rubio, con traje y gesto serio, y a una joven morena más bajita que él.

Durante unos segundos se sintió observada, hasta que clavó la mirada en la joven, que sonrió y le hizo una seña con la mano.

De la mano de Lola, Dennis se acercó hasta ellos y, feliz, dijo:

—Chicos, ella es Lola. —Luego, dirigiéndose a ella, prosiguió—: Cariño, ellos son Judith y Eric.

Lola sonrió nerviosa y, mientras Eric y Dennis se abrazaban, Judith se acercó a la pelirroja, le dio dos besos y dijo:

—Lola, encantada, y, por favor, llámame Jud.

—¡Será un placer! —afirmó ella.

Luego saludó al hombre rubio, que la miraba con gesto serio, y murmuró:

—Encantada de conocerte.

Al ver cómo su marido observaba a la joven, Judith bromeó:

—Tranquila, no muerde.

Lola sonrió y, cuando lo hizo Eric, ella asintió y respondió:

—Gracias por aclarármelo.

En cuanto los cuatro se sentaron a la mesa mantuvieron una conversación agradable para relajar el ambiente. Judith pudo comprobar cómo Dennis buscaba todo el rato el contacto con la pelirroja, y sonrió al ver la mano de Eric apoyada sobre su pierna.

En su conversación salió a relucir el Essence, y Judith comprendió que a Lola también le gustaba el tipo de sexo del que ellos disfrutaban. Poder hablar tranquilamente sobre aquellos temas con otra mujer era todo un gustazo. Sólo podía hacerlo con su amiga Mel, la mujer de Björn, y le agradó comprobar que con Lola podía ser igual. Incluso quedaron en visitar el local los cuatro juntos la siguiente vez que viajaran a Londres.

Una vez que hubieron terminado el primer plato, Judith miró a la joven y dijo:

—Que sepas que el plasta de Dennis no para de hablar de ti y me moría por conocerte.

Lola sonrió al oír eso y, mofándose, preguntó:

—Y ¿habla bien?

Jud sonrió y respondió con picardía al ver cómo aquél le apretaba una mano:

—Sí, aunque casi lo dejas eunuco de por vida.

—¡Judith! —la regañó Eric al oírla.

—¡¿Quéeeee?!

El alemán, mirando a su mujer, cuchicheó:

—Te dije que no lo comentaras.

—¿Por qué se lo has contado? —preguntó Dennis sorprendido.

Eric maldijo y, cuando iba a responder, Judith se le adelantó:

—Me lo ha contado porque entre nosotros no hay secretos. Además, Eric miente muy mal. Cuando me dijo que había hablado contigo, lo delató una sonrisita de medio lado, y ya no paré hasta saber el motivo. —Luego bajó la voz y preguntó—: ¿Estás bien o todavía no te funciona?

Eric y Dennis se miraron y, cuando este último se disponía a contestar, Lola aclaró:

—Le funciona. Pero tengo miedo de que fuerce demasiado la máquina y volvamos a tener otra rotura de motor.

—¡No jorobes! —se mofó Judith.

—Ya te digo.

—Uf... Si se rompiera su motor —susurró Jud señalando a su marido—, no sabría qué hacer. Su motor es demasiado importante para mí.

Dennis y Eric volvieron a mirarse sorprendidos por la conversación de aquéllas, pero entonces Lola respondió:

—Pues, amiga, ve con cuidado y mímalo mucho porque, al parecer, las roturas de motor son más comunes de lo que pensamos.

—¿En serio?

Lola asintió y luego añadió en voz baja:

—El día que tuvimos que ir al taller, el mecánico me dijo que este tipo de rotura es muy habitual cuando el motor de él y el pistón de ella chocan y...

—¡Ehhhh! —protestó Dennis.

—¡Estamos aquí! —aclaró Eric.

Las chicas sonrieron, y Judith, deseosa de preguntarle mil cosas a Lola sobre lo ocurrido, preguntó:

—Tengo que ir al baño; ¿me acompañas?

Lola se levantó y, dejando la servilleta sobre la mesa, contestó:

—Por supuesto.

Una vez que las chicas desaparecieron, Dennis miró a su amigo con gesto de felicidad y afirmó:

—Sabía que se llevarían bien.

Eric asintió.

—Demasiado bien, amigo... —sonrió—, demasiado bien.

Una vez en el baño, Judith cuchicheó interesada:

—Vale..., sé que la conversacioncita se las trae, pero necesito saber lo que hiciste para no hacerlo yo. No quiero cargarme mi increíble motor.

Lola asintió divertida.

—Él estaba en la cama sentado, y yo, a horcajadas sobre él, y, bueno..., yo tomé el mando, aceleré el ritmo en mis subidas y bajadas, hasta que aquello no entró bien y, ¡zas, rotura! Le hice una pequeña fisura en algo llamado la túnica de no sé qué.

—Pobre...

—Oh, sí. No veas cómo se retorcía de dolor. Eso fue lo que más me asustó. Nunca lo había visto así, y te juro que no sabía ni qué hacer.

—Normal..., a mí me habría pasado lo mismo —afirmó Judith.

—Fue una suerte que Justin estuviera en casa.

—¡¿Tu marido?!

Lola asintió.

—Él fue quien me mandó que fuera a por hielo, se lo pusiese sobre el motor roto y, en cuanto Dennis pudo levantarse y andar, nos llevó a urgencias. Allí, el doctor nos dijo que, a pesar del dolor, por suerte era una fisurita muy pequeña, no lo suficientemente importante como para pasar por el quirófano.

—¡Madre mía! ¡Qué susto!

—¡Ya te digo!

—Pero ¿ya está bien?

Lola asintió y, con una picarona sonrisa, afirmó:

—Sí. Todo parece en perfecto estado, aunque reconozco que ahora tengo mucho más cuidado si soy yo la que toma la iniciativa.

Ambas rieron, y luego Judith dijo:

—Quiero que sepas que, cuando nos enteramos de que estabas casada, lo primero que le aconsejamos a Dennis fue que se olvidara de ti. Un hombre o una mujer casados e infieles siempre son una fuente de problemas. Pero el día que Dennis le contó a Eric lo que ocurría entre tu marido y tú, y luego Eric me lo contó a mí, te aseguro que cambiamos de opinión, y más sabiendo lo que sucedía entre vosotros.

Lola asintió y, mirándola con una triste sonrisa, susurró:

—Entiendo lo que dices y te agradezco tu sinceridad.

—Dennis es de la familia, Lola —afirmó aquélla—. Lo conocimos en el Sensations, el local *swinger* al que vamos siempre en Múnich, y luego, casualidades de la vida, volví a verlo un día que tenía una tutoría con el profesor de mi hijo, que resultó ser él.

Lola sonrió.

—Lo sé. Dennis me lo explicó, y me dijo que tanto tú como él os quedasteis sin saber qué decir.

—¡Imagínate el momentazo! —se mofó Judith al recordarlo.

Ambas sonrieron, pero luego Lola se puso seria y declaró:

—Estoy enamorada de Dennis. No dudes de mí, Judith. Sólo quiero hacerlo feliz como él me hace a mí, y no veo el momento de que el curso acabe y podamos resolver todo esto.

Jud sonrió.

Aquella muchacha de pelo rojo le daba buenas vibraciones y, encantada por lo que había oído, la abrazó y comentó:

—No dudo de ti. Ya no. Y, recuerda, en Múnich tienes tu casa y una amiga para lo que quieras.

Capítulo 64

Mayo llegaba a su fin, y tanto Dennis como Lola sabían que dentro de un mes, en cuanto terminara el colegio, su tema se resolvería cuando fueran junto con Justin a contarle lo que ocurría al director.

Durante el día, Lola y Dennis impartían sus clases en el Saint Thomas y, por las noches, disfrutaban de maravillosas veladas románticas o de sexo en casa de él o de ella.

El problema del motor de Dennis estaba resuelto y olvidado. Todo funcionaba perfectamente, y ambos volvían a hacer el amor con el mismo ímpetu de siempre.

Una de esas tardes, cuando Lola llegó a casa de Dennis tras dar su clase de salsa, notó que tenía el estómago revuelto. Debía de haber comido algo que le había sentado mal.

Al entrar, vio que él estaba hablando con alguien por teléfono, y enseguida entendió que se trataba de su madre. Por señas, Dennis le pidió que la saludara, pero Lola, horrorizada, negó con la cabeza.

El brasileño insistió, y ella, entre risas, saltó por encima del sofá y se metió corriendo en su cuarto. Cuando éste la siguió con el teléfono, ella abrió la puerta del baño y, por gestos, le indicó que iba a darse una ducha.

Al cerrar la puerta, Dennis sonrió y prosiguió hablando con su madre.

Lola estaba desnudándose en el momento en que su móvil vibró. Un mensaje.

> Keira, hotel Shepiro, habitación 326. A las ocho.

Al leerlo, suspiró, se quitó las bragas y, tras marcar el teléfono de Justin, dijo bajando la voz en cuanto éste lo cogió:

—Beckett acaba de enviarme otro mensaje.

—¡Joder! —murmuró Justin con incomodidad—. Ya he perdido la cuenta de los emails que le he enviado para decirle que o para o tendrá un grave problema, pero al parecer tiene ganas de problemas.

Lola asintió y, sin levantar la voz, susurró:

—Justin, estoy preocupada. No le hablé a Dennis de Beckett y ahora ya no sé qué hacer.

Él, que estaba en su casa con un amigo preparando algo de cena, respondió:

—Tranquila, cariño. Lo resolveremos.

Una vez dicho esto, ambos cortaron la comunicación, justo en el instante en que la puerta del baño se abría y Dennis preguntaba:

—¿Qué es eso de no querer saludar a mi madre?

Lola sonrió divertida y, arrugando la nariz, respondió:

—Cielo..., entiéndelo... Ahora viene Steve y me apetecía ducharme.

Al ver su gesto, el brasileño inquirió:

—Cariño, ¿estás bien?

—Sí. Es sólo que debo de haber tomado algo que me ha sentado mal. Pero, tranquilo, estoy bien.

Él entró entonces en el baño, la miró y dijo preocupado:

—Anularé la cita. Lo llamaré y le diré que no venga.

—No, pero si estoy bien.

Dennis clavó la mirada en ella. Pensar que pudiera ocurrirle algo lo volvía loco y, cuando se disponía a insistir, Lola añadió:

—Me apetece mucho que venga Steve. Ya lo hemos hablado y quiero disfrutar de sexo salvaje contigo.

Él sonrió. Si Lola quería aquello, no debía de estar muy mal. Pero, negando con la cabeza, dijo:

—Castigada.

Sin entender a qué se refería, ella preguntó:

—¡¿Castigada?!

Dennis asintió y, con la mirada llena de determinación, manifestó:

—Acabo de anular la cita con Steve.

Divertida y sorprendida al mismo tiempo, Lola insistió:

—Pero si te he dicho que estoy bien.

Él la miró meloso y murmuró:

—No has querido saludar a mi madre y eso conlleva un castigo.

Divertida, Lola caminó hasta él desnuda y, poniéndose de puntillas, acercó la boca a la de él para tentarlo.

—Será un placer recibir ese castigo —susurró.

Dennis sonrió con picardía y, sin aceptar los labios que ella le ofrecía, replicó:

—¿No preguntas cuál es tu castigo?

Acercando más los labios a los de él, Lola los rozó y, torciendo el gesto, preguntó:

—¿Va a doler?

Con mimo, Dennis paseó la lengua por los labios de aquélla y luego respondió:

—Nunca permitiría que nuestras fantasías te causaran dolor. Nunca, cariño.

Oír eso tranquilizó a Lola y, sin apartar los ojos de los de él, afirmó:

—Si estás a mi lado, continuemos.

Dennis sonrió, la sacó del baño y, cogiendo de los bolsillos traseros de sus pantalones dos tiras de seda en color granate, pidió:

—Junta las muñecas y ponlas delante de ti.

Encantada por lo que le proponía, Lola obedeció. El brasileño pasó entonces la cinta alrededor de sus muñecas, y el tacto frío de la seda les erizó la piel a ambos. Una vez que la tuvo sujeta, la acercó a él y, posando los labios sobre los de ella, murmuró:

—Dime..., ¿quieres seguir con el castigo? —Lola sonrió, y él añadió—: Será una fantasía diferente. Una fantasía mía.

—¡¿Tuya?!

Dennis asintió excitado, mientras paseaba los dedos por el cuerpo desnudo de ella y, tras besarla y sentirla vibrar entre sus brazos, susurró:

—Quiero oírte suplicar.

Lola sonrió. Él, deseoso de su cuerpo, de jugar y de disfrutar, deslizó un dedo con lentitud premeditada por su cintura, sus caderas, sus muslos. Cuando el dedo le rozó la vagina y la sintió temblar, musitó:

—Vas a suplicar..., lo sé.

Encantada con aquel juego, que de momento la estaba poniendo a cien, Lola sonrió en el momento en que él tiró de los extremos de la cinta para subirle los brazos hacia arriba y, mirándola, dijo:

—No te muevas.

Al ver cómo pasaba las cintas por la parte de arriba de la puerta del baño, Lola iba a preguntar, pero él repitió:

—No te muevas.

Cuando hubo colocado las cintas por encima de la puerta, Dennis la cerró y, mirando a la joven, que había quedado con la espalda pegada a la misma, sonrió y dijo:

—Aunque tires, no podrás moverte, sólo suplicarás.

Ella lo intentó. Intentó moverse, bajar los brazos, pero la tela, pillada entre el marco y la puerta, se lo impedía, y la adrenalina por sentirse inmovilizada se apoderó de ella.

Encantado con el momento, el brasileño dio un paso atrás y la observó. Lola estaba preciosa. Entonces, tras coger algo que había sobre la mesilla, se acercó de nuevo a ella, le recogió el pelo en lo alto de la cabeza con las manos y, tras colocarle un pasador, su esbelto cuello quedó a la vista y él murmuró:

—Divina.

Excitada e indefensa, Lola sonrió mientras sentía cómo su cuerpo se calentaba más y más ante la inquietante mirada de él a cada segundo que pasaba; entonces, separándose de ella, Dennis caminó hacia el equipo de música y murmuró:

—Un poco de música nunca viene mal.

Lola sonrió cuando comenzó a sonar la voz sensual de Sade. En ese instante sonó el timbre de la puerta, y Dennis, acercándose a ella, preguntó:

—¿Aún quieres seguir con la fantasía?

Al notar su ardiente mirada, ella asintió.

—Sí.

Dennis sonrió, dio media vuelta y desapareció de la habitación. Aguzando el oído, Lola lo oyó llegar hasta la puerta de la calle, abrirla y después cerrarla. Intentó escuchar algo más, pero le fue imposible. Dennis volvió a entrar en la habitación y, mirándola, dijo:

—Lola, ella es Sophia.

En la habitación entró una mujer de pelo negro y ojos oscuros como los del brasileño, con una bolsa azul de deporte. Lola parpadeó. No esperaba encontrarse con una mujer, y, mirando a Dennis, iba a decir algo cuando éste, sin apartar la mirada de ella, indicó:

—Sophia, puedes lavarte y prepararte en el baño de fuera. En cuanto estés lista, entra sin llamar en la habitación.

Tras observar con cierta lascivia el cuerpo inmóvil de Lola contra la puerta, la mujer asintió. Luego ésta salió, y Dennis se aproximó a ella y dijo pasando las manos por su cintura:

—Es amiga de Steve. Me la recomendó cuando le pregunté por una mujer ardiente y posesiva.

Lola asintió y, mirándolo, murmuró:

—No me habrás atado aquí para que os mire, porque si es así...

Dennis no la dejó continuar, la acalló con un beso y, en cuanto éste acabó, mientras sus manos paseaban por su vientre hasta acabar en su sexo, indicó:

—Cuando quieras compartirme con una mujer, lo harás como yo hago cuando te comparto con un hombre, pero de momento Sophia ha venido a otra cosa.

Acalorada por lo que le estaba dando a entender, Lola preguntó con un hilo de voz:

—¿A qué ha venido?

Encantado por lo excitada que la veía, Dennis paseó la lengua por aquel cuello que tanto le gustaba y, una vez que hubo acabado, respondió goloso:

—Ha venido a que le supliques.

Sorprendida, Lola lo miró en el momento en que Sophia entraba desnuda en la habitación y Dennis se alejaba de ella para sentarse en la cama.

El silencio excitante sólo era roto por la música. Sophia se acercó entonces hasta una acalorada Lola y, tras pasear la mano por la cara interna de sus muslos y subirla hasta su sexo, dijo:

—Te quiero más mojada para mí.

Cuando aquélla retiró la mano, Lola, nerviosa y en un intento de calmar lo que el momento le hacía sentir, frotó los muslos uno contra otro.

—No..., eso no... —indicó Sophia—. Separa las piernas.

Estimulada por la voz de aquélla, por sus caricias, por la mirada de Dennis y la música, Lola hizo lo que le pedía. Los juguetones dedos de la mujer volvieron a acercarse a su vagina y Lola cerró los muslos, y entonces aquélla cuchicheó sonriendo:

—Vamos, cariño..., abre las piernas y déjame tocarte o harás que tenga que separártelas por la fuerza.

Inquieta, agitada y tremendamente excitada, ella separó de nuevo los muslos, momento en que Sophia posó la palma de su mano en su sexo y, mirándola a escasos centímetros de la cara, susurró:

—Eso es..., muy bien..., déjame a mí...

Lola cerró los ojos; la manera posesiva en que aquella mujer la tocaba la estaba volviendo loca. Cuando uno de sus dedos llegó hasta el clítoris, por inercia volvió a cerrar las piernas, y entonces la mujer sonrió y murmuró:

—Te lo he advertido.

Sin saber a qué se refería, con la respiración entrecortada, Lola la siguió con la mirada. Vio que se acercaba a Dennis, éste abría la bolsa azul de deporte y sacaba algo de ella. Distinguió que se trataba de una barra separadora con tobilleras como las que había visto alguna vez y musitó:

—No...

Al oírla, él se levantó de la cama mientras Sophia se colocaba un arnés de cuero negro con un pene de silicona y se lo ataba a la cintura. En cuanto terminó, no se movió, y Dennis preguntó acercándose a Lola:

—Si quieres, podemos parar.

Ella miró a la mujer. Verla con aquel arnés y aquella barra entre las manos era excitante y, aguijoneada por aquello, murmuró:

—Quiero seguir.

El brasileño asintió. Sonrió y le dio un beso en la boca. Luego miró a Sophia.

—Continúa —indicó.

Esta vez, Dennis no se movió de su lado y, cuando la mujer llegó hasta ella, agarrando con la mano la punta de aquel pene de silicona, se lo paseó por las piernas y murmuró:

—Es para ti, si lo pides.

Luego se arrodilló ante ella. Primero le sujetó un tobillo a la barra y después el otro, mientras Dennis se desnudaba a su lado y, al ver a Lola con los ojos cerrados, preguntaba:

—¿Te excita lo que imaginas?

Ella los abrió de nuevo y, mirándolo, asintió. Al ver la lujuria en su mirada, el brasileño sonrió y recalcó:

—Tendrás que suplicar.

Alterada y enloquecida, Lola no podía cerrar las piernas al tenerlas separadas por la barra de hierro, y entonces Sophia, abriéndole los pliegues de su sexo, hundió la cara entre sus muslos.

La joven dejó caer su cuerpo laxo sobre la puerta, mientras las cintas que le ataban las muñecas la sujetaban. La boca de Dennis atrapó la suya, y, al sentir el aliento cálido de Sophia sobre su intimidad, Lola gritó. Arqueó el cuerpo y dejó escapar un gemido de placer al tiempo que se sentía totalmente poseída por dos bocas. Una sobre la suya y otra sobre su caliente humedad.

Dennis la besaba con mimo y gusto, y una mano de Sophia ascendió poco a poco hasta tocarle un pecho. Luego lo masajeó hasta que la dureza del pezón le hizo estrujárselo una y otra vez.

Al ver aquello, Dennis jugueteó con su otro pezón y, cuando su boca tibia se separó unos milímetros de ella, murmuró:

—¿Te gusta?

Lola se movió electrizada mientras notaba cómo el orgasmo nacía en la planta de sus pies y comenzaba a recorrerla dispuesto a liberarse, pero ni Sophia ni Dennis lo permitieron. Adueñados de su cuerpo, cada vez que sentían que la liberación era cosa de segundos, paraban. Alejaban las manos y las bocas de ella, y Lola temblaba de frustración.

Dennis sonreía encantado mientras veía el deseo en la cara de Lola. Sin separarse de ella, murmuró:

—Vamos..., suplica. Dile a Sophia lo que quieres.

Con el sudor empapándole la piel, Lola lo miró, justo en el instante en que Sophia volvía a succionarle el clítoris arrancándole una fuerte oleada de placer.

Entonces tiró de las cintas. Necesitaba tocarlos. Necesitaba enroscarse en sus cuerpos. Hasta que no pudo más y susurró:

—Fóllame...

Al ser consciente de cómo ella anclaba la pelvis sobre la boca de Sophia, que chupaba y succionaba con deleite el manjar que le ofrecía, Dennis musitó:

—Repite lo que has dicho... Suplícale a Sophia, que no te ha oído.

—Fóllame... Fóllame... Fóllame, Sophia, por favor..., por favor... —insistió ella levantando la voz.

Al oírla, la mujer dejó lo que estaba haciendo y, sonriendo, se levantó. Con pericia, introdujo dos dedos en su húmeda y caliente vagina e indicó:

—Pídemelo..., suplícame.

Desesperada como pocas veces en su vida, Lola miró a aquella mujer y, con los ojos casi fuera de sus órbitas, rogó mientras sentía cómo las piernas le temblaban de placer:

—Sophia, por favor..., por favor..., por favor..., ¡fóllame!

Dennis sonrió enloquecido al sentir su erección a punto de explotar y, dándole un azote a Sophia, murmuró:

—Ya la has oído. Fóllate a mi mujer.

Dispuesta a cumplir con sus deseos, Sophia acercó la punta del pene de silicona a la tripa de Lola. Lo paseó por ella mientras ésta jadeaba y, tras rozar con él el clítoris y oírla gemir, lo llevó hasta la resbaladiza hendidura y, lenta y agónicamente, lo introdujo en ella al tiempo que Lola se arqueaba de placer y se dejaba llevar y Sophia disfrutaba de su posesión.

—Dime que te gusta...

Fuera de control, Lola apenas si podía responder fustigada por el deseo. Pero entonces sintió que aquélla le daba un azote en el trasero para llevarla a la realidad y repetía:

—Vamos..., dime que te gusta.

—Sí..., sí..., sí..., me gusta...

Al ver a Dennis observándolas, Lola cogió aire y pidió:

—Tú a ella..., tú a ella.

Al entenderla, él se apresuró a ponerse un preservativo y, colocándose detrás de Sophia, apoyó el pene en el sexo de aquélla y, retirando hacia un lado la cinta que sujetaba el arnés, la penetró de una certera estocada. Animada por aquello, Sophia avivó sus movimientos mientras Lola observaba cómo Dennis buscaba su propio placer. La excitó ver cómo ahondaba en el interior de aquella mujer y, cuando sus miradas se encontraron, Lola susurró:

—*Não deixe de me olhar.*

Al oírla, Dennis sonrió y, mirándola profundamente a los ojos, prosiguió mientras los jadeos resonaban en la habitación.

Tres jadeos...

Tres respiraciones...

Tres gemidos...

Los movimientos se incrementaron volviéndose salvajes, bárbaros, exigentes. Con sus acometidas, Sophia conseguía que Lola se levantara sobre las puntas de sus pies, mientras Dennis hacía lo mismo con ella. El orgasmo estaba cerca. La liberación esperada estaba a punto de llegar, y por fin un flamígero clímax hizo que los tres se dejaran llevar por el momento.

Agotados, ninguno de ellos se movió durante varios segundos. Entonces, cuando Sophia fue a besar la boca de Lola, Dennis la sujetó del pelo y, mirando a la mujer que continuaba inmovilizada de brazos y piernas, dijo alto y claro:

—Su boca es sólo mía.

Al oír eso, enamorada y caliente, Lola sonrió.

Tres horas más tarde, después de haber seguido jugando sobre la cama buscando el morbo en mil posiciones y maneras gustosas para Lola, Sophia se marchó. Cuando Dennis cerró la puerta de la calle y se volvió, se encontró a su chica tan sólo vestida con una camisa suya.

Encantado, la observó caminar hacia la cocina, abrir la nevera y coger una lata de Coca-Cola. Aquella mujer era su mundo, su vida, su sexualidad. Sin ella, el juego morboso dejaría de tener sentido. Estaba observando ensimismado cómo ella bebía de la lata cuando dijo:

—Nunca imaginé que esta fantasía mía pudiera ser tan provocadora.

Al oírlo, Lola lo miró y sonrió divertida.

—Yo tampoco. Y menos con una mujer.

Dennis asintió y, acercándose a ella, le quitó la bebida, dio un sorbo y luego preguntó mirándole las muñecas:

—Y ¿qué tal?

Lola volvió a coger la lata y, tras enseñarle lo que él deseaba y ver que no había ningún daño, respondió segura de sí misma:

—Excitante. Sin duda querré repetir.

Capítulo 65

En junio, la academia donde Lola daba clases de salsa organizó una cena de fin de curso y, dispuestos a pasarlo bien, también acudieron Justin, Dennis, Aidan y Priscilla.

Durante la cena todos se divirtieron. Lola y Dennis ya habían aprendido a disfrutar de aquellos momentos en compañía de Justin, que era una excelente carabina y evitaba comentarios. Al ver el buen rollo que había entre él, Dennis y su mujer, lo que menos imaginaba la gente era el lío que pudiera haber entre ellos.

Tras la cena, todo el grupo se acercó a un local de moda para bailar, ¡era lo que tocaba!

Mientras Dennis tomaba algo en la barra con Aidan, Priscilla y Justin, observaba a Lola bailando con sus alumnos en la pista *La bicicleta*,[44] de Shakira y Carlos Vives, y sonreía al verla disfrutar.

Estaba contemplándola embelesado cuando de repente, Priscilla preguntó:

—¿Te vas a ir a algún sitio de vacaciones?

Dennis la miró. Con toda la vorágine de su vida con Lola ni lo había pensado.

—No lo sé —repuso—. Pero intentaré llevar a Lola a algún sitio especial.

—Yo quizá me vaya a Grecia y después a Nueva York —afirmó Justin.

Aidan miró entonces a Priscilla y preguntó:

—Y tú ¿adónde quieres ir de vacaciones?

Priscilla no supo qué responder, y él añadió:

—Yo tengo libres dos semanas a finales de julio y una en agosto.

Ella asintió y, sonriendo, cuchicheó:

44. Véase la nota 14. *(N. de la E.)*

—Yo no voy de camping.

Sorprendido, Aidan preguntó:

—Y ¿eso a qué viene?

—A que, a excepción de los Pokémon, los bichos no me gustan —aclaró ella.

Aidan asintió y, con gesto molesto, dio media vuelta y se alejó. Al verlo, Priscilla preguntó:

—¿Qué le pasa?

Dennis y Justin se miraron, y este último dijo:

—Creo que lo has ofendido.

—¡¿Qué?! —gritó ella sorprendida.

Dennis sonrió, y entonces Justin matizó:

—Tu comentario le ha dado a entender que lo consideras un pobrecillo que no se puede pagar un hotel.

Bloqueada y alucinada, Priscilla iba a decir algo cuando Aidan regresó junto a ellos y soltó con la voz cargada de tensión:

—Que yo vaya con mis amigos de camping no quiere decir que no pueda pagarme un hotel. Quizá no vaya a hoteles lujosos como sueles ir tú, pero te aseguro que...

No pudo decir más. Priscilla lo abrazó y, tras besarlo delante de todos para hacerlo callar, cuando separó los labios de los de él, afirmó:

—Las dos semanas de julio y esa que tienes en agosto iremos a donde te apetezca. Como si quieres que las pasemos cazando Pokémon.

Al oír eso, Aidan sonrió.

—Con cazarte a ti —suspiró—, ya tengo más que suficiente.

Dicho esto, los dos corrieron a la pista a bailar.

Justin y Dennis se quedaron entonces a solas. Mientras observaba a Lola bailar *Single Ladies*[45] de Beyoncé con sus alumnos, divertido por cómo ella se movía, el brasileño comentó:

—El curso termina dentro de unos días. Lo recuerdas, ¿verdad?

45. *Single Ladies (Put a Ring on It)*, Music World Music/Columbia, interpretada por Beyoncé. *(N. de la E.)*

Justin asintió. Lo recordaba mejor que nadie, y afirmó:

—Tranquilo. Hablaremos con Colin como os prometí y lo solucionaremos todo.

Encantado, Dennis chocó su copa con la del otro, y a continuación una alumna de Lola cogió a Justin de la mano y se lo llevó a la pista.

Mientras todos bailaban, el brasileño observaba a su chica, y estaba sonriendo cuando oyó a su lado:

—Sin duda miras a la profesora.

Volviéndose hacia el hombre que estaba a su lado, él asintió.

—Lola es buenísima bailando.

Ambos sonrieron y, tendiéndole la mano, el hombre añadió:

—Soy Jeremiah, profesor de hip-hop. ¿Y tú?

—Dennis —respondió él sin más.

El ritmo de la canción se incrementó y todos gritaron encantados mientras Jeremiah, apoyado en la barra junto a Dennis, comentaba:

—La fiera lo pasa bien.

Al oír eso, el brasileño lo miró, y aquél aclaró en tono jocoso:

—La fiera es la profesora.

Dennis sonrió y, deseoso de saber más, preguntó:

—¿La llamáis *fiera* en clase?

Jeremiah sonrió a su vez y, acercándose más a él, aclaró:

—No. *Fiera* la llamo yo, porque la impetuosidad que tiene bailando es la misma que demuestra en otros momentos.

Al oír eso, Dennis se puso en alerta, y, cuando iba a decir algo, aquél añadió:

—Tío, si puedes tirártela, ¡tíratela! Es caliente en la cama y muy juguetona. Tengo unas bragas suyas que me regaló y que deseo que venga a recoger.

Aquello era más de lo que Dennis podía soportar y, cerrando los puños, siseó:

—¿A qué viene que me cuentes esto?

Jeremiah sonrió, sacó entonces su móvil y le enseñó una foto. Dennis la miró sorprendido. En la imagen se veía a Lola y a aquel tipo con el fular azul que él le había regalado en Edimburgo alrededor de sus cuellos. Pero, sobre todo, le llamó la atención el chichón que ella tenía en la frente. El brasileño maldijo, y luego aquél, guardándose el móvil, cuchicheó:

—Tío, tengo ojos en la cara, y tú eres su elegido para esta noche. ¿O acaso me vas a decir que no te has dado cuenta de cómo te mira? Así pues, disfruta de ella o yo ocuparé tu lugar.

En ese momento, Lola apareció frente a ellos acalorada de tanto baile y, al ver el gesto descompuesto de Dennis, rápidamente intuyó lo que había pasado. Mirando a Jeremiah con gesto acusador, preguntó:

—¿Se puede saber qué le has contado?

Con su sonrisa de siempre, éste le dio entonces un par de azotitos en el trasero que terminaron de rematar a Dennis, quien le soltó un derechazo que lo hizo caer contra la barra y siseó, dirigiéndose a Lola:

—Me ha contado lo que deberías haberme contado tú.

Horrorizada, ella se disponía a responder cuando Jeremiah se levantó y se abalanzó sobre Dennis. En décimas de segundo, allí se organizó la tercera guerra mundial. Las mesas rodaban, la gente chillaba y, sin ton ni son, se golpeaban unos a otros. Justin, Priscilla y Aidan, que estaban bailando, al ver aquello, corrieron en su ayuda.

Lola gritaba. Intentaba separar a Dennis y a Jeremiah, pero Aidan llegó a su lado y, empujándola, dijo mientras miraba a Priscilla:

—Salid de aquí las dos ¡ya!

Sin dudarlo, Priscilla tiró de su hermana y Justin se fue tras ellas. Él no era hombre de peleas. Diez minutos después, cuando Lola estaba al borde del infarto, aparecieron Aidan y Dennis, ambos con sangre en la boca y en la nariz.

Asustadas, las chicas corrieron en su ayuda, pero mientras Aidan se dejaba atender por Priscilla, Dennis miró a Lola y gritó furioso:

—¡¿Con ese mierda de tío te has liado?!

Lola no supo qué responder, y él siseó frenético:

—¿En qué criterio te basas para elegirlos? ¿Que sean unos bocazas?

Al ver que Lola no respondía, Justin la cogió de la mano para que no se sintiera tan mal e, intentando serenar los ánimos, intervino:

—Dennis, por favor. Vale ya.

Furioso, el brasileño se limpió la sangre de la boca, mientras Priscilla, que trataba de ayudar a Justin a poner calma, insistió:

—Por favor, Dennis, relájate. Quizá ese idiota no fue la mejor elección de mi hermana, pero el pasado pasado está. ¿O acaso tu pasado es todo bonito y no tienes nada de lo que avergonzarte?

Dennis resopló frustrado. Oír lo que el tipo le había contado y ver aquella foto lo había vuelto loco y, dando media vuelta, se marchó sin darse cuenta de que Lola comenzaba a vomitar.

Capítulo 66

Al día siguiente, en cuanto Dennis apareció en el colegio con un ojo negro por el golpe recibido la noche anterior y el labio partido, los demás docentes se alarmaron.

El cotilleo era tal que el director fue a verlo a la sala de profesores antes de comenzar las clases y, mirándolo, preguntó cuando estaba sentado con Justin:

—Profesor Alves, ¿qué le ha ocurrido?

Dennis, que no estaba excesivamente comunicativo esa mañana, miró a Justin, que ya lo había prevenido, y mintió al ver salir despavoridos al resto de los profesores:

—Un tipo intentó atracarme anoche.

Una vez que se quedaron los tres solos, Colin se acercó más a él y, apoyando la mano en su hombro, sentenció:

—Espero que el otro saliera más malparado.

—Yo también lo espero —afirmó el brasileño sin ganas de bromear.

Justin miró entonces a su suegro e intervino:

—Le estaba diciendo que se marchara a casa. Con la cara así no puede dar clase.

—Secundo la idea —afirmó Colin—. Es mejor que se vaya.

—Señor, estoy bien.

—No dudo de que esté bien, pero los alumnos no han de verlo así.

En ese instante, Lola se asomó a la sala de profesores y, al descubrir a su padre allí con aquéllos, preguntó asustada:

—¿Qué ocurre?

Al verla, Colin cambió el gesto y respondió:

—Nada. Sólo venía a comprobar si el profesor Alves estaba bien. —Y, volviendo a mirarlo, sentenció—: Váyase a casa. Le prohíbo dar clases con el rostro así.

Lola observó a Dennis, pero él no la miró. Cuando se disponía a entrar en la sala, su padre, cogiéndola del brazo, la sacó afuera.

De nuevo a solas con Justin, Dennis siseó con mal humor:

—No quiero irme a casa.

—Tus alumnos no deberían pagar por lo...

—No lo van a pagar —lo cortó él—. Sé separar muy bien mi oficio de mi vida privada.

Justin asintió.

—Escucha, Dennis. Quizá en estos años Lola no ha estado muy acertada en lo referente a ciertas cosas, pero créeme si te digo que yo tengo parte de culpa en ello. En cierto modo, su relación conmigo la empujó a esa clase de tipos que...

—Justin, ese tipo me enseñó una foto hecha hace muy poco tiempo y que Lola me tiene que explicar.

Él cabeceó. Las cosas se complicaban.

—El curso acaba mañana —indicó— y...

Sin ganas de escucharlo, Dennis se levantó, cogió su casco y salió de la sala de profesores. Quizá lo mejor era irse a casa.

En el pasillo, Lola y su padre hablaban sobre la función del día siguiente cuando la puerta de la sala se abrió y un ceñudo Dennis salió por ella. La joven lo miró a la espera de recibir una sonrisa, pero él la ignoró por completo. Simplemente continuó su camino sin mirar atrás.

Estaba mirándolo cuando su padre preguntó en voz baja:

—¿Qué te ocurre? Tienes una pinta desastrosa.

Sin ganas de contarle que había pasado la noche vomitando por el disgusto que se había llevado con Dennis, ella sonrió y, suspirando, mintió:

—La regla, papá. Me está matando.

Al oír eso tan íntimo de su hija, el hombre no quiso preguntar más, y cambió de tema:

—Rose y yo vamos por buen camino.

Lola sonrió.

—Eso me parece bien, papá. Muy bien.

Colin asintió y luego se alejó sonriendo.

Lola lo miró. Ver sonreír a su padre no era muy común. Pero, volviendo a pensar en Dennis, entró en la sala de profesores y Justin, al verla, preguntó:

—¿Estás mejor, Peque?

Ella asintió. En realidad estaba hecha una mierda, pero respondió:

—Sí. Aunque los nervios me están matando.

Agarrándola de la cintura, Justin la acercó entonces a él y la interrogó:

—¿Qué foto es esa que te hiciste con Jeremiah?

Sorprendida, Lola se quedó parada. Que ella supiera, nunca se había hecho una foto con aquél, pero de pronto recordó su último encontronazo en el baño de mujeres y dijo:

—¿Por qué preguntas eso?

Bajando la voz, Justin murmuró:

—Dennis ha dicho algo de una foto con Jeremiah que le tienes que explicar.

Al pensar en la foto, Lola suspiró y, dando media vuelta, repuso:

—Te dejo. Tengo ensayo general.

Y, sin más, salió de la sala. El cuerpo parecía fallarle, pero, aun así, continuó. No debía parar.

Esa noche, Lola fue al apartamento de Dennis; abrió con su llave y se encontró la casa en silencio. Una vez que hubo entrado y cerrado la puerta, vio a Dennis sentado en el sofá con una copa en las manos. Se acercó a él y se disponía a hablar cuando éste se le adelantó:

—Nunca he dependido de una mujer como dependo de ti, y comienzo a entender por qué nunca me he permitido hacerlo.

Lola dejó su bolso sobre una silla y, aproximándose, murmuró:

—Jeremiah fue un error del pasado.

—¿Del pasado?

—Sí —aseguró ella.

Dennis asintió, dio un trago a su whisky y, mirándola, preguntó:

—¿Qué es *pasado* para ti?

Entonces se levantó y, de un manotazo, le arrancó del cuello el fular azul que llevaba y, enseñándoselo, gritó:

—¡Esto lo compramos en Edimburgo y, en la foto que él me enseñó, lo llevabais ambos alrededor del cuello! Además, tenías aquel chichón en la frente... ¿Eso es *pasado*?

Lola lo entendió e, intentando no perder los nervios como los había perdido él, aclaró:

—Dennis, sé a qué foto te refieres, pero...

—Ah..., sabes a qué foto me refiero... ¡Por fin reconoces algo y no parezco un loco!

A cada instante más enfadado, cuando ella fue a tocarlo, Dennis le soltó:

—¿Te liaste con él estando conmigo?

—No.

—Nuestro período de abstinencia tras el accidente...

—No —repitió ella molesta—. Pero ¿qué dices?

—Digo lo que veo.

—Pues ves muy mal, ¡ponte las gafas! —voceó Lola al tiempo que sentía ganas de vomitar de nuevo—. Ese... ese idiota lo único que quiere es...

—¿Cuándo estuviste con él?

Al entender que había llegado el momento de dar explicaciones, ella finalmente dijo:

—Hace meses, cuando tú y yo éramos como el perro y el gato, estuve un par de veces con él, pero...

—Esa foto es de hace poco... Lola, no me cabrees más ni me hagas parecer un loco —siseó Dennis.

Ella lo miró. Le contara lo que le contase, estaba visto que no la iba a creer, y entonces aquél gritó:

—¡Joder!

Sin dejarse intimidar por él, y segura de lo que decía, Lola se le encaró.

—Vamos a ver. Lo que yo tuve con Jeremiah es pasado. Sí, ocurrió. Ocurrió dos veces cuando tú y yo aún no teníamos nada serio, como ocurrían cosas entre otras mujeres y tú. Pero una vez que lo nuestro comenzó de verdad, no he vuelto a tener nada con él ni con nadie. ¿Por qué te empeñas en ver fantasmas donde no los hay?

—Esa foto dice lo contrario —replicó Dennis e, incapaz de callarse lo que llevaba tiempo observando, siseó—: Sé que hay algo más que no me cuentas y eso me hace desconfiar de ti.

Quiso decirle lo de los mensajes que en ocasiones recibía en el móvil, pero a la espera de que fuera ella quien se lo explicara, calló y añadió:

—Tú sabrás si tienes algo más que decir.

Lola guardó silencio. Lo último que imaginaba era que él se había percatado de aquellos tontos mensajes, y, segura de sí misma, por último respondió:

—No sé de qué hablas.

Dennis asintió, se sentó de nuevo en el sofá donde había estado minutos antes y cogió el mando de la tele. Buscó un canal de deportes e, ignorándola, se centró en mirar la pantalla.

Lola maldijo y, con toda la mala leche del mundo, entró en la habitación, donde se desnudó y entonces se metió en la ducha.

Esa noche durmieron en la misma cama, pero cada uno mirando hacia un lado. Por primera vez no los separaban unos centímetros. Los separaba un mundo.

Capítulo 67

El último día de colegio siempre era una gran fiesta para los alumnos y, cuando a las once de la mañana todos entraron en el salón de actos para disfrutar de la función final, los nervios estaban a flor de piel.

Lola, ayudada por Priscilla, atendía con una sonrisa a sus alumnos. Todos estaban nerviosos. Debían bailar en público lo que habían preparado durante el curso, y Lola intentaba disfrutarlo a pesar del gran lío que tenía en la cabeza con lo de Dennis.

Cuando se había despertado por la mañana, él ya estaba levantado, y en cuanto la vio salir al salón, fue a meterse en la ducha. Estaba claro que seguía enfadado y no quería estar con ella.

—¿Cómo va todo por aquí?

La voz de Rose hizo que Priscilla y Lola mirasen hacia atrás y corrieran a abrazarla. Volver a tenerla cerca de la familia era lo mejor que podía pasarles y, en el momento en que iban a decirle algo, la mujer miró a Lola y preguntó:

—¿Qué te ocurre? Estás muy pálida.

—Eso mismo le he dicho yo —afirmó Priscilla.

Al oírlas, Lola se apresuró a decir:

—Son los nervios de que todo salga bien. Todos los años me pasa.

En ese instante, Colin apareció junto a ellas y, tras mirar a los pequeños que, vestidos de patitos, correteaban por allí, dijo cogiendo a Rose de la mano:

—Dentro de unos días, nos vamos a Roma.

Sorprendidas, Priscilla y Lola lo miraron. ¿Su padre cogiéndose vacaciones?

—Lo he convencido, chicas. ¡Nos vamos a Roma! —afirmó Rose, feliz.

Los cuatro sonrieron y, antes de que aquéllas dijeran nada más, Colin añadió:

—Tengo que hablar con vosotras y con Justin.

—¿Y eso? —preguntó Priscilla.

—Tenemos que hablar muy seriamente y resolver ciertos temas —afirmó Colin.

Al oír eso, ambas se quedaron paralizadas, y Rose, al ver sus caras, dijo:

—Pero eso será cuando el colegio acabe. Ahora atended a vuestros alumnos y, recordad, mañana por la noche os quiero preciosas en la cena de fin de curso. ¡Será ideal!

Ambas asintieron y, tan pronto como aquéllos se alejaron, Lola murmuró:

—Ay, Dios..., qué mala espina me da esto.

—A mí también —afirmó Priscilla.

Diez minutos después, la función comenzó.

La primera actuación era la del grupo de teatro de la señorita Susanetta, que interpretaron una particular versión de *Romeo y Julieta*. Una vez finalizada la obra, hubo un descanso donde todos tomaron un refrigerio y durante el cual Lola pudo ver de refilón a Dennis.

Cuando sus ojos se encontraron, ella le sonrió a la espera de una respuesta por su parte, pero él simplemente la ignoró y continuó hablando con sus alumnos.

Tras el descanso, todos regresaron al salón de actos. Ahora les tocaba actuar a los alumnos de Lola.

Comenzaron los pequeños, que, vestidos de patitos, defendieron lo mejor que pudieron su coreografía. Tras éstos salieron otros algo más grandes y, por último, los mayores. Junto a éstos, Lola bailó y olvidó todos sus males y sus penas. El baile era su vida. Cuando su actuación acabó, sonrió mientras todos sus alumnos la abrazaban en el escenario y le entregaban un ramo de flores.

Deslumbrada por los focos, mientras sonreía, Lola sabía que Dennis estaba allí, y sólo esperaba que sonriese y aplaudiese como el resto de la gente.

Y, sí, Dennis sonreía y aplaudía rodeado por todo el mundo,

pero su sonrisa era fría. Miraba a la mujer que lo había deslumbrado desde el primer momento que la había visto, mientras era consciente de que esa noche, en el momento en que hablaran, todo podía cambiar.

Una hora después, cuando la gran mayoría de los padres y los alumnos se habían marchado ya del colegio para comenzar sus vacaciones de verano, Lola tomaba algo en la sala de profesores junto al resto de los docentes, su padre y Rose.

Entre risas, brindis y buen humor, todos hablaban del año que habían pasado juntos. Lola sonreía como todos los demás, pero no podía evitar mirar a Dennis y ver cómo Bruna y Shonda se preocupaban por él, mientras su estómago parecía una centrifugadora. Al percatarse de ello, Priscilla bajó la voz y cuchicheó dirigiéndose a su hermana:

—Cuando se enteren de que el pastelito es tuyo, se van a quedar muertas.

Lola sonrió. Lo estaba deseando.

Cada día soportaba menos ver a aquellas dos revolotear cerca de Dennis; sobre todo, a Bruna, que encima había estado en su cama. Estaba pensando en ello cuando vio que el brasileño le sonreía a aquélla, y una punzada de celos le atravesó el corazón.

Reparando en el gesto de su mujer, Justin dirigió la vista hacia el lugar adonde ella miraba e, interponiéndose, le cogió la mano e indicó mientras la atraía hacia él:

—Tranquila. Nosotros sabemos por quién se muere él.

Lola asintió. Confiaba en Dennis. Entonces Justin dijo:

—Me ha dicho tu padre que se marcha a Roma con Rose.

—Sí.

—También me ha dicho que quiere hablar con nosotros. ¿Sabes qué ocurre?

Lola negó con la cabeza, y él murmuró preocupado:

—Esto no me da buena espina, Peque.

—¿Por qué? —preguntó ella.

Colocándose bien la corbata, él respondió:

—Porque me ha dicho que tiene que resolver un tema escabroso conmigo.

La joven suspiró. No sabía lo que pasaba, pero desde luego la cosa no pintaba bien.

A Lola cada vez le molestaba más el estómago, por lo que fue al baño y vomitó. Cuando regresó, Justin señaló a Dennis, que sonreía junto a aquellas dos, y preguntó:

—¿Habéis hablado?

—No. Está muy enfadado.

Él suspiró y, al ver el gesto de Lola, le cogió la barbilla e indicó:

—Tranquila. Se solucionará. Contigo es imposible no llevarse bien.

Entonces ella lo miró y murmuró:

—Lo siento, Justin.

Él suspiró e, intentando no dejarse llevar por la melancolía, respondió bajando la voz:

—Yo también. Te voy a echar mucho de menos, pero mereces ser feliz.

Emocionada por sus palabras, Lola lo abrazó, sin percatarse de cómo Dennis los observaba con gesto impasible desde lejos.

Poco a poco, la sala de profesores se fue vaciando hasta que sólo quedaron menos de la mitad. Lola, que estaba sentada hablando con su hermana, dejó su bolso y, sacando su móvil, al ver que le quedaba poca batería, miró a su marido y preguntó:

—Justin, ¿tienes el cargador aquí?

Él asintió y, tras cogerlo de su maletín marrón, se lo entregó y dijo:

—No olvides devolvérmelo, que es lo que me salva la vida.

Lola sonrió y puso su teléfono a cargar.

Durante un buen rato todos bromearon, hasta que llamaron a la puerta y le pidieron a Lola que saliera un momento al pasillo. Sorprendida, ella miró a su alrededor al tiempo que Justin la cogía del brazo y la sacaba de la sala. Tras ellos salieron también los demás profesores, excepto Dennis. Al parecer, las alumnas mayores de Lola querían entregarle una placa.

Mientras todos observaban aquel detalle por parte de los niños, Dennis, que había permanecido sentado a la mesa, vio cómo el móvil de Lola se iluminaba varias veces y vibraba. Eso significaba que estaba recibiendo mensajes.

Cerró los ojos.

Se sentía fatal por lo que estaba a punto de hacer, y dudó. ¿Debía hacerlo? Si lo hacía, no habría vuelta atrás, pues eso significaba la rotura total de la confianza. Pero, consciente de que necesitaba saber la verdad, extendió la mano, cogió el móvil de ella y, como conocía la contraseña de desbloqueo, la introdujo y, sin perder tiempo, accedió a «Mensajes». Acababa de recibir dos.

El primero de ellos decía:

> Keira, hotel Guzkar, habitación 766. Hoy, a las cuatro.

Y el segundo:

> Si no vienes, iré a la fiesta de tu padre.

El corazón se le paró tras leer aquello. Sin embargo, marcó los mensajes como no leídos, dejó de nuevo el teléfono donde estaba y disimuló mientras sentía cómo su cuerpo entraba en ebullición y deseaba matar a alguien.

Ella, la mujer a la que amaba, lo engañaba. Jugaba con él, y él, como un tonto, había caído en sus redes y ya no había marcha atrás.

Minutos después, el resto de los profesores volvieron a entrar en la sala. Entonces Dennis se levantó y, tras mirar a una sonriente Lola con su placa en la mano, decidió marcharse sin decir nada. Le daba todo igual. Al salir por la puerta, el director Simmons lo paró y le recordó:

—Lo esperamos mañana para la cena.

Con una fría sonrisa, él asintió e indicó antes de marcharse:

—Allí estaré.

Lola miró a Justin apenada, y éste, acercándose a ella, la besó en la frente y murmuró:

—Tranquila... Dale tiempo.

Una vez que hubo dejado la placa sobre la mesa, Lola corrió de nuevo al baño y vomitó. Tras pasar unos minutos allí, reponiéndose, regresó a la sala de profesores y, al sentarse, vio que su móvil parpadeaba. Había recibido algún mensaje. Al mirarlo, resopló y, acercándose a Justin, gruñó:

—Pero ¿este tío de qué va?

—¡Joder! —murmuró él leyéndolos.

Enfadada, Lola apagó el móvil.

—Y encima se permite amenazarme con ir a la fiesta de mi padre. ¿Cómo se habrá enterado?

Justin maldijo y, mirándola, siseó:

—Se acabó. Iré al hotel y terminaré con esto de una vez.

Pero Lola, negando con la cabeza, sentenció:

—No. Iré yo, y te juro que, cuando vea a Beckett, deseará no haberme conocido en su puñetera vida.

Capítulo 68

A las tres y media, Dennis ya estaba en las inmediaciones del hotel, sin saber realmente lo que quería hacer. Haber mirado los mensajes de Lola, haberse entrometido en su intimidad, era una de las cosas más ruines y horrorosas que había hecho en la vida.

Aquello por lo que había discutido con otras mujeres cuando se lo habían hecho a él acababa de hacerlo él ahora, y se sentía fatal. Pero, cada vez que miraba hacia el hotel, el estómago se le revolvía. A las cuatro menos diez, por fin entró en el establecimiento y, sin pararse, cogió un ascensor que lo llevó a la séptima planta. Por el pasillo caminó hasta la habitación 766 y, al llegar frente a ella y ver la puerta entreabierta, no lo dudó y entró dispuesto a pegarse con el que hiciera falta. Sin embargo, allí no había nadie.

Una vez que hubo comprobado que la habitación estaba vacía, miró la cama. Sobre ella había un delicado conjunto de lencería negro y la peluca verde de Lola, aquella con la que la había conocido aquel día en el aeropuerto.

Atontado, se quedó mirando aquello mientras se sentía el tío más gilipollas del mundo. Con lo listo que se creía, ¿cómo podía habérsela jugado la pelirroja?

Estaba abstraído en sus pensamientos cuando oyó el ruido del ascensor. Rápidamente, dejó la puerta de la habitación como la había encontrado y se metió en el baño, dejando también la puerta entreabierta.

Ofuscada por tener que estar allí, Lola caminaba por el pasillo en busca de la habitación 766 y, cuando la encontró, se paró frente a ella. Las ganas de vomitar regresaban, pero, tras respirar hondo un par de veces, logró contenerlas. Como siempre, Beckett le había dejado la puerta entreabierta, y, cogiendo fuerzas, entró y dijo:

—Beckett, ya estoy aquí.

Caminó por la habitación. Allí no había nadie. Sólo vio sobre la cama una peluca verde igual que la suya y un conjunto de lencería. Estaba mirando aquello cuando percibió movimiento a su espalda y, al volverse y ver quién salía del baño, no supo qué decir.

Ante ella estaba Dennis, que, mirándola con el gesto más furioso que le hubiera visto nunca, le soltó:

—¿Beckett? —Y, sin dejarla hablar, afirmó—: ¿Ves cómo aún tenías algo que contarme?

—Dennis... ¿Qué haces aquí?

Malhumorado y fuera de sí, él gritó:

—¡No. Mejor dime: ¿qué narices haces tú aquí, querida Keira?!

Lola se retorció las manos nerviosa. Aquello parecía lo que no era, e, intentando ordenar sus ideas, respondió:

—No me vas a creer, pero...

—Llevo tiempo —la cortó él— viendo cómo te vibra el móvil cada dos por tres. Tiempo durante el cual te he preguntado quién te escribía y en el que tú me has mentido con toda clase de excusas. Pero sabía que había algo. Sabía que me ocultabas algo, y yo, tonto de mí, te lo permití. Hoy, precisamente hoy, he hecho la cosa más deplorable que nunca pensé que sería capaz de hacer y te he mirado el móvil cuando has salido a recoger la placa de tus alumnas.

Aquello explicaba su presencia allí. Mientras Lola sentía que le faltaba el aire, él continuó:

—Ni te imaginas la decepción que me he llevado contigo. Ni te imaginas el odio que siento hacia ti en estos momentos, porque creí que eras especial, creí que eras la mujer que yo siempre había buscado, y me olvidé de mi sensatez para conocerte y estar contigo. Sin embargo, por fin he abierto los ojos. Por fin sé quién eres.

—No, Dennis..., te equivocas. Déjame explicarte.

—¿Ahora quieres explicarte?

—Sí.

—Ah, no..., Keira. Ahora no.

—Dennis...

—Ahora no me hace falta porque, una vez que haya salido de esta habitación, dejarás de existir para mí.

Él se dirigió entonces hacia la puerta, pero Lola se interpuso en su camino e, intentando que la comprendiera, dijo:

—Escúchame. Déjame explicarme.

—No.

—Lo siento. Si no te dije antes nada fue...

—¡No! —la cortó él—. He dicho que ahora no.

Con fuerza, él la apartó hacia un lado, pero ella, sujetándolo desesperada, insistió:

—Por favor, créeme. Esto es un error. Beckett forma parte de mi pasado, algo que corté cuando comencé contigo y...

Entonces Dennis, tirando de Lola para acercarla a él, siseó:

—A menos que quieras que te folle como si fuera tu maldito Beckett, ¡suéltame!

—Por favor..., escúchame —insistió ella.

Pero, al ver que él la miraba con el gesto desencajado, finalmente lo soltó y Dennis se marchó, dejando a la joven de pie en medio de la habitación.

Así estuvo unos minutos, hasta que, cerrando los ojos, se agachó y comenzó a llorar.

Con el corazón roto, una hora después, Lola llegó a su casa. Justin, al verla, preguntó:

—¿Qué ha ocurrido?

Desesperada, entre hipidos, ella se tiró a sus brazos, mientras él la acunaba y murmuraba:

—Tranquila, Peque, yo te cuidaré. Yo te cuidaré.

Capítulo 69

Cuando Lola despertó al día siguiente, se sintió mal nada más abrir los ojos. Tan mal que tuvo que levantarse e ir corriendo al baño a vomitar. Luego permaneció sentada en el suelo durante un buen rato, hasta que se encontró mejor y regresó a la cama.

Estaba tumbada cuando la puerta de su habitación se abrió y apareció Justin con una bandeja de desayuno.

—Buenos días, Peque.

Lola lo miró.

—Buenos días.

Justin, al que se lo notaba con cierta prisa, se acercó hasta ella y, dejando la bandeja sobre la cama, dijo:

—Tengo que ir a la sastrería de Felipe a por el traje que encargué para esta noche y no sé cuánto tardaré.

—Ve. Estoy bien. No te preocupes.

—¿Seguro, Peque?

Lola sonrió.

—Seguro, pesado, ¡vete!

Tras darle un cariñoso beso en la mejilla, Justin salió de la habitación. Lola miró la bandeja, clavó la vista en la mermelada de fresa y, tras sentir que el estómago le daba un vuelco, cerró los ojos y murmuró:

—Madre mía..., madre mía..., no me lo puedo creer.

Algo más tarde, con una pinta desastrosa, se acercó hasta la farmacia más cercana y compró dos test de embarazo. Luego regresó a casa y, entrando en el baño, siguió las instrucciones que ponía en el prospecto. En cuanto terminó, los tapó. Debía esperar unos minutos.

Angustiada e histérica por si estaba embarazada, fue en busca del teléfono y llamó a Dennis. Tenía que hablar con él. Pero éste no le cogió el teléfono y, cuando saltó el buzón de voz, directamente colgó.

Pasados unos minutos, Lola entró de nuevo en el baño, se sentó en la taza del váter y, cogiendo los dos test de embarazo, sin esperar un segundo más, los abrió y, al mirarlos, murmuró con un hilo de voz:

—Perfecto.

Levantándose del váter, se paró frente al espejo y, mirándose, susurró:

—¿Por qué todo me tiene que salir al revés? ¿Por qué tengo que estar embarazada?

Y, sin poder evitarlo, guardó los test bajo su ropa interior y lloró.

Durante horas, sola en su casa, Lola lloró y rio. Sin duda se estaba volviendo loca. Cuando Justin llegó y la vio con los ojos como dos melones, alarmado, llamó a Priscilla. Necesitaba ayuda.

Lola estaba tumbada a oscuras en la cama en el momento en que la puerta de su habitación se abrió y entró su hermana. La miró con los ojos hinchados, y ésta, acercándose, preguntó en tono afectuoso:

—Pero ¿qué pasa, cariño?

Los lloros se apoderaron de nuevo de Lola y, cuando Priscilla la abrazó, Justin dijo:

—Lleva horas así, ¡ya no sé qué hacer!

Priscilla asintió e, indicándole a él que saliera, murmuró:

—Vamos..., vamos..., cuéntame qué te pasa.

Pero Lola continuaba llorando, y su hermana se asustó. Por norma, era ella la que se derrumbaba, la que lloraba, la que se quejaba. Lola era fuerte, siempre lo había sido, y verla así la descabaló.

Cuando consiguió tranquilizarla, omitiendo lo de su embarazo, Lola le contó lo ocurrido con Dennis, y Priscilla, suspirando, murmuró:

—Sé que no es el momento, pero te dije que esas citas clandestinas con el tal Beckett no podían depararte nada bueno.

Lola se tocó la frente. Le dolía la cabeza horrores de tanto llorar. Y, entendiendo lo que su hermana decía, asintió:

—Lo sé. Y tienes toda la razón.

Priscilla suspiró. Y entonces la oyó proseguir:

—Pero no lo entiendo. Beckett siempre ha sido un hombre muy discreto. No nos hemos visto dos o tres veces; en todos estos años nos habremos visto más de cincuenta, y nunca... nunca ha hecho nada fuera de lugar, porque tanto él como yo teníamos claro que era sexo sin compromisos ni explicaciones.

La puerta de la habitación se abrió entonces y entró Justin, que miró a Lola y preguntó:

—¿Está mejor mi Peque?

Ella asintió con tristeza, y éste, gesticulando, afirmó:

—Gracias a Dios, ¡qué susto me has dado! En los doce años que llevamos casados nunca te había visto llorar así.

Lola se levantó y, al mirarse en el espejo y ver la pinta tan desastrosa que tenía, afirmó:

—Creo que es mejor que vayáis vosotros solos a la fiesta. Decidle a papá que...

—De eso nada, guapa —se quejó Priscilla—. Te vas a venir con nosotros por varios motivos. El primero, porque si Dennis va a seguir con su vida, has de demostrarle que tú eres capaz de seguir con la tuya. Eso fue lo que tú me dijiste que hiciera con Conrad.

—Es cierto —afirmó Justin.

—El segundo motivo —prosiguió Priscilla— es que, si digo que te encuentras mal, con lo raritos que están últimamente, papá y Rose son capaces de anular su viaje a Roma. Y, no, ¡me niego a que lo anulen! Y, tercer motivo, porque Aidan viene a la fiesta como mi acompañante y te necesito a mi lado para aguantar el ataque de papá cuando lo vea.

Lola, sorprendida porque su hermana hubiera invitado a Aidan, comenzó a reír y a reír. Había pasado del llanto a la risa de una manera sorprendente, y Priscilla, mirando a Justin, murmuró:

—¿Seguro que ésta no se ha tomado un tripi?

Él observó a Lola, que reía sin parar, y respondió:

—La verdad, empiezo a dudarlo.

Las risas de Lola continuaron, hasta que de pronto paró y le preguntó a su hermana:

—Pero ¿te has vuelto loca? ¿Aidan en la cena?

—Esa misma pregunta le iba a hacer yo —afirmó Justin.

—¿Por qué? ¿Qué pasa?

—¿Cómo se te ocurre invitar a Aidan a una cena así? —insistió Lola.

Levantándose de la silla donde había estado espachurrada con su hermana durante la última hora, Priscilla se alisó el bonito vestido largo de color champán que llevaba y aclaró:

—He invitado a Aidan porque tengo cuarenta y un años, soy dueña de mi vida y quiero disfrutar del hombre que me hace feliz en un evento que me gusta. Sé que papá lo mirará con gesto extraño, ya se lo he advertido al pobre Aidan. Pero, ¿sabéis?, cuando lo conozca, lo mirará mal porque Aidan no es el tipo de hombre que papá quiere para mí. Para empezar, es más joven que yo; para continuar, es un simple auxiliar que trabaja en una residencia, y para acabar, no es un acaudalado banquero o un abogado de renombre. Simplemente es un hombre que me quiere sin más.

Las dos hermanas sonrieron, y Priscilla siguió:

—Además, si hay gente a nuestro alrededor, papá no podrá montar un escándalo. Quiero que Aidan conozca a mis compañeros, como yo he conocido a los suyos, y si papá deja de hablarme por estar enamorada del hombre que me hace feliz, lo asumiré, me marcharé del colegio y comenzaré una nueva vida como profesora en otro lugar. Y todo eso lo hago por amor, Lola. Porque, en el poco tiempo que llevamos juntos, Aidan me ha enseñado el verdadero significado de la palabra *amor*, y yo no quiero vivir sin él.

Al oír eso, su hermana se llevó las manos a la boca y, emocionada, murmuró:

—Priscilla, qué orgullosa estoy de ti.

Ella sonrió y, tras abrazar a Lola, le entregó un kleenex a Justin, que lloraba emocionado.

—Por tanto —dijo a continuación—, ahora mismo te vas a poner ese precioso vestido rojo con el que estás tan bonita y le vas a demostrar a Dennis que tú sigues aquí y que, si te quiere, va a tener que luchar por ti como tú luchas por él.

—No quiere verme, Priscilla. No quiere nada conmigo. Lo he llamado mil veces en el día de hoy pero no me coge el teléfono. Piensa que soy una persona horrible, mala, fría...

—Y ¿lo eres?

Al oír la pregunta de su hermana, Lola respondió:

—No.

—Pues entonces, ponte el maldito vestido y lucha por él y, si ves que la lucha no sirve para nada, apártate, levanta la cabeza y continúa tu camino con dignidad como nos enseñó mamá, porque, hermana, si hemos superado la muerte de mamá y aprendido a vivir sin ella, te aseguro que podemos superar todo lo que se nos venga encima.

A Lola le llegaron al corazón las palabras de su hermana. Como le había enseñado su madre, en un momento así, cuando un bebé estaba creciendo en su interior, la vida debía continuar, con o sin Dennis. Y, dispuesta a no decepcionar a Elora ni a Priscilla, se levantó y dijo:

—Justin, saca el vestido y los zapatos rojos. Y tú —añadió mirando a su hermana—, ayúdame a maquillarme. No tenemos tiempo que perder.

Capítulo 70

Dennis llegó a la fiesta vestido con un traje oscuro, corbata y camisa gris y una guapa mujer colgada de su brazo.

Bruna lo localizó enseguida, y su gesto se torció al verlo acompañado. Pero ¿quién era aquella mujer?

Al entrar, un camarero se situó junto a ellos con una bandeja, y Dennis, con galantería, preguntó:

—¿Quieres champán, Cristina?

Ésta asintió y, cogiendo una copa, afirmó:

—Mmm..., ¡qué rico!

Dennis sonrió. Cristina era una amiga de José y, en cuanto le había dicho a su amigo que necesitaba una acompañante para aquella noche, ella se apresuró a llamarlo.

Dennis le presentó a varios de los profesores, y estaban hablando con ellos cuando vio entrar a Justin, seguido de Lola, Priscilla y Aidan. Sin embargo, sus ojos se clavaron en Lola. Estaba preciosa con aquel vestido de gasa roja y el pelo recogido en un moño alto.

Estaba moviéndose para poder ver a la mujer que lo tenía descolocado cuando sus ojos se encontraron con los de Aidan y, agarrando a Cristina del brazo, fue a su encuentro.

Con una sonrisa, ambos se dieron la mano y Dennis le presentó a la mujer que lo acompañaba. Durante unos minutos, los tres estuvieron charlando, hasta que Cristina se excusó para ir al baño. Al quedarse solos, Dennis se mofó:

—Qué elegante.

Aidan asintió tocándose el traje y murmuró:

—Priscilla me dejó claro como medio millón de veces que no debía venir en vaqueros.

Ambos sonrieron y luego Aidan preguntó bajando la voz:

—¿Qué ha pasado entre Lola y tú?

Incómodo con la pregunta, Dennis dio un trago a su bebida y respondió:

—Que se acabó.

Incapaz de callar, el joven insistió:

—Vamos, Dennis. Seguro que lo ocurrido se puede solucionar. Tú eres un tío que...

—Aidan —lo cortó él—, no me lo tomes a mal, pero, por favor, a partir de ahora preferiría no volver a hablar de ella. No es un tema agradable para mí.

Él asintió. Nunca había sido un chismoso, ni le gustaba meterse en la vida de terceros, y, mirando a Dennis, afirmó:

—Tema zanjado.

Molesto por haber tenido que hablarle así, al ver cómo aquél miraba a su alrededor, Dennis preguntó:

—¿El padre de Priscilla sabe que estás aquí?

—No —resopló Aidan—. Y no sé cómo me he dejado convencer.

El brasileño sonrió e, intentando infundirle valor, dijo:

—Cuando te lo presenten, míralo directamente a los ojos y cógele la mano con fuerza. Eso le gustará.

—¿Tú crees?

—Sí —afirmó Dennis seguro—. Y, cuando tengas que hablar con él, no te dejes amilanar. El Pitufo Gruñón está acostumbrado a que todos asientan ante lo que dice y, si alguien le planta cara, por mucho que refunfuñe, le gusta. Recuérdalo.

Aidan sonrió.

—Tomo nota.

En ese momento Priscilla apareció junto a ellos y, cuando iba a dirigirse a Dennis, éste indicó:

—No. No voy a hablar de mi vida privada.

—Pero, Dennis —refunfuñó ella.

—*No* es *no*, Priscilla. Seamos adultos.

Y, tras decir eso, dio media vuelta y caminó hacia donde estaba Cristina.

Al ver que el brasileño agarraba de la cintura a aquella desconocida, Priscilla murmuró:

—No me digas que encima ha venido con esa mujer.

—Sí —contestó Aidan.

—Uf... —susurró ella mirando a su alrededor en busca de Lola—. Esto lo complica todo. No sé cómo va a reaccionar mi hermana.

Aidan asintió. No le gustaría verse en el pellejo de Lola, e indicó:

—Tranquila.

Priscilla suspiró. Aquello le ocasionaría más dolor a su hermana. Entonces, al ver que su padre entraba con Rose en la sala, se envaró y afirmó:

—Muy bien, cariño. Ha llegado el momento de presentarte al Pitufo Gruñón.

Lola, que estaba saludando a unos profesores en compañía de Justin, había observado de reojo a Dennis mientras éste hablaba con Aidan, y había visto su espantada al llegar su hermana. Aquello no pintaba bien. Pero ya cuando vio que él se acercaba a una mujer que no conocía, le sonreía y le pasaba la mano por la cintura, se quiso morir. ¿Quién era aquélla?

Caminó hacia su hermana y Aidan, los interceptó y preguntó:

—¿Quién es la mujer que está con Dennis?

Priscilla miró a su chico y éste respondió azorado:

—Cristina, su acompañante.

—¿Ha traído acompañante? —inquirió Lola.

Aidan asintió y, cuando ésta, con cara de enfado, comenzó a rechinar los dientes, Priscilla murmuró:

—Disimula. Como diría papá, eres una Simmons.

Saber que Dennis había ido a la fiesta acompañado alteró a Lola, pero, intentando hacer caso a las palabras de su hermana, se disponía a contestar cuando oyó la voz de su padre decir:

—Aquí están mis preciosas hijas.

Colin apareció frente a ellos acompañado de Rose. Al ver el gesto de Priscilla, Lola iba a hablar pero aquélla, sorprendiéndola, se le adelantó:

—Papá, Rose, os presento a Aidan Gallagher, mi acompañante y el hombre del que estoy enamorada.

Colin clavó la mirada en aquel joven que agarraba con fuerza la mano de su hija mayor y, cuando iba a replicar, Lola, que lo conocía, le advirtió:

—Papá, de ti depende que nos quedemos a la cena o nos vayamos las dos.

Al oírla, el hombre la miró y siseó:

—¡Ya estás provocándome!

—¡Colin! —lo regañó Rose incómoda.

Con acritud, Lola gruñó:

—No te provoco. Sólo te lo advierto, si no quieres que el potro desbocado que hay en mi interior salga y líe la de Dios en tu preciosa fiesta.

—Lola... —murmuró Priscilla al ver cómo la mala leche de su hermana emergía por segundos.

Durante unos instantes, la tensión en el ambiente podría haberse cortado con un cuchillo. Lola era especialista en provocar a su padre. Entonces Colin, sin saber qué decir, miró primero a Priscilla y luego a Lola y a continuación le tendió la mano al joven y, cambiando su tono de voz por otro más afable, saludó:

—Encantado de conocerte, Aidan.

—Lo mismo digo, señor Simmons.

—¡Colin! —lo corrigió él ante el asombro de todos.

Con fuerza y decisión, Aidan le estrechó la mano y aquél añadió:

—Espero que te diviertas en la fiesta.

Aidan asintió y, mirándolo a los ojos, respondió:

—Seguro que sí, Colin.

Lola y Priscilla respiraban aliviadas cuando Rose lo saludó encantada:

—Aidan, ¡qué nombre tan bonito! Soy Rose, es un placer conocerte.

Él le besó la mano con galantería y afirmó con una sonrisa:

—El placer es mío, Rose.

Sin necesidad de nada más, Aidan y Colin se miraron justo en el momento en que un camarero se detenía a su lado con una bandeja repleta de bebidas. Todos cogieron vino blanco excepto Aidan y Lola, que optaron por un refresco de naranja.

Al ver cómo su padre observaba a Aidan por haber escogido el refresco, Priscilla pensó que lo iba a atacar por ese lado, pero, para su sorpresa, lo oyó decir:

—Aidan, te veo luego en la mesa durante la cena.

Priscilla y su chico se miraron cuando Rose y Colin continuaron su camino.

—Si no lo veo, no lo creo —murmuró entonces Lola.

Con una sonrisa, Aidan contempló a la mujer que temblaba como una hoja a su lado y preguntó:

—Y ¿ése es el Pitufo Gruñón?

Su pregunta hizo que los tres rieran y se relajaran.

A Dennis, que había observado lo ocurrido desde la distancia, le aleteó el corazón al ver sonreír a Lola. Aquella mujer tenía la sonrisa más bonita que había visto en su vida, pero, decidido a cumplir con lo que había ido a hacer, prosiguió hablando con el resto de los profesores sin soltar a Cristina. El tema Lola para él estaba zanjado.

En varias ocasiones, ella se había acercado a los grupos en los que Dennis estaba charlando en compañía de aquella mujer, pero en cuanto intervenía en la conversación, él desaparecía con disimulo con aquélla.

A Lola le molestaba mucho verlo pasear del brazo de aquella guapa mujer, y tenía que hacer grandes esfuerzos por no montar un numerito cada vez que ésta reía y se apoyaba en el brasileño.

Más tarde, todos los presentes entraron en el comedor, se sentaron a las mesas y la cena comenzó.

Dennis, que se había acomodado en una mesa lo más alejada posible de la de Lola, reía y parecía pasarlo bien, mientras ella, angustiada, sentía ganas de vomitar. No lo soportaba. Era incapaz de permanecer impasible.

—Peque, relájate o al final todos se darán cuenta de lo que ocurre.

Lola asintió. Justin tenía razón y, cogiendo una copa de agua bebió, y respondió:

—Tienes razón.

Justin enredó las manos entre las de ella y, besándole los nudillos, musitó:

—Tú eres mil veces más preciosa que ella.

—Gracias, Justin. —Lola sonrió con el corazón encogido.

Durante el postre, Colin se levantó y pronunció unas palabras ante la atenta mirada de todos. En cuanto acabó, los docentes y el resto de los trabajadores del Saint Thomas, acompañados de sus parejas, aplaudieron mientras el director sonreía encantado.

Después de la cena, el hotel había habilitado una sala para que pudieran tomarse una copa en un ambiente distendido y con música. Rose había convencido a Colin para hacer aquello, y todos aplaudieron al ver a la orquesta esperándolos.

Satisfecho de ver a todo el mundo tan feliz en una noche así, Colin intentó hablar con todos. Al llegar junto a Dennis, éste le presentó a la mujer que lo acompañaba y, cuando ella se puso a hablar con otra de las mujeres que allí había, Colin cogió al brasileño del brazo y lo llevó aparte.

—Dennis, quiero que sepas que me has sorprendido —comentó tuteándolo.

—¿Por qué?

—En todos los años que llevo trabajando en la docencia, nunca había visto una clase de matemáticas en la que hubiera tantos aprobados. Sin duda eres un gran profesor, y tu método para llegar a los muchachos funciona.

Ambos sonrieron, y luego Dennis indicó, tuteándolo también:

—Ya te dije que los alumnos se implican más en las clases si, además de la materia, comparten algo más con el profesor. El hecho de haber compartido esos momentos con ellos durante el curso ha servido para que dejen de verme como el enemigo a batir y me vean como un amigo al que hay que escuchar y con el que también se pueden divertir.

Colin asintió. Aquello que Dennis le había propuesto en su momento y que le había parecido una locura había dado unos resultados muy positivos. Y, mirándolo, dijo:

—Espero que el próximo curso sea igual o mejor.

El brasileño asintió y, sacándose un sobre del bolsillo, indicó:

—Siento decirte que el próximo curso no estaré.

Al oír eso, a Colin se le desencajó el rostro.

—Aquí tienes mi carta de dimisión —prosiguió Dennis—. Ha sido un placer trabajar contigo, Colin.

El aludido miró el sobre cerrado que aquél le tendía y, sin entender nada, preguntó:

—¿Por qué? Creí que estabas bien aquí.

Sin inmutarse, Dennis repitió evitando dar explicaciones:

—Por favor, Colin, acepta mi carta de dimisión.

El hombre cogió el sobre que aquél le tendía y, una vez que se lo guardó en el bolsillo, insistió:

—Pero ¿por qué?

Sin ganas de explicarle el verdadero motivo, Dennis dijo:

—El colegio para el que trabajaba en Múnich me ha hecho una oferta interesante.

—¡La igualaré!

—No.

—¡La duplicaré! —insistió aquél.

Dennis negó con la cabeza, y el director murmuró:

—Muchacho, te ofrezco mucho dinero. ¿Por qué no lo piensas?

Él sonrió.

—Colin, la decisión está tomada, y el dinero no lo es todo para mí en la vida. Por favor, acepta mi dimisión y continuemos disfrutando de la fiesta.

Sin querer insistir, aquél asintió. Que Dennis se marchara suponía perder a un excelente profesor; le tendió la mano y afirmó mientras él se la estrechaba:

—Ha sido un placer trabajar contigo y siempre habrá una puerta abierta para ti si en algún momento decides regresar.

Dennis sonrió y, tras soltarle la mano, se alejó y regresó junto a Cristina.

Capítulo 71

Nerviosa, Lola miraba a su alrededor mientras la gente bailaba al son de la orquesta. Dennis parecía muy compenetrado con aquella mujer, y ambos no paraban de reír. Eso la sacaba de sus casillas.

Acercándose a ella, Justin la agarró por la cintura y, con disimulo, preguntó:

—¿Cómo estás, Peque?

Lola no pudo responder. Ver a Dennis bailando con aquella mujer la destrozaba.

En ese instante, su padre se acercó a ellos y, con un gruñido, exclamó:

—El profesor Alves nos deja.

—¡¿Qué?! —preguntaron ambos al unísono.

Colin, que bebía una copa de brandy, miró a su hija y a su yerno y repitió:

—Que nos deja.

—Pero ¿cómo puede ser eso? —preguntó Justin mirando a Lola.

—No lo sé —respondió Colin, y a continuación preguntó—: ¿Sabéis si le ha ocurrido algo o si estaba incómodo en el colegio por algún motivo?

Lola y Justin se apresuraron a negar con la cabeza. Saber, sabían mucho, pero no pensaban confesarlo. Chafado por la noticia, Colin prosiguió:

—Tengo su carta de dimisión en el bolsillo. Al parecer, regresa a Múnich, al colegio donde el curso pasado daba clases. Le han hecho una excelente oferta y, aunque yo se la he duplicado, no ha querido aceptar.

Lola sintió unas tremendas ganas de vomitar. ¿Cómo que Dennis se marchaba a Múnich?

Lo miró. Pensó en ir a donde estaba y hablar con él. Pero sabía que, si lo hacía, las cosas se les podrían ir de las manos y terminarían montando un numerito delante de todos.

Mientras Justin y Colin seguían comentando aquello, Lola se dirigió a la barra y pidió una naranjada. Cuando el camarero se la servía, Priscilla se le acercó y dijo divertida:

—Rose y Aidan se llevan de maravilla; ¡mira cómo bailan!

Lola miró hacia el lugar donde su hermana señalaba con el dedo, pero, en vez de fijarse en aquéllos, observó a Dennis, que sonreía y parecía feliz.

—Eso es fantástico, Priscilla.

Volviéndose para mirar su vaso de naranjada, Lola lo cogió, dio un trago y anunció:

—Dennis se va. Le ha dado a papá una carta de dimisión y regresa a Alemania.

Boquiabierta, Priscilla la miró sin saber qué decir. Al ver a su hermana con los ojos vidriosos, pasó la mano por encima de los hombros de aquélla y preguntó:

—¿Quieres que nos vayamos?

Lola negó con la cabeza y, furiosa por cómo estaban terminando las cosas, rechinó los dientes.

—Lola..., que te conozco —dijo Priscilla al ver su gesto.

Con amargura, aquélla sonrió. Estaba furiosa, enfadada, triste. Tenía tal cóctel de sentimientos en su interior que ni ella misma se entendía. Entonces resopló en busca de aire y, cuando se llenó los pulmones, siseó:

—De acuerdo. Él ha decidido. Ahora actuaré yo.

Incómoda con la situación, Priscilla bajó la voz y preguntó:

—¿Qué vas a hacer?

Tragándose la rabia que sentía, Lola miró a su hermana y, levantando el mentón, declaró:

—Soy un potro desbocado, ¡imagínatelo!

Luego comenzó a caminar hacia Dennis, que le daba la espalda. Asustada, Priscilla la siguió y, cuando Justin la miró con disimulo, le hizo una seña con la cabeza para pedirle ayuda.

—Lola... ¿Qué vas a hacer?

—Déjame, Priscilla.

—Lola...

Pero ella ya no la escuchaba. Justin llegó entonces a su lado y, cogiéndola de la cintura, la sacó a la calle seguido de Priscilla.

—¡¿Por qué me has traído aquí?! —gritó Lola furiosa.

—¿Qué ibas a hacer? —preguntó Justin.

El aire de la calle le dio a Lola en el rostro y, consciente de que lo que iba a hacer habría empeorado las cosas, ella asintió y, dejando caer los hombros, respondió:

—Iba a hacer una tontería.

—Lo sabía —murmuró Priscilla—. Si es que te conozco y, cuando rechinas los dientes, malo..., malo...

Lola respiró. La furia la cegaba y, en ocasiones, como su padre siempre le decía, era un potro desbocado.

—Gracias por pararme —musitó.

Priscilla abrazó a su hermana e, intentando conectar con sus ojos, dijo:

—Escucha, cariño, si quieres nos vamos. No tienes por qué estar aquí viendo a Dennis con esa mujer. Vámonos, y ya hablaréis en otro momento.

Lola lo pensó. Quizá sería lo mejor. Verlo y no tenerlo la estaba matando. Pero no. Una vida crecía en su interior y no iba a amilanarse por nada ni por nadie. Era una Simmons y, si su padre había sido capaz de dejar marchar a María y criarla a ella, ella también sería capaz de dejar marchar a Dennis y criar a su hijo. Así pues, intentó sonreír y dijo:

—Volvamos a la fiesta.

—Lola...

—Regresemos a la fiesta. Tranquilos, no haré tonterías.

—No estás bien —cuchicheó Priscilla.

Ella sonrió y, sorprendiéndolos a ambos, declaró mientras movía los hombros:

—Quiero divertirme. Bailar. Pasar un buen ratito.

—Peque..., no me asustes —insistió Justin.

Al oírlo, ella lo miró y, agarrándose a su brazo, preguntó:

—Justin, ¿quieres seguir casado conmigo?

Él la contempló boquiabierto cuando Priscilla protestó:

—Pero ¿qué tontería estás diciendo?

Lola miró a su hermana.

—Tú, cállate —le soltó.

—Lola... —gruñó Priscilla—. Que lo tuyo con Dennis haya acabado no quiere decir que mañana no aparezca otro hombre que te enamore y...

—Lo dudo —la cortó ella—. No pienso volver a enamorarme.

—Lola, eso no se sabe. Y, como hace poco me dijiste, el amor aparece ¡cuando aparece! —protestó Priscilla.

—Pues si aparece, lo pararé —replicó ella. Luego, dirigiéndose a Justin, que la miraba con gesto incrédulo, insistió—: ¿Quieres o no quieres seguir conmigo?

Él miró a Priscilla, que observaba a su hermana con gesto desencajado, y dijo:

—Creo que...

—¡No! —siseó Priscilla.

Pero Lola, que no quería escuchar lo que ella decía, insistió mirándolo:

—¿Sí o no, Justin? La respuesta es muy fácil.

—Sí —afirmó él con una sonrisa.

Al oírlo, Priscilla maldijo. Su hermana estaba cometiendo otro error. Y, cuando aquéllos se abrazaron y vio que Justin entraba en la fiesta con una sonrisa de oreja a oreja, gruñó:

—No estoy de acuerdo. Me opongo.

Sonriendo tristemente, Lola miró entonces a su hermana e, intentando que las fuerzas no volvieran a abandonarla, insistió:

—Priscilla..., entremos ahí y divirtámonos. Lo necesito.

—Pero, Lola... Me niego. No quiero que vuelvas a tu anterior vida. No quiero que...

—Priscilla —la cortó ella—. Cállate y entremos en la fiesta.

Una vez estuvieron de nuevo dentro, Aidan, que las había estado buscando, preguntó al verlas:

—¿De dónde venís?

—De tomar el aire —respondió Lola con una extraña sonrisa.

Cinco minutos después, Priscilla maldecía mientras observaba a su hermana bailar con el profesor Emerson. Quien la viese creería que lo estaba pasando bien, pero Priscilla sabía que no era así. Lola estaba fingiendo. Su hermana había vuelto a meterse en el perfecto papel de la mujercita de Justin.

Después de bailar con el profesor Emerson, Lola lo hizo con varias personas más. Ella era la profesora de baile del colegio e intentaba animar la fiesta danzando con todo el mundo. Los asistentes se divertían, todos bailaban, y Lola, necesitada de acercarse a Dennis y que éste no pudiera escapar, fue a hablar con el director de la orquesta y le pidió una canción.

A continuación, se dirigió con una bonita sonrisa hacia el grupo donde Dennis estaba hablando con su acompañante y otros profesores, y preguntó delante de todos:

—Profesor Alves, ¿baila conmigo la próxima?

Al oírla, él la miró directamente a los ojos.

Llevaba toda la noche observándola con disimulo. Sabía que no debía hacerlo, pero los ojos se le iban una y otra vez, por mucho que evitara hacerlo.

Los que los rodeaban sonrieron al oír la propuesta de Lola. Dennis, que no quería quedar como un antipático ante ellos, también sonrió y, tras darle un beso en los nudillos a la mujer que lo acompañaba, respondió:

—Por supuesto. Ahora regreso, Cristina.

La orquesta comenzó a tocar una canción y Dennis resopló con disimulo; mucha coincidencia era que interpretaran precisamente aquélla. Sin apenas rozarse, ambos llegaron hasta el centro de la pista y, cuando Dennis rodeó a Lola con los brazos y la acercó a él, siseó cerca de su oído:

—¿Qué te propones con esta canción?

Ella entendió muy bien a qué se refería. Aquella canción de Michael Bublé, *You Don't Know Me*,[46] era muy especial para ellos por muchos motivos y, mirándolo, respondió:

—Despedirme de ti.

Al oírla, Dennis asintió y, sin querer hablar más con ella, le-

46. Véase la nota 5. *(N. de la E.)*

vantó el mentón y continuó bailando. Su aroma le inundaba las fosas nasales y lo destrozaba, mientras sentía el calor de su cuerpo y sabía que, si seguía así, al final perdería la poca cordura que le quedaba. Adoraba a aquella mujer, la quería, pero no podía seguir con ella. Lo había engañado. Lo había tratado como a un tonto, y eso Dennis no estaba dispuesto a consentirlo.

Sumido cada uno en un sinfín de emociones, bailaron aquella romántica e íntima canción, hasta que Lola dijo:

—¿De verdad no vas a dejar que me explique?

—No.

—Por favor..., por favor..., por favor...

Al oírla suplicar, a Dennis empezó a temblarle el cuerpo, pero, sin dejarse vencer por sus emociones, gruñó apartando los ojos de ella:

—*No* es *no*.

Sin tirar la toalla, Lola lo miró y dijo en portugués:

—*Não deixe de me olhar.*

Dennis la miró, y entonces ella, pensando en su embarazo, murmuró:

—Te quiero.

—Tu manera de querer no me convence.

Lola resopló. No se lo estaba poniendo nada fácil.

—Tengo que decirte algo, pero no sé si te va a gustar.

—Pues no me lo digas —siseó él.

—Pero...

—No me interesa. Nada de ti me interesa —la cortó y, mirando a Cristina, que los observaba, sonrió.

Percatándose de ello, Lola preguntó después de observar a la mujer:

—¿Tan fácil te ha resultado suplirme por otra?

Dennis clavó la mirada en ella y espetó furioso:

—Tan fácil como para ti engañarme.

Lola asintió. Desde luego, el brasileño no se lo estaba poniendo fácil. Entonces, al ver que su padre y Rose los contemplaban, sonrió y dijo entre dientes:

—Mi padre nos mira.

—¿Y...?

—Sonríe y disimula tu malestar por bailar conmigo.

Maldiciendo, él sonrió también. Lo último que le apetecía era seguir con el jueguecito del disimulo, pero entonces Lola dijo sin dejar de sonreír:

—Me he enterado de que te vas.

—Sí.

—¿Por qué?

Dennis la miró. Aquella mujer pretendía martirizarlo hasta el último segundo. Él estaba allí, pasándolo fatal, y ella, con su sonrisita, lo estaba poniendo enfermo.

—¿Quieres la verdad —replicó— o prefieres que...?

—La verdad —lo cortó ella con el corazón a mil.

Él asintió y, acercándola más a su cuerpo para que nadie pudiera oírlo, dijo mientras aproximaba la boca a la oreja de aquélla:

—Me voy porque no quiero verte. Me voy porque elijo no quererte. Me voy porque no eres la mujer que creía. Me voy porque necesito recuperar mi vida. Me voy por...

—Vale..., ya vale... —susurró Lola con un hilo de voz mientras se separaba de él unos centímetros sin dejar de sonreír.

En silencio continuaron bailando aquella canción y, cuando ésta acabó, Dennis la miró como si quisiera traspasarla durante unos segundos y finalmente murmuró en un tono bajo de voz:

—Que seas muy feliz.

Luego, con frialdad, volvió a sonreír para disimular ante todo el mundo y regresó junto a Cristina. Segundos después, se marchó con ésta sin mirar atrás mientras veía cómo su vida se quedaba aplastada en aquella sala y se sentía el tío más tonto del mundo.

Lola, que caminaba hacia su hermana, sintió que el corazón se le rompía en mil pedazos. Lo había tenido entre sus brazos, lo había mirado con amor, y él se había marchado.

Al verla, Priscilla se acercó a ella. Pero Lola, consciente de la realidad, declaró:

—Tranquila, no voy a llorar.

—¿Estás bien?

—No —afirmó—. Pero yo puedo con esto y con más.

Cuando la fiesta terminó esa noche, Justin y Lola se montaron en el biplaza rojo de él, y éste, mirándola, dijo:

—Peque, me sabe fatal decirte esto, pero en la puerta de casa me espera Felipe. Si quieres, lo llamo y lo anulo o...

Al oírlo, Lola le apoyó un dedo en los labios. Que su vida se hubiera ido a la mierda no significaba que la de Justin tuviera que irse también; lo miró y dijo:

—Tranquilo. Llévame a casa de mi abuela.

—Lola, puedo...

—No anules nada. Por favor, llévame con ella.

Justin asintió y, en silencio, condujo hasta la casa de Diana. En cuanto llegaron y Lola se bajó, él esperó hasta que la mujer abrió el portal y después se marchó.

Al oír la voz de su nieta a través del portero automático, Diana salió a recibirla al rellano en camisón.

—¿Qué ocurre? —preguntó al verla.

Intentando sonreír, Lola respondió:

—Nada, Abu, tranquila.

Luego ambas entraron en la casa, Diana cerró la puerta y siguió a su nieta al salón. Lola se sentó en el sofá, se quitó los zapatos rojos, se soltó el moño alto que llevaba y, cuando el pelo le cayó sobre los hombros, los ojos se le llenaron de lágrimas. Entonces Diana, llevándose las manos a la boca, murmuró:

—Esas lágrimas sólo pueden ser por amor.

—Abu...

—¿Problemas con Ojos Hechizantes?

Ella asintió.

Sin decir nada más, la anciana se sentó junto a su nieta y, cuando iba a decir algo, Lola susurró con un hilo de voz:

—Déjame llorar, Abu, y no preguntes. Sólo déjame llorar.

Tras decir eso, lloró, lloró y lloró a mares, mientras su abuela, en silencio, la consolaba estando a su lado y dándole todo su amor.

Capítulo 72

Después de una penosa noche en la que Lola no consiguió dormir, cuando se levantó de la cama y se dirigió al salón, Diana la miró y, levantándose, dijo:

—Buenos días, irlandesa.

—Buenos días, Abu.

La joven se acercó hasta ella y le dio un beso.

—Siéntate a la mesa —indicó su abuela—. Te traeré un café y unas magdalenas de esas que tanto te gustan.

Sin rechistar, Lola hizo lo que le pedía. Lo último que le apetecía era comer, pero no quería llevarle la contraria, así que se sentó y esperó.

Segundos después, Diana apareció con una bandeja. Puso ante Lola un tazón de café con leche y magdalenas y dijo:

—Desayuna.

Lola suspiró y, mirándola, iba a protestar cuando aquélla insistió:

—Desayuna.

Sin ganas, ella cogió el café y bebió un sorbo. Cuando cogía una magdalena y le daba un mordisco, Diana indicó:

—Anoche no era momento, pero ahora, que estás más tranquila, me vas a contar lo que ocurre.

Ella la miró y Diana afirmó:

—Y lo vas a hacer porque, a pesar de que sé que tu marido se besuquea con hombres y se acuesta con ellos...

—¡¿Qué?! —balbuceó Lola sorprendida.

La anciana asintió y, al ver cómo su nieta cambiaba el gesto y maldecía, aclaró:

—Y no, no me lo ha contado Priscilla; yo misma lo vi hace años en una fiesta a la que acudí a trabajar, pero por respeto a ti y a él, nunca os dije nada. Sin embargo, anoche llegaste a la puerta de mi casa como nunca te he visto y espero no volver a verte más así, y quiero saber qué pasa. ¡Qué ocurre!, porque, si no me lo dices, te juro por mi vida que no te vas a levantar de esta mesa hasta el día del juicio final.

Sorprendida y boquiabierta por lo que su abuela le acababa de confesar, Lola se sinceró con ella, omitiendo lo del embarazo y aquella parte de su vida privada que quería que siguiera siéndola. No tenía por qué conocer ciertos detalles. Diana no la interrumpió ni una sola vez; esperó a que ella terminara y, cuando vio que callaba, preguntó:

—Y ¿por qué no fuiste sincera con Dennis en lo referente a esos hombres?

—Abu, eran parte de mi pasado. Dennis también tiene mujeres con las que se ha acostado y yo lo asumí. El problema es que nunca imaginé que esos hombres fueran a ser tan indiscretos. Creí que serían señores con un par de dedos de frente, pero de pronto parecieron volverse locos y, al final, ocurrió lo que nunca pensé que ocurriría.

—El amor es complicado.

—Demasiado —afirmó Lola.

Diana, entendiendo ahora lo que sucedía, cogió la mano de su nieta y dijo:

—Es normal discutir con la pareja, cariño. Suele haber crisis, malentendidos, celos, pero si de verdad esas dos personas se quieren, todo se supera; y por cómo te miraba Ojos Hechizantes el último día que lo vi, algo me dice que no puede alejarse de ti.

Con tristeza, Lola sonrió.

—Te equivocas, Abu... No quiere ni verme. Piensa que soy lo peor y no me quiere a su lado.

—Y ¿te vas a dar por vencida así como así? —La joven la miró y ella insistió—: Lola, el amor no es aquello que deseamos sentir, sino lo que sentimos sin querer, y si amas a ese hombre y sabes que él te ama, debes intentarlo.

Las palabras de su abuela le llegaron al corazón y, mirándola, murmuró:

—Abu..., estoy embarazada de Dennis.

Los ojos de Diana se abrieron como platos, y antes de que dijera nada, Lola advirtió:

—Pero no lo sabe nadie. Ayer me hice un test de embarazo y, aunque traté de decírselo a Dennis anoche, en la fiesta, al final no pude y...

No fue capaz de continuar. Diana la abrazó, la apretó contra ella y, cuando la soltó, murmuró:

—Dime que no vas a seguir junto al huevón de Justin.

Lola suspiró. Lo había pensado durante toda la noche, y respondió:

—No, Abu..., no voy a seguir con él. Ya no.

Llevándose las manos al pecho, la mujer asintió.

—Gracias a Dios. Algo de cordura te queda aún. —Y, cogiéndole las manos, dijo—: Estás embarazada, mi vida, y ahora tu estado de ánimo se lo traspasas al bebé. Por tanto, piensa lo que haces antes de hacerlo, porque de ti depende que ese niño que crece en tu interior sea feliz o no.

—Diosss..., no me digas eso, Abu.

—Hija..., la verdad, te digo la verdad. Ahora has de cuidarte.

Con tristeza, Lola sonrió, y aquélla insistió:

—Me vas a hacer bisabuela y no sabes la alegría que eso me da, pero has de decírselo a Dennis. Es el padre del bebé y merece saberlo. No le ocultes algo tan importante como es el nacimiento de un hijo. Como decía Elora, y yo lo pienso también, con los hijos no se juega, cariño.

—Lo sé, y por eso intenté decírselo, pero no me dejó.

—Inténtalo otra vez. Que nunca pueda acusarte de que no lo hiciste. Busca la forma. Sé que la hallarás.

—No lo necesito a él para criarlo.

—Lo sé, mi vida —afirmó la mujer—. Seremos muchos los que mimaremos a ese pequeñín, aunque tu padre, conociéndolo, al principio ponga el grito en el cielo. Pero dale la oportunidad a Dennis de elegir. Hazme caso, cariño. Es lo mejor, o siempre te odiarás a ti misma por ello.

Dos horas después, Lola salía de casa de su abuela con la misma pena en el corazón que cuando había llegado la noche anterior. Tras parar un taxi, se metió en él, le dio al conductor la dirección de su casa y suspiró.

Capítulo 73

Dennis continuaba en la cama.

Lo último que le apetecía era levantarse. Lo ocurrido lo había dejado fuera de combate.

La noche anterior, tras llevar a Cristina a su casa y dejarla en cierto modo decepcionada, entró en su piso y, al mirar a su alrededor, blasfemó. Cada rincón de aquella casa le recordaba a Lola, y más cuando no paraba de ver cosas de ella, por lo que decidió irse a la cama. Era lo mejor.

Sin embargo, no había podido dormir en toda la noche. El olor a Lola lo rodeaba y, aunque lo odió, cerrar los ojos e imaginar cómo oía su respiración cuando dormía lo reconfortaba.

Mirar al techo y pensar en ella había sido lo único que había podido hacer en toda la noche. Así pues, cansado de estar tumbado, se incorporó y fue a ducharse.

Cuando acabó, miró el lavabo y resopló al ver la crema hidratante de Lola. Salió del baño y terminó de vestirse en la habitación. Pero allí también había cosas de Lola, y en la cocina, y en el salón... Entonces, ofuscado, sacó una caja que tenía en el armario, la vació sobre la cama y comenzó a recoger las cosas de ella. No quería verlas.

Una vez que terminó, se sentó en el sofá y dejó la caja con todo aquello en la mesita. Durante un rato la observó, hasta que cogió su teléfono, marcó el número de Aidan, le pidió que fuera a buscar aquellas cosas y colgó.

Luego se levantó del sofá y, acercándose a la cocina, se preparó un café. Al poco, miró el reloj y, agarrando las llaves, salió de la casa. Fue hasta la tienda más cercana, allí preguntó si tenían cajas vacías y, cuando aquéllos le dieron unas cuantas, se lo agradeció.

De vuelta en casa, a cada instante más enfadado, Dennis las

montó y comenzó a guardar cosas. Cuanto antes se marchara de allí, mejor.

El silencio lo estaba matando, por lo que, acercándose al equipo de música, lo encendió y automáticamente saltó la canción *You Don't Know Me*,[47] de Michael Bublé. Dennis la escuchó sin moverse.

Sus pensamientos volvieron a Lola, a aquella canción, a aquella maldita mujer y, de un manotazo, paró la música. Sacó el CD y lo tiró dentro de la caja con sus cosas mientras decía:

—Se acabó el romanticismo.

Media hora después, mientras hacía flexiones para desahogar la frustración que sentía, sonó el timbre de la puerta. Pensó que sería Aidan, pero, al abrir, Dennis se quedó descolocado al ver a Lola frente a él.

Todavía iba vestida con el vestido rojo de la fiesta y, mirándola con desprecio, siseó:

—Veo que tu noche ha sido larga y fructífera. ¿Quizá con Beckett?...

—Dennis...

Sin moverse de la puerta, el brasileño gruñó:

—Creo que te has equivocado de casa a la que regresar.

Sin levantar la voz, ella susurró:

—No me he equivocado, es sólo que quería hablar contigo. ¿Puedo pasar?

—No —replicó él.

—Pero...

—*No* es *no*, Lola. Te lo dije anoche.

—Pero tenemos que hablar —insistió ella.

—No tengo nada que hablar contigo.

—Es importante.

—Lo siento, Peque —se mofó él—, pero entre tú y yo ya no hay nada importante.

Lola suspiró derrotada. Sin lugar a dudas, ése no era un buen momento para contarle lo del embarazo y, cuando lo miró a los ojos, con toda la mala leche del mundo, él siseó:

47. Véase la nota 5. *(N. de la E.)*

—Deja de hacerte la gatita desvalida y saca el potro desbocado que hay en ti. Es lo que espero. No me voy a asustar.

Desesperada por la dureza de sus palabras, y por no querer soltarle lo del embarazo tras unas palabras tan devastadoras, Lola lo miró y dijo:

—Necesito ir al baño. ¿Puedo pasar?

—No.

—Por favor..., por favor..., por favor...

Incapaz de negarle eso, Dennis se hizo a un lado e indicó:

—Pasa, pero rapidito. Te espero aquí en la puerta.

Sin mirar atrás, Lola entró y corrió como alma que lleva el diablo hacia el baño, mientras Dennis, ofuscado, la esperaba en la puerta.

Ya en la habitación, sin dudarlo, Lola cogió el libro que Dennis tenía sobre la mesilla y se lo metió en el baño. Una vez allí, abrió un cajón donde sabía que había una libreta y un bolígrafo y, arrancando una hoja, escribió sin pensar:

Lo tuyo y lo mío nunca ha sido normal. Nos conocimos de una manera rara, nos enamoramos de una forma complicada y, aunque creas que no hay nada importante entre tú y yo, sí lo hay: estoy embarazada.

Iba a decírtelo en la fiesta y también ahora, en la puerta de tu casa, pero tú no me dejas. No me permites hablar. Y por eso opto por decírtelo en el interior de tu baño, de esta manera tan poco normal.

Por cierto, me encantaría chillarte y ser tan desagradable como lo estás siendo tú conmigo, pero pienso en mi bebé y, como no quiero hacerlo sufrir ni crearle ningún trauma, me contengo para no sacar el potro desbocado que sabes que hay en mí y decirte las burradas que sabes que sé decir.

Te quiero. Sé que te he decepcionado, pero aunque no te lo parezca, nada es lo que crees. Espero tu reacción.

Lola

P. D. Recuerda, el amor no es lo que deseamos sentir, sino lo que sentimos sin querer.

Cuando terminó, metió el papel dentro del libro y, tras salir del baño, lo dejó en su sitio sobre la mesilla. Con cariño, miró aquella habitación donde había sido tan feliz y, cogiendo aire, salió de allí.

Dennis seguía parado junto a la puerta abierta.

—¿Por qué has tardado tanto? —preguntó al verla.

Lola se detuvo y respondió:

—He intentado darme prisa.

Con el corazón encogido, el brasileño la observó. Deseaba abrazarla, besarla, hacerle el amor, pero en cambio dijo:

—¿Puedes salir de mi casa ya?

Lola asintió, salió al rellano y, mirándolo, hizo un último intento:

—Pensé que esos hombres serían tan discretos como las mujeres con las que tú has estado. No te hablé de ellos porque no eran importantes, como seguramente tú no me has hablado de todas las mujeres con las que te has acostado. La diferencia es que no sé por qué ellos han sido unos bocazas.

—Quizá es porque yo sé seleccionar con quién me acuesto y tú no.

Lola asintió.

—Quizá...

A Dennis el corazón se le rompía por momentos.

Verla allí sin que le presentara batalla como en otras ocasiones, estaba pudiendo con él, y, como necesitaba terminar con aquella tortura, dio media vuelta, cogió la caja que había sobre la mesita y, tras sacar algo y tirarlo sobre el sofá, añadió:

—Ya que has venido, puedes llevarte esto. Son tus cosas.

Haciendo malabares, Lola se acercó a la caja que él le tendía y, cuando logró cogerla, musitó:

—He pasado la noche con mi abuela y ella ha dicho algo en lo que nunca había pensado, y es que el amor no es lo que deseamos sentir, sino lo que sentimos sin querer.

—Sabias palabras, las de tu abuela la bruja, pero a mí olvídame. Tú y yo ya no tenemos nada que ver.

—Dennis, te quiero y...

Lola no pudo decir más.

Con una sangre fría que le heló el alma, él le cerró la puerta en las narices sin añadir nada más. Lola se quedó mirando la puerta unos segundos y, finalmente, asintió y musitó:

—De acuerdo. Lo he intentado.

En el interior de la casa, Dennis caminaba enloquecido de un lado para otro. Lo que acababa de hacer era lo último que deseaba, pero era necesario para cortar con aquello de una vez. Quería a Lola, deseaba tanto a aquella mujer que dos segundos más viendo su cara enrojecida lo habrían hecho caer a sus pies de nuevo como un idiota. Y, no, eso no podía consentirlo.

Abrió la nevera y cogió una botellita de agua. Estaba sediento. Estaba bebiendo de ella cuando volvió a sonar el timbre de la puerta. Su corazón se aceleró y, en cuanto abrió, se encontró con Aidan, que lo saludó con una sonrisa.

Echándose hacia un lado, le permitió entrar y luego preguntó:

—¿Has visto a Lola?

—No.

Dennis cerró la puerta e indicó:

—Ha venido de improviso y se ha llevado ella misma la caja.

Aidan se encogió de hombros cuando Dennis preguntó:

—¿Quieres beber algo?

Aquél asintió y, señalando su botellita de agua, dijo:

—Lo mismo que tú, y si la tienes fría, mejor.

Sudoroso, Dennis se dirigió a la cocina, sacó otra botellita del frigorífico y, al entregársela, explotó:

—¿Por qué? ¿Por qué no fue sincera desde el primer momento?

Aidan no respondió, y Dennis insistió:

—Le abrí mi corazón como nunca se lo he abierto a una mujer, y ella... ella...

Sin poder continuar, se interrumpió. Entonces Aidan posó una mano en su hombro y declaró:

—No sé responder a eso. Yo no he hablado con ella, pero sí sé que anoche estaba tan mal como tú. Quizá os vendría bien hablar y...

Dennis lo miró. Negó con la cabeza y sentenció:

—No. Lo mío con ella se ha acabado.

Aidan asintió y, evitando hablar de Lola, preguntó:

—Priscilla me dijo que te marchas, que regresas a Múnich.

—Sí.

Apenado, el joven asintió y, consciente de que aquél no quería compañía, dijo tendiéndole la mano:

—Ha sido un placer conocerte. Ya sabes dónde tienes un amigo para cuando quieras.

Con una triste sonrisa, Dennis le cogió la mano y, tras apretársela con cariño, afirmó:

—Lo mismo digo, Aidan. Lo mismo digo.

Cuando aquél se marchó, el brasileño anduvo por la casa furioso de un lado a otro. Miró el CD de Michael Bublé que había sacado de la caja antes de dársela a Lola y se fue a la habitación para llenar cajas. Agarró el libro de su mesilla y los gemelos que se había quitado la noche anterior y lo arrojó todo dentro de una de ellas con furia. Después, cogió la cinta de embalar y, tras cerrar la caja, la dejó en un rincón del cuarto.

Ofuscado, marcó unos números en su teléfono y dijo:

—Eric, necesito un gran favor.

Después de hablar más de media hora con él, llamó a su amigo José. Cuando terminó, Dennis abrió el portátil y, tras reservar un vuelo para el día siguiente, cogió el CD que había dejado en el sofá, lo sacó de su cajita y, cuando los primeros acordes de *You Don't Know Me*[48] de Michael Bublé comenzaron a sonar, murmuró mientras se hacía con más cajas y seguía llenándolas con sus pertenencias:

—Por mucho que me cueste, me voy a olvidar de ti.

48. Véase la nota 5. *(N. de la E.)*

Capítulo 74

Cuando Lola llegó a su casa, Justin estaba sentado en la cocina. Nada más verla, él se levantó y, quitándole la caja que llevaba en las manos, preguntó:

—¿Cómo estás, Peque?

—Bien.

Luego estuvieron en silencio unos segundos, hasta que Justin preguntó:

—¿Quieres que hablemos de Dennis?

Lola negó. Lo último que le apetecía era hablar de él.

—No, pero tú y yo tenemos que hablar.

Justin asintió con una sonrisa:

—Cuando quieras.

Lola iba a sentarse, pero, pensándolo mejor, pues se sentía agotada, dijo:

—Luego hablamos. Ahora voy a ducharme y a tumbarme un poco.

—Sí, ve —la animó aquél—. Tienes cara de cansancio.

Lola entró en su habitación, en su remanso de paz. Bajó las persianas para oscurecerla y se desnudó. Se quitó el vestido rojo y fue directa al baño.

Mientras se duchaba, pensó en Justin. Cuando se levantara hablaría con él y le haría saber que, con Dennis o sin él, ella quería el divorcio. Esperaba que lo entendiera.

Al salir, se recogió el pelo en una coleta alta y, sin importarle que estuviera mojado, se metió desnuda en la cama. Luego, tocándose la barriga, se durmió mientras percibía el olor de Dennis en las sábanas.

Cuando despertó, no sabía cuánto tiempo había pasado desde que se había dormido. Pensó en Dennis. Sin duda no habría abierto aún el libro, por eso no la había llamado ni había aparecido. Con cuidado, se incorporó en la cama y miró el móvil. Eran las cuatro de la tarde.

Cogiendo unas braguitas de su cajón, unos vaqueros y una camiseta, se vistió. Cuando terminó, metió el móvil en el bolsillo del pantalón, fue al salón y no se sorprendió al ver que Justin no estaba. En la encimera de la cocina había una nota:

Regresaré sobre las seis.

Tras leerla, Lola asintió y, abriendo el frigorífico, buscó algo para comer. Pero no había nada que llamase su atención, y volvió a cerrarlo. Sin embargo, al acordarse del bebé que crecía en su interior, lo abrió de nuevo y cogió una manzana. Eso siempre era mejor que nada.

Mientras se la comía, pensó en Dennis. Le habría encantado darle la noticia del embarazo en otra situación diferente, pero las cosas habían salido así y, por mucho que se enfadara o pataleara, poco podía cambiar.

Al mirar hacia la mesita de la cocina, se encontró con la caja que Dennis le había entregado. Se acercó y vio única y exclusivamente sus cosas. El fular azul que él le había comprado en Edimburgo, las tazas personalizadas con los nombres de los dos, un álbum con las fotos del viaje a Edimburgo, un par de camisetas, dos vaqueros, varias bragas, un set de maquillaje, la crema hidratante para el cuerpo y su cepillo de dientes.

Al ver todo aquello, Lola suspiró, pero, no dejándose vencer de nuevo por la melancolía, sacó la ropa de la caja y la subió a su habitación. Allí abrió entonces el armario, extrajo la peluca verde y varios conjuntos de lencería y, bajando a la cocina, los tiró a la basura. No quería volver a saber nada de aquello.

Después fue hasta la caja llena de recuerdos, la cogió y caminó con ella hacia la entrada. Allí abrió un cajón del mueble del recibidor y sacó la llave de la puerta que llevaba al sótano.

Tras abrir aquella puerta y bajar siete escalones, Lola miró las estanterías que allí había y, mientras buscaba un hueco para colocarla, se apoyó en la pared con los ojos encharcados en lágrimas y lloró de nuevo.

¿Por qué tenía que ocurrirle aquello?

¿Por qué nunca podía ser totalmente feliz?

Al pensar en Beckett, la furia se apoderó de ella y, sacándose el móvil del bolsillo, buscó en la agenda y escribió:

Maldito hijo de puta, espero no encontrarme contigo en la vida.

Una vez que le dio a «Enviar», escribió otro mensaje:

Te odio como nadie te va a odiar.

Y lo envió también.

Se apoyó en la pared para secarse las lágrimas, pero entonces oyó un ruidito cerca de ella. Parecía la vibración de un móvil. Miró a su alrededor cuando de nuevo volvió a oírlo y se puso en alerta. Buscó dentro de las cajas que tenía a su alrededor pero no encontró nada, y decidió enviar otro mensaje:

Voy a por ti.

Tras mandarlo también, esperó unos segundos y volvió a oír la vibración.

El corazón le iba a mil. Envió otro mensaje, y otro, y otro, hasta que localizó el móvil y lo sacó de una cajita de madera que estaba debajo de una de las estanterías. Bloqueada, se lo quedó mirando con la respiración entrecortada. Aquél era el móvil que Justin y ella le habían regalado a Beckett años antes para que lo utilizase solamente para confirmar las citas.

¿Por qué estaba en su casa?

Con el corazón a mil, salió del sótano con su móvil y el otro en la mano mientras intentaba encontrar una explicación. Pero, de pronto, algo absurdo cruzó por su mente y, aunque no quiso darle importancia, según pasaba el tiempo, era la única explicación posible que encontraba.

¿Y si Justin había recuperado el teléfono de Beckett cuando ella le había enviado aquel último mensaje y, desde entonces, había sido él quien había estado acosándola mientras estaba con Dennis?

Angustiada, Lola bebió agua. Pensar aquello era una locura. Justin no era así.

Pero la conjetura, segundo a segundo, momento a momento, fue tomando peso.

Sentada en la cocina, oyó cómo se abría la puerta de entrada y, dos segundos después, Justin entró con unas bolsas y, dejándolas sobre la encimera, dijo con una encantadora sonrisa:

—Peque, he comprado unos solomillos de primera y te los voy a hacer a la pimienta, como a ti te gustan. También he pensado que dentro de unos días podríamos irnos de vacaciones a la casa que tu padre tiene en Cornualles. Siempre te ha encantado ir allí.

Lola lo miró. Su alegría la desconcertaba. Durante un rato lo vio trastear a su alrededor por la cocina, hasta que él, al verla tan callada, preguntó:

—¿Qué te ocurre?

Quiso contarle lo que imaginaba, pero no deseaba acusarlo sin tener pruebas, así que sonrió y contestó:

—Estoy contenta.

—¡Por?

—Porque, teniéndote a ti, ¿quién necesita un Dennis?

Justin asintió feliz.

—Claro que sí, Peque... Tú y yo juntos somos invencibles.

Lola sonrió y, levantándose de la silla, comentó:

—Mmm..., solomillo a la pimienta, ¡qué rico! Voy a ducharme y, cuando baje, me lo comeré encantada. ¿Me vas a hacer también patatitas?

—Claro —afirmó él, motivado.

Lola se dirigió hacia la puerta y, cuando se disponía a salir, dijo volviéndose hacia él:

—Por cierto, me ha escrito Beckett y he quedado con él a las siete en el hotel Zuleica.

Justin se detuvo, la miró, y Lola, guiñándole el ojo, insistió:

—Vamos, prepárame algo de comida, que tengo por delante una excelente tarde de sexo con Beckett. ¡A la mierda Dennis!

Dicho eso, salió de la cocina con el alma en vilo y subió al piso superior.

Al llegar a su habitación, abrió la puerta y la cerró, pero en vez de entrar, se quedó oculta en la escalera. Si Justin hacía lo que ella esperaba que hiciese, desde allí lo podría ver.

No pasaron ni dos minutos cuando, como imaginaba, Justin corrió hasta la entrada, buscó en el cajón la llave del sótano y abrió sin hacer ruido.

Lola cerró los ojos. Justin, su Justin, aquel que ella creía su mejor amigo, se la había jugado, y se la había jugado muy sucio. Así que, bajando la escalera sin hacer ruido, se dirigió a la puerta del sótano, la abrió y, al encontrarlo sacando la cajita de debajo de la estantería, preguntó:

—¿Buscas esto?

Al oír su voz, él se incorporó, la miró y, antes de que pudiera decir algo, Lola declaró:

—Nunca pensé que fueras capaz de hacerme algo así.

Sin más, dio media vuelta y salió del sótano. Con brío, caminó hacia el salón mientras, pensando en su bebé, decidía que no podía alterarse. Dos segundos después, Justin entró también en el salón.

Con el dolor y la decepción reflejados en su rostro, Lola lo miró y preguntó:

—¿Por qué?

—Peque...

—No vuelvas a llamarme Peque en toda tu puñetera vida, porque he dejado de serlo. Para ti, a partir de ahora soy Lola. ¿Entendido?

Acongojado y avergonzado, Justin asintió, y ella insistió:

—¿Por qué lo has hecho?

Él se sentó en el sofá y, hundido, respondió:

—Porque tenía pánico a las consecuencias.

Lola respiró e, intentando no gritar, indicó:

—Pero creí que lo habías entendido. Si incluso me dijiste que me merecía ser feliz. Me ayudaste con Dennis cuando ocurrió el accidente en casa y...

—Era parte del plan —respondió él—. Sabía que, si me oponía a lo vuestro, tenía todas las de perder, pero si me aliaba con vosotros, eso me daba tiempo a pensar algo y...

—Dios mío, Justin...

Él la miró. Siempre había existido la posibilidad de que ella se enterara.

—Lo sé. Soy una mala persona —respondió abochornado.

—Lo eres... Oh, sí..., claro que lo eres —afirmó Lola intentando no perder los nervios.

—Me odié mientras lo hacía, pero no podía parar. Te necesito a mi lado para que mi vida siga funcionando.

Sofocada por los sentimientos que intentaban aflorar, Lola iba a decir algo cuando él confesó:

—Tras recibir tu mensaje indicando que todo se había acabado, Beckett me escribió un email diciéndome que dejaba el móvil en un sobre en el hotel Tursos. Él nunca te molestó. Fui yo. Yo recogí el móvil, y pensé que si sembraba la duda en Dennis enviándote mensajes que tú le ocultabas, lo vuestro podía romperse y todo volvería a ser como siempre.

Lola suspiró. Ahora entendía por qué casi siempre recibía los mensajes cuando estaba con él. Justin siempre sabía dónde estaba ella.

—También le pagué a Jeremiah —soltó a continuación.

—¡¿Qué?!

—Jeremiah se enteró de que la academia no le iba a renovar el contrato y, una tarde, cuando fui a recogerte, me lo comentó. Le ofrecí una cantidad de dinero a cambio de que hiciera lo que hizo aquella noche y...

No pudo decir más. Lola se acercó a él y, con toda la rabia del mundo, le cruzó la cara de un bofetón. Estaba furiosa, rabiosa. ¿Cómo podía haber hecho algo así?

Justin no se movió. Sólo la miró y, hundido, afirmó:

—Me lo merezco. Merezco toda tu rabia.

—¡Dios mío, Justin...! —gritó—. ¿Cómo pudiste?

—Lola, envidio tu vida. Envidio que ese hombre te adore. Lo envidio todo. Y lo envidio porque sé que yo nunca podré tener una vida así.

Intentando tranquilizarse a pesar de cómo le temblaban las manos tras la bofetada, ella afirmó:

—Claro que puedes tenerla, Justin. Sólo tienes que aceptar tu homosexualidad ante todo el mundo y...

—Y la primera consecuencia sería perder mi trabajo.

—Y, para que tú no pierdas tu trabajo, ¿yo tengo que perder al hombre del que me he enamorado? —lo interrumpió ella—. ¿Te parece justo?

—No.

—¿Ves justo que me hagas esto cuando, supuestamente, soy tu mejor amiga, cuando hemos compartido doce años de nuestras vidas ayudándonos el uno al otro? Justin..., ¿qué te ha pasado?

Tapándose la cara con las manos, él comenzó a llorar. Las cosas que había hecho eran horribles. Terribles. Lola no se merecía aquello, y se desesperó.

Durante varios minutos, Justin lloró y Lola caminó de un lado para otro como un potro desbocado. Aquello era espantoso. Cuando consiguió controlar su mala leche, en beneficio de la vida que crecía en su interior, se sentó junto a él en el sofá y, cogiendo sus manos, dijo:

—Deja de llorar.

—No puedo. ¡Soy un ser horrible!

Procurando relajarse, Lola cerró los ojos y, cuando los abrió de nuevo, murmuró:

—Mira, Justin, la hombría no se mide por la cantidad de personas con las que te acuestas, sino por el valor de hacer lo que uno ha de hacer.

Él seguía llorando, y ella, desesperada, insistió:

—Eres un hombre increíble. Un maravilloso profesor de física y química al que sus alumnos respetan y adoran. Sólo tienes que darte una oportunidad. Sé que amas el colegio de mi padre, lo sé, pero la vida no se acaba por no dar clases allí. Si, por el hecho de ser homosexual, mi padre no quiere que formes parte de su plantilla, ¡él se lo pierde! Porque estoy segura de que otros estupendos colegios se matarán por poder contratarte. Adoras el Saint Thomas porque no conoces nada más, y aunque nunca has querido planteártelo, creo que ha llegado el momento de que vueles y hagas lo que quieras.

—No soy tan valiente como tú, Lola.

—Pues has de serlo. ¡Joder, Justin, que tienes casi cincuenta años!

—Cuarenta y ocho —la corrigió él.

Ella resopló: Justin llevaba muy mal lo de la edad. Pero, consciente de que lo hecho hecho estaba, dijo:

—Nueva York y Henry. ¿Por qué no te trasladas allí?

—¡Qué locura!

—¿Locura? —se mofó ella—. Locura es no dejarte llevar por lo que quieres.

—Lola..., no te merezco —balbuceó él entre hipidos.

—No, no me mereces —afirmó ella—. Pero, para tu suerte y mi desgracia, te quiero y necesito que rompas tu puñetero cascarón, le plantes cara a mi padre y a todo el que se te ponga por delante y seas feliz.

—Eso no es tan fácil.

—Lo sé —murmuró pensando en Dennis—. Pero si no lo intentas, nunca lo sabrás.

Ambos se quedaron en silencio durante unos minutos, sumidos en sus propios pensamientos, hasta que Lola, olvidándose de lo ocurrido entre ellos, preguntó:

—¿Por qué no comienzas una nueva vida en la que te permitas ser tú mismo? Conoce a Henry, enamórate locamente de él, cásate si es lo que deseas..., y a quien no te quiera por tu condición sexual, bórralo de tu vida. Pero, joder, Justin, sé feliz.

—Lola..., te quiero.

—No, no me quieres. Si me quisieras, no me habrías hecho lo que me has hecho.

Justin gimió al oír aquella terrible realidad, y, de forma inexplicable, Lola se echó a reír al oírlo.

—Vale... —cuchicheó—, me quieres, pero, por favor, cambia tu manera de quererme porque, así, no me hace feliz.

Justin soltó un nuevo gemido mientras balbuceaba:

—No deberías quererme. Soy un desgraciado. Soy una mala persona.

—Justin..., no te lo mereces, pero te quiero. Estoy muy decepcionada contigo porque tus acciones han tenido una grave consecuencia para Dennis y para mí. Pero yo no soy como tú. Quiero tu felicidad, y si tu felicidad es comenzar una nueva vida, Dios mío, échale un par de huevos y ve a por ella. Deja de estar obsesionado con el Saint Thomas y sé feliz.

—Hablaré con Dennis —decidió él entonces al tiempo que se levantaba—. Iré a su casa. Solucionaré las cosas. Le expondré lo que hice y, si me da una paliza, lo aceptaré.

Lola pensó en Dennis. Sin duda, si Justin aparecía por allí contándole aquello, podría ser mucho peor; lo miró y dijo, haciendo que se sentase de nuevo a su lado:

—No. Te lo prohíbo.

—Pero, Lola...

—No.

—¿Y si lo llamo por teléfono?

—Justin, ¿quieres ayudarme? —Él asintió—. Pues entonces, ni lo vayas a ver ni lo llames. Y, por favor, si de verdad deseas ayudarme, prométeme que no lo harás.

Ambos se contemplaron. Lola intentó sonreír a pesar de su mirada triste, y Justin, sintiéndose el peor hombre de la Tierra por lo que había hecho, afirmó:

—Te lo prometo, pero sigo creyendo que si hablo con él...

—No —lo cortó ella—. No vas a hablar con Dennis; primero, porque yo no quiero y tú me lo has prometido. Segundo porque, aunque te quiero, necesito perderte de vista, y tercero, porque vas a subir a tu habitación, vas a hacer la maleta y te voy a llevar al aeropuerto, donde vas a coger el primer vuelo a Nueva York y vas a aclarar tu vida de una santa vez por todas durante este verano con Henry.

—Pero, Lola...

—No... No hay peros.

—Pero tu padre...

—He dicho que no hay peros, Justin. Necesito que te largues. Necesito estar sola para pensar y asumir lo cerdo que eres, aunque te quiero. Y, si no te vas, sí que me voy a cabrear.

Esa noche, Lola acompañó a Justin al aeropuerto, y, tras una despedida en la que él no paró de llorar como un crío, finalmente se marchó. Ella respiró, aunque se inquietó al ver que Dennis todavía no había dado señales de vida.

Capítulo 75

A las tres y media de la madrugada, necesitada de cariño, Lola llamó al timbre de casa de su hermana. Cuando le abrió la puerta, con una extraña sonrisa, le preguntó:

—¿Puedo dormir contigo?

Priscilla se restregó los ojos adormilada.

—¿Qué pasa? —quiso saber.

—Nada. Sólo que quiero estar contigo —respondió Lola sonriendo.

Su hermana asintió y, al verla con aquella sonrisita tonta, inquirió:

—¿Has bebido o te has fumado algún porro?

—Noooooo.

Priscilla la miró de nuevo y, bajando la voz, dijo:

—Aidan está en mi cama.

Lola se encogió de hombros.

—A mí no me importa que seamos tres.

Al oír eso, Priscilla abrió los ojos del todo y protestó:

—Oye, guapa..., no te pases un pelo, y menos con mi chico.

Lola soltó una risotada justo en el momento en que Aidan aparecía por el pasillo y, al verla, preguntaba:

—¿Estás bien?

Priscilla iba a contestar, cuando ella se le adelantó:

—Aidan, aunque quiera meterme en la cama con mi hermana y contigo, puedes estar tranquilo, que estás a salvo. No voy a meterte mano ni...

—¡Lola! —gruñó Priscilla.

Él sonrió al oírlas y, acercándose a Priscilla, le dio un beso en los labios y decidió:

—Dormiré en la habitación de invitados. Vamos, chicas, ¡a la cama!

Cuando aquél desapareció, Lola cogió a su hermana del brazo y cuchicheó:

—Vamos, tengo algo que contarte.

Mientras caminaban hacia la habitación, Priscilla dijo:

—Por cierto, hoy he hablado con papá. Nos espera pasado mañana a las nueve en su despacho.

—Vale —asintió Lola.

Una vez en la cama, comenzó a contarle lo que Justin le había confesado. Priscilla no daba crédito. Lo que su hermana le estaba explicando con toda la tranquilidad del mundo era algo terrible, por lo que, cuando terminó, le soltó:

—Y, aun así, ¿le hablas a ese hijo de Satanás?

—Sí.

—¿Por qué? Te ha destrozado la vida.

Lola asintió con cierto pesar.

—Estaba asustado. Sin esperárselo, le rompí su planificada vida y...

—Si lo cojo —la interrumpió Priscilla furiosa—, le saco los ojos por desgraciado.

Lola sonrió y, mientras se recogía el pelo en una coleta alta, Priscilla preguntó:

—¿Se lo has contado a Dennis?

—No.

—¿Por qué?

—Porque no. Estoy esperando a que reaccione.

Atónita, Priscilla miró a su hermana y protestó:

—Pero ¿no te das cuenta de que esto aclararía las cosas entre vosotros? Si lo llamas y le cuentas la verdad, todo podría solucionarse y podrías...

—No.

—Lola, no seas cabezota.

—He dicho que no. Él tiene que reaccionar.

—Pues lo llamaré yo.

Al oír eso, Lola agarró con fuerza la mano de su hermana y sentenció rechinando los dientes:

—Si haces eso, no volveré a hablarte en la vida. Piensa muy bien lo que vas a hacer si no quieres perder una hermana.

Priscilla asintió y, convencida de que aquélla cumpliría lo que decía, afirmó:

—Tranquila. No quiero perder a mi hermana. Pero sigo sin entender por qué no lo llamas.

—Porque deseo que él decida si quiere quererme o no.

—Y ¿eso a qué viene ahora?

A Lola se le llenaron los ojos de lágrimas y, mirándola, añadió:

—Ayer estuve con la Abu y me dijo algo en lo que nunca había pensado, pero que es la realidad más verdadera que he oído en mi vida.

—Y ¿qué te dijo?

—Me dijo que el amor no es aquello que deseamos sentir, sino lo que sentimos sin querer. Y, si de verdad me quiere sin querer, Dennis volverá. —Luego, secándose las lágrimas que corrían por sus mejillas, añadió—: Y, si no, pues es mejor que cada uno continúe con su vida.

—Pero, Lola...

—Si decide quererme y confiar en mí, le enseñaré una grabación que Justin ha dejado antes de irse explicando entre sollozos lo ocurrido. Y, si no decide quererme, nunca se la enseñaré.

—Pero siempre pensará que eres una mala mujer.

Lola sonrió.

—Pues que lo piense. ¡Qué más da!

Priscilla resopló y, meneando la cabeza, cuchicheó:

—Mira que estás rara. Tan pronto lloras como ríes. ¡A ti no hay quien te entienda!

Lola soltó una risotada. Debía estar bien por su bebé. Y, mirando a su hermana, musitó:

—Tengo otra cosa más que decirte.

—¿Otra?

—Sí.

Priscilla suspiró y murmuró:

—¿Es mala o buena? Mira que ya no sé qué esperar de ti.

Lola sonrió.

—Es loca. Digna de potro desbocado.

Priscilla volvió a suspirar.

—Miedito me da..., pero venga, ¡suéltala!

Lola sonrió, cogió aire y, mirando a su hermana, confesó:

—Estoy embarazada.

—¡¿Qué?!

—¡Vas a ser tía!

Priscilla abrió la boca lentamente y, cuando no pudo más, gritó:

—¡Ay, Dios mío... Ay, Dios míoooo!

Estaban abrazándose cuando Aidan entró asustado en la habitación y preguntó:

—¿Qué ocurre? ¿Qué pasa?

Apretando la mano de su hermana para que no dijera nada, Lola la miró, y ésta, al entenderla, respondió volviéndose hacia su chico con una sonrisa de oreja a oreja:

—Nada, cariño, mi hermana y yo, que hablamos y nos dejamos llevar.

Aidan asintió y, muerto de sueño, dijo antes de salir de la habitación:

—Controlaos y dormid, que es tarde.

Cuando cerró la puerta, Priscilla abrazó a su hermana y, tocándole su inexistente tripita, preguntó en voz baja:

—¿Voy a ser tía?

—Sí.

—¿En serio?

—Sí.

—El padre es Dennis.

—Por supuesto.

Al oír eso, Priscilla gritó de nuevo.

—¡Ay, Dios mío...! ¡Ay, Dios mío, la que se va a liar!

Aidan volvió a abrir la puerta alarmado y, al ver a las chicas reír, comentó con guasa:

—Vale..., os habéis dejado llevar otra vez.

Cuando volvió a cerrar la puerta, Priscilla preguntó excitada:

—Lola, ¿no se lo vas a decir?

—Ya se lo he dicho...

—¿Qué?

—Se lo he dicho, pero quizá todavía no se ha enterado.

Sin entender nada, su hermana la miró, y Lola aclaró:

—Ayer, cuando fui a su casa, le metí una nota en el libro que suele leer por las noches antes de dormir. Pero aún no ha dado señales de vida.

—Dios mío, Lola... Y ¿cómo crees que va a reaccionar?

Ella suspiró entonces y murmuró:

—No lo sé. Ya te lo diré cuando lo sepa.

Capítulo 76

A las once de la mañana, José estaba con Dennis en su apartamento mientras unos hombres sacaban las cajas que el brasileño había preparado durante la noche. Por suerte, no tenía mucho.

—Pero ¿estás seguro de querer marcharte?

—Sí —afirmó Dennis.

—Y ¿ya tienes casa en Múnich?

Él sonrió y, mirando a José, declaró:

—Sí. Mi amigo Eric, como hiciste tú en su momento, ya me ha conseguido un buen apartamento.

A pesar de la buena amistad que tenía con aquél, no había querido explicarle el verdadero motivo de su marcha. Simplemente le había dicho que su contrato en Londres había acabado y regresaba de nuevo al colegio de Múnich, y José pareció entenderlo.

Una vez que los operarios de la empresa de mudanzas que José había contratado terminaron de sacar las cajas del apartamento, le entregaron a Dennis un albarán y uno de ellos lo informó:

—Dentro de diez días lo tendrá todo en Múnich en la dirección que nos ha proporcionado. —Y, consultando la hoja, añadió—: En «Observaciones» he puesto el teléfono de su amigo Eric Zimmerman para que lo llamen. Él será la persona que reciba la mercancía, ¿verdad?

Dennis asintió:

—Exacto.

En cuanto los hombres se marcharon, el brasileño miró a su alrededor y, cuando vio que José iba a decir algo, indicó:

—Vamos. Quiero despedirme de Rosanna y de la gente de la academia. Mi vuelo sale a las nueve de la noche.

Al bajar a la calle, Dennis vio cómo los operarios montaban su moto en el camión y miró a José, que lo observaba con cierta pena. Luego, sin hablar, se dirigieron hacia el restaurante de Rosanna.

Allí comieron y, sobre las cuatro, llegaron sus compañeros de la academia de baile: Irasema, Maycon y Georgina. Éstos, tan impresionados como José, trataron de entender el porqué de su repentina marcha, pero Dennis sólo contó lo que quería. Nadie le sacó nada más.

—Pero entonces ¿ahora te vas de vacaciones?

—Sí —dijo él sonriendo—. Me voy diez días a la isla de Menorca, en busca de tranquilidad, sol y playa. Luego viajaré a Brasil para ver a mi familia.

—¡Qué planazo! —afirmó Georgina.

Dennis sonrió de nuevo. Planazo..., planazo, no sabía si sería, pero sin duda necesitaba desconectar antes de regresar a Múnich.

A las siete de la tarde, José dejó a su amigo frente al aeropuerto de Londres y, tras un abrazo y una sonrisa, Dennis se echó la mochila al hombro y, sin mirar atrás, se metió en la terminal. Una vez dentro, miró los paneles informativos y vio que su vuelo a Menorca saldría a la hora prevista. Eso lo alegró.

Como siempre que montaba en avión, cerró los ojos cuando el aparato despegó e, inevitablemente, Lola acudió a su mente. Pensar en ella lo reconfortaba. Lo hacía olvidarse de la realidad, aunque, en cuanto abría los ojos y era consciente de lo ocurrido, maldecía y se desesperaba.

Cuando aquella noche Dennis llegó de madrugada al hotel de Punta Prima, dejó su mochila, se tiró en la cama y se durmió pensando en Lola. Aunque ella no estuviera a su lado, estaba más presente que nunca.

Capítulo 77

A las nueve menos diez, Lola y Priscilla entraban en el colegio Saint Thomas.

Era extraño recorrer aquellos pasillos sin el bullicio de los niños. Intentando relajarse, Priscilla se lo comentó a su hermana, y Lola afirmó:

—Sí. Se los echa de menos.

Ésta, vestida con unos vaqueros, caminaba junto a Priscilla mientras continuaba sumida en su mundo.

¿Por qué Dennis no había dado señales de vida en dos días?

Había decidido no llorar. Como su abuela le había dicho, con llorar no se aclaraban las cosas. Las cosas se solucionaban luchándolas, echándoles pelotas. Y eso era lo que creía haber hecho con Dennis. Sin embargo, cada instante que pasaba sin que él le dijera nada, le rompía más y más el corazón.

Cuando las chicas llegaron frente al despacho de Colin, lo encontraron sentado en una de las sillas de la secretaría. Al verlas, se miró el reloj y dijo:

—Dos minutos antes de la hora, ¡estupendo!

Ellas se miraron entre sí, y Priscilla, al ver a su padre sentado en la secretaría, preguntó:

—¿Por qué estás aquí y no en tu despacho?

—¿Y Justin?

Sin inmutarse, Lola mintió:

—Ha surgido un imprevisto. Vendrá más tarde.

Colin la miró con seriedad. Aquello no era propio de Justin. Él siempre anteponía el colegio a cualquier otra cosa, pero sin querer darle mayor importancia, asintió.

Cuando su padre se dio la vuelta, Priscilla miró a su hermana y ésta cuchicheó:

—Luego le diré la verdad. Luego...

Volviéndose de nuevo, Colin se sacó una llave del bolsillo y preguntó:

—¿Veis esto? —Ellas asintieron, y él indicó—: Este año, en mi despacho sólo ha entrado alguien en él estando yo. Si yo no estaba, nadie podía entrar.

Sin entender lo que quería decir con aquello, y más habiéndolo sufrido durante todo el curso, Lola iba a hablar cuando su padre dijo:

—Y ahora os explicaré el porqué.

Colin se acercó a su despacho, abrió con la llave que tenía en las manos e indicó:

—Vamos, pasad y sentaos.

Al entrar, se fijó en los ojos enrojecidos de su hija Lola y, cogiéndola del brazo, preguntó:

—¿Qué te ocurre?

Al ver cómo la miraba, ella se sacó un kleenex del bolsillo y, tal y como ya se lo había preparado, respondió:

—Estoy constipada, papá —al tiempo que se sentaba en una silla—. Creo que el aire acondicionado de la fiesta de la otra noche me jugó una mala pasada.

—Normal —afirmó aquél—. No paraste de bailar y seguro que cogiste frío.

—Seguro —asintió Priscilla mientras se acomodaba en una silla y se ganaba una miradita de Lola.

Una vez que los tres estuvieron sentados, Colin volvió a mostrarles la llave con la que había abierto la puerta de su despacho.

—Esta llave me ha evitado muchos quebraderos de cabeza este año —dijo. Ninguna de sus hijas habló, y entonces él, mirándolas, preguntó—: ¿Os acordáis de que comenzamos el curso con un raterillo que robaba en la sala de profesores? —Ellas asintieron, y Colin afirmó—: Gracias a esta llave, lo descubrí y zanjé el tema.

Sorprendidas por aquello, Priscilla preguntó:

—¿Y quién era?

—Os lo diré, pero no puede salir de aquí. —Las chicas volvieron a asentir sorprendidas, y su padre añadió—: Era Marian.

—¿Marian, tu secretaria? —preguntó Lola.

—La misma —afirmó Colin.

Lola y Priscilla se miraron, y esta última dijo:

—No puede ser.

—Lo es, hija.

—Pero si me dijo que se marchaba porque a su hijo lo había abandonado la mujer y éste le había pedido que lo ayudara con los niños —indicó Lola.

Colin asintió y, mirando a su hija, admitió:

—Ésa es la versión que quedamos que contaría. Han sido muchos años con Marian en el colegio y no podía consentir que se fuera por la puerta de atrás. Y, aunque me dio mucha pena tener que despedirla, lo hice por el bien del Saint Thomas.

Ambas se miraron sorprendidas, y entonces Colin inquirió:

—Y ¿no me preguntáis cómo supe que era Marian?

—Vamos a ver, papá —cuchicheó Lola impaciente—. ¿Quieres hacer el favor de dejar de tratarnos como si fuéramos tontas y explicarnos qué ocurre de una santa vez?

Colin asintió y, levantándose, abrió con otra llave un armario que había al fondo del despacho. Cuando las chicas vieron la parafernalia que había allí montada, Priscilla preguntó:

—Pero ¿esto qué es, papá?

Ante ellas había una especie de monitor y, colocadas por fechas, distintas cintas en color oscuro.

Dándole a un botoncito, Colin encendió el monitor. Y Lola, mirando la pantalla, preguntó:

—¿Eso no es la sala de profesores?

—Sí, hija, lo es.

—¡¿Qué?! —exclamó Priscilla alucinada.

Al ver la sorpresa en los rostros de sus hijas, Colin explicó:

—Antes de que comenzara el curso, sin que nadie lo supiera, contraté a unos especialistas en seguridad para que colocaran varias cámaras en la sala de profesores que se encienden automáticamente cuando alguien entra y se apagan si no hay nadie dentro.

Sin dar crédito, Lola miró las cintas y gruñó:

—Papá, ¿tú no sabes que esto es ilegal?

Él asintió.

—Nadie se va a enterar. Sólo vosotras. Además, me ha ayudado a resolver un problema, y el resto me la repampinfla.

—Pues cuidadito con estas cosas o te denunciarán —afirmó Priscilla.

—¿Lo vais a contar vosotras?

Ambas negaron con la cabeza. Ellas no iban a decir nada. Pero Lola insistió:

—Aun así, deberías quitar las cámaras antes de que comience el nuevo curso.

—¿Por qué?

—Porque no es legal, papá, ya te lo he dicho, y si alguien se entera, puedes meter al colegio en un buen problema.

—Pero si sólo hay cámaras en la sala de profesores.

—Da igual, papá..., da igual.

—En ocasiones es como ver un programa en directo.

—Papá... —protestó Priscilla.

—Te enteras de cada cosa... —afirmó aquél carraspeando.

Al oír eso, Lola clavó la mirada en su padre. ¿De qué hablaba exactamente? E, inquieta, preguntó:

—¿Qué quieres decir con eso?

Haciéndose el interesante, Colin la miró y respondió:

—Dímelo tú, que pareces saberlo.

Lola y Priscilla intercambiaron una mirada. Aquello pintaba mal. Y Lola soltó:

—Justin me dijo que tenías que hablar de un tema escabroso con él. ¿Cuál es?

Sin entender por qué de pronto su hija levantaba la voz de aquella forma, Colin la miró e indicó:

—Esperaré a que él venga para decírselo.

Lola maldijo. No podía soportar que su padre hubiera jugado también con ella. En aquella sala recordaba haber flirteado con Dennis, entre otras muchas cosas, por lo que, mirándolo, siseó:

—Muy bien, papá, dejémonos de tonterías. ¿Qué es lo que sabes?

Colin miró a su hija y, sin dudarlo, le siguió el juego.

—Bien sabes tú de lo que me he enterado, y haz el favor de contener a ese potro desbocado que hay en ti.

Priscilla se llevó la mano a la boca al oír eso. Iba a decir algo cuando Lola dio un paso adelante y, mirando a su padre, voceó:

—¡¿Me estás diciendo que todo este tiempo has sabido lo que ocurría y has estado callado como un viejo zorro cuando todo se podría haber solucionado y ahora yo podría ser feliz, en vez de estar hecha una mierda porque todo se nos ha ido de las manos?!

A cada instante más sorprendido por lo que aquélla decía, en lugar de sacarla de su error, él la miró con aquella mirada que sabía que la desesperaba y Lola explotó:

—Genial, papá, ¡genial! He pasado un curso de mierda, angustiada porque te enterases de que estoy enamorada de Dennis, y ahora resulta que lo sabes todo. Sabes que, desde que me casé con Justin, mi vida con él ha sido puro postureo porque es gay y... y... —Y, rechinando los dientes, gritó fuera de sí—: ¡¿Por qué? ¿Por qué contigo es siempre todo tan difícil? ¿Por qué no podrías haberme llamado para aclarar las cosas?!

Al observar que su hermana perdía los nervios, Priscilla se acercó a ella y murmuró:

—Tranquilízate. No te conviene ponerte así.

Pero Lola ya era el potro desbocado de siempre. Por su boca soltó toda clase de improperios y palabras malsonantes, mientras su padre la miraba con seriedad e intentaba procesar todo lo que ella decía. Cuando por fin Lola cerró la boca, siseó:

—Siéntate, tranquilízate y hablemos.

Lola maldijo. Miró a su hermana y, cogiendo su bolso, decidió:

—Me voy. Me voy a mi casa porque, como siga así, voy a cometer un asesinato.

—¡Lola, siéntate! —gritó Colin.

Ella lo miró, pero, con el rostro congestionado, respondió:

—No, papá, ahora no.

Y, sin más, salió del despacho dando un portazo y dejando a Colin tremendamente descolocado.

En cuanto Priscilla y él estuvieron a solas, ésta miró a su padre con cara de circunstancias, y él aclaró:

—No sé de qué habla tu hermana, pero tú me lo vas a contar. Y me lo vas a contar porque yo sólo vi las cintas hasta que solucioné lo de Marian. Descubrí que el profesor Emerson se muerde las uñas, que la señorita Clarisa se saca mocos con el meñique y que Shonda y Bruna competían por ganarse los favores de Dennis, pero está visto que en esa sala de profesores han pasado más cosas que yo no sé y que estoy dispuesto a saber.

Priscilla suspiró, y entonces su padre gritó fuera de sí:

—¿Qué es eso de que Justin es homosexual y tu hermana está enamorada de Dennis? Por el amor de Dios, pero ¡¿qué locura es ésa?!

Al verlo tan nervioso, Priscilla se sentó a su lado y, consciente de que era ella quien tenía que solucionar y aclarar todo aquel desaguisado con él, murmuró:

—Papá, prometo contarte todo lo que sé si te tranquilizas.

Con los ojos fuera de las órbitas, Colin gritó y gritó. Al igual que Lola, era como un potro desbocado siempre que perdía los papeles. Cuando al fin se calló, Priscilla lo miró y preguntó:

—¿De verdad no sabes de qué habla Lola?

—Pues no, ¡claro que no!

Ella suspiró y, tras coger las cintas y mostrárselas, volvió a sentarse y dijo:

—No sé qué hay aquí grabado, pero nada mejor que estas cintas para explicarte lo que ocurre.

Colin asintió. Le sudaban las manos, le sudaba el cuello y, quitándose la corbata, miró a su hija e indicó:

—Llamaré a Rose para decirle que no me espere para comer. Tú deberías hacer lo mismo con ese muchacho, con Aidan. De aquí no salimos hasta que me entere bien de qué le pasa a tu hermana y al imbécil de su marido.

Priscilla sonrió. Que hubiera pensado en Aidan con normalidad significaba mucho para ella y, sonriendo, besó a su padre en la mejilla y afirmó:

—Tranquilo, papá. Yo te explicaré lo que necesites.

—Ya te digo si me lo vas a explicar... —insistió aquél.

Priscilla asintió, aunque sabía que, en lo referente a Lola, todo..., todo no podía explicárselo.

Capítulo 78

Lola andaba furiosa por la calle.

Pero ¿cómo podía haber jugado su padre con ella también?

Caminó y caminó durante horas hasta que, al pensar en el bebé, respiró e intentó tranquilizarse. Su estado de ánimo lo perjudicaría, y eso era lo último que quería.

De tanto caminar llegó hasta la casa donde vivía Dennis y, al ser consciente de adónde la habían llevado sus pies, sin dudarlo entró en el portal. Tenía que hablar con él fuera como fuese y aclarar las cosas.

Al llegar a su puerta y verla entreabierta, lo llamó:

—Dennis...

Pero cuando abrió la puerta del todo, el corazón se le cayó a los pies. Aun teniendo los muebles que ella conocía, la casa se veía desnuda, vacía. Lola entró en el recibidor y una chica salió entonces de la habitación del fondo y preguntó:

—¿Venías a ver el apartamento?

Lola no entendía nada, pero miró a aquélla y contestó:

—No. Venía buscando a Dennis.

La chica sonrió entonces y respondió:

—Dennis ya no vive aquí. Se marchó.

Cuando Lola oyó eso, la habitación comenzó a darle vueltas y, apoyándose en el sofá donde tantas veces había estado con él, se sentó y murmuró a la chica:

—Por favor, ¿podrías darme un vaso de agua?

La muchacha, asustada, rápidamente se lo dio y, cuando ella bebió y pareció reponerse, preguntó:

—¿Estás mejor?

Lola asintió. Se encontraba hecha una mierda, pero no pensaba reconocerlo delante de aquella desconocida y, sonriendo como pudo, indicó:

—Sí. Es sólo que me ha dado una bajada de tensión.

Dos minutos después, cuando Lola se marchaba de aquella casa y sentía que el corazón se le iba a salir del pecho, se tocó la barriga y susurró:

—Tranquilo, bebé..., mamá te cuidará.

Pero, enfadada, odió a su padre por haberle ocultado que estaba al corriente de su problema, a Justin, por haberla engañado con aquella frialdad, y a Dennis, por haberle hecho creer que ella era su mujer y el centro de su mundo.

Sin ganas de continuar caminando por la calle, paró un taxi y se fue a su casa. Era lo mejor que podía hacer. Necesitaba descansar.

A los pocos minutos de llegar, sonó el timbre de la puerta. El corazón se le aceleró. ¿Y si era Dennis? Fue a abrir corriendo, pero se llevó una enorme decepción al ver a su abuela, quien la miró e inquirió:

—¿Por qué no me coges el puñetero teléfono?

Lola se hizo a un lado para que la mujer pasara y, mientras la observaba, dijo:

—Abu..., no estoy de humor.

Diana, que llevaba una bolsa en la mano, sacó un táper de comida, se lo enseñó y preguntó:

—¿Has comido algo?

Lola negó con la cabeza, y ella, refunfuñando, siseó:

—Lo imaginaba. Anda, vamos a la cocina; hice ternera estofada de la que te gusta.

Sin rechistar, Lola acompañó a su abuela a la cocina, se sentó en una silla y dejó que aquélla calentara la ternera. Una vez que la anciana puso dos platos sobre la mesa y se sentó a su lado, Lola murmuró sonriendo:

—Qué bien huele.

—Pues sabe mejor. Come.

Lola empezó a comer. Ambas comieron en silencio y, cuando acabaron, Lola miró a su abuela y susurró:

—Se lo conté. Como me dijiste, busqué la manera de contárselo, pero él se ha marchado. Ha recogido sus cosas y se ha ido.

Diana asintió. No sabía qué responder, y entonces Lola se levantó y dijo, metiendo su plato en el lavavajillas:

—Vayamos al salón. Quiero tumbarme un poco.

La mujer se levantó y ayudó a su nieta a recoger la cocina. Luego, ya en el salón, cuando ésta se tumbó, le dio un beso en la frente y murmuró:

—Descansa. Lo necesitas.

Durante un par de horas, Lola permaneció echada con los ojos cerrados, mientras su abuela miraba unas revistas a su lado. La tranquilidad reinaba en el salón cuando sonó el timbre. De un salto, Lola se levantó y corrió a la puerta. ¿Sería Dennis?

Pero su cara se contrajo al ver a su padre y a Priscilla.

Durante unos segundos contempló a Colin con desdén, hasta que éste dijo:

—Hija, pero ¿qué has hecho?

Lola resopló, y Priscilla, que estaba mirándola, le recomendó:

—Escúchalo antes de hablar, Lola, por favor.

En ese instante, Diana llegó a la puerta y, dirigiéndose a Colin, musitó:

—El que faltaba, ¡el rey de la fiesta!

Al verla allí, Priscilla se le acercó y, tras indicarle con una seña que callara, todas guardaron silencio para que Colin se explicara:

—Cuando le dije a Justin que tenía que hablar de un tema escabroso con él era porque este curso que viene es el último que voy a estar como director. He pensado nombraros directoras del Saint Thomas a Priscilla y a ti, y sabía que mi decisión no le iba a sentar bien. Por eso utilicé la palabra *escabroso*. —Lola parpadeó al oírlo—. No sabía nada de lo que ocurría en tu vida, hija, aunque al ver tu reacción quise hacerte creer que sí. Pero ahora lo sé. Sé lo del descerebrado de Justin, y sé lo de Dennis.

Lola no habló, y Priscilla, al ver el gesto serio de su hermana, insistió:

—Lola, papá no sabía nada. Créelo, porque es verdad.

Sin hablar, ella caminó hacia el salón. Entonces Diana, mirando a Colin, le susurró:

—No está muy bien. No la agobies.

Consciente de que en aquellos momentos su abuela podía enredar aún más las cosas, al ver el gesto de su padre, Priscilla cogió a la mujer del brazo e indicó:

—Abu, vamos a preparar té.

Cuando éstas desaparecieron, Colin siguió a Lola al salón, se colocó ante ella y preguntó:

—¿Por qué? ¿Por qué te casaste con Justin?

Ella cerró los ojos y, respirando, respondió:

—Porque necesitaba escapar de ti.

—¿De mí?

Lola asintió.

—Sí, papá, de ti. Tú querías que estudiara algo que yo no quería, era una niña, y creía que la mejor manera de poder seguir mi camino era independizándome. Por eso me casé con él.

—Por Dios, ¡qué locura!

Lola sonrió y, sin nada que perder, afirmó:

—Él y yo teníamos problemas en nuestras respectivas casas, con nuestros respectivos padres, y pensamos que casarnos sería la solución.

Llevándose las manos a la cabeza, Colin siseó:

—Pero, hija, Justin es homosexual..., ¿cómo pudiste?

—Te lo acabo de explicar, papá. Lo hice para escapar de ti.

Estaba descolocado e iba a decir algo cuando Lola se le adelantó:

—Justin ha sido un excelente marido durante todos estos años.

—Pero ¡es gay!

—¿Y qué? —preguntó Lola.

—¡Dios santo, hija! —voceó aquél—. Si yo hubiera sabido que ese... ese... sinvergüenza era homosexual...

—Ese sinvergüenza, como tú dices —lo cortó Lola—, ha sido la persona que durante estos últimos doce años te ha ayudado a que el colegio Saint Thomas sea uno de los más valorados del país. Se ha preocupado por ti y te ha solucionado cientos de problemas cuando tú eras incapaz de solucionarlos. Justin se ha dejado la piel en cada clase, con cada alumno y cada año por y para ti. ¿Cómo puedes juzgarlo por su sexualidad?

Colin cerró los ojos y, sentándose en el sofá junto a su hija, murmuró:

—Lola, yo pertenezco a otra generación, y en mi generación...

—En tu generación había los mismos gais que hay hoy en día —lo cortó ella—. Lo que pasa es que se escondían por vergüenza, hacían lo que Justin ha hecho conmigo durante estos años, ocultarse detrás de mí. Pero, no te equivoques, papá, se escondieran o no detrás de una mujer, su condición sexual seguía siendo la misma. Por si no te habías dado cuenta, estamos en el siglo XXI, y las personas son personas independientemente de si eres homosexual o hetero. Y hasta que eso se te meta en esa cabezota tuya, el colegio Saint Thomas no podrá prosperar.

Las palabras de su hija eran las mismas que Priscilla le había repetido hasta la saciedad.

—Lo sé —admitió él con pudor—. Y por eso tu hermana y tú debéis tomar mi relevo en la institución cuando me jubile. Creo que entre las dos lo haréis muy bien. Además, Rose se merece que esté más pendiente de ella de lo que lo he estado hasta ahora.

Al oírlo, Lola lo miró. Que su padre dijera aquello significaba mucho. Él no era una persona fácil de contentar ni de convencer. Y, escrutándole el rostro, preguntó:

—¿Qué te ha pasado para que...?

Colin sonrió y cuchicheó:

—Este año ha sido muy complicado para todos. Cada complicación y cada disgusto me hacían darme cuenta de lo mal que había hecho las cosas a lo largo de mi vida, y cuando conseguí que Rose me diera otra oportunidad, pensé que era el momento de cambiar. Debo intentar hacer las cosas mejor porque, como Rose decía, debía alegrarme por recibir el cariño de mis hijos y dejar de cuestionaros por vuestras decisiones, me gustaran o no. Hace una semana hablé con Daryl por teléfono, pero, tranquila, no discutimos. Le comenté lo que quería hacer en relación con el colegio y él terminó de convencerme de que vosotras erais mi mejor relevo y no Justin. —Lola sonrió y aquél continuó—: Pero cuando iba a decíroslo esta mañana, todo se ha liado. Me las he dado de listo, como siempre, tú has creído que yo sabía algo y el tema se ha complicado.

—Papá...

—Hija. Me duele saber que Justin es homosexual, pero más me duele saber que durante doce años has estado casada con él y no has sido feliz. Me avergüenza recordar las veces que te he echado en cara que no me hubieras dado un nieto y...

Lola no lo dejó continuar. Lo abrazó y, emocionada, murmuró:

—Papá, eso ya es pasado..., olvidémoslo.

Colin abrazó a aquella hija que tanto se parecía a él y, cuando la separó para mirarla, susurró con cariño:

—Eres un potro desbocado como yo, pero de otra generación y en mujer. —Eso hizo reír a Lola—. Me quieres. Te quiero y deseo volver a ser tu héroe como cuando eras pequeña. Si alguien tiene que pedir perdón aquí, soy yo. No estuve lo suficientemente pendiente de ti como para evitar la locura que hiciste casándote con Justin, pero ahora que sé muchas cosas y que las palabras dicen lo que los corazones en ocasiones callan, tengo que decirte que Dennis, el profesor Alves, te quiere, Lola. Te quiere como un hombre ha de querer a una mujer.

Al oír eso, ella no supo qué decir. Hablar de Dennis la destrozaba.

Priscilla, que salía en ese instante junto a la abuela de la cocina con una bandeja con té, indicó emocionada:

—Lola, hemos visto unas cintas en las que Dennis habla con Justin y le confiesa el amor que siente por ti. Le dice cosas preciosas, maravillosas.

—Ojos Hechizantes es su hombre —afirmó la abuela—. Ya se lo dije yo.

Confundida por lo que estaba oyendo y sintiendo, Lola cogió aire e indicó:

—No quiero hablar de Dennis.

Colin y Priscilla se miraron, y Lola sentenció:

—Ese tema está finiquitado. He estado en su casa y ya no vive allí.

—¿Qué? —preguntó Priscilla.

—Lo que oyes —afirmó ella—. Se ha marchado, y eso sólo significa que no me quería tanto como vosotros decís.

Sorprendido, Colin señaló:

—Pero, hija, cuando le hablaba de ti a Justin no decía lo mismo y...

—Papá —lo cortó ella—, se ha ido. Se ha marchado, y ya no quiero que vuelva.

—¡Lola, ¿qué dices?! —protestó Priscilla.

—Lo que siento.

Diana, que había permanecido impasible durante todo el rato, intervino:

—Puedo ir a casa a por mis cartas. Podemos hacer una tirada y puedo decirte si...

—No, Abu —replicó Lola mirándola—. No quiero tiradas. Simplemente no quiero saber nada de él porque ya han quedado claras las cosas entre los dos.

Entonces Colin, levantándose, se sacó el móvil del bolsillo y dijo:

—Hablaré con él. No sé qué ha pasado entre vosotros, pero sin duda se puede solucionar. Es una locura que...

Arrebatándole el móvil de las manos, Lola siseó:

—Papá, ya no soy una niña. Mañana cumplo treinta y tres, y te pediría que me dejaras solucionar mis problemas como la adulta que soy. Y te digo lo mismo que a Priscilla: si no quieres que desaparezca de vuestras vidas, más os vale que no os pongáis en contacto con él, porque, si me entero de que habéis sido vosotros, Rose, Aidan o tú, abuela, os juro que me marcharé y nunca más volveréis a saber de mí.

—Lola... —murmuró Colin asustado.

Pasados unos segundos en los que no hicieron falta más palabras, Lola le devolvió el teléfono a su padre con seguridad y, mirándolo a los ojos, añadió:

—Justin y yo nos vamos a divorciar; él está en...

—... Nueva York, ya me lo ha dicho tu hermana.

A oír eso, Lola miró a Priscilla y, rechinando los dientes, preguntó:

—¿Qué más te ha dicho Priscilla?

La aludida negó con la cabeza. No le había contado lo que ella se imaginaba. Al ser consciente de ello, Lola se relajó, pero entonces su abuela intervino:

—Creo que tu padre debería sa...

—¡Abu! —la cortó Priscilla.

Al oír eso, la mujer asintió:

—Vale..., vale...

Entonces Colin, mirando a las mujeres, puso su gesto de mala leche y preguntó:

—¿Qué ocurre? Sé que ocurre algo y me lo vais a decir ahora mismo.

Pero Lola replicó evitando responderle:

—Papá, seamos claros de una vez por todas. ¿Vas a permitir que Justin siga dando clases en el Saint Thomas?

Él suspiró, meneó la cabeza y, tras unos segundos de tensión, contestó:

—No lo sé.

—Pues necesito saberlo.

—¿Ahora?

—Sí, ahora.

Colin farfulló, lo pensó e indicó:

—Es un excelente profesor, no me cabe duda de ello, y, aunque intentara olvidar que se ha ocultado tras de ti durante todos estos años, no puedo perdonarle lo que te ha hecho.

—Pienso como papá —afirmó Priscilla.

—Y yo —cuchicheó Diana, ganándose una sonrisa de Colin.

Al oírlos, Lola se desesperó y, mirando a su padre, señaló:

—Papá, estaba asustado. Te teme a ti más que al mismísimo infierno y a la puñetera carta en la que su padre te habla de su homosexualidad. Pero si yo he sido capaz de perdonarlo, a pesar de lo furiosa que estoy con él, vosotros debéis hacer lo mismo, porque Justin es uno más de la familia. Siempre ha estado con nosotros cuando lo hemos necesitado, y nos quiere, a pesar de que se equivocó.

—La verdad es que no es mal muchacho —afirmó Diana.

—Me joroba admitirlo, pero opino igual que Diana —confesó Colin, con lo que se ganó una sonrisita por parte de aquélla.

Priscilla sonrió y, mofándose, susurró:

—Bueno..., bueno..., que al final os veo de vacaciones juntos.

—No te pases, hija —suspiró Colin.

—No te pases, inglesa —dijo Diana sonriendo.

Lola, que continuaba pensando cómo solucionar el problema de Justin, prosiguió:

—No sé qué decisión tomará Justin una vez que acabe el verano, pero si le permites quedarse en el Saint Thomas, seguirá siendo el maravilloso profesor de física y química que siempre ha sido, y, si se va, sólo espero que lo apoyemos con cariño.

Todos sonrieron y asintieron para demostrarle a Lola que estaban de acuerdo con ella. Entonces Colin, mirando a su hija, murmuró orgulloso:

—Eres la digna hija de Elora, tu madre. No podrías parecerte a ella más aunque te lo propusieras.

Lola sonrió y miró a su abuela, pues entendía que sus palabras podían hacerle daño. Sin embargo, Diana confirmó emocionada:

—Tu padre tiene razón, irlandesa. Elora vive en ti.

Emocionados, todos sonrieron por aquello, y Colin, que no estaba dispuesto a llorar, dijo:

—Si Justin quiere seguir dando clases en el Saint Thomas, así será, pero, Lola, antes tengo que hablar con él. Como padre tuyo que soy, exijo tener la posibilidad de hacerlo.

Ella asintió y, dándose por vencida, afirmó:

—Me parece perfecto, papá. —Se acercó a él, lo cogió de las manos y, tras mirar a Priscilla y a su abuela, declaró—: Tengo que contarte una cosa que no sé si te gustará, pero debes prometerme que, te guste o no, no saldrá de aquí.

Colin tragó saliva. Ya no sabía qué más esperar. Y entonces Lola empezó a decir:

—Prepárate porque viene una nueva generación de Simmons, y yo voy a ser la madre.

Al oír eso, Colin se sentó. Se aflojó la corbata y, mirando a Lola, soltó una carcajada y afirmó:

—Benditos sean tus potros desbocados, mi niña. ¡Benditos sean!

Al día siguiente, Lola cumplió treinta y tres años y, aunque la sonrisa no la abandonó mientras lo celebraba con la familia, sentía el corazón roto sin posibilidad de reparación.

Capítulo 79

Pasó junio...

Pasó julio...

A mediados de agosto, Justin regresó de Nueva York convertido en un hombre nuevo. Haber estado dos meses viviendo con Henry le había hecho darse cuenta de lo que realmente quería en la vida, y, tras hablar con Colin y entender las cosas que éste le dijo, decidió *motu proprio* causar baja en el Saint Thomas y mudarse de forma definitiva a Nueva York.

Antes de marcharse y, convencidos de lo que hacían, Lola y él firmaron los papeles del divorcio. Se repartieron el dinero que había en su cuenta corriente y Lola se quedó con la casa donde vivía. Aquella casa la había comprado su padre como regalo de bodas para ella, y Justin no puso ninguna objeción.

Días después, Lola lo acompañó al aeropuerto sin contarle nada de su embarazo; ya se enteraría cuando lo hiciera el resto de la humanidad. Después de darle un beso en la mejilla, se despidió de él. Sólo quería que fuera feliz.

A finales de agosto, Lola había aprendido a vivir sola, mientras continuaba con su embarazo e intentaba disfrutar del verano en familia. Sin embargo, por las noches, cuando se iba a la cama, en la soledad de su habitación, se ponía los cascos, encendía su iPad y escuchaba a Michael Bublé necesitada de rememorar lo que había supuesto para ella su amor con Dennis.

Capítulo 80

En Múnich, Dennis estaba de cena con sus amigos a principios de septiembre.

Hacía dos días que había regresado de Brasil. Las vacaciones familiares de un mes se habían convertido en dos y, encantado, reía con sus amigos mientras cenaba en el restaurante del padre de Björn.

Cuando la cena acabó, los demás propusieron ir al Sensations a tomar una copa, pero Dennis se desmarcó. No le apetecía.

Al salir del restaurante, su amigo Björn y Mel se despidieron de él y se marcharon.

Dennis iba caminando en silencio junto a Eric y Jud hacia el lugar donde tenían aparcadas sus motos, cuando este último preguntó:

—¿Qué te ha parecido el apartamento?

—Estupendo —afirmó Dennis—. Tiene una luz increíble, pero no sé si podré permitirme vivir muchos meses en él.

—¿Por qué? —preguntó Judith, que caminaba de la mano de su marido.

Dennis sonrió y, mirándola, indicó:

—Porque soy un simple profesor de matemáticas y, aunque todavía no os he preguntado el precio del alquiler, me temo que resultará demasiado caro para mí.

Judith y Eric se miraron, sonrieron, y a continuación Eric afirmó:

—Tranquilo. Podrás pagarlo.

Dennis iba a decir algo cuando Judith suspiró y señaló:

—Sé que no tendría que hablar de esto, pero este repentino cambio de planes tuyo me ha desconcertado. Lola me pareció una mujer encantadora, y se os veía tan bien cuando nos la presentaste que...

—Pequeña —la regañó Eric—. ¡No!

Eric le había pedido mil veces que no sacara el tema, pero, ignorando a su marido, Jud miró a Dennis e insistió:

—¿Estás seguro de lo que estás haciendo?

Él asintió e, intentando no dejar de sonreír, afirmó:

—Sí, Judith. Lo tengo claro. —Luego, cambiando de tema, dijo—: En cuanto al apartamento...

—Vale —lo cortó ella—. El apartamento es de Eric y mío. Lo compramos el año pasado como inversión y como lugar de escape para pasar alguna noche sin niños.

—¿Es vuestro?

—Sí —afirmó Eric sonriendo al ver el gesto de su mujer—. Pero ahora es tuyo.

Bloqueado, el brasileño los miró. Aquel apartamento estaba en una de las mejores calles de Múnich. Cuando se disponía a replicar, Judith indicó:

—Dennis, antes de que digas nada, déjame explicarte que nos viene muy bien que vivas en él, así evitamos que se nos metan ocupas.

Sorprendido, él los miró y afirmó:

—Pero si por ese piso podéis pedir un dineral...

—Preferimos que estés tú en él —aseguró Eric abrazando a su mujer.

Encantado con aquello, Dennis iba a decir algo cuando Judith aclaró:

—Como habrás visto, las cajas que llegaron de Londres están todas en el salón, pero más vale que te pongas pronto a ordenar, porque el colegio empieza dentro de seis días.

—Lo sé. —Dennis sonrió.

En cuanto llegaron junto a sus motos, se montaron en ellas, se pusieron los cascos y, tras arrancar, Dennis miró a sus amigos y dijo:

—Gracias, chicos. No sé qué haría sin vosotros.

—Para eso están los amigos, ¿no? —señaló Jud con una sonrisa.

Feliz por aquello, él asintió, y entonces Eric, tras hacerle una seña con la mano, añadió:

—Mañana pasaré a recogerte sobre sobre las nueve por el apartamento. A las diez tenemos el partido de básquet.

Dennis asintió, y aquél, acelerando su moto, desapareció con su mujer detrás.

Con tranquilidad y sin prisas, Dennis condujo por Múnich. Le encantaba aquella ciudad, en ella tenía buenos amigos, un buen trabajo... Sin embargo, su sonrisa se desvaneció al recordar a quién no tenía allí.

Tras aparcar la moto en el garaje del edificio, cuando entró en el bonito y espacioso apartamento, miró las cajas que había a su derecha. No tenía ganas de acostarse, así que se quitó la cazadora de cuero, la tiró sobre el precioso sofá blanco y, tras leer en una caja «Cosas habitación», supo cuál era y la llevó hasta el dormitorio.

Una vez allí, la abrió. Allí estaba su despertador y, mirándolo, puso la alarma a las ocho de la mañana y lo dejó sobre la mesilla. Tenía un partido de básquet con sus amigos.

Cuando regresó junto a la caja, sacó de ella algo de ropa interior, unos gemelos, varios libros y, de entre ellos, separó el que había comenzado a leer meses antes. Al ver una camiseta de Lola, se quedó parado durante unos segundos, hasta que la cogió y, acercándosela a la nariz, la olió.

Con los ojos cerrados, aspiró el aroma que la prenda aún conservaba de ella, y, cuando los abrió de nuevo, ofuscado, volvió a meterla en la caja. No le venía bien tener esa clase de recuerdos cerca.

Después de aquella caja abrió un par más, hasta que decidió acostarse. Debía descansar.

Se desnudó, se sentó en la cama, cogió las gafas que había dejado aquella mañana sobre la mesilla y, asiendo el libro que llevaba meses sin leer, lo puso encima de sus piernas.

Se lo había regalado Lola, pero, quitándosela de la cabeza, se colocó las gafas y decidió leer. La lectura siempre lo evadía y lo relajaba. Sin embargo, cuando iba a abrir el libro, blasfemó y, tirándolo al suelo, se quitó las gafas, apagó la luz y se tumbó para dormir. No estaba de humor para leer.

A la mañana siguiente, cuando su despertador sonó, Dennis alargó el brazo y lo apagó. Pasados unos segundos, se sentó en la cama y después se levantó.

Cogió unas toallas, entró en el precioso baño y se dio una ducha. Comenzar el día con una ducha era de las cosas que más le gustaban. Cuando volvió a salir con una toalla alrededor de la cintura, sacó de su maleta unos vaqueros y una camiseta básica gris, y entonces vio el libro en el suelo.

Al agacharse para recogerlo, descubrió el extremo de una hoja blanca que sobresalía. Sin saber qué era, Dennis tiró de ella y leyó:

Lo tuyo y lo mío nunca ha sido normal. Nos conocimos de una manera rara, nos enamoramos de una forma complicada y, aunque creas que no hay nada importante entre tú y yo, sí lo hay: estoy embarazada.

Iba a decírtelo en la fiesta y también ahora, en la puerta de tu casa, pero tú no me dejas. No me permites hablar. Y por eso opto por decírtelo en el interior de tu baño, de esta manera tan poco normal.

Por cierto, me encantaría chillarte y ser tan desagradable como lo estás siendo tú conmigo, pero pienso en mi bebé y, como no quiero hacerlo sufrir ni crearle ningún trauma, me contengo para no sacar el potro desbocado que sabes que hay en mí y decirte las burradas que sabes que sé decir.

Te quiero. Sé que te he decepcionado, pero aunque no te lo parezca, nada es lo que crees. Espero tu reacción.

Lola

P. D. Recuerda, el amor no es lo que deseamos sentir, sino lo que sentimos sin querer.

Dennis se sentó en la cama.

Volvió a leer aquella carta y sintió que el corazón se le iba a salir del pecho.

Tras leerla como diez veces, se levantó apabullado. Lola debía de haberla escrito cuando le había pedido que la dejara entrar en el baño, ¡hacía más de dos meses y medio!

—¡Joderrrrrr! ¡Joderrrrrr! ¡Joderrrrrrrrrrrrrrrrrrrrr! —gritó lleno de frustración.

Caminó por la habitación y volvió a sentarse. Cogió el teléfono. Tenía que llamarla, pero entonces lo pensó mejor. Aquello no era algo de lo que se pudiera hablar por teléfono.

En ese instante oyó el timbre de la puerta y, sin importarle que llevara tan sólo una toalla alrededor de la cintura, fue a abrir. Al verlo de aquella guisa, Eric lo miró y, bajando la voz, dijo:

—Si estás con alguien, me voy. —Pero, al notar su gesto tenso, preguntó—: ¿Qué ocurre?

Desorientado, Dennis le tendió la nota que había encontrado en el libro. Mientras Eric la leía, el brasileño cerró la puerta. Cuando aquél terminó de leer, ambos se miraron y Eric preguntó:

—¿Lola está embarazada?

Totalmente desconcertado, Dennis abrió los brazos y respondió:

—Al parecer, sí.

Su amigo soltó un resoplido y murmuró:

—Sólo te diré que las jodidas hormonas las vuelven locas.

—¡Joder! Me acabo de enterar por esa nota.

—¿Cuándo la has recibido?

Desesperado, Dennis se tocó el pelo.

—Lola debió de meterla hace más de dos meses y medio en mi libro.

—¡¿Qué?! —Dennis asintió, y Eric, resoplando, murmuró—: Pues creo que debe de estar muy... muy cabreada.

El brasileño volvió a asentir. Nervioso, no paraba de moverse por el salón, hasta que Eric lo miró y dijo:

—Ve y vístete mientras yo preparo un café. Creo que lo necesitas.

Sin hablar, Dennis entró en la habitación, se puso los vaqueros y la camiseta que había sacado antes y unas zapatillas de deporte grises y, tras regresar al salón, declaró mirando a su amigo:

—He intentado olvidarla. He intentado convencerme a mí mismo de que Lola no me conviene, pero no puedo. La quiero. La necesito... ¡Y ahora esto!

Al verlo tan desesperado, Eric le tendió un café, y, tratando de tranquilizarlo, dijo:

—El amor es complicado, y más cuando la cabeza dice una cosa y el corazón otra distinta. No hace falta que te cuente los problemas que he tenido con Jud porque creo que ya los conoces, pero por ella volvería a pasar por todos y cada uno de ellos, porque mi pequeña es irreemplazable en mi vida. —Dennis asintió, sabía de lo que aquél hablaba. Entonces Eric lo miró y prosiguió—: Nunca te he preguntado qué ocurrió entre vosotros para que la cosa se fuera al traste, pero si quieres contármelo, sé escuchar muy bien.

Desesperado y necesitado de hablar con alguien acerca de lo que le sucedía, Dennis se lo contó todo. Le habló de Justin, de Jeremiah, de Beckett, de la desconfiaza... Cuando acabó de hablar, Eric asintió.

—Entiendo tu reacción. Yo habría reaccionado igual, pero te aseguro que también habría buscado a ese tal Beckett.

—¿Para qué?

—Para darle una paliza por haberme robado a mi mujer.

Dennis asintió. Había sido un idiota. Entonces, tras retirarse el pelo de la cara, cogió su móvil y comenzó a buscar en su agenda.

—No creo que sea un tema para hablar con ella por teléfono, Dennis —le recomendó su amigo.

—No voy a llamarla, pero sí voy a llamar a Justin. Necesito hablar con él.

Sin moverse de su lado, Eric observó cómo Dennis hablaba con el tal Justin y, cuando vio que el brasileño gritaba y maldecía, intentó tranquilizarlo. Sin embargo, era imposible. Conforme iba hablando con aquel tipo, Dennis se iba poniendo más y más nervioso, y cuando colgó, siseó:

—Al parecer, Beckett era Justin y Lola y él ya no están juntos.

—¡¿Qué?!

Fuera de sí, Dennis le refirió a Eric lo que aquél le había contado entre sollozos.

—La has cagado, amigo —señaló él cuando el brasileño terminó de hablar—. La has cagado pero bien.

—Lo sé... Lo sé...

Exasperado e irritado, Dennis marcó el número de Priscilla. Necesitaba saber cómo estaba Lola. Al oírlo, Priscilla le explicó muy nerviosa que su hermana estaba bien, y volvió a contarle lo de Justin, lo que hizo que él se sintiera como un auténtico gilipollas.

A cada segundo más desesperado, cuando Dennis colgó el teléfono se daba de cabezazos contra las paredes. ¿Cómo había sido tan tonto?

Eric, al verlo tan confundido, indicó:

—Si la quieres, no sé qué haces aquí.

Él asintió y, mirándolo, repuso:

—Eric..., necesito tu ayuda otra vez.

Una hora después, Dennis volaba hacia Londres en el avión privado de Eric Zimmerman.

Capítulo 81

Cuando Lola se despertó aquella mañana, las náuseas la hicieron correr al baño.

Como todos los días, tras pasar su ratito abrazada al señor Roca, regresó a la cama. Era el mejor sitio donde reponerse.

Según su médico, aquello era normal, pero, a pesar de saberlo, a Lola la agobiaba el hecho de vomitar todas las mañanas. Además, el colegio comenzaría dentro de cinco días, y esa noche tenía la cena de inauguración del curso.

Cuando sintió que las náuseas se le pasaban, se levantó y, al mirar por la ventana, vio que llovía. Suspiró. Después del verano, los días lluviosos se sucederían cada vez con más frecuencia, pero, sin querer pensar en nada más, entró de nuevo en el baño y se duchó.

Media hora después, bajó a la cocina, se preparó un vaso de leche con galletas y, con auténtico apetito mañanero, se las comió.

Su cuerpo estaba descontrolado. Tan pronto vomitaba como se moría de hambre. Sin duda, el gusanito que había en su interior no se aclaraba.

Una vez que terminó de desayunar, y sin muchas ganas de hacer nada especial, fue hasta el salón y se dejó caer en el sofá, cogió un libro y se puso a leer; entonces sonó el timbre de la puerta.

Desganada, se levantó, caminó hacia la puerta y, cuando la abrió, parpadeó. Ante ella estaba Dennis, que, mirándola, decía:

—¿Por qué no me llamaste, cariño? He hablado con tu padre, con Justin, con Priscilla y ellos me lo han explicado todo.

Lola lo observó bloqueada. Lo último que esperaba era encontrárselo frente a su puerta. Y, sin poder evitarlo, le vino una arcada y le vomitó encima.

Al sentir el vómito sobre su camiseta, Dennis suspiró, pero, mirándola preocupado, preguntó:

—¿Te encuentras bien?

Lola suspiró y, limpiándose la boca, afirmó:

—¡Divinamente!

Entonces, el brasileño, retirándose el agua de lluvia que le caía de la cara, declaró:

—Te quiero... He sido un imbécil y te echo de menos.

—No, no me quieres. Si me hubieras querido, no te habrías ido.

Él suspiró. Aquello no iba a ser fácil.

—Si no he venido antes —insistió—, ha sido porque...

—No me interesa saber por qué no has venido.

—Lola...

—Por favor, olvídate de mí —replicó ella.

Y, sacándose un paquete de kleenex del bolsillo de su falda vaquera, se lo entregó. Bloqueado, Dennis cogió varios pañuelos, que se empaparon por la lluvia, y, tratando de limpiarse el vómito, preguntó:

—¿Puedo pasar?

—No.

—Está lloviendo.

—Lo veo. Tengo ojos.

—¡Por favor!

A pesar de las pocas ganas de sonreír que tenía, Lola lo hizo y afirmó:

—No. Y ahora, ¿qué tal si te vas y así dejas de molestarme y también de mojarte?

Pero, mientras observaba la pequeña curvatura de su barriguita, Dennis decidió que no iba a darse por vencido. Deseaba tocarla. Deseaba abrazarla e, insistiendo, prosiguió:

—Cariño, tenemos que...

Pero no pudo decir más. Como él había hecho meses antes, Lola le estampó la puerta en las narices dejándolo del todo desconcertado bajo la lluvia.

Lola cerró los ojos y resopló mientras apoyaba la frente en la puerta. Le faltaba el aire, la sorpresa de ver a Dennis la había descolocado por completo. En ese instante, el timbre volvió a sonar otra vez, y Lola, tras contar hasta diez, abrió de nuevo y, mirándolo, dijo:

—Te la debía.

Intentando no perder los nervios, él asintió. Estaba dispuesto a aceptar lo que ella quisiera. Se merecía que lo tratase como a un idiota. Y entonces la oyó decir:

—Vete. No te necesito o, mejor dicho, no te necesitamos.

—Cariño, pero ¿qué dices?

—Lo que oyes. No te necesitamos, y no me llames *cariño*.

Desesperado, él la miró y le dolió la frialdad de su mirada. No debía de haber sido fácil para ella creer que él había leído la nota y no obtener respuesta. Se odió por ello y, mirándola, añadió:

—Me fui a Menorca, después a Brasil y...

—¡Qué excelentes vacaciones! —se mofó ella con frialdad.

Sin querer entrar en su juego, Dennis insistió con tiento:

—Cariño, regresé de ver a mi familia hace un par de días, y créeme que hace apenas cinco horas he visto tu nota y ya estoy aquí.

A Lola se le llenaron los ojos de lágrimas.

—Ah, genial... Vienes por el bebé, no por mí.

—Vengo por ti.

—No. Vienes por el bebé —insistió ella.

Dennis la miró desesperado.

—Cariño..., he venido por ti. Te quiero, te necesito y, aunque no lo creas, tengo que darle las gracias a nuestro bebé por abrirme los ojos y hacer que esté aquí. Pero vengo por ti. Sólo por ti.

Oír eso conmovió a Lola. Era la clase de cosa que necesitaba oír, pero, sin querer dejarse convencer, siseó rechinando los dientes:

—Mira, Dennis, no me vengas ahora con tonterías porque te juro que...

—Cariño —la cortó él, apaciguándola—, piensa en el bebé y no saques el potro desbocado que hay en ti. No os conviene ni a él ni a ti. Lo decías en tu nota.

Entonces Lola frunció el entrecejo y espetó:

—¡Serás gilipollas!

Y, sin más, cerró la puerta de nuevo en sus narices y gritó como llevaba meses sin gritar para que él la oyera:

—¡Déjame en paz! ¡No quiero que me quieras! ¡Vete!

Sin embargo, Dennis no se rindió, y chilló mientras la lluvia caía incesante sobre él:

—¡No pienso moverme de aquí hasta que me escuches, y tranquilízate!

Angustiada y sin querer escucharlo, Lola se dirigió al baño y se lavó los dientes. Odiaba el sabor a vómito. Si a él le apetecía estar bajo la lluvia, que estuviera. Ella no pensaba abrirle.

Pero, después de media hora, miró por la ventana y, al verlo allí parado bajo la lluvia, algo se removió en su interior y fue de nuevo hacia la puerta. La abrió y, contemplándolo, preguntó:

—¿Qué haces todavía ahí? ¿No ves que vas a coger una pulmonía?

Dennis la miró y, retirándose el agua de lluvia de la cara, insistió:

—Habrá merecido la pena si me escuchas.

Lola suspiró. Entonces abrió un poco más la puerta y dijo:

—Pasa.

Sin dudarlo, él entró en el recibidor y, cuando ella cerró, murmuró:

—Gracias.

Durante unos segundos, ambos se observaron. Luego él empezó a decir:

—Cariño..., me he comportado como un idiota.

—Sí, como un auténtico imbécil —afirmó ella apartando la mirada.

Al ver su gesto, Dennis dio un paso en su dirección. Lola no se movió y, extendiendo la mano para cogerle la suya, él se la agarró con fuerza e insistió:

—Lola, mírame.

Sin poder evitarlo, ella lo obedeció, y Dennis continuó acercándose más:

—Enfádate, castígame, repréndeme, pero, por favor, luego dame la oportunidad de quererte como te mereces.

Lola estaba perdiendo la cordura al notar su cercanía y escuchar sus palabras.

Necesitaba a aquel hombre, lo amaba. Y allí estaba él, pidiéndole una oportunidad. Entonces, sin pensarlo dos veces, se tiró a sus brazos y lo besó. Devoró aquellos labios que tanto había añorado, que tanto había deseado, y se dejó devorar.

Los besos se intensificaron y, cuando Dennis sintió que ella le quitaba la cazadora y posteriormente la camiseta, se detuvo y, mirándola, dijo:

—Lola..., creo que...

—¡Cállate! Mis hormonas hablan por sí solas.

Incapaz de no darle lo que ella quería, el brasileño la arrinconó contra la pared del recibidor y volvieron a besarse con ardor mientras los dedos de Lola le desabrochaban el pantalón.

Dennis tembló al sentir las manos de aquélla sobre su piel. Desde el último día que la había visto no había vuelto a acercarse a ninguna otra mujer en busca de sexo. Y, jadeando por lo que Lola le hacía sentir, la cogió entre sus brazos, le subió la falda del peto vaquero que llevaba y, haciendo a un lado la tirilla de sus bragas, posó la dura punta de su pene en su sexo y, antes de que él lo hiciera, lo hizo ella. Se clavó en él moviendo las caderas y ambos jadearon.

Sin poder abandonar su boca, Dennis continuó besándola mientras deliciosas oleadas de placer recorrían su cuerpo y disfrutaba de lo que Lola le estaba proporcionando. Ni en sus mejores sueños podría haber imaginado un recibimiento como aquél. Aquella entrega superaba todas sus expectativas, mientras Lola lo besaba, lo tocaba y disfrutaba de su posesión.

—Cariño, no quiero hacerle daño al bebé —murmuró al ver el ímpetu de ella.

Lola, al oírlo, lo miró, negó con la cabeza y afirmó, deseosa de continuar:

—Es demasiado pequeño para que puedas hacerle daño. Tranquilo.

Dennis asintió y, sujetando entre sus brazos a la mujer que

adoraba, entró en ella una y otra y otra vez, mientras ambos jadeaban y temblaban con cada acometida, con cada roce, con cada penetración, hasta que inevitablemente, tras tanto tiempo de abstinencia, alcanzaron el clímax.

Una vez acabado el momento, Lola pidió que la bajara al suelo, y Dennis lo hizo con sumo cuidado. Luego se vistieron en silencio, hasta que él fue a ponerse la camiseta manchada de vómito y, mirándola, preguntó:

—¿Podrías dejarme una camiseta limpia?

Ella asintió y dijo:

—Espérame aquí, te traeré una.

En cuanto Lola desapareció y entró en la antigua habitación de Justin, buscó en el armario de éste. Su exmarido no se lo había llevado todo y, cogiendo una camiseta del mismo tono que la que se había manchado, iba a salir cuando vio su imagen reflejada en el espejo. Estaba acalorada, con unos pelos de loca que eran escandalosos y, mirándose, murmuró:

—Pero ¿qué estoy haciendo?

Durante unos segundos observó su reflejo. Su mundo estaba patas arriba, y lo único que se le ocurría era hacer lo que había hecho. Cuando salió de nuevo con la camiseta en las manos, se la lanzó a Dennis y le espetó:

—Póntela y sal de mi casa.

Él la miró boquiabierto.

—¿Qué?

Sin cambiar el gesto, ella insistió:

—Ponte la puñetera camiseta y sal de mi casa.

—Lola, cariño, te he dicho que te quiero, que te necesito y, tras lo ocurrido, yo creía que...

—Lo ocurrido —lo cortó ella— ha sido simplemente un polvo. Estoy embarazada y tengo las hormonas revolucionadas. No le busques otro significado porque no lo hay.

Dennis no se movió.

Pero ¿cómo podía estar diciéndole todo aquello?

Y, cuando ella abrió la puerta de la calle y lo miró, iba a hablar, pero Lola repitió:

—Por tercera vez: ponte la camiseta, coge tu cazadora del suelo y sal de mi casa. Sobras en mi vida.

Atónito y furioso, Dennis le arrojó la camiseta limpia a las manos y, recogiendo su cazadora y su camiseta vomitada, salió por la puerta. Cuando se dio la vuelta dispuesto a decir algo, ella simplemente la cerró. No le interesaba lo que pudiera decirle.

Media hora después, Lola miró de nuevo por la ventana y vio al brasileño apoyado en la puerta bajo la lluvia torrencial. Entonces, cogiendo el teléfono, llamó a su hermana y gritó:

—¡¿Se puede saber qué le has dicho a Dennis?!

Priscilla, que llevaba esperando su llamada desde hacía horas, respondió:

—Lola, me llamó desesperado y simplemente le conté lo que había ocurrido con Justin y...

—¡Joder! —exclamó ella cerrando los ojos.

—Cariño, relájate y piensa en el bebé —le recriminó Priscilla.

Al oírla, Lola asintió y, tras resoplar, dijo:

—Haz el favor de venir a mi casa, tú o Aidan, a llevaros a Dennis. Está en mi puerta empapado y, si sigue ahí, va a coger una pulmonía.

—Lola..., ha reaccionado. Ha venido.

—Demasiado tarde.

—Lola...

—Lleváoslo y no vuelvas a hablarme de él.

Y, sin más, colgó y, con una frialdad que ni ella misma sabía que tenía, se sentó en el sofá y se puso a ver la televisión mientras el olor a Dennis y a Loewe 7 flotaba a su alrededor.

Capítulo 82

Esa misma tarde, a las siete, sonó el timbre de casa de Lola y ésta fue a mirar por la ventana. Era su hermana Priscilla, que iba a recogerla para llevarla a la fiesta por el inicio de curso de todos los años.

Horas antes, había visto a Aidan llegar con su coche y, tras hablar durante más de veinte minutos bajo la lluvia con Dennis, al final consiguió llevárselo de allí. El brasileño se metió en el coche de Aidan y, con gesto de dolor, Lola observó cómo se alejaba mientras su corazón le recordaba que había hecho mal. Muy mal.

Dennis había regresado, había gritado su amor a los cuatro vientos, le había hecho el amor cuando ella se lo había pedido y, aun así, ¿lo había echado de su casa?

Sin lugar a dudas, el embarazo la estaba volviendo loca.

Cuando Lola abrió la puerta y miró a su hermana, ésta dijo:

—Dennis telefoneó a Justin antes que a mí en busca de explicaciones. Luego me llamó a mí y, después, a papá.

—¿A papá?

—Sí —afirmó Priscilla—. Papá me llamó muy enfadado.

—Joder... —resopló Lola y, mirándola, preguntó—: ¿Dónde está?

—¿Quién?

—¿Cómo que quién? ¡Pues Dennis!

Su hermana la cogió entonces de las manos y, con gesto compungido, murmuró:

—Ha estado en casa de Aidan. Allí, se ha cambiado de ropa y, después, él lo ha acompañado al aeropuerto. Por cierto, alucino con eso de que te lo has tirado y luego le has dado la patada... Pero ¿es que estás loca?

Lola suspiró. Sin duda lo que había hecho no tenía nombre. Pero, cuando iba a contestar, su hermana prosiguió:

—Aidan me ha contado que estaba muy dolido por eso y porque le habías dicho que sobraba en tu vida.

Lola asintió mientras sentía cómo la decepción se apoderaba de ella.

Dennis había vuelto a marcharse. Esperaba que luchara más por ella, que insistiera más. Pero, sin permitirse caer en la sensiblería, sonrió con amargura y dijo:

—¿Lo ves? Mucho no debía de quererme si ya se ha ido.

Priscilla suspiró y, mirándola, cuchicheó:

—A ti no hay quien te entienda.

—Echémosles la culpa a mis hormonas descontroladas —afirmó Lola y, zanjando el tema, indicó—: Vámonos o llegaremos tarde a la fiesta de papá.

En silencio, junto a Priscilla y Aidan, se dirigió a la fiesta de inicio de curso en el hotel de todos los años mientras sentía cómo su corazón, hasta ahora dormido, había reaccionado. Ver de nuevo a Dennis, besarlo y hacerle el amor de aquella manera le había reavivado los sentimientos que Lola se había empeñado en encerrar.

Una vez que entraron en el hotel, Colin, al ver a sus hijas y a Aidan, que ya se había convertido en uno más de la familia, fue a saludarlos y, mirando a las chicas, comentó:

—Estáis preciosas, como siempre.

En ese instante aparecieron Diana y Rose, y Lola preguntó sorprendida:

—Abu, ¿qué haces aquí?

La mujer, que iba vestida con un trajecito de chaqueta violeta a juego con el pañuelo de su cabeza, la miró y respondió:

—Colin me invitó.

Boquiabierta, Lola observó a su padre, y éste afirmó:

—Hemos firmado la paz por ti.

Lola sonrió. ¡Aquello era inaudito!

Pasados unos segundos, en los que todos se saludaron y se besaron, Colin murmuró:

—Dennis me ha llamado.

—Lo sé.

—Dos veces. Esta mañana y hace dos horas, antes de coger un vuelo a Múnich.

La sonrisa se borró entonces del rostro de Colin cuando murmuró:

—Estaba furioso. No sé qué ha vuelto a pasar entre vosotros, pero ese muchacho estaba furioso de verdad.

—Papá... —resopló ella.

—Dennis te quiere, Lola. No seas cabezota.

La joven suspiró y, mirando a su padre, musitó en un hilo de voz:

—Se ha vuelto a marchar. Mucho no me quiere.

Colin resopló y entonces Diana cuchicheó:

—Ya me he enterado de lo ocurrido. Pero, irlandesa, ¿cómo permites que Ojos Hechizantes se marche otra vez?

—Abu... —empezó ella.

—La verdad es que no se iba muy contento —apostilló Aidan.

Al oírlos, Rose protestó:

—¿Queréis dejar a la muchacha, que bastante tiene ya con lo que tiene? —Y, mirándola, indicó—: Haz lo que tengas que hacer, cariño, y no hagas caso a nadie.

Priscilla, al ver el gesto desconcertado de su hermana, intervino:

—Como me dijo una vez Aidan, tú y sólo tú has de ser la dueña de tu vida, y nadie debe elegir por ti. ¿Entendido?

Con los sentimientos a flor de piel, Lola asintió. Tras escucharlos a todos, ahora sentía que había metido la pata en relación con Dennis. Pero, cuando iba a hablar, su padre se acercó a ella, la cogió del brazo y dijo:

—Vamos, la cena va a comenzar.

Sentada a la mesa presidencial junto con Colin, Rose, Aidan, Priscilla y su abuela, Lola cenó en silencio mientras observaba cómo reían. Ellos estaban felices. Habían apostado por ellos. Habían solucionado sus problemas y allí estaban, mientras ella se sentía una vez más una fracasada en el amor. Sin duda, lo suyo no era disfrutar de ese tonto sentimiento.

Tras la cena, pasaron al salón contiguo, donde los esperaba

una nueva orquesta, que, como siempre, fue bien recibida por todos los docentes y sus parejas.

Lola intentaba disfrutar de la fiesta a pesar de la desazón que sentía. Todavía no entendía lo que había hecho aquella tarde. Le había gritado a Dennis, le había vomitado encima, le había hecho el amor y, después, lo había echado de su casa. Pero ¿estaba loca?

Durante un rato habló con el profesor Emerson y la mujer de aquél, mientras a su lado Shonda le sonreía al hombre que la había acompañado a la fiesta. Lola también se fijó en Bruna y, como siempre, no se sorprendió al verla tonteando con uno de los camareros. Estaba visto que algunas cosas nunca cambiarían.

En aquella fiesta, Lola bailó menos que en otras, pero no por su embarazo, que era el cotilleo estrella de la noche, y más cuando todos preguntaron por Justin y ella, omitiendo ciertos detalles, aclaró que se habían divorciado y él estaba viviendo en Nueva York. Simplemente no bailó porque no había nada que la motivara.

Rose, su padre y su abuela se pasaron la noche pendientes de ella. En ningún momento la dejaron sola. Eso le hizo gracia, pero no les dijo nada. Sentirse acompañada le resultaba reconfortante, y Lola se apoyó en ellos, sobre todo en Colin, que estaba más cariñoso de lo normal.

Estaba sumergida en una conversación sobre el nuevo curso con el profesor Emerson, su padre y otros docentes, cuando oyó decir a su espalda:

—Profesora Simmons, ¿baila conmigo la próxima?

Esa voz...

Dios santo..., ¡esa voz...!

A Lola se le erizó el vello de todo el cuerpo mientras los profesores que estaban charlando con ella, al ver de quién se trataba, lo saludaban con afecto. La respiración se le aceleró al tiempo que observaba cómo Bruna abría los ojos y caminaba sonriendo directamente hacia ellos.

Despacio, muy despacio, Lola se dio la vuelta para mirar y se encontró con la inquietante mirada de Dennis, que, vestido con un bonito traje oscuro y una camisa clara, la miraba mientras saludaba a sus colegas.

Atónita, miró a su padre, a Rose y a su abuela. Sonreían, y Diana, acercándose a ella, cuchicheó:

—Ojos Hechizantes está aquí. Dale una oportunidad, irlandesa.

Lola parpadeó y, al comprobar que su padre la miraba con una sonrisita más que significativa, iba a decir algo cuando éste declaró:

—Aprovecho este momento para comunicarles a todos que el profesor Alves vuelve a formar parte de nuestro equipo. Este curso estará de nuevo con nosotros en el Saint Thomas. —Y, mirando a su descolocada hija, la animó—: Anda, ve, que siempre te ha gustado mucho bailar.

Alucinada, sin palabras y sin poder dar crédito, Lola parpadeó. ¿Cómo que Dennis volvía a formar parte del equipo?

Pero, cuando creía que ya no podría ver nada que la sorprendiera más, el brasileño se deshizo de los demás, la agarró del brazo, la acercó a él y, delante de todos, le dio un ligero beso en los labios y murmuró:

—Cariño, estoy aquí.

Los profesores se quedaron boquiabiertos, y Bruna, sorprendida, gruñó cuando Priscilla, que estaba a su lado, afirmó:

—Sí, Bruna, sí. Mi hermana tiene muy buen gusto para los hombres. Y cuidadito con dónde pones tus pezuñitas a partir de ahora, porque Lola no es de las que se andan con tonterías.

Ajenos a todo aquel revuelo, Dennis guiaba a Lola con paso firme hasta la pista de baile. Una vez allí, sin soltarla, le rodeó con los brazos la cintura, la acercó a él y, cuando comenzó a sonar *You Don't Know Me*,[49] su canción, murmuró:

—No me he marchado y, si me echas, volveré de nuevo hasta que me escuches y entres en razón. En cuanto a tus hormonas, ya me previno Eric. Y, tranquila, úsame cuanto quieras.

Hechizada por él, por el momento y por la canción, Lola preguntó:

—¿Qué te propones?

Al ver su cara de desconcierto, Dennis la besó con dulzura y, cuando se separó de ella, contestó:

—Besarte, mimarte y bailar contigo nuestra canción.

49. Véase la nota 5. *(N. de la E.)*

Ella no supo qué decir. El corazón le iba a mil. No había esperado encontrarse a Dennis allí, y menos que hiciera lo que había hecho delante de todos.

El brasileño, que la observaba, cogió su barbilla y, subiéndola para que lo mirara, añadió:

—También pretendo reconquistar a mi mujer.

Lola lo miró. Como siempre, bailar aquella canción tan especial con él le llegaba al corazón. Mientras se movían al compás de la música, Dennis se centró en ella, ignorando las miradas curiosas de todos los asistentes, y murmuró:

—¿Todavía no me has perdonado?

—No sé qué pretendes —lo cortó ella.

—Ya te lo he dicho: reconquistarte.

—Pues lo llevas claro.

Él sonrió y, sin dejarse asustar por sus palabras, afirmó:

—Me quieres. Te quiero. Vamos a tener un bebé.

—*Voy* a tener un bebé.

—Vale. *Vas* a tener un bebé, pero ese bebé es tuyo y mío, y yo me encargaré de que nunca os falte de nada.

Lola suspiró, y él, consciente de que no iba a ponérselo fácil, murmuró:

—Tu padre y todos nos observan.

—¿Y...?

—Sonríe y disimula tu malestar por bailar conmigo.

Al oír eso, sin saber por qué, Lola sonrió. Era lo mismo que ella le había dicho la última vez que habían bailado juntos. Entonces, al verla, Dennis declaró:

—Cuánto he echado de menos esa preciosa sonrisa.

Lola dejó de sonreír de repente y replicó:

—Estoy muy enfadada contigo.

—Lo sé, cariño.

—Te fuiste.

—Lo sé, cariño. Fui un imbécil.

—No me dejaste contarte que estaba embarazada y...

Dennis la apretó contra él y, cerrando los ojos, murmuró cerca de su oído:

—Eso no me lo perdonaré mientras viva.

Sin poder presentar batalla a sus propios sentimientos, Lola se dejó apretar más contra el cuerpo de aquél mientras seguían bailando.

—Te quiero..., te quiero..., te quiero... —susurró él junto a su oído—, porque de ti me gusta hasta lo que no me gusta. Por favor..., perdóname, cariño —suplicó.

—Dennis...

—Eres mi vida, mi refugio, mi hogar —insistió él—. Quiero a nuestro bebé y, si no hubiera sido tan cabezota y te hubiera escuchado, nada de todo lo ocurrido habría pasado. Como dices en tu carta, nos conocimos de una forma rara, nos enamoramos de una manera complicada, pero aquí estamos, y estoy dispuesto a hacerte feliz porque necesito verte, elijo quererte, eres la mujer de mi vida y, como un día dijo la bruja de tu abuela, te entregué mi corazón. Ahora sólo necesito que me digas que me quieres y que me perdonas.

Lola lo miró. Dennis estaba haciendo y diciendo todas y cada una de las cosas que necesitaba oír. No tenía que reconquistarla porque nunca había dejado de estar conquistada por él. Pero clavó sus ojos verdes en los de él cuando la canción acabó, y murmuró en un tono bajo de voz:

—Que seas muy feliz.

La amplia sonrisa de Dennis se borró de su rostro. Se desvaneció.

No podía pasar lo que creía que estaba pasando. Otra vez, no.

Había entregado su corazón y su vida a la mujer que tenía ante él mirándolo con sus ojos verdes y, cuando creía que debería inventarse algo de nuevo antes de que su vida volviera a ser un infierno, ella sonrió y afirmó:

—Pero sé feliz sólo conmigo, porque te perdono.

Al oír eso, Dennis sonrió y, acercando los labios a los de ella, que tanto deseaba, se disponía a besarla cuando ella se retiró y le preguntó divertida:

—¿Qué haces? Pídeme primero una cita.

Ambos rieron. Entonces Lola, sin que le importasen las miradas que los seguían, lo besó y, dejando salir al potro desbocado que vivía en ella, de un salto se enganchó al brasileño, que rápidamente la sujetó mientras todo el mundo aplaudía a su alrededor.

Besando al hombre que adoraba, que quería, que amaba, la joven se dejó llevar. Atrás habían quedado los problemas, los sinsabores, los disgustos. Todo había acabado. Todo se había resuelto, y ella estaba más que dispuesta a ser feliz junto a Dennis.

Cuando el apasionado beso acabó, aún en brazos del amor de su vida, Lola sonrió en el centro de la pista de baile mientras veía a su abuela y a su padre aplaudir felices. Con cariño, le dirigió una sonrisa a aquella mujer que tanto quería, y entonces recordó aquello que le había dicho de que el amor no es lo que deseamos sentir, sino lo que sentimos sin querer, y sonrió.

Una vez más, la bruja de su abuela tenía razón.

Epílogo

Londres, dos años después

—Papá, por favor, deja a Elora tranquila en su cochecito para que se duerma —lo regañó Lola al verlo al lado de su hija.

Colin sonrió. Su nietecita se había vuelto el centro de su vida. Aquella muñequita morena de ojos verdes como los de su madre y como los suyos le había robado el corazón como se lo habían robado sus hijos cuando nacieron y, mirando a su hija, dijo:

—Es que me está pidiendo que la saque del cochecito.

—¡Papá! —Lola rio.

—Wooo, hermanita —se mofó Daryl—. Al Pitufo Gruñón le vamos a tener que cambiar el nombre por el de Pitufo *Babosón*. Por Dios..., cómo está con la niña.

—Es que mi pequeña es una preciosidad, como la madre —afirmó Dennis entregándoles unas copas.

Lola sonrió al oírlo. Hacía días que habían regresado de Brasil. Habían ido a visitar a la familia de él y a presentarles a Elora.

Durante los días que habían estado allí, Lola había disfrutado no sólo de la bonita familia de Dennis, sino también de maravillosas noches de samba, lambada y mucha pasión.

Estaba pensando en ello abstraída cuando unas manos fuertes le rodearon la cintura y oyó decir:

—¿Ya estás en Lolamundo?

Encantada, besó a Dennis.

Desde el día que se habían dado una nueva oportunidad, no habían vuelto a separarse. Sus vidas eran dichosas, y más cuando, tras nacer Elora, una noche él la sorprendió con un precioso anillo y tuvieron una boda íntima en la bañera de su casa. No les hacía falta firmar unos papeles para saber que eran marido y mujer. Con eso les valía.

Estaban sonriendo cuando Priscilla se acercó a ellos con su enorme barriga junto a Aidan y, mirándolos, dijo:

—Por Dios..., Gabriel no deja de patearme la vejiga.

Aidan sonrió y, besando la bonita alianza que aquélla llevaba en el dedo, afirmó:

—Eso significa que nuestro niño quiere ser futbolista.

Todos sonrieron al oírlo. Entonces Rose y Diana salieron de la cocina con unas bandejas, los miraron y dijeron al unísono:

—¡A comer!

La gran familia de Colin Gabriel Simmons se dirigía hacia la mesa cuando el timbre de la puerta sonó y Lola comentó:

—Debe de ser Carol. —Y, sonriendo, afirmó mientras le daba un beso a su chico—: Está visto que la puntualidad no es lo suyo.

Luego caminó hacia la puerta y, en cuanto abrió, su amiga dijo enseñándole una botella de vino con una sonrisa:

—¿Llego muy tarde?

Lola sonrió a su vez y, cogiéndola de la mano, repuso:

—Sí, pero es lo normal en ti.

Ambas rieron y luego se dirigieron hacia el salón. Allí, Carol saludó a las personas que conocía y, al llegar a Daryl, Lola se lo presentó. La joven lo saludó con una sonrisa, pero, al ver a la pequeña Elora en brazos de su orgulloso abuelo, olvidándose de aquél, corrió hacia ella y comenzó a hacerle monadas. La niña era para comérsela.

Mientras observaba cómo su hermana Priscilla y Carol le hacían carantoñas a la pequeña, Daryl se acercó a Dennis y murmuró:

—Es mona la amiga de Lola. Y ¿dices que es azafata?

Dennis asintió y cuchicheó divertido al ver cómo él la miraba:

—Según tu hermana, le sobran pilotos.

—Disculpa..., pero yo soy *comandante*.

Ambos soltaron una carcajada cuando Lola, que lo había oído, se acercó a su hermano y, mirándolo a los ojos, le advirtió:

—Aléjate de Carol si no quieres que te rompa las piernas y te saque los ojos, ¿entendido?

Daryl sonrió y, apartándose de ella, se mofó:

—Por Dios, el potro desbocado ha vuelto.

Dennis, sorprendido, preguntó entonces mirando a su mujer:

—¿A qué ha venido eso?

Ella sonrió, abrazó al brasileño y cuchicheó:

—Me encantaría que Carol le bajara los humos al *comandante*.

Dennis la miró sin dar crédito.

—Pero si le acabas de decir a Daryl que... —Y, al entender la jugada de su mujer, sonrió y murmuró—: Eres mala. Muy mala.

Divertida, Lola lo besó y, olvidándose de su hermano, musitó:

—He hablado con Rose y con papá, esta noche se llevan a Elora a su casa, y he pensado que tú y yo podríamos ir al Essence a divertirnos. Me muero porque me ofrezcas y me ofrezcan a ti mientras me dices eso de «*Não deixe de me olhar*». ¿Qué te parece la idea?

Dennis sonrió. Disfrutar del sexo y de las fantasías con su mujer era una de las cosas más gratificantes de su mundo. Así que, dispuesto a ello, asintió y, paseando los labios por los de ella, murmuró de aquella forma que sabía que la volvía loca:

—*Delícia.*